Stadtbücherei Jennersdorf
Tremain, Rose
Melodie der Stille

DR.H / Tre

Rose Tremain

Melodie der Stille

Roman

Aus dem Englischen
von Elfie Deffner

Carl Hanser Verlag

Die Originalausgabe erschien erstmals 1999
unter dem Titel *Music & Silence*
bei Chatto & Windus in London.

1 2 3 4 5   04 03 02 01 00
ISBN 3-446-19955-1
© Rose Tremain 1999
Alle Rechte der deutschen Ausgabe
© Carl Hanser Verlag München Wien 2000
Satz: Reinhard Amann, Aichstetten
Druck und Bindung: Friedrich Pustet, Regensburg
Printed in Germany

*Für meine Tochter Eleanor
in Liebe*

Erster Teil

Kopenhagen
1629

Flieder und Lindenblüten

Ein Licht flammt auf.

Bis zu diesem Augenblick, als die Flamme blau aufflackert, um dann ruhig und gelb in ihrer kunstvollen Glaskugel weiterzubrennen, war der junge Mann von der völligen Dunkelheit eingeschüchtert gewesen, der er sich bei seinem späten Eintreffen auf Schloß Rosenborg plötzlich gegenübergesehen hatte. Er war müde von der langen Seereise, seine Augen brannten, sein Gang war unsicher, und so war er sich über die Art dieser Dunkelheit nicht im klaren. Er hatte den Eindruck, sie sei nicht nur ein äußeres Phänomen, das mit dem tatsächlichen Fehlen von Licht zu tun hatte, sondern gehe von seinem Innern aus, als habe er die Schwelle zu seiner eigenen Hoffnungslosigkeit überschritten.

Er ist erleichtert, als er nun einen getäfelten Raum um sich herum Gestalt annehmen sieht und jemanden sagen hört: »Das ist das *Vinterstue*. Das Winterzimmer.«

Die Lampe wird hochgehoben. Sie brennt jetzt heller, als werde sie von reinerer Luft genährt, und der junge Mann sieht an der Wand einen Schatten. Es ist ein langer, gebeugter Schatten, sein eigener. Es sieht so aus, als habe er von den Schulterblättern bis fast zur Taille eine Mißbildung, einen Buckel. Doch ist das eine Täuschung. Bei dem jungen Mann handelt es sich um Peter Claire, einen Lautenspieler, und bei dem krummen Rücken um seine Laute.

Er steht bei zwei silbernen Löwen, die ihn durch das flackernde Licht zu beobachten scheinen. Dahinter erkennt er einen Tisch und ein paar hohe Stühle. Doch Peter Claire ist von allem abgetrennt, findet nirgends Halt, nirgends Ruhe. Und nun bewegt sich die Lampe weiter, und er muß ihr folgen.

»Möglicherweise«, sagt der große Herr, der mit der Lampe weitereilt, »müßt Ihr Seiner Majestät König Christian noch heute abend vorspielen. Er fühlt sich nicht wohl, und seine Ärzte haben ihm Musik verordnet. Deshalb müssen die Musiker des Königlichen Orchesters jederzeit spielbereit sein, bei Tag und bei Nacht. Ich hielt es für das beste, Euch gleich davon zu unterrichten.«

Peter Claires Unbehagen wächst. Er verflucht sich und schilt sich wegen seines Ehrgeizes, der ihn hierher nach Dänemark gebracht hat, so weit weg von all seinen geliebten Stätten und Menschen. Er ist am Ziel seiner Reise und fühlt sich doch verloren. In dieser Ankunft verbirgt sich eine schreckliche Abreise. Und plötzlich bewegt sich die Lampe seltsam schnell, alles im Zimmer scheint eine neue Gestalt anzunehmen. Peter Claire sieht seinen Schatten an der Wand länger werden, sich für ein paar Sekunden bis zur Decke hinauf ausdehnen, um dann von der Dunkelheit verschluckt zu werden, ohne auch nur eine Spur zu hinterlassen.

Sie erreichen nun das Ende des Flures, und der Herr bleibt vor einer Tür stehen. Er klopft und wartet, legt einen Finger an die Lippen und beugt sich zur Tür, um die Aufforderung zum Eintreten zu hören. Schließlich ertönt eine tiefe und gemächliche Stimme, und im nächsten Augenblick steht Peter Claire vor König Christian, der im Nachthemd auf einem Stuhl sitzt. Auf einem kleinen Tisch vor ihm befinden sich eine Waage und daneben ein Haufen Silbermünzen.

Als der König aufblickt, verbeugt sich der englische Lautenspieler. Peter Claire wird sich immer daran erinnern, wie erstaunt König Christian aussieht, als er seiner in dieser dunklen Winternacht zum erstenmal ansichtig wird und ihm aufmerksam ins Gesicht schauend nur ein einziges Wort flüstert: »Bror.«

»Wie bitte, Sir…?« fragt Peter Claire.

»Nichts!« antwortet der König. »Ein Gespenst. Dänemark ist voller Gespenster. Hat Euch niemand davor gewarnt?«

»Nein, Euer Majestät!«

»Macht nichts. Ihr werdet sie noch selbst sehen. Wir gehören zu den ältesten Nationen der Erde. Ihr solltet jedoch wissen, daß wir jetzt eine stürmische Zeit haben, eine der Verwirrung, des Unfaßbaren, des brodelnden Durcheinanders.«

»Des Durcheinanders, Sir?«

»Ja. Deshalb wiege ich das Silber. Ich wiege dieselben Stücke immer wieder aufs neue, um jeden Irrtum auszuschließen. Auch die bloße *Möglichkeit* eines Irrtums. So versuche ich, dem Chaos Stück für Stück und Tag für Tag wieder Ordnung aufzuerlegen.«

Peter Claire weiß nicht, was er darauf erwidern soll; ihm wird bewußt, daß der große Herr, ohne daß er es bemerkt hat, aus dem

Zimmer gegangen ist und ihn mit dem König allein gelassen hat. Dieser schiebt nun die Waage beiseite und macht es sich bequem. Dann hebt König Christian den Kopf und fragt: »Wie alt seid Ihr, Mr. Claire? Woher kommt Ihr?«

In dem kleinen Raum, bei dem es sich um das königliche Studierzimmer, das *Skrivestue*, handelt, brennt ein Feuer, und es riecht süßlich nach Apfelbaumholz und Leder.

Peter Claire erwidert, er sei siebenundzwanzig Jahre alt und seine Eltern wohnten in Harwich an der Ostküste Englands. Er fügt noch hinzu, daß das Meer dort im Winter unerbittlich sein könne.

»Unerbittlich. Unerbittlich!« wiederholt der König. »Nun, wir müssen weitereilen, dieses Wort übergehen oder umgehen. *Unerbittlich*. Doch ich sage Euch, Lautenspieler, mich plagen die Läuse. Seht nicht so erschreckt aus! Sie sind nicht in meinen Haaren und nicht auf meinem Kopfkissen. Ich meine Feiglinge, Gauner, Lügner, Säufer, Betrüger und Lüstlinge. Wo sind die Philosophen? Das ist meine ständige Frage.«

Peter Claire zögert.

»Ihr braucht mir nicht zu antworten!« sagt der König. »Sie sind nämlich alle von Dänemark weggegangen! Nicht ein einziger ist geblieben!«

Nun steht Seine Majestät auf und geht hinüber zum Feuer und zu Peter Claire, greift nach einer Lampe und hält sie dem jungen Mann ans Gesicht. Er mustert ihn, und Peter Claire senkt den Blick, weil er angehalten worden ist, den König nicht anzustarren. Es ist ein häßlicher König. Die Könige Charles I. von England und Ludwig XIII. von Frankreich sind gutaussehende Männer in diesem bedrohlichen Augenblick der Geschichte, doch König Christian IV. von Dänemark soll zwar allmächtig, tapfer und kultiviert sein, hat aber ein Gesicht wie ein Laib Brot.

Der Lautenspieler, dem die Natur in grausamem Kontrast dazu ein Engelsgesicht verliehen hat, bemerkt Weingeruch im Atem des Königs. Er wagt es jedoch nicht, sich zu bewegen, nicht einmal, als der König die Hand ausstreckt und zart seine Wange berührt. Peter Claire galt mit seinen blonden Haaren und meerblauen Augen von Kindheit an als hübsch. Er macht nicht viel Wesens um sein Aussehen, vergißt es oft völlig, als warte er nur ungeduldig darauf, daß die Zeit es ihm nehme. Er hörte einmal, wie seine Schwester

Charlotte Gott bat, ihr sein Gesicht zu geben, und dabei dachte er, daß es für ihn wirklich ziemlich wertlos sei und viel besser ihres wäre. Nun wird der Lautenspieler hier, an diesem fremden Ort, während er trüben und düsteren Gedanken nachhängt, wieder einmal unerwartet einer Musterung unterzogen.

»Aha! Aha!« flüstert der König. »Gott hat übertrieben, wie Er es so oft zu tun scheint. Hütet Euch vor der Aufmerksamkeit meiner Frau Kirsten, die ganz entzückt ist von blondem Haar. Ich rate Euch, in ihrer Nähe eine Maske aufzusetzen. Und alle Schönheit vergeht, doch das wißt Ihr natürlich, darauf brauche ich nicht eigens hinzuweisen.«

»Ich weiß, daß Schönheit vergeht, Sir.«

»Natürlich wißt Ihr das! Nun, Ihr solltet mir lieber etwas vorspielen. Sicher ist Euch bekannt, daß wir Euren Mr. Dowland hier am Hof hatten. Es war mir ein Rätsel, wie so schöne Musik aus einer derart in Aufruhr befindlichen Seele kommen konnte. Dieser Mann war getrieben von Ehrgeiz und Haß, doch seine Weisen waren wie sanfter Regen. So saßen wir schluchzend da, und Meister Dowland tötete uns mit wütenden Blicken. Auf mein Geheiß hin nahm ihn meine Mutter beiseite und sagte zu ihm: ›Dowland, so geht das nicht, das können wir nicht dulden!‹ Doch er erklärte ihr, Musik könne nur aus Feuer und Zorn entstehen. Was meint Ihr dazu?«

Peter Claire schweigt einen Augenblick. Aus unerklärlichen Gründen tröstet ihn diese Frage, und er spürt, wie seine Erregung ein klein wenig abflaut. »Ich meine, daß sie zwar aus Feuer und Zorn entsteht, Sir«, erwidert er dann, »aber ebenso aus dem genauen Gegenteil – aus kühlem Verstand und Ruhe.«

»Das klingt logisch. Aber natürlich wissen wir eigentlich nicht, wo die Musik entsteht und warum, auch nicht, wann der erste Ton gehört wurde. Und das werden wir auch niemals wissen. Es ist die menschliche Seele, die ohne Worte spricht. Doch scheint die Musik Schmerzen zu lindern – das ist tatsächlich wahr. Ich sehne mich übrigens danach, daß alles durchsichtig, ehrlich und wahrhaftig ist. Nun, warum spielt Ihr mir nicht eine von Dowlands *Lachrimae* vor? Seine Begabung lag im sparsamen Einsatz der Mittel, und das liebe ich abgöttisch. Seine Musik läßt keinen Raum für Exhibitionismus auf seiten des Spielers.«

Peter Claire nimmt die Laute vom Rücken und drückt sie sich an den Körper. Beim Zupfen und Stimmen lauscht er angestrengt (in einem Ohr trägt er einen winzigen Edelstein, den ihm einst eine irische Gräfin geschenkt hat). König Christian seufzt in Erwartung der lieblichen Melodie. Er ist ein korpulenter Mann. Jede Veränderung seiner Position scheint ihm einen flüchtigen Augenblick lang Unbehagen zu bereiten.

Nun stellt sich Peter Claire in Positur: Er beugt sich aus den Hüften heraus vor, streckt den Kopf nach vorn, senkt das Kinn, und sein rechter Arm bildet ein zärtliches Halbrund, so daß er das Instrument genau an seine Mitte drückt. Nur so kann er die Musik aus sich herausströmen fühlen. Er beginnt zu spielen. Er hört den reinen Klang und denkt, allein dies werde beim König von Dänemark zählen.

Nach dem Lied blickt er zum König hinüber, doch dieser rührt sich nicht. Seine großen Hände umklammern die Armlehnen. Auf der linken Seite seines dunklen Kopfes fällt ein langer, dünner Haarzopf herunter, der von einer Perle gehalten wird. »Im Frühjahr«, sagt Christian plötzlich, »roch es in Kopenhagen immer nach Flieder und Lindenblüten. Wenn ich nur wüßte, was aus diesem himmlischen Duft geworden ist.«

Kirsten Munk, Gemahlin König Christians IV. von Dänemark: Aus ihren privaten Papieren

Also, zu meinem dreißigsten Geburtstag habe ich einen neuen Spiegel geschenkt bekommen, und ich glaubte, ich würde davon begeistert sein. Ich glaubte, ich würde meinen neuen Spiegel unmäßig lieben. Er hat jedoch einen Fehler: Mit seiner Versilberung ist eindeutig etwas nicht in Ordnung, denn dieses heimtückische Ding läßt mich dick aussehen. Ich habe nach einem Hammer geschickt.

Meine Geburtstagsgeschenke, möchte ich hier einmal bemerken, waren nicht so wunderbar, wie die Schenkenden taten. Mein armer alter Herr und Meister, der König, der weiß, wie sehr ich Gold schätze, gab mir eine kleine goldene Statue von sich selbst mit einem goldenen Wurfstock in der Hand auf einem goldenen Pferd. Dieses hat eine tänzelnde Haltung mit erhobenen Vorderbeinen angenommen, so daß das dumme Ding umfallen würde, wäre da nicht ein kleiner Harlekin, der tut, als laufe er neben dem Pferd her, es aber in Wirklichkeit hochhält.

Dabei habe ich nicht um ein weiteres Abbild meines alternden Ehemannes gebeten. Ich habe mir Gold gewünscht. Nun muß ich so tun, als liebe und verehre ich die Statue, ich muß ihr einen Ehrenplatz einräumen und so weiter, um keinen Anstoß zu erregen. Dabei würde ich sie am liebsten zur Königlichen Münzanstalt bringen und zu einem Barren einschmelzen, den ich dann mit meinen Händen und Füßen liebkosen und sogar manchmal mit ins Bett nehmen könnte, um das massive Gold an der Wange oder zwischen den Schenkeln zu fühlen.

An dem Geschenk hingen die Worte: *Dem Herzallerliebsten Mäuschen von Seinem Herrn C4.* Ich habe den Zettel zerrissen und ins Feuer geworfen. Der Kosename »Mäuschen« geht auf die Zeit zurück, als ich seine junge Braut war und es mir Spaß machte, ihn mit meinen kleinen weißen Fingern zu kitzeln. Ich fand es damals lieb, daß er mich so nannte, lachte und schnupperte und machte alle möglichen Krabbelmaussachen. Doch diese Zeiten sind ein für allemal vorbei, nur noch mit Mühe kann ich mir vorstellen, daß es sie je gab. Ich habe nicht mehr den geringsten Wunsch, ein »Mäuschen« zu sein. Viel lieber wäre ich eine Ratte. Ratten haben scharfe Zähne, die zubeißen können. Ratten übertragen Krankheiten, die töten können. Warum wollen Ehemänner denn nicht verstehen, daß wir Frauen nicht lange ihre Schmusetiere bleiben?

Bei meiner Geburtstagsfeier, zu der viele aus dem ambitiösen Hochadel eingeladen waren, von denen mich die meisten völlig ignorierten, machte ich mir einen Spaß daraus, eine Unmenge Wein zu trinken und zu tanzen, bis ich auf den Brennholzstapel fiel. Als ich diesen nicht weniger gemütlich als ein Bett fand, rollte ich darauf herum und schüttete mich vor Lachen aus, bis ich merkte, daß die versammelte herausgeputzte Gesellschaft ganz still wurde, sich zu mir umdrehte, mir zusah und mich leise zu beschimpfen begann.

Dann läßt mir der König aufhelfen, mich zu ihm bringen und

vor all den eifersüchtigen Herren und ihren ekelhaften Frauen auf seinen Schoß setzen. Er reicht mir seinen eigenen Wasserkelch und macht viel Aufhebens um mich, indem er mich auf Gesicht und Schultern küßt, um aller Welt zu demonstrieren, daß sie sich, egal, was ich tue, nicht gegen mich verschwören können, um meine Verbannung zu erreichen, weil ich die Gemahlin des Königs bin (wenn ich auch nicht den Titel einer Königin von Dänemark habe) und er mich noch immer abgöttisch liebt.

Das läßt mich kühne Überlegungen anstellen. Ich frage mich, was ich mir erlauben kann – wie weit ich es mit meiner Lasterhaftigkeit treiben kann –, ohne meinen Verbleib hier in Kopenhagen und in den Palästen sowie meine ganzen Privilegien aufs Spiel zu setzen. Ich spekuliere darüber, was meine Vertreibung zur Folge haben würde, und komme zu dem Schluß, daß wahrscheinlich nichts, was ich tun oder sagen könnte, dazu führen würde.

Daher gehe ich noch einen Schritt weiter und frage mich, ob ich nicht die Heimlichtuerei und Verstohlenheit bei meiner Liebesaffäre mit dem Grafen Otto Ludwig von Salm beenden und aus meiner Leidenschaft für ihn kein Hehl mehr machen sollte, so daß ich mit ihm schlafen könnte, wann und wo es mir beliebt. Denn warum sollte ich, der der Titel einer Königin nie zuerkannt wurde, nicht einen Liebhaber haben? Und außerdem finde ich, daß ich dem König, meinen Frauen und selbst meinen Kindern gegenüber viel freundlicher bin, wenn ich ein paar Stunden mit meinem wunderbaren deutschen Mann verbracht habe und er mir das gegeben hat, was ich so dringend brauche und ohne das ich wirklich nicht leben kann. Doch diese Freundlichkeit hält immer nur ein paar Stunden, höchstens einen einzigen Tag an, und dann werde ich wieder unleidlich. Daraus folgt, daß ich, wenn ich den Grafen jeden Tag oder jede Nacht sehen und mit ihm etwas Spaß haben könnte, immer und ewig freundlich und liebenswürdig gegenüber jedermann wäre, so daß unser aller Leben viel besser wäre.

Doch kann ich es wagen, meine Liebe zu Otto einzugestehen? Leider wohl nicht, wenn ich so darüber nachdenke. Er war ein tapferer Söldner, der in den jüngsten Kriegen an der Seite meines Gemahls gegen die Katholische Liga gekämpft und sein Leben für die dänische Sache aufs Spiel gesetzt hat. Er ist ein Held und wird vom König sehr geschätzt. Einem solchen Mann sollte man geben, worum er bittet und was er sich wünscht. Ich glaube aber, daß Männer einander nur Besitztümer abtreten, deren sie überdrüssig sind und die sie nicht wirklich lieben. Wenn man sie um etwas bittet, worauf sie großen Wert legen, dann weigern sie sich und geraten sofort in Zorn. Und genau das wäre der Fall, wenn ich jetzt vorschlagen würde, meinem Liebhaber Zugang zu meinem Bett zu gewähren. Daraus schließe ich, daß das, was meine kühnen Gedanken darüber, worum ich bitten könnte, erweckt hat – nämlich die Liebe des Königs zu mir –, mich gleichzeitig daran hindert, es auch zu tun.

Daher bleibt nur ein Weg. Ich muß es so einrichten, daß König Christian mir gegenüber nach und nach in einen Zustand der Gleichgültigkeit verfällt – von Tag zu Tag und Grausamkeit zu Grausamkeit mehr. Ich muß es so bewerkstelligen, daß mein Gemahl spätestens in einem Jahr von mir weder von Rechts wegen noch seiner Neigung nach irgend etwas Mäuschenhaftes erhofft oder erwartet, und zwar solange wir beide leben.

Das geschlossene Fenster

Dänemark ist ein nasses Königreich. Die Menschen bilden sich ein, das Land sei an den Schiffen der großen Marine befestigt. Sie stellen sich vor, die Felder und Wälder würden von zehn Meilen langen Trossen über Wasser gehalten.

Und die Meeresbrise trägt noch immer eine alte Geschichte durch die salzige Luft: die von der Geburt König Christians IV. auf einer Insel mitten auf dem See von Schloß Frederiksborg.

Es heißt, König Frederik befand sich auf Elsinore. Es heißt ferner, Königin Sofie habe sich, als sie noch jung war und es sich noch nicht zur Gewohnheit gemacht hatte, zu schelten, zu fluchen und Geld anzuhäufen, oft in einem kleinen Boot zu dieser Insel rudern lassen, um dort in der Sonne zu sitzen und heimlich ihrer Strickleidenschaft zu frönen. Stricken war im ganzen Land verboten, weil man glaubte, es würde die Frauen in einen Zustand untätiger Trance versetzen, in dem ihre eigentlichen Gedanken davonflogen und der Phantasie Platz machten. Die Männer sprachen von »Wollträumereien«. Daß aus der Wolle nützliche kleine Bekleidungsstücke wie Strümpfe und Nachthauben entstanden, ließ ihre abergläubische Angst vor dem Strickwahn nicht geringer werden. Sie glaubten, jede gestrickte Nachthaube enthalte zwischen den Millionen Maschen die Sehnsüchte ihrer Frauen, die sie niemals befriedigen könnten und die ihnen daher düsterste Alpträume verursachten. Den gestrickten Strumpf fürchteten sie sogar noch mehr, weil sie in ihm ein Instrument ihrer eigenen Schwächung sahen. Sie stellten sich vor, wie ihre Füße anschwollen und die Beinmuskeln allmählich verkümmerten.

Königin Sofie hatte von Anfang an gegen das Strickverbot verstoßen. Das Garn wurde ihr per Schiff aus England in Kisten mit der Aufschrift »Gänsedaunen« geschickt. Hinter ihrem Ebenholzschrank versteckte sie zahlreiche weiche Kleidungsstücke in vielen Farben, für die sie, wie sie wußte, eines Tages Verwendung finden würde. Nur ihre Zofe Elizabeth kannte ihr Geheimnis, und dieser hatte sie gesagt, sie müsse es mit dem Leben bezahlen, wenn es je gelüftet würde.

Am Morgen des 12. April 1577, einem Tag mit blasser Sonne und zartblauem Himmel, machte sich die seit achteinhalb Monaten mit ihrem dritten Kind schwangere Königin Sofie um neun Uhr mit Elizabeth auf den Weg über den See, um zu stricken. Ihr Platz war eine Waldlichtung mit ein paar schattenspendenden Haselnußsträuchern und Heckenrosen, wo sie Kissen ins moosige Gras legte. Hier saß sie und strickte die letzten Maschen einer Unterhose, während Elizabeth an einer Socke arbeitete und die zwischen ihnen liegenden Garnrollen immer kleiner wurden, als die Königin plötzlich quälenden Durst verspürte. Da sie außer einer Holzkiste mit dem geheimen Strickzeug nichts mitgebracht hatten, bat Königin Sofie Elizabeth, zum Schloß zurückzurudern und einen Krug Bier zu holen.

Während die Zofe weg war, setzten bei der Königin die Wehen ein – ein Schmerz, der ihr seit den Geburten ihrer beiden Töchter so vertraut war, daß sie ihm kaum Beachtung schenkte, weil sie wußte, daß es noch lange dauern würde. Sie strickte weiter. Sie hielt die Unterhose ans Licht, um festzustellen, ob Maschen gefallen waren. Der Schmerz kam wieder, und diesmal war er so heftig, daß Sofie das Strickzeug beiseite legte und sich auf den Kissen ausstreckte. Noch immer dachte sie, bis zur Geburt viele Stunden vor sich zu haben, doch Christian – so heißt es in der alten Geschichte – wußte schon, bevor er auf die Welt kam, daß ihn Dänemark brauchte, daß das Königreich abdriftete, weil es auf Gedeih und Verderb den Polarwinden und dem Haß der Schweden auf der anderen Seite des Kattegats ausgeliefert war, und daß nur er genügend Schiffe bauen konnte, um es fest zu verankern und zu beschützen. Daher versuchte er mit ganzer Kraft, so schnell wie möglich das Licht der Welt zu erblicken. Er strampelte und plagte sich in den Gewässern seiner Mutter und machte sich dann kopfüber auf den Weg zu dem engen Kanal, der ihn in die klare, nach Meer schmeckende Luft hinausführen würde.

Als Elizabeth mit dem Krug Bier zurückkam, war er schon auf der Welt. Königin Sofie hatte die Nabelschnur mit einem Dorn durchtrennt und den kleinen Jungen in ihr Strickzeug gewickelt.

Die Geschichte geht noch weiter. Keiner kann sagen, was wahr ist, was hinzugefügt oder weggelassen wurde. Nur die Königinwitwe Sofie weiß es, ist es doch ihre Geschichte. Sie gehört nicht zu den Frauen, die verschenken, was ihnen gehört.

Es wird erzählt, die zu jener Zeit in Dänemark geborenen Kinder seien der Gefahr des Teufels ausgesetzt gewesen. Dieser sei von den unerbittlichen Lutheranern aus den Kirchen vertrieben worden und versuche sich nun in ungetauften Seelen einzunisten. So fliegt er nachts auf der Suche nach Muttermilch schnüffelnd durch die dichtbesiedelten Städte. Findet er welche, huscht er unbemerkt durchs Fenster ins Zimmer des Säuglings und versteckt sich in der Dunkelheit unter der Wiege, bis die Amme eingeschlafen ist. Dann streckt er seinen langen, dünnen Arm aus und verschafft sich mit seinen fadenförmigen Fingern durch die kleinen Nasenlöcher Zugang zum Gehirn des Kindes, in dessen Innern wie das Schuppenblatt eines Kiefernzapfens die Seele liegt. Diese nimmt er zwischen Zeigefinger und Daumen, zieht unendlich vorsichtig seine vom Eindringen ins lebende Organ schlüpfrige Hand zurück, und wenn er die Seele herausgezogen hat, steckt er sie sich in den Mund und saugt sie aus, bis er von einem Schauder der Ekstase und Freude gepackt wird, der ihn für mehrere Minuten erschöpft.

Gelegentlich wird er dabei gestört. Manchmal wacht die Amme auf, schnuppert, macht eine Lampe an und tritt gerade in dem Augenblick an die Wiege, wenn die Seele herauskommt. Dann muß der Teufel sie fallen lassen und fliehen. Die Seele wird, wo immer sie landet, von der umgebenden Materie geschluckt und bleibt für immer an diesem Ort. Fällt sie in die Falten einer Decke, verharrt sie dort, so daß es damals sehr viele Kinder gab, die ganz ohne Seele aufwuchsen. Wenn sie dem Kind auf den Magen sinkt, läßt sie sich da nieder, so daß das Kind für immer und ewig von dem Gedanken besessen ist, das Fleisch seiner hungrigen Seele ernähren zu müssen, und so fettleibig wird, daß es schließlich zum Herztod führt. Am schlimmsten sei es, sagten die Frauen, wenn die Seele auf die Genitalien eines kleinen Knaben falle. Denn dann wird das Kind ein teuflisch lüsterner Mann, der eines Tages seine Frau, seine Kinder und alle anderen, die ihm hätten teuer sein sollen, betrügt, nur um die Sehnsucht seiner Seele nach Beischlaf zu befriedigen. Derart ruchlos verhält er sich im Laufe seines Lebens gegenüber mehr als tausend Frauen und Knaben, ja sogar gegenüber seinen eigenen Töchtern oder den bemitleidenswerten Tieren im Haus und auf dem Feld.

Königin Sofie wußte, daß sie es nicht zulassen durfte, daß die Seele ihres Sohnes vom Teufel gestohlen wurde. Nachdem sie mit dem Kind über den See gerudert und es gewaschen und in die Wiege gelegt worden war (die blutbefleckte gestrickte Unterhose hatte sie rasch ins Feuer geworfen), habe sie angeordnet, das Zimmerfenster trotz des herrlichen Aprilmorgens zu schließen und so zu verriegeln, daß es Tag und Nacht nicht geöffnet werden konnte. Die Amme habe eingewandt, der kleine Prinz werde ersticken, doch die Königin habe sich nicht erweichen lassen. So sei dieses eine Fenster im Schloß die sechs Wochen bis zur Taufe des Kindes am 2. Juni in der Frue Kirke geschlossen geblieben.

Manchmal geht der König zu dem Zimmer, in dem er als Kind lag, und blickt auf dieses Fenster oder den dunklen Nachthimmel dahinter, und da er sich im Besitz seiner Seele weiß, dankt er Gott, daß der Teufel nicht hereinkonnte, um sie zu stehlen.

Ebenso wird berichtet, daß König Frederik II. und Königin Sofie zu jener Zeit auch den großen Astronomen Tycho Brahe kommen ließen, ihm ihren Sohn und Erben Christian vorstellten und darum baten, Vorhersagen für das Leben des künftigen Königs zu treffen. Tycho Brahe befragte die Sterne. Er fand Jupiter im Aszendenten und sagte dem König und der Königin, der Knabe werde ein fruchtbares Leben führen und auf der ganzen Welt zu Ehren und Würden kommen. Er warnte nur vor einem: Im Jahr 1630, dem Jahr nach Christians zweiundfünfzigsten Geburtstag, werde es Probleme und Gefahren geben.

Die Falltür

Es schneit auf Rosenborg. Zuerst fiel der Schnee in Nordjütland, und nun trägt ihn der eisige Wind in Richtung Süden.

Peter Claire wacht in seinem harten Bett auf und erinnert sich, daß er in Dänemark ist und seinen ersten Tag im Königlichen Orchester vor sich hat. Er hat nur drei Stunden geschlafen, und die Bangigkeit, die seine Ankunft begleitete, scheint bei Anbruch des neuen Tages kaum geringer geworden zu sein. Er steht auf und blickt aus dem Fenster in den Hof, wo der Schnee allmählich die Kopfsteine bedeckt. Böig und stiebend fallen die Flocken, und er fragt sich, wie lange der dänische Winter in diesem Jahr wohl dauern wird.

Heißes Wasser wird gebracht. Er rasiert sich und wäscht sich den Schmutz der Seereise von der Haut – angetrockneten Schweiß, Salz, Teerflecken und öligen Dreck. Er zittert dabei, weil es in dem Raum über den Ställen sehr kalt ist. Dann zieht er saubere Kleider und schwarze Lederstiefel aus der irischen Stadt Corcaigh an. Er kämmt sich das blonde Haar und steckt sich den juwelenbesetzten Ring ins Ohr.

Den Musikern wird in einem Speisesaal heiße Milch und warmes Zimtbrot serviert. Die dort bereits anwesenden Männer, die sich die Hände an ihren Milchschalen wärmen, drehen sich bei Peter Claires Eintreten um und mustern ihn: Es sind acht oder neun unterschiedlichen Alters, die meisten jedoch älter als er, und alle tragen sie dezente Anzüge aus schwarzem oder braunem Stoff. Er verneigt sich vor ihnen, und als er seinen Namen nennt, erhebt sich ein älterer Mann mit einer weißen Haartolle, der etwas abseits von den anderen sitzt, und kommt auf ihn zu. »Herr Claire«, sagt er, »ich bin Jens Ingemann, der Musikmeister. Seid willkommen auf Rosenborg! Hier, trinkt Eure Milch, und dann zeige ich Euch die Räume, in denen wir spielen!«

Der König ist auf der Jagd. Es gehört zu Seiner Majestät größten Freuden, durch die Wälder zu reiten und im fallenden Schnee die Witterung eines Keilers aufzunehmen. »Ihr werdet sehen«, sagt Jens Ingemann zu Peter Claire, »daß er völlig verzückt und ausgehungert zurückkommt und uns dann auffordert, ihm beim Essen vorzuspielen. Er glaubt, daß bestimmte Musikstücke beim Verdauen helfen.«

Sie befinden sich im *Vinterstue*, dem dunklen Raum, wo am Abend zuvor die Lampe angezündet worden war. Im Tageslicht sieht Peter Claire nun, daß das, was er an den Wänden für schlichte Holztäfelung hielt, in Wirklichkeit goldgerahmte Ölgemälde mit Waldszenen und Meeresansichten sind und daß die Decke mit prunkvollem, gold und blau bemaltem Stuck verziert ist. In einer Ecke des Raums stehen mehrere Notenständer.

»Nun«, meint Jens Ingemann, »hier spielen wir manchmal. Das sind dann gute Tage, doch sie sind selten. Seht Euch im Zimmer um und sagt mir, ob Euch darin nicht etwas Ungewöhnliches auffällt.«

Peter Claire bemerkt einen schönen, mit dem königlichen Wappen geschmückten Marmorkamin, die silbernen Löwen, die er schon bei seiner Ankunft gesehen hat, einen Thron, dessen Polster mit dunkelrotem Brokat bezogen sind, zwei Eichentische, mehrere Stühle und Schemel, eine Reihe Bronzebüsten, ein paar schwere Kerzenständer und ein Schiffsmodell aus Elfenbein.

»Nun?« fragt Jens. »Nichts Unerwartetes?«

»Nein...«

»Also gut! Gehen wir weiter! Folgt mir!«

Sie gehen in die Halle hinaus und wenden sich nach links in einen Steingang. Gleich darauf öffnet Jens Ingemann eine schwere, eisenbeschlagene Tür. Peter Claires Blick fällt auf Stufen, die in einer engen Kurve nach unten führen.

»Es ist dunkel auf der Treppe«, sagt Jens. »Paßt auf, daß Ihr nicht stolpert!«

Die Treppe verläuft um eine mächtige Steinsäule herum und endet in einem niedrigen Tunnel. Jens Ingemann eilt ihn entlang, auf ein fernes, flackerndes Licht zu. Als sie aus dem Tunnel kommen, findet sich Peter Claire in einem großen Kellergewölbe wieder, das von zwei an die Wände genagelten Eisenleuchtern erhellt wird. Es riecht nach Harz und Wein, und nun kann man auch Hunderte von Fässern sehen, die wie Miniaturschiffe im Trockendock auf gebogten Holzstützen liegen.

Jens Ingemann geht langsam weiter, seine Schritte hallen auf dem Steinboden leicht wider. Dann dreht er sich um und deutet auf ein freies Stück zwischen den aufgereihten Fässern. »Da wären wir!« sagt er. »Hier ist es!«

»Der Weinkeller!«

»Ja. Es gibt hier Wein. Und in einem Käfig dort drüben ein paar arme Hennen, die noch nie die Sonne oder etwas Grünes gesehen haben. Merkt Ihr, wie kalt es ist?«

»Nichts Ungewöhnliches für einen Keller!«

»Ihr werdet Euch daran gewöhnen? Wollt Ihr das damit sagen?«

»Mich daran gewöhnen?

»Ja.«

»Nun, ich glaube nicht, daß ich hier unten viel Zeit verbringen werde. Ich bin nicht gerade ein Kenner von ...«

»Die *ganze* Zeit!«

»Verzeiht, Herr Ingemann ...«

»Natürlich hat Euch Seine Majestät das nicht gesagt! Niemand hat es Euch gesagt, weil Ihr sonst vielleicht nicht gekommen wärt. Das hier ist unsere Wirkungsstätte. Hier spielen wir – abgesehen von ein paar kostbaren Tagen, an denen wir ins *Vinterstue* hochgerufen werden.«

Peter Claire schaut Jens Ingemann ungläubig an. »Was für einen Sinn ergibt ein Orchester im Keller? Niemand kann uns hören!«

»Oh«, meint Ingemann, »es ist genial. Es soll nichts dergleichen sonstwo in Europa geben. Ich habe Euch gefragt, ob Ihr im *Vinterstue* nicht etwas Ungewöhnliches seht. Habt Ihr nicht die beiden am Boden befestigten Eisenringe bemerkt?«

»Nein.«

»Ich weiß jetzt nicht, ob die Seile daran befestigt waren. Wahrscheinlich nicht, sonst wären sie Euch aufgefallen. Nun, seht Ihr, wir sind direkt unter dem *Vinterstue*. Nicht weit vom Thron entfernt kann man mit Hilfe der Seile ein Stück Boden anheben und wieder absenken. Unter dieser Falltür ist ein Gitter, und wiederum darunter sind einige Messingrohre angebracht, die in dieses Kellergewölbe hier führen. Diese Rohre sind fast selbst Musikinstrumente. Sie haben so ausgeklügelte Kurven und Verengungen, daß die Klänge, die wir hier unten erzeugen, unverzerrt nach oben gelangen. Die Gäste des Königs rätseln dann immer, woher die Musik kommt und ob auf Rosenborg Musiker früherer Zeiten herumgeistern.«

Jens Ingemann ist beim Sprechen weitergegangen, doch Peter Claire ist stehengeblieben und schaut sich um. Er erkennt, daß die Leuchter nicht die einzige Lichtquelle in dem Keller sind, sondern zwei schmale Öffnungen in der Wand zum Garten direkt oberhalb des Bodens führen. Es handelt sich nicht um Fenster, sondern lediglich um Schlitze in der Mauer, die Luft einlassen. Als Peter Claire jetzt dorthin blickt, sieht er ein paar Schneeflocken hereindrängen, als wären sie ein fehlgeleiteter Schwarm Sommermücken.

Ingemann kann seine Gedanken lesen. »Sicher denkt Ihr, daß wir es hier unten wärmer hätten, wenn der Raum nicht nach außen offen wäre, und darin stimmen wir natürlich alle mit Euch überein. Ich habe den König persönlich darum gebeten, Bretter vor diese Öffnungen nageln zu lassen. Er weigert sich jedoch und meint, die Weinfässer müßten atmen können.«

»Und daß wir erfrieren ist ihm egal?«

»Manchmal denke ich, daß es ihn vielleicht dazu bewegen könnte, uns woanders unterzubringen, wenn einer von uns sterben würde. Es ist aber schwierig, dafür einen Freiwilligen zu finden.«

»Und wie sollen wir uns konzentrieren, wenn wir so frieren?«

»Es wird von uns erwartet, daß wir uns daran gewöhnen. Und vielleicht überrascht Euch das: Wir tun es *tatsächlich*. Am schlimmsten ist es für die Südländer in unserer kleinen Gruppe, für Signor Rugieri und Signor Martinelli. Die Deutschen, Holländer, Engländer und natürlich die Dänen und Norweger überleben einigermaßen. Ihr werdet es ja sehen.«

Knöpfe

Nach der Taufe wurde der kleine Christian seiner Mutter weggenommen.

Es war seinerzeit üblich, Säuglinge einer älteren Frau anzuvertrauen – gewöhnlich der Großmutter mütterlicherseits –, weil man glaubte, ältere Frauen, die sich schon länger ihrer eigenen Sterblichkeit widersetzten, verstünden es besser als ihre Abkömmlinge, den Tod vom Kind fernzuhalten.

Königin Sofie fand Trost bei ihren beiden Töchtern und dem ungesetzlichen Stricken. Dennoch wird vermutet, daß ihre Streitsucht und ihr Verlangen, heimlich ein großes eigenes Vermögen anzuhäufen, auf diese Zeit zurückgehen, in der sie ihres kleinen Sohnes beraubt wurde, den sie abgöttisch liebte.

Prinz Christians kleines Leben wurde in die Obhut seiner Großmutter, der Herzogin Elisabeth von Mecklenburg, im deutschen Güstrow gegeben. Diese betraute zwei junge Trompeter damit, abwechselnd vor der Tür des Prinzen Stellung zu beziehen. Wenn das Kind schrie, mußten sie trompeten, dann kam die Herzogin oder eine ihrer Frauen angerannt. Es war ihr einerlei, daß das Trompeten den ganzen Haushalt störte. »Wichtig ist nur«, sagte sie ungeduldig, »daß dem Knaben nichts zustößt. Alles andere ist belanglos.«

Christian wurde ein Holzstock in die Windeln gelegt, weil er einen geraden Rücken und gerade Gliedmaßen bekommen sollte. Er schrie Tag und Nacht, und die Trompeter bliesen. Als eine der Frauen vorschlug, den Stock zu entfernen, bezichtigte sie die unerbittliche Herzogin der Verhätschelung und Sentimentalität. Sie beaufsichtigte jedoch in ihrer eigenen Küche die Herstellung einer Salbe aus Schwarzwurzblättern zum Heilen der zarten, vom Stock wundgescheuerten Haut. Und als der Prinz seine Milchzähne bekam, ordnete sie an, den Kiefer nicht einzuschneiden, sondern abzuwarten, bis dieser »von allein durchstoßen wird wie der Erdboden im Frühjahr von den blassen Schnäuzchen der ersten Blumen«.

Als die Windeln allmählich gelockert wurden, so daß sich die kräftigen Beinchen bewegen und strampeln und die dicken Händchen die Gegenstände in Reichweite erforschen konnten, nahm die Herzogin das Kind oft auf den Schoß und redete mit ihm. Sie sprach dann Deutsch. Sie erzählte ihm, wie alles im Himmel und auf Erden eingerichtet war, mit Gott und seinen Heiligen hoch oben im weiten Blau des Himmels und seinen zwischen den weißen Wolken schwebenden Engeln. »Siehst du«, erklärte sie ihm, »weil Dänemark wegen seiner tausend Seen ein so nasses Königreich ist, spiegelt sich der Himmel dort öfter als anderswo auf Erden. Die Menschen sehen diese Spiegelungen und tragen sie im Herzen und lieben daher Gott und die Natur. Deshalb sind sie ruhig, so daß du sie, wenn du eines Tages König wirst, regieren und ihr Vertrauen gewinnen kannst.«

Während sie sprach, spielte er mit den Haarlocken am Ende ihrer Zöpfe. Und heute heißt es, der König habe etwas Seltsames gestanden: Er glaube, sich an die langen, goldenen Zöpfe seiner Großmutter, der Herzogin von Mecklenburg, erinnern zu können und reibe und liebkose daher seine eigene dünne Haarsträhne, seine heilige lange Locke, zwischen Zeigefinger und Daumen, wenn er aufgeregt sei; dieses Streicheln seines eigenen Haars beruhige und besänftige ihn. Es scheint jedoch niemand zu wissen, ob das stimmt, und falls es stimmt, wem er es gestanden hat. Vielleicht Kirsten. Oder Kirsten hat es erfunden.

Er fing sehr früh zu sprechen an, allerdings auf deutsch. Er hatte eine so laute Stimme, daß man sein Schreien noch zwei oder drei Räume weiter hören konnte. So wurde bald beschlossen, den Tagestrompeter zu entlassen, da man ihn nicht mehr benötigte. Der Nachttrompeter blieb. Herzogin Elisabeth fürchtete die Macht der Träume. Sie meinte, wenn man ein Kind nach einem Alptraum nicht tröste, könnte es mit der Zeit nicht mehr zwischen Traum und Wirklichkeit unterscheiden und würde allmählich melancholisch.

Der Nachttrompeter bekam ein neues Instrument und neue Verhaltensmaßregeln. Er sollte, wenn Prinz Christian im Dunkeln schrie, nicht nur in die Trompete stoßen, sondern ein munteres Lied spielen, um die Ängste des Kindes zu vertreiben.

Auch das, heißt es, hat Christian niemals vergessen. Manchmal werden die Musiker um drei oder vier Uhr morgens aus ihren Betten über den Ställen geholt und zum Schlafzimmer des Königs zitiert, um dort Quadrillen und Capriccios zu spielen.

Mit drei Jahren wurde Christian, der mittlerweile ohne Unterlaß Deutsch sprach, das mit ein paar Brocken Französisch vermengt war, die er bei seinen Besuchen in der Wäscherei in Güstrow aufgefangen hatte, wo ihn die französischen Wäscherinnen in ihre heißen, dicken Arme genommen und ihm schmatzende Küsse auf die Wangen gegeben hatten, seinen Eltern König Frederik und Königin Sofie in Frederiksborg zurückgebracht. Erst jetzt sah er, daß auch seine Mutter lange, blonde Haare hatte.

Damit er nicht ununterbrochen redete, bekam er rote und schwarze Kreiden und wurde angehalten, die Dinge seiner Umgebung zu malen: Hunde und Katzen, Holzsoldaten, Statuen, Modellschiffe, Kaminbestecke, Brunnen, Wasserlilien, Bäume und Fische. Er beherrschte dies sehr schnell, und so wurde dem großen Plauderrepertoire dieser kleinen Person noch ein weiteres Gesprächsthema hinzugefügt: seine Bilder. Niemand durfte sich diesem entziehen. Wenn hohe Herrschaften zu Besuch waren, mußten sie sich viele Blätter mit scharlachroten Soldaten und kohlrabenschwarzen Bäumen ansehen und sich dazu äußern. So wurde der König von Frankreich während eines prunkvollen Staatsbesuchs zu seiner Belustigung (in seiner Sprache) mit den Worten angesprochen: »Das ist ein Bild von Nils, meinem Kater. Finden Euer Majestät, daß er gut getroffen ist?«

»Nun«, antwortete König Ludwig, »wo ist der Kater? Hol ihn, damit ich es beurteilen kann.«

Doch der Kater Nils war nirgends aufzufinden. Die Diener riefen ihn stundenlang von den Toren aus und überall in den Gemüsegärten, doch er tauchte nicht auf. Dann spürte Seine Majestät, der König von Frankreich, plötzlich, wie ihn jemand am bestickten Ärmel zupfte. Neben ihm stand im Nachthemd Prinz Christian, im Arm seinen Kater, der ein blaues Satinband um den Hals trug. »Hier ist Nils!« verkündete der Knabe triumphierend.

»Ach ja, doch nun fehlt mir leider dein Bild!« sagte König Ludwig.

»Das braucht Ihr nicht!« antwortete der kleine Prinz. »Könige erinnern sich an alles. Das sagt mein Vater immer.«

»O ja, nur zu wahr!« erwiderte König Ludwig. »Ich hatte vergessen, daß wir uns an alles erinnern, doch jetzt erinnere ich mich wieder daran. Na, dann wollen wir doch mal sehen...« Er nahm dem Knaben Nils aus der Hand, legte ihn zwischen einer Obstschale und einem Weinkrug auf den Tisch und streichelte ihn, während die versammelten hohen Damen und Herren nachsichtig lächelten.

»Ich meine«, sagte der König von Frankreich, »daß du ihn hübsch und genau getroffen hast, bis auf eins!«

»Bis auf was?« fragte der Knabe.

»Dein Bild schnurrt nicht!«

Die Gäste der Abendgesellschaft lachten laut über diesen Scherz.

In jener Nacht ging dem Prinzen Christian die Bemerkung des Königs von Frankreich nicht aus dem Kopf. Da er allein war, öffnete er seine Zimmertür und fragte den Trompeter, ob er wisse, wie man ein Bild male, das Töne von sich gebe.

»Habt Ihr geträumt, Euer Hoheit?« fragte der junge Mann besorgt. »Soll ich eine Gigue spielen?«

Im Alter von sechs Jahren begann Christian, mit dem König und der Königin im Land herumzureisen.

Er sprach jetzt Dänisch, ohne aber sein Deutsch oder Französisch vergessen zu haben. Er schien ein erstaunliches Gedächtnis für alles auf Erden zu haben.

Sie reisten hauptsächlich aus zwei Gründen: Zum einen wollte der König die Zölle und Abgaben in den Lehen und Städten der Krone im Guten eintreiben, zum anderen wollte er sich dort frei bewegen und die Handels- und Werkstätten besuchen, um sicherzustellen, daß alle ordentliche Arbeit leisteten und Waren guter Qualität lieferten. Er sagte zu seinem Sohn: »Es gibt da etwas, was wir in Dänemark ausmerzen müssen, wenn wir stolz sein und mit der ganzen Welt Handel treiben wollen. Und das ist Schludrigkeit.«

Anfangs verstand der Knabe nicht den Sinn dieses Wortes, doch dann wurde er ihm von seiner Mutter erklärt: »Wenn du feststellst«, sagte sie, »daß die Schnallen deiner Schuhe verschieden groß sind, obwohl sie eigentlich gleich groß sein sollten, schließt du daraus, daß derjenige, der sie angefertigt hat, ein nachlässiger Handwerker ist. Und das nennen wir ›Schludrigkeit‹. Man kann es dir dann nicht übelnehmen, wenn du dir die Schnallen von den

Schuhen reißt oder die Schuhe sogar ganz wegwirfst. Wir brauchen hier Vollkommenheit, weißt du. In allem, was wir herstellen, und in allem, was wir tun, stehen wir mit Frankreich, den Niederlanden und England im Wettstreit. Wenn du dereinst König bist, mußt du in allem Schludrigen eine Beleidigung unseres Namens sehen und die Schuldigen bestrafen. Verstehst du das?«

Christian sagte, er verstehe dies, und schon bald glaubte er, seine Eltern hätten ihm das erklärt, weil ihm selbst dabei eine wichtige Aufgabe zufiel. Denn immer wenn er nun mit seinem Vater in eine Werkstatt kam, sei es in die eines Handschuhmachers, Schusters, Brauers, Steinhauers, Zimmermanns oder Kerzenmachers, stellte er fest, daß er gerade die richtige Größe hatte, um über die Werkbänke zu blicken und so die zur Ansicht ausgelegten Gegenstände aus nächster Nähe und von der Seite zu besichtigen – eine Perspektive, die nur er hatte. Alle anderen nahmen sie von oben wahr, er jedoch befand sich auf gleicher Höhe. Er betrachtete sie, und sie sahen ihn an. Und sein Auge, das eines Zeichners, war so scharf wie eine neugeprägte Münze: ständig richtete es aus, paßte an und maß. Es entdeckte die kleinsten Fehler: die losen Fäden eines Seidenballens; den verlaufenen Rand eines Emailpokals; die ungleichmäßigen Beschläge eines Lederkoffers; den nicht genau passenden Deckel einer Kiste. Und dann rief er, völlig unbeeindruckt vom Unbehagen im Gesicht des Handwerkers oder Händlers, seinen Vater, den König, zu sich, machte ihn auf die Unvollkommenheit, die niemand außer ihm bemerkt hatte, aufmerksam und flüsterte feierlich: »Schludrigkeit, Papa!«

Eines Tages besuchte die königliche Gesellschaft in Odense einen Knopfmacher, den der König schon von klein auf kannte. Der alte Mann begrüßte den jungen Prinzen überschwenglich und voller Zuneigung und legte ihm sofort einen Sack Knöpfe in die Hände. Es waren Knöpfe aus Silber und Gold, Glas, Zinn, Knochen und Schildpatt, es gab welche aus Eisen, Messing, Kupfer, Leder, Elfenbein und Perlmutt. Christian war ganz hingerissen von diesem Geschenk. Seine Hand hineinzutauchen und die vielen Knöpfe durch die Finger gleiten und purzeln zu lassen erweckte in ihm ein bebendes Gefühl ungetrübter Freude.

Als er in jener Nacht zu seiner Unterkunft in Odense zurückgekehrt war, zu Abend gegessen hatte und sich nun allein in seinem Zimmer befand, stellte er eine Lampe auf den Boden und schüttete den Inhalt des Knopfsacks im Lichtkegel aus. Die Knöpfe glitzerten und glänzten. Er bückte sich und schob sie langsam mit den Fingerspitzen hin und her. Dann kniete er vor ihnen nieder und legte sein Gesicht hinein, so daß er ihre kalten, glatten Oberflächen an der Wange fühlte. Es war das schönste Geschenk, das er je bekommen hatte.

Erst am nächsten Morgen erinnerte sich Christian wieder an den heiligen Befehl des Königs, was Schludrigkeit anging. So breitete er nun im kalten, weißen Licht des in Odense heraufdämmernden Oktobertags die Knöpfe in einem weiten Bogen auf dem Boden aus, drehte geduldig jeden einzelnen um, der nicht mit der Vorderseite nach oben lag, und machte sich daran, sie zu überprüfen.

Er war erschüttert. Auf jeden perfekten Knopf – der einen glatten Rand hatte, gleichmäßig poliert war, weder einen Sprung noch eine Kerbe aufwies und symmetrische Knopflöcher besaß – kamen vier, fünf oder sogar *sechs* Knöpfe, die offensichtlich und unleugbar Fehler aufwiesen. Er war traurig. Die Knöpfe schienen ihn flehend anzuschauen, ihn zu bitten, ihre jeweiligen Unvollkommenheiten zu übersehen. Doch er kümmerte sich nicht um ihr sentimentales Flehen. Man hatte ihm gesagt, die Zukunft Dänemarks hänge vom Ausmerzen schludriger Arbeit ab, und er hatte seinem Vater versprochen, sie mit der Wurzel auszureißen, wo und wann immer sie entdeckt wurde. Hier hatte er sie nun entdeckt und würde dementsprechend handeln.

Er legte alle fehlerhaften Knöpfe auf einen Haufen, rief einen Diener und ließ sie fortschaffen. Später einmal würde er dem König berichten, daß der alte Knopfmacher ausgesprochen schlechte Arbeit leistete, und vorschlagen, ihm seinen Lebensunterhalt zu entziehen.

Als Prinz Christian ein paar Tage später wieder auf Rosenborg war, nahm er den Knopfsack (der jetzt nur noch perfekte Knöpfe enthielt) aus dem Koffer und steckte seine Hand hinein. Da es nur noch wenige Knöpfe waren, stellte sich diesmal das Glücksgefühl, das er beim erstenmal empfunden hatte, nicht ein. Es war nicht mehr das schönste Geschenk, das er je bekommen hatte, sondern etwas ohne jede Bedeutung. Schon bald legte er den Sack wieder beiseite.

Er mußte jedoch noch oft daran denken. Es verwirrte ihn. Er kam nicht hinter das Geheimnis. Er wußte, daß er nur einen Sack unvollkommener Dinge bekommen hatte, und dennoch war er davon geblendet und entzückt gewesen. Er hatte die Knöpfe *geliebt*. Das bedeutete, daß er etwas Fehlerhaftes geliebt hatte, etwas, was eine Schande für Dänemark war. Er wußte, daß es für all dies eine Erklärung geben mußte, konnte sich aber einfach keine vorstellen.

Kirsten: Aus ihren privaten Papieren

Ein Geburtstagsgeschenk, das ich nicht erwähnt habe, weil es noch nicht eingetroffen ist, bekomme ich noch von meiner Mutter Ellen Marsvin: Sie schenkt mir eine Frau.

Sie möchten »Zofen« oder »Hofdamen« genannt werden, doch ich sehe nicht ein, warum dergleichen Titel Personen verliehen werden sollen, die in jeder Hinsicht unter mir stehen und nichts als bessere Diener sind. Daher bezeichne ich sie nur als meine *Frauen*. Natürlich haben sie Namen: Johanna, Vibeke, Anna, Frederika und Hansi. Doch diese fallen mir nicht immer ein, wenn ich sie brauche, so daß ich sage: »Frau, bring das weg!« oder: »Frau, mach die Tür zu!« oder welchen der tausendundein Befehle sonst ich ihnen täglich geben muß, von denen viele überflüssig wären, wenn sie weniger Zeit damit verbringen würden, sich wunderbare Ehrenbezeichnungen für sich selbst zu erträumen, und sich statt dessen mehr auf ihre jeweiligen Aufgaben konzentrieren würden.

Vor nicht allzu langer Zeit beschloß ich, die Pflichten meiner Frauen in neue Kategorien einzuteilen. Ich finde meine Neuordnung wirklich genial. Jede von ihnen muß jetzt die Verantwortung für einen bestimmten Teil meines Körpers übernehmen, wie zum Beispiel meine Hände, Beine, meinen Kopf, Leib und so weiter. So brauche ich sie alle, um korrekt gekleidet zu sein, wodurch ich geschickt verhindere, daß sie mir auch nur einen Tag nicht zu Diensten stehen. Dieser Zwang, den ich dadurch auf sie ausübe, bereitet mir große Befriedigung und heimlichen Spaß. Mein Leben ist durch Beschränkungen und die Ausübung bestimmter, mir sehr unangenehmer Rituale stark eingeengt, und ich sehe nicht ein, warum das Leben einfacher Frauen frei von diesen Dingen sein soll, wenn es meins nicht ist.

Als ich diese neue Einteilung der Pflichten meiner Mutter gegenüber erwähnte, fragte sie mich doch, obwohl sie es auch glänzend fand, ob ich nicht mehr Teile an mir hätte als Frauen. Ich antworte, ich sei bei meiner Unterteilung logisch vorgegangen, und Johanna nenne sich nun Frau für den Kopf, Vibeke Frau für den Körper, Anna Frau für die Hände, Frederika Frau für den Rock und Hansi Frau für die Füße. (Diese Titel klingen nach Gildezugehörigkeiten, weshalb ich zu meinen Frauen sagte: »Bitte sehr! Ihr, die ihr so auf Titel aus seid, nehmt nun diese Bezeichnungen und seid glücklich damit!«)

Dann meinte meine Mutter: »Aber das ist nicht *alles*, was du bist, Kirsten – Beine und Hände und so weiter.« Womit sie natürlich meint, daß alle Sterblichen seltsam vielschichtige wunderbare Wesen sind und gewisse Bedürfnisse und Gefühle in uns nicht genau oder völlig den von mir aufgestellten Kategorien zugeordnet werden können, aber dennoch gelegentlich der Betreuung durch eine Frau bedürfen. Und so hatte meine Mutter die Idee, mir eine Universalfrau zu bezahlen, die vielleicht keinen Gildenamen bekommt und nicht einem bestimmten Teil von mir zugeordnet wird, aber dennoch bereit ist, mir jederzeit, Tag und Nacht, in allen Funktionen zu dienen.

Ich halte dies für eine gute Idee. Und heute hörte ich nun, daß eine solche Frau gefunden worden ist und nächste Woche aus Jütland zu mir kommt. Sie heißt Emilia.

Im Winter, wie jetzt, ist hier alles ekelhaft trostlos, und die Langeweile, die ich an gewissen Tagen verspüre, versetzt mich in eine solche Wut auf die Welt, daß ich am liebsten ein Mann und Soldat wie mein Geliebter wäre, um jemanden mit der Lanze angreifen zu können.

Gestern waren ein paar Besucher hier: zwei davon Botschafter aus England und der dritte ein Elefant. Die Botschafter waren kränklich aussehende Männer, die nichts Interessantes taten und kaum ein paar Worte Dänisch oder Deutsch sprachen. Der Elefant jedoch war sehr unterhaltsam. Er konnte in die Knie gehen und tanzen. Er kam mit einer Truppe Akrobaten, die sich auf seinen Rücken und Kopf stellten und an seinen Beinen hochkletterten. Ich sagte zum König: »Ich möchte auf dem Elefanten reiten!« Und so trugen mich die Akrobaten (die klein aussahen, aber sehr stark waren) hinauf und setzten mich auf den Elefanten. Ich schwankte eine Weile herum und fand es phantastisch so hoch oben, während sie den Elefanten in einem kleinen Kreis herumführten. Von allen Fenstern Rosenborgs aus wurde ich beobachtet.

Doch natürlich forderten meine Kinder, als sie mich auf dem Elefanten sahen, mit viel Getöse, auch auf ihm zu reiten. Ich verbot es strikt und ließ mich von ihrem Jammern und Flehen nicht erweichen. Das ist das Hauptproblem mit Kindern: Man kann nichts tun, ohne daß sie es auch tun wollen, und dieser Nachahmungstrieb geht mir derart auf die Nerven, daß ich behaupten möchte, ich wünschte, ich hätte überhaupt keine Kinder, weil ich mich über alles, was sie tun, ärgern muß und mich erst wieder beruhige, wenn ich weit weg von ihnen und im Bett des Grafen bin.

Doch leider bin ich dort schon lange nicht mehr gewesen, sondern nur in meinem eigenen, wo ich von dem anderen geträumt habe. Es ist traurig, allein zu sein, doch ich kann es ertragen, weil ich mich auf das nächste Treffen mit meinem Geliebten freue. Was ich nicht mehr ertragen kann, sind die Gattenbesuche des Königs, und ich habe mich nun entschlossen, diese auch nicht mehr zuzulassen. So zeterte und schrie ich, als er letzte Nacht in mein Zimmer und Bett kam und versuchte, mir die Hand auf die Brust zu legen und sich an mich zu pressen. Ich behauptete, meine Brustwarzen seien wundgescheuert und mein ganzer Körper lädiert und müde, so daß man ihn nicht berühren dürfe. Ich dachte, er würde protestieren, denn wenn Männer lüstern sind, kümmert es sie nicht, wenn sie einem weh tun, doch statt dessen ging der König sofort weg und sagte, ihm täten meine Beschwerden leid und er hoffe, sie würden bei ein wenig Ruhe verschwinden.

Er ahnt nicht, daß dies keine Ruhe zuwege bringen kann. Auch wenn ich bis zum Frühjahr schliefe, würden sich meine Gefühle für ihn nicht ändern, und alle meine Anstrengungen müssen jetzt darauf abzielen, ihn mir gegenüber gleichgültig zu machen.

Das ist alles, was ich will. Ich bin zu dem Schluß gekommen, daß es mir egal ist, wenn er mich aus Kopenhagen wegschickt, ja sogar, wenn die Zahl meiner Frauen eingeschränkt wird. Es macht mir nichts aus, wenn ich meine Kinder nie wiedersehe. Meine Zukunft liegt beim Grafen. Nichts und niemand sonst auf Erden bereitet mir soviel Vergnügen und Freude.

Die Aufgabe

Peter Claire und Jens Ingemann kehren zum Speisesaal zurück, um auf die ersten Tagesbefehle zu warten. Der junge Lautenist nimmt mit seinen eiskalten Händen noch eine Schale heiße Milch entgegen.

Die anderen Musiker stellen sich vor: Pasquier aus Frankreich, Flötist, die Italiener Rugieri und Martinelli, Violinisten, sowie Krenze aus Deutschland, ein Violaspieler. Pasquier macht die Bemerkung, er hoffe, Peter Claire werde nicht weglaufen.

»Weglaufen? Ich bin doch gerade erst gekommen!«

»Englische Musiker laufen gern weg«, sagt Pasquier. »Carolus Oralli, der Harfenist, und John Maynard – beide sind von diesem Hof weggelaufen.«

»Aber warum denn? Was veranlaßte sie dazu?«

Rugieri meldet sich zu Wort: »Ihr werdet sehen«, sagt er, »was für ein Leben wir hier führen, die meiste Zeit im Keller, im Dunkeln. Heute wird so ein Tag sein. Man kann es niemandem verübeln, wenn er sich nach Licht sehnt.«

»Mir macht die Dunkelheit eigentlich nichts aus«, meint leise lächelnd der Deutsche Krenze. »Ich glaube schon immer, daß das Leben nur eine Vorbereitung auf den Tod ist. Und bereite ich mich im Dunkeln und in der Kälte nicht besser darauf vor?«

»Krenze tut so, als mache es ihm nichts aus«, schaltet sich Rugieri ein. »Wir glauben ihm das aber nicht. Wenn ich im Schein der Lampen in unsere Gesichter sehe, fühle ich mich unserer Gruppe verbunden, verbunden durch Leiden, denn das ist es, was ich bei jedem einzelnen von uns wahrnehme. Das stimmt doch, nicht wahr, Martinelli?«

»Ja«, erwidert Martinelli. »Und wir schämen uns dessen nicht, weil wir wissen, daß selbst so große Männer wie Dowland diese

Bedingungen schwierig fanden und er seine Rückkehr hinauszögerte, als er Urlaub hatte. Er gab vor, sein Schiff aus England habe wegen Sturm und Frost umkehren müssen. Er dachte daran, wie wir hier die Zeit verbringen...«

»Er konnte sich nicht über sein eigenes beklagenswertes Leben erheben, das ist alles!« meint Krenze. »Er schrieb gute Musik, konnte aber für seine Seele keinen Gebrauch davon machen. In dieser Hinsicht hat er sich vergeblich bemüht.«

»Ach kommt!« schreitet Jens Ingemann aufgeregt gestikulierend ein. »Warum halten wir uns mit dem auf, was schlecht ist? Armer Mr. Claire! Warum erzählen wir ihm nicht, wie schön wir spielen? Ihr wißt doch, daß selbst die Hennen oft still sind, vollkommen still, als wären sie in Trance, wenn wir musizieren...«

»Es sollte dort überhaupt keine Hennen *geben*!« sagt Pasquier.

»Das ist richtig«, antwortet Jens Ingemann, »vollkommen richtig. Es ist störend, Hennen im Zimmer zu haben. Aber ich finde trotzdem, daß wir ein sehr ordentliches kleines Orchester sind. Und es ist eine große Ehre, im Dienste des Königs zu stehen. Wir alle hätten unser Leben in irgendeiner kleinen Provinzstadt verbringen können, sonntags Kantaten spielen... Wenn ich mich recht erinnere, wart Ihr in Irland, im Haus eines Adligen, bevor Ihr zu uns kamt, Mr. Claire?«

»Ja«, erwidert Peter Claire. »Ich war bei Earl O'Fingal und habe ihn beim Komponieren unterstützt.«

In diesem Augenblick tritt ein Diener des Königs in den Speisesaal und verkündet, Seine Majestät sei von der Jagd zurück und werde nun im *Vinterstue* frühstücken. Er sagt nichts vom Keller, doch die Musiker wissen, daß sie jetzt dorthin müssen.

Sie stellen ihre Schalen auf den Tisch und eilen mit ihren Instrumenten in den nun heftig fallenden Schnee hinaus.

Jens Ingemann nimmt die Samthülle vom schönen Virginal, das Peter Claire vorher noch nicht bemerkt hatte, und setzt sich mit Blick auf den von ihnen gebildeten Halbkreis davor. Krenze, der deutsche Violaspieler, geht von einem Notenständer zum anderen und legt die Partituren auf. Das erste Stück ist eine Galliarde des spanischen Komponisten Antonio de Ceque. Rugieri läuft ebenfalls von Ständer zu Ständer und zündet die daran befestigten

Kerzen an, von denen jeden Tag aufs neue Wachs auf die Notenblätter tropft.

Während sie warten, stimmen sie die Instrumente so leise wie möglich, damit kein disharmonischer Klang nach oben dringt. Hell brennen die Lampen. Im Hühnerkäfig müht sich eine braune Henne ab, ein Ei zu legen. Die Schneeflocken, die durch die Lücken in der Wand wirbeln, schmelzen beim Fallen und bilden zwei Pfützen eiskalten Wassers.

Oben läßt sich ein Geräusch vernehmen: Die Falltür öffnet sich. Sie stellen das Stimmen ein. Jens Ingemann hebt die Hand, um Ruhe einkehren zu lassen, doch die braune Henne gackert wehklagend weiter, weil das Ei noch halb in ihrem Körper steckt. Rugieri schlägt mit dem Bogen auf den Käfig. Vor Schreck legt die Henne das Ei und rennt dann glucksend herum.

Dann dringt aus der ausgeklügelten Rohranlage, die über der rechten Wand einmündet, die Stimme des Königs: »Nichts Feierliches heute! Hört ihr da unten? Keine Fugen! Keine langsamen Weisen! Spielt, bis die Falltür geschlossen wird!«

Sie fangen an. Es kommt Peter Claire so vor, als spielten sie nur für sich, als handle es sich um eine Probe für eine spätere Aufführung in einem großen, hellerleuchteten Saal. Er muß sich in Erinnerung rufen, daß die Musik gleich dem Atem, der durch den Körper eines Blasinstruments wandert, durch die gewundenen Rohre getragen wird und klar und deutlich im *Vinterstue* austritt, wo König Christian sein Frühstück einnimmt. Er versucht, sich genau vorzustellen, wie es klingen mag und ob sein Anteil daran (sie spielen eine Galliarde, bei der die Flöten vorherrschen) zu hören ist. Wie immer bemüht er sich um Vollkommenheit, und da er so konzentriert spielt und lauscht, empfindet er die Kälte im Keller nicht so stark, wie er geglaubt hatte, und seine Finger bleiben flink und gelenkig.

Er hört auch, daß das Orchester einen vollen, üppigen Klang hervorbringt, einen Klang, wie ihn kein englisches Ensemble erzeugen könnte. Ingemann dirigiert und nickt im Takt mit dem Kopf. Tief im Klang ist etwas, was Peter Claire neu ist, eine Qualität, die er nicht genau definieren kann, die aber, wie er weiß, ihren Ursprung in der besonderen Zusammensetzung von Spielern aus sechs verschiedenen Ländern hat, von denen jeder seine eigene Sensibilität und Ausdrucksfähigkeit mitbringt. Peter Claire hat bereits gemerkt, daß es sich um sehr eigenwillige Männer handelt, die bestimmt oft unterschiedlicher Meinung sind, aber jetzt, zusammengekauert in ihrem dunklen Reich, eine reiche und fehlerfreie Harmonie schaffen.

Auf die Galliarde folgt eine Sarabande, ebenfalls von de Ceque. Peter Claire hat gehört, daß sich die Mahlzeiten Seiner Majestät, selbst das Frühstück, sehr hinziehen können und manchmal stundenlang ohne Pause gespielt werden muß. Doch heute ist das nicht der Fall. Als die Sarabande zu Ende ist und sie gerade umblättern, um sich auf das nächste Stück vorzubereiten, wird es plötzlich laut in den Rohren. Es klingt wie sonores Rülpsen.

Dann hören sie den König brüllen: »Schluß jetzt! Ich bekomme eine Magenverstimmung. Der Lautenist Mr. Claire möge in einer halben Stunde in mein Schlafzimmer kommen!« Die Falltür schlägt donnernd zu und schickt einen Schwall warmer Luft, der die Kerzen ausbläst, in den Keller.

Obwohl es erst zehn Uhr morgens ist, liegt König Christian im Bett. Die Vorhänge seines Schlafzimmerfensters sind zugezogen, und es brennen Lampen wie am Abend.

Er läßt Peter Claire neben sich Platz nehmen und sagt: »Ich wollte Euch noch einmal ansehen. Haltet Euer Gesicht hier ans Licht!«

Der König studiert es dann mit höchster Aufmerksamkeit, als sei es ein Kunstwerk. »Nun«, meint er nach einer Weile, »ich habe mich geirrt. Ich dachte, ich hätte Euch heute nacht nur geträumt, doch Ihr seid wirklich ganz real. Ich glaubte, ich hätte Euch mit den Engeln verwechselt, wie ich sie mir als Knabe vorstellen sollte, und auch mit... doch egal... So ähnlich habe ich Engel immer gemalt – mit Gesichtern wie Eurem. Meine Großmutter erzählte mir, sie würden auf den Wolken sitzen und mir Weihnachten Gold und Silber in die Schuhe legen. Ich glaube, ich warte schon mein Leben lang auf einen, doch keiner ist mir je erschienen. Doch nun seid Ihr hier, Ihr und Eure Laute. Daher habe ich mich entschlossen, Euch eine Aufgabe zu übertragen.«

Peter Claire erwidert, er werde jede Aufgabe übernehmen, an die Seine Majestät denke, doch gleich darauf verfällt der König in

Schweigen. Er sieht jetzt müde und träumerisch aus, als schlafe er gleich ein, doch nach ein paar Augenblicken kommt er wieder zu sich. Er trinkt einen Schluck Wasser, in das ein weißes Pulver gerührt ist. »Für meinen Magen«, sagt er. »Er plagt mich Tag und Nacht. Läßt mich nicht schlafen. Und ein Leben ohne Schlaf wendet sich zum Schlechten. Man verliert den roten Faden. Und das ist es, was ich mir von der Musik erhoffe – daß sie mir den roten Faden wiedergibt. Sagt mir, was Ihr Euch von ihr erhofft!«

Diese Frage ist Peter Claire in seinen siebenundzwanzig Lebensjahren noch nie gestellt worden. Er stammelt, er glaube mit seinem Spiel etwas von sich Ausdruck verleihen zu können, das andernfalls stumm bliebe. Der König fragt: »Aber was für ein *Etwas* ist das, Mr. Claire? Könnt Ihr es definieren?«

»Nein. Vielleicht könnte ich sagen, es ist das, was in meinem Herzen ist...«

»Tiefer! Das menschliche Herz ist zu eng mit den Sinnen verbunden. Es liegt viel tiefer.«

»Ich glaube, dann weiß ich es nicht, Sir.«

»Ordnung! Das ist es, wonach wir uns aus tiefstem Herzensgrunde sehnen. Eine Ordnung, die Platos himmlische Harmonien widerspiegelt: ein Eingriff in das stille Chaos, das in jeder menschlichen Brust wohnt. Die Musik kann diese in uns noch am ehesten wiederherstellen. Selbst bei einem Mann, der die Natur seines eigenen Dilemmas nicht erkannt hat: Bei erhabener Musik entdeckt er, daß es möglich ist, alles Streben unter einer wunderbaren Ruhe zusammenzufassen, wodurch er Frieden findet. Ist es nicht so?«

»Möglicherweise, Sir, wenn man einmal davon absieht, daß ich weiß, daß es Menschen gibt, denen die Musik keinen Trost zu spenden scheint...«

»Vielleicht, weil sie keine Seelen haben? Vielleicht hat ihnen diese nach ihrer Geburt der Teufel gestohlen?«

»Vielleicht...«

»Oder sie ähneln Kindern, leben nur an der Oberfläche der Welt und glauben, es gebe nichts darunter?«

»Oder sie haben nie wirklich erhabene Musik gehört?«

»Daran habe ich noch nicht gedacht, doch es leuchtet mir ein. Sollte es mehr öffentliche Aufführungen geben? Was meint Ihr? Sind die Könige und Regierungen im allgemeinen mit Musik zu knausrig? Hätten wir eine größere *äußere* Ordnung, wenn die Leute im Waschhaus Lieder und in den Tavernen Pavanen hören könnten?«

»Ihr könntet es ja einmal ausprobieren, Euer Majestät!«

»Ja, das könnte ich. Viele unserer Bürger sind sehr traurig und verwirrt. Sie wissen nicht, wie sie auf der Welt *sein* sollen. Sie wissen nicht, warum sie leben.«

Peter Claire weiß darauf keine rechte Antwort. Er senkt den Kopf und streichelt mit seinen langen Fingern den Hals und Körper seiner Laute. Der König trinkt den Rest des Wassers mit dem weißen Pulver, rülpst laut und stellt das Glas wieder hin. »Ich schlafe jetzt«, sagt er. »In der vergangenen Nacht habe ich kein Auge zugetan. Um halb fünf bin ich zu meiner Frau gegangen, um mich trösten zu lassen, doch sie schickte mich weg. Ich weiß nicht, was aus uns geworden ist.«

König Christian hat immer noch nicht die »Aufgabe« erwähnt, die er dem Lautenspieler zugedacht hat, und da er sich jetzt zum Schlafen anschickt und Peter Claire dies als Wink nimmt, zu gehen und den König allein zu lassen, erhebt er sich. Einen Augenblick bleibt er zögernd am Bett stehen, und der König schaut zu ihm auf. »Nun zu Eurer Aufgabe«, sagt er dann. »Ich möchte, daß Ihr *auf mich aufpaßt!* Ich kann Euch im Augenblick nicht sagen, ob es eine Aufgabe für kurz oder lang, eine große oder kleine sein wird, doch ich bitte Euch um diese Gunst, wie ich einen Engel darum bitten würde. Wollt Ihr das für mich tun?«

Peter Claire blickt dem König ins breite, häßliche Gesicht. Er ist sich in diesem Augenblick bewußt, daß möglicherweise etwas von großer Bedeutung seinen Anfang nimmt und er am Ende vielleicht doch nicht vergebens nach Dänemark gekommen ist, wenn er auch nicht genau weiß, was dieses Etwas ist. Er würde König Christian sehr gern fragen, was er mit »auf mich aufpassen« meint, möchte jedoch nicht plötzlich begriffsstutzig und beschränkt wirken. »Natürlich werde ich das tun, Sir«, erwidert er.

*Klage der Gräfin O'Fingal – aus ihrem Tagebuch
mit dem Titel* La Dolorosa

Ich bin die älteste Tochter von Signore Francesco Ponti, einem Papierhändler, unter dessen liebevoller Obhut ich mein Leben bis zum Alter von zwanzig Jahren verbrachte. Dann kam Graf O'Fingal in unser Haus und verliebte sich auf den ersten Blick in mich.

Ich trug Weiß, und mein schwarzes Haar hing mir in Ringellocken ums Gesicht. Ich reichte dem Grafen O'Fingal, der zweiunddreißig Jahre alt war, die Hand, und als ich sah, wie er sie an die Lippen preßte, wußte ich, was in ihm vorging. Es dauerte keine drei Monate, da war ich seine Braut, und er brachte mich hierher auf sein Gut in Cloyne im Westen Irlands.

Graf O'Fingal, den seine Freunde nur Johnnie nannten, war ein äußerst korrekter Mann, und ich will getreulich von seinem Anstand und seiner Güte mir gegenüber berichten. Er sprach leise und mit angenehmer Stimme und erteilte mir im ersten Jahr unserer Ehe geduldig Englischunterricht, wobei er liebevoll über meine Fehler lachte. Wenn wir auf Cloyne abends keine Gesellschaft hatten, las er mir aus Shakespeares Sonetten vor, wodurch mir viele dieser großen Werke in Erinnerung geblieben sind und mir jetzt in dieser traurigen Zeit Trost spenden.

> *Am besten dient mein Auge blinzelnd mir;*
> *Denn unbeachtet geht der Tag an ihm vorüber:*
> *Allein im Schlaf, im Traume sieht's nach dir*
> *Aus Nacht in Helligkeit, nachthell hinüber.*

Ich zweifelte nie an Johnnie O'Fingals Liebe und werde dies auch niemals tun. Etwas von dem, was er seine »Vision« von mir in Bologna nannte, blieb ihm immer erhalten, so daß ich in O'Fingals Augen auch nie alterte. Als ich auf die Dreißig zuging, war ich für ihn immer noch der weißgekleidete Engel, den er vor dem Kamin meines Vaters hatte stehen sehen, und mein Körper, der ihm inzwischen vier Kinder geboren hatte, war für ihn immer noch der vollkommene Körper eines Mädchens.

Doch jetzt begreife ich, daß man in seiner liebevollen Illusion bereits den Schatten oder das Muster der Tragödie erkennen kann, die im zehnten Jahr unserer Ehe ihren Anfang nahm.

Graf O'Fingal war zwölf Jahre älter als ich, sah jedoch jünger aus. Er war ungewöhnlich groß, ich glaube, ein Meter dreiundneunzig, so daß mein Vater ihn zwar für einen ehrenwerten und charmanten Mann hielt, aber nicht besonders gern neben ihm stand und sich mit ihm immer lieber im Sitzen unterhielt.

Er hatte sehr zarte Hände, die ausgesprochen ruhelos waren. Ständig gestikulierte er, faltete und entfaltete sie, als wollten sie sich von seinen Armen lösen und eine eigene Existenz fern von seinem Körper führen. Seine Haut war sehr weiß und sein Haar zwar nicht allzu dicht, aber von einer angenehmen braunen Farbe. Er hatte graue, lebhafte Augen. Weil er ihr Herr und Meister war und sein Vater, der verstorbene Graf, stets ein gewissenhafter Gutsherr gewesen war und für Sicherheit auf den Bauernhöfen und in den Hütten gesorgt hatte, fragten mich die Leute von Cloyne immer: »Und wie geht es Eurem gutaussehenden Gemahl, Lady O'Fingal?« In Wirklichkeit war in meinen Augen »gutaussehend« nicht der richtige Ausdruck, um Johnnie O'Fingal zu beschreiben, doch alles in allem war er ein recht netter junger Mann, und in meiner Einsamkeit der ersten Jahre in Irland begann ich ihn sehr gern zu haben.

Er war unseren Kindern ein guter Vater und bei ihrer Unterrichtung und mit ihrem kindischen Gehabe genauso geduldig wie bei meinen Englischstunden. Wenn ich mit ihm in dem hohen Raum mit dem Marmorboden das Abendessen einnahm oder er mir am Kamin Sonette vorlas, schaute ich oft zu ihm auf und dachte, eine gute Entscheidung getroffen zu haben, als ich ihn zum Mann nahm. Ich sollte hier noch etwas anderes erwähnen: Johnnie O'Fingal verfügte über ein beträchtliches Vermögen.

Doch nun muß ich zu der großen Katastrophe kommen. Sie nahm ihren Anfang in einer kalten Winternacht, als ein Sturm um unser Haus tobte und ich das Tosen des Meeres so nah hörte, als wolle es in unsere Zimmer eindringen und uns alle ertränken. Aus Furcht weckte ich Johnnie, der aufstand, für mich eine Lampe anzündete und mir einen Schal um die Schultern legte. Er erzählte mir, er habe das Meer als Knabe oft genauso tosen gehört, wüßte jedoch, daß es auch in tausend Jahren nicht unsere Türen erreichen würde. Es gelang ihm, mich zu beruhigen, und er saß im Schein der Lampe bei mir und hielt meine Hand.

Nach einer Weile dankte er mir, ihn gerade in diesem Augenblick geweckt zu haben. Als ich nach dem Warum fragte, erzählte er mir, gerade einen ungewöhnlichen Traum gehabt zu haben, der sich vielleicht, wenn er bis zum Morgen durchgeschlafen hätte, im Nichts, wie wir Vergessenes nennen, aufgelöst hätte.

Johnnie O'Fingal hatte geträumt, komponieren zu können. In dieser wundersamen Träumerei war er in die Halle hinuntergegangen, wo ein Virginal stand (das er ganz gut spielen konnte) und wohin er manchmal die besten irischen Musiker einlud, um uns und unsere Freunde mit einem Konzert zu unterhalten. Dort hatte er sich vor das Virginal gesetzt und nach einem Blatt des cremefarbenen Papiers meines Vaters und einem frisch gespitzten Federkiel gegriffen. Dann hatte er fieberhaft die Linien des Violin- und Baßschlüssels gezogen und sofort entsprechend den Tönen und Harmonien in seinem Kopf mit einer komplizierten Notenschrift begonnen, die ihm mühelos aufs Papier floß. Als er dann die niedergeschriebene Musik spielte, war es ein Klagelied von solcher Anmut und Schönheit, daß er nicht glaubte, in seinem Leben schon einmal etwas Vergleichbares gehört zu haben.

Ich fand diesen Traum so wundervoll, daß ich sofort sagte: »Nun, warum gehst du nicht gleich hinunter, um zu sehen, ob du dich nicht, wenn du am Instrument sitzt, an die Melodie erinnern kannst?«

»Ach nein«, antwortete er, »was wir in unseren Träumen vollbringen können, stimmt nur selten mit dem überein, wozu wir in Wirklichkeit fähig sind.«

Doch ich redete ihm zu. Nach dieser Nacht wünschte ich mir oft, es nicht getan zu haben.

Von mir gedrängt, ging Johnnie schließlich in die Halle hinunter und weckte einen Diener, um ein Feuer anzumachen. Er verbrachte die ganze restliche Nacht vor dem Virginal, wo ich ihn, als ich zum Frühstück hinunterging, in der Sonne sitzen sah, die im Gefolge des Sturms durch eines der hohen Fenster fiel. Sein Haar war zerzaust. Auf dem Boden lag viel zerknülltes, mit Linien und Noten bekritzeltes Papier.

»Nun, Johnnie?« fragte ich.

Er griff nach meiner Hand. »Hör!« sagte er. »Hör zu!«

Er begann eine Melodie von seltsam schwermütiger Süße zu spielen, die mich ein wenig an eine erinnerte, die ich vor langer Zeit einmal in Bologna gehört hatte und die von dem großen Alfonso Ferrabosco stammte. Ich saß schweigend und staunend da. Als er plötzlich abbrach, rief ich: »Spiel weiter! Es ist schön, Johnnie. Spiel mir alles vor!«

Er konnte aber nicht weiterspielen. Er erzählte mir, ihm seien diese wenigen wunderbaren Akkorde in den ersten fünfzehn Minuten am Virginal eingefallen, doch alle Versuche fortzufahren hätten nur Mittelmäßiges hervorgebracht, das alles Vorherige verdarb. Ich sagte, das liege an seiner Müdigkeit, und schlug ihm vor, sich wieder hinzulegen und noch ein Weilchen zu schlafen, um dann ausgeruht noch einmal von vorn zu beginnen. Ich strich ihm übers Haar und glättete es ein wenig. Zwei unserer Kinder waren heruntergekommen und schauten verdutzt auf ihren zerzausten Papa. Und dann legte Johnnie O'Fingal zu ihrer Bestürzung – denn das war etwas, was sie noch nie gesehen hatten und wahrscheinlich auch glaubten, nie in ihrem Leben zu sehen – sein Gesicht in die Hände und weinte.

Emilia Tilsen

Sie kam in Jütland zur Welt. Ihr Vater, Johann Tilsen, ist ein reicher Gutsbesitzer mit einer Leidenschaft für Sommerobst. Er fällte Buchen- und Eichenwälder, um Plantagen mit schwarzen Johannis- und Loganbeeren anzulegen. Als Kind roch Emilias Atem süß nach Erdbeerkuchen.

Sie ist das älteste von sechs Kindern und das einzige Mädchen. Nach ihr wurde ein Bruder nach dem anderen geboren. Sie platzten schreiend und strampelnd in die Welt, hefteten ihre Gaumen an die Brüste ihrer Mutter und saugten sie so kräftig aus, daß diese sich ganz verwundet fühlte und anfing, in den Stillpausen auf ihrem leinenbedeckten Tagesbett zu liegen, nur um wieder zu Kräften zu gelangen.

Emilia saß dann neben ihr auf dem Boden und sang ihr seltsame, selbstausgedachte Lieder vor: »*Woraus ist der Himmel, den ich seh'?/ Manchmal ist er tanzender Schnee.*« Sie bedeckte die Hände ihrer Mutter mit Küssen.

Emilias Mutter Karen gewöhnte sich an die Anwesenheit ihrer sanftmütigen und redseligen Tochter und liebte sie allmählich mehr als alles und jeden sonst auf der Welt: mehr als ihren Mann Johann, mehr als ihr schönes Haus und den Duft der Obstfelder, mehr als die verbliebenen Buchenwälder und mehr als ihre wilden Söhne. So blickte sie Emilia auf ihrem Tagesbett liegend in die grauen Augen und auf ihr langes, weder dunkles noch helles Haar und sagte: »Nichts kann uns trennen. Wir werden immer so zusammen im Frühstückszimmer sitzen. Wenn du heiratest – aus Liebe, mein Schatz, nicht, weil er Geld, Land oder einen Titel besitzt –, bauen wir für dich und deinen Mann in Sichtweite dieses Fensters ein Haus, damit wir uns jeden Tag sehen können.«

So wuchs Emilia im Schutz von Karens Liebe auf. Sie gingen zusammen in der schönen Landschaft spazieren, langsam, Arm in Arm und sich dabei unterhaltend, während die Brüder vor ihnen her rannten und purzelten, mitgezogen von Johanns entschlossenem Schritt, begeistert von ihrem Bogenschießen, ihren Hunden und ihrem Unterricht in der Falkenjagd. Vor dem Schlafengehen bürsteten sie sich gegenseitig die Haare und sprachen nebeneinander ihre Gebete: *Gott segne und beschütze meine geliebte Tochter Emilia. Gott, bitte segne und beschütze meine geliebte Mutter Karen.*

Doch Gott hörte sie nicht. Oder aber, wenn Er sie doch hörte, tat ihnen nicht den Gefallen.

Zwei Tage nach Marcus' Geburt starb Karen Tilsen in Emilias Armen. Es war an einem Februarmorgen, und der graue Himmel, der über der Welt hing, schien sich im Augenblick des Todes in einem endlosen, erstickenden Strom durchs Fenster ins Zimmer zu ergießen, in Emilias Leben einzudringen und es auszulöschen. Sie war fünfzehn Jahre alt.

Jetzt ist sie achtzehn. Sie ist klein und still. Um ihren schlanken, weißen Hals trägt sie an einem Samtband ein Miniaturporträt von Karen, und das ist der einzige Besitz, der ihr wirklich etwas bedeutet.

Von den Menschen mag sie ihren jüngsten Bruder Marcus am liebsten. Oft flüstert sie ihm zu: »Du hast meine Mutter getötet, Marcus!« Doch er versteht noch nicht genau, was sie meint, klammert sich an sie und hofft, es herauszufinden. Sie nimmt ihn auf den Schoß und drückt ihn fest an sich, weil er wie Karen riecht, fast so, als wäre er noch ein Teil von Karens Körper. Sie singt ihm vor und nimmt ihn im eisigen Winter mit zum Schlittschuhlaufen. Und sie sagt zu ihm, Magdalena sei eine Hexe.

Magdalena kam nach Karens Tod als Haushälterin ins Haus. Sie hat dunkle Haare und breite Hüften, und Emilia bittet Gott, durchs Fenster zu kommen und sie mit dem Schwert zu erschlagen. Sie stellt sich vor, wie Magdalenas abgetrennter Kopf die Holztreppe hinunterrollt und in der Halle auf den Steinplatten aufschlägt. Sie malt sich aus, daß schwarzes Blut aus Magdalenas Augen fließt.

Doch Johann wollte Magdalena von Anfang an besitzen. An ihrem allerersten Morgen, ungefähr drei Monate nach Karens Tod, folgte er Magdalena in die Wäschekammer, verriegelte die Tür von innen, schob ihre breiten Hüften an eine Kommode und drang von hinten in sie ein. Sie wehrte sich nicht, sondern murmelte vielmehr, ihr habe noch nie etwas besser gefallen, als auf diese Art genommen zu werden. Als Johann fertig war, sagte er, während er seine Kniehose zuknöpfte und noch immer erstaunt auf Magdalenas riesigen Hintern schaute: »Als dein Lohnherr möchte ich dies ab und zu. Es wird dir nicht weh tun, das verspreche ich dir, sondern im Gegenteil ein angenehmer Teil deiner Pflichten werden, und aus der Pflicht wird am Ende vielleicht noch etwas anderes.«

Es dauerte kein Jahr, und er heiratete Magdalena. Bei der Hochzeit wandte Emilia den Blick von dem Paar ab und zum grauen Himmel draußen, der am Morgen von Karens Tod ins Zimmer gekommen war und ihre Existenz ausgelöscht hatte. Sie bat den Himmel, einen Wirbelwind zusammenzubrauen und Magdalena vom Erdboden verschwinden zu lassen.

Emilia wartete und wartet noch immer, doch der Wirbelwind blieb aus. Die Jahre gehen ins Land. Die Erd- und Loganbeeren beginnen zu blühen, der Sommerregen fällt, die Früchte schwellen an, färben sich rot und purpurfarben und werden gepflückt, die Blätter werden schlaff, verlieren ihre Farbe und fallen, und noch immer stürzt sich kein Wirbelwind auf Magdalena, um sie in die Wolken zu schleudern.

Johann und Magdalena wird ein Knabe geboren, der schon nach wenigen Stunden stirbt. Emilia betet wieder um Magdalenas Tod, doch auch diesmal werden ihre Gebete nicht erhört. Johann ist nach wie vor besessen von Magdalenas Hintern, und er wird immer sorgloser damit, wann und wo er sie nimmt, so daß Emilia, als sie an einem heißen Nachmittag mit Marcus am See spazierengeht, plötzlich auf Magdalena stößt, als sich diese mit gespreizten Beinen übers Wasser beugt und dann ihre Röcke hebt, so daß ihre weißen Fleischmonde sichtbar werden. Dann sieht sie auch Johann, der bis aufs Hemd nackt und im Stadium starker Erregung auf Magdalena zuwatet. Der dreijährige Marcus lacht und deutet mit dem Finger auf sie. Er versteht nicht, was er sieht. Emilia legt ihm die Hand vor die Augen. Magdalena und Johann drehen sich um und blicken vorwurfsvoll auf die Kinder. Dann kauern sie sich nieder und verstecken ihre unteren Körperhälften im Wasser. Magdalenas Röcke bauschen sich rot wie Blut um sie herum. »Geht weg!« ruft Johann.

In der Nacht kommt Emilia dann zu dem Schluß, daß ihr Leben unerträglich geworden ist. Ihr Haß auf Magdalena, zunächst vor dieser verborgen, doch nun immer sichtbarer, schließt allmählich noch etwas anderes ein: Haß auf ihren eigenen Vater. Sie meint, dieser sei vielleicht grenzenlos. *Grenzenlos.*

Schweißgebadet vor Ekel und Verwirrung, schläft sie ein und träumt von ihrer Mutter. Sie erkennt dieses Gefühlsmuster wieder: erst die Qual, dann die Ruhe. So war ihr Leben fünfzehn Jahre lang verlaufen: Krank oder bekümmert, durcheinander oder traurig ging sie zu Karen, diese sprach mit ihr, strich ihr übers Haar und hielt ihre schmale Hand in der ihren, und nach einer Weile fand sie zur Normalität und Gelassenheit zurück und wußte, daß sie ihr Leben fortsetzen konnte.

Nun wacht Emilia weinend auf, weil der Traum so schön und wirklichkeitsnah war. Sie war die ganze Zeit mit Karen Schlittschuh gelaufen, Arm in Arm und immer weiter einen langen, zugefrorenen Fluß hinunter, ihrer beider Atem hatte sich zu einer einzigen Wolke vermischt, die vor ihnen hertanzte, und das Geräusch ihrer ins Eis einschneidenden Kufen war wie Gesang.

»Zeig Mut, Emilia!« hatte Karen zu ihr gesagt.

Was bedeutete das genau? Welche Art Mut hatte ihre Mutter von ihr verlangt? Das fragt sich Emilia in ihrem schmalen Bett. Sie kann sich keine glückliche Zukunft für sich vorstellen.

Sie kommt zu dem Schluß, es könne der Mut sein, zu ihrem Vater zu gehen und ihn zu fragen, ob man für sie vielleicht eine Stelle in einem Haushalt – als Krankenschwester, Betreuerin oder Hofdame – finden könnte. Sie sagt das mit gesenktem Blick, so daß sie die Person, an die sie ihre Worte richtet, nicht sehen kann, für den Fall, daß der in ihr erwachte Haß in den Raum kommt und sich dort niederläßt, alle vorhandene Luft verbraucht und das Atmen unmöglich macht.

»Schau mich an!« sagt Johann.

Doch sie kann es nicht. Will es nicht. Das Wissen, den eigenen Vater zu verachten, ist schwer zu ertragen.

»Schau mich an, Emilia!«

Sie spürt, wie ihr Gesicht heiß und rot wird. Sie hält sich am Medaillon mit seinem Samtband fest. *Zeig Mut, Emilia!*

Als sie schließlich aufschaut, sieht sie ihren Vater still dastehen und traurig auf sie blicken. Sie sagt sich, daß er kein böser Mann ist und nur von Magdalena verhext ist; daß er, wenn es Magdalena nicht gäbe, nicht lüstern und vergeßlich wäre und mit seinem zum fernen Horizont zeigenden Geschlecht in den See hinauslaufen würde.

»Nun«, sagt er freundlich. »Sag mir, warum ich dir eine solche Stellung suchen soll. Ich hatte immer angenommen, du würdest hierbleiben, bis du eines Tages heiratest.«

»Ich werde niemals heiraten«, antwortet sie. »Ich werde nie jemanden lieben. Ich will niemanden lieben.«

»Warum sagst du das?«

»Weil es wahr ist. Ich will keinen Mann. Ich will nicht, daß mich jemand berührt. Ich möchte gern Kinder betreuen oder einem einsamen Menschen in einem weitentfernten Haushalt Gesellschaft leisten. Das ist alles.«

Man kann das Ticken der schönen Uhr hören. Draußen schneit es. *Woraus ist der Himmel, den ich seh'?*

Nach einem langen Augenblick des Uhrtickens und stillen Schneiens, in dem Emilia mehrere Liedfetzen durch den Kopf gehen, sagt Johann: »Ich will nicht unvernünftig sein. Wir werden versuchen, eine Stelle, wie du sie dir für dich vorstellst, zu finden und dich dort unterbringen, doch nur für kurze Zeit, und danach werde ich verlangen, daß du zurückkehrst. Und dann werden wir uns mit deiner Heirat befassen. Du mußt heiraten, Emilia, und damit basta!«

Emilia würde gern sagen: Heirat bedeutet das blindwütige Saugen von Babys; Heirat bedeutet Sterben an einem Februarmorgen, ohne daß es eine Rettung gibt; Heirat bedeutet Magdalena und ihre Röcke, so rot wie Blut, und ihren Bann, den niemand brechen kann...

»Ich denke, das ist ein faires Angebot!« meint Johann.

Emilia antwortet nicht. Sie weiß, daß es immer Möglichkeiten gibt, der Zukunft ein Schnippchen zu schlagen. Ein Teil von ihr glaubt an einen Platz im Himmel, wo Karen zu finden ist und geduldig auf sie wartet.

»Bis dahin«, fährt Johann fort, »wirst du freundlicherweise deiner Stiefmutter mehr Zuneigung zeigen. Sie ist dir gegenüber großzügig und gutherzig, und du bist unnötig kalt und abweisend. Um meinetwillen wirst du künftig netter zu ihr sein!«

Emilia blickt in den Schnee hinaus. Sie denkt, wie rücksichtsvoll es doch von der Natur ist, immer in Bewegung und im Wandel begriffen zu sein, so daß einer kummervollen Seele stets etwas Neues zur Unterhaltung geboten wird.

Aus Gräfin O'Fingals Tagebuch, La Dolorosa

Ich muß nun meine vier Kinder erwähnen. Als unsere große Tragödie begann, war das älteste Kind Mary (Maria) neun, meine beiden Söhne Vincent (Vincenzo) und Luke (Luca) waren acht und sechs, und meine Jüngste, Juliet (Giulietta), war gerade vier Jahre alt. Wenn mir auch bewußt ist, daß Mütter die Tugenden ihrer Kinder sehr oft ausschmücken und ihnen sogar Gaben und Attribute andichten, bitte ich doch alle, die dieses Tagebuch lesen, mir zu glauben, daß diese Kinder, die auf Cloyne sehr liebevoll aufgezogen wurden und viele kluge, tüchtige und geduldige Lehrer und Erzieher hatten, um sie in Philosophie und Latein, Italienisch und Französisch, Tanzen, Fechten, Reiten, in der Dichtkunst und im Sticken zu unterrichten, zu den betörendsten und schönsten Seelen heranwuchsen, die man sich vorstellen kann.

Ganz gleich, wo sie mit Johnnie und mir in unseren Ländereien auftauchten: Die Männer – egal, ob sie Schäfer, Schweinehirt, Köhler, Muschelsammler oder Geflügelzüchter waren – eilten mit ihren Frauen und Familien mit Geschenken für die Kinder zu unseren Wagen. Sie blickten voller Freude auf sie, strichen Giulietta übers Haar und ließen sie auf ihren Feldern und in ihren Gärten Wildblumensträußchen pflücken.

Diese Liebe der Leute zu seinen Kindern freute und bewegte ihren Vater sehr, und er pflegte oft zu mir zu sagen, er glaube, ein Kind, das von seinen Eltern richtig geliebt und niemals verletzt oder gequält wurde, erwecke überall Zuneigung. Es wird so sein Leben lang mit der Liebe im Einklang stehen – vielleicht so, wie man sich in bequemen und warmen Kleidungsstücken wohl fühlt – und niemals um Zuneigung buhlen, die es gar nicht braucht, oder danach streben, von aller Welt vergöttert zu werden.

Ich war ganz seiner Meinung und bin es noch und habe versucht, seit die schlechten Zeiten für uns begonnen haben, meine Liebe zu Maria, Vincenzo, Luca und Giulietta in dem Maße zu vergrößern, wie Johnnies liebevolle Fürsorge für sie abnahm, so daß diese schönen Kinder trotz allem, was geschehen ist, in ihrem späteren Leben mit der Liebe im Einklang stehen können und niemals aus Mangel daran kränklich oder gemein werden. Es ist jedoch eine schwere Aufgabe. Sie liebten ihren Vater und sahen ihn langsam, über einen Zeitraum von vier Jahren hinweg, dem Wahnsinn und der Verzweiflung anheimfallen – ein Zustand, in dem er nichts Lebendiges lieben konnte, sondern im Gegenteil die ganze Zeit um sich schlug, um irgendein atmendes Geschöpf zu verwunden, weil die anderen so leiden sollten wie er, um zu wissen, was er fühlte.

Ich kann kaum ertragen zu berichten, wie oft sich sein Zorn über den Kindern entlud, die er dann anschrie und verfluchte. Er erhob sogar die Hand gegen sie, um sie zu schlagen, oder schnappte sich irgendein Züchtigungsinstrument, wie eine Reitpeitsche oder einen Spazierstock, um zu versuchen, sie damit zu verprügeln.

Immer wieder kamen sie zu mir und fragten: »Mama, was ist mit Papa? Womit haben wir ihn so in Wut versetzt?« Und ich versuchte ihnen dann zu erklären, daß er nicht über sie in Verzweiflung geriet, sondern über sich.

Wenn er nur nicht diesen Traum von der lieblichen Musik gehabt hätte...

Oft habe ich gedacht, daß es keinesfalls ein gewöhnlicher Traum gewesen sein konnte, weil dessen Lebenszeit nicht länger ist als ein Augenblick oder aber, sollte er noch nachklingen, ein einziger Tag, um an dessen Ende mit der Dunkelheit zu verschwinden. Doch dieser Traum verließ Johnnie O'Fingal nie. Wenn es aber kein gewöhnlicher Traum war, was war es dann?

Nach über einer Woche schlafloser Tage und Nächte nahm ich ihn in mein Bett, hielt ihn in den Armen und sagte zu ihm: »Johnnie, du weißt, daß dieses Ringen um deine verlorene Musik aufhören muß. Es ist sinnlos, sich so zu quälen. Sieh doch, wie blaß und matt du bist und wie unsere Kinder aus Angst vor dir durchs Haus schleichen, als wärst du ein Gespenst. Bitte hör auf mich, wenn ich dir sage, daß du dir diesen Traum aus dem Kopf schlagen mußt. Du mußt ihn vergessen, mein Lieber! Denn er hat dich verlassen und kehrt nicht zurück.«

Erschöpft sah er mich an. »Du verstehst das nicht, Francesca«, sagte er, »wenn du das Lied gehört hättest – seinen unendlichen *Zauber* –, dann würdest du Tag und Nacht mit mir versuchen, es wieder heraufzubeschwören. Du mußt mir glauben, daß es anders war als alle Musikstücke, die ich in meinem ganzen Leben gehört habe. Ich weiß, daß es alle Welt bewundern würde, daß die Menschen weinen und spüren würden, wie es ihr Wesen mit Freude erfüllt, so wie meins im Traum. Etwas so Bedeutendes kann doch nicht verloren sein! Sag nicht, daß es das ist, denn ich weigere mich, es zu glauben. Ich muß Geduld haben, das ist alles. Wir müssen alle Geduld haben, denn ich merke, daß mich meine Suche von dir und den Kindern sowie meinen Pflichten in den Ländereien entfernt hat. Doch ich komme bald zurück. Sobald ich das Lied gefunden habe, bin ich wieder ich selbst und bringe alles in Ordnung, und alles wird gut.«

Er war so hartnäckig davon überzeugt, daß aus seinem Traum eines Tages etwas Konkretes werden konnte, daß ich beschloß, ihn nicht weiter zu belästigen und zu schelten, wie ich zutiefst versucht war, sondern still zu sein und ihm in seinen Kämpfen beizustehen, die Kinder von ihm fernzuhalten und selbst einige seiner Aufgaben zu übernehmen, wie das Einkaufen von Vieh und Frühjahrssaat, die Beaufsichtigung der Reparaturen an den Schornsteinen und Dächern nach den großen Stürmen und anderes, worum er sich hätte kümmern müssen.

Ich wies auch die Diener an, das Virginal von der Halle (wo man Johnnies verzweifeltes Spielen im ganzen Haus hören konnte) in die Bibliothek zu bringen, wo er wenigstens allein, bei geschlossener Tür, seiner schrecklichen Arbeit nachgehen konnte. Ich selbst gelobte mir im stillen, einen Monat vergehen zu lassen und dann darauf zu bestehen, daß Johnnie mich und die Kinder nach Bologna begleitete, wo sein unerträglicher Traum in der veränderten Umgebung des Hauses meines Vaters vielleicht allmählich verschwinden und aufhören würde, ihn zu quälen.

Dieser Monat, nur von Ärgernissen und Unglück bestimmt, war fast zu Ende, und die Pläne für unsere Reise nach Bologna waren schon weit gediehen, als ich eines Abends am Kamin saß und Luca und Giulietta laut ein paar meiner Lieblingszeilen aus Shakespeares Sonetten vorlas:

> *O nimmer sprich zu mir: »Treulose Seele!«*
> *Schien Trennung gleich zu wandeln meine Glut:*
> *Weil ich so leicht mir selber ja mich stöhle*
> *Als meinem Geist, der dir im Busen ruht.*

Plötzlich unterbrach Johnnie meinen Vortrag mit den Worten: »Francesca, jetzt habe ich die Melodie fast!«

Ich legte mein Buch aus der Hand. »Fast?« fragte ich.

»Ich bin nahe daran! Das ist es, was ich meine. Ich fühle sie kommen. Sie ist so nah, daß ich sie fast höre...«

Dann bestand er darauf, daß ich und die Kinder mit ihm in die Bibliothek gingen. Wir mußten nebeneinander auf Stühlen Platz nehmen. Als ich unsere Reihe entlangblickte, sah ich, daß alle

Kinder, sogar mein tapferer Vincenzo, vor Angst ganz benommen waren.

Johnnie spielte etwas vor: ein paar Akkorde in D-Dur. Dann wiederholte er diese langsam, einen nach dem anderen. Dazwischen murmelte er fast sinnlose Worte. Ich kann mich nicht mehr genau daran erinnern, doch es waren in etwa folgende: »… und dann geht es, steigt auf und kehrt zurück, ein Triller, ein zarter Eine-Note-Triller, und dann das Tal, oder wie soll ich das nennen, jedenfalls ein Ort mit Echos, der die Melodie zurückbringt …« Daraufhin noch ein schwerer Akkord und weitere Worte: »Es muß also, es muß also in dieser Tonart sein, die tiefste Echokammer, wie das Herz, wie das menschliche Herz oder wie ein Rufen auf den Bergen oder wie dieser, wie dieser Akkord, wie das Meer …«, und dann noch ein Akkord und noch einer und so weiter, und dann plötzlich Schweigen, während wir alle still und versteinert auf unseren Stühlen saßen und Johnnie den Kopf auf das Virginal legte und gleich einzuschlafen schien.

Ich erhob mich und schickte die Kinder zu Bett. Dann trug ich Johnnie mit den Dienern ins Schlafzimmer, wo wir ihn hinlegten und zudeckten. Ich ließ den Stallburschen kommen und sagte ihm, er solle nach Cloyne reiten und Doktor McLafferty holen. Während ich wartete, hielt ich Wache am Bett meines Mannes, der tatsächlich schlief, aber im Schlaf immer wieder aufschrie, als ginge seine Suche weiter und finde seine Seele keine Ruhe.

Doktor McLafferty, dem die Diener vom seltsamen Zustand des Grafen O'Fingal berichtet hatten, brachte einen Trank aus Klee, Honig und Zinnober mit und erklärte mir, dieser würde »den Schmerz im Gehirn lindern«. Er rieb Johnnies Stirn sanft damit ein, doch noch während des Auftragens sah ich rote Flecken wie bei einer Schuppenflechte auf seiner Haut auftauchen und hieß den Arzt aufzuhören. »Nein, Lady O'Fingal!« sagte er. »Ich bitte Eure Ladyschaft um Verzeihung, doch diese Striemen sind ja gerade der Beweis für die Wirksamkeit meiner Salbe. Seht Ihr, diese hübschen Streifen sind die große Qual, die aus dem Grafen herauskommt. Bitte habt Geduld! Laßt, wenn es sein muß, sein ganzes Gesicht mit Schwären bedeckt sein, laßt sie aufbrechen und wie Vulkane faules Zeug ausspeien. So wird seine Seele in ein paar Tagen ruhig wie ein Teich sein.«

Der Arzt ging wieder, und ich hielt an Johnnies Bett Wache, während dieser schlief. Um mich munter zu halten, las ich ein wenig in der großen Tragödie *König Lear* und betete darum, daß mein armer Mann wie der alte König durch lindernden Schlaf von seinem Wahnsinn geheilt würde. Doch ihn konnte keine Zinnobersalbe heilen. Auch kein sanfter Schlaf. Kaum war er wieder wach, rannte er auch schon in die Bibliothek hinunter und setzte seine verrückte Suche fort. »Von vorn!« hörte ich ihn rufen. »Von vorn!«

Ich reiste mit den Kindern nach Bologna. Obwohl ich Johnnie auf den Knien und schluchzend unter Tränen anflehte, uns zu begleiten, weigerte er sich. Wieder einmal sagte er mir, er sei »nah, ganz nah« an seinem Ziel und glaube nun, in der Stille nach unserer Abreise, in der Einsamkeit, die unsere Abwesenheit hervorrufen würde, endlich die Melodie zu finden.

Ich schrieb ihm aus Bologna viele Briefe, in denen ich ihm meist von Trivialem berichtete, wie vom Kauf schöner italienischer Seide für neue Kleider für die Mädchen und von der Freude, die es meinem Vater machte, seine Enkelkinder zu verwöhnen, erhielt aber keine Antwort. Obwohl es eine große Versuchung für mich bedeutete, weiterhin bei meinem Vater zu bleiben, wo die Kinder einigermaßen ihre frühere Fröhlichkeit und Liebenswürdigkeit wiedergewonnen hatten, wußte ich, daß ich nach Cloyne zurückkehren mußte. Ich wußte allerdings nicht, was ich dort vorfinden würde.

Eine schreckliche Stille fand ich vor.

Das Virginal war geschlossen, mit einem Vorhängeschloß versehen und unter einem Wandteppich verborgen.

Johnnie O'Fingal, dessen Gesicht noch immer von der durch die Zinnobersalbe verursachten Schuppenflechte entzündet war, der aber außerdem totenblaß bis zu den Schläfen und ganz und gar ausgezehrt war, saß vollkommen still und unbeweglich in einem Lehnstuhl.

Ich rannte zu ihm hin, legte die Arme um ihn und meine Wange an seine. »Mein Lieber!« rief ich. »Erzähl mir, was geschehen ist, daß du so dünn und still bist. Sind meine Briefe angekommen? Oh, berichte, was während unserer Abwesenheit auf Cloyne geschehen ist.«

Johnnie antwortete nicht und umarmte mich auch nicht. Die Kinder standen dabei und beobachteten uns, und Giulietta begann ihrem Vater in Italienisch von ihren großen Abenteuern auf dem Schiff, das uns heimgebracht hatte, zu erzählen. Er beachtete sie nicht und schien sie nicht zu hören. »Oh, mein Herr und Gebieter!« begann ich wieder und spürte, wie mir Tränen in die Augen stiegen. »Deine Frau Francesca und die Kinder sind da. Sieh doch, sie sind bei dir! Und wir haben dich so vermißt. Willst du nicht mit uns sprechen?«

Er bewegte sich auf dem Stuhl. Ich spürte, wie er die Arme hob, und dachte, er wolle mich näher an sich heranziehen. Seine Hand kroch zu meinem Hals hoch und umschloß ihn; ich spürte, wie sich seine Finger in mein Fleisch gruben und allen Atem aus meinem Körper quetschten. Ich schrie auf, und die beiden Knaben kamen zu mir gerannt, schlugen die Hand von meinem Hals und entrissen mich dem Griff ihres Vaters. Ich stolperte und fiel auf die Knie, und die Kinder drängten sich in Todesangst um mich.

Johnnie O'Fingal saß still und starr auf seinem Stuhl. Er sah uns nicht an, sondern schien seinen Blick auf einer weitentfernten Szene seiner Phantasie ruhen zu lassen.

Beim Erzählen wird alles wieder lebendig. Wie ich sehe, ist meine Schrift sehr krakelig und abfallend geworden.

Noch etwas möchte ich bemerken. Heute ist Giuliettas Geburtstag. Sie ist acht Jahre alt geworden.

Der Knabe, der seinen Namen nicht schreiben konnte

Sie standen im Morgengrauen auf. Sie beteten gemeinsam in der hohen Schulhalle, während sich die Fenster langsam mit Licht füllten. König Christian erinnert sich noch daran, daß es in der alten Koldinghus-Schule nach Holz roch, als würde ein Teil davon zersägt, um aus den Balken einen neuen Trakt zu errichten. Im Sommer wurde dieser Holzgeruch fast unerträglich süß. Sein Freund Bror Brorson sagte einmal: »Man kommt sich in der Koldinghus vor, als lebe man in einem Faß.«

Die Reisen des Knaben Christian mit seinen Eltern König Frederik und Königin Sofie waren vorbei, die Zeiten, in denen er den Kater Nils und die Goldfische im Seerosenteich von Frederiksborg malte, waren vorbei, ebenso seine nächtlichen Unterhaltungen mit dem jungen Trompeter. Er hatte schon eine Weile gewußt, daß all dies einmal vorbei sein und er in der Koldinghus-Schule unter dem Auge des Rektors Hans Mikkelson leben würde. Es gefiel ihm aber nicht. Er sagte zu Bror Brorson: »Die Vergangenheit füllt sich schon zu schnell.«

Seine Schulkameraden wie Bror Brorson waren Söhne aus dem Adel. Nur hochgeborene Kinder wurden zur Koldinghus geschickt. Vormittags wurden sie in Latein, Deutsch, Französisch, Italienisch, Englisch, Religion, Physik, Geschichte und Geographie unterrichtet. Beim Mittagessen diskutierten sie in Latein und einer anderen Fremdsprache. Die Nachmittage verbrachten sie mit Fechten, Reiten und Ballspielen und die Abende im Gebet. Ihnen blieb keine Muße; die Tage waren zu lang und die Nächte zu kurz. Es war nichts Ungewöhnliches, daß ein Knabe mitten in der Englischstunde einschlief.

Christians liebster Augenblick im Tagesablauf war der, wenn die Aktivitäten des Nachmittags vorbei waren und die Knaben zu ihren Schafsälen zurückkehrten, um sich vor dem Abendessen umzukleiden. Nicht daß ihm der Schlafsaal gefiel oder er sich vor dem nicht besonders köstlichen Abendessen, das ihn erwartete, gern umzog: Was er genoß, war vielmehr das außerordentliche Gefühl von Körperkraft – der Beherrschung seines Ichs –, das er nach dem Fechten und den Mannschaftsspielen draußen verspürte. Es hielt nicht länger als eine halbe Stunde an, schenkte ihm jedoch, solange es währte, tiefe Befriedigung. Nach ein paar Wochen in der Koldinghus beschloß er, daraus Nutzen zu ziehen. Denn wie oft kommt es schon vor, daß sich ein Knabe als Meister all dessen fühlt, was er sieht und empfindet? Ein Knabe zu sein bedeutete häufig, erstaunt darüber zu sein, wie alles miteinander verknüpft ist; einfacher ausgedrückt: von der Welt verwirrt zu sein. Doch hier gab es nun, während die Tage allzu langsam verstrichen, Augenblicke, in denen sich der künftige König eins mit seiner Rolle auf Erden fühlte, in denen er das Gefühl hatte, *König sein zu können* oder *in seinem Innern schon König zu sein*.

Und so ersann er das, was er seine »halbe Stunde absoluter Majestät« nannte. Er nahm dann einen hübsch gespitzten Federkiel und ein Stück Pergament und schrieb in der Gewißheit, daß seine Hand jeden Strich oder Schwung der Feder perfekt beherrschte, und in dem Gefühl, daß ihn seine Kraft durchfloß und in veränderter Form auf dem Pergament wieder zum Vorschein kam, unentwegt seinen Namen in schöner Kalligraphie von außergewöhnlichem Niveau:

SEINE MAJESTÄT KÖNIG CHRISTIAN IV. VON DÄNEMARK
Seine Majestät König Christian IV. von Dänemark
Seine Majestät König Christian IV. von Dänemark

Dann verschönerte er diese Niederschriften seines Namens und Titels noch, indem er das lateinische Motto wiedergab, das er bereits für seine künftige Herrschaft gewählt hatte: *Regna Firmat Pietas* (Frömmigkeit gibt dem Königreich Stärke).

REGNA FIRMAT PIETAS
Regna Firmat Pietas

Wenn es zum Essen läutete, unterschrieb er die Seite hastig, aber trotzdem perfekt mit CIV, manchmal auch mit C4, wobei die »4« auf dem großen C ruhte wie ein Kind auf dem Schoß seiner Mutter oder seines Vaters. Er sah in seinem wunderbaren Schreiben gern den kalligraphischen Ausdruck seines innersten Wesens, und da war nichts Mangelhaftes. Da gab es keine Schludrigkeit. Alles war schön und vollständig.

Hans Mikkelsen, der oberste Lehrer oder – wie er offiziell hieß – Rektor, war ein merkwürdig launischer Mann. An manchen Tagen zeigte er Geduld mit den Knaben, ging vollkommen in der Aufgabe auf, ihnen sein Wissen zu vermitteln, ganz so, als sei dieses ein weicher Mantel, den er ihnen geduldig um die Schultern legte. Dann gab es Zeiten (die üblicheren bei ihm), in denen sein hageres Gesicht eine säuerliche Miene zur Schau trug, er unnötig pedantisch bei seinen Lateinkorrekturen war und häufig von seiner ledernen Fliegenklatsche Gebrauch machte, mit der er den Knaben brutal über die Hände, die Seiten ihrer Arbeit oder manchmal auch über die Ohren schlug. Zumindest ein ehemaliger Schüler der Koldinghus klagte, von Hans Mikkelsons schrecklichen Schlägen über die Ohren einen lebenslangen Hörschaden davongetragen zu haben. Doch es gab auch welche, die sich voller Respekt und Zuneigung an ihn erinnerten und liebevoll an Mikkelsons Gebrechen dachten: Seine Augen tränten.

Dieses Tränen der Augen des Rektors übte eine große Faszination auf Christian aus. Er versuchte herauszufinden, welche Umstände die meiste Nässe hervorriefen. Ihm fiel zum Beispiel auf, daß Mikkelson morgens größere Probleme mit seinen Augen hatte als abends und er sich, wenn die Sonne zum Schulfenster hereinschien, so hinstellen mußte, daß ihm kein Strahl ins Gesicht fiel. Außerdem stellte er fest, daß die Tränen besonders reichlich flossen, wenn er Italienisch unterrichtete, als würde die Melodie dieser Sprache so wenig mit seiner klanglosen Persönlichkeit übereinstimmen, daß es ihm stets Qualen bereitete, wenn er sie zu sprechen versuchte.

Wenn beim Mittagessen in Italienisch diskutiert wurde, war Mikkelsons Serviette am Ende der Mahlzeit ein durchweichter Lappen. Auch Geschichte schien ihm Probleme zu bereiten, ebenso das Singen von Kantaten. Doch am meisten tränten ihm die Augen, wenn er wütend war. Wenn er schlagend und schimpfend durchs Klassenzimmer lief, rann ihm ein wahrer Sturzbach von Tränen übers bleiche Gesicht. Christian hatte die Theorie aufgestellt, die er auch ein- oder zweimal Bror Brorson gegenüber äußerte, daß sich Hans Mikkelson einen Beruf ausgesucht hatte, über dessen Wert er eine bange Unsicherheit empfand. Wissen war ihm wichtig, das war klar, doch das Weitergeben dieses Wissens bereitete ihm nur bedingt Freude.

Bror Brorson wurde von Mikkelson am meisten verabscheut. Er war mit seinen feinen Gesichtszügen, tiefblauen Augen und seinem dicken, blonden Haarschopf der hübscheste Knabe der Schule, außerdem war er ein sehr guter Läufer und Reiter. Wie Christian zeigte er Mut. Doch eins konnte Bror nicht: Schreiben. Es war nicht so, daß er das, *was er schreiben wollte*, nicht im Kopf hatte. Zum Beispiel war er in Latein kein schlechterer Gesprächspartner als viele andere in der Koldinghus. Wenn er aber einen

Gedanken, eine Tatsache oder Beobachtung zu Papier bringen wollte, hinderte ihn etwas daran, richtig zu schreiben. Was klar begann, endete im Durcheinander. Seine Arbeitsbücher waren beschämend. Sie hätten von einem vierjährigen Kind stammen können. Und selbst sein eigener Name (so leicht er doch mit der zufriedenstellenden Wiederholung war) bereitete ihm Schwierigkeiten. Manchmal fehlten Buchstaben, so daß *Ror Brsen* oder *Brr Rosn* auf dem Papier stand. Meistens waren zwar alle Buchstaben da, doch in veränderter Reihenfolge, wie *Rorb Sorbron* oder *Brro Rorbson*.

»Was ist denn das?« fragte Mikkelson dann neben seinem Pult und schlug auf das Wort *Rorbson*. »Was ist denn das für ein übles Chaos?«

Ein Schlag übers Ohr. Ein Schlag auf die fehlgeleitete Hand.

»Es tut mir leid, Herr Professor Mikkelson...«

»Übers ›Leid‹ sind wir hinaus, Brorson. Wir sind schon bei der ›Verzweiflung‹.«

»Ich versuche es noch einmal, Herr Professor.«

»Ja! Tu das! Und diesmal schreibst du deinen Namen richtig!«

Mein Name sit Rbor Sorren. Meine Mane ist Obrr Sorner...

Ein heftiger Schlag auf die Wange. Die Faust donnert aufs Pult. Mikkelsons Augen füllen sich mit Tränen.

»Raus hier! In den Keller! Dort bleibst du bis zum Abend, bis deine Finger vor Kälte taub sind! Raus!«

Weil Mikkelsons Wut und Verzweiflung über ihn mit jedem Tag schlimmer wurden, verbrachte Bror Brorson so viele Tage und sogar Nächte im Keller, daß er binnen kurzem mit einem hartnäckigen und bellenden Husten zum Unterricht erschien; dadurch wurde die natürliche Wissensvermittlung Mikkelsons an die Schüler gestört, woraufhin er wieder in den Keller geschickt wurde.

Eines Nachts erzählte Bror Christian, daß er sich allmählich vor dem Keller fürchte. »Anfangs hatte ich keine Angst«, sagte er. »Es gibt zwar ein paar Mäuse da unten, doch diese machen mir nichts. Ich habe vor dem Keller selbst Angst. Er und ich befinden sich im Kriegszustand. In ihm lauert der Tod und will mich umbringen. Und ich will das nicht zulassen.«

Christian liebte Bror Brorson; er war sein bester und treuester

Freund. Daher ging er zu Hans Mikkelson und bat ihn »als Gefallen, mir, Eurem künftigen König gegenüber«, Bror nicht mehr in den Keller zu schicken. Mikkelson wischte sich die Augen trocken, seufzte und sagte: »Ich höre auf, ihn in den Keller zu schicken, wenn er aufhört, seinen Namen rückwärts zu schreiben. Als mein künftiger König werdet Ihr die Logik dieser Entscheidung sicher verstehen.«

Im Winter 1588 wurde Bror Brorson krank. Er wurde ins Hospital gebracht, wo man ihn rohe Eier essen und heiße Balsame inhalieren ließ. Um seine meerblauen Augen hatten sich dunkle Schatten gelegt. Christian besuchte ihn jeden Tag und las ihm aus der Bibel vor. Brorson erzählte ihm: »In der Bibel mag ich die Jünger am liebsten. Es sind einfache Fischer, und sie hätten Schwierigkeiten mit den Wörtern gehabt.« Die Buben waren elf Jahre alt.

Als die Klasse eines kalten Februarmorgens im Schulzimmer auf Mikkelson wartete, traf eine sehr wichtige Nachricht ein.

Mikkelson betrat das Schulzimmer, und die Knaben standen wie üblich auf. Normalerweise setzte sich der Professor dann mit Blick zu ihnen an sein Schreibpult, doch diesmal nahm er nicht Platz. Er blieb ganz still stehen, blinzelte, wie immer, wenn er versuchte, das lästige Tränen unter Kontrolle zu bringen, und sagte dann: »Wir haben soeben erfahren, daß Seine Majestät König Frederik II., unser geliebter König, gestern nachmittag in Seeland bei Antvorskow plötzlich erkrankt und trotz der Anstrengungen seiner Ärzte, Ihn zu retten, dahingeschieden ist. Gott gebe Seiner Seele Frieden!«

Christian rührte sich nicht. Er legte die Hände um die Kanten seines Holzpults und hielt sich daran fest. Sein erster Gedanke galt seiner Mutter, und er wünschte, er wäre bei ihr, in einem flachen Boot auf dem See von Frederiksborg.

»Hinknien!« sagte Mikkelson.

Alle um ihn herum, die Knaben der Koldinghus-Schule, schoben ihre Stühle zurück und knieten nieder, die Gesichter Christian zugewandt. Dann sank auch Hans Mikkelson auf die Knie, und alle legten wie im Gebet die Hände zusammen. Christian wußte, daß er etwas sagen sollte, doch er brachte als Antwort auf den Gruß nur ein Nicken zustande.

»Lang lebe Seine Majestät König Christian IV.!« sagte Mikkelson.

»Lang lebe Seine Majestät König Christian IV.!« wiederholten die Knaben fast einstimmig.

Christian nickte noch einmal. Dann merkte er, daß er auf das Pult vor seinem starrte, auf das von Bror Brorson, das leer war. Er blickte zu Mikkelson hinüber, von dem hinter seinem riesigen Schreibpult nur der Kopf zu sehen war und dem Tränen aus den Augen strömten. »Würdet Ihr mich für diese Stunde entschuldigen, Herr Professor?« fragte er.

»Natürlich, Euer Majestät!« erwiderte Mikkelson.

Hocherhobenen Hauptes ging Christian langsam zur Tür und öffnete sie. Als er draußen auf dem Gang war, begann er zu laufen. Laufen war in den Korridoren der Koldinghus verboten.

Er lief in Windeseile durchs Portal in den Hof mit dem Kopfsteinpflaster. Dort lag eine dicke Schneeschicht, und Christian trug nur seine Schuluniform aus dunkelbraunem Wollstoff mit dem Hemd aus weißem Leinen. Er rannte so schnell er konnte über den Hof und gelangte durch eine Holztür zum gieblign Nebengebäude der Koldinghus, wo das Hospital untergebracht war. Er blieb nicht stehen, ja, verlangsamte nicht einmal seinen Schritt, als ihn eine der Schwestern fragte, was er da tue, sondern raste weiter, bis er bei dem kleinen Zimmer ankam, in dem Bror Brorson lag.

Bror schlief. Die grauen Schatten um seinen Augen waren dunkler denn je. Als ihm Christian die Hand auf die Stirn legte, merkte er, daß diese glühendheiß war.

Christian setzte sich auf einen Holzstuhl an Brors Bett. »Hier«, sagte er laut, »beziehe ich jetzt Stellung!«

Er wußte, daß er keinen Augenblick zu früh kam. In dem Zimmer spielte sich ein Kampf ab – der Tod war aus dem Keller gekommen und rang jetzt in der kleinen Kammer des Hospitals mit Bror –, und Christian war nun da, um Bror beizustehen.

Er dachte nicht mehr an den Tod seines Vaters. Vielmehr stieg in ihm plötzlich eine tiefe Kraft und Stärke auf. Diese lenkte er in Gedanken in die Wiedergabe von Brors Namen in seiner allerschönsten Schrift:

BROR BRORSON

Er sprach den Namen aus, schrieb ihn in die Luft, wiederholte ihn, schrieb ihn größer, immer größer, mit noch perfekteren Schnörkeln.

BROR BRORSON BROR BRORSON **BROR BRORSON**

Er hatte zwei Waffen und der Tod nur eine. Er hatte die neue Macht seines Königtums und seine unleugbar schöne Wiedergabe von Brors Namen. Der Tod hatte nur sich selbst. Christian sprach zu dem schlafenden Bror. »Ich bin jetzt hier«, sagte er. »Dein König ist da. Du mußt dich ausruhen. Ich kämpfe für dich.«

Die Nachricht von König Frederiks Tod verbreitete sich rasch in der Schule. Die Schwester, die das Hospital leitete, kam in Bror Brorsons Zimmer, kniete neben Christian nieder und sagte: »Euer Majestät darf nicht im Hospital sein. Euer Majestät sollte, wenn es Euch beliebt, dieses Krankenbett verlassen und zur Schule zurückkehren, wo Eure Reise nach Kopenhagen vorbereitet wird.«

»Nein«, erklärte Christian, »ich habe hier Stellung bezogen.«

Er wußte nicht, wie lange er kämpfen mußte. Er wußte nur, daß das, was immer er in Kopenhagen zu tun hatte, warten konnte, sein Freund Bror Brorson aber nicht. Er bat, mit seinem Kampf allein gelassen zu werden. Er griff nach Brors glühender Hand und hielt sie in der seinen. Dann zeichnete er mit ihr unsichtbar den Namen des Knaben. Bror hatte starkes Fieber, und in dem kleinen Zimmer hing ein übler Geruch. Christian wußte, daß der Tod in den Falten der Bettdecke kauerte, so wie der Teufel über einem schlafenden, noch ungetauften Säugling, und darauf wartete, Bror Brorsons Leben zu vernichten.

Das Licht des kurzen Tages begann zu schwinden, so daß man das Schneien draußen nicht mehr sehen konnte, doch Christian ließ keine Kerze kommen. Zum Tod und zu der hereinbrechenden Nacht sagte er: »Ich bin dunkler als ihr. Ich bin Tinte. Ich bin reine und fehlerfreie Kalligraphie, und es gibt keinen Schwärzegrad, der mir nicht vertraut ist!«

Wieder kam die Schwester, um Christian zum Gehen zu bewegen, aber er wollte nicht. Hans Mikkelson kam, doch er weigerte sich, den Rektor ins Zimmer zu lassen, und wußte, daß man ihm jetzt gehorchen mußte.

Die ganze Nacht hielt er im Namen Bror Brorsons den Tod in Schach. Der Tod glitt aus den Falten der Bettdecke und peitschte die Zimmerwände mit dem Schwanz. Er atmete einen verpestenden Gestank in die Luft.

Im ersten Licht der Morgendämmerung spürte Christian eine Veränderung bei dem schlafenden Knaben. Die Hitze ließ nach. Er wußte jedoch, daß sie nicht zu sehr abflauen durfte, daß er Bror nicht kalt werden lassen durfte. Er rief nach einer Schwester und bat um weitere Decken, die er über Bror legte, während der Tod seine Tagesrufe erklingen ließ, um wie ein Straßenhändler arme Seelen in Versuchung zu führen, bei ihm vorbeizukommen. Laut sagte er: »Das ist der Augenblick, in dem alles gewonnen oder verloren wird.«

BROR BRORSON
BROR BRORSON!

Bror öffnete die Augen, kurz nachdem die große Uhr am Koldenhus-Turm sieben geschlagen hatte. Als er Christian sah, der seine Hand hielt, fragte er: »Was ist los? Wo bin ich gewesen?«

»Das weiß ich nicht«, antwortete der elfjährige König.

Dann stand Christian auf und legte Brors Hand freundlich auf dessen Brust. »Jetzt wird sich die Schwester um dich kümmern«, sagte er. »Ich muß nach Kopenhagen, zum Palast meines Vaters, weil ich seit gestern früh der König aller Reiche bin. Ich werde anordnen, daß du nach Frederiksborg reist, wenn es dir gut genug geht. Gefällt dir das? Wir reiten dann in den Wäldern und angeln im See, wenn er aufgetaut ist.«

»Wird man das denn erlauben?« fragte Bror.

»Ja«, erwiderte Christian. »Ein Befehl ist ein Befehl.«

Kirsten: Aus ihren privaten Papieren

Im Februar sind gewisse Dinge geschehen, die mir wirklich ganz ausgezeichnet gefallen.

Der König ist weggegangen. Es reicht mir, daß er weg ist, und ich hatte gewiß nicht den Wunsch, mir anzuhören, wohin er geht und warum. Er hat aber die Angewohnheit, mich mit allen Einzelheiten eines jeden Plans, der ihm in den Sinn kommt, zu belasten, und langweilte mich so mindestens eine Stunde mit einer Geschichte über einen Silberfund im Numedal-Gebirge in seinem norwegischen Königreich, wo er sofort hinmüsse, um Männer zu suchen, die den Stein abschlagen, zerstören und sprengen, um das ganze Silber herauszuholen.

Ich sagte zu ihm:»Silber ist sehr hübsch, aber ich möchte wirklich nichts über abgeschlagenen Stein und Männer mit Schießpulver und Spitzhacken hören. Mir ist es lieber, wenn das Silber frisch poliert in Form einer Haarbürste in mein Zimmer kommt.« Es mag ja ganz erbaulich sein, zu wissen, wie man etwas erhält, doch stimmt es einen nicht immer fröhlich.

Diese letzte Bemerkung machte ich auch meinem Herrn und Gebieter gegenüber, doch er als ein Mensch, der immer das Wie und Warum und Wofür von allem auf Erden verstehen muß, bekam sofort einen seiner Tobsuchtsanfälle. Er nannte mich ein eitles und seichtes Gefäß und eine schlechte Mutter. Er beschuldigte mich, an niemandem und nichts außer mir selbst Interesse zu haben. Doch das konnte mich alles nicht beeindrucken. Ich erklärte, nicht verstehen zu können, was mein Widerwille, von den schrecklichen Schächten einer Silbermine zu hören, damit zu tun habe, daß ich eine schlechte Mutter bin. Und hier sah ich nun, daß ich einen Augenblick lang etwas Oberwasser hatte, denn er hielt inne, schüttelte den Kopf und war kurze Zeit sprachlos.

Und so ergriff ich die Gelegenheit, nutzte die Gunst der Stunde und rief mit jämmerlicher Stimme: »Und was das seichte Gefäß betrifft: Frauen wären überhaupt keine Gefäße, wenn die Männer sie nicht so behandeln würden! Wir wären lieber wir selbst und menschlich und nicht bloß ein Gefäß für die Lust der Männer, doch welche Wahl haben wir denn? Und wenn wir in dieser elenden Zeit für seicht befunden werden, dann, weil wir bis zum Rand voll von den Produkten männlicher Lüsternheit sind und es nicht ertragen können, auch nur noch einen einzigen Tropfen in uns aufzunehmen!«

Nun sah ich befriedigt, daß sich der König ein wenig unbehaglich zu fühlen schien. Er weiß, wie sehr ich gelitten habe, als ich ihm so viele Kinder ausgetragen habe, daß die Haut meines Bauches nun erbärmliche Falten wirft und meine Brüste, die einst so rund wie Äpfel waren, mir fast bis zur Taille hängen (so daß ich, wenn ich mit dem Grafen im Bett bin, immer daran denken muß, meinen Körper in eine Stellung zu bringen, in der das Hängen nicht noch betont wird). Er weiß auch, daß ich mich in einem Stadium befinde, in dem mich mein Leben mit ihm sehr unglücklich macht. Doch er leugnet das sich selbst gegenüber, so daß er in Wirklichkeit nicht ehrlicher ist als ich, die ich es nicht ertragen kann, auf die Plage einer Silbermine zu blicken, weil er es nicht ertragen kann, mich anzublicken und zu sehen, wie ich bin, und zu wissen, was ich in meinem Herzen fühle.

Doch letzteres sagte ich nicht, da ich es dann vorzog, aus dem Zimmer zu gehen und mich in meinen Gemächern einzuschließen, bis er und seine Gruppe (zu der alle Arten von Leuten vom Koch bis zum Musiker gehören) den ersten Teil der Reise ins Numedal antraten. Ich stand an meinem Fenster, sah sie durch die Tore von Rosenborg ziehen, und kaum waren sie außer Sichtweite, da schickte ich auch schon meine Frau Johanna mit der folgenden Nachricht – in der spielerischen Verschlüsselung, die Otto und ich uns zu eigen gemacht haben – zum Haus des Grafen:

Mein edler Graf,
Morgana, die Königin, erlaubt sich, Euch mitzuteilen, daß ihr Kater fehlt. Sie bittet Euch, ihr eine große Maus zu bringen, die sie während seiner Abwesenheit amüsiert...

Kein Mann in meinem Leben war wie Graf Otto Ludwig gewesen. Ich empfinde solche Freude, wenn wir den Liebesakt vollziehen, daß ich gar nicht zu merken scheine, wie die Zeit vergeht, sondern in einer anderen Welt bin, einer Welt, die einzig und allein aus seinem und meinem Körper, aus den Vorhängen und dem Licht des uns umgebenden Raumes besteht.

Es ist sehr wohltuend und schön, in seinen Armen zu schlafen. Ich glaube wirklich, noch nie zuvor einen solchen Schlaf erlebt zu haben. Doch kaum bin ich wach und merke, wo ich bin, da fühle ich mich gleich wieder böse wie ein zänkisches Weib. Ich bin nun mal so. Ich weiß, daß ich ihm manchmal etwas Ruhe gönnen und nicht an einem einzigen Nachmittag auf mehr als zwei oder drei großen Momenten bestehen sollte – was ich zugegebenermaßen tue, weil ich noch keinen anderen Mann kennengelernt habe, mit dem ich überhaupt einen richtigen Moment erleben kann, und meine Gesundheit bei starkem Mangel leidet. Und warum sollte ich, die Königin in allem außer dem Titel, an schlechter Gesundheit durch einen bedauerlichen Mangel solcher Momente leiden?

Gestern nachmittag, als ich mehr als vier oder fünf Momente gehabt hatte (und er immerhin zwei), beklagte sich der Graf plötzlich, ich sei zu gierig nach meinem Vergnügen. Das hörte ich gar nicht gern. Doch statt wütend auf ihn zu sein, täuschte ich ein paar mädchenhafte Tränen vor und rief: »O Otto, du hast ja so recht! Wie schändlich und lasterhaft ich doch bin! Was für eine liederliche Frau hast du doch zu deiner Geliebten erwählt! Du mußt mich dafür bestrafen, jetzt sofort! Oh, tu's schon, ganz schnell, nimm deinen Gürtel oder die Vorhangschnur oder sonst eine Geißel deiner Wahl! Sieh doch, ich setze meinen nackten Hintern dem schrecklichen Peitschenschlag aus! Zögere nicht, sondern strafe mich ohne viel Federlesens.«

Ich brauche wohl nicht eigens niederzuschreiben, wie bereitwillig der Graf auf mein flehentliches Bitten einging, denn ich glaube, daß alle Männer gern Frauen züchtigen und davon stark erregt werden. Obwohl ich es verabscheuen würde, wenn der König oder ein anderer Mann mich auf irgendeinen Teil meines Körpers schlüge, und so laut schreien würde, daß alle auf Rosenborg faul in ihren Betten liegenden Diener aufwachen würden, versetzten mich die leidenschaftlichen Schläge des Grafen in eine Art Delirium, und wenn ich in diesem Delirium einen solchen Moment erreiche, ist er so intensiv und anhaltend, daß ich allmählich schon glaube, daß der Graf und ich auf dem Diagramm des absoluten Vergnügens noch tief unten stehen, doch mittels Experiment und Phantasie einen Grad der Ekstase erreichen können, den normale

Männer und Frauen ihr Leben lang nie erfahren, ja nicht einmal für möglich halten.

Ich bin in Gedanken so ausschließlich mit Schlafzimmerangelegenheiten beschäftigt, daß ich, solange der König noch weit weg von Kopenhagen ist und sicher nicht vor dem nächsten Monat zurückkehrt, nach allen nur denkbaren Mitteln Ausschau halte, den Grafen noch vernarrter in mich zu machen, damit er nur mir in tiefer Liebe eng verbunden ist und niemals woanders sein Vergnügen sucht.

Heute – es kam plötzlich die Sonne heraus, so daß der Schnee auf Rosenborg zu tauen begann – hatte ich Herrn Bekker, den Hexenmeister, zu mir zitiert, und dieser schrieb mir die Zutaten für einen Liebestrank auf. Er sagte, dieser sei sehr stark, und ich müßte ihn meinem Mann (Bekker glaubt, er sei für den König, meinen Gatten, bestimmt) in kleinen Dosen verabreichen. »Sonst, Madam«, meinte Herr Bekker, »könnte er an einem Übermaß an Freude sterben, und das wäre ein schwarzer Tag für Dänemark.«

Ich sagte nichts zu seiner letzten Bemerkung, sondern geleitete ihn rasch hinaus, weil ich fürchtete, er könnte einen verfrühten Nachruf auf seinen großen Meister halten. Leider las ich erst die Zutatenliste, als er schon gegangen war, und stellte fest, daß diese auch einen Fingerhutvoll Pulver vom gemahlenen Huf einer Antilope enthält. Ich glaube nicht, daß irgendein Apotheker in Kopenhagen eine ausreichende Menge von gemahlenem Antilopenhuf für mich vorrätig hat, und ich weiß auch nicht, wie sich überhaupt eine Antilope finden läßt, an deren Fuß man rasch eine Raspel ansetzen kann. Daraus ersah ich sofort, daß Hexenmeister in einer selbsterfundenen Welt leben und nicht mit uns anderen Sterblichen in der wirklichen. Und das ist sehr ärgerlich.

Die Unmöglichkeit, das verflixte Antilopenhufpulver zu beschaffen, machte mir großen Kummer, und ich wollte gerade eine meiner Frauen herbeizitieren, um dem Hexenmeister nachzugehen und ihn zu fragen, was ich tun sollte, wenn ich nicht zu den Ebenen Afrikas oder den Bergen Nepals reisen und nach dem Tier suchen wollte, als ich bemerkte, daß Herr Bekker seinen Federkiel auf meinem Schreibtisch vergessen hatte.

In der Absicht, ihn von meiner Frau zurückgeben zu lassen,

nahm ich ihn in die Hand, und dabei fiel mir auf, daß er unglaublich und seltsam schön war, und ich begann, einer natürlichen Neigung folgend, mir damit über die Wange zu streichen.

Die Feder war schwarz, jedoch mit einem Perlmuttschimmer und einem kleinen Flaumfederbusch am Ende, ähnlich dem Löckchen auf einem Babykopf.

Dieses Liebkosen meiner Wange mit dem Federkiel beruhigte und besänftigte mich dermaßen, daß ich ganz vergaß, Herrn Bekker hinterherzuschicken. Ich beschloß, den Federkiel nicht zurückzugeben, sondern vielmehr so zu tun, als sei er nie in meinem Zimmer vergessen worden, um ihn behalten zu können. Ich glaube nämlich, daß er etwas Magisches hat. Die Haut meiner Wange fühlte sich danach sehr warm an, und in mir breitete sich so etwas wie ein Glücksgefühl aus, das dort, in meinem Gesicht, seinen Ausgang zu nehmen schien. Als ich es an der Tür klopfen hörte, schreckte ich aus meiner Träumerei auf und verbarg den Federkiel rasch in der Schublade meines Schreibtischs, wo ich auch diese Papiere hier aufbewahre und für die niemand außer mir einen Schlüssel hat.

Meine Frau für die Füße, Hansi, trat ein. Sie hatte ein junges Mädchen von sehr süßer und angenehmer Erscheinung bei sich, das ich noch nie zuvor gesehen hatte. »Madam«, sagte Hansi, »die neue Frau von Eurer Mutter ist eingetroffen. Hier ist sie! Sie heißt Emilia Tilsen.«

»Aha!« sagte ich.

Das Mädchen Emilia Tilsen knickste und verbeugte sich tief vor mir. Ich ging zu ihr hinüber, hob sie auf und hieß sie in meinen Diensten willkommen. Wenn mich der König auch ein eitles und seichtes Gefäß nennt und der Graf beim Peitschen meines Hinterns mit einer seidenen Kordel schreit, ich sei ein abscheuliches Flittchen, so weiß ich doch, daß ich noch lieb und nett sein kann, wenn ich mit meinem Leben im Einklang bin. Und dieses Mädchen Emilia rief in mir augenblicklich ein ganz deutliches Gefühl der Freundlichkeit und Ruhe hervor, wie ich es seit langem nicht mehr verspürt hatte.

Sie hat ein blasses, ovales Gesicht und Haare, die weder dunkel noch hell sind. Ihr Lächeln ist sehr nett, und ihre Augen sind grau wie das Meer. Sie hat sehr kleine Hände.

»Nun«, sagte ich, »wenn ich mich recht erinnere, kommst du aus Jütland, so daß du jetzt wohl müde bist und dich ausruhen möchtest.«

Bei diesen Worten blickte mich Hansi erstaunt an, weil sie glaubt, ich sei, weil ich ihrem Ruhebedürfnis nicht die geringste Beachtung schenke, der Rücksichtnahme überhaupt nicht fähig, während ich in Wahrheit außerordentlich rücksichtsvoll und achtsam anderen gegenüber sein kann, wenn *mir danach zumute ist.* Es ist nicht mein Fehler, daß dies so selten der Fall ist, sondern liegt an der Tatsache, daß überall um mich herum grobe und faule Menschen sind, für die ich kein Jota Liebe verspüre.

»Aber nein«, sagte diese süße Emilia, »ich bin nicht müde, Madam! Wenn ich irgend etwas für Euch tun kann, dann laßt es mich bitte angehen.«

Sie trug ein Kleidchen aus grauer Seide. Es war sehr einfach, kleidete sie aber gut. An einem Samtband um ihrem Hals hing ein Medaillon. Sie hatte ein zartes, angenehmes Parfüm an sich, das mich an den Duft von Sommerobst erinnerte.

»Nun gut!« meinte ich. »Es gibt eine kleine Aufgabe, die du für mich erledigen kannst, doch zunächst würde ich mich gern, wenn du nicht müde bist, mit dir unterhalten und etwas über dein Leben in Jütland erfahren, wo ich selbst zur Welt gekommen bin. Hansi, laß also etwas Wein und Kümmelkuchen kommen, und Emilia und ich werden uns hier ein Weilchen unterhalten. Komm her, meine liebe Emilia, nimm auf dieser Chaiselongue Platz, während wir auf den Wein warten.«

Hansi sah mich mit offenem Mund an. Mit ihr hatte ich noch nie so nett gesprochen. Sie ergriff die Flucht und ließ die Tür rüde hinter sich zuknallen.

Inzwischen habe ich herausgefunden, daß meine süße Emilia ein tragisches Leben hatte. In dem Medaillon an ihrem Hals trägt sie ein Bild ihrer Mutter, und sie sagt, von diesem Besitz werde sie nichts trennen.

Es hat mich sehr bewegt zu hören, wie ihre Mutter gestorben ist, fast hätte ich sogar geweint, was ich kaum einmal tue, weil ich lieber über das Leben schimpfe als heule. »Oh, mein armes Mädchen«, sagte ich mit erstickter Stimme, nahm sie in die Arme, legte ihren Kopf an meine Schulter und strich ihr übers Haar. Wir weinten dann zusammen, und nach ein paar Minuten des Weinens sagte ich: »Ich will dir rundheraus sagen, Emilia, daß ich mich hier in Rosenborg auch in einer unglücklichen Lage befinde. Du siehst vielleicht meine luxuriösen Gemächer, meine vielen Kleider und Pelze, meine goldenen Ziergegenstände und Juwelen. Ich bin aber bei alldem eine unglückliche Frau. Du wirst mit der Zeit merken, warum, und begreifen, wie sehr ich verachtet werde.«

»Verachtet?« fragte Emilia. »Wie kann jemand eine so schöne und gute Frau wie Euch verachten?«

»Oh!« rief ich. »So siehst du mich? Schön und gut?«

»Ja. Ihr seid sehr schön. Und wie liebevoll und gütig Ihr in meiner ersten Stunde auf Rosenborg zu mir...«

»Ich *war* es!« Mir kamen wieder die Tränen. »Beides war ich, als ich noch jünger war, bevor mich die Schwangerschaften und das Gebären von Kindern in eine boshafte Welt in den Wahnsinn trieben. Doch meine ganze Freundlichkeit ist aufgebraucht. Und nun bin ich so wütend auf mein Schicksal, daß ich... Ich kann dir nicht sagen, was ich tun würde. Ich weiß nicht, zu welch Schrecklichem ich fähig bin!«

Wir schluchzten noch eine Weile. Ich hatte ganz vergessen, wie wunderbar Weinen sein kann. Dann schenkte ich uns Wein nach, suchte nach einem Taschentuch, um unsere Tränen zu trocknen, und sagte zu Emilia: »Ich habe dich als Geschenk von meiner Mutter erhalten, und wie ich sehe, hat sie eine gute Wahl getroffen. Meine anderen Frauen haben bestimmte Aufgaben, doch dir will ich nur die eine geben: immer zu kommen, wenn ich dich rufe, und das zu tun, wonach mir gerade der Sinn steht, auch wenn es verrückt erscheinen mag. Dafür werde ich versuchen, immer nett zu dir zu sein, so wie es deine Mutter gewesen wäre, und nichts von dir zu verlangen, was dir Kummer oder Schmerz bereiten könnte.«

Emilia dankte und versprach, alles für mich zu tun, ganz gleich, worum ich sie bitten würde. Ich tätschelte ihr die kleine Hand, und wir tranken den Wein und aßen den Kümmelkuchen. Dann sagte ich: »Also gut, Emilia. Ich möchte, daß du jetzt einen Brief für mich schreibst.«

Dann diktierte ich ihr Folgendes:

Lieber Herr Bekker,
beim Durchsehen der Liste, die Ihr mir heute gegeben habt, stelle ich doch fest, daß Ihr darin »Huf der Antilope« erwähnt.
Bitte seid so gut, mich morgen aufzusuchen und mir zu erklären, wie um alles in der Welt ich an so etwas Ungewöhnliches herankommen soll.
In Erwartung Ihrer Antwort die Ihrige,
Kirsten Munk, Gemahlin des Königs

Ich bemerkte, daß Emilia Tilsen eine runde und hübsche Schrift hat. Sie sagte nichts zum »Huf der Antilope«, sondern blickte bloß, als sie mit dem Briefschreiben fertig war, besorgt und mit einem leichten Stirnrunzeln zu mir auf.

Nach Norden

König Christians *Tre Kroner*, ein großes, vergoldetes Schiff, ist nach Norden, zu den Eisschollen des Skagerrak unterwegs. Sie ist das größte Schiff der Flotte und wiegt über fünfzehnhundert Tonnen. Ihr Hauptmast mißt vom Hauptdeck bis zum Krähennest einhundertunddreißig Fuß. An den Rahen und Mastspitzen hängen seidene Fahnen, die sich im Wind blähen, und auf dem großen Achterdeck fängt das gold und blau bemalte königliche Wappen die Strahlen der Wintersonne ein.

Mit seinen gewaltigen Segeln und seiner mächtigen Tonnage ist es das prächtigste Schiff, das je in diesen Gewässern gesehen wurde. Darin ähnelt es dem König – ganz so, wie er es sich gewünscht hatte. Den schottischen Erbauer hatte Christian angewiesen: »Gebt mir Masse und Kraft! Gebt mir Größe und ein tapferes Herz!«

Und nun pflügt das Schiff in Richtung Norwegen durchs kalte Meer des eisigen Frühlings. Es hat Fässer mit Schießpulver und Eisenwerkzeuge zum Hauen von Fels und Gestein an Bord, außerdem Seile, Tauwerk und Ketten. Doch wenn König Christian in den Laderaum hinuntergeführt wird, um das Abbaugerät zu inspizieren, sieht er im Schein der Fackeln keine Pickel und Schaufeln: In seiner Phantasie hat er sie bereits gegen Silberbarren ausgetauscht. Und die Fässer sind voller Silbertaler.

Der König ist mit einem großen Gefolge unterwegs, doch das Schiff faßt einhundertundfünfzig Seelen. Die Kabinen auf dem Achterdeck sind den Ingenieuren zugeteilt worden, den Leuten, die der König die Genies der Mine nennt, Männern, die auf einen Berg blicken und wissen, wo die Flöze mit dem kostbaren Erz zu vermuten sind. Diese Genies der Mine hocken oben auf dem Achterdeck zusammen, bereiten sich auf die Probleme vor, vergleichen Notizen und legen sich Landkarten vom Numedal übers Knie.

Der König hat außer den Köchen, Weinhändlern, Marineärzten, Apothekern, Geographen und Wäschern auch zwei Musiker an Bord, weil er nicht weiß, wie lange er von Kopenhagen weg sein wird, und der Meinung ist, daß ein Leben ohne Musik – auch ein Leben in einem weitentfernten Gebirge unter norwegischem Himmel – eines ist, in dem die kalte Gleichgültigkeit des Universums übermächtig werden kann. Und er ist nicht in der Stimmung für dessen gefühlloses Schweigen.

Einer der Musiker ist Peter Claire, sein »Engel«, der andere der Deutsche Krenze, der Violaspieler. Ihre Quartiere auf dem obersten der drei Kanonendecks, die sie mit den Ärzten teilen, sind dunkel und laut, und als das Schiff an Frederikshavn vorbeifährt und zu spüren bekommt, wie die Westwinde des Skagerraks das Meer aus seinem Kattegatschlummer wecken, bietet die Größe der *Tre Kroner* nur wenig Schutz davor, im aufgewühlten Wasser herumgeschleudert zu werden.

Krenze liegt in seiner Hängematte und nippt an Ingwertee, um nicht seekrank zu werden. Peter Claire tut vom mühsamen Balancehalten schon alles weh; ihm kommt es so vor, als vermischten sich seine Schmerzen und das Knacken und Ächzen des Schiffs und würden ein und dasselbe. Seine Welt ist zusammengeschrumpft auf Knochen und Sehnen, Holz und Tau, alles in ihm protestiert gegen das unwirtliche Meer. Peter Claire ist erst wenige Wochen zuvor übers Meer aus England gekommen, und er hätte nie erwartet, so entsetzlich bald wieder auf einem Schiff zu sein. Er schläft unruhig und träumt von seiner irischen Gräfin. »Vorbei«, sagt er laut, »unwiderruflich vorbei!«

Krenze hört dies, stellt aber keine Fragen und gibt keinen Kommentar ab. Grün im Gesicht, die Hände um seinen Teebecher gelegt, bemerkt er beißend: »Es überrascht mich, daß uns Seine Majestät nicht beim Pulver im Laderaum untergebracht hat. Was ist denn aus Seinem gehegten Konzept des *Tief unten* geworden?«

Peter Claire, der noch Bilder der Gräfin O'Fingal vor Augen hat und im aufgewühlten Skagerrak das blaugraue Meer von der Westküste Irlands sieht, erwidert pedantisch: »Der Laderaum ist zu tief unten. Wir sind nur zu zweit, so daß er uns nicht einmal auf dem Hauptdeck hören könnte.«

Trotz seiner Übelkeit lächelt Krenze. »Ihr wißt, daß wir ein schwimmender Sprengkörper sind?« meint er. »Eine winzige Flamme dort unten in der Tiefe, und wir fahren alle zur Hölle.«

»Wieso seid Ihr Euch so sicher, daß es die Hölle sein wird, Krenze? Warum denn nicht das Paradies?«

»Seht uns doch an – in unserem Elend! Ekelhaftes Wetter auf dem Meer beraubt den Menschen seiner Würde und macht ihn zu einem Nichts. Wir passen nur noch in die Hölle.«

Also schweigt Peter Claire und fragt sich, nicht zum erstenmal, was er so weit weg von zu Hause tut und welche lebenden Seelen um ihn trauern würden, ja worin die Bilanz seines Lebens gesehen werden könnte, sollte er in diesem eiskalten Meer ertrinken. Er denkt an seine lieben Eltern, seinen Vater, den Pfarrer James Whittaker Claire, und seine Mutter Anne. Er stellt sich vor, wie sie über seinen Verlust weinen und im stillen beklagen, daß er so wenig mit seinem Leben angefangen, sich nur an ein Musikinstrument gebunden hat und in der Welt herumgewandert ist – so weit weg von der Kirche St. Benedict the Healer seines Vaters und dem reichgedeckten Tisch seiner Mutter –, auf der Suche nach neuen Harmonien und seltsamer Gesellschaft.

Er weiß, daß sie für seine Seele beten würden, fragt sich jedoch auch, um was für eine Seele. Er ist sein Leben lang ruhig, verschlossen und einsam gewesen. Als habe er auf den richtigen Augenblick gewartet, immer auf den richtigen Augenblick gewartet. Er hatte niemandem erzählt, worauf er hoffte und wovor er sich fürchtete, weil er wußte, daß das, wovor er sich fürchtete, und das, was er sich erhoffte, nicht die Dinge waren, die einmal eine Rolle spielen würden. Auf ihn wartete etwas anderes. Etwas, was er noch nicht sehen konnte. Doch war es schon in Sicht? Peter Claire beschließt, seinen Eltern einen Brief zu schreiben, wenn oder falls er im Numedal-Gebirge ankommt. Darin will er sagen:

König Christian hat mich enger an sich gebunden, als ich erwartet hatte. Er hat aus Aberglauben gehandelt und nicht aus Zuneigung, auch nicht in Kenntnis dessen, wer ich wirklich bin. Ich scheine einfach den Engeln zu gleichen, wie er sie sich als Kind vorgestellt hat. Ich gestehe jedoch ein, daß mich das berührt hat und ich nun glaube – oder hoffe –, mir werde in Dänemark etwas sehr Wichtiges widerfahren.

Peter Claire beobachtet den König. Dieser macht nicht den Eindruck, seiner Würde beraubt zu sein. Im Gegenteil, seine schwere Gestalt scheint sich eine Wendigkeit angeeignet zu haben, die sie in Rosenborg nicht besaß. Und die Funktionsweise des Schiffs übt eine ständige Faszination auf ihn aus. Er bleibt nicht auf dem ruhigen Achterdeck, sondern wandert auf dem Vorder- und Hauptdeck umher, alles und jeden überprüfend. Minutenlang schaut er zu den Marssegeln hoch, wobei sein Blick auf den oben auf den Nocks verteilten Fähnrichen ruht – mit einem Ausdruck der Ehrfurcht, ja sogar des Neids, als könne in jenem Universum aus Himmel und Segel ein Augenblick der Erlösung von allen weltlichen Problemen gefunden werden.

»Oh, das ist ein wundervolles Schiff!« hört man ihn rufen, und im selben Augenblick kommt eine riesige Welle am Bug der *Tre Kroner* hochgeschossen, und das Wasser ergießt sich über das Dollbord, so daß der König auf dem Deck den Halt verliert. Ein paar Matrosen eilen ihm schwankend zu Hilfe und richten ihn auf. Er ist jedoch nicht verletzt und weigert sich, kaum daß er wieder auf den Beinen ist, in seine Kabine zu gehen. Er hält sich an den Wanten fest. Regen peitscht auf ihn nieder, und der Sturm schlägt ihm seine lange Locke wie eine Schlinge um den Hals. Doch alldem schenkt er nicht die geringste Beachtung. Sein Blick ist schon wieder zu den Männern hoch oben über ihm zurückgekehrt. Diese beginnen das Marssegel einzuholen, ihr luftiges Königreich Stück für Stück abzutragen. Als sie schließlich heruntergeklettert kommen – einige der Knaben sind höchstens zwölf Jahre alt –, streckt ihnen König Christian mit einer bewundernden Geste die Hand entgegen. Sein Blick wandert über die Stelle am Himmel, wo das Marssegel wehte und nun Regenwolken heranfegen und sich auftürmen.

Bei Einbruch der Nacht flaut der Sturm ab. Ein leichter Wind aus Südwest sichert noch das Vorwärtskommen der *Tre Kroner*, doch das Meer ist ruhiger, und über dem Schiff gleitet eine schmale Mondsichel ins Blickfeld, als die Wolken Richtung Norden davonjagen.

Peter Claire und Krenze sind endlich eingeschlafen, als sie einer von der Schiffsmannschaft weckt und »auf Befehl Seiner Majestät« aufs Achterdeck zitiert. Sie quälen sich in die Stiefel, wobei Krenze flucht, der König zerstöre »die körperliche und geistige Gesundheit eines Menschen«, nehmen ihre Instrumente aus den Kästen und folgen eilends dem Befehl. Sie finden König Christian nicht in seiner Kabine, sondern auf dem Deck selbst vor, draußen unter dem Mond, wo er in einen Sealmantel gehüllt auf einem kunstvollen Holzstuhl thront.

Er blickt seinen Lautenisten liebevoll an. »Die Natur«, sagt er, »schenkt uns eine kleine Ruhepause, Mr. Claire. Ihr und Krenze werdet nun der Dankbarkeit der Schiffsmannschaft durch ein paar liebliche Weisen Ausdruck verleihen.«

Es ist sehr kalt. Die Musiker sitzen nebeneinander auf einer Holzkiste und beginnen einen Zyklus deutscher Lieder zu spielen – just die Musik, mit der sich Krenze in Gedanken zu trösten versuchte, als er seekrank war. Als man die Lieder allmählich auf dem ganzen Schiff vernimmt, tauchen immer mehr Menschen auf dem Achterdeck auf, um zuzuhören. Der Kapitän lehnt an einem Tauwerk, den Blick auf den Mond und die Sterne gerichtet, doch die Genies der Mine schauen konzentriert auf Peter Claire und Krenze, als enthielten die von den beiden erzeugten Töne ein wertvolles, ihnen noch unbekanntes Metall.

Magdalenas Herrschaft

Seit Emilia nicht mehr da ist, herrscht Magdalena Tilsen in einem Männerhaus. Einschließlich Johann sind es sechs, und Magdalena ist sich eines außergewöhnlichen Phänomens bewußt geworden: Sie wird nicht nur von Johann geliebt, sondern auch von seinen beiden ältesten Söhnen Ingmar und Wilhelm.

Sie scheinen sich nicht mehr nach ihrer Mutter zu sehnen. Sie sind sechzehn und fünfzehn Jahre alt, und Magdalena merkt an der Art, wie sie sich an sie klammern und jeden Abend um einen Gutenachtkuß betteln, wobei sie dann kichernd versuchen, sie auf den Mund zu küssen, daß sie in ihnen etwas mehr als schlichte Zuneigung erweckt.

Die nächsten beiden Söhne Johanns sind noch zu klein, um sich in sie zu verlieben, doch auch Boris und Matti sind auf ihre Weise schon besitzergreifend. Sie halten gern ihre Hand. Sie lieben es, ein Stück ihres weiten Rocks zu nehmen und sich darin einzuwickeln, an ihren Körper gefesselt, lachend. Wenn sie Kuchen bäckt, sitzen sie auf dem Tisch und tauchen die Finger in die Schüssel, und wenn sie mehrere Mundvoll der cremigen Ei-und-Butter-Mischung gegessen haben, drängen sie Magdalena, ihnen ihre kleinen Finger abzulecken. Und manchmal lösen sie ihr die Haare und halten sie sich vors Gesicht.

Sie hat sie alle verwandelt. Einmal hört sie Wilhelm zu Ingmar sagen, er beneide seinen Vater, und Ingmar flüsternd antworten, ihr Geruch sei »in jener Hinsicht furchterregend«. Ihr kommt der Gedanke, sie könne im Sommer mit Wilhelm und Ingmar in die an die Erdbeerfelder angrenzenden Wälder gehen und ihnen alles zeigen, was sie je über eine Frau wissen müssen. Magdalena stammt aus einem Bauerngeschlecht. Das Familienmotto ihres Vaters war (woher es kam, wußte niemand mehr): »Schuldlos sind wir«, und alle seiner Sippe nahmen sich diese Worte in der Art, wie sie ihr Leben einrichteten, zu Herzen.

Mit Vierzehn zeigte ihr ihr Onkel, ein Geflügelhändler, alle Möglichkeiten, Männer zufriedenzustellen. (»Man muß sich dessen nicht schämen, Magdalena, es nur ein bißchen lernen.«) Bevor sie Johann Tilsen traf und heiratete, schlief sie noch immer regelmäßig mit diesem Onkel (dem sie auch weiterhin sehr zugetan war) und ihrem Vetter, dem Sohn jenes Geflügelhändlers. Mehrmals war von einem Kind die Rede, doch nie kam eins auf die Welt, und mittlerweile kann sich niemand mehr erinnern, was in dieser Angelegenheit gesagt oder getan worden war. *Schuldlos sind wir.*

Magdalena ist sich ihrer Vorherrschaft im Tilsenhaus inzwischen so sicher, daß sie den Luxus und die Freuden ihres neuen Lebens genießt und mit unvergleichlich selbstsicherer Miene herumläuft. Sie sagt sich, daß es nur der Abreise Emilias bedurft hatte, um ihr diesen außerordentlichen Zugewinn an Macht zu verschaffen.

Oft spielt ein versonnenes Lächeln um ihre Lippen. Sie hat begonnen, sich mit den Delikatessen zu verwöhnen, die in der Nachbarschaft beschafft werden können, wobei es ihr ein leichtes ist, ihren Mann zu überreden, Gänseleber, Sahne, Kapaune für Füllungen, Wachteleier, Rebhühner, Lammschwänze und Schweinsfüße zu kaufen. Sie geht in die Breite. Ihre Wangen sind dick und rosig. Ihr »furchterregender« Geruch scheint an Intensität zuzunehmen. Sie herrscht, und die Männer folgen ihr, immer voller Verlangen und neuem Verlangen: *Berühr meine Stirn, Magdalena. Küß mich auf den Mund, Magdalena. Leck mir die Finger ab, Magdalena. Wickle mich in deine Röcke, Magdalena. Magdalena, komm mit mir zum See...*

Es gibt jedoch eine Ausnahme. Marcus, der jüngste Knabe, das Kind, dem Emilia gesagt hat, es habe seine Mutter getötet, ist offenbar von Magdalenas Zauber unberührt. Marcus schreit, wenn sie ihn hochnimmt. Er weigert sich, sie zu küssen. Wenn er mal am Kuchenbacken teilnimmt, hält er die Hände auf dem Rücken, damit sie ihm nicht die Finger ableckt. Und er ist ungehorsam. All ihren Verboten zum Trotz läuft er allein vom Haus weg. Man hat ihm gesagt, daß Emilia nicht mehr da ist, daß sie in Kopenhagen ist, doch wenn er von seinen Wanderschaften zurückgebracht und gefragt wird, was er getan habe, antwortet er immer das gleiche. Er sagt, er habe nach Emilia Ausschau gehalten. Stets aufs neue wird ihm erklärt, daß Kopenhagen viele Meilen weit weg ist, weiter weg, als irgend jemand laufen kann, weiter weg als das Meer, weiter weg als der Nordstern, doch er hört nicht auf, nach ihr zu suchen.

Nachts weint Marcus. Oft macht er das Bett naß, was ihm dann keine betörende Berührung von Magdalenas Hand einbringt, wonach Ingmar sich so sehnt, sondern einen heftigen Schlag auf die Beine oder den Hintern. Mit vom Zimmer abgewandtem Gesicht liegt er in seinem feuchten Kinderbett. Er weigert sich bei den Mahlzeiten, mehr als ein paar Mundvoll zu essen oder sich auf seinen Unterricht zu konzentrieren. Er wird sehr dünn und bekommt Augenringe.

Marcus' Widerspenstigkeit ärgert Magdalena. Warum muß es

diesen traurigen kleinen Abweichler geben, wo sie doch mit ihrem unwiderstehlichen Geruch und ihrer drallen Bauernschönheit den ganzen Haushalt versklavt hat? Das ist unlogisch, was Magdalenas Wut noch steigert. Marcus ist das einzige Kind, das seine Mutter nicht kannte, und daher kann er Karen gegenüber keine Loyalität empfinden, doch gerade er stößt seine Stiefmutter zurück.

»Du mußt ein ernstes Wort mit ihm reden, Johann«, sagt Magdalena. »Wir können nicht dulden, daß sich ein Kind in diesem Haus weigert, zu gedeihen.«

Also führt Johann (der alles tut, was Magdalena sagt) seinen jüngsten Sohn auf dessen braunem Pony langsam und vorsichtig auf den Wegen am Rand der Obstfelder entlang, und als sie zu einer Wiese kommen, hebt er ihn herunter, läßt das Pony weiden und setzt sich mit Marcus auf den Rand eines steinernen Wassertrogs, der noch immer eine dünne Eisschicht hat.

Johann blickt Marcus an und sieht in dessen kleinem, ernstem Gesicht den Geist seiner ersten Frau Karen, während die anderen Knaben mit ihren dunklen Haaren und derben Gesichtszügen Johann immer ähnlicher werden. Nur Emilia und Marcus gleichen Karen. Als Johann jetzt so auf dem Pferdetrog sitzt, wünschte er, sie täten es nicht.

»Also, Marcus«, sagt Johann, »paß auf!«

Der Knabe untersucht das Eis. Er sieht darin eingeschlossene Gegenstände: tote Blätter und kleine Stöcke.

»Paßt du auf?« fragt Johann.

»Ja«, erwidert Marcus. Doch er wendet den Blick nicht vom Eis.

»Nun denn«, seufzt Johann, »sag mir, was mit dir los ist!«

Er wartet, doch der Knabe antwortet nicht.

»Dein Weglaufen und Suchen nach Emilia. Du weißt, wie unartig und dumm das ist.«

Marcus schaut zu seinem Vater auf. Es ist ein sonniger Morgen, und er reibt sich die Augen, als schmerzten ihm diese vom Licht. Er schweigt.

»Verstehst du mich?« fragt Johann.

»Wo ist Kopenhagen?« fragt Marcus.

»Das haben wir dir doch gesagt: weit weg, auf der anderen Seite des Wassers. Weiter weg, als du je gewesen bist.«

»Magdalena könnte hinfliegen. Sie ist eine Hexe«, meint Marcus.
»Hör auf damit!« fährt ihn Johann an. »Ich möchte nicht, daß du so etwas sagst! Es war böse von Emilia, dir das einzuflüstern. Böse. Allmählich glaube ich wirklich, daß sie ein sündiges Mädchen ist und besser in Kopenhagen bliebe, damit wir hier alle unsere Ruhe haben. Du mußt sie vergessen, Marcus. Du mußt ihre schändlichen Lügen und auch sie vergessen. Sie kehrt nicht zu uns zurück. Und Magdalena ist keine Hexe. Sie ist meine Frau, und sie ist deine *Mutter*.«

»Nein, das ist sie nicht. Ich habe meine Mutter getötet.«

»Noch ein Beispiel von Emilias skandalösen Erfindungen! Mein Wort darauf, daß ich sie für ein gutes Mädchen hielt, doch nun sehe ich, wie verschlagen sie ist. Ich glaube, ich sollte ihr nicht erlauben, jemals zurückzukommen. Und du, Marcus, wenn du nicht deine traurigen Verhaltensweisen aufgibst, bei deiner Arbeit Fortschritte machst und dich bei den Mahlzeiten ordentlich benimmst, nun, dann werde ich mir vielleicht eine grausame Strafe ausdenken, jedenfalls wird sie dir nicht gefallen. Sieh doch, was du alles hast: diese Felder und Wälder, dein Pony, einen liebenden Vater, hübsche Brüder. Du bist das glücklichste Kind der Welt! Und von nun an wirst du dich bessern, sonst wird es sehr unangenehme Folgen für dich haben.«

Johann hatte erwartet, daß Marcus jetzt einen erschreckten Eindruck machen würde, doch das tut er nicht. Er sieht lediglich zerstreut aus und blickt mit großen Augen auf die sonnenbeschienene Wiese.

»Stirbt Magdalena?« fragt der Knabe.

Laut und ärgerlich antwortet Johann: »Ob sie stirbt? Natürlich nicht! Was für Gedanken in deinem Kopf herumgehen! Jedenfalls keine vernünftigen und guten.«

»Ich wünschte, sie würde sterben«, sagt Marcus.

Johann fühlt jetzt etwas Qualvolles in sich aufsteigen. Er hebt die Hand, um Marcus zu schlagen, doch wird er sich im gleichen Augenblick bewußt, daß sein Sohn ein bemitleidenswertes Wesen ist, eine geisterhafte Seele, die in der eigenen verwirrten Welt dahintreibt, ein Kind ohne Zukunft. Er läßt die Hand wieder sinken, hebt statt dessen Marcus hoch (Wie leicht er doch ist, wie klein und schwerelos ...!) und nimmt ihn auf den Schoß.

»Ich werde vergessen«, sagt Johann, »daß du jemals so etwas gesagt hast. Doch du mußt dafür Emilia vergessen. Du darfst nie wieder in den Wäldern, am See oder sonstwo nach ihr suchen. Du mußt mir versprechen, daß du nicht mehr herumwanderst. Versprich mir das!«

Als übermanne ihn Müdigkeit, beugt sich Marcus vor und legt seinem Vater das Gesicht auf die Brust. Johann hält ihn fest und wartet, doch das einzige Geräusch, das die Stille auf dem Feld unterbricht, ist das Rascheln eines Vogels im alten, trockenen Laub.

»Versprich es!« wiederholt Johann, doch Marcus rührt sich nicht und sagt kein Wort.

Aus Gräfin O'Fingals Tagebuch, La Dolorosa

Während ich mich mit den Kindern bei meinem Vater in Bologna aufhielt, schlich sich bei Johnnie O'Fingal die Überzeugung ein, daß allein ich an seiner Pein schuld sei. Seine Argumente waren: Wäre ich meiner Veranlagung nach mutiger und hätte ihn in der Sturmnacht nicht geweckt, nun, dann wäre ja sein Traum von der erhabenen Musik niemals an die Oberfläche seines Bewußtseins gekommen. Also war es meine kindische Schwäche, mein »weibisches Erschrecken angesichts der Größe der Natur«, wie er es ausdrückte, was unsere Tragödie ausgelöst hatte. Ich war ganz und gar und allein verantwortlich, und der Mann, der sich auf den ersten Blick in mich verliebt hatte, konnte mich nun nur noch voller Haß anblicken und in sich kaum den ständigen Wunsch unterdrücken, mir Schaden zuzufügen.

Das Virginal war abgeschlossen und weggeräumt worden, weil Johnnie O'Fingal seinen Bemühungen, die verlorene Melodie wiederzufinden, abgeschworen hatte, indem er erklärte, sie sei »fern aller Reichweite seines Kopfes und Herzens«. Gleichzeitig mit diesem Verzicht verfügte er, daß künftig überhaupt niemand mehr im Haus musizieren durfte, nicht einmal die Kinder. Nie wieder würde es Konzerte oder andere musikalische Darbietungen auf Cloyne geben. »Es wird Stille herrschen!« donnerte er.

Und so herrschte nun Stille. Die Kinder und ich führten unser Leben fort – unseren Unterricht, unsere Freizeitbeschäftigungen,

Spaziergänge, Mahlzeiten, das Lesen und die Gebete –, doch taten wir alles so leise wie möglich, und es gelang uns überhaupt nicht, Johnnie darin einzuschließen, so daß es im Monat nach unserer Rückkehr aus Bologna sogar zu einer Trennung zwischen uns auf der einen Seite und ihm auf der anderen kam.

Niemals kam er in die Nähe meines Bettes, sondern wohnte in einem entfernten Zimmer mit Blick auf die Berge von Cloyne im Norden. Nie suchte er das Schulzimmer der Kinder auf. Er sprach bei den Mahlzeiten nicht mit ihnen und nahm sie auch nicht mit zu einem Picknick oder zu einem kleinen Ausflug. Am Tag saß er entweder in seinem Arbeitszimmer am Feuer und blickte hinein, oder aber er lief ganz allein, oft ohne Mantel und Hut, stundenlang auf seinem Gut herum, bis er müde wurde und wieder schlief.

Wenn ihn seine Pächter und Bauern so herumlaufen sahen, mit wildem, zerstreutem Blick, ungekämmtem Haar, dünner Kleidung im Winter und der nicht abgeheilten Schuppenflechte auf der Stirn, bekamen sie Angst um ihre Zukunft. Früher war er immer an jedem Häuschen und jeder Hütte stehengeblieben und hatte mit den Bewohnern gesprochen, doch nun ging er an ihnen vorbei und erwiderte ihren Gruß nicht, und wenn sie ihn anflehten, wie es jetzt manchmal geschah, Reparaturen an ihren Dächern und Scheunen vornehmen zu lassen, der Feuchtigkeit Beachtung zu schenken, die sich in der Kirche eingeschlichen hatte oder Doktor McLafferty sein jährliches Gehalt für seine Fürsorge für sie und die Kinder zu zahlen, gab er ihnen keinerlei Antwort, sondern ging einfach weiter, als habe er nichts gehört.

Natürlich ließ ich mich noch sehen, und sie legten dann flehend die Hände zusammen oder hielten sich den Kopf, als hätten sie Schmerzen, und sagten zu mir: »Oh, Lady O'Fingal, was für eine Katastrophe hat uns nur heimgesucht? Was hat Seine Lordschaft zu Boden gestreckt?«

»Es ist ein Rätsel«, erwiderte ich dann. »Und ich weiß, ehrlich gesagt, nicht, wie man es lösen kann.«

Dann versuchte ich die Leute zu beruhigen, indem ich sagte, ich würde alles in meiner Macht Stehende tun, um Geld für ihre Reparaturen und Arzthonorare aufzutreiben. Doch schon nach kurzer Zeit waren alle Einkünfte aufgebraucht, zu denen ich allein rechtmäßig Zugang hatte. Ich ging dann zu Johnnie (obwohl ich noch immer befürchtete, sein Abscheu mir gegenüber könne sich jeden Augenblick in einer Gewalttat Ausdruck verleihen) und sagte zu ihm: »Wenn du dich nicht mehr wie früher um alles auf dem Gut kümmern willst, mußt du mir die Mittel dazu geben. Du kannst nicht zulassen, daß deine Leute in undichten Häusern wohnen oder ihre Kinder krank werden oder sterben, weil ihnen kein Arzt zur Verfügung steht.«

»Francesca«, sagte er und blickte mich dabei mit haßerfülltem Blick an, woran ich mich inzwischen allerdings gewöhnt hatte, »das Elend dieser faulen Bauern interessiert mich nicht. Was wissen sie schon von Leid, verglichen mit dem, was ich darüber weiß? Ich habe mich dem Erhabenen von Angesicht zu Angesicht gegenübergesehen, und sie sind ihm nie auch nur nahe gewesen. Ich habe die Melodie im Herzen des Universums gehört und sie dann wieder verloren.«

»Aber Johnnie«, sagte ich, »daß du sie *gehört* hast, sollte dich noch mehr – und nicht weniger – geneigt machen, in allem wie ein ehrenwerter Mann zu handeln. Habe ich nicht recht? Ist dir in jener Nacht denn nicht etwas sehr Wohltätiges offenbart worden, nach dem du streben könntest? Und was hindert dich daran, auf eine andere Art als der musikalischen Komposition danach zu streben? Dir fehlt es nicht an Geld. Du brauchst mir nur das Recht zu erteilen, über einen Teil der Gutsgelder zu verfügen, dann werde ich mich bemühen, an deiner Stelle wohltätig zu werden, und alles wird wieder gut, und du wirst, das verspreche ich dir, bei deinen Spaziergängen und Träumereien nicht gestört.«

Doch er gab nicht nach. Er jagte mich aus dem Zimmer. Er erklärte, ich sei wie alle meine Geschlechtsgenossinnen solange ich lebe unfähig, nach irgend etwas Edlem zu streben.

Am Ende des Jahres hatte ich nicht einmal mehr genügend Geld, um die Hausangestellten und Lehrer der Kinder bezahlen zu können. Voller Scham und mit Angst und Furcht im Herzen ritt ich eines Tages nach Corcaigh und versetzte eine Diamantbrosche, die mir Johnnie zum fünfundzwanzigsten Geburtstag geschenkt hatte.

Dann schrieb ich voller Verzweiflung an meinen Vater und bat ihn um eine Anleihe an seinem Papiergeschäft. Er gewährte mir diese umgehend, und da er von meiner Pein gehört hatte und sich mir gegenüber weiterhin wie ein liebevoller Vater verhielt, teilte er mir darüber hinaus mit, daß er sich, sobald es seine Zeit erlauben würde, auf den Weg von Bologna nach Irland machen werde, um alles daranzusetzen, eine Lösung für die Katastrophe zu finden, die uns heimgesucht hatte.

Francesco Ponti war es dann auch, der das nächste Kapitel unserer traurigen Geschichte einleitete.

Die Anwesenheit meines Vaters in unserem Haus übte aus mir unerfindlichen Gründen, wenn man einmal davon absah, daß er ein kluger und freundlicher Mann war, fast unmittelbar eine besänftigende, fast magische Wirkung auf den erschöpften Verstand des armen Johnnie aus.

Er begann mit ihm zu sprechen. Ich weiß nicht, über welche Dinge sie sich unterhalten haben (mein Vater macht im Englischen oft Fehler, so daß er die Wörter vielleicht auch durcheinandergebracht und vertauscht und dadurch seinem Zuhörer eine merkwürdige Logik vermittelt hat), doch nach ein paar Tagen bemerkte ich bei Johnnie O'Fingal eine Veränderung. Er kam zu den Mahlzeiten, sagte gelegentlich ein paar Worte zu den Kindern und ließ sich von ihren Spielen und ihrer Arbeit erzählen.

Eines Tages beim Mittagessen – wir aßen einen dünnen Eintopf mit Hals vom Lamm – begann er plötzlich eine Diskussion über das große Thema Gott und Religion, wobei er sich endlos über die Frage ausließ, wie und wann und auf welche Weise wir einen Beweis von der Existenz Gottes erhielten. Und mein Vater, der zwar römisch-katholisch, aber auch Händler und keineswegs ein großer Philosoph ist, antwortete ihm schlicht mit einer Geschichte aus seinem Kaufmannsleben. Er meinte, Gott sei ihm in der Verkleidung günstiger Gelegenheiten erschienen.

»Siehst du, Johnnie«, erklärte er, »in allem, was uns *offenbart* wird, sehe ich Hand Gottes. Du mich verstehen? Für einen Heiligen kann diese Offenbarung sein, hingehen und ein wenig mit Vögeln sprechen oder einer *mendicante* goldene Sachen schenken. Du verstehen meinen Gedanken? Aber ich, ich haben andere Offenbarung. Ich gehen in Stadt. Roma oder Firenze. Oder London. Kann auch Corcaigh sein. Ich suchen Anwalt auf, Apotheker, *ospedale*, Priesterseminar. Viele Stätten. Dann ich sprechen mit Leuten und sehen, was sie tun. Und dann, nach und nach, offenbart mir Gott, wo und wie ich kann machen Geschäfte mit ihnen. In einer Lederkiste ich haben meine Papiermuster, alles andere Qualität, und Gott sagen zu mir: ›Francesco, zeig Papier *numero due*.‹«

Wie ich sehe, habe ich mich hier ein bißchen über die Sprache meines Vaters lustig gemacht, doch wird mir das ein eventueller Leser dieses Tagebuchs verzeihen, weil dieser Bericht tatsächlich einen gewissen Eindruck vermittelt, wie Francesco Ponti über das Thema Gott und günstige Gelegenheiten sprach. Und seine Worte riefen bei jenem Mittagessen etwas hervor, worüber ich und die Kinder staunten, weil wir es viele, viele Monate nicht gesehen hatten: ein Lächeln auf Johnnie O'Fingals Gesicht.

Einige Tage später kam mein Vater in mein Zimmer, nachdem Johnnie zu Bett gegangen war, und sagte zu mir, er habe nun endlich begriffen, wie mein Mann aus seiner Verstrickung befreit werden könne. Mit der ihm eigenen, simplen Logik erklärte mir Francesco, daß er glaube, Johnnie O'Fingal habe die Musik, die er gehört habe, nicht wiederfinden können, weil es ihm an Fachwissen fehle. Er sei »ganz allein, ohne die Hilfe eines ausgebildeten Musikers« vorgegangen, und so sei das Scheitern seiner Bemühungen unvermeidlich gewesen.

Ich wandte ein, es bestehe, wenn etwas im Traum erscheine, nur für den Träumer selbst Hoffnung, es wiederzufinden, doch Francesco erinnerte mich daran, daß Johnnie »sehr nah dran« gewesen sei, die Melodie auf dem Virginal zu spielen. Wenn ihm bloß ein erfahrener Komponist zur Seite gestanden hätte, um verschiedene Klangfolgen und Harmonien auszuprobieren, dann wäre die Melodie am Ende bestimmt aufgetaucht, und unser aller Leben wäre glanzvoller geworden.

Ich äußerte weiterhin Zweifel und sagte, ich könne mir nicht vorstellen, wie irgend jemand etwas hören könne, was im Herzen eines anderen Menschen verschlossen sei. Doch mein Vater offenbarte mir nun, daß er seine Meinung eben an diesem Abend Johnnie gegenüber geäußert habe, und dieser habe ihm aufmerksam zugehört und schließlich gemeint, er wolle nun »versuchen, wieder zu Kräften zu gelangen, um es mit Hilfe eines angeheuerten Musikers erneut zu probieren«.

Ich seufzte tief. »Vater«, sagte ich, »seit du da bist, ist Johnnie allmählich wieder ein bißchen normal und freundlich geworden. Dafür kann ich dir nicht genug danken. Doch bitte dränge meinen Mann nicht, seine Suche wiederaufzunehmen. Denn das treibt ihn bestimmt erneut tief in die Verzweiflung und ins Elend. Bleib einfach noch eine Weile und setze deine Gespräche mit ihm fort, dann hege ich ein wenig Hoffnung, daß wir eines Tages wieder zu unserem alten Leben zurückkehren.«

Liebevoll legte mir mein Vater die Hand auf den Kopf. »Francesca«, sagte er, »er ist ein Mann, der das Paradies gesehen hat. Du kannst jemanden, der dort gewesen ist, nicht daran hindern zu versuchen, wieder dorthin zu gelangen.«

Und so wurde das Schloß vom Virginal entfernt und ein Stimmer bestellt, um es spielbereit zu machen. Die Bibliothek wurde geputzt und neu gestrichen, und mein Vater brachte eine große Menge Papier und legte es neben den Notenständer. In der oberen Etage wurde ein Zimmer vorbereitet, und an dem Tag, an dem uns mein Vater verließ, um nach Bologna zurückzukehren, traf ein junger Musiker namens Peter Claire in unserem Haus ein.

Wie ist das möglich?

Kirsten Munk war immer der Meinung gewesen, daß die Zimmer ihrer Frauen schlicht und einfach und ohne luxuriösen Schnickschnack sein sollten.

»Das Fehlen von Luxus ist wichtig«, hatte sie zu ihrer Mutter gesagt, »wenn ich die Kontrolle über sie behalten will. Schenkt man ihnen Luxus, dann glauben sie, dies sei ein Dauerzustand auf Rosenborg – als ob Federbetten vom Himmel fielen und Frisierkommoden aus Ebenholz aus dem Boden wüchsen. Wenn sie hingegen sehen, daß es nicht so ist, dann fragen sie sich, wie sie Sachen zum Wärmen und Schmücken ihrer anspruchsvollen Körper kriegen können. Und sie kommen darauf: Aller Luxus stammt von mir! Ich kann ihn gewähren und auch wieder nehmen. Und wenn sie das erst einmal erkannt haben, dann werden sie immer bemüht sein, mich zufriedenzustellen und nicht meinen Zorn zu erregen.«

So kommt es, daß Emilia Tilsen nun, in ihrer ersten Nacht im Schloß, nicht in einem geräumigen und komfortablen Zimmer liegt, sondern auf einem schmalen Bett in einer hohen Kammer, ohne die Wärme eines Feuers und nur mit einer einzigen Kerze, die einen Lichtkegel gegen die Dunkelheit von Rosenborg bildet. Ihre Zudecke fühlt sich klamm an, als sei sie nie in der Sonne gelüftet worden, und Emilia friert. Sie läßt die Kerze an und legt ihren pelzbesetzten Umhang oben aufs Bett, das Fell ans Gesicht gedrückt.

Sie denkt an Marcus. Sie sieht sein Gesicht vor sich, als stünde er hier, in diesem fremden Zimmer, direkt hinter der Kerzenflamme. Er hat große, umschattete Augen und preßt sich zum Trost ein Stückchen Stoff an die Wange. Er bittet Emilia inbrünstig, ihn nicht mit seinem Vater, Magdalena und seinen Brüdern, die Magdalena immer anflehen, ihnen nach dem Hinunterschlingen ihres Kuchenteigs die Finger abzulecken, zurückzulassen. Er sagt: »Wärst du doch nicht weggegangen!«

Doch sie ist weggegangen. Zum erstenmal ist sie allein. Trotz der Kälte im Zimmer und ihrer Sorge um Marcus, sagt sich Emilia, daß sie sich glücklich schätzen darf, hier in Kirstens Gefolge dienen zu dürfen. Sie steht am Anfang eines neuen Lebens. Sie ist Magdalena entronnen, ihrer Obszönität und Gehässigkeit. Sie bläst die Kerze aus und zwingt sich, in der Überzeugung einzuschlafen, einen guten Tag vor sich zu haben.

Sie wacht auf, als jemand ihren Namen ruft.

Emilia hat von den Erdbeerfeldern geträumt und glaubt erst, in Jütland zu sein. Dann sieht sie das von einer gerüschten Nachthaube umrahmte und einer Lampe beleuchtete Gesicht einer Frau.

»Emilia«, sagt die Frau. »Wie du nur in einem derart eiskalten Zimmer so fest schlafen kannst!«

Emilia setzt sich auf. Es ist warm im Bett, doch sie weiß, daß die Kälte der Nacht noch im Raum liegt. Bei dem Gesicht in der Nachthaube handelt es sich um das von Johanna, der ältesten von Kirstens Frauen.

»Nun«, sagt diese, »bevor der Tag beginnt, muß ich dich vor einigem warnen, was du noch nicht weißt.«

»Wovor...?«

»Hansi und ich sind da einer Meinung: Du bist sehr jung, und wir können dich nicht unvorbereitet in den Tag hineingehen lassen. Ich flüstere, da es auf Rosenborg ebenso viele Spione wie Spinnen gibt. Doch hör mir gut zu!«

Emilia drückt den Pelz des Umhangs fest an sich. Johanna nimmt einen Holzstuhl und trägt ihn zum Bett. Sie setzt sich, wobei sie die Lampe auf den Boden stellt, so daß sich plötzlich ein großer Schatten über der Wand ausbreitet und Emilia einen Augenblick erschrecken läßt. Seit Karens Tod bereitet es ihr immer Unbehagen, wie sich Schatten im Lichtschein einer Lampe mit so erstaunlicher Geschwindigkeit bewegen.

Johanna legt ihre Hand auf Emilias, die den Umhang umklammert hält. »Versuche dir alles zu merken, was ich dir sage«, flüstert sie.

Und dann schildert sie, welchen Demütigungen sie und die anderen Frauen im Dienste Kirsten Munks ausgesetzt sind. Sie erzählt Emilia von den »lächerlichen Bezeichnungen«, unter denen sie leiden, und von dem Vergnügen, das es Kirsten zu bereiten scheint, ihren Stolz zu verletzen, so daß jeder Tag »nicht nur eine, sondern sehr viele irritierende Erniedrigungen einer Art bereithält, wie wir sie im Dienste der Gemahlin des Königs nie und nimmer erwartet hätten«.

»Mein Titel«, fährt sie fort, »ist ›Frau für den Kopf‹. Doch meiner Herrin geht es immer und ewig nur um äußerliche Dinge. Meine Aufgabe besteht darin, ihr die Haare zu richten und zu schmücken, mich um ihre Gesichtshaut und ihren Ohr- und Halsschmuck zu kümmern. Sie verlangt nicht, daß ich mich mit den Gedanken und Plänen beschäftige, die in ihrem Kopf brodeln, ja, sie kann sich bestimmt nicht einmal vorstellen, daß ich davon etwas weiß. Doch da irrt sie sich! Was ich davon weiß, könnte sie aus dem Herzen des Königs verbannen, so daß sie auf der Straße liegt. Und vielleicht mache ich ja einmal Gebrauch davon ...

Es ist jedoch, Emilia, gar nicht so töricht, mich ›Frau für den Kopf‹ zu nennen. Mein Vater hat mich im Denken geschult – eigentlich mehr zufällig, weil er keine Söhne hatte und daher mit mir sprach, als wäre ich ein Mann. Er erzählte mir Fabeln über Gut und Böse, über Weisheit und Torheit und zeigte mir, wie eine Fabel den Verstand für die Wahrheitsfindung im täglichen Leben schärfen kann. Du siehst also, daß die Bezeichnung für mich treffend ist und ich Verantwortung für alle Frauen übernehmen und versuchen muß, ihnen zu helfen und sie vor Grausamkeit zu bewahren. Und deshalb bin ich hier, um dir zu sagen, an was für einem Ort des Elends du bist, und dich inständig zu bitten, dich zu bemühen, dir die Beleidigungen, mit denen du überschüttet werden wirst, nicht *zu Herzen zu nehmen*, sondern in ihnen nur belanglose Worte zu sehen, als würdest du nichts spüren außer der Luft auf deinen Wangen.«

Emilia blickt in Johannas ängstliches Gesicht, auf ihre unter den weißen Rüschen in sorgenvolle Falten gelegte Stirn. Ihr liegt auf der Zunge zu sagen, daß nichts auf Rosenborg schwerer zu ertragen sein kann als die Anwesenheit Magdalenas in just den Räumen, in denen sich ihre Mutter einst aufhielt, als Johanna noch näher kommt, so nah, daß sie ihren warmen Atem in der kalten Zimmerluft spüren kann, und mit einer fast zu geisterhaftem Flüstern gedämpften Stimme fortfährt: »Ich meine es nur gut mit dir, wenn ich dir jetzt von Dingen erzähle, die weit schlimmer sind als das, was wir Frauen erleiden. Unsere Herrin ist tief, ganz tief in einer Täuschung verstrickt, die bald ans Tageslicht kommen wird. Sie hat einen deutschen Liebhaber, den Grafen Otto Ludwig von Salm. Wenn der König weg ist, wird sie kühn und sorglos. Manchmal hören wir sie rufen und schreien. Wir mußten schwören, nichts zu verraten – du wirst es auch noch müssen. Wir müssen so tun, als seien wir taub und blind. Sie hat gedroht, wir würden den Tod durch Ertrinken erleiden, weit weg, in irgendeinem See Jütlands, wenn wir etwas über den Grafen oder die Flecken auf ihrer Haut sagen, wenn sie mit ihm zusammen war. Auch du mußt taub und blind sein, Emilia. Blind, taub und dumm.«

Johanna weicht etwas zurück und blickt Emilia an, als wolle sie sehen, welche Wirkung ihre Worte auf das junge Mädchen haben, das keine besonderen Aufgaben bekommen hat, sondern nur den Titel »Universalfrau« in diesem Universum der Schatten und Geheimnisse. Emilia scheint ruhig zu sein. Überrascht, gewiß, die Augen sehr dunkel und groß im flackernden Licht der Lampe, doch nicht ängstlich. Johanna öffnet gerade den Mund, um noch Schrecklicheres kundzutun, als Emilia sagt: »Sie ist unglücklich.«

»Wie bitte?« fragt Johanna.

»Lady Kirsten. Sie hat zu mir gesagt, daß sie ›verachtet‹ wird.«
»Natürlich wird sie verachtet! Von fast ganz Dänemark. Nur vom König nicht. Der König sieht sie nicht so, wie sie ist. Doch ich weiß, daß er schon bald aufwachen und bemerken wird, was sie tut.«
»Menschen, die sich verachtet fühlen, tun vielleicht etwas, was sie gar nicht wollen ...«
Johanna lacht und hält sich gleich darauf die Hand vor den Mund, um es zu unterdrücken. Dann steht sie auf, nimmt die Lampe wieder in die Hand und eilt zur Tür. »Du wirst es schon noch lernen, Emilia«, sagt sie. »Du wirst es lernen.«

Emilia sitzt still im Dunkeln im Bett. Sie hört, wie sich Johannas Schritte auf dem Flur entfernen.
Dann macht sie sich daran, das neue Wissen, das nun mit ihr in dem kleinen Zimmer zu hausen und zu atmen, einen kleinen Laut von sich zu geben und die Stille zu stören scheint, zu sichten und zu prüfen. Ihrer verlorenen Mutter stellt sie die Frage: »Wie ist das möglich?«
Karen sieht sie ernst an. Nach einer Weile schüttelt sie leise den Kopf, als wolle sie sagen, daß sie die Antwort auch nicht kenne.

Tycho Brahes Rezept

Schon bald nach der Beisetzung König Frederiks, als die Prunkräume des Schlosses noch schwarz verhüllt waren, traf Bror Brorson zu einem Aufenthalt bei seinem Schulkameraden auf Frederiksborg ein.
In der Koldinghus-Schule hatte es niemand, nicht einmal Hans Mikkelson, gewagt, Bror Brorson nach Christians Krankenwache im Hospital wieder in den Keller zu schicken. So waren die Schatten um Brors blaue Augen verschwunden, und sein Gesicht hatte wieder eine gesunde Farbe, so daß Königin Sofie ihren Sohn beglückwünschte, einen so hübschen Knaben zum Freund zu haben.
Während seiner Genesung hatte sich Bror auch kräftig mit dem Schreiben seines Namens abgemüht, und nun war er manchmal in der Lage, die Ein-Wort-Unterschrift Bror zu leisten, ohne daß

etwas Schrecklicheres geschah, als daß er noch gelegentlich durcheinanderkam. Nach Christians Meinung würde in Brors Leben eine aus einem Wort bestehende Unterschrift genügen. »Als König«, sagte er, »werde ich auch eine Ein-Wort-Unterschrift haben, nur mit der kleinen ›IV‹ dahinter, damit ich mich von meinen Vorfahren unterscheide. Daher habe ich eine ausgezeichnete Idee, Bror. Warum gründen wir nicht eine geheime Gesellschaft nur aus dir und mir mit dem Namen ›Gesellschaft der Ein-Wort-Signierer‹?«

Bror sagte, ihm gefalle der Gedanke einer geheimen Gesellschaft, solange diese keine schriftliche Satzung habe. Doch als Christian das Wort »Satzung« hörte, stieg in ihm sofort der Wunsch danach auf, und er verbrachte viele Stunden damit, eine mit seiner schönen Kalligraphie zu erstellen. Er las die Satzung dann seinem Freund laut vor und bat ihn nur noch um seine Unterschrift. Die letzte Bestimmung lautete:

Alle Mitglieder der Gesellschaft der Ein-Wort-Signierer geloben hiermit und schwören bei ihren Namen, einander immer und ewig vor Akten der Grausamkeit zu bewahren, wo und wann sie von derartigen Akten der Grausamkeit bedroht werden, soweit es menschliches Bemühen und menschliche Kraft erlauben.

Die Unterschriften lauteten:

Christian   Rorb

Christian rollte das Dokument rasch zusammen und verschnürte es mit einem der schwarzen Bänder, mit denen seine Kammer seit dem Tod seines Vaters geschmückt war. Er erklärte die Satzung für perfekt.

An den nächsten Tagen sah man viele schwarzgekleidete Adlige eintreffen, Mitglieder der *Rigsråd* oder des Staatsrats, um sich mit der Königin zu beraten. Sie kamen mit Papierbündeln und rannten mit wehenden, dunklen Rockschößen wieder hinaus, als liege die Zeit in ihrer Kleidung eingenäht und verfolge sie nun treppauf und treppab, über Höfe, in Wagen hinein und aus Wagen heraus.

Christian und Bror standen an einem der hohen Fenster und beobachteten sie. »Sie scheinen«, meinte Bror, »die Rechnung noch nicht mit dir zu machen.«

»Nein«, sagte Christian. »Wie dumm!«

Nach dänischem Recht konnte sich der Sohn des toten Königs zwar König nennen, aber erst mit Zwanzig gekrönt werden. Solange lag es in den Händen der eiligen Adligen der *Rigsråd* und der Königin, das Land zu regieren. »Es ist kurzsichtig von ihnen«, sagte Christian. »Wir müssen einen Weg finden, um sicherzustellen, daß man mit mir rechnet.«

So suchten die beiden Mitglieder der Gesellschaft der Ein-Wort-Signierer Christians Großmutter, die Herzogin Elisabeth von Mecklenburg, auf, deren goldene Zöpfe nicht mehr golden waren, die aber ihrem Enkel, über den sie bis zu seinem zweiten Geburtstag Tag und Nacht gewacht hatte, auf ihre alten Tage nichts abschlagen konnte.

Sie fanden sie in der Schloßküche, wo sie aus eingemachten Stachelbeeren Marmelade herstellte. Als sie mit Bror bekannt gemacht wurde, legte sie ihren geschlitzten Löffel aus der Hand und blickte ihn aufmerksam an. »Ich freue mich, daß du gerettet worden bist!« sagte sie.

Sie halfen ihr beim Abwiegen des Zuckers und Umrühren der Beeren. Als sie ihr erklärten, daß der künftige König vergessen zu sein schien, sahen sie es in ihren Augen über den glänzenden, brodelnden Kupferkesseln belustigt aufblitzen und auf ihren dünnen Lippen ein Lächeln auftauchen. »Vergessen?« fragte sie. »Wie schandbar! Vergeßlichkeit können wir auf keinen Fall dulden. Wir müssen auf dich aufmerksam machen!«

Sie überließ die Marmeladenherstellung den Köchen, und die Ein-Wort-Signierer folgten ihr zu dem Zimmer, das sie bei ihren Besuchen auf Frederiksborg immer bewohnte. »Nun«, sagte sie, »für einen solchen Tag habe ich mir etwas aufgehoben. Etwas, was Tycho Brahe aus Versehen heruntergefallen ist, als er hier war, um seine Weissagungen für dein Leben zu treffen. Ich hätte es ihm zurückgeben sollen, doch ein Gefühl, es könnte sich eines Tages als nützlich erweisen, hielt mich davon ab. Es handelt sich um ein Rezept, und ich glaube, es könnte jetzt seinen Zweck erfüllen. Ihr müßt aber vorsichtig sein und die Anleitung ganz genau befolgen, damit ihr keinen Schaden nehmt. Ihr benötigt dafür eure ganze Geschicklichkeit und Findigkeit.«

Sie durchsuchte Schubladen und Schränke, Papiere und alte Stricksachen, und schließlich fand sie ein Stück Pergament, das ein wenig abgegriffen wirkte, als sei es immer wieder angesehen worden. Sie reichte es Christian, der es zusammen mit Bror aufmerksam anschaute. Es war die Zeichnung einer Feuerwerksrakete.

»Bitte schön!« sagte die Herzogin Elisabeth. »Nun, Bror, ich habe gehört, daß du sehr geschickt bist. Siehst du die Liste der Bestandteile und die Anleitung zum Zusammenbauen hier unter der Zeichnung?«

Bror war vom Gedanken des triumphalen Aufstiegs der Rakete in die Wolken über Dänemark sogleich fasziniert, doch Liste und Anleitung waren für ihn Symbole ohne Bedeutung.

Christian sah das Zögern seines Freundes und las sogleich aus Tycho Brahes verblichener Niederschrift vor: »*Sal petrae, 70 Teile; Sulphura, 18 Teile; Carb. amorph., 16 Teile.*«

»Richtig!« sagte die Herzogin. »Die Waffenschmiede von Slotsholmen geben euch, was ihr braucht. Ihr müßt jedoch alles sehr sorgfältig abwiegen. Und hört mir zu, Kinder! Macht sie nicht zu groß!«

Wie groß war zu groß? Christian schlug vor, sie so groß zu machen, wie er war. Bror meinte, eine solche Rakete würde das Schloßdach wegjagen.

Am Ende einigten sie sich darauf, sie ungefähr so lang wie Christians Bein vom Knie bis zum Fuß und so dick wie sein Wadenbein an der dicksten Stelle zu machen. Sie kamen überein, daß es nicht allzu schwierig sein dürfte, einen solchen Gegenstand zu verstecken, »so daß alle sehr erstaunt und verwundert sind, wenn wir die Rakete zum Himmel schicken, und gleichzeitig eine zufriedenstellende Furcht empfinden«.

Tycho Brahes Instruktionen für den Mantel waren »*ein Käfig aus Korbgeflecht, der am Ende so perfekt gerundet ist, daß nur eine kleine Öffnung in der Mitte verbleibt, welche die sichere Anbringung eines Schwanzes aus Korbmaterial als Gewicht und Rohr erlaubt. Auf diesen Raketenmantel kommt ein spitzes, hervorragend ausbalanciertes Dach. Der Käfig wird mit einer dünnen*

Haut oder elastischem Pergament bespannt, so daß nirgends Luft eintreten kann, außer an der unteren Öffnung«.

Christian und Bror Brorson erzählten den Stallburschen, sie wollten die Wildschweine im Wald mit Bogenschießen necken, und ritten zu den Toren Frederiksborgs hinaus. Ihr Weg führte sie zuerst zu einem Korbmacher, der ihnen von den Köchen im Palast empfohlen worden war, und dann zu einem Papierhändler. Beiden erteilten sie ihre Aufträge und ließen Zeichnungen und genaue Maßangaben zurück. Auf der Straße nach Kopenhagen, von wo aus sie sich nach Slotsholmen rudern lassen wollten, wurden sie vom Wagen der Königin eingeholt. Die Dunkelheit brach schon herein, und der Himmel im Westen war von Schneewolken verhangen, so daß ihnen die ärgerliche Königin aus der Tiefe ihrer Pelzdecken heraus befahl umzukehren.

»Dann morgen wieder!« sagte Christian, als sie zurückritten. »Morgen ist auch noch ein Tag.«

Durch den Erwerb der einzelnen Bestandteile der Feuerwerksrakete und den stundenlangen gemeinsamen Zusammenbau wurden Christian und Bror zu Geheimniskrämern. Christians jüngere Brüder Ulrich und Hans durften nicht in ihre Zimmer und nicht mitmachen. Die Gesellschaft der Ein-Wort-Signierer führte von frühmorgens bis spätabends ein rätselhaftes Eigenleben.

Wie die Welt Christian vergessen hatte, so hatte er im Augenblick die Welt vergessen. Ihm schien es, als gehöre Bror Brorson schon immer zu Frederiksborg und werde nie fortgehen. In seinen Träumen wurde er ein magisches Wesen. Er bildete sich ein, es könne ihm nichts passieren, solange er an seiner Seite war. Gott und die Kalligraphie hatten ihm geholfen, Bror das Leben zu retten. Und nun würde Bror auf ihn aufpassen.

Die fertige Rakete brachten sie dann in die Räume der Herzogin von Mecklenburg, wo diese sie auf winzige Löcher und Risse hin untersuchte. Als sie keine fand, stellten sie den Sprengkörper mit der Spitze nach oben aufs Fensterbrett. »Gute Handwerksarbeit«, sagte sie. »Dein Vater, der verstorbene König, wäre stolz darauf gewesen. Und nun kommt der wichtige Augenblick, und glaubt ja nicht, daß ich nicht viel darüber nachgedacht hätte.«

Als Datum wählte Herzogin Elisabeth den 13. April. An diesem Tag würde der *Herredag*, der Volksgerichtshof, im Kopenhagener Schloß zusammentreten, dessen Vorsitz dem künftigen König seiner Meinung nach zustand.

»Wir nehmen eine geschlossene Kutsche«, sagte die Herzogin, »und lassen den Kutscher, auch wenn es hellichter Tag ist, die Lampen anzünden, damit wir Feuer für die Kerze haben.«

Als der Tag heranrückte, verfaßte die Gesellschaft der Ein-Wort-Signierer zusammen mit der Herzogin von Mecklenburg eine Erklärung, die Christian verlesen sollte, wenn die Rakete im Äther verschwand und die Adligen noch ehrfurchtsvoll dem Rauch ihrer feurigen Flugbahn hinterherschauten. In dieser Erklärung wurden der *Rigsråd* und die Richter des *Herredag* gebeten, *»ihren König Christian IV. nicht zu vergessen und ihn fortan voll an den Angelegenheiten des Landes zu beteiligen, so daß nichts vor ihm verborgen bleibt und er schon vor der Krönung gutes Regieren lernt«*. Dies hatte Christian in einer so erlesenen Schrift niedergeschrieben, daß Bror, als er den Blick darauf warf, erklärte, es sei »wie Musik«.

Christian betete um einen blauen Himmel für den 13. April, und seine Gebete wurden erhört. Die beiden Knaben und die Herzogin machten sich schon in aller Frühe mit der Rakete und einem irdenen Milchkrug in einem schwarzen Wagen mit trotz des strahlenden Sonnenscheins brennenden Lampen auf den Weg nach Kopenhagen.

Als sie im Schloßhof einfuhren, sahen sie zu ihrer Befriedigung, daß sich dort eine große Anzahl Adliger versammelt hatte. Die Herzogin wurde in diesem Augenblick so nervös, daß sie fast in Ohnmacht fiel und sich heftig zufächeln mußte, während Bror und Christian mit der in ein Samtwams gewickelten Rakete ausstiegen. Sie rief dem Kutscher zu, er solle den Milchkrug »ein wenig abseits von den Pferden« hinstellen und dann an einer der Lampen eine Kerze anzünden.

Da die Herzogin die Kerze einen Augenblick lang für ihren Fächer hielt und damit vor ihrem Gesicht herumwedelte, entfachte sie in Sekundenschnelle eine sehr lebhafte Flamme. Sie schrie entsetzt auf, als sie die Hitze an ihren Fingern spürte. Bror erkannte sofort die Situation und nahm ihr die Kerze aus der Hand. Christian, dessen Herz gleichsam den Takt zu einem gleichmäßig schnellen Marsch schlug, wickelte die Rakete vorsichtig aus und stellte sie auf den Rand des Kruges.

König Christian wird in Erinnerung behalten, daß sich in diesem Augenblick ein paar der Adligen umdrehten und ihn und Bror mit der brennenden Kerze in der Hand ansahen. Bror steckte diese nun in den Krug und hielt sie an die Zündschnur. Die Herzogin neben ihnen sagte in Französisch: »*Ah, mon Dieu!*«, und der Milchkrug füllte sich mit einer zischenden Flamme, als die Zündschnur zu brennen anfing.

Im nächsten Augenblick schoß die Rakete in die Luft.

»Noch nie in der Geschichte«, erzählte Christian später gern, »ist etwas von Menschenhand Gefertigtes mit so triumphaler Grazie in den Raum über der Erde eingetaucht.« Und wirklich, die Rakete schoß senkrecht in die Höhe, dorthin, wo die Vögel in der Frühlingsluft kreisten, und dann, schwefligen Rauch hinter sich herziehend, noch höher, bis sie schließlich mit einem Donnerhall am Himmel explodierte und den Menschen langsam, als wäre es für die Staatstrauer geschwärzter Schnee, verkohlte Pergamentfetzen und winzige verschmorte Korbstreifen auf die Köpfe fielen. Die Pferde wieherten und bäumten sich in den Zügeln der Karren und Wagen auf. Man schnappte nach Luft und schrie. Bror und die Herzogin applaudierten.

König Christian entrollte seine Erklärung und trat kühn auf die Stufen des Gerichtsgebäudes.

Der Konvoi

Die *Tre Kroner* wird mit drei Kanonenschüssen begrüßt, als sie in Kristiansand einläuft.

Auf diese neue Stadt tief in den Fjorden, an der vordersten Spitze des Skageraks, die er selbst in Auftrag gegeben und mit Hilfe holländischer Architekten entworfen hat, ist der König sehr stolz. Sie sollte ein *ordentlicher* Ort werden, und das ist sie auch. Die Straßen sind gerade, und die Bürger, die von der Otterninsel in die Stadt getrieben wurden, scheinen bereit zu sein – jedenfalls, soweit das König Christian feststellen kann –, auf dem frisch gelegten Kopfsteinpflaster in geraden und nicht in Schlangenlinien zu gehen. Der Hafen ist tief, und die Schiffe liegen ordentlich in Reih und Glied. Es riecht in Kristiansand nach Fisch, Harz und salzigem Wind.

Als der König von Bord seines Prachtschiffes geht, wird er von einer großen Menschenmenge umringt. Die *Tre Kroner* wird hier auf ihn warten, um ihn wieder nach Hause zu bringen, während die Genies der Mine den Silberabbau im Numedal-Gebirge überwachen. Dann wird das Schiff nach Kristiansand zurückkehren und nochmals warten, diesmal auf das Eintreffen des Silbers. Während das Erz im Laderaum verstaut wird, sollen dort unten in der Dunkelheit Soldaten ständig Wache halten. In Kopenhagen werden dann die Maschinen der Königlichen Münzanstalt geölt und repariert. Auch ein neues Bild des Königs (älter, kräftiger ums Kinn und mit besorgterem Blick) soll geschlagen werden, um auf Hunderttausende von Dalern gepreßt zu werden.

Es ist kalt an diesem Morgen, die Leute von Kristiansand drängen. Sie wollen den König berühren. Sie halten ihm ihre Kinder zum Segnen hin. Einige von ihnen erinnern sich, wie er als Kind zusammen mit seinem Vater König Frederik und seiner Mutter Königin Sofie nach Norwegen kam und die Handwerksgilden besuchte. Sie wissen noch, daß das Wort »schludrig« etwas Furchterregendes bekam und ihnen Alpträume bescherte. Doch an diesem kalten Morgen sind sie von der Mächtigkeit des Königs beeindruckt. In seinen großen Stiefeln und seinem weiten Brokatcape sieht er aus wie ein Riese aus den alten Legenden. »Sir!« rufen sie. »Sir! Sir!«

Kristiansand ist jedoch nur eine Sammelstation für den Minenkonvoi. Die königliche Gesellschaft macht sich nun in bedeckten und offenen Wagen auf den Weg zu den felsigen Tälern des Numedal im Nordwesten. Die beiden Musiker sind in einem zugigen Vehikel untergebracht, das mit Leinwand ausgekleidet ist und von Mauleseln gezogen wird. Krenze, der unter Sackleinen kauert, bemerkt: »In Kopenhagen zog sich der Winter schon fast zurück. Es ist einfach unerträglich, daß wir ihm nun wieder ausgesetzt sind!«

Peter Claire antwortet nicht. Der Deutsche läßt ihn nicht aus den Augen, und unter seinem unerbittlichen Blick steigt wieder Melancholie auf in ihm, die mit zunehmenden Meilen, als sich der Konvoi durch Schneeverwehungen kämpfen muß, immer heftiger und tiefer wird. Der Abstand zwischen seinem jetzigen Zustand und seinem früheren Leben erscheint ihm nun so groß, daß er meint, eine Rückkehr sei unmöglich geworden. Wenn er sich in Kopenhagen noch etwas von den alten Sehnsüchten und Träumen bewahren konnte, dann haben ihn diese hier in Norwegen endgültig verlassen. Wenn sich ein Mensch zu weit von zu Hause wegbegibt, kann er sich verlaufen und nie wieder zurückfinden. Dann bleibt ihm nichts anderes übrig, als immer weiterzuziehen und zu beten, daß ihn die Hoffnung nicht auch noch verläßt.

Und so erkennt Peter Claire, während der von Mauleseln gezogene Wagen auf dem Weg zu dem einsamen Vorposten, wo das Silberminendorf entstehen soll, dahinruckelt und ihn Krenze über dem Haufen Sackleinen unverwandt beobachtet, daß er nun sein ganzes Leben ohne die Liebe und Gesellschaft seiner Gräfin verbringen muß. Sie wird in Irland alt werden. Ihre Töchter werden heranwachsen und etwas von ihrer Schönheit erben, doch sie selbst – so wie sie jetzt ist und wie sie Peter Claire immer in Erinnerung behalten wird – wird nie wieder vor ihm stehen.

Er versucht, sie klar zu sehen, einen letzten Blick auf sie zu werfen, bevor ihm die Zeit auch noch die Erinnerung an sie raubt. Er legt sie im Wagen neben sich, streicht ihr übers glänzende Haar und hört sie lachend sagen: »Oh, Peter, wie du mir mein Bett durcheinanderbringst!«

»Sein Herz wird bersten, Ihr werdet's schon sehen«, sagt Krenze plötzlich. Und die zerbrechliche Vision der auf dem Sackleinen liegenden Francesca verschwindet sofort.

»Wessen Herz?«

»Das des Königs. Denn überlegt doch, was er alles tun muß: Männer anheuern, eine Stadt errichten, diese versorgen, den Felsen sprengen, das Silber abbauen, es auf dieser teuflischen Route zurücktransportieren. Und dann ... das Schwierigste von allem!«

»Was ist das Schwierigste von allem?«

»Ha! Das wißt Ihr nicht? Ihr, die Ihr in Euren eigenen Träumen gefangen wart?«

»Nein, ich glaube nicht, daß ich es weiß.«

»Nun, paßt auf, Lautenspieler! Ihr werdet es bestimmt noch begreifen.«

»Wollt Ihr es mir nicht sagen?«

»Nein. Ich sehe bloß, daß der König einen Kurs eingeschlagen hat, der ihm den Kragen kosten wird. Vielleicht liegt ja, wenn wir nach Dänemark zurücksegeln, sein Leichnam in einem Sarg unten im Laderaum? Was meint Ihr, Herr Claire? Dann wärt Ihr jedenfalls frei. Frei, zu dem zurückzukehren, wovon Ihr geträumt habt.«

»Nein«, erwidert Peter Claire. »Ich wäre nicht frei.«

Sie sind die ganze Nacht unterwegs und halten nur einmal an, damit sich die Maulesel und Pferde ausruhen können, während die Köche im Schnee Feuer anzünden und ein Mahl zubereiten. König Christian trägt jetzt einen riesigen Ledermantel, der bei jeder Bewegung knistert. Er trinkt drei Krüge Wein und behauptet dann, die vom Feuer beschienenen Schneeverwehungen sähen aus wie nackte Frauen, die überall am Wegesrand kauern »und mich mit ihren hübschen Hüften verführen wollen«. Er muß sich in sein unbequemes Bett im königlichen Wagen helfen lassen und protestiert dabei, daß er auch im Schlaf keine Ruhe mehr findet, weil er sich um alles kümmern muß. Als er weggetragen wird, spuckt Krenze in den Schneematsch.

Peter Claire schreckt auf, als der Wagen mit einem Ruck zum Stehen kommt, und er hört, wie der Fahrer den Mauleseln zuruft. Auch Krenze wacht auf und murmelt etwas von Flöhen in den Säcken und quälenden Stichen am nächsten Morgen. Da öffnet einer der Herren des Königs die Türklappe, hält eine Fackel hoch und erteilt Peter Claire den Befehl, ihm mit seiner Laute zum Wagen des Königs zu folgen.

Peter Claire ist es im Sackleinen endlich warm geworden, so daß er sein Behelfsbett nur widerstrebend verläßt. Dennoch zieht er sich gehorsam die Stiefel an, nimmt sein Instrument und folgt dem Mann hinaus in die eisige Nacht. Unter dem kalten Sternenhimmel dampfen die Körper der armen Maulesel und Pferde, und auf den Bärten und Augenbrauen der Kutscher bildet sich Eis.

»Seine Majestät fühlen sich nicht wohl«, sagt der Herr, der wie ein englischer Adliger spricht. »Ihn plagen sein Magen und lauter kleine Ängste.«

Im königlichen Wagen herrscht ein übler Geruch, und als sich Peter Claire dem Haufen brauner Felle nähert, aus dem der bekümmerte Kopf Seiner Majestät wie eine Kartoffel aus der Erde ragt, merkt er, daß dessen Atem nach Erbrochenem stinkt. Man hat ihm eine Schüssel hingestellt, und ein Diener steht mit feuchten Lappen und sauberen Tüchern bereit. Peter Claire spürt, wie auch sein Magen bei dem Gedanken rebelliert, den Rest der Nacht in diesem übelriechenden Wagen eingesperrt zu sein, doch es gelingt ihm, mit seinem Unwohlsein fertig zu werden, und so setzt er sich, wie befohlen, neben dem König auf einen Stuhl.

»So ist mein Vater gestorben«, sagt König Christian. »An einer Erkrankung des Magens und der Eingeweide. Ich war elf Jahre alt, also nicht Zeuge, doch die Ärzte haben es mir erzählt.« Er trinkt einen kleinen Schluck Wasser und fügt hinzu: »Er hatte natürlich keinen Engel, um bei ihm Wache zu halten.«

Peter Claire will gerade antworten, daß nur sehr wenigen Menschen irgendwelche Macht gegenüber Krankheit oder dem langsamen Versagen der inneren Organe verliehen ist, als der König sagt: »Unsere Illusionen und Phantasien trösten uns nicht weniger als alles Wirkliche und Nachweisbare. Ist es nicht so, Mr. Claire?«

Peter Claire denkt daran, wie er sich – eine Zeitlang – Täuschungen über die Möglichkeit eines künftigen Lebens mit Francesca O'Fingal hingegeben hat, und erwidert: »Nun, Sir, ich meine, Illusionen müssen, wenn sie uns trösten sollen, staffelartig auftreten, eine nach der anderen, damit wir nicht zu lange bei einer einzigen verweilen müssen, es sei denn, wir entdecken plötzlich, daß sie eine starke Wahrheit enthält.«

Der König starrt ihn mit offenem Mund an, und plötzlich macht sich ein Ausdruck des Entsetzens auf seinem Gesicht breit. Er schluckt ein paarmal, als habe er mit aufsteigender Übelkeit zu kämpfen. Der Diener reicht Seiner Majestät die Schüssel und hält die Tücher bereit.

Doch der König scheint sich zu erholen, jedenfalls genügend, um auf Peter Claires Laute deuten zu können. Der Herr, der mit einer Kerze in der Hand in ihrer Nähe kauert, flüstert: »Spielt, Mr. Claire! Jedoch nichts Wildes oder Schwieriges.«

Peter stimmt die Laute, beugt sich vor, als lausche er auf einen Klang, der sich gleich aus der stinkenden Dunkelheit des Wagens erheben wird, und beginnt eine Melodie des deutschen Komponisten Matthias Werrecore zu spielen. Er nimmt zwar noch das Schnauben und Stampfen der Pferde draußen wahr, doch der Konvoi hält auf der Straße, als lege die ganze Gesellschaft von Männern und Mauleseln eine Pause ein, um ihm zuzuhören.

Nach dem Stück nickt der König und gibt ihm durch Zeichen zu verstehen, mit etwas anderem fortzufahren. Er erinnert sich aus seiner Zeit in Cloyne an eine irische Pavane, mit der er immer Francesca O'Fingal tröstete, die er aber in Dänemark noch nie gespielt hat. Erst nach ein paar Takten merkt er, daß diese Melodie seine eigene Melancholie nur noch verstärken wird. In dieser Musik lebt und atmet die Erinnerung an das Zuhören der Gräfin, mit aufgestütztem Kopf, und an ihre braunen, großen, strahlenden Augen mit vor Begehren schweren Lidern, die ihm zusahen und ihn streichelten. So bleibt ihm nichts anderes übrig, als sich dieser Erinnerung hinzugeben und sich, noch während sie ihn umfängt, zu schwören, jetzt zum letztenmal an Francesca zu denken.

Kaum hat er die Pavane zu Ende gespielt, da ist auch schon das Rufen der Kutscher und das Geklimper und Scheuern des Geschirrs zu hören. Langsam setzt sich der Konvoi wieder in Bewegung.

Peter Claire hat jetzt das Gefühl, die Nacht sei gefroren, nicht nur, was das von Sternen beschienene Numedal, sondern auch, was das plötzliche Stillstehen der Zeit angeht. Als der König nun die Schüssel zurückschiebt, ist es, als entledige er sich seiner Krankheit, um zu begreifen, was dem Mann, den er sich zum Engel erkoren hat, durch den Kopf geht. Peter Claire legt die Laute neben sich, die beiden Männer blicken sich an, und in ihren erschöpften Köpfen tauchen viele Fragen auf.

Kirsten: Aus ihren privaten Papieren

Seit der König nach Norwegen abgereist ist und ich ihn nicht mehr sehen, hören oder riechen kann, fühle ich mich sehr und anhaltend getröstet. Kurz gesagt, ich blühe während seiner Abwesenheit auf, und wenn ich mich jetzt in meinem neuen (schmeichelhafteren) Spiegel anschaue, stelle ich mit Befriedigung fest, daß ich von Tag zu Tag schöner werde.

Ich bete darum, daß er lange Zeit fortbleibt. Das Ausgraben einer Silbermine ist eine kolossale Angelegenheit (wie er mir ja so unbedingt erklären wollte), und mein Mann – mit seiner Neigung, alles im Universum zu überwachen und zu beherrschen – wird vermutlich bleiben wollen, um die Bergleute zu beaufsichtigen, und mit einem derart mit Silber überladenen Schiff zurückkehren, daß es Gefahr läuft, im Skagerrak zu sinken.

Vielleicht *versinkt* es ja im Skagerrak?

Vielleicht bin ich ja eine glückliche Witwe, bevor das Jahr zu Ende ist?

O mein Gott, es ist wirklich nicht schwer, sich vorzustellen, wie das große Gewicht und die Tonnage Silbererz wie Felsbrocken am Kiel ziehen, während die Segel noch versuchen, das Schiff im Wind dahinfliegen zu lassen. Es gelingt ihnen jedoch nicht, und so neigen sich die Maste, das Schiff bekommt Schlagseite, und die Männer unten spüren den drohenden Untergang und bemühen sich bis zum letzten Atemzug, das Silber herauszuholen und ins Wasser zu schleudern. Doch auch ihre Anstrengungen sind vergebens, denn sie bekommen keine Luft mehr und ertrinken und werden ganz weiß und schwimmen im Meer...

Wenn all dies nun aber nicht eintrifft, was soll ich dann tun?

In der letzten Nacht habe ich geträumt, daß ich mich in einem hohen Turm verbarrikadiert hatte. Wachen standen vor dem Tor und vor der Tür meiner Kammer, und nur wer mein geheimes Losungswort *Phantasma* kannte, wurde zu mir vorgelassen. Doch leider hatten alle, einschließlich Graf Otto, das ekelhafte Losungswort vergessen, es fiel ihnen auch beim besten Willen nicht mehr ein. So mußte ich den Rest meines Lebens allein bleiben und in unaufhörlicher Einsamkeit alt werden.

(Träume wie dieser sind äußerst irritierend und wenig hilfreich in meinem Dilemma.)

Wenn ich meine Tage nur wie jetzt verbringen könnte, allein gelassen, so daß ich tun kann, was ich will, und jede Nacht Besuch von meinem Geliebten, dann wäre ich zufrieden.

Unsere gegenseitigen Züchtigungen beim Liebesakt, das will

ich hier ruhig einmal festhalten, bereiten Otto und mir mittlerweile so viel Entzücken, daß wir geradezu süchtig auf diese Praktiken sind und ihnen nicht widerstehen können, auch wenn unsere Körper inzwischen geheime Anzeichen wie blaue Flecken und Striemen aufweisen. Otto hat mir erzählt, daß er, wenn er nicht bei mir ist, schon beim bloßen Gedanken an die Schläge, die ich ihm zufüge, in ein Stadium überfließender Erregung gerät. Er läßt jetzt für uns ein paar Peitschen aus Seide anfertigen (für die alle Vorhangschnüre meines Schlafzimmers und anschließenden Kabinetts verwendet und ausgefranst worden sind).

Ich weiß, daß ich, wenn ich diese herrlichen Peitschen zu Gesicht bekomme, so danach lechzen werde, sie bei Otto auszuprobieren, daß ich ihm in meiner Raserei vielleicht die Kniehose zerreiße und auf den Lippen Schaum habe wie eine Wahnsinnige. Und daran erkenne ich, daß es sich bei unserer gegenseitigen Versklavung tatsächlich um eine Geistesgestörtheit handelt. Wir sind gleichsam Bewohner einer anderen Welt, wo nur wir zwei herumlaufen und normale Angelegenheiten keine Rolle spielen, sondern nur dieses eine, was uns festhält und wovon wir für nichts und niemanden auf der Welt lassen können.

Unsere Auspeitschungen und Schläge verfeinern und vervollkommnen wir noch mit Worten zur absoluten Lust. Ich wage es nicht, niederzuschreiben, welche Beleidigungen wir uns schon gegenseitig lautstark an den Kopf geschleudert haben, sondern halte hier nur fest, daß es nichts Besonderes, ja sogar milde und höflich ist, wenn mich Otto »eine wahrh. Hure & Dirne, eine Unzucht tr. Schlampe … usw., usw. …« nennt, und daß wir mit unseren gegenseitigen Beschimpfungen bereits so weit gegangen sind, daß ich behaupten möchte, wir benötigten ein Wörterbuch, um eine paar neue, noch nicht abgedroschene Ausdrücke zu finden.

Ach, Otto, mein Geliebter, meine einzige Befriedigung, was soll aus uns nur werden?

Werden wir an unseren himmlischen Wunden sterben?

Wenn Otto nicht bei mir ist, verbringe ich meine Zeit gern mit Schlafen oder einer leichten Freizeitbeschäftigung, wie zum Beispiel mit Sticken, Münzspielen oder kurzen Spaziergängen in den Gärten zusammen mit meiner süßen Universalfrau Emilia.

Sie ist die einzige meiner Frauen, die ich ertragen kann, und der Grund dafür ist, *daß sie mich nicht haßt.* Ich bin zu der Überzeugung gelangt, daß meine ganze Ekelhaftigkeit nur von dieser Bürde des Hasses herrührt und ich, wenn ich vom Adel, der Königinwitwe und meinen eigenen Kindern *geliebt* und *geschätzt* statt verabscheut und verachtet würde, anders und gut und der Name Kirsten nur mit Tugend verknüpft wäre.

Denn in gewissem Maße sind wir das, wofür uns die anderen halten. Und weil mich Emilia mag und glaubt, ich sei ehrenhaft und rücksichtsvoll, kann ich all dies wirklich sein, wenn ich mit ihr zusammenbin, und ihr gegenüber nichts als Zuneigung zeigen.

Damit ihre ausgezeichnete Meinung von mir nicht durch Berichte über meine Amouren mit dem Grafen getrübt wird, habe ich meine anderen Frauen zum Schweigen über diese Angelegenheit verpflichtet und dafür Sorge getragen, indem ich ihr ein weitentferntes Zimmer gegeben habe, daß sie keinen Lärm hört, der ihr verrät, was ich mit den Seidenpeitschen und anderen Dingen mache.

Johanna, meine Frau für den Kopf, wehrte sich am meisten gegen den Schwur und war so unverschämt, zu mir zu sagen: »Madam, ich sehe nicht ein, wie man von uns erwarten kann, etwas geheimzuhalten, was nicht im geheimen geschieht.« Das machte mich so wütend, daß ich nach der goldenen Statue des Königs auf dem Turnierpferd griff und mich nur die plötzliche Erkenntnis, daß sie dann mausetot umfallen könnte, davon abhielt, sie ihr an den Kopf zu schleudern. Es würde mich jedoch nicht überraschen zu erfahren, daß sie gegen mich intrigiert. Ich glaube, sie bildet sich ein, intelligent und schlau zu sein, weil sie meine »Frau für den Kopf« ist, doch ich kann keinerlei Intelligenz an ihr erspähen, nur Eifersucht und Boshaftigkeit.

Emilia hat mir während meiner Stickstunden etwas mehr über ihre Familie erzählt, die sie in Jütland zurückgelassen hat, auch davon, daß alle ihre Brüder bis auf einen unter dem Bann ihrer Stiefmutter, der vulgären Bäuerin Magdalena, stehen und sie sich nun um Marcus, »dem einzigen nicht davon Betroffenen«, Sorgen macht, weil sie sich vorstellen kann, wie traurig er seit ihrer Abreise nach Kopenhagen ist. Emilia hat ein so gutes Herz, daß sie das schwere Los ihres Bruders mehr berührt als mich je eins meiner Kinder. Und so fühle ich mich wiederum dazu bewegt, sie zu trösten. Ich drücke ihr einen Kuß aufs weiche Haar und nenne sie »mein kleiner Schatz«. Und dann schmieden wir Pläne, wie wir ein paar hübsche Glocken kaufen und sie Marcus nach Jütland schicken, damit er sie an sein Pony hängen kann und weiß, daß ihn Emilia nicht vergessen hat.

Dann schaut mich Emilia mit Bewunderung in ihren grauen Augen an und sagt: »Madam, Ihr seid so freundlich und umsichtig. Wenn ich nur wüßte, wie ich mich revanchieren soll.« Und vor Überraschung ist mir fast zum Weinen zumute.

Mir ist Emilias Gegenwart so angenehm, daß mir ein Gedanke gekommen ist, der mir an jenem unglückseligen Tag, wenn der König aus Norwegen zurückkehrt, von Nutzen sein könnte. Ich habe ihr erzählt, daß ich an gewissen Tagen im Monat von grausamen Ängsten und Qualen heimgesucht werde, so daß ich dann gern eine liebe Person in meiner Nähe habe, mit der ich, wenn mir danach zumute ist, mitternächtliche Unterhaltungen führen kann.

Daher habe ich veranlaßt, wenn ich meine Menses habe und der Graf nicht zu mir kommt, in die Kammer neben meinem Zimmer (durch die alle hindurch müssen, die zu mir wollen) ein Feldbett zu stellen, so daß Emilia vor meiner Tür schlafen kann. Ich habe ihr gesagt, sie solle niemanden hereinlassen: »Emilia, du mußt mir versprechen, keine einzige Seele in unserem Land – nicht einmal den König, sollte er dies verlangen – in diesen Nächten an dir vorbeizulassen, weil ich mich schrecklich unwohl fühle und es nicht ertragen kann, mich mit irgend jemandem in Dänemark außer dir zu unterhalten.«

Sie kämmt mir dann die Haare und wärmt mir mit einer mit heißem Wasser gefüllten Flasche das Bett, um durch die milde Hitze meine Menstruationsbeschwerden zu lindern. Wenn ich dann sehe, wie liebevoll ihre Arme diese Aufgaben erfüllen, erwacht in mir der Wunsch, diese zu streicheln, ihre Haut, die so zart wie die eines Kindes ist. »Emilia«, sage ich, »hoffentlich wirst du mich niemals verlassen!«

Wenn ich dann in der Nacht voller Entsetzen aufwache, weil mir mein großes Dilemma im Hinblick auf Otto und den König wieder eingefallen ist, schreie ich auf, und Emilia kommt mit einer Kerze, und wir bestellen heiße Milch und Haselnußkuchen, entfachen in meinem Zimmer ein Feuer und ziehen die Vorhänge zu, um die kalte Nachtluft draußen zu halten. Ohne den geringsten Ekel hilft mir Emilia, meine blutigen Lappen zu wechseln. Und dann unterhalten wir uns über die Grausamkeit und Schlechtigkeit der Welt und darüber, daß man selbst in den Korridoren dieses Palastes Schlechtes über mich flüstert.

Ein gewöhnlicher Haushalt

Die Heringsflotte läuft aus.

Die Fischerboote segeln in Harwich bei Südwind sanft aufs ruhige Meer hinaus. Ein paar Leute, die Frühaufsteher der kleinen Stadt, stehen am Kai und winken, bis die Schiffe im Morgennebel verschwunden sind.

Die Menschen gehen wieder in ihre Häuser oder zu ihren Arbeitsplätzen, jeder seiner eigenen Aufgabe nach. Als die Sonne höher steigt, die Möwen sich zusammenscharen, kreisen und den Booten folgen und die Kirchturmuhr von St. Benedict the Healer die siebte Stunde schlägt, steht nur noch ein einziger Mann da.

Es ist der Pfarrer James Whittaker Claire. Unbeweglich schaut er aufs Meer hinaus, als wolle er an dieser Stelle all die Stunden bis zur Rückkehr der Heringsflotte warten. Doch er denkt nicht an Heringe. Ihn beschäftigt die Zukunft. Er ist fünfzig Jahre alt und hat graue Haare und einen grauen Bart. Er hat die Nacht schlaflos und niedergeschlagen verbracht, kam bereits eine Weile vor Sonnenaufgang her und steht nun schon eine Stunde lang am Kai, in der Hoffnung, daß die salzige Luft und das Geplänkel der Fischer Balsam für sein aufgewühltes Inneres sind.

Seine Frau Anne und Tochter Charlotte sind zu Hause im Pfarrhaus, und er nimmt an, daß sie ihren morgendlichen Verrichtungen nachgehen, das Brotbacken und Decken des Frühstückstisches beaufsichtigen, nach den Hühnern im Hof rufen und ihnen Korn streuen. Soviel er weiß, sind die beiden Frauen an diesem Februarmorgen glücklich und heiter, und er sehnt sich traurig danach, an dieser Fröhlichkeit teilzuhaben, was ihm aber nicht vergönnt ist. Er reibt sich die Augen, wendet sich von seiner Meeresbetrachtung ab und macht sich auf den Weg zur Kirche.

Am Abend zuvor hatte Charlottes Freier, Mr. George Middleton, Pfarrer Claire einen Besuch abgestattet und um ihre Hand gebeten.

George Middleton ist ein Großgrundbesitzer in Norfolk, nennt das Anwesen Cookham bei Lynn sein eigen und hat ein Einkommen von tausend Pfund im Jahr. Er ist ein lärmender Mann in den Dreißigern mit lautem Lachen und kräftigem Händedruck und eine gute Partie für eine Pfarrerstochter. Aber mehr noch zählt, daß Charlotte erklärt hat, sie liebe ihn »mehr als sonst jemanden in und um Norfolk«. Als James Claire seinen Segen für die Verbindung gab, warf sie ihm die Arme um den Hals und behauptete, sie sei »das glücklichste Mädchen Englands«. Dabei waren ihre Wangen zart gerötet, und ihre Augen glänzten. George Middleton wirbelte sie lachend in seinen Armen herum.

Die Hochzeit soll im Herbst stattfinden. Anne ist schon dabei, eine Menge Listen anzulegen. Beide Frauen werden sich nun von früh bis spät Gedanken über die Hochzeit machen. Und James Claire freut sich mit ihnen, mißgönnt ihnen nicht eine Sekunde ihrer Freude. Doch in seinem Innern fühlt er sich, als er jetzt zur Kirche geht, so elend, daß er fast stolpert.

Er hat in seine Zukunft gesehen.

Er hat die ohne Charlotte leeren Morgen gesehen. Er hat die Nachmittage in ungewohnter Stille vergehen sehen. Er hat seine beim Abendgottesdienst versammelte Gemeinde gesehen und nach dem Gesicht seiner Tochter gesucht, obwohl er weiß, daß sie nicht da ist. Er hat sich aus Trauer um seine das Haus verlassenden Kinder alt werden sehen.

Solange Charlotte da war, gab es noch etwas Ablenkung, einen Ausgleich für Peters Abwesenheit. Manchmal hat James Claire grausame Träume, in denen sein Sohn bei einem Unwetter verschwunden, in der eisigen Nordsee ertrunken oder aber einfach einer kalten Vergeßlichkeit anheimgefallen ist, die alle Erinnerung an England und sein früheres Zuhause stillschweigend aus seinem Kopf sickern läßt.

Mit seiner Tochter an der Seite, die ihn immer wieder ins Gedächtnis ruft, daß Peters Liebe zur Musik stets über den Wunsch seines Vaters, in seine Fußstapfen zu treten und Pfarrer zu werden, triumphiert hat und dies auch weiterhin tun wird, konnte

Claire dessen Abwesenheit ertragen. Nur jetzt, da es gewiß ist, daß Charlotte im nächsten Winter nicht mehr seinem Haushalt angehören wird, erscheint ihm Peters Verlust, von dem ihm niemand sagen kann, für wie lange er ist, unerträglich.

Er und Anne werden mit den Hühnern, dem Apfelgarten und ihren täglichen Gebeten allein sein. Charlotte und George Middleton werden sie gelegentlich von Norfolk aus besuchen, doch die Zeit der Familie ist vorbei. Vor langer Zeit, noch vor der Geburt Peters und Charlottes, beweinte James Claire einmal ein Kind, das nur einen einzigen Tag gelebt hatte und klaglos gestorben war, als es Nacht wurde. Und nun kann er sich, obwohl er spürt, daß sein Elend selbstsüchtig und ungerechtfertigt ist, nicht von dem Gedanken befreien, daß zum zweitenmal eine dramatische Dunkelheit hereinbricht.

Anne und Charlotte haben das Brot gebacken und Butter und Marmelade auf den Tisch gestellt. Nun warten sie auf James Claires Rückkehr vom Kai. Sie haben Hunger, und ihr Dienstmädchen Bessie steht brav neben dem Ofen, um die Eier zu pochieren. Doch sie nehmen von ihrem Hunger und der dahinfliegenden Zeit kaum Notiz, da sie jetzt am Sekretär sitzen und das wundervolle Wort *Aussteuerliste* auf ein leeres Blatt Papier schreiben.

»Mutter«, sagt Charlotte, »wie du weißt, müssen wir, wenn wir hiermit fertig sind, Peter einen Brief schreiben, in dem wir ihm mitteilen, daß ich Mrs. George Middleton werde.«

»Ja, richtig!« sagt Anne Claire. »Ich frage mich, ob er frei bekommt, um nach Hause fahren zu können. Es wäre für uns alle, besonders aber deinen Vater, eine große Freude, wenn er auf der Hochzeit spielen würde.«

»Hoffentlich mag er George«, erwidert Charlotte. »Dann stehen sich die beiden auch einmal Auge in Auge gegenüber.«

»Auge in Auge!« bemerkt Anne. »Eine merkwürdige Wortwahl, meine Liebste. Weißt du nicht mehr, daß Peters Augen in all ihrer Bläue immer einen anderen Ort widerzuspiegeln schienen, wohin man ihm nur schwerlich folgen konnte?«

Charlotte denkt einen Augenblick nach und stellt sich vor, wie ihr Bruder, den sie immer voller Ingrimm um seine Schönheit beneidet hat, am Fenster steht, ihm die Sonne aufs Haar scheint und er ihr erzählt, daß er nach Irland geht. Sie denkt daran, wie er später zurückkehrte und verkündete, seine Zeit in Irland sei vorbei, und er reise nun nach Dänemark, um im Königlichen Orchester zu spielen.

Anfangs hatte sie sich gefreut, dann hatte es ihr leid getan, weil sie ihn vermißte. Noch später, als sie Mr. George Middleton kennengelernt hatte, war ihr Peters Abwesenheit gleichgültig, und jetzt hofft sie nur noch, daß er an ihrem wundervollen Tag zu Hause ist. »Doch!« antwortet sie ihrer Mutter. »Natürlich weiß ich das noch. Es sieht aber nur so aus. Es bedeutet nicht, daß er nicht mit George auf dem Rasen von Cookham Boccia spielen kann, nicht wahr?«

Auf die *Aussteuerliste* hat Anne Claire bereits geschrieben:

12 Paar Seidenstrümpfe
12 Paar Strümpfe aus Leinengarn
 5 schlichte Leinenpetticoats
 2 einfache Stoffjacken für morgens

Sie hält inne und sagt: »Boccia auf Cookham? Aber nein, Charlotte. Überhaupt nicht.«

Aus Gräfin O'Fingals Tagebuch, La Dolorosa

An dem Tag, an dem Peter Claire bei uns eintraf, hörte ich in der Heide Lerchen und wußte, daß es wieder Frühling wurde.

Dem Rat meines Vaters folgend, hatte ich nach einem Musiker gesandt, mir aber einen ältlichen mit langsamem Gang und in einem schwarzen Mantel vorgestellt. Als ich Peter Claire in der Halle stehen sah, verschlug es mir den Atem.

Es war, als gehöre er zu einer Welt jenseits der Zeit, wo alles Lebendige endlich zur Vollkommenheit gelangt ist. In gewissen Augenblicken meines früheren Lebens hatte ich schon andere Bewohner dieses göttlichen Ortes erblickt: einen Grauschimmel auf einer Wiese ein paar Meilen von Bologna entfernt, ein zerlumptes Kind, das mich in Florenz von einem Marktstand aus beobachtete, und eine junge Frau, die an einem Brunnen saß und sich die Haare kämmte. Und ich war mir immer sicher gewesen, daß sie nur kurze Zeit hier unter uns auf Erden weilen würden, weil Gott bei ihrer Abwesenheit eifersüchtig wurde und seine Hand hinunterstreckte und sie wieder zu sich holte, bevor sie alt wurden, Unfreundlichkeit kennenlernten oder sahen, welche Veränderungen Leid einem Gesicht zufügen kann.

Als sich Peter Claire von seiner Reise aus England ausgeruht hatte, machte ich ihn mit den nackten Tatsachen unserer Tragödie bekannt. »Glaubt mir, Mr. Claire«, sagte ich, »wenn ich Euch erzähle, daß mein Gatte einstmals ein guter und ehrenwerter Mann war. Er wird Euch jetzt als grausam, gewalttätig, eine geistesgestörte Seele erscheinen... Ich kann aber nicht glauben, daß der Mensch, der er früher einmal war, für immer verloren ist. Er wird zurückkehren, wenn Ihr nur Geduld mit ihm habt und ihm mit Euren ganzen musikalischen Kenntnissen und Fähigkeiten helft, von denen ich gehört habe.«

Peter Claire sah mich freundlich an. Sein Blick war für mich so beunruhigend, daß ich spürte, wie ich errötete. Ich senkte den Kopf und tat so, als suchte ich in den Falten meines Rockes nach meinem Fächer, um ihn nicht merken zu lassen, welche Wirkung er auf mich ausübte.

»Gräfin O'Fingal«, sagte er. »Ich freue mich mehr auf die Aufgabe, die ich vollbringen soll, als Ihr Euch vorstellen könnt. Schon immer, seit meiner Kindheit, liebe ich die Musik, habe aber nie genau sagen können, *warum* ich diese Liebe verspüre. Mein Vater, ein Geistlicher, meinte, sie drücke die Sehnsucht in der Seele des Menschen – und daher auch der meinigen – nach Gott aus, und das ist es wohl wirklich, dessen bin ich mir sicher.

Es klingt jedoch das *Warum* nach. Ihm gesellt sich sehr oft ein *Was* zu. *Was* ist Musik und *warum* vernachlässige ich darüber alles andere, um mein Leben dieser allein zu widmen? Doch nun erkenne ich, daß, wenn ich Euren Mann durch ein Wunder in das Paradies zurückbringen kann, von dem er in seinem Traum einen Blick erhascht hat, meine ganze bisherige Arbeit nicht umsonst war, sondern vielmehr eine Vorbereitung auf diesen außerordentlichen Augenblick der Offenbarung.«

»Oh, betet!« sagte ich inbrünstig und blickte nunmehr tief in Peter Claires blaue Augen. »Betet, daß es so sein möge.«

Hoffnung ist eine seltsame Sache.
Sie ist ein Opiat.
Wir schwören, sie aufgegeben zu haben, und dann, siehe da, kommt der Tag, an dem unsere sklavische Abhängigkeit von ihr ohne jede Vorankündigung wieder da ist.

So war es mit Johnnie O'Fingal und mir.
Ich überredete Johnnie am Abend von Peter Claires Ankunft, in die Bibliothek zu gehen, wo er sofort sah, daß das Schloß vom Virginal entfernt und das Instrument gereinigt und zum Spielen vorbereitet war.

Er nahm wortlos Platz, und ich erzählte ihm freundlich, daß ein junger Mann eingetroffen sei, der den Schlüssel zur Beendigung all unserer Sorgen besitze. »Heute abend«, sagte ich, »spielt er uns auf der Laute vor. Wir werden in diesem stillen Haus wieder Musik hören! Und dann nehmt ihr beiden morgen von neuem deine Arbeit auf. Mr. Claire ist ein sehr fähiger Komponist, und du wirst durch ihn wieder glücklich.«

Johnnie blickte zu mir auf, und das war der Moment, in dem ich in seinen umwölkten Augen plötzlich Hoffnung aufkeimen sah. Sie zitterte in ihnen. Ich strich ihn über den erschöpften Kopf und legte ihm seine Hände liebevoll übereinander in seinen Schoß. Dann setzte ich mich neben ihn, und wir warteten, bis Peter Claire in den Raum trat, sich vor uns verbeugte, sein Instrument nachstimmte und dann zu spielen begann.

Ich weiß nicht mehr, welches Stück er spielte. Es war jedenfalls von großer Lieblichkeit, wobei es uns zweifellos durch die Ruhe und Einsamkeit, in der wir so lange gelebt hatten, noch lieblicher erschien. Johnnie ließ Peter Claire während des ganzen Liedes nicht aus den Augen, offenbar völlig gefesselt vom Anblick seiner Hände, die der Laute dieses Tonmuster entlockten, für das es in der Natur nichts Entsprechendes, kein Modell gibt und nach dessen wahrem Verständnis der junge Lautenspieler, wie er mir erzählt hatte, noch immer suchte.

Nach dem Vorspielen saß Johnnie ganz still da. Ich sah Tränen in seinen Augen. Er wischte sich diese nicht weg, sondern ließ sie sich über die Wangen laufen.

Am nächsten Tag begannen die beiden Männer mit der Arbeit.

Ich versammelte die Kinder um mich und ließ den Ponywagen kommen. Dann unternahm ich im Aprilsonnenschein mit Maria, Vincenzo, Luca und Giulietta einen Ausflug durch unsere Ländereien, um den Leuten von meiner Hoffnung zu erzählen, daß ihre und unsere Leiden bald ein Ende nehmen würden.

Wie immer empfingen uns die Pächter freundlich, doch ich wußte, daß sich hinter dieser Freundlichkeit berechtigter Zorn verbarg, denn das Elend, das wir an diesem Tag auf den Bauernhöfen und in den Behausungen sahen, war für mich und die Kinder so klar erkennbar, daß wir die Rundfahrt aus Feigheit und Furcht abbrachen und statt dessen zum Fluß fuhren und das einfache Picknick verzehrten, das ich für uns mitgenommen hatte. Wir blieben dort bis zum Abend, spielten mit Stöcken und Steinen, erzählten uns Geschichten und beobachteten die Moorhühner beim Bau ihrer Nester, die Wasserhühner beim Tauchen nach Fischen und das Ausschlüpfen der ersten Mücken und Fliegen des Sommers unter den Sonnenstrahlen.

Als es dunkel wurde, kehrten wir zurück. Wir schlichen ins Haus und lauschten auf den einen Klang, den wir so sehnsüchtig hören wollten: eine Weise von solcher Einmaligkeit und Magie, daß wir in ihr die göttliche Komposition aus Johnnies Traum erkennen würden. Doch im Haus war es still wie im Grab. Wir standen in der Halle und wagten nicht, irgendwohin zu gehen, um nicht den zarten Augenblick der Stille vor einer großen Erscheinung zu stören. »Mama«, flüsterte Giulietta, »vielleicht ist Papas verlorene Musik ja von einer Art, daß sie niemand hören kann?«

Ich strich ihr übers Haar. »Vielleicht, meine Liebe«, sagte ich, »daran habe ich noch gar nicht gedacht.«

In diesem Augenblick hörten wir, wie die Bibliothekstür geöffnet wurde. Giulietta legte ihre Hand in meine. Johnnie O'Fingal schritt in die Halle. Als er uns dort vorfand, blieb er einen Augenblick stehen und starrte uns an – als wären wir unerwartete Besucher –, dann eilte er an uns vorbei und die Treppe hinauf. Wir vernahmen, wie er die Tür seines Zimmers öffnete und wieder hinter sich schloß.

Peter Claire erzählte mir, daß der Morgen ganz gut verlaufen sei. Er hatte versucht, für die wenigen Takte der Melodie, an die sich Johnnie erinnern und die er ihm vorspielen konnte, in seinem Herzen die Fortsetzung zu hören, die mit dem Anfang im Einklang stand. Er kam schließlich auf drei davon. Er schrieb die Noten dafür nieder und spielte sie sowohl auf dem Virginal als auch auf der Laute. Johnnie hörte aufmerksam zu. Er wußte, daß keine dem entsprach, was er gehört hatte, verwarf sie aber nicht sofort. Ihm war klar, daß allein schon die *Tatsache* wichtig war, daß es eine Fortsetzung geben könnte, und ließ den Lautenisten daher eine Weile experimentieren.

Am Nachmittag wurde er dann immer ungeduldiger. Er erklärte, alle Fortsetzungen seien »so kalt wie der Mond, verglichen mit der Sonne, die ich in meiner Seele hatte« und weigerte sich, sie sich weiter anzuhören. Er ging in der Bibliothek auf und ab, riß Bücher aus den Regalen und warf sie auf den Boden. Dann öffnete er das Fenster und stieß einen Klagelaut in den schönen Nachmittag hinein aus.

Peter Claire bekam es allmählich mit der Angst zu tun.

Er fing noch einmal von vorne an – es war die vierte Fortsetzung. Johnnies Zorn ließ nach. Er saß noch einmal still da und hörte zu. Er hob ein paar Bücher vom Boden auf und stellte sie ins Regal zurück. Er räumte auch ein, daß in der vierten Fortsetzung »eine gewisse Schönheit« liege, und begann sie Note für Note auf dem Virginal wiederzugeben, während sich Peter Claire abmühte, hübsche Harmonien dazu auf der Laute zu finden. Sie arbeiteten bis zum frühen Abend daran, als Johnnie, in dem Augenblick, als ich mit den Kindern vom Fluß zurückkehrte, zu dem Urteil kam, daß diese vierte Fortsetzung bei jedem Spielen erdgebundener und abgedroschener wurde. Er sagte Peter, er solle sie aufgeben. Inzwischen waren beide Männer zum Weitermachen zu müde.

Im Zeitraum eines Monats wurden neunundfünfzig Fortsetzungen begonnen und wieder verworfen. Mit der Zeit konnte Johnnie immer weniger Stunden am Tag arbeiten. Er verließ mitten am Nachmittag die Bibliothek und ging in sein Zimmer, wo er in einen schweren Schlaf fiel, der bis zum nächsten Morgen anhielt.

Und hier begann nun ein neues Kapitel in unserer Geschichte.

Wenn die Kinder zu Bett gegangen waren, war ich oft mit dem Lautenspieler allein. Ich lud ihn ein, mit mir zu Abend zu essen. Danach saßen wir zusammen am Kamin, und ich erzählte ihm von meinem Leben in Bologna mit meinem Vater, dem Papierhändler, und er berichtete mir von seiner Kindheit in Harwich und dem Kummer seines Vaters, einem Pfarrer, über die Weigerung seines Sohnes, in seine Fußstapfen zu treten. Ich fühlte mich in Peter Claires Gesellschaft so wohl, daß mir die Stunden wie Augenblicke vorkamen.

Als die Abende heller wurden, machten wir es uns zur Gewohnheit, nach dem Essen in der duftenden Mailuft spazierenzugehen. Wir sahen, wie die Apfel- und Kirschblüten ihr weißes Licht im dahinschwindenden Tag bewahrten. Wir gingen zum Meer hinunter.

Wir unterhielten uns über Johnnie O'Fingals Traum und die schwache Chance, daß dieses Rätsel, das so viel Leid verursacht hatte, je gelöst würde. Ich sagte zu Peter Claire, daß ich mir wünschte, er würde bleiben, ganz gleich, wie weit entfernt die Lösung auch scheinen möge. Ich meinte: »Meine ganze Hoffnung ruht auf Euch.«

Und so kam es, daß wir, als wir über das schwere Schicksal meines Mannes sprachen, während sich die Wellen vor uns brachen und wieder fanden, immer wieder brachen und fanden und die Welt alle Farbe verlor, die Arme umeinanderlegten. Wir standen still da, spürten nur den Herzschlag des anderen und das Aufwallen einer Leidenschaft, von der wir wußten, daß sie allen Gesetzen von Loyalität und rechtmäßigen Gefühlen zuwiderlief und daher niemals ihren letzten Ausdruck finden durfte.

Wir küßten uns nicht einmal. Meine Sehnsucht, Peter Claire (der fünf Jahre jünger als ich war und als Lehrer meines Mannes in meinen Diensten stand) auf seinen vollkommenen Mund zu küssen und von ihm wiedergeküßt zu werden, stand allen anderen Sehnsüchten, die ich in meinen dreißig Jahren auf Erden verspürt hatte, in nichts nach. Dennoch gab ich ihr nicht nach, und Peter zwang mich auch nicht dazu. Es war, als wüßten wir beide, daß unsere Münder mit einem einzigen Kuß die verhängnisvollen Silben des Wortes »Ausgeliefertsein« atmen würden.

»Weil sie so schön sind«

Die Explosion von Christians Rakete im Hof des *Herredag* ging in die Geschichte ein. Danach wagte es der Adel nicht mehr, den ungekrönten König zu ignorieren. Sie fühlten sich über das, was er als nächstes tun würde, sogar derart unsicher, daß sie ihn ständig im Auge behalten wollten. Sie betrachteten ihn in ihren Kämpfen um Macht und Beförderung als wildes Tier. Sie wußten nicht, in welche Richtung er flitzen oder wie viele von ihnen er in Ungnade fallen lassen könnte. Sie hatten weder mit der Hartnäckigkeit noch mit der beunruhigenden Phantasie ihres künftigen Königs gerechnet. Diese Phantasie schien nun, seit er Bror Brorson das Leben gerettet hatte, in Bereichen Zuflucht zu suchen, in die ihm niemand folgen konnte. Er schien die Welt nicht so zu sehen, wie sie war, sondern wie er sie sich in seinem Kopf ausmalte. Ein scharfsichtiges Mitglied der *Rigsråd* verglich den Königsknaben mit »einem Künstler, der auf einer unsichtbaren Leinwand arbeitet«.

Bei einer Versammlung des *Herredag* wurden Christian Dokumente vorgelegt, von denen man wußte, daß sie das Werk eines Fälschers waren. Man sagte ihm, das Datum im Wasserzeichen liege vor dem Zeitpunkt der Errichtung der Papiermühle, aus der das Dokument vermutlich stamme. Die Mitglieder des *Herredag* brüsteten sich damit, durch ihre genaue Kenntnis der Wirtschaft des Landes eine Fälschung zu enthüllen und saßen zufrieden lächelnd um den großen Tisch herum. Der Fälscher stand in Lumpen, die Hände in Ketten, unglücklich vor ihnen.

Christian hielt die gefälschten Papiere gegen das Licht. Sein Blick wanderte die Kanten des unechten Wasserzeichens entlang, er sah nur dessen außerordentliche Vollkommenheit. Er wünschte, sein Vater würde noch leben, damit er es ihm als Beispiel überragender dänischer Handwerkskunst ohne die geringste Schludrigkeit zeigen könnte. Er wandte sich an die versammelten Adligen und sagte: »Ich finde, es ist eine sehr schöne und echte Arbeit.« Dann blickte er zum Fälscher in seinen Lumpen hinüber und erklärte: »Eine Bestrafung ist nicht sinnvoll. Ihr habt eine besondere Fähigkeit, Sir, und werdet Eurem Land damit dienen. Ihr bekommt eine Stelle in der Königlichen Druckerei und fangt morgen früh dort zu arbeiten an.«

Diese Ideen, diese Launen, diese Provokationen: Woher kamen sie bloß?

Unter den Adligen verbreitete sich das Gerücht, Christian übernehme sie von seinem Freund Bror Brorson, der ungebildet sei, nicht richtig schreiben könne und die Welt mit unwissenden Augen ansehe.

Bror war noch auf Frederiksborg, weil sich Christian einer Trennung von ihm widersetzte. Die Höflinge, die mit den Knaben auf die Jagd gingen, staunten über Brors Waghalsigkeit beim Reiten, seine Ausdauer bei der Jagd, seine Nichtbeachtung von Kratzern und Wunden, die er sich bei der Verfolgung von Keilern zuzog, und seine außerordentliche Schönheit. Er trug sein blondes Haar jetzt lang, so daß es beim Reiten hinter ihm herflog. Da er stundenlang an der frischen Luft war, war seine Haut gebräunt, und in seinen Augen, die dunkel umschattet gewesen waren, als er krank im Keller der Koldinghus-Schule lag, spiegelte sich nun der blaue Himmel wider. Doch im Laufe der Zeit wurde das Gemunkel der Adligen gegen ihn immer lauter. Bror hörte es nicht. Christian hörte es auch nicht. Doch es lag in der Luft.

Eines Tages kam ein anderer Fall vor den *Herredag*, dessen Vorsitz der junge künftige König führte. Bei dem Beschuldigten handelte es sich um einen Schneidergesellen. Diesem Mann war es nach wochen-, ja monatelangem Bemühen gelungen, einen Bleistempel herzustellen, mit dem er die Unterschrift seines Herrn auf jedem Papier täuschend ähnlich nachbilden konnte. Er benutzte diesen Stempel auf Briefen und zum Versand von Zahlungsanweisungen an zahlreiche Händler, bei denen er Ballen von Wollstoff und Barchent bestellt hatte. Er verkaufte den Stoff dann (zu günstigen Preisen) an eine französische Näherin, die Kostüme für Zirkusartisten und Spielleute anfertigte. Mit dem so verdienten Geld erwarb er heimlich einen wilden arabischen Hengst.

»Einen wilden arabischen Hengst?« fragte König Christian den Mann. »Was für ein seltsamer Kauf mit unrechtmäßig erworbenem Geld! Was kann ein Mann wie Ihr, der keinen Park zum Ausreiten und keinen Stallburschen zum Zureiten des Pferdes hat, mit solch einem Tier wollen?«

»Nichts!« sagte der Schneidergeselle. »Ich wollte mir den Hengst nur ansehen können. Ich habe mein Leben lang von arabischen Pferden geträumt. Ich wollte nicht auf ihnen reiten, sondern sie nur anschauen, weil sie so schön sind.«

Christian hörte die Mitglieder des *Herredag* in prustendes Gelächter ausbrechen, doch er selbst unterdrückte jedes Lächeln. »Wie heißt Euer Pferd?« fragte er.

»Es hat keinen Namen, Euer Majestät«, sagte der Mann. »Ich habe versucht, mir einen auszudenken, doch ich finde, daß kein Wort unserer Sprache schön genug ist.«

»Und was wird aus dem Pferd, wenn wir Euch ins Gefängnis werfen? Wer füttert es und kümmert sich darum?«

Da warf sich der Schneidergeselle vor dem König auf die Knie. Könnte nicht König Christian selbst dieses wunderschöne Tier als Geschenk annehmen und es im Park von Frederiksborg dressieren lassen, damit es ihm im Turnierring zu Glanz und Ehren gereiche?

Es wurde still im Gerichtssaal. Die Adligen des *Herredag* blickten in der schrecklichen Erwartung auf Christian, daß diesem gleich eine neue und noch wahnsinnigere Rechtsverdrehung über die Lippen kommen würde. Und sie hatten – in ihren Augen – recht damit.

»Das Pferd soll Bror heißen«, verkündete der Königsknabe. »Laßt es noch heute nach Frederiksborg bringen. Und wenn Ihr das Versprechen unterschreibt, Eurem Herrn das gestohlene Geld zurückzugeben, sollt Ihr frei sein.«

Der *Herredag* geriet in helle Aufregung. Es war fast so, als sei wieder einmal eine Rakete explodiert, diesmal in der großen Halle, und habe brennende Asche über die Häupter gestreut.

Am nächsten Tag kam Königin Sofie sehr früh, als Bror Brorson noch schlief, in sein Zimmer und rüttelte ihn wach. »Bror«, sagte sie, »steh auf! Christian hat mir befohlen, dir zu sagen, daß du sofort mit dem Stallburschen nach Kopenhagen reiten sollst, wo dich eine große Überraschung erwartet. Du darfst keine Menschenseele wecken. Geh nur in den Hof hinunter, wo dich der Stallbursche empfängt. Zieh deine Jagdkleidung an und nimm deine Reitpeitsche, sonst nichts!«

Bror wußte nicht, wieviel Uhr es war. Er begriff nur, daß es sehr früh sein mußte, weil die Sonne über dem See noch nicht aufgegangen war.

Er tat, wie ihm befohlen war, und ritt durch die Tore von Frederiksborg, als die Palastuhr fünf schlug.

Auf der Straße zur Stadt, in dem Weiler Glostrup zügelte der ihn begleitende Stallbursche das Pferd, und Bror sah, daß im Schatten einer Linde eine der königlichen Kutschen wartete. Bror erhielt die Anweisung, jetzt in dieser weiterzureisen, und so stieg der Knabe vom Pferd auf die Kutsche um. Er beobachtete, wie der Stallbursche umkehrte und die beiden Pferde zum Palast zurückführte.

Doch die Kutsche kam nie in Kopenhagen an. Sie brachte Bror zu seinem Heim in Funen zurück, und es sollten viele Jahre vergehen, bevor König Christian erlaubt wurde, ihn wiederzusehen.

Unzählige Briefe verließen Frederiksborg, in denen Christian erklärte, er sei einsam auf der Welt »ohne meinen liebsten Freund und Ein-Wort-Signierer-Kameraden Bror«. Doch er erhielt nie eine Antwort. Und Christian erwartete eigentlich auch gar keine, weil er ja wußte, daß Bror nicht dazu in der Lage war, eine zu schreiben.

Am Isfoss

Der Konvoi ist in den eisigen Tälern des Numedal angekommen.

Alle Häuser im Umkreis von fünf Meilen von der Mine sind von der königlichen Gesellschaft beschlagnahmt worden. Die ehemaligen Bewohner schlafen nun auf den Heuböden oder zusammen mit ihren Tieren in den Scheunen. Sie rätseln über ihr Schicksal. Der König hat ihnen versprochen, sie an dem Silber zu beteiligen, das aus dem Felsen gehackt und gesprengt werden soll. Sie träumen abwechselnd von ihrer strahlenden Zukunft und verlorenen Vergangenheit.

Das größte Haus, das König Christian bewohnt, steht an einem Wasserfall. Es ist jedoch ein starrer Wasserfall. Er ist gefroren. Der König blickt unverwandt auf dieses Phänomen. Er versucht sich vorzustellen, in welcher Zeitspanne sich das tosende Wasser in stilles Eis verwandelt. In Gedanken weckt er den Katarakt wieder auf und sieht die unaufhaltsame Vorwärtsbewegung des Flusses, der alles mit sich reißt, als er den Felsrand erreicht, abstürzt, immer weiter abstürzt. In diesem Augenblick der Geschichte könnte man meinen, der Fluß sei ständig in Bewegung und im Absturz begriffen.

Dann stellt sich Christian vor, wie sich beim Absinken der Lufttemperatur winzige Kristalle auf der Wasseroberfläche bilden und die Weidenzweige entlang dem Ufer einen frostigen Pelz bekommen. Dann werden die Kristalle größer. Sie sind wie Glas und zerbrechen beim Abstürzen der Stromschnellen, werden eine Sekunde lang mit dem weißen Schaum emporgeschleudert, fallen wieder hinunter und werden von dem unteren Strom weitergetragen.

Die Bewegung wird langsamer, als sich die Glaskristalle ausdehnen, in die Tiefe gehen und sich auch an der Kante des Wasserfalls Eiskristalle bilden. In den winzigen Eiskristallen liegt die spätere Metamorphose vom Wasserfall zum gefrorenen Katarakt, den *Isfoss*. Sie werden dicker, größer und schwerer. Das Wasser ist wie durchsichtiger Ton und formt sie, Schicht für Schicht. Je mehr Schichten sich anhäufen, um so stiller wird es. In der mit den umgebenden Bergen gebildeten Wiege ist das Tosen des Flusses nur noch gedämpft zu hören. Das menschliche Ohr muß sich jetzt schon anstrengen. Und dann wird es in einer einzigen Nacht ganz still.

All dies wendet und erwägt Christian in seiner Phantasie. Immer wieder führt er sich den Ablauf vor Augen. Doch sein Staunen darüber läßt nicht nach. Tief im Innern hält er es nicht für eine ausreichende Erklärung.

Krenze hatte Peter Claire gegenüber die Bemerkung gemacht, das Herz des Königs werde angesichts der vielen Arbeit, die ihn im Numedal erwarten würde, »bersten«. Und wirklich war er seit der Ankunft des Konvois dauernd in Bewegung. Ständig eilte er von einem Ort zum anderen, beaufsichtigte das Anheuern der Männer, den Erwerb des Bauholzes, Werkzeugs und der Pferde, das Entwerfen neuer Gebäude und das erste Vordringen ins Lebensblut der Berge, das Aufschneiden der Adern der Silbermine.

Christians Hände streicheln und erkunden den Stein. Den Genies der Silbermine gegenüber macht er die Bemerkung: »Die Natur verbirgt ihre Geheimnisse wie eine Kurtisane, um uns zu reizen«, und die Minenarbeiter mit ihren Pickeln und Meißeln donnert er an: »Brecht den Berg auf! Reißt ihm das Herz heraus! Ich möchte den Numedal hier in meinen Armen halten!«

Selten einmal schläft der König. In der Nacht liegt er auf einem Holzbett, lauscht auf das Heulen der Wölfe und spürt heftig den Schmerz seiner Liebe zu Kirsten, die diese einst erwiderte, nun aber nicht mehr. In seiner Zukunft mit ihr sieht er nur noch unbefriedigtes sinnliches Verlangen und eine Hingabe, die ihm das Herz zerreißt.

Er weiß nicht, daß Kirsten einen Geliebten hat. Die Diener im Palast wollen ihm unnötiges Leid ersparen. So sind ihm keine Gerüchte über die Auspeitschungen mit Seidenriemen und die Unflätigkeiten Ottos Kirsten und Kirstens Otto gegenüber zu Ohren gekommen. Doch er braucht all das auch gar nicht zu wissen, um zu begreifen, daß Kirsten Munk seine Liebe zurückweist und andere Wege geht. Er wünschte, er wäre ein Wolf mit einer Wolfshöhle in einem Wald unter den Sternen und einer Wolfsstimme, um mitheulen zu können.

Er läßt Peter Claire holen.

Der Lautenspieler sieht blaß aus und singt nicht gut, weil er erkältet ist.

Wie der König blickt auch Peter Claire auf den *Isfoss*.

Im Gegensatz zu Christian kann er sich ihn aber nicht anders vorstellen, als er jetzt ist, nämlich still und unbeweglich. In seiner Phantasie schreibt er seiner verlorenen Gräfin einen Brief: *Meine liebe Francesca, ich bin an einem Ort, wo die Zeit im Winter stehengeblieben ist und niemals wieder weitergehen wird. Ich nenne ihn den Ort des gefrorenen Katarakts. Ich weiß nicht, wie lange ich hier am Leben bleiben werde.*

Er träumt vom Kuchenbacken seiner Mutter in der Pfarrküche, vom Kai in Harwich an einem Sommermorgen, wo die Heringsflotte einläuft, von der Fröhlichkeit und Tanzfreudigkeit seiner Schwester, von seinem Vater, wie er in seinem Rock zu seiner Kanzel geht, auf seine Gemeinde blickt, nach dem Gesicht seines Sohnes sucht und es nicht findet. Ihm fallen wieder Worte seines

Vaters ein. »Peter«, sagt der Pfarrer James Claire, »wenn du nicht mit dem Leben klarkommst, hadere nicht mit dem Schicksal, sondern vielmehr mit deiner eigenen Schwäche.«

Und so entschließt er sich zum Aushalten. Krenze und er versuchen sich mit dem Spielen von Gigues und Capriccios warm zu halten, zu denen sie sich in kleinen Kreisen drehen. Der Besitzer des Häuschens, in dem er schläft, ist von diesen lebhaften Weisen sehr angetan und amüsiert sich über den Deutschen und den Engländer, die in seinem Hof herumtollen. Es dauert nicht lange, da bringt er Peter Claire eine Bettdecke aus Kaninchenfellen.

Sein Schlaf wird öfters unterbrochen, weil er zum König zitiert wird.

Eines Nachts findet er Christian allein vor einem erlöschenden Feuer sitzend vor. Seine lange Locke ist offen, und ein paar Strähnen schlaffen braunen Haares hängen ihm fast bis zur Taille. Beim Sprechen fährt sich Christian mit den Händen durchs Haar und kämmt es ununterbrochen, als beruhige ihn dies. »Ich habe nach Euch geschickt, weil in meinem Kopf der reinste Wirrwarr herrscht«, sagt er. »Könnt Ihr mir also sagen... Ihr, die Ihr dem Engel aus meinen Knabenträumen ähnelt... könnt Ihr mir sagen, wie sich ein solches Durcheinander im Kopf eines Mannes auflösen läßt?«

Peter Claire blickt in die Asche, als erwarte er dort eine Antwort zu finden. Er weiß, daß er etwas sagen muß, ist sich aber eine ganze Weile nicht darüber im klaren, was es sein könnte, und merkt, daß der König allmählich unruhig und ärgerlich wird. Dann fällt ihm ein, wie sich der König darüber beklagt hatte, daß alle großen Philosophen Dänemark verlassen hatten, und meint: »Wäre Monsieur Descartes jetzt bei Euch, Sir, würde er sagen, daß eine Verwirrung nur aufgelöst werden kann, wenn man vielfältig Verflochtenes aufs Einfache reduziert.«

Der König sieht erschreckt aus, als habe er schließlich doch keine Antwort auf seine Frage erwartet. »Aha«, sagt er. »Ja. Das hat er also gesagt. Aber seine Methode: Was war seine Methode? Ich wußte es einmal, es ist mir jedoch entfallen.«

»Nun, Euer Majestät«, sagt Peter Claire, »er schlägt vor, daß wir alles als falsch zurückweisen, was wir nicht direkt wissen können. Er meinte damit Dinge, die wir zwar erfahren zu haben glauben, aber nicht nachprüfen können.«

»Jetzt weiß ich, warum ich die Kartesianer vergessen hatte! Denn was ist wirklich nachprüfbar, frage ich Euch? Nur die Mathematik! Zwei und zwei macht immer und ewig vier. Doch wie kann das lösen, was in meinem Kopf brodelt?«

»Das kann es nicht. Doch wenn Ihr nur *eine unwiderlegbare Tatsache* findet, eine mit der eindeutigen Wahrheit von zwei plus zwei oder des *cogito* an sich, dann könntet Ihr auf der Basis dieser einen unwiderlegbaren Tatsache – und nur von dieser ausgehend – einen Weg finden durch das, was im Augenblick verwirrend erscheint.«

Daraufhin herrschte in dem Zimmer mit der niedrigen Balkendecke lange Zeit Schweigen. Kein Wolfsgeheul ist zu hören, kein Eulenschrei, kein menschlicher Laut. Das Feuer hat seine frühere Form und Struktur völlig verloren und ist nur noch ein Haufen Asche mit einem roten Glühen in der Mitte.

Der König wendet sich Peter Claire zu und sagt: »Diese eine unwiderlegbare Tatsache ist meine Liebe zu meiner Frau Kirsten. Laßt es uns so nennen: *Cogito ergo amo.* Ich sah sie zum erstenmal, als sie siebzehn war, in einer Kirche, und ich betete zu Gott, Er möge sie mir schenken, und Er tat es. Ich war achtunddreißig Jahre alt. Sie hatte teefarbenes Haar, eine weiße Haut und einen Mund, der nach Zimt schmeckte. Das dänische Gesetz ließ nicht zu, daß sie meine Königin wurde, doch ich heiratete sie, sobald ich konnte, und es gibt wohl keinen Mann, der süßere oder schönere Flitterwochen als ich verlebt hat.

Ich habe ihr zwölf Kinder geschenkt. Ich bin ihr fünfzehn Jahre lang treu gewesen und habe mich selbst im Dunkel meiner Gedanken nur mit ihr beschäftigt. Wenn ich sie heute sehe, heute in ihr Zimmer gehe, dann nimmt sie mich noch genauso gefangen wie damals, als sie noch nicht meine Braut war. Ich liebe sie wie ein Kind, wie eine gute Mutter, wie eine Mätresse, wie eine Frau. Ich kann Euch nicht sagen, wie oft ich darüber gejubelt habe, daß sie die meine ist. Wenn ich mit der Hand über die Silberadern in den Tälern hier streiche, dann stelle ich mir nicht nur vor, daß ich Dänemarks Staatssäckel wieder fülle, sondern auch Kirstens private Schatztruhe. Wenn meine Gedanken nicht von Staatsangelegenheiten in Anspruch genommen sind, bleibt nur noch meine Sehnsucht, mit Kirsten zusammenzusein, nicht bloß, um sie in den Armen zu halten, sondern auch, um sie liebevoll auf den Schoß zu nehmen, mit ihr in den Obstgärten spazierenzugehen und Cribbage zu spielen oder ihr Lachen zu hören. Und diese Sehnsucht verläßt mich nie.

Doch nun zum Wirrwarr. Ich weiß nämlich, daß mir Kirsten keine Gefühle mehr entgegenbringt. Keine zärtlichen Gefühle. Sie ist nur noch wütend auf mich. Ich darf nicht mehr zu ihr. Manchmal, Gott möge es mir vergeben!, nehme ich sie gegen ihren Willen, mit dem Argument, daß ich ihr König und Gatte bin und sie sich mir nicht verweigern kann. Doch das löst gar nichts. Es hinterläßt einen bittern Nachgeschmack. Und doch weigert sich meine Liebe zu ihr, mich zu verlassen. Meine Liebe, meine Leidenschaft und meine Sehnsucht. Wenn ich die Wölfe in den Bergen heulen höre, würde ich mich ihnen am liebsten anschließen. Also sagt mir, mein Freund, wenn Ihr es könnt, was ich tun soll.«

Das Feuer ist grau und strahlt keine Wärme mehr aus. An den Fenstern ist Eis. Peter Claire verändert seine Stellung auf dem harten Stuhl und sagt nach einer Weile: »Ich habe wenig Erfahrung auf dem weiten Gebiet der Liebe, Sir. Ich begreife jedoch, daß Liebe auf der einen Seite und fehlende Liebe auf der anderen zwei gegensätzliche Elemente sind. Ich glaube, mein Vater würde sagen, daß wir nicht versuchen sollten, das andere Element zu ändern, weil dies vergeblich ist. Wir müssen danach streben, das Element zu ändern, das wir selbst sind. Wenn wir also feststellen, wie es bei Euch der Fall zu sein scheint, daß unsere Liebe nicht erwidert wird, dann sollten wir aufhören, uns danach zu verzehren, wiedergeliebt zu werden, sondern statt dessen die Liebe in unserem eigenen Herzen abbauen. Mit der Zeit löst sich der Wirrwarr dann auf, und auf beiden Seiten kehrt Ruhe ein.«

Der König sieht Peter Claire konzentriert an. Man könnte meinen, er wolle sich im trüben Licht des niedrigen Raums vergewissern, daß der Lautenist noch immer blaue Augen hat. Nach einer Weile sagt er dann: »Ich glaube, ich bin jetzt ruhig. Ich glaube, ich bin jetzt mit mir selbst im reinen.« Und langsam und sorgfältig flicht er seinen Zopf neu.

Brief Johann Tilsens an seine Tochter Emilia

Meine liebe Emilia,
heute haben wir die Glocken erhalten, die Du Marcus für den Zaum seines Ponys als Geschenk geschickt hast. Obwohl Du Deinem Bruder zweifellos etwas Gutes tun wolltest, muß ich Dir mitteilen, daß wir ihm, wie die Dinge im Augenblick stehen, nichts von dieser Gabe sagen können und dieser hübsche Anhänger vor ihm verborgen bleiben muß. Vielleicht bekommt er ihn zu seinem Geburtstag, doch dann werde ich ihm vorsichtshalber sagen, daß die Glocken ein Geschenk von mir oder Magdalena sind.

Du bist vielleicht etwas erstaunt darüber und findest, daß dies den Ruch der Täuschung in sich trägt. So laß Dir erklären, daß Marcus diesem Haushalt weiterhin viel Mißvergnügen bereitet und uns der Geduldsfaden mit ihm allmählich reißt.

Wenn es Marcus auch unzählige Male erklärt worden ist, daß Du in Kopenhagen bist und nicht nach Jütland zurückkehrst, streunt er weiterhin hartnäckig über die Felder und durch die Wälder unseres Anwesens, angeblich auf der Suche nach Dir. Aber nicht bloß das, er scheint von seiner fruchtlosen Suche so abgelenkt zu sein, daß er dem Leben in diesem Haus betrüblich wenig Aufmerksamkeit schenkt und sich nahezu völlig weigert, sich mit mir, Magdalena und seinen Brüdern zu unterhalten. Er ißt sehr schlecht und hat die besorgniserregende Angewohnheit entwickelt, sein Essen fast sogleich wieder zu erbrechen. Es haben uns schon zwei Dienstmädchen verlassen, weil sie die ekelerregende Aufgabe, unaufhörlich sein Erbrochenes zu beseitigen, nicht länger ertragen konnten.

Daraus ersiehst Du, daß ich klug daran tat, Marcus kein Zeichen von Dir zu geben. Ich habe ihm erzählt, daß Du Dein Leben weit weg von unserem Herd verbringst, in einer anderen Welt, wie ich es nannte.

Ich habe ihm auch gesagt, daß er mich kennenlernen wird, wenn er nicht endlich ordentlich am Familienleben teilnimmt. Wir müssen ihn nachts schon vorsichtshalber mit einem Geschirr ans Kinderbett binden, damit er nicht im Dunkeln herumstreunt und in einem See ertrinkt oder im Wald von einem Wolf zugerichtet wird. Das alles finde ich alles andere als vergnüglich. Ich bin ein Mann, der von seinem jüngsten Sohn fast in den Wahnsinn getrieben wird und versuchen muß, eine vernünftige Lösung zu finden.

Bitte schicke Marcus deshalb nicht noch einmal Geschenke oder gar Briefe oder Zeichen irgendwelcher Art. Ich glaube, daß er seine Suche nach Dir erst aufgeben wird, wenn er davon überzeugt ist, daß Du zu weit weg bist und er Dich daher nicht finden kann.

Ansonsten läuft in Deinem früheren Zuhause in jeder Hinsicht alles gut. Deine großen Brüder Ingmar und Wilhelm werden von Tag zu Tag nettere und hübschere junge Männer, und ich bin sehr stolz auf sie.

Deine liebe Stiefmutter Magdalena ist wieder guter Hoffnung. Ich bete darum, daß dieses Kind gesund zur Welt kommt. Ich bitte Gott um ein Mädchen, damit ich, wenn ich alt bin, diese süße junge Tochter habe, die Deine Stelle einnehmen soll.

Von Deinem Dich liebenden Vater
Johann Tilsen

Kirsten: Aus ihren privaten Papieren

O Herr, Männer ärgern mich schon furchtbar, so daß ich mir wutentbrannt die Haare über sie raufen muß.

Denkt auch nur einer – abgesehen von meinem einmaligen Grafen – an irgend etwas anderes als an seine eigenen selbstsüchtigen Bedürfnisse und Wünsche? Besitzt auch nur einer von ihnen eine winzige Unze reiner und liebevoller Freundlichkeit?

Ich erkläre hiermit, daß ich, wenn ich eine richtige Königin wäre, ein Schloß in strategisch günstiger Lage besetzen und von diesem sicheren Ort aus mit Kanonen auf jeden einzelnen Mann schießen würde, der mir zu nahe käme. Und das ist kein Witz! Ich erkläre hiermit, daß ich alle verachte.

Meine süße Emilia hat mir heute einen Brief von ihrem Vater gezeigt, der das gemeinste Dokument ist, das mir je unter die Augen gekommen ist. Diesem verräterischen und feigen Vater, der so töricht in seine neue Frau verliebt, ja von ihr verhext ist, ist befohlen worden, mit seiner Tochter zu brechen und so zu tun, als gehöre sie nicht mehr zur Familie. Liebend gern würde ich diesem Herrn Tilsen mit eigenen Händen den Hals umdrehen! Oder ihn aus dem obersten Palastfenster schleudern und zusehen, wie sein Herz unten auf dem grausamen Stein aufplatzt! Wie kann er Emilia nur so behandeln? Mein Entschluß steht fest: *Er soll es nicht.*

Als mir die vor Entsetzen und Kummer ganz blasse Emilia den Brief zeigte, drückte ich sie an mich, versuchte sie zu trösten und sagte zu ihr: »Emilia, dieser sündige Vater hat seine Rechnung ohne Kirsten Munk gemacht, und das soll er büßen. Wir gehen heute in die Stadt und kaufen einen weiteren Satz Glocken. Diese schicke ich dann durch den Königlichen Boten mit dem Befehl zu deinem Vaterhaus, sie in dessen Gegenwart deinem Bruder zu geben und diesen darüber zu informieren, daß sie von dir sind.«

Emilia versuchte zu sprechen und brachte schließlich heraus: »Ach nein, Madam, das dürft Ihr nicht!« Doch ich fiel ihr ins Wort und erklärte: »Ich werde noch mehr tun! Von jetzt an schicken wir Marcus jede Woche ein Geschenk! Wir schicken ihm Spielzeug, Reifen und lehrreiche Bücher. Wir schicken ihm Kätzchen und Vögel und zahme Schlangen. Wir schicken ihm Hüte und Spangen und Holzschuhe. Kein Samstag soll vergehen, an dem er nicht ein Geschenk oder ein paar liebe, tröstende Worte aus deiner Feder erhält.«

Emilia blickte zu mir auf, als sei ich ein Wunder, wie sie es noch nie zuvor auf Erden gesehen hatte. Sie wußte nicht, was sie sagen sollte, und so fuhr ich fort, da mein Kopf randvoll mit Plänen war, ihren Vater zu bestrafen und ihm zu zeigen, daß kein Vater seine Tochter ungestraft so aus dem Haus treiben kann.

»Ich habe noch eine Idee«, sagte ich. »Meine Mutter Ellen Marsvin ist eine Nachbarin deines Vaters. Sie war es auch, die dich gefunden und als meine Frau in meine Dienste gestellt hat, das weißt du ja. Nun denn, ich werde von meiner Mutter verlangen, in dieser Angelegenheit mein und dein Spion zu sein. Sie soll dem Haus deines Vaters ein paar Besuche abstatten und uns dann berichten, wie die Dinge stehen und in welchem Zustand sich Marcus befindet. Sollte sie dabei herausfinden, daß es um ihn sehr schlecht bestellt ist, dann erteilen wir einfach den Befehl, ihn nach Rosenborg zu bringen, und dann ziehen wir ihn hier zusammen mit meinen eigenen Kindern auf. Dann siehst du ihn jeden Tag, und er bekommt die Gewißheit, daß du in dieser Welt und keiner anderen bist!«

Ich kochte dermaßen vor Wut auf diesen degenerierten und widerwärtigen Johann Tilsen, daß ich merkte, wie ich ohnmächtig wurde und auf mein Bett sinken mußte, wo Emilia mich mit einem Pfirsichlikör wiederzubeleben versuchte. Wir weinten zusammen und klagten bitterlich über die Macht der Männer, und dann gingen wir zu der anderen Sache über, die mir jetzt Sorgen bereitet, und zwar die Rückkehr des Königs.

Ich bin voller böser Vorahnungen.

Ich bin so zartbesaitet, daß es mein Verstand zuwege bringt, das, was ihm am meisten Entsetzen einflößt, zu verdrängen – als sei es unter Schnee vergraben. So hatte ich jeden Gedanken daran erstickt, was nach der Rückkunft des Königs nach Kopenhagen aus mir und meinem Taumel mit Otto werden sollte. Es war, als hätte ich beschlossen, daß er nie zurückkehren würde, sondern für immer im Numedal bleiben und dort, wenn seine Zeit kam, sterben und so nie wieder in meiner Nähe sein, mich nie wieder berühren und nie wieder meinen Namen sagen würde.

Ich hatte mich jedoch geirrt. Er wird wieder zu Hause sein, bevor noch richtig Sommer ist. Und es ist nicht nur die Furcht vor Ottos Abwesenheit, die mich quält. Es gibt da noch etwas Ernsteres. Die Zeit meiner Menses ist gekommen und wieder vorbeigegangen, ohne daß es ein Anzeichen davon gab. Ich fürchte, ich trage Ottos Kind unter dem Herzen. Und wenn das so ist, wie soll ich das dann mit dem König hinbekommen, den ich viele Wochen und Monate nicht in mein Bett gelassen habe? Wenn die Linden ausschlagen, werde ich dick sein. Und so erfährt es der König doch noch, daß ich einen Geliebten habe. Und ich werde hinausgeworfen. Oder, schlimmer noch, ich nehme ein schreckliches Ende. Die Adligen werden ohne Ausnahme die Stimme gegen mich erheben, und es wird die Petition ergehen, mich zum Tode zu verurteilen.

All dies, beschließe ich, gestehe ich nun Emilia.

Ich wollte eigentlich nicht, daß sie das von Otto erfährt, weil ich befürchtete, sie könne sich dann gegen mich wenden und mich hassen wie alle anderen in dieser Stadt. Doch ich mußte meine

Ängste jemandem eingestehen. Und ich kam zu der Überzeugung, daß sie sich in ihrer großen Freundlichkeit und Loyalität bemühen würde, mich nicht zu verdammen, sondern mir vielmehr bei meinen Problemen zur Seite stehen und versuchen würde, mich zu trösten.

Ich vergoß viele Tränen. »Emilia«, sagte ich, »verhärte dein Herz nicht gegen mich, ich bitte dich! Alle Sterblichen sind schwach, wenn es um die große Sache Liebe geht, und ich bin dem König immer eine treue Frau gewesen und bis jetzt nie vom Pfad der Tugend abgewichen. Doch meine Leidenschaft für Otto und seine für mich sind von einer Art, daß wir sie keinesfalls unterdrücken können, und sieh doch, wie grausam ich nun dafür bestraft werde!«

Emilia sah sehr blaß aus. Gleich nach dem Brief ihres Vaters nun die zweite Schreckensnachricht! Ihre Fahlheit brachte mich auf den Gedanken, die beiden Angelegenheiten zu verknüpfen und Emilia auf diese Art und Weise (ganz raffiniert!) an mich zu binden, so daß wir beide gezwungen sind, einander zu helfen und zu unterstützen.

Ich trocknete mir die Tränen. »Ich will für Marcus alles in meiner Macht Stehende tun«, sagte ich. »Das schwöre ich bei meinem elenden Leben. Doch du mußt mir auch versprechen, *mir* zu helfen, Emilia, denn ich habe hier sonst niemanden. Du bist meine Frau und ich bin deine einzige Zuflucht, jetzt, da du von deiner Familie getrennt bist. Sag, daß du mich nicht verdammen wirst, und dann werden wir zusammen einen Weg aus diesem Irrgarten trauriger Dinge finden.«

Sie setzte sich auf einen Hocker. »Madam«, sagte sie dann nach einem kleinen Augenblick des Schweigens, in dem sie ihre Stirn sorgenvoll in Falten legte, »ganz gleich, was Euch widerfährt: Ich stehe Euch zu Diensten.«

»Sprichst du die Wahrheit, Emilia?« fragte ich. »Schwör, daß du die Wahrheit sprichst!«

»Ich spreche die Wahrheit«, sagte sie. »Beim Leben meiner Mutter.«

Wachen ihrer Schatzkammern

Der Strickerlaß ist nur noch eine blasse Erinnerung. Die goldenen Zöpfe sind verschwunden. Die Königinwitwe Sofie, Christians Mutter, hat sich auf Schloß Kronborg in Elsinore am Kattegat-Sund vergraben, wo sie nur den Kopf heben und übers Wasser schauen muß, um sich Dänemarks altem Feind Schweden gegenüberzusehen, der ihren Blick grau und unnachgiebig zu erwidern scheint. Sie weiß, daß es wieder Krieg geben wird.

Doch was kann sie auf ihre alten Tage noch gegen einen Krieg unternehmen? Was kann sie in der Welt überhaupt noch bewegen? Seit Jahren schon sammelt sie ihre Antwort darauf. Diese liegt in eisernen Gewölben tief unter der Erde, und jeden Morgen macht sich die Königinwitwe Sofie mit einem schweren Schlüssel auf den Weg hinunter, hinab in die Dunkelheit, und öffnet die Tür ihrer Schatzkammer.

Gold hat keinen Geruch, so daß die es umgebende Luft nichts davon preisgibt. Es nutzt sich mit der Zeit nicht ab und verdirbt auch nicht. Und dennoch hat es sich im Laufe all der Monate und Jahre verändert, und zwar auf eine so befriedigende Weise, daß sich die Königin immer wieder wundert, wenn sie darüber nachdenkt: *Es steigt im Wert.*

Es lagert in Fässern (die Münzen) und Stapeln von jeweils sechs übereinandergelegten Barren (die kompakteste Form, die man durch Einschmelzen herstellen kann). Königin Sofie hat jede Erinnerung daran verloren, was es einst darstellte – an Einkommen, Steuern und Gebühren, Geschenken und Bestechungen, an Bußen und Beschlagnahmungen. Diese Einzelheiten interessieren sie nicht mehr. Sie weiß nur, daß eine Frau in ihrer Lage, der die Macht langsam entwichen ist, ihr Vertrauen auf Wohlstand und nichts anderes setzen muß.

Sie besucht die Gewölbe mit dem Gold immer allein. Keiner ihrer Bediensteten darf auch nur in deren Nähe kommen, und sie wissen auch nicht, wo sie den Schlüssel dafür verwahrt. Wenn die Königinwitwe Sofie in den Gewölben ist, verriegelt sie die Tür und ist von allem anderen auf der Welt abgeschnitten.

Sonst ist sie keine gierige Frau. Im Gegenteil. Sie ernährt sich hauptsächlich von Flundern aus dem Sund. In ihrem Keller liegen zwar ein paar gute französische Weine, doch sie trinkt sie maßvoll, da sie gesehen hat, welche Strafen der Körper für Völlerei und übermäßiges Trinken erleiden kann. Sie erinnert sich nur zu gut der abstoßenden Beschwerden König Frederiks, der sein Verdauungssystem mit Alkohol und Wild ruiniert hatte und im Sterben seinen eigenen Kot erbrach. Sie weiß auch, daß ihr Sohn, König Christian, ebenso empfindliche Eingeweide hat und genauso verrückt auf schweres Fleisch und starken Wein ist. So betet sie bei ihren einsamen Mahlzeiten, er möge nicht vor ihr sterben und sie der Gnade eines energielosen Enkels überlassen, den sie nicht liebt.

In letzter Zeit sind Königin Sofies Gebete eindringlicher geworden. Sie hat bei Christian Veränderungen bemerkt, die während seiner verheerenden Kriege aufgetreten und nicht wieder verschwunden sind. Etwas in seinem Leben gerät aus der Bahn. Seine Gesichtszüge – die noch nie so rein und scharf wie sein Verstand waren – gleichen nun einem zusammengefallenen Kuchen, in den Elend eingerührt worden ist. Dieses Elend quillt ihm aus den Augen und fließt ihm die Furchen seiner Wangen hinunter.

Die Adligen und ihre Frauen, die wenigen, deren Einladung auf Schloß Kronborg man Königin Sofie zumuten kann, machen oft Bemerkungen über das unerträgliche Benehmen Kirsten Munks und die unglaubliche Nachsicht des Königs seiner Frau gegenüber, die ihre Bediensteten anschreit, auf ihre eigenen Kinder eifersüchtig ist, in der Öffentlichkeit betrunken hinfällt und keinerlei Scham zeigt. Königin Sofie schüttelt dann den Kopf. »Ja«, stimmt sie zu, »Kirsten benimmt sich nicht gut. Es ist, als versuche sie auf immer wieder neue Art – und jede davon unfein – zu begreifen, warum sie lebt.«

Doch in ihrem Innern weiß sie, daß ihr Sohn dieser wilden Kirsten sein Herz so fest geschenkt hat, als habe diese es herausgeschnitten und verzehrt, und daß er sie nie verstoßen wird, wie sehr sie auch seine Geduld strapaziert.

Die Königinwitwe Sofie seufzt, als sie an Kirstens Launenhaftigkeit und die Traurigkeit und Sehnsucht in den Augen ihres Sohnes denkt, wenn er die Hand nach ihr ausstreckt, um sie auf den

Schoß zu nehmen: »Komm zu mir, mein süßes Mäuschen! Komm!« Sie seufzt, weil ihr klar ist, daß es nichts gibt, was sie oder sonst jemand tun kann, um an diesem Stand der Dinge etwas zu ändern. Wenn eine Frau eines Mannes überdrüssig ist, dann ist sie seiner überdrüssig und wendet sich von ihm ab und anderen Dingen zu, und damit basta.

Auch sie hatte sich, als sie allmählich der Schlemmerei König Frederiks und seines dummen Kopfnickens, wenn er sich mit Wein hatte vollaufen lassen, überdrüssig wurde, von ihm abgewandt und ihn nie wieder mit mehr als einem winzigen Teil ihres Ichs geliebt. Und wo suchte sie Trost? Sie nahm sich keine Liebhaber. Sie gab sich nicht Gott hin. Sie begann Gold zu horten.

Ellen Marsvin, Kirsten Munks Mutter, lebt jetzt auch allein, und zwar auf Schloß Boller in Jütland. Johann Tilsens Obstfelder grenzen an ihre Ländereien.

Wie Königin Sofie war Ellen in ihrer Jugend eine schöne Frau. Jetzt ist in den einst vor kokettem Feuer strahlenden Augen nur noch Intelligenz und Schlauheit sichtbar. Sie weiß, wie sehr alternde Frauen in einer Welt, in der sich alles um Jugend und Macht dreht, vernachlässigt und verachtet werden. Ihrer Meinung nach müssen Witwen agil und gewitzt sein, wenn sie überleben wollen. In Gedanken ist sie ständig mit Komplotten und Strategien beschäftigt.

Ihre Schatzkammer ist die Küche. Im Sommer weckt sie den großen Obstvorrat ein, den sie von Johann Tilsen kauft: Blaubeeren, Wacholderbeeren, Erdbeeren, Brombeeren, rote und schwarze Johannisbeeren, Himbeeren, Stachelbeeren und Schlehenfrüchte. Im Winter macht sie Marmelade daraus. Wenn sie dann mit den Zuckersäcken und brodelnden Kesseln hantiert, schießen ihr neue Ideen für ihr Überleben durch den Kopf (um den sie ein Leinentuch gewickelt hat, damit ihr der Dampf nicht die Frisur verdirbt). »Sei wachsam!« lautet ihr Motto für sich selbst. Und danach richtet sie sich.

Sie kennt die Wahrheit über ihre Tochter: Kirsten ist des Königs überdrüssig und in den Grafen Otto Ludwig von Salm verliebt. Und dieser Stand der Dinge ist gefährlich. In ihrem Verlangen, ihren Mann loszuwerden, kann sich Kirsten ernsthaft in Gefahr bringen –

sich und ihre Familie, das Boller-Anwesen, ihren Schmuck und ihre Möbel: einfach alles. Es kann samt und sonders verlorengehen, sogar die Marmelade.

Ellen Marsvin ist seit ihrer ersten Ehe mit Ludwig Munk steil aufgestiegen, und sie hat nicht vor, in ein mittelmäßiges Leben zurückzufallen. So versucht sie schon auszuloten, wie sie sich – wenn es zu einer Trennung zwischen Kirsten und dem König kommen sollte – trotzdem für Christian unentbehrlich machen könnte. Sie hat nur einen Schlüssel für ihre Pläne: Voraussicht. Sie weiß, daß sie beim Festlegen ihrer Strategien immer danach streben muß, nicht nur das klar zu sehen, was ist, sondern auch das, *was sein wird*.

Und so antwortet Ellen ihrer Tochter auf einen langen Brief, in dem sie diese um einen Gefallen bittet – einen Besuch bei den Tilsens, um herauszufinden, wie das jüngste Kind behandelt wird –, mit den folgenden Zeilen:

Meine liebe Kirsten,
Was! Soll ich etwa für Dich und Emilia bei den Tilsens spionieren?
Meine Liebe, es überrascht mich sehr, daß Du mich um so etwas bittest! Doch Du hast Dich sicher daran erinnert, daß Spione nicht billig sind, und so werde ich mich, wenn ich den von Dir gewünschten Besuch mache, frei fühlen, dafür um eine ordentliche Entschädigung zu bitten. Die Aufgaben eines Spions sind äußerst unangenehm und gefährlich, und ich hoffe, Du wirst mir das, was ich dafür verlangen werde, nicht abschlagen.

Dann schickt sie, ohne Näheres zu offenbaren, ein paar Zeilen an die Tilsens und lädt sich zum Mittagessen ein. Sie schreibt Johann, sie wolle ihre Bestellung für die nächsten Sommerfrüchte vorbeibringen. Und so reitet sie an einem Frühlingsmorgen mit einem winzigen silbernen Topf Blaubeermarmelade für Marcus hinüber.

Von Marcus weit und breit keine Spur.
Die anderen Knaben sehen gut aus und scheinen bester Laune zu sein. Magdalena Tilsen ist hochschwanger, Johann herzlich. Zum Mittagessen gibt es Wildpastete.

Als Ellen erzählt, wie sehr ihre Tochter Emilia mag, nicken alle zustimmend, und Magdalena sagt: »Eigentlich wollte Johann, daß Emilia nur für ein Jahr von ihrer Familie getrennt ist. Doch da die Gemahlin des Königs nun offenbar so sehr an ihr hängt, söhnt uns das mit dem Gedanken aus, sie für länger zu verlieren.«

»Ja«, fügt Johann hinzu, »wir vermissen sie natürlich. Doch die Ehre, die es uns bringt, daß sie im Dienst Eurer Tochter steht, wiegt stärker als alle anderen Überlegungen.«

Nach dem Essen geht Ellen mit Johann in ein anderes Zimmer, um über die Obstmengen zu sprechen, die im Laufe des Sommers zum Schloß Boller gebracht werden sollen. Beim Anfertigen der Listen holt sie nun schließlich ihren silbernen Marmeladetopf hervor und legt ihn zwischen sich und Johann Tilsen auf den Tisch.

»Ach!« sagt sie. »Den hätte ich fast vergessen! Es ist ein kleines Geschenk für Marcus, da er aber nicht mit am Tisch saß, ist es mir entfallen. Er ist doch nicht etwa krank?«

Johann hebt den Blick nicht von der Aufstellung.

»Er hat schlechte Tischmanieren, Fru Marsvin. Wir versuchen sie zu verbessern, leider jedoch ohne Erfolg. Deshalb ißt Marcus in seinem Zimmer, wenn wir Besuch haben.«

»Oh«, sagt Ellen und nimmt den kleinen Topf wieder an sich. »Ich bin ja so froh, daß er nicht kränkelt. Denn dann kann ich ihn ja noch sehen, bevor ich gehe, um ihm das hier zu geben.«

Nun sieht sie Johann Tilsen an. »Gebt mir den Topf! Ich werde sicherstellen, daß er ihn bekommt und erfährt, daß er von Euch ist.«

»Aber nein! Ihr werdet mir doch wohl nicht einen Besuch bei Marcus abschlagen? Wo ich eine solche Schwäche für kleine Kinder und ihre netten Eigenheiten habe!«

»Marcus' Eigenheiten sind nicht nett.«

»Wirklich? Ich erinnere mich noch gut daran, wie er mit Emilia so glücklich auf seinem Pony ...«

»Emilia hat ihn verwöhnt. Und wir müssen es jetzt ausbaden.«

»Nun, kümmern wir uns nicht um seine Eigenheiten, Herr Tilsen. Ich würde ihn sehr gern sehen.«

»Es tut mir leid«, antwortet Johann. »Das geht nicht. Er hat Fieber und schläft.«

»Fieber? Sagtet Ihr nicht gerade, er sei nicht krank?«

»Leichtes Fieber. Es wird vorübergehen, doch er braucht Ruhe und darf nicht gestört werden. Er bekommt Eure Marmelade, sobald er wieder gesund ist.«

Also schreibt Ellen an Kirsten:

... obwohl ich darauf zu bestehen versuchte, erlaubte mir Johann Tilsen unter keinen Umständen, einen Blick auf Marcus zu werfen. Auch später, als ich wieder ging, war im Haus und Garten nichts von ihm zu sehen. Ich wittere ein Geheimnis. Ist das Kind nun krank oder nicht? Leider konnte ich dies bei meinem Besuch nicht feststellen. Da ich aber schnell erkannt hatte, daß ich die Tilsens noch einmal aufsuchen muß, um für Dich und Emilia aufzudecken, was verborgen gehalten wird, gab ich, vertieft ins Aufstellen der Obstlisten, plötzlich vor, alles völlig durcheinandergebracht zu haben und zuviel von der einen und zuwenig von einer anderen Beere bestellt zu haben und so weiter. Ich schnappte mir die Aufstellungen wieder, indem ich eine plötzliche Verwirrung meines alternden Verstands heuchelte und mich für meine schreckliche Vergeßlichkeit verdammte...

Im zweiten Teil dieses zweiten Briefs ging Ellen Marsvin näher auf die Entschädigung ein, von der sie im ersten gesprochen hatte.

Sie schrieb ihrer Tocher, daß es unmöglich geworden sei, in Jütland eine fleißige Frau für die Garderobe zu finden, weshalb sie Kirsten bitte, ihr – bis sie einen Ersatz habe – Vibeke, ihre Frau für den Körper, zu leihen.

Sie unterschrieb mit *Deine zärtliche Mutter und Spionin Ellen Marsvin*.

Obwohl sie müde war, konnte sie in der Nacht nicht schlafen. Ihre Gedanken kreisten ständig um ihre heimlichen Pläne.

Aus Gräfin O'Fingals Tagebuch, La Dolorosa

In meinen Gebeten fragte ich Gott: »Wie viele Fortsetzungen sind nötig, bevor Johnnie O'Fingal wieder ins Paradies darf?«

Als der Sommer ins Land ging, wußte Peter Claire nicht mehr, wie viele er schon komponiert hatte. Er erzählte mir, es komme jedesmal unweigerlich der Augenblick, in dem Johnnie sage: »Wir sind nah dran, Mr. Claire. Oh, ich glaube, wir sind nah dran!«

Doch dann, wenn die neunundsiebzigste oder zweiundachtzigste oder hundertundzwanzigste Fortsetzung wiederholt und überarbeitet wurde, legte sich erneut der Schleier der Enttäuschung über die Augen meines Mannes. Er hielt sich die Ohren zu und erklärte, die richtige Musik sei für immer verloren.

Ich dachte, er würde der Sache überdrüssig werden und Peter Claire nach kurzer Zeit wieder wegschicken. Doch das tat er nicht. Er erzählte mir, daß ihm die Arbeit mit dem Lautenisten Hoffnung gegeben habe, »gerade soviel, weißt du, Francesca, daß ich glaube, daß die Suche nicht aussichtslos ist«.

Seine Gesundheit verbesserte sich ein wenig. Die Schuppenflechte in seinem Gesicht heilte ab. Er blieb nachts weiterhin in seinem Zimmer und besuchte mich nie, doch bisweilen war er freundlich, so daß ich ihn überreden konnte, die dringendsten Reparaturen an den Gebäuden des Anwesens in die Wege zu leiten. Die Leute von Cloyne erstaunten mich mit ihrer freundlichen Bereitschaft, ihm zu verzeihen. »Oh, gewiß, er ist sehr krank gewesen, der arme Mann!« sagten sie zu mir. »Doch, so Gott will, wird nun alles besser...«

Eines Tages im Hochsommer verkündete mir Johnnie, er wolle nach Dublin fahren, um seinen Pfeifenmacher aufzusuchen. Er bleibe eine Woche. Seine Pfeifen hatten ihm in seinen qualvollen Stunden ein wenig Trost gespendet, doch mittlerweile hatte er die Hälse zu Brei gesaugt und gebissen. Er wollte nun einen Auftrag für zwölf neue erteilen. Ich machte mir Sorgen, Johnnie – dem die Stadt und jegliche größere Ansammlung von Menschen fremd geworden waren – könne sich in Dublin verlaufen oder verlorengehen, und bot ihm daher an, ihn zu begleiten. Er sagte aber, er würde lieber allein fahren. Er quartiere sich in einer ihm wohlbekannten Herberge ein. Er wolle sehen, welche Konzerte es in den großen Kirchen der Stadt gebe, und Austern essen.

Und so ließ ich ihn gehen. Als ihn der Wagen forttrug, hatte ich das Gefühl, daß mir eine schwere Last von den Schultern genommen wurde.

Noch am selben Nachmittag kam eine Gruppe Zigeuner lärmend unsere Einfahrt hoch. Die Kinder rannten ihnen entgegen, um zu sehen, was sie an Wunderbarem und Phantastischem mitgebracht hatten. Giulietta bekam einen aus Weidenzweigen geflochtenen Reifen gezeigt, der so sauber gearbeitet war, daß man nicht erkennen konnte, wo er zusammengefügt war. Maria griff nach einem kleinen Wassertopf, der nicht größer als ihre Hand war. Vincenzo und Luca legten sich merkwürdige, bemalte Masken an und rannten damit Zeter und Mordio schreiend im Garten herum, was bei der Zigeunergruppe große Heiterkeit auslöste.

Ich trieb Geld für diese Sachen auf und ließ den Landfahrern Bier und Kuchen bringen. Dann saß ich mit ihnen im Gras, und sie holten aus ihrem Wagen die Sachen hervor, auf die sie am meisten stolz waren und die sie bis zum Schluß aufgehoben hatten: ihre Tabletts mit Silberschmuck.

Da gab es Broschen, Kreuze, Halsketten, Armbänder und Ringe. All diese Dinge waren von dem Mann gefertigt, der sich Simeon nannte und das Schmiedehandwerk erlernt hatte. Ich betrachtete seine großen Hände, die sehr rauh waren und einige Brandflecken auf den Innenflächen hatten, und wunderte mich, daß sie so Zartes anfertigen konnten.

Ich sagte zu den Zigeunern, daß ich leider kein Geld für das Silber hätte. Ich erklärte ihnen, daß es seit ihrem letzten Besuch auf Cloyne Probleme gegeben habe und ich daher etwas niedergeschlagen sei. Sie blickten mich mit ihren schwarzen Augen an. »Probleme und Niedergeschlagenheit!« sagte Simeon. »Diesen sind wir ständig ausgesetzt, Gräfin O'Fingal. Trotzdem sind wir hier. Beharrlichkeit liegt dem Menschen im Knochen. Unser Schicksal ist es, weiterzumachen.«

Ich schwieg, und sie begannen ihre Waren wieder einzupacken. Ihre Gesellschaft hatte mir Freude gemacht. Als sie dann gingen, drückte mir Simeon einen winzigen Gegenstand in die Hand. »Nehmt dies, Gräfin«, sagte er. »Es wird Euch Glück bringen, bis wir wieder hier vorbeikommen.«

Ich öffnete meine Hand. In ihr lag ein Ohrring aus Silber mit einem einzigen Juwel, der so klein wie ein Sandkorn war.

An diesem Abend speiste ich wieder mit Peter Claire. Unser einziger Begleiter war die süße Sommernacht, die durchs Fenster kroch und den Raum mit ihrem Duft erfüllte.

In dieser Mittsommerdunkelheit, die keine richtige Dunkelheit, sondern nur ein leuchtendes Blau über den Wäldern und Feldern war, hatte ich das Gefühl zu schweben – wie ein Schwimmer über mir selbst zu schweben und mit Mitleid und Verachtung auf das große Gewicht des Anstands und der guten Vorsätze zu blicken, die mich auf der Erde festhielten. Ich warf den Kopf zurück und lachte über meine alten Bürden.

»Warum lacht Ihr?« fragte Peter Claire.

»Ich lache«, sagte ich, »weil ich beschlossen habe, frei zu sein.«

Und so nahm ich Peter Claire mit in mein Bett. Wir liebten uns schweigend, um nicht die Kinder zu wecken, und danach blickte ich dem jungen Lautenisten tief in die kornblumenblauen Augen und wußte, daß mein Leben nach dieser Nacht nie wieder wie früher sein würde.

Das Konzert zu Ehren des Botschafters

Ende Juni kehrt König Christian nach Kopenhagen zurück.

Seine Versuche, während der ihm im Numedal verbliebenen Zeit (bis das erste Silbererz abgebaut ist und die königliche Gesellschaft fröhlich mit den Dorfbewohnern des *Isfoss* unter den Sternen gezecht hat) Kirsten Munk in jenen Teil seines Herzens zu verbannen, der allem auf der Welt gleichgültig gegenübersteht, sind gescheitert, weil sie sich aus ihrer Gefangenschaft immer wieder befreit und zu dem Platz zurückkehrt, den sie fünfzehn Jahre lang eingenommen hat – im Zentrum der Sehnsucht des Königs. Und selbst das (paßt es doch so perfekt zu Kirstens sprunghafter Natur) amüsiert und fasziniert ihn. Die Kirsten, die er liebt, ist eine Frau, die sich allen Versuchen, sie einzusperren, widersetzt. Der König gesteht Peter Claire: »Euer Rat war gut, doch es ist so, als *wüßte* Kirsten, daß ich mich von meiner Liebe zu ihr heilen möchte, und läßt es einfach nicht zu!«

Es ist Nacht, als die königliche Gesellschaft auf Rosenborg eintrifft. Zu Christians Überraschung kommt Kirsten in sein Schlafzimmer, bläst alle Kerzen aus und legt sich neben ihn. Als er sie in den Armen hält und streichelt, spürt er wohl, daß sie während seiner Abwesenheit dicker geworden ist, doch es ist ihm nicht unangenehm, und ihre Haut ist so weich, wie er sie in Erinnerung hat. Während er sie liebt, flüstert er ihr zu, er wolle, sobald die ersten Fässer des Erzes aus der Mine einträfen, eine Statue seiner geliebten Maus aus purem Silber in Auftrag geben.

»Oh!« erwidert sie. »Diese scheucht dann hoffentlich alle intrigierenden Katzen aus dem Palast!« Und sie lacht ihr wildes, glucksendes Lachen.

Peter Claire ist froh, zurück in Kopenhagen zu sein. Fast glücklich belegt er wieder sein Zimmer über den Ställen. Ihm wird klar, wie tief in seinem Bewußtsein sich der Gedanke eingenistet hatte, er werde vom *Isfoss* nicht zurückkehren. Er blickt auf seine Hände und sein Gesicht im Spiegel. Er lebt! Vorahnungen können falsch sein!

Er findet einen Brief vor, in dem ihm mitgeteilt wird, daß seine Schwester Charlotte im September Mr. George Middleton heiraten wird, und er gebeten wird, zur Hochzeit nach England zu kommen. Diese Neuigkeit hebt seine Stimmung noch mehr, weil er daraus ersieht, daß im Haushalt in Harwich, der ihm so sehr am Herzen liegt, alles in Ordnung ist und seine Schwester, die nicht gerade als hübsch gilt, einen reichen und netten Mann gefunden hat.

Er schreibt ihr sofort: *Meine liebe Charlotte, Mr. Middleton ist der glücklichste Mann Englands!* Aus einem Impuls heraus schickt er ihr ein Geschenk, und zwar den silbernen Ohrring, den er am Tag seiner Abreise von Cloyne von der Gräfin O'Fingal erhalten und seitdem immer getragen hat. Als er den kleinen, juwelenbesetzten Ring aus dem Ohr genommen und für Charlotte gereinigt, poliert und eingewickelt hat, ist ihm ganz leicht ums Herz.

Christian läßt die Musiker kommen und sagt ihnen, sie sollen anfangen, für ein Konzert zu üben, das er im Rosengarten für den englischen Botschafter, Seine Exzellenz Sir Mark Langton Smythe, geben möchte, da dieser am Monatsende Rosenborg einen Besuch abstatten wolle.

Auf der Suche nach englischer Musik (Weisen von Dowland, Lieder und Pavanen von Byrd und Tallis) eilt Jens Ingemann geschäftig hin und her und versammelt dann das Orchester auf einem Feld, wo – so ist es verfügt – »alle Proben stattfinden sollen, damit wir unsere Klänge der Weite des Raums und des Himmels anpassen können«.

Auf dem Feld weidet eine Schafherde.

»Jetzt Schafe!« schnaubt Pasquier. »Als ob Hühner nicht schon schlimm genug gewesen wären! Ganz gleich, wo wir hingehen: Wir werden von Viehzeug geplagt!«

»Sie kommen nicht in unsere Nähe und schenken uns keine Beachtung!« erklärt Jens Ingemann nervös. Doch das erweist sich als nicht ganz richtig, weil die Schafe in dem Augenblick, in dem das Orchester zu spielen beginnt, die Köpfe heben und zuhören und lange Zeit zu weiden vergessen.

Trotzdem spielen sie gut. Und wieder einmal nimmt Peter Claire die süße Klangvielfalt wahr, die diese Gruppe von Männern hervorbringt. Damit verglichen erscheinen ihm seine Duette mit Krenze im Numedal dünn und trocken. Er möchte schwören, daß kein anderes Orchester in Europa Harmonien wie diese hervorbringt, die der Vollkommenheit so gefährlich nahe kommen.

Als Peter Claire eines Nachmittags, als sich der Abend noch nicht durch eine merkliche Verringerung der Sonneneinstrahlung angekündigt hat, vom Feld zurückkommt, sieht er im Garten eine junge, blumenpflückende Frau. Als sich ihr die Musiker nähern, hebt sie den Kopf und lächelt sie an. Jens Ingemann und die anderen Spieler verbeugen sich vor ihr, was sie mit einem Nicken quittiert, und gehen weiter. Peter Claire jedoch bleibt stehen.

Er blickt auf eine Sonnenuhr, als wolle er vom Schatten des Messingzeigers die Zeit ablesen, doch in Wirklichkeit möchte er mit dieser Frau, die er noch nie zuvor auf Rosenborg gesehen hat, ein paar Worte wechseln. Sie trägt ein graues Seidenkleid und hat braune, weder dunkle noch helle Haare. Er sieht, daß ihre Hände so klein sind, daß es ihr Mühe bereitet, die vielen gepflückten Blumen zu halten. »Soll ich ... darf ich ... Euch helfen?« stammelt er.

»Oh!« antwortet sie. Sie sieht zu Peter Claire auf und stutzt, als

nehme sie die eindrucksvolle Schönheit seines Gesichts wahr.
»Nein, das ist nicht nötig!«

Er geht jedoch zu ihr hin, legt die Laute auf den Boden und streckt die Arme aus, damit sie ihm die Blumen geben und weiterpflücken kann. So wandern die Blumen von ihren Armen in seine, und er spürt in den Stengeln, wo sie ihre Hände gehalten haben, ihre Wärme.

Er sieht, daß er sie etwas verwirrt hat, denn sie errötet. Um sie zu beruhigen, erzählt er ihr von der Konzertprobe auf dem Feld und von den Schafen, die zu weiden aufhörten, um zu lauschen.

»Nun«, meint sie, »man hat mir erzählt, daß das Königliche Orchester sehr schön spielt. Vielleicht haben die Schafe noch nie etwas so Ausgezeichnetes gehört?«

Daß sie trotz ihrer Verwirrung den Mut hat, einen kleinen Scherz zu machen, bewegt ihn mehr, als er sagen kann. Er lacht und fragt sie dann, ob sie das Konzert zu Ehren des Botschafters besuchen werde.

»Ich weiß nicht«, erwidert sie. »Madam ist nicht immer geneigt, an öffentlichen Veranstaltungen teilzunehmen.«

»Madam?«

»Lady Kirsten!«

»Ach«, meint Peter Claire, »dann arbeite ich für den König und Ihr arbeitet für seine Gemahlin! Also sehen wir uns vielleicht öfters?«

Sie zögert und arrangiert die Blumen neu. »Ich weiß nicht«, meint sie.

Er würde gern den Arm ausstrecken und sie berühren, einfach ihre Wange berühren oder ihre kleine Hand umschließen. Er hat das Gefühl, daß er jetzt vielleicht gehen sollte, bringt es aber nicht fertig. Er hat in ihr eine so feine Seele und ein so weiches Herz wahrgenommen, wie er es noch nie angetroffen zu haben meint. Es fehlt nicht viel, und er hätte ihr hier und sofort gesagt, daß er sie liebt. Er gebietet sich jedoch Einhalt, weil er gerade noch rechtzeitig erkennt, wie dumm und töricht er wirken würde.

So wartet er, unfähig, den Platz an ihrer Seite zu verlassen. Zu seiner Freude hebt sie den Kopf und sieht ihn an, und in diesem Augenblick, in dem Peter Claire gewahr wird, daß die Schatten des Tages unbemerkt länger geworden sind, seit er bei ihr ist, verbindet sie ein gegenseitiges Verstehen, das keiner von beiden in Worte fassen könnte.

»Wie heißt Ihr?« flüstert er.

»Emilia«, sagt sie. »Emilia Tilsen.«

Sir Mark Langton Smythe kommt, wie es der Brauch ist, mit vielen Geschenken für Seine Majestät König Christian IV. von Dänemark von dessen Neffen, Seiner Majestät König Charles I. von England. Diese werden in den großen Saal gebracht und dort dem König überreicht, der mit Kirsten an seiner Seite auf seinem silbernen Thron sitzt.

Zu den Geschenken gehören ein schöner Frisiertisch aus Eiche, ein Schrank aus Ahorn- und Walnußholz, eine Gobelin-Fußbank, eine exquisite Garnitur Trinkbecher aus Zinn, ein Schiffsmodell aus Elfenbein, eine Standuhr und ein Ledersattel. Das letzte Geschenk jedoch spaziert von allein herein und fällt vor dem König auf die Knie. Es sind zwei Negerknaben. Dieses Geschenk trägt zwei juwelenbesetzte Turbane und zwei Anzüge aus buntem Samt, und als Kirsten es sieht, ruft sie voller Überraschung und Freude aus: »Ah! Sklaven! Wie wunderbar!«

Langton Smythe erzählt ihr, daß sie Samuel und Emmanuel heißen und vom Besitzer einer Baumwollplantage auf der Insel Tortuga nach England gebracht worden sind.

»Sie haben eine besondere Fähigkeit, Madam«, sagt er, »und zwar große Gewichte – beispielsweise Baumwollsäcke – auf ihren Köpfen zu tragen.«

Kirsten klatscht in die Hände und meint zum König gewandt: »Ich hätte es gern, daß sie mich bedienen und die Platten oben auf ihren Turbanen tragen. Das würde das Abendessen doch soviel amüsanter machen! Kann ich sie dafür haben?«

Der König lächelt. Seit seiner Rückkehr ist Kirsten viermal in sein Bett gekommen. Die Feuer seiner Anbetung sind angeheizt und gefüttert worden und brennen jetzt mit einer eifersüchtig gelben Flamme. »Alles, was du willst, Maus!« antwortet er.

»Oh, wie glücklich mich das macht! Können die Sklaven sprechen, Sir Mark?«

»Aber ja, Madam, natürlich! Ihre eigene Sprache ist etwas merkwürdig – eine singende Mundart. Sie haben jedoch am Hof

Seiner Majestät König Charles ein paar Brocken Englisch gelernt, und ich bin sicher, daß Ihr ihnen auch Dänisch beibringen könnt.«

»Ich habe eine ausgezeichnete Idee! Wir erlauben ihnen, mit meinen jüngsten Kindern zu spielen, die nie still sind, sondern den lieben langen Tag babbeln. So lernen Samuel und Emmanuel im Kinderzimmer Dänisch und können sich dann auch mit mir unterhalten.«

Vor dem Konzert für den Botschafter im Rosengarten soll ein Bankett stattfinden. Dafür werden zweiundfünfzig Hühner, neun Schwäne und ein Ochse geschlachtet und aus dem Keller vier Fässer Wein geholt.

Mit Graf Ottos Kind unter dem Herzen neigt Kirsten zu häufigen Anfällen von Übelkeit und möchte nun nicht, daß es ihr beim Anblick der gierigen, Wein saufenden und Fleisch in sich hineinstopfenden Adligen und ihrer Frauen unwohl wird. Sie weiß jedoch, daß sie der König bei solchen Anlässen dabeihaben möchte und ihr Überleben im Palast von ihrem jetzigen Verhalten ihm gegenüber abhängt. »Was soll ich tun, Emilia?« fragt sie. »Diese Bankette sind die reinste Plage: überall üble Gerüche und übles Gerede über mich. Wie soll ich das nur überstehen?«

»Mir fällt dazu nur ein, Madam«, antwortet Emilia, »daß Ihr diesen Zeitpunkt wählt, um den König über Eure Schwangerschaft zu informieren und...«

»Nein! Es ist zu früh. Ich muß sie noch für einen Monat verheimlichen, damit die Daten mit dem zusammenpassen, was nach seiner Rückkehr geschehen ist.«

»Und wie wollt Ihr das machen?« fragt Emilia mit einem Blick auf den Körper ihrer Herrin, der milchigweiß und schon sehr gerundet ist.

»Ich schaffe es«, erwidert Kirsten, »weil der König sieht, was er sehen will, und sich über den Rest selbst belügt.«

Und so wird am Tag des Banketts ein Kleid aus perlenbesticktem Satin mit einem sehr weiten und steifen Rock ausgewählt und Kirstens Körper hineingepreßt. Frederika, die Nachfolgerin Vibekes als Frau für den Körper, schnürt ihr die Taille so fest sie kann, und dann wird Kirsten, die kaum noch atmen und laufen kann, von ihrem bewundernden Gatten in den großen Saal geführt.

Sie sitzt neben Sir Mark Langton Smythe, und sie unterhalten sich in Deutsch. Sir Mark hat sich bemüht, diese Sprache perfekt zu lernen, weil es ihm besonders gefällt, wie sich in ihr das Verb in fast allen Sätzen bis fast zum Schluß mit seiner eigenen Vervollständigung zurückhält, wodurch alle Sprachkonstruktionen einen geheimnisvollen, losen Faden haben.

Er findet Kirsten Munk geheimnisvoll, verführerisch und seltsam. Sie fragt ihn nach der Insel Tortuga, von der Samuel und Emmanuel stammen, und ist dann offenbar ganz entzückt von seinen Geschichten über weiße Sandstrände, Brotbäume, fliegende Affen, Zauberei und Wirbelstürme, die Holzhäuser in den Himmel heben. Er kann jedoch nicht wissen, daß Kirsten, als er von diesen fernen Orten spricht, plötzlich etwas bewußt wird, was ihr nie zuvor aufgefallen war, und zwar die *Beschränktheit ihres Lebens*.

Als die gefüllten Hühner serviert werden, schiebt sie das Essen zurück und beginnt von einem neuen Leben zu träumen, weit weg von Dänemark, meilenweit entfernt von diesem alten, wasserumspülten Königreich, an einem neuen Ort, wo der Sand die Farbe von Perlen hat, die Tiere über einen hinwegfliegen, Zimtkuchen an Büschen wächst und ihre einzigen Gefährten Otto und ihre liebe Freundin Emilia sind. Alle anderen sind von einem Wirbelsturm in den Himmel gerissen worden. Oh, denkt Kirsten, wie schön das wäre – wie schön und vollkommen!

Botschafter Langton Smythe fällt auf, daß seine Tischdame blaß geworden ist, und reicht ihr einen Kelch Wasser. Doch seine Fürsorge kommt zu spät. Kirsten spürt, wie sie langsam vom Bankett verschwindet und woanders wieder auftaucht. Sie kann nicht sagen, wo dieses Woanders sein könnte, doch vielleicht, überlegt sie, schwebt sie ja über den Wolken und wird gleich auf einem Brotbaum landen? Sie hört, wie der Wind über ihr seufzt, oder ist es das Meer, das unter ihr seufzt und sie zu sich ruft?

Sie fällt zur Seite, wobei ihr Kopf Sir Marks Ellbogen streift und dann auf dem kalten Marmorboden aufschlägt.

Die Zuhörer versammeln sich fürs Konzert. Sie blinzeln in der Sonne und fühlen sich schläfrig und voll. Die meisten von ihnen wissen, daß sie, sobald die Musik einsetzt, in einen tiefen Schlaf fallen werden, streiten aber jetzt trotzdem um die besten Plätze, drängen einander zur Seite und breiten sich und ihre Habseligkeiten über ganze Stuhlreihen aus.

Kaum sitzen sie und kaum hat sich das Orchester auf einem Podium vor ihnen niedergelassen, da werden sie auch schon wieder unruhig. Das Konzert kann nicht ohne den König beginnen, doch dieser hat das Bankett verlassen, als Kirsten ohnmächtig wurde, und ist nicht zurückgekehrt. Sein vergoldeter Stuhl in der vordersten Reihe ist leer. Das Publikum gähnt, streckt sich, tuschelt, bewundert die Rosen, gähnt noch einmal und beginnt einzudösen.

Peter Claire (der nicht am Bankett teilgenommen hat und daher auch nicht Zeuge von Kirstens Zusammenbruch geworden ist) sucht unter den auf die Brust gesunkenen und nickenden Köpfen nach Emilia Tilsen.

Er nimmt an, daß Kirsten ihren Auftritt mit dem König haben wird, und vielleicht wird er dann im Schatten des königlichen Paares das Mädchen sehen, das in nur wenigen Minuten seine Phantasie mit Beschlag belegt hat.

Er ist müde, weil er die ganze Nacht in seinem Zimmer über den Ställen wach war und ein kleines Musikstück komponierte, das er »Lied für Emilia« genannt hat. Es ist noch nicht fertig, geschweige denn überarbeitet, doch er glaubt, eine passende Melodie gefunden zu haben: eine gefällige und einfache. Und er hat auch schon die ersten Worte dafür. Sie machen ihn verlegen, freuen ihn und machen ihn wieder verlegen. Er weiß, daß er kein Poet ist. Dennoch scheinen seine Gefühle nach einem Ausdruck zu verlangen, der erhabener und wahrhaftiger ist, als es die gewöhnliche Sprache wiederzugeben vermag. Zum erstenmal in seinem Leben versucht er, ein Liebeslied zu schreiben, und er vermutet jetzt, daß dies nie eine so leichte und mühelose Sache ist, wie es Dichter wie Shakespeare erscheinen lassen. Ja, es kommt ihm in diesem Augenblick sogar so vor, als sei es eine nicht unbeträchtliche Bürde, die jeder Engländer tragen muß, *nicht Shakespeare zu sein*. Und er fragt sich, ob es nicht besser wäre, gar nicht erst zu versuchen, Worte für sein Lied zu finden, sondern gleich ein paar Zeilen des großen Poeten in Musik umzusetzen:

Oh, wie ist Schönheit zweifach schön und hehr,
Wenn sie der Wahrheit goldner Schmuck erhebt!
Die Ros' ist lieblich, aber lieblicher
Macht sie der Wohlgeruch, der in ihr lebt.

Denn diese Worte drücken bestimmt – und zwar viel besser als alle seine eigenen – genau das aus, was ihm an Emilia Tilsen gefällt: daß sie zwar durchaus sehr hübsch ist, ihre eigentliche Magie und Faszination aber *in ihrer Natur* liegt, die in ihrer heiteren Gelassenheit auf diejenigen zurückstrahlt, die in ihr die Wesenszüge von sich selbst lieben, die sie am liebsten wahrnehmen möchten.

Während Peter Claire diese Gedanken durch den Kopf gehen, sitzt Emilia an Kirstens Bett.

Das perlenbestickte Satinkleid liegt über einem Stuhl. Auf Kirstens Kopf liegt eine Kompresse, und in ihrem vollen kastanienbraunen Haar klebt etwas dunkles Blut. Im Zimmer hängt der Duft von Rosenöl.

Kirsten hat sich nicht vom Leibarzt des Königs untersuchen lassen. Dieser hatte ihre Lebensgeister mit Salzen wiedergeweckt und wollte sich gerade ihre Kopfwunde ansehen, als sie ihn abwehrte und wegschickte. Sie erklärte ihm, bei der Hitze in der Halle und dem starken Geruch des gerösteten Schwans müsse jede empfindsame Frau ohnmächtig werden. Emilia legte ihrer Herrin die Kompresse auf und half ihr ins Bett. Kirsten blieb wach, bis sie den König herantreten sah, woraufhin sie auf der Stelle in einen tiefen Schlaf zu fallen schien.

Der König steht noch da und blickt auf seine Frau. Er weiß, daß er dem englischen Botschafter gegenüber unhöflich ist, weil er das Konzert aufhält, doch wenn Gott ihm nun Kirsten wieder nimmt, nachdem Er sie ihm gerade wiedergegeben zu haben schien? Wenn nun die Wunde tiefer ist, als es den Anschein hat, und ihr Schädel gebrochen ist? »Laß sie keinen Augenblick allein, Emilia!« ordnet er an. »Wenn dir ihr Schlaf zu fest oder anders als sonst vorkommt, schick einen Diener zu Doktor Sperling und einen anderen zu mir. Hast du mich verstanden?«

»Ja, Euer Majestät«, sagt Emilia und fügt hinzu: »Ich habe den

Tod zu meiner Mutter kommen sehen, Sir. Ich möchte behaupten, daß ich ihn erkennen würde, wenn er irgendwo in der Nähe wäre. Ich glaube es aber nicht.«

Der König setzt sich mit seinem wuchtigen Körper auf Kirstens zarten Stuhl vor dem Frisiertisch. Er seufzt und streicht sich mit der Hand über die Augen, die verquollen und müde aussehen. »Ich habe einmal mit dem Tod gekämpft«, sagt er. »Vor langer Zeit. Ich sah ihn ins Zimmer kommen, ganz schwarz und mit einem Giftzahn wie eine Viper. Fast nahm er das Leben meines Jugendfreunds, doch ich bekämpfte ihn mit seiner eigenen Waffe, mit ebensolcher Tintenschwärze, und war an diesem Tag siegreich.«

Es ist König Christian klar, daß diese Geschichte für Emilia rätselhaft ist. Und kaum hat er sie erzählt, da tut es ihm auch schon leid, daß sie ihm überhaupt eingefallen ist. Die traurige Wahrheit ist, daß Christian alle Erinnerungen an Bror Brorson mit zunehmendem Alter immer bewußter machen, daß im Leben eines Menschen alles, was für ihn von Bedeutung ist, nach und nach verlorengehen kann und er, auch wenn er selbst glaubt, unaufhörlich Dinge anzuhäufen, in Wirklichkeit ständig etwas verliert. So befindet er sich, wenn er sich in der Mitte seines Lebens umschaut, zu seinem Verdruß und Erstaunen in einer grauen Wüste, in der keine Menschen am Horizont zu erkennen sind und doch der Boden voller Schatten ist.

Emilia blickt aus dem Fenster und stellt sich vor, wie die Musiker, darunter der Lautenspieler Peter Claire, jetzt in der Sonne auf der Bühne stehen. Sie zittert, als sie sein Gesicht und seine Stimme heraufbeschwört. Ihr fällt ein, daß nach Karens Tod und dem Auftauchen Magdalenas jeder Wunsch, den sie vielleicht einmal gehabt haben mochte, von einem Mann geliebt zu werden, so gänzlich von ihr abgefallen war, daß sie glaubte, er wäre für immer verschwunden. Doch als Emilia nun, an diesem Sommernachmittag, am Fenster steht, fragt sie sich: »Was ist *für immer*?«

Und es ist die Stimme ihrer Mutter, die sie als Antwort auf diese Frage hört. »In dem Augenblick, in dem man es sich vorstellt«, sagt Karen, »bedeutet *für immer* die Ewigkeit. Erst später, vielleicht viel später – an einem Tag, den niemand vorhergesehen hat –, erscheint diese Ewigkeit plötzlich weniger unendlich. Das ist wohlbekannt, Emilia, meine Liebe. Wohlbekannt all denen, die schon ein wenig länger auf der Welt sind als du.«

Über Stoff und Luft

»Man stelle sich vor«, pflegte sich der König zu brüsten, »wie sich ein Ball Seidengarn über Rußland aufrollt! Man stelle sich die Hügel, Täler und Städte, die Flüsse, Berge und Katarakte sowie die vereisten Seen vor, die der Faden überqueren müßte! Mit einem solchen Ball wurde die Kleidung für die Krönung genäht. Alle im Land hatten neue Kleider in den roten und gelben Farben des Hauses Oldenburg: die Soldaten, Matrosen, Musketiere, Waschmädchen, Tanzmeister, Kaufleute, Geldverleiher, Hebammen, Kinder... alle! Es war ein Erlaß von mir.«

Es heißt, daß die Schneider und Knopfmacher im Krönungsjahr 1596 wahrscheinlich mehr Geld verdienten als in ihrem ganzen restlichen Leben. Manche arbeiteten so viele Stunden hintereinander, daß sie von einer vorübergehenden Blindheit geschlagen wurden und den König an dem großen Tag nicht sehen konnten, als er unter seinem bestickten Baldachin an ihnen vorbeikam. Doch sie konnten sich wenigstens auf den Kopenhagener Straßen betrinken. Auf Befehl des Königs waren alle Brunnen der Stadt trockengelegt, gereinigt und dann mit rotem und goldenem Wein gefüllt worden, und die Bürger tranken sie alle aus.

König Christian hatte neun Jahre auf seine Krönung gewartet. Niemand in Dänemark sollte diesen historischen Augenblick vergessen.

Eine Woche vor der Krönung schickte er nach Bror Brorson.

Königin Sofie sandte eine geheime Nachricht zu Brors Haus in Funen und befahl ihm, nicht zu kommen. Er tat es aber trotzdem. Es war, als hätten die Worte der Königin keinerlei Bedeutung für ihn gehabt.

Er war groß geworden. Sein Gesicht war so hübsch wie früher, und er hatte noch die goldenen, wilden Haare. Es gab aber auch Veränderungen bei ihm. Er hatte jetzt O-Beine vom stundenlangen Reiten – seiner einzigen Freizeitbeschäftigung. Dadurch wirkte sein Gang ungeschickt, fast töricht. Und seine blauen Augen, jene Augen von der Farbe des Himmels: Da stimmte etwas nicht in der Art, wie sie die Dinge betrachteten. Sie blickten auf etwas und *schienen doch nichts zu sehen.*

»Bror«, sagte sein königlicher Freund, als er ihn auf Frederiksborg willkommen hieß. »Ich würde gern hören, daß du glücklich bist.«

Bror lachte und wirbelte mit der Reitpeitsche etwas Staub auf. »Erinnerst du dich noch«, fragte er, »an Hans Mikkelsons Fliegenklatsche?«

»Ja.«

»Dort wäre ich gern – in der Koldinghus-Schule. Es würde mir nicht einmal etwas ausmachen, im Keller zu sein, weil ich ja schon wüßte, daß du mich retten würdest.«

»Aber wie kann man sich nur wünschen, noch einmal in der Koldinghus zu sein?«

»Nur, um wieder ein Knabe zu sein.«

Bror hatte einen ruhelosen Körper; immer wieder veränderte er seine Haltung, stets war er in Bewegung, wie jemand, der ständig etwas suchte, was er verlegt hatte, aber nicht wußte, was es eigentlich war. Selbst im Schlaf zappelte er die ganze Zeit, so daß seine Kissen auf den Boden fielen und seine Laken zerknüllt und durcheinander waren. Königin Sofie warnte Christian, daß sein Freund verrückt wurde.

Doch in diesem Augenblick seiner Machtübernahme wollte König Christian glauben, daß alles in seinem früheren Leben eine Bedeutung hatte und von Gott bestimmt war. Gott hatte verfügt, daß König Frederik früh starb, da er wußte, wie sehr sich Christian nach der Herrschaft sehnte. Gott hatte verfügt, daß er einen so produktiven Verstand besaß, daß er fünf Sprachen darin hegen und pflegen und so überall in Europa verstanden werden und Bewunderung erwecken konnte. Gott hatte verfügt, daß er Tycho Brahes Rezept für eine Rakete von der Herzogin von Mecklenburg erhielt, und Gott hatte verfügt, daß er Bror Brorson das Leben rettete. Also gehörte Bror zum Plan Gottes. Es mußte einen Grund dafür geben, daß er gerettet worden war.

Am Krönungstag weckte Christian Bror schon im Morgengrauen.

Auf dem See von Schloß Frederiksborg lag noch die glasige Stille der Nacht. In Brors Schrank hing der scharlachrotgoldene Anzug für diesen einzigartigen Tag, und im königlichen Schlafgemach war die Robe aus weißer Seide bereitgelegt, in der der neue König beim Ritt zur Kirche glänzen sollte. Und in den Gewölben der Frue Kirke lag auf einem Samtkissen die Krone.

»Bror«, sagte Christian, »laß uns der Sonne entgegenreiten!«

Sie bestiegen zwei eigensinnige Pferde aus der Zucht des arabischen Hengstes, der Christian einst von einem Schneidergesellen geschenkt worden war. Sie ritten so lange in einem fürchterlichen Galopp durch die Wälder in Richtung Osten, bis die Pferde von weißem Schweiß bedeckt waren. Sie ließen sich von keinen Hindernissen auf ihrem Weg aufhalten, sondern setzten einfach darüber. Erst als die Sonne aufging und es warm wurde, hielten sie an, tranken aus einem Fluß und gönnten ihren Pferden im Baumschatten etwas Ruhe.

»Also«, sagte Christian, »jetzt sind wir allein. Außer uns beiden, den Pferden und dem Wald ist hier nichts und niemand. Und du wirst mir nun erklären – noch bevor dieser Tag beginnt und mein Leben eine neue Richtung einschlägt –, was mit dir los ist!«

Bror beugte sich vor und tauchte sein Gesicht in das süße Wasser des Bachs. Er hielt es dort so lange, daß man meinen konnte, er wolle nicht wieder auftauchen. Doch dann hob er den Kopf und wischte sich das Wasser aus den Augen. Die durch die Buchenzweige scheinende Sonne hatte ihn mit gesprenkelten Schatten überzogen. Er sah Christian nicht an, sondern in die Ferne, wo er etwas im Adlerfarn erspäht zu haben schien. »Ich bin zu dem Schluß gekommen«, sagte er dann, »daß der Geist eines Menschen einem Stück gewebten Stoff gleicht. Und mein Problem ist, daß meiner ... so scheint es mir jedenfalls ... in Fetzen ist.«

»Du meinst, du bist verwirrt?«

»Eine Verwirrung *hat gewöhnlich ein Ende.* Doch diese einzelnen Fäden ... ich scheine sie nicht wieder zu einem Ganzen verweben zu können ...«

Christian sagte nichts darauf, sondern blickte seinen Freund nur ernst und unverwandt an. Schließlich meinte er: »Und warum ist das mit dir geschehen, Bror?«

Bror nahm zwei Steine aus dem Wasser und rieb sie in der Hand aneinander, so daß sie einen seltsam süßen Pfeiflaut, ähnlich dem einer Feldlerche, von sich gaben. »Ich weiß es nicht...«

»Es muß aber doch Zeichen oder Hinweise gegeben haben?«

Bror wandte sich erneut dem Fluß zu, nicht, um daraus zu trinken, sondern nur, um sich das Wasser durch die Finger rinnen zu lassen, bevor es zu breiteren Flüssen und dem Meer weiterplätscherte. »Vielleicht«, sagte er schließlich, »vielleicht, weil ich nie, seit dem Tag, an dem wir die Rakete abgeschossen haben...«

»Was nie?«

»Nie auf dieser Welt... seit mich die Königin weggeschickt hat... eine Beschäftigung für mich gefunden habe.«

Christian schwieg. Ihm gingen die tausend Pfründe, die er verleihen konnte, durch den Kopf, doch fielen ihm im Augenblick keine ein, die beim Empfänger nicht die Fähigkeit zu lesen und zu schreiben erforderten. Er überlegte, ob er Bror Brorson mit einer untergeordneten Tätigkeit betrauen sollte. Gewiß könnte er ihn doch als Stallburschen für seine Pferde sorgen lassen? Doch was wären die Konsequenzen einer solchen Anstellung? Wie wäre es für ihn, wenn er an den Ställen vorbeiging und daran denken mußte, daß dort jetzt sein Freund wohnte, in einem Zimmer über den Ställen?

Dann kam Christian der Gedanke, daß Brors Horror vor geschriebenen Wörtern und seine Probleme damit inzwischen vielleicht der Vergangenheit angehörten. Er hob vom taubedeckten Gras einen Zweig auf und schrieb in den Staub auf dem Weg seinen Namen: Christian. Dann reichte er den Stock Bror. Dieser wußte, was von ihm erwartet wurde, und begann heftig zu blinzeln, als würde er geblendet. Dann beugte er sich tief über den Weg und malte mit der ernsten Konzentration eines Kindes einen einzigen Buchstaben, hinter den er einen Punkt setzte. Es war nicht ganz ein »B«, aber auch nicht ganz ein »R«, mehr wohl ein »R«, dem es leid ist, ein »R« zu sein, und das nun gerade danach strebt, ein »B« zu werden.

Bror sah zu Christian auf, und Christian blickte auf die Buchstabenkreuzung. Abgesehen von dem Rauschen des Flusses auf seiner ewigen Reise über sein steiniges Bett herrschte Stille.

»Macht nichts, Bror!« meinte Christian schließlich. »Heute

jedenfalls habe ich eine herrliche Beschäftigung für dich! Du nimmst am Turnier teil, und ich möchte um mein Leben wetten, daß du gewinnst!«

»Ich will es versuchen«, sagte Bror. »Um deinetwillen will ich versuchen zu gewinnen.«

Das war alles, was getan werden konnte.

Diesen Satz sollte sich König Christian sein Leben lang immer wieder vorsagen, sooft er sich kummervoll an Bror Brorson erinnerte. Am Tag seiner Krönung *war das alles, was getan werden konnte.*

Sogar die Kranken und Sterbenden sollen an jenem Augustmorgen in Kopenhagen aufgestanden sein. Auf den Straßen war ein solches Gedränge, daß es manchmal schien, als gebe es keine Luft mehr zum Atmen. Einige Bürger fingen an zu keuchen und die Arme emporzureißen, als wollten sie sich vom Himmel eine frische Brise holen.

Sie bewegten sich und riefen, als wären sie eine einzige scharlachrotgoldene Masse: die Untertanen Seiner Majestät König Christian IV., König von Dänemark, König von Norwegen, König der Goten und Wenden, Herzog von Schleswig-Holstein, Stormarn und Dithmarschen, Graf von Oldenburg und Delmenhorst. Umringt von Trommlern, Trompetern, Soldaten und blumenstreuenden Kindern, ritt er auf seinem Grauschimmel unter einem scharlachroten Baldachin, der von vier Adligen über ihn gehalten wurde, zur Frue Kirke, und das Rufen und Jubeln der Menschen folgte ihm auf Schritt und Tritt.

Und dann betrat er die Kirche, in der es – jedenfalls Christians Erinnerung nach – ohne die Menschen und ihre Rufe und Blumen kalt und still war. Hier war es feierlich, wurde mit ernster Stimme gesprochen, und ein Hauch von Traurigkeit hing in der Luft, Traurigkeit wegen der dahingeschiedenen Könige und Kleinheit der Menschen inmitten ihres gewaltigen Strebens.

Als sich ihm die drei Bischöfe näherten, um sechshändig die Krone auf das Haupt des jungen Königs zu legen, schien es ihm, als gehe der Geruch von dort aus, liege im purpurgoldweißen Ornat der drei Bischöfe, und als er vor ihnen niederkniete und ihn diese Gewänder umschlossen, mußte er mit aufsteigendem Widerwillen und Panik kämpfen. Denn dieser Geruch, der alles umfaßte und umschloß, schien eben das zu verneinen, was Christian durch das Auflegen der schweren Krone aufs Haupt verliehen wurde: die weltliche Macht. Der Duft, der aus den Gewändern der Bischöfe stieg, bestätigte seine Schwäche und Ohnmacht im Angesicht Gottes. Über seinem Kopf wurden die Salbungsworte geflüstert. Es war der wichtigste Augenblick in seinem Leben. Doch was war ein solcher Augenblick? Auch ein Mensch auf seinem Gipfel ist sterblich. Ein Nagel, in den er tritt, kann seinem Leben ein Ende bereiten. Nie überleben Könige ihre Untertanen.

Zum erstenmal in seinem Leben begriff König Christian, daß Gott unbarmherzig war. Das Gewicht der reich verzierten, juwelenbesetzten Krone empfand er, als sie ihm jetzt aus den Händen der Bischöfe aufs Haupt fiel, als zu schwer.

Dann war der Gottesdienst endlich vorüber, und er schritt zur Tür der Frue Kirke und wieder hinaus in die Sonne, wo das Jubelgeschrei erneut einsetzte. Und nun, als das Getöse der Hosiannas der Menschenmenge die Luft erfüllte, spürte er, wie seine Melancholie verging und ihm die Krone leicht auf dem Kopf wurde.

Sein Blick wanderte zu den Dächern der Häuser über den Leuten und blieb dort ruhen. Seine Augen sahen eine neue Himmelslandschaft mit einer großen Vielfalt anmutiger Türme. Als König würde er nun ein Bebauungsprogramm in die Wege leiten, wie es Kopenhagen noch nie erlebt hatte. Er würde die besten Architekten der Welt und erfahrensten Handwerker beschäftigen. Bei ihm würden Einfallsreichtum und Können zählen, genau wie bei seinem Vater in seiner Wachsamkeit gegen Schludrigkeit. Eine neue Stadt würde sich in den wolkenlosen Himmel erheben.

Etwas hinter ihm stand in seiner rotgoldenen Kleidung Bror Brorson, der darauf wartete, ihm zum Krönungsbankett zu folgen, und bestimmt auch darauf, ihn um eine Gunst zu bitten, die seinem unruhigen Leben einen Sinn geben würde. Doch Christian wußte jetzt, daß er für Bror nichts tun konnte. Es war falsch gewesen zu glauben, Gott – der grausame und mitleidlose Gott, der sich ihm in den Bischofsgewändern offenbart hatte – habe Bror für einen bestimmten Zweck »gerettet«. *Es gab keinen bestimmten*

Zweck für Bror. Es war sinnlos zu glauben, ein Mann wie dieser, der nicht einmal seinen Namen schreiben konnte, könne einen wichtigen Platz in dem neuen Dänemark einnehmen, das er, König Christian IV., erschaffen würde. Bror würde alle künftigen Schlachten allein ausfechten müssen.

Doch noch wollte König Christian eine Kehrtwendung machen und sich nach Bror umdrehen. Er wollte ihm eine flüchtige Sekunde lang in die Augen blicken, um zu sehen, ob in ihnen etwas lag, was die Vergangenheit wieder heraufbeschwor und womit Bror bei ihm eine Sinnesänderung hervorrief. Er wollte seine Entscheidung einer Prüfung unterziehen. Doch in diesem Augenblick nahmen die vier Adligen mit dem Baldachin um ihn herum Aufstellung, und der Kanzler flüsterte ihm zu: »Geht jetzt, Sir! Setzt Euch in Bewegung, damit die Prozession beginnen kann.«

Und so konnte er sich nicht umdrehen. Statt dessen lief er seinem Volk in die Arme, das ihm Rosen vor die Füße warf, und Bror Brorson zog in einiger Entfernung hinter ihm mit, lächelte sein leeres Lächeln und hatte keine Ahnung, daß ihn der König allmählich aus dem Gedächtnis verlor.

Brief des Pfarrers James Whittaker Claire an seinen Sohn Peter

Mein lieber Sohn,
Charlotte hat mich beauftragt, Dir für Deinen lieben Brief an sie und Dein Geschenk, den Zigeuner-Ohrring, zu danken. Ich habe ihr gesagt, daß sie Dir selbst schreiben muß, doch sie bittet mich, Dir zu sagen, daß sie vollauf mit dem Kauf von Unterröcken, Seidenstrümpfen, Kissenbezügen, Bändern und all der tausenderlei Dinge beschäftigt ist, die anscheinend für das künftige Leben einer Braut nötig sind, und so im Augenblick keine Zeit hat, sich dieser Aufgabe zu widmen.

Wir waren alle glücklich zu hören, daß Du aus Norwegen und von der Silbermine wieder nach Kopenhagen zurückgekehrt bist. Es scheint ja dort sehr einsam gewesen zu sein, und ich stelle mir dich nicht gern dort vor, wenn meine Gedanken zu Dir wandern – was an jedem Tag viele Male geschieht. Daß die Kastanien in Dänemark blühen, erfreut mein Herz, weil es bedeutet, daß es jetzt dort auch Sommer geworden ist. In Suffolk haben sie schon geblüht, die Blüten sind wieder abgefallen, und die stachligen Schalen der Früchte (die Charlotte, wie Du Dich sicher erinnern kannst, »Baummobiliar« nennt) werden grün und hart. Daraus ersiehst Du, daß die Natur bei uns etwas weiter ist als bei Euch, doch schließe daraus nicht, daß wir Dich in irgendeiner Weise zurückgelassen haben oder erlaubt hätten, daß unser Leben weitergeht, als wärst Du nicht noch ein kostbarer Teil davon.

Und so komme ich nun zu der Neuigkeit, die ich Dir nach Meinung Deiner Mutter nicht mitteilen soll, worauf ich Dich aber nach reiflicher Überlegung dennoch aufmerksam machen möchte.

Unser alter Freund Anthony Grimes, der Chorleiter und Organist unserer Kirche, ist gestorben. Wir haben ihn am vergangenen Freitag morgen zu Grabe getragen, und er hat seine letzte Ruhe in Reichweite der Glocken der St. Benedict the Healer gefunden. Alle in der Gemeinde trauern um ihn, und keiner von uns wird ihn je vergessen. Er war ein selten talentierter Musiker und eine so gute Seele, daß seine bloße Gegenwart in mir ein Gefühl lieblicher Ruhe hervorrief. Ich weiß, daß er jetzt bei den Engeln ist.

Ich muß mich nun sofort anschicken, einen neuen jungen Chormeister zu finden, damit wir uns weiterhin in der St. Benedict the H. erhabener Musik erfreuen können. Und da hat sich bei mir nun ein Gedanke eingeschlichen. Warum kommst Du nicht zu uns zurück, mein geliebter Sohn, und übernimmst diese Stelle? Niemand weiß besser als Du, was für einen hohen Standard im Hinblick auf die Qualität der Musik wir hier immer aufrechterhalten haben, und ich kann Dir getreulich sagen, daß Dein Talent nicht vergeudet wäre. Mehr noch, der Chormeister erhält ein gutes Gehalt, und Anthony Grimes hat mir sehr oft erzählt, er habe alles, was er sich wünscht. Und noch mehr: Ich weiß, wie sehr Dir am Herzen liegt, zu komponieren, und nicht nur zu spielen und zu singen. Nun, mein lieber Peter, ich kann Dir vorab schon einmal versprechen, daß Du neben Deinen Pflichten Zeit für Deine eigene Arbeit finden würdest. Das kann ich Dir hoch und heilig zusichern. Und warum sollen wir Deine Kompositionen nicht mit unserem ausge-

zeichneten Chor in den Gottesdiensten ausprobieren, so daß die Gemeinde von St. Benedict Deine erste Zuhörerschaft ist?

Ich gehorche Deiner Mutter und unternehme keine weiteren Versuche, Dich in dieser Sache zu überreden. Wenn Du Deine ja immerhin königliche Stelle nicht aufgeben willst, dann verstehe ich das und komme nicht mehr darauf zurück. Du sollst nur wissen, wie sehr es mein Herz erfreuen würde, Dich wieder hier zu haben, zurückgekehrt zur Familie und tätig in den heiligen Mauern meiner Kirche.

Ansonsten will ich Dir noch Charlottes Verlobten, Mr. George Middleton, beschreiben. Er ist ein korpulenter Mann von freundlichem Naturell. Er liebt Charlotte abgöttisch und nennt sie »meine liebe Daisy« (warum, weiß ich nicht). Wenn er lacht, was er recht häufig tut, wackelt ihm auf lustige Art das Kinn. Wir haben ihm in seinem großen und gemütlichen Haus in Norfolk einen Besuch abgestattet. Er züchtet dort Vieh, baut Gartenkürbisse und alle möglichen anderen neuen, aus Holland und Frankreich stammenden Gemüse an und ist bei seinen Nachbarn ausgesprochen beliebt. Kurzum, er ist ein guter Mann, und da ich in Charlottes Augen sehe, daß sie sich nach ihm und nach Kindern von ihm sehnt, glaube ich wirklich, daß es sehr gut weitergehen wird.

Ich hoffe, von Dir einen Brief zu erhalten, bevor das Baummobiliar seinen letzten Schliff bekommen hat und auf dem Boden liegt.

Dein Dich liebender Vater
James Whittaker Claire

Kirsten: Aus ihren privaten Papieren

Ich muß schon sagen, daß es noch nie in meinem Leben so schwierig war wie jetzt!

Es wundert mich kaum, daß so viele Frauen der Wirklichkeit entfliehen und Vergessen im Schnaps suchen oder sich – wie es, so habe ich gehört, jetzt im ganzen Königreich die große Mode ist – zu Tode tanzen. Denn das Leben einer Frau ist doch immer und ewig von Komplikationen eingeengt, so daß sie sich jede einzelne Stunde während ihres Wachseins um die eine oder andere kümmern und nach möglichen Lösungen suchen muß. Es gibt Tage, das schwöre ich, an denen ich mich körperlich und geistig so erschöpft fühle, daß ich mich am liebsten aufs Bett legen und nie wieder aufwachen würde.

Bevor der König von seiner norwegischen Mine zurückkehrte, öffnete ich morgens die Augen und fragte mich, was mich am Tag erwarten würde, und es fiel mir ein, daß ich ein paar Stunden mit Otto verbringen und wieder einmal im wilden Galopp unserer Leidenschaft davongetragen werden würde, daß mein Geliebter sein Glied in mich hineinrammeln würde wie ein sich aufbäumender Hengst in eine Stute und ich den Schmerz der Seidenpeitsche auf meinem Hintern spüren würde, und dann fand ich, daß es schön auf der Welt war. Aber leider, leider ist diese Zeit vorbei! Geblieben sind mir nur der Schmerz und die Aufgedunsenheit meiner Schwangerschaft und die schreckliche Notwendigkeit, diese vor dem König zu verheimlichen, bis ausreichend Zeit verstrichen ist, daß ich behaupten kann, das Kind sei von ihm. Dann wird es meine Ausrede sein, und er wird sie akzeptieren müssen. Er liebt Kinder und hat mehr in die Welt gesetzt, als ich zählen kann. Daß dieses ein Knabe vom Rhein mit flachsblondem Haar, goldener Haut und einem nach Liebe gierendem Naturell sein wird, sollte keinen Unterschied machen. Er wird glauben, daß es seins ist.

Inzwischen kann mich der Graf hier nicht besuchen, und ich wage es nicht – damit nicht alle meine Pläne aufgedeckt und zunichte gemacht werden –, mich auch nur zu einem heimlichen Treffen mit ihm aus dem Palast zu schleichen.

Wir schreiben uns jedoch. Mein alter Freund James, der Punktezähler auf dem Tennisplatz, der mir vor langer Zeit einmal im Sommerhaus einen unanständigen Kuß geraubt hat und seitdem in meiner Knechtschaft steht, hat die Botenrolle übernommen und trägt, in seiner Arbeitstasche versteckt, Briefe zwischen Ottos Wohnung und Rosenborg hin und her.

Wir schreiben uns auf eine verschlüsselte Art, indem wir deutsche, französische, englische, italienische und lateinische Wörter vermischen. Wir nennen uns Stefan und Brigitte. Stefan ist ein Jockey. (Oh, ein Jockey, Otto, *mein Lieber*!) Brigitte ist die Tochter eines Gerbers. (Ah, und wie sie auf die Häute einzuschlagen weiß, *mon très cher Comte!*) Bei allem, was ihnen dabei aus der Feder strömt, gibt es nicht eine grammatikalisch richtige Konstruktion. In Wirklichkeit sind Brigitte und Stefan anomale Zuckerbäcker, die aus der Sprache einen Kuchen machen, den niemand sonst auf der Welt schön findet.

Es bleibt jedoch nicht viel – abgesehen von dieser Korrespondenz –, was mir Vergnügen oder Frohsinn bereitet. Die Tage vergehen, das ist alles. Der Sommer bringt seine goldene Wärme. Ich träume von Ottos Mund. Ich schicke Emilia zum Pflücken von Blumen in die Gärten, damit ich ihren Duft in meinen einsamen Räumen habe...

Und auch mit meiner Mutter und Emilias Familie geht nicht alles so, wie wir es uns gewünscht hätten.

Ellen Marsvin hat den Tilsen-Haushalt inzwischen zweimal besucht und Marcus beide Male nicht zu Gesicht bekommen. Doch trotz ihres Mißerfolgs als unsere Spionin in Jütland hat sie meine Frau für den Körper, Vibeke Kruse, als Mädchen für ihre Garderobe für sich beansprucht und auch bekommen. Es ist mir ein Rätsel, warum sie diese Frau will. Vibeke hat zwar ein ausgeglichenes Temperament und ist nicht gleich beleidigt, wenn ich sie schelte – so wie Johanna –, erfüllt aber ihre Aufgaben mit der Garderobe nicht so hervorragend, als daß es nicht auch eine Frau aus Boller machen könnte. Außerdem hat sie eine große Vorliebe für Leckereien, so daß man sie oft dabei erwischt, wie sie sich Damaszenerpflaumen, Quittentörtchen und löffelweise Aprikosencreme in den Mund stopft. Daher ist sie teuer, und es macht mir absolut nichts aus, sie wegzuschicken. Ich wundere mich nur, daß meine Mutter so darauf bestanden hat, und frage mich schon, ob sie mit der fetten Vibeke nicht einen geheimen Plan verfolgt.

Ich vermisse sie jedoch keinen Deut. Eigentlich bin ich aller meiner Frauen mit ihrem Schmollen und Klagen überdrüssig, und wenn sie mir unter die Augen kommen, möchte ich sie immer gleich wieder loswerden. Am liebsten würde ich sie alle wegschicken und nur noch Emilia behalten, um mich ganz zu betreuen. Doch meine Kleider und Juwelen, die nur fabrizierte und leblose Dinge sind, brauchen diese Schar der Unzufriedenen, um etwas reizbares Leben in sie hineinzustärken, -bügeln, -polieren und -dämpfen. An manchen Tagen bin ich in so widerborstige und steife Unterröcke geschnürt, daß sie meinen Körper noch hochhielten, wenn meine Füße den Boden nicht mehr berührten. Wird mir meine Rubinkette um den Hals gelegt, ist sie vom heftigen Polieren noch warm wie Blut.

Zur Hölle mit den Frauen! Wenigstens schenkte mir Gott Emilia, deren liebes Wesen, das schwöre ich, eine Waffe gegen meinen inmitten all meiner Täuschungen und nochmaligen Täuschungen vordringenden Wahnsinn ist.

Ich versuche sie wegen Marcus zu trösten. Ich sage ihr, daß wir Geduld haben müssen. Doch eines Tages erzählt sie mir: »Madam, ich habe geträumt, daß er ertrunken im Wassertrog gefunden worden ist.« Und ich merke, daß sie vor Sorge um ihn zerstreut ist. Wenn sie mir vorliest, schweifen ihre Blicke plötzlich vom Buch ab. Wenn wir Karten spielen, verliert sie manchmal alle Übersicht darüber, wer gewinnt.

Ich versuche ihre Ängste zu beschwichtigen, indem ich sie, wie versprochen, mitnehme, um Geschenke für Marcus zu kaufen. Wir haben bisher schon einen mechanischen Vogel (der wie eine Uhr mit einem Schlüssel aufgezogen wird und dann seinen Schnabel öffnet und einen eisigen Triller ertönen läßt), einen Matrosenhut, scharlachrote Stiefel und ein Kätzchen abgeschickt. Ich habe meiner Mutter geschrieben, sie solle bei ihrem nächsten Besuch bei den Tilsens nach diesen Geschenken fragen und darum bitten, daß sie ihr gezeigt werden. Das Kätzchen heißt Otto.

Meine einzige Lasterhaftigkeit in diesem eintönigen Monat hängt mit meinen Sklaven Samuel und Emmanuel zusammen.

Der König entsprach meiner Bitte und schenkte sie mir, damit sie nur mir dienen und nur mir gehorchen, und niemandem sonst. Daß sie nicht bezahlt werden, sondern ihr Leben wirklich als Sklaven fristen – wenn man einmal davon absieht, daß sie schöne Kleider tragen und nicht angekettet sind –, erregt mich auf seltsame Art und Weise. Ich weiß genau, daß es ein verwerfliches Gefühl ist. Dennoch habe ich es. Und ich glaube, es hängt ganz einfach mit der Tatsache zusammen, daß ich mich in meinen Pflichten als Gemahlin des Königs selbst in der Position einer Sklavin fühle, weil ich keine eigene Macht besitze, sondern nur die, welche ich vermittels meines Körpers oder meiner Schlauheit ausüben kann.

Diese meine Erregung ist ein seltsames Phänomen, und ich werde niemandem davon erzählen, nicht einmal Emilia, weil ich sicher bin, daß sie es nicht gern hören würde. Ich will aber nicht verhehlen, daß am Montag dieser Woche in mir Vergnügen aufkeimte, als ich ganz allein in meinem Zimmer speiste und diese beiden Negerknaben (Botschafter Langton Smythe schätzt, daß sie etwa fünfzehn oder sechzehn Jahre alt sind) neben meinem Stuhl knieten, auf dem Kopf Platten und Körbchen mit Delikatessen für mich, aus denen ich mit meinen schlanken, weißen Händen aussuchen und auswählen konnte.

Ich begann dann ein Gespräch mit mir selbst, in dem der eine Teil von mir sagte: »Kirsten, bist du nicht eine schamlose, entartete Person, daß du so etwas in dir spürst?« und der andere Teil fragte: »Ist ein Sklave nicht dazu da, alles zu tun, was du ihn heißt, Kirsten, ganz gleich, was es ist?«

Ich stand auf und trat ans Fenster, wo ich die dicken Vorhänge vor den Sommerabend zog. Dann ging ich zur Tür und schloß sie ab.

In Englisch, der einzigen Sprache, die Samuel und Emmanuel bis jetzt verstehen – abgesehen von ihrer eigenen, die sehr merkwürdig und schön ist –, befahl ich den Knaben, die Platten hinzustellen und sich ganz auszuziehen. Ich sagte es sehr freundlich und lächelte sie dabei die ganze Zeit an, weil sie keine Angst bekommen sollten, daß ich sie schlagen oder irgendwie verletzen wollte.

Sie taten so, als würden sie nicht verstehen, was ich von ihnen verlangte, doch ich wiederholte meinen Befehl, setzte mich hin und wartete auf meinem Stuhl, während sie langsam ihre Samtröcke, Satinwesten, juwelenbesetzten Turbane, bunten Schuhe, Spitzenhemden, seidenen Kniehosen und Strümpfe auszogen.

Dann standen sie in ihrer Unterwäsche vor mir. Bestimmt waren sie als Kinder nackt in der wilden Brandung ihrer Insel herumgelaufen, doch später war ihnen an König Charles' Hof in London zweifellos beigebracht worden, sich immer bedeckt zu halten und nie unbekleidet in einem Zimmer zu stehen, nicht einmal, wenn sie allein waren.

Ich gab ihnen zu verstehen, daß sie ihre Pantalons aus Baumwolle ausziehen sollten. Sie beugten sich also hinunter, um dies zu tun, und als sie wieder hochkamen, standen sie in ihrer ganzen dunklen, strahlenden Schönheit vor mir. Ich sah, daß sie große und männliche Glieder hatten, und der Wunsch, die Hand auszustrecken und sie zu berühren, war in mir so stark, daß ich den Schmerz in mir verspürte, der mich immer befällt, wenn ich von Otto träume.

Ich wußte, daß ein Geist der Verderbtheit im Raum lag. Dieser spielt schon mein ganzes Leben, seit meiner Kindheit mit mir. Ganze dreißig Jahre hatte er mit mir gespielt, mich verhöhnt und mir keine Ruhe gegönnt.

Einen Augenblick lang dachte ich, er würde mich wieder bezwingen. Ich wußte, daß sich meine Sklaven, ganz gleich, welch lüsternen Befehl ich ihnen geben mochte, zwingen würden, mir zu gehorchen, weil sie Angst hatten, mittellos in die Welt gestoßen zu werden, und ließ daher meine Gedanken eine Weile in einem herrlichen Saft fleischlicher Vergnügungen schmoren.

Doch am Ende äußerte ich meine Gedanken nicht. Sie lagen mir schon auf den Lippen, doch etwas hielt sie zurück. Und ich möchte behaupten, daß es Emilia war. Denn mir wurde bewußt, wie sehr ich mich später in ihrer unschuldigen Gesellschaft nach einem Übergriff auf die Körper meiner Sklaven schämen würde. Daher nahm ich Abstand von der Verderbtheit, dankte Samuel und Emmanuel »für eure anmutige Form und Gestalt, dergleichen ich noch nie zu Gesicht bekommen habe« und sagte ihnen mit der Freundlichkeit einer Mutter, sie sollten sich wieder anziehen.

Wenig später, als ich aufgeschlossen hatte und Samuel und Emmanuel gegangen waren, kam Emilia und fragte mich, ob sie mit mir vor Einbruch der Nacht noch Würfel oder Karten spielen solle. Plötzlich sah sie mich aufmerksam an und meinte: »Oh, Madam, Ihr habt ja einen ganz roten Kopf! Ihr werdet doch nicht etwa Fieber haben?«

»Ja«, erwiderte ich. »Ich glaube schon. Ich neige sehr zu solch plötzlichen Fieberanfällen, doch sie gehen vorüber. Nach einer Weile, Emilia, gehen sie immer vorüber.«

Ein kleines, staubiges Karree

Peter Claire geht allein in Kopenhagen spazieren.

Er versucht, in der lärmenden Geschäftigkeit der Stadt, dem Geratter der Karren und Wagen auf den Steinplatten, dem Geschrei der Marktbeschicker, dem Flattern der Vögel und den Glockenspielen der Kirchturmuhren Antworten auf die hundert Fragen zu finden, die ihn beschäftigen.

Er läuft nach Nordosten, zum Wasser hin. Wie immer wird er von allen angestarrt. Die Blicke der Männer sind neugierig und verwirrt, die der Frauen werden weich, verzückt und nachdenklich. Es ist nicht ungewöhnlich, daß die Leute stehenbleiben und versuchen, ihn in ein Gespräch zu verwickeln, indem sie vorgeben, ihn zu kennen oder mit einem ehemaligen Freund verwechselt zu haben. Als er diesmal durch die Menge schlendert, klammert sich eine Bettlerin mit ihrer schmutzigen Hand an ihn und flüstert ihm zu: »Die Goldenen haben das kürzeste Leben! Kauft Euch frei davon!« Er gibt ihr eine Münze und beschleunigt seinen Schritt.

Nun steht er am Kai und sieht, wie die Seemöwen über dem Hafenbecken kreisen und ein warmer Südwind die Boote neigt und leise an ihren Ankern reißt. Es erinnert ihn an Harwich: die salzige Luft, die Echos der Möwenschreie, das Schlagen des Wassers gegen die hölzernen Landestege.

Er denkt jedoch nicht lange an seine Familie. Seine Gedanken kreisen immer wieder um Emilia Tilsen, ohne aber zu irgendwelcher Klarheit oder Sicherheit zu gelangen. Es ist, als habe man ihm die Aufgabe gestellt (wie es einmal seine Schwester Charlotte zum Spaß getan hatte), eine Serviette zu einer Wasserlilie zu falten. Er kann sich eine solche Lilie zwar vorstellen, doch hat ihm niemand gezeigt, wie man es macht. So faltet er, entfaltet, faltet erneut. Doch es wird keine Wasserlilie.

Nach den kartesianischen Prinzipien, über die er im Numedal mit dem König gesprochen hatte, hält er noch einmal das eine fest, dessen er sich sicher fühlt. Er drückt es so aus: *Ich verspüre eine fast unaufhörliche Sehnsucht oder den heftigen Wunsch, in Emilias Nähe zu kommen. Von ihrer Zustimmung scheinen meine ganzen Hoffnungen auf ein künftiges Glück abzuhängen.*

Die Möwen rufen zu den Wolken hinauf, und der Wind zerzaust Peter Claire die Haare und bläst ihm ein paar Strähnen in die Augen. Er fragt sich: *Was ist eine solche Sehnsucht? Wie kann man sie definieren? Ist sie ein wirkliches Bedürfnis oder nur ein Trugbild oder eine Phantasterei? Ist es lediglich eine Sehnsucht meines Körpers oder meines ganzen Wesens?*

Ihm scheint klar zu sein, daß die Sehnsucht keiner früher empfundenen gleicht. Wenn er mit Francesca O'Fingal auf Cloyne am Meer entlang spazierenging, sehnte er sich danach, sie zu besitzen. Doch bei Emilia sehnt er sich nicht nur danach, sie körperlich zu besitzen. Es ist noch etwas anderes, etwas Absoluteres. *Es ist,* sagt er sich, *als glaube ich, daß mir, während ich Emilia erblicke, in jeder Sekunde, die ich sie im Auge behalten kann, kein Schaden und Leid zugefügt werden kann. Es ist, als habe ich die Vorstellung, ich könne, solange ich bei ihr bin, nicht sterben.*

Doch noch immer hat er keine konkrete Offenbarung einer unwiderlegbaren Wahrheit. Ist das, was er zu fühlen glaubt, vielleicht nur eine aus seiner Einsamkeit und langen Trennung von seiner Familie und der Gräfin entstandene Illusion? Wird er morgen oder übermorgen aufwachen und feststellen, daß die Sehnsucht verschwunden ist?

Seit jenem Tag, an dem er sich mit Emilia im Garten unterhalten hat, ist er ihr nur einmal begegnet. Sie trafen sich in einem Gang des Palastes und blieben stehen, und Peter Claire griff nach Emilias Hand. »Ich muß mit Euch sprechen!« sagte er.

Emilia blickte ihn mit ihrem kleinen sorgenvollen Stirnrunzeln an, und er wußte nicht, was das bedeutete. Er hatte gesagt, er müsse mit ihr sprechen: Was wollte er ihr überhaupt sagen? Ein Teil von ihm wollte ihr erzählen, daß er ein Lied mit dem Titel »Lied für Emilia« schriebe, doch er merkte, daß er sich nicht dazu bringen konnte, dies zuzugeben, für den Fall (was er für sehr wahrscheinlich hielt), daß sich das Lied, wenn es fertig war, als etwas hoffnungslos Mittelmäßiges herausstellen würde. Daher wiederholte er: »Ich muß mit Euch sprechen!« Doch danach wußte er nicht weiter. Er sah sich außerstande, diesem einen Satz etwas folgen zu lassen. Er konnte lediglich Emilias Hand an die Lippen pressen und sich dann von ihr abwenden und weggehen.

Als er später in seinem Zimmer über den Ställen war, verachtete er sich wegen seines Stammelns und seiner Feigheit. Er setzte sich an seinen Sekretär und begann Emilia einen Brief zu schreiben. Doch er kam, wie mit dem Lied, auch mit dem Brief nicht weiter und gab es bald auf.

Emilia, die nie eitel gewesen ist, der nie der Gedanke gekommen ist, sich für hübsch zu halten, betrachtet ihr Gesicht nun minutenlang im Spiegel.
Eine kleine Nase, sanfte, graue Augen, ein überraschend sinnlicher Mund, eine blasse Haut: Was ergeben diese Komponenten? Ist sie durchschnittlich hübsch? Oder ist sie unmerklich und in aller Stille schön geworden? Sie bewegt ihren Kopf hin und her, sieht in ihrem Profil das ihrer Mutter und schließt daraus: »Wenn ich wie Karen aussehe, nun, dann bin ich hübsch.« Doch ist das die Wahrheit?
Sie wendet sich vom Spiegel ab. Aus den vielen Stunden, die Kirsten Munk jeden Tag ihren Anblick überprüft, hat Emilia gelernt, daß eine Frau, wenn sie sich immer wieder ansieht, versucht, *sich mit den Augen ihres Geliebten zu sehen*. Wenn sie einen Makel entdeckt, dann ist es nicht so sehr der Makel an sich, sondern mehr einer, wie ihn ihr Liebhaber bei mitleidlosem Betrachten wahrnehmen würde.
Warum vergeudet nun sie, Emilia, ihre Zeit damit, sich töricht ins Gesicht zu sehen? Sie benimmt sich, als habe sie einen Geliebten, obwohl das in Wirklichkeit gar nicht der Fall ist. Sie hat mit dem hübschen Lautenspieler ein paar Augenblicke im Garten verbracht, und er hat einmal in einem Korridor nach ihrer Hand gegriffen und diese einen Augenblick lang an die Lippen gepreßt. Derart flüchtige Begegnungen gibt es bestimmt tagaus, tagein und jahraus, jahrein im königlichen Palast. Sie bedeuten nichts. Es sind vorübergehende Entrücktheiten, die in der dünnen Luft entstehen und sich wie Lindenduft in nichts auflösen.
Emilia fällt ein, wie sie, als sie dem Lautenisten ihre Blumen in die Arme legte, das Gefühl hatte, es ginge etwas mehr als nur diese – ein Verstehen oder Einverständnis – zwischen ihnen über. Sie findet diese Erinnerung so überwältigend, daß ihr fast schwindlig davon wird. Doch wer kann schon sagen, ob ein solches Einverständnis *tatsächlich* vorhanden war? Denn ist das Leben nicht ständige Veränderung? Selbst Dinge, die einstmals *unveränderlich*

schienen, wie Johanns Liebe zu seiner Frau Karen, können im Laufe der Zeit den Eindruck erwecken, es habe sie nie gegeben.

Sie versucht das Ganze aus ihren Gedanken zu verbannen. Sie sagt sich, daß ein Mann wie dieser (der auch eitel, oberflächlich und ohne jedes Mitgefühl sein kann) wohl in einem einzigen Jahr Hunderte solcher »Einverständnisse« erzielt.

Emilia faßt den Entschluß, wieder ihre frühere Einstellung ihrem Leben gegenüber einzunehmen, in der die Liebe eines Mannes keinerlei Rolle spielte. Sie geht zum letztenmal zum Spiegel und verhängt ihn mit einem Schal.

Meine liebe Miss Tilsen [heißt es in dem Briefchen, das sie zwei Tage später erhält]!
Ich muß Euch in einigen Angelegenheiten ganz dringend sprechen.
Ich erwarte Euch am Freitag morgen um sieben Uhr im Keller, wo wir spielen (unter dem Vinterstue*).*
Laßt Euch versichern, daß ich Euch sehr verehre und respektiere, und glaubt mir bitte, wenn ich Euch verspreche, daß Ihr bei diesem Treffen nichts auf der Welt zu befürchten braucht.
Peter Claire, Lautenist im Orchester Seiner Majestät

Emilia liest diese Zeilen mehrmals.

Dann faltet sie den Brief zusammen, legt ihn in die Schublade, in der sie ihre Spitzen und Bänder für die Unterröcke aufbewahrt, und beschließt, ihn zu vergessen.

Nach ein paar Stunden geht sie wieder zur Schublade, holt das Briefchen heraus und liest es weitere fünf Male. Dann faltet sie es erneut sorgfältig zusammen, legt es weg und schiebt die Schublade so kräftig zu, als wolle sie diese mit der Handbewegung nicht nur verschließen, sondern auch zugleich den Schlüssel wegwerfen.

Am Nachmittag sagt Kirsten zu ihr: »Emilia, du bist mit deinen Gedanken nicht beim Spiel! Du hast deinen Herzbuben weggegeben, obwohl du nur zu gut weißt, daß ich die Königin habe!«

Und so wird es Freitag.

Peter Claire wünscht ihn sich einerseits herbei, zugleich aber auch, er käme nie.

Um zehn Minuten vor sieben ist er im Keller. Er geht zu den Schlitzen in der Wand, durch die im Winter der Schnee drang, und blickt hinaus. Die Luft des frühen Morgens ist mild und warm.

Dann läuft er im Keller auf und ab, atmet den Harzduft der Weinfässer ein und liest die Zeichen und Schilder auf ihnen. Kaum hat er sie gelesen, da geht mit diesen eine Verwandlung vor sich, und es bilden sich Fragen:

Was mache ich, wenn sie nicht kommt?

Soll ich, wenn sie nicht kommt, daraus schließen, daß sie nichts empfindet, oder nur, daß sie Angst hat?

Es ist im Keller das ganze Jahr über kalt, doch Peter Claire ist es zu warm. Er setzt sich auf den Stuhl, auf dem er immer sitzt, wenn das Orchester spielt oder probt, und versucht gleichmäßig zu atmen, damit ihn Emilia um sieben Uhr ruhig und gelassen vorfindet. Und dann, als es eigentlich noch lange nicht sieben Uhr sein sollte, ist es soweit. Die Kirchturmuhr schlägt. Es kommt Peter Claire so vor, als habe diese in ihrer Eile, die volle Stunde zu erreichen, in verräterischer Weise drei oder vier Minuten seiner Existenz verschluckt.

Er wartet regungslos. Er lauscht jetzt auf das Geräusch der sich öffnenden Tür. Doch außer dem Scharren und Glucksen der Hühner im schmutzigen Käfig ist nichts zu hören. Er dreht sich um und blickt auf diese, und bemerkt, daß jede Menge ihrer braunen Federn über den Boden verstreut sind, als hätten sie dort vergeblich nach Körnern gesucht, weil niemand daran gedacht hatte, welche hinzustreuen.

Und dann hört er es: die sich öffnende und schließende Tür; ihre Schritte auf der Steintreppe. Und da ist sie! Sie trägt ein braunes Kleid und ein schwarzes Samtband um den Hals.

Peter Claire erhebt sich und geht zu ihr hinüber. Er verbeugt sich vor ihr; sie bleibt stehen und blickt sich um, offenbar erstaunt darüber, wo sie sich befindet. Er streckt die Hand aus, die sie nach kurzem Zögern nimmt, und führt sie zu dem ihm inzwischen so vertrauten Rund von Stühlen und fragt sie, ob sie sich setzen möchte. Sie schüttelt den Kopf und sieht sich weiter nach all den unerwarteten Dingen in diesem dunklen Keller um.

Der Lautenist hat gemerkt, wie schwach seine Stimme geworden ist. Doch im Innern muß er über diese erbärmliche Kleinheit lachen, weil jetzt nichts mehr zählt, nicht einmal die Tatsache, daß er kaum sprechen kann, denn sie ist zu ihm gekommen! Sie ist bei ihm, und er steht neben ihr, und das, wonach er sich gesehnt hat, wird Wirklichkeit, während die Minuten verstreichen. »Miss Tilsen...« beginnt er mit etwas festerer Stimme. »Emilia...«

Er wünschte, sie würde etwas sagen, um ihm zu helfen, doch sie schweigt. Und eigentlich hat sie ihn auch kaum angesehen. Sie schaut unbehaglich auf den Hühnerkäfig. Er folgt ihrem Blick und hat sofort das Gefühl, er müsse sich entschuldigen, weil er sie an einen so merkwürdigen Ort gebeten hat. Doch bevor er etwas darüber sagen kann, fragt sie ihn: »Warum haltet Ihr hier Hühner?«

»Oh...« stottert er, »das tue ich nicht. Ich meine, es sind nicht unsere, nicht die des Orchesters. Es war nicht unsere Idee. Es wäre uns lieber, sie wären nicht da, weil es manchmal ganz schön schwierig ist, uns zu hören, unser Zusammenspiel, weil...«

»Haben sie denn kein Wasser?«

»Nein! Doch! Es war immer Wasser da... in einem kleinen Metallgefäß...«

»Das ist trocken, Mr. Claire. Seht doch!«

Er blickt auf die Schale und sieht, daß sie tatsächlich leer ist. Er wünschte, es gäbe hier unten einen Brunnen oder Wassereimer, damit er den Behälter schnell füllen und Emilias Aufmerksamkeit wieder auf sich lenken könnte. Er sieht sich um, als hoffe er, einen solchen, noch nie zuvor bemerkten Brunnen oder Eimer aufzuspüren, als Emilia sagt: »Ihr ganzer Käfig sieht so trocken aus, nichts als Staub! Wer kümmert sich denn um diese Tiere?«

»Ich weiß es nicht!«

»Aber ich dachte, Ihr würdet hier jeden Tag spielen?«

»Ja. Jedenfalls im Winter. Die meisten Tage im Winter, wenn der König im *Vinterstue* ist...«

»Doch keiner von euch kümmert sich um die Hühner?«

»Emilia!« möchte er sagen. »Warum redet Ihr über diese Hühner? Warum helft Ihr mir nicht, die Worte zu finden, mit denen ich Euch meine Liebe erklären kann?« Doch nun weiß er nicht, was er antworten soll. Er verflucht sich, weil er die Verabredung in den Keller gelegt hat. Warum nur hat er nicht das Sommerhaus oder den Blumengarten gewählt, wo sie sich zum erstenmal trafen? Er hat den Keller gewählt, vermutet er, weil er wollte, daß sie dieser kalte Ort, wo er so viel Zeit seines Lebens verbringen muß, begreifen läßt, was für eine Art Mann er ist, nämlich einer, *der zu Opfern fähig ist*. Und nun findet sie ihn wegen der elenden Hennen bloß pflichtvergessen und grausam. »Emilia«, sagt er schließlich. »Emilia. Wir holen gleich Wasser für die Hühner, doch bitte hört mir erst einmal zu...«

Jetzt sieht sie ihn an. Sie verhält sich sehr ruhig, doch er sieht, daß sie zittert. Er weiß, daß ihre Gedanken zwischen ihm und den Hühnern hin und her fliegen, hin und her, weil sie nicht wissen, wo sie sich niederlassen sollen. Sie senkt den Blick, als er unbeholfen sagt: »Als ich Euch das erstemal im Garten sah, und dann im Gang... da habe ich etwas gefühlt, was mir neu ist, völlig neu. Ich möchte es Liebe nennen. Liebe scheint das richtige Wort dafür zu sein. Aber wollt Ihr mir nicht sagen, wofür Ihr es haltet? Wollt Ihr mir nicht sagen, was Ihr fühlt?«

»Was ich fühle? Aber ich kenne Euch doch gar nicht, Mr. Claire! Was soll ich für jemanden fühlen, den ich kaum kenne?«

»Natürlich, ich sollte das nicht so früh fragen! Doch ich weiß, daß zwischen uns ein Einvernehmen war. Ich weiß es! Wollt Ihr mir denn nicht sagen, was dieses Einvernehmen Eurer Meinung nach war?«

Sie zittert. Mit ihren kleinen Händen umklammert sie den Stoff ihres Kleides. Er zieht es vor zu glauben, daß sie ihm antworten möchte, daß sie eine Erwiderung darauf hat, sich diese aber einfach nicht erlaubt. Ihre grauen Augen blicken ihn nun nicht mehr an, sondern nur noch auf das staubige Karree, wo die Hühner fast im Dunkeln ihr eintöniges Leben fristen.

»Ich hätte nicht kommen sollen«, sagt sie flüsternd. »Es tut mir leid, Mr. Claire. Ich hätte natürlich nicht kommen sollen.«

Aus Gräfin O'Fingals Tagebuch, La Dolorosa

In der Nacht, in der Johnnie in Dublin war, trug ich Peter Claire ein paar Zeilen aus Shakespeares Sonetten vor, die ich noch aus der Zeit, als mir Johnnie geduldig Englisch beibrachte, in Erinnerung hatte. Ich hatte sie fast nur als Worte ohne Bedeutung auswendig gelernt, doch nun sah ich, welche Gefühlstiefe darin lag. Nachdem ich sie aufgesagt hatte, lagen Peter und ich noch lange Zeit schweigend beieinander. Als dann der erste Vogel zu zwitschern begann, wußten wir, daß der Morgen graute und die Nacht vorüber war.

> *... Dein Herz ist höher mir als hohes Blut,*
> *Teurer als Gold, Gewänder, edle Steine,*
> *Beglückender als Pferd- und Hundebrut,*
> *Und hab' ich dich, ist aller Stolz der meine.*
> *Unselig darin nur, daß du mir's ganz*
> *Entziehn und mich höchst elend machen kannst!*

Da wußte ich noch nichts von dem Ausmaß des Elends, das folgen sollte.

Am nächsten Tag kam Johnnie O'Fingal aus Dublin zurück. Er mußte von den Dienern ins Haus getragen werden, weil er in der Kutsche so krank und schwach vorgefunden worden war, daß er sich nicht auf den Beinen halten konnte.

Wir brachten ihn ins Bett, und er fiel in einen tiefen Schlaf, der ungefähr zwanzig Stunden anhielt und von dem er zwischendurch nur einmal aufwachte, um nach Wasser zu rufen.

Nachdem ich lange Zeit an seinem Bett gewacht hatte, ging ich schließlich in mein Zimmer, um mich auszuruhen, wachte aber mitten in der Nacht auf, weil es mir am ganzen Körper merkwürdig kalt war und ich mir das nicht erklären konnte.

Ich blickte an mir hinunter und sah, daß mir mein ganzes Bettzeug weggenommen worden war und ich nackt auf der Matratze lag. Als ich nach den Zudecken greifen und sie wieder über mich ziehen wollte, merkte ich, daß mein Mann im Dunkeln an meinem Bett stand.

»Johnnie...« sagte ich.

»Er hat mir nie gehört!« verkündete er.

Er hielt eine Ecke meines Bettzeugs zusammengeknüllt in der Hand, und ich konnte es ihm nicht wegziehen. Es beunruhigte mich sehr, daß ich jetzt so vor ihm lag, unbekleidet und kalt, während mein Geliebter in einem anderen Teil des Hauses schlief. Ich zog hinter meinem Kopf ein Kissen hervor und legte es mir auf den Bauch. Johnnie blickte weiter auf mich, als würde er das, was er sah, verabscheuen, und mein erster Gedanke war, daß sich seine Worte *Er hat mir nie gehört!* auf meinen Körper bezogen, mit dem ich ihn betrogen hatte, und er darüber nun Bescheid wußte.

Ich zitterte, und das Herz schlug mir bis zum Halse, als ich sagte: »Johnnie, sag mir, was du meinst!«

Da setzte er sich auf mein Bett, als könnte er sich vor Müdigkeit nicht mehr auf den Beinen halten und hätte keinerlei Kraft mehr in den Gliedern. Er legte den Kopf in die Hände. Ich zündete eine Kerze an, und dann kniete ich mich hin und zog das Laken hoch, um mich damit zuzudecken und Johnnie gleichzeitig darin einzuwickeln, als könnte dies seine Not lindern.

Und dann erzählte er mir, was in Dublin vorgefallen war.

Am zweiten Abend dort in der Stadt ging er in die Kirche von St. Jerome of Kilbride, wo Chor und Orchester ein Konzert religiöser Lieder gaben. Er war früh da, so daß er im Hauptschiff ziemlich weit vorn saß. Er blickte zerstreut auf die Musiker, als wären diese gar nicht wirklich da, sondern nur Phantasiegestalten.

Er kannte das Konzertprogramm nicht, hatte jedoch eine Vorahnung, daß gleich zu Beginn etwas Schreckliches geschehen würde. Er wollte schon wieder aufstehen und gehen, als das Orchester zu spielen begann. Und was es spielte und der Chor dann aufnahm und in den Himmel trug, war genau die Melodie, die Johnnie O'Fingal in seinem Traum gehört hatte.

Weinend saß er auf meinem Bett. »Ich glaubte, dieser erhabene Klang sei *in meiner Seele* entstanden«, schluchzte er. »Ich glaubte, er käme von mir, aus meinem Wesen, meinem Herzen ... doch er hat mir nie gehört, Francesca! Der Komponist war ein Landsmann von *dir*, Alfonso Ferrabosco! Nun weiß ich also, daß in mir nichts Edles ist, nichts, was über das Gewöhnliche und Alltägliche hinausgeht. Ich habe viele Jahre meines Lebens an diese Suche hingegeben, und alles war vergebens. Ich habe mich bloß der Lächerlichkeit und Verächtlichkeit preisgegeben.«

Ich nahm ihn zu mir ins Bett und hielt ihn in den Armen. Ich spürte wirklich heftiges Mitleid mit ihm. Wie sehr er gelitten hatte! Wieviel er geopfert hatte! Die Bitterkeit dieses nutzlosen Leidens übertrug sich mit aller Macht auf mich. Und dennoch wanderten meine Gedanken, als ich so mit Johnnies Kopf an meiner Brust dalag, von ihm weg zu meinem Geliebten und unserer Leidenschaft. Und ich begriff, daß ich nicht mehr davon kennenlernen würde. Es würde kein Morgen geben. Da nun sein Streben hinfällig war, würde Johnnie O'Fingal dem Lautenisten zahlen, was er ihm schuldete, und ihn dann wegschicken.

Die aus der Luft gegriffenen Gedanken von Marcus Tilsen, viereinhalb Jahre alt

Emilia.

Sie war meine Schwester und hat mir einen Reim beigebracht. *Woraus ist der Himmel, den ich seh'?/ Manchmal ist er tanzender Schnee.*

Manchmal ist er nur Dunkelheit.

Dann kommt mein Vater und sagt nein nein nein nein Marcus ich will es nicht noch einmal sagen wir können nicht zulassen daß es so weitergeht. Nein nein nein nein nein. Ich zähle sie. Fünf. Nein nein nein nein nein nein. Sechs. Fünf und sechs macht elf. Und vier davor. Fünfzehn. Und dann wird mir das Geschirr angelegt mit seinen Gurten und Schließen und ich werde ans Bett gebunden und schreie. Die Gurte und Schließen hören mich und quietschen. Mein Kater Otto kann nichts hören. Er wird mir weggenommen und an die frische Luft geworfen.

Otto Otto Otto! Drei. Otto Otto Otto Otto Otto Otto Otto! Sieben.

Da draußen wo er ist kann er nichts hören. Otto. Eins.

Emilia.

Ein Bote kam mit Otto in einem Korb. Dieser Bote und der Korb und Otto flogen durch den Himmel zu mir und trugen ihren Namen. Namen können zerbrechen man muß sie beim Fliegen die ganze Zeit vorsichtig festhalten und dann kann man sie sagen. E-M-I-L-I-A.

Otto ist wie sie. Grau und weiß.

Sie hat mir erzählt ich habe meine Mutter getötet und nun kann mich meine Mutter von der Wolke sehen wo sie liegt und wenn es auf das Wasser im Pferdetrog regnet dann ist das ihr Rufen nach mir eben an diesem kleinen Ort. Mein Vater sagt das Wasser ist nicht für dich Marcus sei nicht so dumm komm weg von dem Trog du wirst sonst krank. Ich sage doch es ist für mich meine Mutter ruft in dieser rechteckigen Form und er sagt ich weiß nicht was ich mit dir machen soll Marcus ich bin in Verzweiflung.

Verzweiflung ist ein Ort ganz nah. Magdalena umwickelt mich mit Wolle damit meine Arme flach sind und sie sagt es ist ein Spiel Marcus was ist los mit dir am Ende sind wir alle in Verzweiflung.

Ich glaube Verzweiflung ist ein Dorf. Dort gibt es ein Gasthaus und ein paar Häuser und einen alten Mann der seine Messer schleift.

Der Bote kam wieder derselbe.

Ich habe seine Stimme gehört. Ich war mit dem Geschirr aus quietschenden Gurten und Schließen ans Bett gebunden. Der Bote sagte ich habe diesmal etwas Hübsches mitgebracht das Wunder von Kopenhagen doch dann war nichts mehr zu hören und so rief ich Bote Bote Bote Bote! Vier.

Bote Bote! Zwei. Doch Magdalena versteckte den Boten sie ist eine Hexe und kann Leute verschwinden oder schweigen oder wegfliegen lassen.

Beim Abendessen sagte ich ich habe die Stimme von meinem Boten von Emilia gehört und mein Bruder Ingmar sagte Marcus wird verrückt und Magdalena sagte was für ein Bote da war kein Bote und du mußt mit deinen Erfindungen aufhören Marcus wir haben viel Geduld mit dir doch unsere Geduld geht zu Ende.

Geduld besteht aus Wolle. Sie windet sich um mich herum um mich herum um mich herum um mich herum um mich herum um mich herum um mich herum um mich herum...

Nun hat Magdalena einen Vogel. Sie sagt schau Marcus es ist kein echter sondern ein Aufziehvogel und wenn ich an dieser kleinen Kurbel drehe dann singt er mir vor und du kannst zuhören aber du darfst ihn nicht berühren nimm deine Hände weg sonst machst du ihn kaputt. Ich sagte wie heißt er und sie sagte ich habe dir doch erzählt Marcus daß es kein echter ist und deshalb hat er keinen Namen und paß bitte auf daß dein Kater Otto nicht hier hereinkommt und meinen Vogel für etwas Lebendiges hält und versucht ihn aufzufressen.

Ich sage hat der Bote diesen Vogel gebracht und Magdalena gibt mir eine Ohrfeige und sagt genug jetzt mehr kann ich heute nicht ertragen.

Nun spreche ich mit Otto auf der Wiese bei dem Pferdetrog ein ernstes Wort weil er versucht eine Biene zu fangen. Ich sage Otto sei nicht so dumm oder ich bringe dich zum Dorf Verzweiflung.

Die geheime Minzwurzel

Auf ihrer Reise nach Jütland war Kirstens Frau für den Körper, Vibeke Kruse, seekrank, und zwar nicht nur bei den windgepeitschten Meeresüberfahrten, sondern auch bei den Landüberquerungen, so daß ihre Kutsche immer wieder anhalten mußte, weil die arme Vibeke scheinbar die Reste aller Blaubeertörtchen, Schokoladenkuchen und Vanillecremetöpfchen, die sie je zu sich genommen hatte, von sich gab. Diese bunten Überbleibsel ihrer Schlemmereien versickerten im Moosboden der großen Wälder Südjütlands. Völlig erschöpft kam sie auf Boller an.

Ellen Marsvin hatte für sie ein Zimmer mit einer gewissen Eleganz vorbereitet, so daß die übrigen Hausangestellten beim Anblick des türkischen Teppichs, mit Damast ausgekleideten Betts und Toilettenkästchens aus Silber und Ebenholz einen jener Eifersuchtsanfälle bekamen, zu denen sie alle so sehr neigten. Sie begannen zu tratschen und zu munkeln. Sie fragten sich, was Fru Marsvin wohl mit dieser unbekannten Person vorhatte.

Doch Ellen Marsvin sagte nichts. Und als Vibeke aus der Kutsche taumelte, bleichgesichtig, feucht und schlapp, wurde sie von Ellen lediglich angewiesen, sich auszuruhen, »bis du wieder du selbst bist und ich das Vergnügen habe, dir das Boller-Anwesen zu zeigen«.

Ihr wurde Fleischbrühe gebracht, die sie gierig trank. Sie bat um einen Pfefferminztee. Ellen Marsvin ging selbst in ihren Kräutergarten und kniete nieder, um einen kleinen Strauß Minzstiele zu pflücken. Sie dachte darüber nach, wie die Minze wuchs, ihre purpurnen Wurzeln weit über ihr Gebiet ausstreckte und Boden beanspruchte, der vielleicht einst Salbei oder Thymian genährt hatte, wie sie die anderen Pflanzen verdrängte und an so weit entfernten Stellen wieder auftauchte, daß man meinen konnte, sie wolle den ganzen Garten beschlagnahmen. In einer kleinen Gedankenspielerei, die ihr plötzlich sehr gut gefiel, flüsterte sich Ellen Marsvin zu: »Vibeke ist meine *geheime Minzwurzel*.«

Eine Woche nach Vibekes Ankunft, als ihr Gesicht wieder seine natürliche Farbe angenommen hatte und ihr die Wälder und Wiesen von Boller gezeigt worden waren, trafen zwei Näherinnen ein, um bei ihr Maß für neue Kleider zu nehmen.

Die Schneiderinnen hatten von Ellen Marsvin besondere Anweisungen erhalten und schwören müssen, Vibeke nichts davon zu sagen. Sie kamen mit Samt- und Seidenballen, Litzeknäueln, Karten mit Spitze und Schachteln voller Perlmuttknöpfe und schwirrten mit ihren Maßbändern um Vibeke herum, während diese mit ihren Händen, die noch nie schlank und weiß, sondern immer rauh und rot gewesen waren, als habe sie ihr Leben als Milchmädchen verbracht, zärtlich über alles strich. Während bei ihr Maß genommen wurde, begann Vibeke zu träumen. Sie hatte auf einmal das Gefühl, es liege eine wunderbare Zukunft vor ihr.

Es wurden fünf Kleider in Auftrag gegeben.

An diesen mußten so viele Litzen, Bänder und kleine Perlen angebracht und die Spitzen für die Halskrausen mußten so oft gestärkt und gebügelt werden, daß die Kleider erst in drei Wochen fertig werden sollten.

Es war der Beginn der Einweckzeit. Täglich trafen vom Anwesen der Tilsens Wagen mit Erdbeeren und den ersten Stachelbeeren ein. In der Küche auf Boller nahm selbst der durch das Schrubben der Gläser entstehende Dampf den Duft der Früchte an. Wenn Vibeke hinunterging, war es für sie, als steige sie in ein glühendes, duftendes Paradies hinab, wo der Magen allein vom Atmen besänftigt (aber gleichzeitig auch verführt) wurde.

Sie erklärte sich freiwillig bereit, beim Entstielen und Waschen der Erdbeeren zu helfen, wobei sie so viele Beeren im wohlriechenden Dampf den Weg zu ihrem Mund finden ließ, daß es am Ende ein paar Einweckgläser weniger wurden, als Ellen Marsvin berechnet hatte. »Wie merkwürdig!« meinte sie. »Gewöhnlich sind meine Berechnungen doch nicht falsch!«

Als die Näherinnen mit den fünf neuen Kleidern wiederkamen und sich Vibeke bis auf ihre Unterröcke auszog, um sie anzuprobieren, stand Ellen Marsvin dabei und beobachtete sie aufmerksam.

Es waren sehr schöne Kleider. Als sich Vibeke das erste über die Schultern zog und das Kosen der teuren Seide auf ihren Armen spürte, versank sie erneut in Träumereien. Sie sah sich als Ehrengast eines üppigen Bankkets. Noch wunderbarer als die Platten mit Fasan, Wachtel, Rebhuhn, Rind und Wildschwein, die ihr zur Ansicht hingehalten wurden, war der Respekt, mit dem die Gäste sie offensichtlich mit ihrem Lächeln, ihren heftig nickenden Köpfen und ihrem zustimmenden Lachen behandelten.

Doch ach, plötzlich gab es ein Problem!

Vibeke spürte, wie ihr Körper von den Näherinnen fast schmerzhaft zusammengedrückt wurde, als diese versuchten, sie in das schöne Kleid zu schnüren. Sie zerrten und mühten sich ab. Ellen Marsvin schaute zu und ließ sich nur eine leichte Bestürzung anmerken. Vibekes Träume lösten sich auf, und es blieb ihr nur die Wirklichkeit eines zu engen Kleides und ihr Spiegelbild, in dem sie immer mehr den dümmlichen Eindruck eines gefüllten und mit Fäden umwickelten Perlhuhns machte.

»Das verstehe ich nicht, Fru Marsvin«, sagte sie mit erstickter Stimme. »Obwohl meine Maße genommen wurden, paßt das Kleid nun nicht.«

»Nein, wohl nicht! Das sehe ich! Was für eine Schande!« sagte Ellen. Dann wandte sie sich an die Näherinnen.

»Sind Frøken Kruses Maße richtig aufgeschrieben worden?« Alle nickten. »Ja, Madam. Wir haben sie sehr sorgfältig notiert.«

»Könntet ihr euch beim Anfertigen des Kleides verrechnet haben?«

»Nein, Fru Marsvin. Bei einem so teuren Stoff erlauben wir uns keinen Irrtum.«

Ellen Marsvin seufzte und meinte: »Nun, vielleicht passen ja die anderen. Probier die anderen an, Vibeke!«

Die Haken und Bänder wurden geöffnet, und Vibeke spürte, wie das Kleid von ihr abfiel. Sie sah zu, wie es die Näherinnen beiseite legten, und griff nach dem zweiten Gewand, einer beispiellosen Kreation aus blauem Samt, goldener Perlschnur und Satinschleifen. Die bloße Berührung, als sie dieses jetzt zu sich heranzog, weckte in ihr das heftige Verlangen, wieder bei dem Bankett ihrer Phantasie zu sein, wo sie der Ehrengast gewesen war. Doch es sollte nicht sein. Trotz aller Bemühungen der Näherinnen konnte Vibekes Fleisch nicht in das schöne Kleid gezwängt werden, und so mußte sie erleben, daß ihr auch dieses Wunderwerk wieder aus den Händen gerissen wurde.

Als Vibeke alle fünf Kleider anprobiert hatte und sich herausstellte, daß keins paßte, setzte sich Ellen Marsvin hin und stützte den Kopf in die Hände. »Wirklich«, sagte sie, »das ist eine große Enttäuschung, Vibeke! Die Kleider waren schrecklich teuer, und ich kann mir die Ausgabe auf keinen Fall noch einmal leisten. Zum Glück hast du ja deine eigene Garderobe mitgebracht, die du nun anziehen...«

»O nein!« rief Vibeke. »Offenbar habe ich auf Boller zugenommen. Wenn die Kleider für mich aufgehoben werden, verspreche ich, künftig maßvoller zu essen. Ich weiß, daß es ein Fehler von mir ist, gegen den ich angehen muß. Ich bitte Euch, Fru Marsvin, gebt die Kleider nicht weg! Laßt die Näherinnen in einem Monat wiederkommen, und ich schwöre, daß sie mir dann passen!«

»Nun«, meinte Ellen, »es ist jetzt aber Sommer, Vibeke, wenn das Essen auf Boller am reichlichsten, die Sahne am dicksten und das Hammelfleisch am schmackhaftesten und zartesten...«

»Ich weiß«, unterbrach sie Vibeke, der sehr nach Weinen zumute war (die aber bei der Erwähnung des zarten Hammelfleischs auch unfreiwillig quälenden Hunger verspürte). »Ich weiß, Fru Marsvin, doch ich schwöre, daß ich mir eine Kur ausdenke und diese eisern durchhalte, wenn ich nur diese Kleider bekomme...«

Ellen schüttelte den Kopf und hob den Blick so traurig zu Vibeke, als wolle sie sagen: *Du wirst es nicht schaffen, du wirst in Versuchung geraten und ihr nachgeben!* Doch schließlich wandte sich

Ellen den Näherinnen zu, die sich nichts anmerken ließen, sondern vielmehr so ernst und sorgenvoll dreinblickten, wie sie es sich nur wünschen konnte, und sagte: »Hebt die Kleider sechs Wochen für Frøken Kruse auf! Ich lasse euch kommen, wenn sich bei ihren Maßen eine Änderung abzeichnet. Wenn ihr nichts von mir hört, schickt die Kleider nach Rosenborg für die eine oder andere der Frauen meiner Tochter.«

Da stieg ein Laut aus Vibekes Kehle auf. Ellen Marsvin wird diesen kleinen qualvollen Laut später mit dem Schrei der blauen Sumpfrohrdommel vergleichen, die es seit der Dürre des Jahres 1589 in Jütland nur noch sehr selten gibt. »Immer wenn ich den kleinen Schrei der Sumpfrohrdommel höre«, wird Ellen dann sagen, »muß ich an die Wurzeln der Pfefferminze und deren geheime Wege denken.«

Die Ankündigung

Jetzt ist es Juli, der Monat, für den König Christian das Eintreffen der ersten Silberbarren aus der Mine im Numedal in Kopenhagen erwartet.

Die Vorstellung von Silber in so großen Mengen, daß alle seine Schulden bald bezahlt werden können, bietet einen sicheren Hafen für Christians ängstliches Gemüt. Immer wenn er bei der Erinnerung an Dänemarks Niederlage in den Glaubenskriegen von Wut und Reue gepackt wird, wendet er sich in Gedanken dem Tal des *Isfoss* und den Abermillionen dort im Fels eingeschlossenen Dalern zu. Er verleiht diesen (er sieht das Silber nicht mehr als Erzklumpen, sondern als neugeprägte Münzen) ein Bewußtsein und einen Willen. Er stellt sich vor, sie sehnen sich nach Befreiung, danach, in sein Staatssäckel zu kommen, durch seine prüfenden königlichen Hände zu gleiten und ihm zu dienen. In zahllosen Nächten hat er den Schlaf aus der Sicherheit dieser Träume heraus herbeigerufen, und dieser ist dann meist auch gekommen.

Doch nun, als der Juli schon fast um und noch immer kein Silber eingetroffen ist, wird Christian allmählich unruhig.

Er sitzt in seinem Arbeitszimmer, stellt Berechnungen für den

Staatshaushalt an und kommt stets zu einem Saldo, der ihm Verdauungsprobleme bereitet. Überall im Land herrscht Mangel. Er beginnt sich zu fragen, ob es vielleicht noch etwas anderes gibt, eine andere Ware als harte Währung, um diesen Bedarf zu decken. Doch was könnte diese »andere Ware« sein? Könnten Entwässerungsgräben ohne Erde und Männer für deren Transport gelegt werden? Würde er unbezahlte Arbeitskräfte finden? Bestimmt hatten schon andere Könige von einem Staat geträumt, in dem sich die Untertanen damit zufriedengaben, das Herbstlaub einzusammeln und es Gold zu nennen. Doch am Ende gibt es keinen anderen Ausweg aus einem Mangelzustand als Geld und nochmals Geld – in Mengen, die im Laufe der Zeit, wenn die Träume von morgen die Notwendigkeit von heute werden, ständig größer werden.

König Christian fertigt eine Liste an, die er mit der Überschrift *Radikalmaßnahmen für den Fall eines Fehlschlags mit der Mine* versieht. Diese Maßnahmen beinhalten das Einschmelzen seiner privaten Sammlung von Tafelsilber und -gold sowie die Verpfändung Islands an ein Konsortium von Händlern aus Hamburg. Er schreibt auch das Wort »Mutter« auf. Dahinter setzt er mehrere Fragezeichen, streicht es aber nicht wieder aus. Kirsten hatte ihm einmal erzählt, die Königinwitwe würde auf Kronborg »wie eine Schwarze Witwe auf einem großen Vermögen hocken«. Doch Kirsten konnte keinen Beweis dafür erbringen, nur ein »Das weiß doch jeder!«, so daß er angesichts der immerwährenden Streitigkeiten zwischen den beiden Frauen nicht sagen kann, ob es eine Tatsache oder die reinste Erfindung ist. Immer wenn er seine Mutter auf Geld anspricht, behauptet sie, eine arme Frau zu sein. »Ich habe kaum genug«, sagt sie dann, »um mir ein Körbchen Sardellen zu kaufen.«

Eines Abends, als er seine Additionen gerade zum zehnten- oder elftenmal macht, kommt Kirsten zu ihm. Es fällt noch Licht durchs Fenster, und Kirsten setzt sich so vor ihn hin, daß ihr dieser letzte goldene Schein des Tages aufs Gesicht fällt, ihre weiße Haut bernsteinfarben tönt und kleine Flammenkringel in ihrem Haar erzeugt.

Christian legt die Feder beiseite und verschließt das Tintenfaß mit dem Stöpsel. Er blickt Kirsten an. Er sieht keine Bosheit oder Wut bei ihr, sondern eine fast zärtliche Sanftmut, die ihn an die ersten Tage seiner Ehe mit ihr erinnert, als sie noch weich und formbar in seinen Händen war. »Nun, meine Maus?« fragt er.

Sie sitzt sehr aufrecht auf dem Stuhl, die Mundwinkel zu einem kleinen Lächeln hochgezogen. »Störe ich dich?« fragt sie.

»Nur bei einer Arbeit, die mir Magenschmerzen bereitet.«

»Was für eine Arbeit ist das?« fragt sie, und erst jetzt fällt Christian auf, daß sie offenbar nervös ist. In der Hand hält sie ein Fläschchen mit Riechsalz, das sie ständig im Schoß herumdreht.

»Finanzen«, erwidert er freundlich. »Doch alles wird gut, wenn das Silber aus dem Numedal eintrifft. Was ist los, Maus?«

Sie hebt den Kopf ans goldene Licht. »Nichts«, sagt sie, »jedenfalls hoffe ich, daß du es für ›nichts‹ hältst, oder vielmehr für etwas, was dich freut, und zwar: Wenn es Winter wird, lege ich dir ein weiteres Kind in die Arme.«

Christian kann nicht sprechen. Die Erkenntnis, daß Kirsten trotz ihrer Wutanfälle und Zurückweisungen, ihres Schmollens und ihrer Beschuldigungen, ihrer Weinkrämpfe und ihres wilden Benehmens seine wahre Frau bleibt und ihr Körper seinen Samen in sich aufnehmen und neues Leben entstehen lassen kann, wodurch der Bund zwischen ihnen wieder gefestigt wird, läßt ihn derart vor Liebe und Dankbarkeit überfließen, daß ihm Tränen in die Augen steigen. Seine ganzen Sorgen um die mißliche finanzielle Lage seines Staates fallen augenblicklich von ihm ab und sind vergessen. Er streckt die Arme aus. »Kirsten«, sagt er, »komm her! Laß uns Gott danken, daß er uns in Seinem Haus zusammengebracht hat und dich noch bei mir hält.«

Die Sonne geht jetzt sehr rasch unter, das Gold ist aus Kirstens Gesicht gewichen, und sie sitzt im Schatten. Sie hat ihre Riechsalzflasche geöffnet und hält sie sich an die Nase, als befürchte sie, ohnmächtig zu werden. Doch dann scheint sie die Schwäche, die sie zu übermannen drohte, zu meistern und geht zum König hinüber. Dieser streckt die Arme so inbrünstig nach ihr aus wie an jenem Tag, als er ihr Liebhaber wurde. Er nimmt sie auf den Schoß und küßt sie auf den Mund.

König Christian hat ein privates Notizbuch, in das er ab und zu die Gedanken und Betrachtungen einträgt, die ihm *ungebeten* in den Sinn kommen.

Diese *Phantombeobachtungen*, wie er sie nennt, faszinieren ihn weit mehr als das, was er »gewohntes weltliches Philosophieren« nennt. Diese Faszination beruht teilweise auf der Tatsache, daß er nicht weiß, wo diese Dinge herrühren und wie sie ihm in den Kopf gekommen sind. Gleicht das menschliche Gehirn einem Stückchen Land, wo sich die Feldfrüchte, Blumen, Unkräuter und selbst die Samen mächtiger Bäume nach der Richtung des Windes oder dem Flugmuster der Vögel aussäen? Wenn ja, kann es vom Zufall angegriffen werden – wie von riesigen Wurzeln oder Disteln –, so daß dem Verstand kein Raum zum Gedeihen bleibt? Sollte ein Mann deshalb danach streben, nur Gedanken zuzulassen, die logisch aus anderen hervorgehen, und sich vor allem schützen, was in sich das *Gefühl des Ungebetenseins* trägt? Oder könnte es sein, daß bestimmte Arten wertvoller Wahrnehmung nur so eintreffen wie vom Wind verwehte Saat auf einer nassen Wiese und ihr Ursprung für immer unbekannt bleibt oder nicht erfaßt wird?

Doch der einzige Schluß, den Christian aus alldem ziehen kann, ist der, daß er die Antwort darauf nicht kennt. Diese widersetzt sich dem Definitiven. Doch sein Notizbuch füllt sich von Jahr zu Jahr mit diesen Gespenstern und Schatten, die manchmal, wenn er sie wieder liest, überhaupt keine Bedeutung zu haben scheinen, als wären es die Aufzeichnungen eines Verrückten. Eines Tages, sagt er sich, wird er aus den Notizbüchern einen Scheiterhaufen machen und alle seine hingekritzelten Gedanken und Halbgedanken als Rauch in den leeren Raum aufsteigen lassen, aus dem sie gekommen sind.

Später an dem Abend, an dem Kirsten ihm von ihrer Schwangerschaft erzählt hatte, als es dunkel geworden und er wieder allein ist, wird Christian plötzlich von einem dieser ungebetenen Gedanken gequält, und zwar von dem: *Er hat Kirstens Besuch geträumt.* Wenn das Gehirn von Sorgen überlastet ist – wie jetzt seins –, erfährt es plötzlich seltsame Heimsuchungen oder beschwört Träumereien, und hier handelte es sich nun um so etwas Unwesenhaftes. In Wirklichkeit war Kirsten überhaupt nicht in seinem Zimmer gewesen, hatte überhaupt nicht mit ihrem ins Abendlicht getauchten Gesicht dagesessen und überhaupt nichts gesagt. In Wirklichkeit war Kirsten *überhaupt nicht dagewesen.*

Christian wuchtet seinen schweren Körper aus dem Bett und nimmt die Lampe. Er weckt keinen Diener, sondern geht allein und barfuß über den kalten Marmorboden, bis er bei Kirstens Gemächern ankommt.

Auf sein Klopfen hin öffnet die junge Frau Emilia, und er sieht, daß hinter ihr in der Kammer Licht brennt, als habe Kirsten beschlossen, lange aufzubleiben, Karten zu spielen oder mit ihren Frauen zu klatschen. Doch als er sich an Emilia vorbeigeschoben hat, stellt er fest, daß der Raum leer ist. Das Bett ist für die Nacht gerichtet, doch niemand hat darin geschlafen.

»Ist sie bei mir gewesen?« fragt der König.

Emilia sieht verwirrt aus. »Bei Euch, Sir?«

»Früher am Abend! Als die Sonne gerade unterging. War sie da in meinen Räumen?«

»Ich weiß nicht...«

Emilia verhält sich sehr ruhig, sieht den König aber nicht an, als sie sagt: »Sie hat Kopenhagen verlassen, Euer Majestät – nur für den Abend...«

»Kopenhagen verlassen? Zu welchem Zweck? Wohin ist sie gefahren?«

»Sie hat es nicht gesagt, Sir. Sie hat mich gebeten, auf sie zu warten, das ist alles.«

König Christian geht zu Kirstens Bett und starrt darauf. Dann greift er nach dem Spitzenrand des Lakens und schlägt es zum Kopfende hin hoch. Er tut dies sehr zärtlich, fast so, als sehe er Kirsten dort schlafen, das Haar wie ein Heiligenschein über das Kissen gebreitet, und wolle sie nun zudecken, um sie vor der Kälte der Nacht zu schützen.

Von Senf und Bändern

Seit seinem Treffen mit Emilia im Keller befindet sich Peter Claire in einem Zustand ständigen leichten Erstaunens.

Er kann kaum glauben, daß das, was dort gesagt worden ist, *wirklich gesagt worden sein kann*. Er spielt das Gespräch immer wieder durch, als sei es ein Musikstück, das man noch ein wenig besser spielen könnte. Doch das ist nicht möglich. Es bleibt die unumstrittene Tatsache: Er hat Emilia Tilsen seine Liebe gestanden, und diese hat ihn abgewiesen. In jeder Version des Dialogs, wie er die Worte auch wählt oder abwandelt, bleibt ihre Verweigerung und kann nicht ignoriert werden.

Das verwirrt ihn mehr, als es vielleicht andere Männer verwirrt hätte, weil er es nicht gewöhnt ist, abgewiesen zu werden. In seinen siebenundzwanzig Lebensjahren haben sich die Frauen Peter Claire gegenüber immer so verhalten, wie sich das Meer dem Wind gegenüber verhält. Nie hat er seine Macht verloren, sie aus der Ruhe zu bringen, ihr Verlangen aufzupeitschen oder sogar – wie gelegentlich bei einer heißen Abendgesellschaft in den frühen Morgenstunden – ein wenig leidenschaftlichen Schaum auf ihre Lippen treten zu lassen. Doch jetzt, als er endlich tief und sicher fühlt und zu wissen scheint, daß seine Zukunft bei Emilia liegt und er ein wahrhaft glückliches Leben vor sich hätte, wenn sie seine Liebe erwidern würde, scheint ihm gerade diese Frau vollkommen gleichgültig gegenüberzustehen, als wäre sie aus Stein. Sie war viel mehr von den Hühnern in ihrem Elend, ihrem Mitgefühl und ihrer Sorge für sie berührt gewesen als von seiner Erklärung. Sie hatte ihm deutlich gesagt, daß es ein Verstehen zwischen ihnen nie gegeben hatte.

Doch sie ist zu dem Rendezvous gekommen.

Aus dieser einen Tatsache versucht Peter Claire ein wenig Ruhe zu ziehen. Sie hätte seine Mitteilung an sie auch einfach ignorieren können – so wie wohl tausend solcher eiligen Briefe kurz angeschaut und weggeworfen werden –, was aber nicht geschehen war. Und Emilia schien, als sie in die Gewölbe herunterkam ... Was schien sie da? Vielleicht doch nicht ganz ein so unbewegter Stein zu sein, wie er ihn beschworen hatte. Sie glich vielmehr ein wenig einem Baum, einem jungen Baum, der zu klein ist, um vom

Wind gewiegt zu werden, sich aber dennoch ein wenig bewegt fühlt.

Und noch etwas anderes erfüllt ihn mit einer merkwürdigen Verwunderung: Emilia ist durch ihre Ablehnung für ihn noch schöner geworden. Sie hat dadurch etwas Geheimnisvolles bekommen, was sie vorher nicht besaß.

Er wünschte, seine Schwester Charlotte wäre da, um ihm zu sagen, was er als nächstes tun sollte. Sollte er Emilias Ablehnung lediglich als Zeichen ihrer Bescheidenheit und Güte nehmen und sich also eine Fortführung seines Werbens um sie ausdenken, das ihr zeigt, wie sehr er diese Züge an ihr schätzt? Oder sollte er alle weiteren Annäherungsversuche unterlassen, in der Hoffnung, daß sie dann ihre Strenge im Keller bereut und ihm ein Zeichen gibt, daß sie sich freuen würde, wenn er sie wieder aufnimmt?

Peter Claire sitzt mit Jens Ingemann im Speisezimmer, als er über all das nachdenkt, und bittet schließlich den Kapellmeister um seine Meinung zur großen Frage der Liebe.

Sie essen Hering mit Senf. Jens Ingemann hat eine erstaunliche Menge Senf um seinen Hering herum ausgebreitet.

»Ich denke über die sogenannte Frage der Liebe überhaupt nicht nach!« sagt Ingemann knapp.

»Ihr meint, Ihr denkt nie darüber nach, Herr Ingemann?«

»Ich meine, daß ich sie im Leben eines intelligenten Menschen für unwesentlich halte.«

»Und doch –«

»Es gibt kein ›und doch‹, Mr. Claire. Was wir mit dem Ausdruck ›Liebe‹ so wichtig nehmen, ist nichts anderes als das Unfreiwillige, was die stinkende Kröte am Ende des Winters tut.«

Sie essen den Hering. Jens Ingemann wendet den salzigen Fisch in seinem gelben Bad und schlingt ihn hinunter. Nach einer Weile meint Peter Claire: »Habt Ihr das auch schon so gesehen, als Ihr jung wart?«

»O ja! Was aber nicht besagen will, daß es mir kein Vergnügen bereitet hat, mich wie eine Kröte zu benehmen. Und es kann durchaus sein, daß Kröten Vergnügen dabei empfinden. Warum auch nicht? Und wer kann schon sagen, ob es Kröten, wenn sie sprechen könnten, nicht anders nennen würden? Wenn Ihr mich aber nach der Liebe zu Gott oder meiner Liebe zur Musik fragen würdet, bekämt Ihr eine andere Antwort.«

»Das sind die Dinge, die Euch an die Welt binden? Nichts und niemand sonst?«

»Mich an die Welt binden?« Jens Ingemann schluckt sein letztes, in Senf gebadetes Heringsstück hinunter, und sein Gesicht verzieht sich zu einem kalten Lächeln. »Sie binden mich nicht an die Welt, Mr. Claire! Weit davon entfernt! Sie erinnern mich daran, daß die Welt eine häßliche und finstere Grube ist, der ich bald zu entkommen hoffe.«

Er wischt sich den Mund mit einer Leinenserviette ab, faltet diese zu einem ordentlichen kleinen Viereck und legt sie neben seinen Teller. Peter Claire schaut gebannt zu, als erwarte er sich davon die Offenbarung einer wichtigen Wahrheit, die dem Gespräch noch fehlte. Er weiß, daß dadurch eigentlich nur Jens Ingemanns Pingeligkeit und Ordnungssinn offenbart wird und daß dieser jetzt, wie bei jedem Mittagessen, die Augen zu einem stillen Tischgebet schließen, dann aufstehen, seinen Stuhl wieder in seine angestammte Position an den Tisch stellen und langsam aus dem Speiseraum gehen wird. Doch er möchte dem Kapellmeister, bevor er dies geschehen läßt, noch eine letzte Frage stellen. Daher hebt er die Hand, um dem Dankgebet zuvorzukommen, und sagt hastig: »Kapellmeister, was sagt Ihr dann zur Liebe des Königs zu seiner Frau?«

Jens Ingemann öffnet widerstrebend noch einmal die Augen, die ihm schon zufallen wollten, als sei das Tischgebet ein kurzer Schlaf, der ihn jeden Tag um diese Zeit überkommt. »Ich sage«, intoniert er mit müder Stimme, »daß sie das größte Elend seines Lebens ist.«

Peter Claire verläßt schließlich den Speiseraum und geht durch die Palasttore in die Stadt hinaus, wo er sich auf dem Marktplatz in der Menschenmenge verliert. Er weiß nicht, was er zwischen den Schuhflickern, Austernverkäufern und Webern zu finden hofft, doch hier zu sein, in der Welt außerhalb Rosenborgs, bringt ihm immer ein vertrautes Glücksgefühl, wie als Kind, wenn er mit seiner Mutter zum Jahrmarkt nach Woodbridge ritt.

Er bleibt am Stand eines Bandmachers stehen und kauft für

Charlotte ein paar weiße Satinbänder. Als er sie in der Hand hält, hat er aber nicht Charlotte vor Augen: In Gedanken flicht er sie in Emilias braunes Haar und stellt sich den Duft ihres Haares, die sanfte Wärme ihres Nackens und die seidigen, ihr über den Rücken fallenden Bänder vor.

Kirsten: Aus ihren privaten Papieren

Ich tanze auf einem Seil über dem Abgrund: So kommt mir mein Leben vor. Reißt das Seil? Stürze ich auf die Felsen der Ungnade und des Elends? Oder gelingt es mir wie durch ein Wunder, weiterhin in meiner Welt zwischen Himmel und Erde zu balancieren?

Der Erfolg meiner Ankündigung beim König (die in ihm nicht das geringste Mißtrauen hervorzurufen schien, sondern vielmehr die gleiche unschuldige Freude, mit der er die Empfängnis aller unserer vielen Kinder begrüßt hat) erweckte in meiner Brust eine solche Erleichterung, daß ich sogleich von Leichtsinn ergriffen wurde und etwas tat, was, das räume ich ein, mein Verderben hätte sein können, wenn sich das Schicksal gegen mich verschworen hätte. Ich ließ einen Wagen vorfahren und floh in ihm mit einer Federmaske und einer Reitpeitsche zu Ottos Wohnung.

Gewiß, ich hatte mir selbst geschworen, nicht schwach zu werden und meinen Liebhaber erst in Kopenhagen zu besuchen, wenn die ganze Sache mit seinem Kind von einem so dicken Lügengespinst umgeben sein würde, daß ich nicht mehr Gefahr lief, des Hochverrats bezichtigt zu werden. Doch an diesem schönen Abend und nach meiner ausgezeichneten Darbietung als treue Frau des Königs war ich so wild darauf, mich mit dem Grafen zu vereinigen, daß ich unter keinen Umständen dagegen angehen konnte und zugeben muß, in jeder Hinsicht nicht besser als eine hitzige Stute gewesen zu sein, die einem Hengst, wenn sie nur seine Witterung aufnimmt, ihr einladendes zweites Maul wie eine plötzlich vulgär rosa gewordene, taubenetzte Orchidee hinhält.

Otto spielte gerade mit ein paar Freunden Karten. Als ihm die Nachricht überbracht wurde, »Brigitte« erwarte ihn, kam er sofort in das Zimmer, in dem ich wartete, und sagte zu mir: »Leider bin ich gerade mit Kartenausteilen an der Reihe. Ich kann nicht länger als drei oder vier Minuten wegbleiben.«

»Nun«, erwiderte ich, »dann beeil dich, mein lieber Stefan!«

Er packte mich am Arm und drängte mich in eine kleine Kammer, die eigentlich nicht größer als ein Schrank war. Es blieb mir nicht verborgen, daß dort mehrere Besen, Eimer und Federwische untergebracht waren, womit ich mich allerdings nicht lange aufhielt, da ich, kaum daß mir Otto den Rock hochgeschoben und mich zu streicheln begonnen hatte, rasch zu meinem Vergnügen kam. »Stefan!« rief ich. »Oh, ich will sterben!« Doch Otto zischte mich an, ich solle nicht schreien, weil er Angst hatte, wir würden erwischt; und dann, während die Kartenspieler unten warteten und die Minuten dahinflossen, drückte er mich im Stehen zwischen die Reinigungsutensilien, öffnete seine Hose und nahm mich so, herrlich hastig und brutal, während ich ihm mit der Reitpeitsche über die nackten Lenden schlug und er flüsterte: »Fester, Brigitte, fester!« Und so war alles schon vorbei, bevor es auch nur richtig begonnen hatte, und er fiel nach Luft schnappend auf mich. Ich hörte sein Herz wild an meinem schlagen und sagte: »Otto, mein Allerliebster, wir werden niemals voneinander loskommen! Niemals!«

Bei meiner Rückkehr auf Rosenborg ließ ich den Wagen eine Weile im Kreis herumfahren, um meine Fassung wiederzugewinnen. Emilia erzählte mir, daß der König in meiner Kammer gewesen sei und meine Abwesenheit entdeckt habe.

Wieder hatte ich das Gefühl, auf meinem Seil zu sein, und bildete mir ein, ich könne den Wind um mich herum aufkommen hören, der anfing, das Seil schwanken und schwingen zu lassen, und ich spürte, wie mir alle Farbe aus dem Gesicht wich und ich weiche Knie bekam.

Rasch ließ ich mir von Emilia Wasser und Seife bringen und wusch mir alle Spuren von Otto vom Körper. Dann zog ich ein sauberes Nachthemd an und begab mich zu Bett. »Wenn der König noch einmal auftaucht«, sagte ich zu Emilia, »laß ihn herein. Ich sage, ich sei aufs Land hinausgefahren, um frische Luft in die Lunge zu bekommen. Es gibt keinen Erlaß, der das Einatmen von Nachtluft verbietet.«

Er kam jedoch nicht. Emilia versuchte mich zu beruhigen, indem sie mir erzählte, daß der König verwirrt gewesen zu sein schien und vermutlich getrunken hatte (wie es immer mehr zu seiner Gewohnheit wird), und mir dann ein paar hübsche Geschichten über ihre tote Mutter Karen erzählte, die im Winter immer mit ihr auf dem Eis getanzt und ihr im Sommer eine seidene Hängematte zum Aufhängen zwischen zwei Linden angefertigt hatte, sie damit schaukelte und ihr vorsang.

Ich sah deutlich, daß Emilias Mutter in jeder dieser liebevollen Einzelheiten viel netter zu ihrer Tochter gewesen war als ich jemals zu meinen lästigen Kindern, und das hätte in mir leicht Haß auf mich auslösen können, zu dem ich sehr neige, wenn ich meine eigenen Mängel wahrnehme. Doch ich war nicht verärgert, sondern bedauerte nur, diese tote Karen nicht kennenlernen und durch ein Wunder wieder zum Leben erwecken zu können, damit sie endlich zu den Obstplantagen Jütlands zurückkehren und die widerwärtige Magdalena, verfolgt von einem Bienenschwarm, dorthin zurückschicken könnte, woher sie gekommen war.

Am nächsten Morgen wurde ich früh durch den plötzlichen und unerwarteten Besuch von Doktor Sperling erneut in Schrecken versetzt. Er brachte seinen Kasten mit dem chirurgischen Besteck mit, dessen Anblick das Herz einer jeden Frau mit Entsetzen erfüllen kann, da dieses einen so kalten und grausamen Eindruck macht.

»Madam«, sagte er, »der König hat mich gebeten, Euch zu untersuchen. Er sagt, er glaube, Ihr könntet ein Kind erwarten.«

»Könntet?« fragte ich. »In dieser Angelegenheit gibt es kein ›könntet‹, Doktor Sperling. Ich habe Seine Majestät gestern abend darüber informiert, daß ich ihm im Winter wieder ein Kind schenken werde.«

Der Arzt hat kleine braune Augen ohne jeden Glanz, die fast tot wirken, als seien es Steine. »Nun gut!« meinte er. »Würdet Ihr Euch jetzt bitte aufs Bett legen, damit ich feststellen kann, wie weit Eure Schwangerschaft fortgeschritten ist und wir wissen, wann das Kind auf die Welt kommt?«

Meine Angst war so groß, daß ich mich einen Augenblick lang nicht rühren konnte. Doch dann erwiderte ich so rasch wie möglich: »Es besteht kein Anlaß für eine Untersuchung, Doktor. Denn war der König nicht bis zum Juni im Numedal? Daher können wir mit großer Genauigkeit bestimmen, wann das Baby gezeugt wurde, und müssen nur neun Monate dazurechnen, um auf das Geburtsdatum zu kommen.«

»Trotzdem muß ich«, sagte der Doktor, »die Untersuchung, wie befohlen, durchführen.«

Ich ließ meinen Blick auf den Instrumenten ruhen. Indem ich eine noch größere panische Angst vor diesen vortäuschte, als ich schon empfand, begann ich zu schwanken und zu fallen. »Nein!« hörte ich mich schreien. »Das kann ich nicht zulassen! Ich schwöre Euch, daß ich eine Fehlgeburt erleide, wenn Ihr das tut...«

In diesem Augenblick kam der König herein. Als er mich ohnmächtig werden sah, rannte er zu mir, fing mich auf und rief nach dem Riechsalz. Da ich wußte, daß alles von diesem Augenblick abhing, tat ich so, als liege ich bewußtlos in seinen Armen, bis ich das Riechsalz einatmete. Dann öffnete ich die Augen, klammerte mich an meinen Mann und sagte: »Oh, mein liebster Herr, hilf mir! Setze nicht das Leben des Kindes aufs Spiel, indem du dem Arzt erlaubst, kaltes Metall in meinen Körper zu schieben!«

Der König drückte mich an sich und sagte: »Dann habe ich es also nicht geträumt?«

»Was geträumt?«

»Daß du zu mir gekommen bist und mir von dem Kind erzählt hast...«

»O nein, das Kind ist wirklich und kein Geist oder Traum! Aber bitte, ich flehe dich an, schick den Arzt weg!«

Ich hing am Hals des Königs, als wäre ich sein schwächliches Kind und er mein böser, inzestuöser Papa. Und ich weiß, daß ich ihn auf diese Art dazu bringen kann, fast alles zu tun, was mir einfällt. Es dauerte nicht lange, und ich hörte den Arzt das Zimmer verlassen und die Tür hinter sich schließen.

So geht der Sommer mit seiner Hitze und Fliegenplage ins Land. Mein Bauch wird allmählich zu einem kleinen Ballon, und mir tun die Beine weh. Wäre es das Kind des Königs und nicht meines Geliebten, würde ich mir bestimmt bei Herrn Bekker einen tödlichen Trank besorgen, um es loszuwerden. Da es aber Ottos ist, kann ich ihm nichts antun. Es wurde in einem Moment des Taumels gezeugt, und ich habe die Vorstellung, daß es auf zitternden Blütenfittichen aus mir herausgetragen wird.

Gerda (1)

Emilia Tilsen steht im Keller und blickt auf die Hühner.

Sie drängen auf sie zu und stecken ihre Schnäbel durch das Käfiggitter. Auf dem staubigen Boden sieht sie ein einsames Ei. Sie hat Getreidekörner und einen Krug Wasser mitgebracht.

Sie öffnet die Käfigtür, geht hinein und streut die Körner hin. Ihr gefällt das Gefühl der gefiederten Körper um ihren Rock herum, weil es sie daran erinnert, wie sie als Kind mit Karen nach Eiern gesucht hat, die unbekümmert auf den Wiesen und in den Hecken gelegt worden waren, und wie sie sich dann immer freuten, wenn sie welche fanden, und Karen sagte: »Gut gemacht, mein Pfirsich!«

Die Hühner hier unten sind graubraun gesprenkelt und haben weiße Halsfedern. Ihre Köpfe nicken auf der Suche nach den Körnern ruckartig. Als Emilia fertig ist und gerade gehen will, fällt ihr auf, daß sich eine der Hennen nicht bewegt hat, sondern nur im Staub sitzt und sie mit umwölkten gelben Augen ansieht. Emilia geht in die Hocke, wobei sie ihre Röcke um sich herum faltet, um sie aus dem Schmutz herauszuhalten, und sieht sich das Tier an. Karen hatte einmal vor langer Zeit in Jütland eine krankes Huhn mit gekochten Nesseln gesund gepflegt. Es lebte eine Zeitlang im Haus und flog ihnen, als es ihm besserging, öfters beim Essen auf den Tisch. Sie nannten es Gerda. Johann schalt es, er wünsche Hühner nur in gerupftem und gebratenem Zustand auf dem Eßtisch zu sehen.

Wegen dieser Erinnerung an Gerda hebt Emilia die gesprenkelte Henne nun ohne zu zögern auf, klemmt sie sich unter den Arm und trägt sie aus dem Keller. Sie nimmt sie in ihr Zimmer mit – nicht in das neben Kirsten, wo sie jetzt oft schläft, sondern in das spärlich eingerichtete obere, das man ihr bei ihrer Ankunft auf Rosenborg gegeben hatte. Sie holt ein Bündel sauberes Stroh aus dem Stall und macht für das Huhn in einer Zimmerecke ein Nest. Im Vergleich zum Keller ist der Raum hell, und das Tier wendet den Kopf immer wieder zum Fenster, als sei der Himmel ein ihm unbegreifliches Phänomen. Emilia ist von der Verwirrung des Huhns so gerührt, daß sie ihm den Hals streichelt. »Gerda!« flüstert sie. »Gerda ...«

Und dann fällt sie in eine Art Wachtraum. Sie ist hellwach und hört tief unten im Hof Stimmen und im Zimmer eine ruhelose Fliege, die sich immer wieder woanders niederläßt, doch in ihrem Kopf entsteht plötzlich eine phantasierte Zukunft.

Sie ist die Frau des englischen Lautenspielers geworden. Sie und Peter Claire leben in einem grünen Tal, das sie noch nie zuvor gesehen hat. Ihr Haus ist voller Licht. Kinder klammern sich lachend an ihre Röcke, und sie nimmt sie an den Händen und bringt sie zu einem schönen Zimmer mit einem polierten Holzboden, wo Peter Claire und seine Freunde eine so sanfte und melodiöse Musik spielen, daß die Kinder ganz ernst und leise werden und sich auf den Boden setzen, um zuzuhören. Sie setzt sich neben sie, und keiner rührt sich.

Der Traum ist so außergewöhnlich, so voller Wunder, daß Emilia ihn zu verlängern versucht. Sie stellt sich vor, wie die Musik aufhört, der Lautenist durchs Zimmer auf sie zukommt und sie und die Kinder in die Arme nimmt. Und da ist Marcus! Er ist ein bißchen älter – vielleicht sechs oder sieben – und treibt ein Wagenrad durchs Zimmer, bevor er in den Garten hinausrennt, wo sein braunes Pony mit seinem Zaumzeug mit den Glocken wartet.

In dem Traum scheint es keinen Tod zu geben. In dem Haus herrscht Ordnung und Harmonie, und offenbar befürchtet niemand, daß all dies plötzlich verschwinden könnte. »Aber«, sagt sich Emilia, als ihr der Traum zu entgleiten beginnt, »es ist nicht wirklich. Es ist alles sentimentale Illusion. Es sollte in deinem Kopf überhaupt keinen Platz haben.«

Rasch steht sie auf und geht in den Park hinaus, um nach Brennnesseln zu suchen.

Doch jetzt, nachts und auch sonst – mitten in einer Mahlzeit oder einem Cribbage-Spiel – kehren ihre Gedanken zu dem zurück, was Peter Claire im Keller gesagt hat. Er hat erklärt, daß er etwas für sie empfindet. »Liebe«, hat er gesagt, »scheint das richtige Wort dafür zu sein.« Warum war sie nicht geblieben, um mehr darüber zu hören, um zu versuchen, an seinen Augen und Gesten zu erkennen und abzulesen, ob er es aufrichtig meinte? War ihre sofortige Annahme, ein Mann, der so gut aussah wie er, müsse ein Lügner sein, nicht zu voreilig und unfreundlich gewesen? Warum hatte sie sich gezwungen, so kurz mit ihm zu sein, obwohl doch alles, was er gesagt hatte, höflich und zartfühlend gewesen war und sie sich danach sehnte, jede einzelne Silbe davon zu glauben?

Sie ist von sich selbst enttäuscht. Gewiß, sie hat keine Ahnung, wie man sich in einer solchen Situation verhält. Sie ist ein unhöfliches, dummes Mädchen, das von der Welt der Männer und Frauen nichts weiß außer dem, was sie bei sich zu Hause und hier am Hof gesehen hat. Überall liegen da Lügen und Intrigen in der Luft. Doch das war doch sicher nicht in allen Haushalten Dänemarks so? Warum sollte die Erklärung einer *unausweichlichen* Liebe falsch sein? Wie könnte ein Werben überhaupt vorangehen, wenn dies eine universelle Wahrheit wäre?

Emilia rührt ihren Nesseltrank in einer Tasse um. Ein bißchen davon saugt sie nun in einen trockenen Strohhalm, wie sie es einst bei Karen gesehen hat, öffnet dem Huhn den Schnabel und tröpfelt ihm etwas von der Flüssigkeit in den Hals. Diese mühsame Prozedur wiederholt sie so lange, bis es einen halben Zoll des Nesseltranks hinuntergeschluckt hat. »Gerda!« murmelt sie.

Es ist Kirsten, der Emilia schließlich anvertraut, was im Keller geschehen ist, und daß sie sich in einem Augenblick der Träumerei dummerweise erlaubt hat, sich eine schöne Zukunft mit dem Lautenisten auszudenken.

»Mit was für einem Lautenisten?« fragt Kirsten verärgert. »Wir hatten hier zwar jahrelang einen, doch der war schon recht alt und liegt inzwischen bestimmt im Grab. Den meinst du doch hoffentlich nicht, Emilia?«

Emilia beschreibt Kirsten Peter Claire und sieht, wie dieser die Augen hervortreten. »Nun«, sagt sie, »ein solches Musterbild habe ich auf Rosenborg noch nicht gesehen – allerdings gehe ich auch nicht mehr in die Konzerte. Sie sind einfach zu langweilig, und ich habe nur so getan, als ob ich die Musik liebe, als der König um mich warb. Bist du ganz sicher, daß du nicht alles nur geträumt hast?«

»Ja«, antwortet Emilia. »Ich habe nicht alles nur geträumt, nur den Teil, der nicht geschehen ist ...«

Kirsten steht auf und sieht aus dem Fenster. Sie geht allmählich langsamer und umfängt ihren Leib, als ziehe er sie schon nach unten. Als sie sich wieder umdreht, meint sie: »Hüte dich vor den Schönheiten, Emilia! Ich habe noch keinen getroffen, der nicht ein Heuchler war. Und was die Engländer betrifft: Sie stehen im Ruf, kalt zu sein, doch Otto hat im Krieg an ihrer Seite gekämpft und mir erzählt, daß sie die hinterhältigsten Hurenböcke von allen sind!«

»Nun ...« meint Emilia. »Ich war ihm gegenüber sehr kühl ... ich versichere Euch, daß ich ihm keine Hoffnung gemacht habe, und doch ...«

»Unternimm nichts!« sagt Kirsten. »Wenn du ihn zufällig triffst, vermeide es, ihm in die Augen zu sehen. Es wäre unerträglich, wenn er dir das Herz brechen würde, denn würdest du mich dann nicht verlassen und nach Jütland zurückkehren?«

»Aber nein, ich würde niemals in mein Vaterhaus zurückkehren, Madam!«

»Wie dem auch sei, ich kann jedenfalls nicht riskieren, daß mich eine solche Katastrophe heimsucht, Emilia. Ich finde heraus, was für eine Art Mann der englische Lautenist ist. Ich decke seine Geheimnisse auf und teile sie dir dann mit, und dann entscheiden wir, wie wir weiter vorgehen.«

»Dem Ruin entgegengehen«

Kein Silber ist eingetroffen. In den Numedal gesandte Boten sind nicht zurückgekehrt.

König Christian liegt im Dunkeln und bildet sich ein, er könne tief im Herzen seines geliebten Landes ein Ächzen hören, als sei es wirklich ein Schiff, das gleich mit der ganzen Besatzung untergehen wird. Und am Himmel beginnt sich ein noch schwärzerer Sturm zusammenzubrauen ...

Er versucht zu begreifen, wie sich überall, wo es nie hätte geschehen dürfen, Armut breitmachen konnte. Er schilt sich wegen seiner Manie – aus dem Wunsch heraus, daß alles in Dänemark von höchster Qualität und frei von Schludrigkeit sein soll –, Handwerker aus dem Ausland zu beschäftigen. Denn nun werden ebendiese Leute reich und verfrachten Truhen voll mit dänischem Silber und Gold nach Frankreich, Holland oder Italien, so daß nur noch ein armseliger Teil davon übrig ist.

Dennoch kann er den Ausländern nicht alle Schuld geben. Wenn Christian in die dänischen Adelshäuser geht, trifft er auf Genuß, Luxus und Verschwendung in einem solchen Ausmaß, daß es ihm den Atem verschlägt. Die Männer benutzen silberne Zahnstocher und werfen sie dann ins Feuer. Sie beleuchten ihre Räume mit zweihundert Kerzen. Sie halten zu ihrem Vergnügen Lamas und Strauße in vergoldeten Käfigen. Sie verfüttern Schwanenfleisch an ihre Hunde. Ihre Frauen machen die neue französische Perückenmode mit, und die französischen Perückenmacher sind die modernen Lieblinge ihrer Welt geworden und werden mit lüsternen Küssen und Samtbörsen voller Daler bezahlt. Die Wiegen sind aus Ebenholz...

All das muß ein Ende haben!

König Christian steht auf, ruft nach Dienern, um die Lampen anzuzünden, und setzt sich an seinen Sekretär. Er nimmt den Federkiel und beginnt zu schreiben.

Er faßt eine bedeutungsvolle Rede ab. Die Nacht ist fast vorüber, als er damit fertig ist. Er will eine Außerordentliche Versammlung der *Rigsråd* einberufen und bei dem selbstzufriedenen Adel mit der Vehemenz seiner Worte Bestürzung auslösen. Er wird verlangen, daß jeder einzelne Adlige daran teilnimmt, doch schon jetzt, als er seine Rede nach den vielen Stunden Arbeit noch einmal liest, kann er in Gedanken die Entschuldigungen seines Kanzlers hören: »... Ihr wißt, es ist Sommer, Euer Majestät, und etwas schwül in Kopenhagen. Viele unserer Ratsherren sind augenblicklich in Jütland, wo es kühler ist...«

Christian fühlt Zorn in sich aufsteigen wie eine Krankheit, wie eine physische Qual, die heraus muß. »Ich habe euch zusammengerufen«, beginnt die Rede, »weil ich verzweifelt bin. Ich bin euer König. Ich bin der König von Dänemark. Doch was ist Dänemark heute? Wo steht es heute? Ich sage euch, meine Freunde, daß es ein trauriges Land ist! Ich sage euch, es wird dem Ruin entgegengehen!«

Doch was wird das Schicksal dieser Worte sein? Wer wird sie hören und etwas unternehmen? Christian stellt sich die Gesichter seiner Ratsherren vor: wie dicke, rosa Kartoffeln balancieren sie auf ihren gestärkten weißen Halskrausen. Diese Männer – jedenfalls diejenigen, die sich dazu aufraffen, zur Versammlung zu kommen – werden sich die Rede anhören, ohne daß sich auf ihren Gesichtern auch nur ansatzweise Sorge oder Qual zeigt. Ihr blasiertes Lächeln wird stillschweigend ihr Wissen um ihre eigene unverrückbare Macht und ihre Gleichgültigkeit gegenüber allem außer ihrem eigenen Komfort und ihren eigenen Berechnungen verkünden.

König Christian hat schon immer mit den Adligen der *Rigsråd* um die Macht kämpfen müssen, doch während ihn dieser Kampf – der vor langer Zeit mit der Explosion einer Rakete vor dem Gerichtsgebäude begann – früher begeisterte, verursacht er ihm nun bitterlichen Schmerz. Denn die Wahrheit ist, daß ihm diese Männer nicht mehr den Respekt entgegenbringen, den er ihnen früher abnötigte. Seine Probleme mit Kirsten, die er unmöglich vor der weiten Welt verheimlichen konnte, setzen ihn herab und schwächen ihn in den Augen der Adligen.

Pikiert von dieser Erkenntnis, die bedeutet, daß seine große Rede unbeachtet bleiben und nichts erreichen wird, stellt sich der König vor, wie er seine mächtige Faust hebt und sie so heftig auf den Ratstisch donnern läßt, daß die Papiere, die er mitgebracht hat, in die Luft fliegen und ein schwerer goldener Smaragdring, den einer der Adligen abgenommen hat, damit sich seine Finger von dem Gewicht erholen können, hochspringt und auf dem Boden landet. Sogleich tastet der Mann diesen danach ab.

»Laßt den Ring!« brüllt König Christian. »Wir bücken uns nicht mehr nach Edelsteinen und Reichtümern! Wir sind eine Volksschicht geworden, die zum Sklaven des Übermaßes geworden ist, und ein jeder von uns sollte sich deshalb voller Scham vor Gott beugen. Und ich bin Gottes Stellvertreter auf Erden und verkünde euch nun heute, daß wir lange genug der Selbstverherrlichung gefrönt haben und daß dies jetzt der Vergangenheit angehört.«

Hier schöpft der König Atem. Hören ihm die Ratsherren endlich zu? Er fährt fort. Er warnt sie, daß ein schwaches Dänemark keinen Bestand haben wird, sondern nur »ein namenloses Land unter Schwedens Macht« sein wird. Er fragt: »Soll euer König eine Wüste regieren? Ist das die Zukunft, in die ihr mich führt? Stellt euch diese Wüste vor! Was würde ich vorfinden, wenn ich eine Handvoll dieses Wüstenbodens aufheben würde? Ich sage euch, daß ich den Staub des Bedauerns, den Sand der Reue finden würde. Und diese Wüste kann durch noch soviel Weinen nicht wieder zum Erblühen gebracht und zu dem gemacht werden, was sie früher einmal war. Was sie früher einmal war, ist dann für immer verschwunden!«

Hier legt er eine Pause ein. Herrscht Schweigen im Raum? Und wenn ja, was denken die Adligen? Christian stützt seinen großen Kopf in die Hände. Er weiß, daß seine Rede zum Scheitern verurteilt ist und er sie nie halten wird. Er hätte gern ein Gesetz gegen sinnlose Eitelkeit erlassen, doch wie kann er erwarten, daß die *Rigsråd* ein solches ratifiziert, wo doch alle wissen, daß Kirsten gleichgültig dem gegenüber ist, was sie »die angebliche Armut Dänemarks« genannt hat, gleichgültig dem gegenüber, wie oder wo das Geld für ihre Kleider und ihren Schmuck, ihren Frauenzirkel, ihre Abendgesellschaften und Vergnügungen aufgetrieben wird. Solange Kirsten in Rosenborg ist, wird es kein solches Gesetz geben, und das ist die herzzerreißende Wahrheit.

Müde steht der König auf. Vom Fenster aus blickt er auf einen erhabenen und schönen Sonnenaufgang. Die Natur weiß nichts von der Schmach eines Landes.

Er zitiert Peter Claire herbei, der sich bei seinem Kommen noch schlaftrunken die blauen Augen reibt.

Dem Lautenisten wird gesagt, er solle leise spielen, und der König hört sich den jungen Engländer fragen, ob er alle ausländischen Musiker rauswerfen und durch Dänen ersetzen sollte.

Peter Claire sieht ihn alarmiert an, faßt sich dann aber so weit, daß er sagen kann: »Mit dieser Maßnahme würdet Ihr zwar Geld sparen, Euer Majestät, doch glaube ich nicht, daß Ihr mit dem Ergebnis zufrieden wärt. Die liebliche Klangvielfalt dieses Orchesters liegt, dessen bin ich mir sicher, in unseren unterschiedlichen Ursprüngen.«

Der König legt sich ins Bett. Die Musik und sein Engel neben ihm haben ihn beruhigt, und nach einer Weile schläft er ein.

Als er aufwacht, wird er davon unterrichtet, daß ihn sein Arzt, Doktor Sperling, sprechen möchte. Ihm werden Brot und Rahm gebracht, doch er hat keinen Appetit und schickt das Essen wieder weg.

Er sehnt sich nach frischer Luft und nimmt den Arzt daher zu einem Spaziergang in den Park mit. Es ist ein schöner Tag geworden, und seine Lieblingsrosen blühen noch.

Doktor Sperling hat einen grimmigen Gesichtsausdruck, doch er scheint sich gleichzeitig zu bemühen, ein heimliches Lächeln zu unterdrücken, als er sagt: »Sir, es macht mich zwar sehr unglücklich, Euch mit dieser Angelegenheit zu belästigen, doch sie beschäftigt mich dermaßen, daß ich sie nicht verdrängen kann. Deshalb habe ich nun das Gefühl, daß ich mit Euch sprechen muß ...«

»Dann sprecht mit mir, Doktor!«

»Es handelt sich um eine Angelegenheit, die Eure Frau betrifft ...«

»Wenn es Kirsten betrifft«, meint der König, »muß ich es natürlich hören.«

Sie gehen weiter. Der Duft der Rosen erinnert Christian an seine Mutter, die in ihren jungen Jahren gern eine Schale Rosen in ihrem Schlafzimmer hatte.

Die Schritte des Arztes werden langsamer und stockender, und es gelingt ihm, sein Lächeln verschwinden zu lassen, als er sagt: »Sir, ich muß Euch davon in Kenntnis setzen, daß ich, als ich bei Lady Kirsten war ... obwohl sie sich nicht untersuchen ließ ...«

»Ja?«

»Nun, Euer Majestät ... weil sie auf den Bauch fiel und nur das dünne Nachthemd trug, konnte ich ...«

»Was konntet Ihr?«

»Konnte ich ein paar anatomische Beobachtungen machen. Ich konnte deutlich sehen ... so meinte ich jedenfalls ... daß sich das Kind schon zeigt. Und soviel kann ich sagen: Kein Kind ist im Mutterleib ganz so deutlich sichtbar, wenn nicht schon ungefähr drei Monate vergangen sind, und daraus schließe ich ...«

Der König erwidert nichts, sondern geht nur mit so ausladenden Schritten weiter, daß Sperling nun einen kleinen rutschenden Lauf vollführen muß, um mitzukommen.

Sie haben den Rosengarten hinter sich gelassen und befinden sich in einer Lindenallee, wo es schattig und kühl ist. Der König sieht Doktor Sperling nicht an, sondern zu den Linden, als wolle er feststellen, ob es irgendwelche Anzeichen von Absterben oder Schwäche gibt. Als sie das Ende der Allee erreichen, wendet er sich an den Arzt und sagt: »Vielen Dank, Doktor Sperling!«

Der Doktor öffnet den Mund, um genauer auszuführen, was ihm an Kirstens Schwangerschaft aufgefallen ist, doch der König hebt die Hand, um ihm das Wort abzuschneiden. »Danke für Eure Beobachtungen!« wiederholt er.

Sperling sieht verwirrt aus (fast sogar enttäuscht, als habe man ihn der Chance beraubt, ein Gedicht aufzusagen, das er auswendig gelernt hat). Er hat jedoch keine andere Wahl, als sich zu verbeugen und zurückzuziehen.

Christian wartet, bis er außer Sichtweite ist, und setzt sich dann auf eine Steinbank, die zwischen zwei Löwenskulpturen steht. Er spielt mit seiner Locke. Sein Blick schweift über den Park zu seinem geliebten Palast, seinem kleinen Rosenborg, den er für Kirsten, in Verherrlichung seiner Liebe zu ihr, gebaut hat, und es treten ihm Tränen in die Augen. Er braucht nicht zu fragen, wer Kirstens Geliebter ist. Er weiß es. Er hat sie während der Kriege mit dem Grafen Otto Ludwig in Werden tanzen sehen. Er hat ihr verzücktes Gesicht gesehen, mehr war nicht nötig. Er weint, erst leise, doch dann wird sein ganzer Körper von einem schrecklichen Geheule geschüttelt, das er schon seit Tagen und Monaten in sich gehört zu haben schien und das nun herauskommt.

Er ist weit vom Palast entfernt, und niemand hört ihn. Er versucht sich die Tränen mit seiner heiligen Locke abzuwischen, doch diese sind so reichlich, und sein Haar wird allmählich schon dünn. Er denkt an seine große Ansprache, die auf seinem offenen Sekretär liegt. In Gedanken rollt er sie auf, bindet ein schwarzes Band darum und legt sie in die muffige Tiefe eines Kabinetts, wo er nur selten hingeht.

Gerda (2)

Als sich Peter Claire hingesetzt hat, um einen Brief an seinen Vater und Charlotte zu schreiben, packt er die weißen Bänder aus und sieht sie sich an. Eins davon – das teuerste – hat einen eingewebten Goldfaden.

Gleich als er sie in die Hand nimmt, weiß er, daß er sie nicht Charlotte schicken wird. Sorgfältig legt er sie im Päckchen zurecht und verschnürt es. Er hat beschlossen, daß die weißgoldenen Bänder seine Boten zu Emilia sein sollen.

Er schreibt eine schlichte Mitteilung:

Meine liebe Miss Tilsen,
dies sind die Farben meiner Liebe.
Bitte sagt mir, wann ich mit Euch im Park spazierengehen darf.
In tiefer Aufrichtigkeit
Peter Claire, Lautenist

Er weiß, wo ihr Zimmer ist, nämlich im obersten Stockwerk des Palastes, und er will ihr das Päckchen mit der Notiz nur vor die Tür legen, und zwar zu einem Zeitpunkt, wenn er weiß, daß sie nicht da ist.

Am späten Nachmittag ist sie fast immer bei Kirsten. Er hat flüchtige Blicke auf die beiden Frauen im Garten werfen können, als diese mit Tapisserien, Würfeln oder Kartenspielen an einem Tisch im Freien beschäftigt waren oder aber – an diesen letzten Sommertagen – beide vor kleinen Staffeleien kauerten und versuchten, Blumen zu malen. Emilias Blumenbild hat ihn so tief bewegt, daß er es kaum ertragen kann, daran zu denken.

Er wählt einen Tag, an dem sie mit gerunzelter Stirn angesichts der Schwierigkeit ihrer Aufgabe an den Staffeleien sind, und steigt die Treppe zu Emilias Gang hoch. Diesen geht er dann auf Zehenspitzen entlang, wobei er hofft, daß ihn niemand sieht, und bleibt vor ihrer Tür stehen. Er hört keine Stimmen oder Geräusche, abgesehen von einem im Hof bellenden Hund und ein paar Tauben, die jetzt, als die Sonne allmählich nicht mehr so heiß brennt und hinter dem Westturm des Palastes untergeht, von Türmchen zu Türmchen flattern.

Als er gerade das Päckchen mit den Bändern vor Emilias Tür legen will, hört er noch ein anderes Geräusch, dessen Deutung ihm nach den vielen Stunden im Keller nicht allzu schwer fällt: Er hört drinnen eine Henne.

Peter Claire sagt sich, daß er die Zimmer verwechselt haben muß, ist sich aber nicht im klaren, ob nun Emilias Zimmer das rechte oder linke davon ist, und klopft deshalb vorsichtig an. Als er keine Antwort erhält (nur weiterhin das Glucksen der Henne hört, das für ihn immer so klingt, als wären diese Tiere ständig drauf und dran, in einen zufriedenen Schlaf zu fallen), öffnet er die Tür und geht hinein.

Es ist ein schlichtes, karges Zimmer – nicht viel anders als seine eigene, spärlich eingerichtete Kammer über den Ställen –, doch an der Schranktür hängt ein graues Kleid, das er schon an Emilia gesehen hat, und auf dem kleinen Frisiertisch stehen all die simplen Attribute der Eitelkeit, die jedes junge Mädchen zu besitzen trachtet: ein Spiegel und eine Haarbürste aus Silber, ein Stück spanische Seife, eine Flasche Orangenblütenwasser und eine Porzellanschale, in der zwei oder drei Silbernadeln und -broschen liegen.

Auf dem schmalen, ordentlichen Bett liegt ein kleines Samtkissen, und auf diesem sieht Peter Claire nun wie in einem Nest ein gesprenkeltes Huhn sitzen, das ihn nervös anblinzelt. In der hintersten Ecke des Zimmers bemerkt er einen Haufen sauberes Stroh und eine Schüssel Wasser. Ein paar weiße Flaumfedern sind wie Distelwolle über dem Boden verstreut.

Peter Claire schließt die Tür hinter sich und erlaubt sich nun, den Ort, wo Emilia schläft und träumt und ihre privaten Augenblicke des Waschens und Ankleidens hat, in sich aufzunehmen. Er steht ganz still da.

Er muß über die Anwesenheit des Huhns zwar lächeln, doch trägt diese noch zu dem in ihm aufsteigenden Gefühl des Entzückens bei. Es ist im Zimmer warm von der späten Nachmittagssonne, und Peter Claire würde sich am liebsten keinen Schritt mehr von der Stelle bewegen. In ebendieser Luft, im Schutz des grauen Kleides, in der Ruhe der Frisierkommode und sogar der tonlosen Musik der Henne scheint jenes eine Element zu liegen (das weder Substanz noch eine konkrete Form hat), nach dem sich der Mensch immer sehnt und das er so selten findet: das Glück.

Peter Claire weiß nicht, wie lange er schon in Emilias Zimmer ist. Er zwingt sich schließlich zum Gehen, legt sein Geschenk vor die Tür und kehrt in die andere Welt zurück, wo der Tag lärmend zu Ende geht und es zu dämmern beginnt und die Palastköche das Abendessen vorbereiten.

In jener Nacht kommt Emilia nicht mehr in ihr Zimmer. Kirsten fühlt sich unruhig und elend und möchte, daß sie in ihrer Nähe, in der Kammer nebenan schläft. In den frühen Morgenstunden wird sie von Kirstens Schreien geweckt, die von Alpträumen herrühren, die, wie sie erzählt, »schlimmer sind als alle, die ich je gehabt habe«.

Sie läßt sich von Emilia ein Brechmittel zubereiten. »Auf diese widerwärtige Weise«, sagt sie, »holen wir die Schrecken aus mir heraus.«

Emilia mischt die Pulver nach Anweisung, und Kirsten umklammert beim Würgen in die von Emilia gehaltene Schüssel deren Arm und weint. »Oh, riech doch meine Angst!« jammert sie. »Bring es weg, Emilia! Ich bin ganz vergiftet von der Angst!«

Es wird eine lange Nacht. Emilia hat Kopfschmerzen, als die ersten Sonnenstrahlen durch Kirstens Fenster fallen. Da sie nun ihre Herrin endlich friedlich schlafen sieht und Johanna, die Frau für den Kopf, hereinkommt, um die Kämme und Nadeln für Kirstens Haar und die weiße Schminke für ihre blassen Wangen bereitzulegen, entschwindet Emilia in die Stille ihres oberen Zimmers und zu ihrer morgendlichen Aufgabe, Gerda den Nesseltrank zu verabreichen.

Während sie sich um Gerda kümmert, liegen das Päckchen mit den Bändern ungeöffnet und das Briefchen ungelesen auf der Frisierkommode.

Schließlich wendet sie sich diesen zu und stellt wieder einmal fest, daß Peter Claire eine schöne Handschrift hat. Und unter der scheinbaren Einfachheit der Notiz liegt eine Glut, die Emilia berückend findet.

Als sie die weißen und goldenen Bänder findet, beginnt ihr Herz wild zu schlagen. Langsam greift sie nach ihrem silbernen Spiegel, hängt ihn an die Wand und betrachtet sich darin. Sie weiß jetzt, daß *etwas geschehen ist*. Sie flicht sich die weißen Bänder ins braune Haar und zieht sie wieder heraus.

Brief der Gräfin O'Fingal an Peter Claire

*Mein lieber Peter,
von Deinem Vater habe ich erfahren, daß Du am dänischen Hof bist.*

Wie herrlich Dir das im Kontrast zu Deinem Aufenthalt auf Cloyne vorkommen muß! Ich nehme an, daß alles, was zwischen uns gewesen ist, von dem vielen, was Du jetzt erlebst, ausgelöscht worden ist, frage mich aber trotzdem, ob Du je an mich denkst, so wie ich an Dich. Wie Du weißt, sind wir Frauen, was Erinnerungen angeht, die reinsten Toren, und ich möchte behaupten, daß wir rückwärts durchs Leben gehen, unsere Gesichter der Vergangenheit zugewandt.

Besonders einen Nachmittag werde ich nie vergessen.

Es war ein schöner Tag mit blauem Himmel. Wir gingen mit Luca und Giulietta am Strand spazieren und fanden bei Ebbe eine Menge rosa Muscheln, die wie Babyzehen aussahen.

Und dann ranntest Du plötzlich mit Giulietta über den Sand ihrem Reifen hinterher, jeder mit einem Stock in der Hand. Ihr lieft immer weiter, und der Reifen vor euch wurde immer schneller, doch ihr hieltet ihn am Rollen, er wackelte nicht und fiel nicht um. Ihr saht vor dem blauen Himmel wie fliegende Windgeister aus, einer dunkel, einer blond.

Ich muß Dir jetzt erzählen, was nach Deiner Abreise geschehen ist.

Mein Mann schickte sich an zu sterben. Und es war ein Tod, wie ich ihn, darum bete ich, nie wieder erleben möchte.

Johnnie O'Fingal starb ganz allmählich. Im Bummeltempo verstärkte der Tod den Griff nach seiner Stimme und begann sie abzuwürgen, so daß mein Mann, um überhaupt noch ein Wort oder einen Laut herauszubringen, seine ganze Kraft und seinen ganzen Atem zusammennehmen mußte; die Augen traten ihm aus den Höhlen (und Vincenzo konnte sich seinem Vater nicht ohne die schreckliche Angst nähern, es könne ihm ein Auge herausfallen und über die Wange hängen) und das Blut stieg ihm purpurrot ins Gesicht.

Und nicht nur die Sprache verließ ihn. Diese lang dahingezogene Strangulation seiner Stimmbänder ging mit brennenden Schmerzen einher.

»Hilf mir!« versuchte er zu sagen. »Hilf mir!«

Es gab jedoch keine Hilfe. Es gab Laudanum, diesen entsetzlichen Äther, sonst nichts. Und Doktor McLafferty sagte zu mir: »Ist es nicht dieser ewig wiederholte Schrei ›Hilf mir! Hilf mir!‹, den wir auf unserem ganzen Lebensweg hören, Gräfin?«

Wir wußten nicht, wann der Tod eintreten würde.

Maria, die ihren Vater, wie ich glaube, am meisten liebte – seine süße Mary –, klammerte sich an mich und weinte: »O Mama, wie traurig das alles ist!« und betete laut mit Giulietta. Als Johnnies Stimme ganz aufgebraucht und verschwunden war, der Atem in seinem Körper nur noch auszureichen schien, um einen Spatzen am Leben zu erhalten, und er schweigend dalag und nach der süßen Luft rang, fragten mich die Knaben immer wieder: »Warum ist ihm all das widerfahren, Mama?« Und ich sagte, ich wisse es nicht.

»Muß das Leben eines Mannes so sein?« fragten sie mich weinend.

Und ich sagte, ich wisse es nicht.

Er liegt auf Cloyne begraben.

Mir fallen ein paar Worte meines Vaters ein: »Francesca, du kannst jemanden, der im Paradies gewesen ist, nicht daran hindern, zu versuchen, wieder dorthin zu gelangen.«

Ich bete, daß er nun dort ist.

Ich bin jetzt mit den Kindern allein. Der Besitz geht auf Vincenzo über, sobald er volljährig ist, doch ich bleibe bis dahin hier und habe genügend Geld, um im Hinblick auf die Bauernhöfe und gepachteten Landhäuser alles in Ordnung zu bringen. Die Menschen von Cloyne sind gut zu uns, und ich bin nicht sehr oft allein.

Ich fühlte mich jedoch gedrängt, Dir zu erzählen, was sich in diesem Haushalt zugetragen hat, und Dich zu fragen: Trägst Du noch den Ohrring, den ich Dir geschenkt habe?

Wo immer Du bist, Peter Claire, wisse, daß ich Dich leidenschaftlich geliebt habe. Vermutlich wirst Du das, ebenso wie die Tatsache, daß ich noch immer zurückschaue, wozu wir Frauen nun einmal sehr neigen, nicht besonders gern hören. Ich bitte Dich für diesen Fehler um Vergebung.

Francesca, Gräfin O'Fingal

Purpurne Fäden

Johann Tilsen stellt fest, daß die Fliegen und anderen Insekten in diesem heißen Sommer in Jütland boshafter denn je zu sein scheinen. Sein Nacken ist geschwollen und rot, weil ihn dort in der Nacht eine Bremse in ein Blutgefäß gestochen hat, und das gräßliche Summen der Mücken scheint Teil eines plötzlichen Angstgefühls zu sein, für das er keine Erklärung hat.

Er liegt in dem schmalen Teil des Bettes, der ihm neben Magdalenas üppigem Körper bleibt, und hat sich die Arme schützend vors Gesicht gelegt. Die Mücken ergötzen sich an seinen Ellbogen, wo die Ärmel seines Sommernachthemds hochgerutscht sind. Er streicht Essig auf die Knoten, die sie dort hinterlassen (welche die rosagelbe Farbe einer Erdbeere vor der Reife haben), aber dennoch jucken sie fürchterlich. Und dann wird er auch noch, als er die Kisten mit schwarzen Johannisbeeren inspiziert, die nach Boller geschickt werden sollen, von einer Wespe in die Lippe gestochen.

Dieser Stich ist nun die endgültige Demütigung, weil er weiß, daß er dadurch häßlich aussieht. Er sagt zu Magdalena: »Ich werde verfolgt! Gott schickt mir Peiniger vom Himmel!«

Doch Magdalena ist weder sentimental noch abergläubisch. »Was für ein Baby du doch bist, Johann!« sagt sie. »Nichts als ein Baby mit all seinen Bedürfnissen und Wehwehchen!«

Der einzige Ort, wo die Insekten nicht hinkommen, ist das Seeufer. Dort baden an den heißen Nachmittagen die Knaben Ingmar, Wilhelm, Boris und Matti, und Magdalena sitzt in einer Laube, die Johann für sie aus Holz und Binsen gebaut hat, beobachtet sie, lächelt in sich hinein und stellt sich die Lektionen vor, die sie ihnen eines Tages heimlich erteilen wird.

Auch Marcus kommt an den See, schwimmt jedoch nicht, und Magdalena sieht ihn nicht an, und er sieht Magdalena nicht an. Er verbringt seine ganze Zeit damit, ins seichte Wasser zu blicken.

Manchmal fängt Marcus mit den Händen Elritzen und untersucht ihre silbrigen Körper einen Augenblick, bevor er sie ins Wasser zurückwirft. Er sieht Frösche und eine schwarze Wasserschlange, die er in die Enge zu treiben versucht. Die Schlange fasziniert ihn, als sei sie ein Bote wie jener, der aus Kopenhagen zu ihm geschickt worden war. Er stellt sich vor, wie diese dünne Schlange den Spalt zwischen Magdalenas Brüsten hinuntergleitet und sie in den Magen beißt. Marcus Tilsen meint immer, alle Tiere des Sees wollen mit ihm sprechen und auf seine Befehle lauschen. Er zählt sie und flüstert so leise mit ihnen, daß es niemand sonst hören kann.

Und dann, eines Nachmittags, als Ingmar und die anderen Knaben weit hinaus zu einer kleinen Insel schwimmen, wo Weiden eine dunkle Höhle unter ihren hängenden Zweigen bilden, und Marcus einem Kaulquappenschwarm vorsingt und sich diesen als einen Haufen Noten vorstellt, fängt Magdalena plötzlich zu schreien an. Ihr Körper wird in der Laube zunächst steif und dann schlaff. Auf ihrem Gesicht liegt ein Ausdruck des Erstaunens.

Marcus starrt sie an. Er hofft, daß sie gleich ganz still daliegt. Emilia hat ihm vor langer Zeit einmal erzählt, daß Menschen in Sekundenschnelle sterben können, in der Zeit, in der man gerade mal bis zwei zählen kann. Danach kann man nur noch ein Loch in die Erde graben und sie hineinlegen. Marcus überlegt, daß man für Magdalena ein sehr großes und tiefes Loch graben müßte. Es wäre schrecklich, wenn Teile Magdalenas – eine Hand oder ein Rockzipfel – herausschauen würden, wenn sie doch in ihrem Loch sein sollten. Der Boden der Obstfelder ist aber weich, so daß das Graben nicht allzu schwierig sein dürfte, und im nächsten Jahr könnte man dann über ihr Stachelbeeren anpflanzen, und niemand wüßte noch, wo sie war, ja nicht einmal, daß es sie je gegeben hatte.

Magdalena ruft nach ihm, doch er hat es nicht gehört. Er dreht sich um, blickt über den See und sieht, daß seine Brüder auf der Insel angekommen sind und unter den Weidenhöhlen aus dem Wasser klettern. Auch sie haben ihr Rufen nicht gehört. Magdalenas Gesicht ist jetzt purpurrot, und sie greift sich an den Bauch und schreit wieder. Sie sitzt nun nicht mehr auf ihrem kleinen Stuhl, sondern liegt zwischen den Binsen auf dem Boden der Laube. Ihre Beine zucken.

»Marcus!« schreit sie. »*Marcus!*«

Jetzt, denkt er, jetzt würde ich diese schwarze Schlange, wenn ich sie hätte, dorthin tragen, ihr über den Kopf streichen und sie auf Magdalena legen, und sie würde in ihrer Kleidung verschwinden wie eine Spur nassen Rußes, und dann würde sie bestimmt gleich *zu schreien aufhören und still sein* – so wie sie es so oft zu mir sagt, wenn mir mein Geschirr angelegt oder Otto in die kalte Nacht hinausgeworfen wird ...

»MARCUS!«

Wo sie liegt, sind die Binsen feucht, genauso wie oft sein Bett im Dunkeln oder tagsüber, wenn er dort allein in seinem Geschirr liegt, das quietscht und ächzt.

»MARCUS!«

Er schaut wieder zu der Insel hinüber, kann aber keinen seiner Brüder entdecken. Sie sind zwischen den Bäumen verschwunden. Er beginnt zu zählen. Eins, zwei, drei, vier, fünf, sechs, sieben, acht, neun... Vielleicht dauert das Sterben ja manchmal auch eine Weile, und wahrscheinlich kann man noch schnell auf die Binsen pissen und schreien, bevor es passiert. Zehn, elf, zwölf, dreizehn, vierzehn, fünfzehn... Doch Magdalena sieht nun, als sie so auf den feuchten Binsen liegt, die Beine hochgestreckt, das Gesicht purpurrot angelaufen und die Augen verquollene Schlitze, so schrecklich aus, daß es Marcus nicht mehr ertragen kann, sie anzuschauen.

Er planscht aus dem seichten Wasser heraus und beginnt zu rennen. Ohne auf Magdalena zu blicken, läuft er dicht an der Laube vorbei. Er kann auch ohne Schuhe schnell rennen, weil er so leicht wie der Wind ist.

Er versteckt sich in den Ställen.

Sein Kopf füllt sich mit Zählen.

Das braune Pony schlägt mit dem Schwanz nach den Fliegen, und Marcus lehnt sich an seinen Hals. Das Stroh kratzt an seinen nackten Füßen.

Der Geruch der Ställe ist so herrlich, daß Marcus wünscht, er könne hier schlafen statt in seinem Zimmer, wo es in den Ecken immer dunkel ist und der Gestank seines Bettes nach feuchter Wolle in ihm den Wunsch erweckt, zum Fenster hinauszufliegen und bei den Eulen unter den Sternen und dem Mond zu sein.

Als er aufwacht, weiß er, daß jetzt vorbei ist, was immer Magdalena passiert ist, weil er das Gefühl hat, daß etwas beendet ist. Ob vielleicht Johann zum See gekommen ist und Ingmar und Wilhelm nun das Loch in die weiche Erde graben und Magdalena hineinlegen, ohne daß etwas herausschaut oder -ragt? Vielleicht gibt es, wenn Magdalena begraben und weg ist, kein Geschirr mehr, schläft Otto bei ihm im Bett und kommt Emilia nach Hause?

Langsam, von Baum zu Baum und Hecke zu Hecke huschend, kehrt Marcus zum See zurück. Er macht auf dem moosigen Weg kein Geräusch und steht dann neben der Laube wie ein Geist, den niemand sieht.

Magdalena ist nicht mehr in der Laube, wo Blut auf den Binsen glänzt. Sie geht zum See hinunter, auf der einen Seite Johann und auf der anderen eine alte Frau, die Marcus noch nie zuvor gesehen hat. Sie stützen Magdalena. Ihre Röcke sind ihr um die Taille hochgebunden, ihr Hintern und ihre Beine sind bloß und feucht von Blut.

Sie wird ins Wasser geführt. Als das kühle Wasser um ihren Körper schlägt, entringt sich ihr eine Art Stöhnen.

Marcus verdrückt sich im Schatten der Laube, weil jetzt die Sonne über den Eichen und Kiefern hinter ihm zu glühen beginnt. Er versucht sich so klein wie eine Libelle zu machen.

Magdalena ist jetzt tiefer im Wasser, so daß ihre Beine bedeckt sind, und Johann und die alte Tante tauchen sie behutsam in eine Kauerstellung. Marcus sieht, wie sie sich anstrengt, als verrichte sie direkt dort, wo die silbernen Elritzen und Frösche immer so gern spielen, ihr Geschäft. Sie klammert sich an ihre Helfer, während die alte Frau mit dem Arm ins Wasser greift und sich plötzlich abzumühen, zu ziehen und reißen scheint, als wolle sie einen riesigen Haufen aus Magdalena herausholen, und Magdalena schreit wieder so wie vorher in der Laube.

Sie ist nicht tot. Sie lacht und weint zugleich. Dann legt sie sich im Wasser auf den Rücken und läßt sich von ihm tragen, und Johann und die Frau waschen ihr die Beine und den Bauch und die Stelle zwischen ihren Beinen, wo das Ding aus ihr herausgekommen ist. Man kann sehen, daß alle drei jetzt glücklich sind, glücklich in dem See mit der untergehenden Sonne und Magdalenas Röcken, deren Verknotung aufgegangen ist, so daß sie sich auf dem Wasser blähen. Johann küßt Magdalena mit seinen noch vom Wespenstich geschwollenen Lippen, und die alte Tante biegt sich vor Lachen.

Libellen können mit ihren Spitzenflügeln surren oder aber so still und durchsichtig sein, daß sie niemand hört oder sieht. Und so verhält sich Marcus jetzt, als Magdalena und Johann und die alte Frau zur Laube zurückkehren. Auf den Binsen in der Ecke, wo sie noch grün und nicht blutdurchtränkt sind, liegt ein in ein grünes Tuch gewickeltes Bündel. Marcus hat dieses zuvor nicht bemerkt, doch nun hebt es die Frau auf und nimmt es zärtlich in den Arm, und Johann und Magdalena beugen sich darüber.

»Ulla«, sagt Johann.

»Ulla«, sagt Magdalena.

Als sie gegangen sind, die Sonne nur noch ein roter Streifen ist und über dem Wasser Nebel aufsteigt und die Insel umhüllt, tritt Marcus-die-Libelle aus den Schatten und schleicht sich zum See hinunter. Seine Schuhe liegen am Ufer und sind naß, und auf dem Boden neben ihnen ist Blut.

Langsam und vorsichtig watet er ins Wasser, wobei seine Hand das Schilfrohr absucht.

Und dann sieht er, wonach er Ausschau hält. Es beginnt als ein Stamm, als ein Haufen purpurner Fäden unter dem Wasser, und die Fäden dehnen sich bis zur Oberfläche des Sees aus. Und dort ist das Ding, das aussieht wie ein blutgefüllter Pilz, das Ding, das aus Magdalenas Körper herauskam. Es bewegt sich wie eine riesige Lilie auf dem Wasser auf und ab, und um es herum wimmelt es von winzigen Fischen, die daran knabbern und nagen. Noch während Marcus hinsieht, zerreißt das Ding und bricht auseinander.

Er möchte zu den Ställen zurückkehren, das braune Pony streicheln und an seinen Hals gelehnt weiterschlafen. Doch er kann sich nicht bewegen. Er versucht zu zählen, doch ihm fällt keine Zahl ein. Er denkt, dieses Ding werde ich in meinen Alpträumen sehen. Ich werde es immer und ewig in meinen Träumen sehen.

Kirsten: Aus ihren privaten Papieren

Wie abscheulich und widerwärtig ich doch Musikdarbietungen finde!

Jahrelang, als ich den König noch liebte, ihn in allem gehorchte und ihm immer gefallen wollte, ertrug ich diese Torturen mit möglichst viel Würde. Doch jetzt gehe ich nicht mehr freiwillig in Konzerte des Königlichen Orchesters, es sei denn, meine Anwesenheit ist bei Staatsanlässen unbedingt erforderlich. Als der König seinen genialen Plan entwickelte, die Musiker im Keller spielen zu lassen (so daß uns ihre Musik nur über Rohre und Leitungen erreichen kann), kugelte ich mich vor Lachen und sagte zu ihm, ich hielte dies für eine in jeder Hinsicht ebenso ausgezeichnete Erfindung wie den Toilettenstuhl.

Am letzten Freitag zwang ich mich jedoch, an einem Konzert im Sommerhaus teilzunehmen. Ich weiß nicht, was gespielt wurde. Jede der Weisen hatte etwas Melancholisches und Englisches an sich. Aber ich war ja nicht da, um auf die Musik zu achten. Ich war da, um den Lautenisten zu beobachten.

Emilia begleitete mich. Ich setzte mich neben den König, doch dieser stand auf und ging, als er meiner ansichtig wurde, und die Aufführung fand ohne ihn statt.

Emilia saß auf der anderen Seite neben mir, und obwohl sie versuchte, sich ruhig zu verhalten, konnte ich bei ihr, da ich sie gut kenne, beim Anblick Peter Claires eine bleibende Pein, eine anhaltende innere Erregung spüren. Und ich muß zugeben, daß ich ihren Zustand der Verwirrung gut nachfühlen kann. Denn Peter Claire, dieser Lautenist, der vorgibt, Emilia zu lieben, ist zweifellos der reizendste junge Mann, der mir je unter die Augen gekommen ist. Mit Freuden würde ich ihn selbst mit ins Bett nehmen. Nur der Gedanke an Otto – an den weichen Flaum auf seinem Bauch, den blonden Pelz auf seiner Brust, sein seidiges Glied und seine exquisite Zunge – hielt mich davon ab, in eine Träumerei über diesen Mann zu fallen und Pläne zu schmieden, um ihn in mein Zimmer zu locken. Ich bin verrückt nach blondem Haar. Ich weiß selbst nicht, warum ich diesen dunklen und traurigen König geheiratet habe – wenn man einmal davon absieht, daß ich es, als ich noch jung war, für etwas ausgesprochen Wunderbares hielt, den König zu heiraten. Doch jetzt sehne ich mich nach Männern, die nach Sonne schmecken und das Blau des Himmels in den Augen haben. Und genau so ein Mann ist dieser Musiker...

»Emilia, Emilia!« sagte ich, als wir zum Palast zurückgingen. »Oh, hüte dich vor diesem Geschöpf! Versprich mir, daß du nichts unternimmst und nichts sagst und keinem Treffen oder Stelldichein irgendwelcher Art zustimmst, solange ich nicht meine Nachforschungen angestellt habe.«

»Nachforschungen?« fragte Emilia.

»Ja, sicher!« erwiderte ich. »Noch nie in meinem Leben habe ich einen so gutaussehenden Mann wie diesen kennengelernt, der nicht drei oder vier Amouren gleichzeitig laufen hatte. Und leider ist dies ziemlich sicher auch bei deinem Lautenisten der Fall. Willst du die armselige fünfte Amour in einem überfüllten und betrügerischen Leben sein?«

Emilia sah geknickt aus, als wir durch den Rosengarten gingen, doch ich nahm ihre Hand und sagte freundlich: »Emilia, meine Liebe, es geht mir nur um dich! Wie soll man zwischen wirklicher und falscher Aufrichtigkeit unterscheiden? Ein Mann wie dieser, den die Frauen auf den ersten Blick lieben, versteht sich sehr gut auf honigsüße Worte und liebeskranke Gedichte.«

Emilia nickte traurig. Als wir wieder in meinen Gemächern waren, versicherte ich ihr, daß ich ihr Advokat sein und mich beim König für sie verwenden würde. »Vielleicht bist du dann«, meinte ich, »wenn es Winter wird, eine Braut!«

Und Emilia lächelte und dankte mir und sagte, ich sei gut.

Ich bin nicht gut. Ich habe sie im Hinblick auf mein Advokatentum belogen.

In Wahrheit ist es so: Auch wenn sich Emilias Verehrer als ihrer würdig erweisen und sie bis ans Ende der Welt lieben sollte, könnte und würde ich sie nicht gehen lassen.

Ich bin nämlich zu der Überzeugung gelangt, daß Emilia Tilsen in meinem schrecklichen Leben auf dem Seil über dem Abgrund die einzige Person ist, die mich oben hält. Selbst Ottos Abwesenheit kann ich ertragen, wenn ich mit Emilia zusammenbin. Sogar das! Denn ihre Stimme beruhigt mich, ihre Blumenbilder gehen mir zu Herzen, ihre Listen beim Kartenspielen amüsieren mich, und allein schon ihre Anwesenheit in meinem Zimmer erweckt in mir ein Gefühl zarter Zuneigung, wie ich es seit meiner Kindheit, als ich einen weißen Hund mit dem Namen Schneeflocke geschenkt bekam, den ich in meinen dünnen Armen im Haus herumtrug, keinem lebenden Wesen gegenüber empfunden habe.

Wie könnte ich Emilia aufgeben?

Wie könnte ich es ertragen, zu meiner früheren Einsamkeit inmitten meiner unfreundlichen und hartherzigen Frauen zurückzukehren?

Soll ich, wenn es wieder Herbst wird, meiner gefährlichen Niederkunft allein gegenüberstehen?

Soll ich den Winter ertragen, ohne Emilias Stimme in meinem Zimmer zu hören und ohne ihr süßes Gesicht zu sehen? Und wieder wissen, wenn der Wind von Norden bläst und der Schnee vor meiner Tür liegt, daß ich gehaßt und verabscheut werde, so wie ich in dieser eifersüchtigen Welt immer gehaßt und verabscheut wurde?

Nein, das werde ich nicht. Ich kann nicht zulassen, daß mir dies geschieht!

Inzwischen bin ich mit meinen Nachforschungen ein wenig vorangekommen...

Mein getreuer Spion, der Punktezähler James, hatte für mich herausgefunden, in welchem Zimmer der Lautenist wohnt. Ich wartete also, bis ich wußte, daß das Orchester unter Jens Ingemann mit irgendeiner Wiederholung seiner langweiligen Melodien beschäftigt war, und begab mich dann dreist zu den Ställen, ohne auch nur einmal nach links oder rechts zu blicken, sondern ich ging einfach hinüber, wozu ich, die Gemahlin des Königs, ja wohl vollauf berechtigt bin.

Niemand hielt mich an oder fragte mich, wohin ich gehe. Ich fand das Zimmer des Lautenisten, trat schnell ein und schloß die Tür hinter mir.

Mein Herz schlug schnell, nicht, weil ich befürchtete, entdeckt zu werden, sondern wegen einer köstlichen aufsteigenden Erregung, ähnlich der, die ich fühle, wenn ich zu Otto unterwegs bin. Ich muß schon sagen, daß ich mich, wenn ich arm geboren worden wäre, recht bereitwillig der Kunst des Einbruchs gewidmet hätte – und dies vielleicht auch noch tue, sollte sich mein Schicksal einmal zum Schlechten wenden.

Langsam und sorgfältig durchsuchte ich das Zimmer.

Es machte auf mich nicht den Eindruck eines eitlen Mannes. Die Kleidung, die ich fand, war einfach und dunkel, ohne viel Stickerei, und das enttäuschte mich ein wenig (Eitelkeit ist bei einem Mann so seltsam entwaffnend und berauschend!). Jedoch hatte er ein paar hübsche Schnallen auf den Schuhen und ein Paar in London gefertigte Lederstiefel von so bewundernswerter Weichheit, daß ich es nicht lassen konnte, mir Peter Claires wohlgeformte Beine darin vorzustellen.

Überall lagen Notenblätter, denen ich allerdings kaum Beachtung schenkte. Ich konnte noch nie verstehen, wie jemand aus schwarzen Kritzeleien, die aussehen wie Mäusekot auf Papier, eine Melodie hervorzaubern kann. Vielleicht wäre die Musik ja besser, wenn die Kritzeleien hübscher wären? Oder würde es nicht den geringsten Unterschied machen? Ich muß gestehen, daß ich von der öden Angelegenheit Musik nichts weiß.

Ich hielt nach Briefen Ausschau und fand in einer unteren Schublade schließlich auch einen. Es war jedoch kein Liebesbrief, sondern nur ein Schreiben vom Vater des Lautenisten, in dem dieser seinen Sohn vom Tod des dortigen Chorleiters unterrichtete und ihn bat, nach Hause zu kommen, um diese niedrige Position anzutreten. Ich überlegte einen Augenblick, welche Antwort Mr. Claire seinem Vater darauf gegeben haben mochte. Denn wer auf der Welt wird schon eine Stelle im Königlichen Orchester Dänemarks gegen die eines Chorleiters in irgendeinem provinziellen englischen Bistum austauschen? Ich muß schon sagen, daß der Vater des Lautenisten ein Narr ist und keinerlei Ahnung von der Welt hat.

Ich legte dieses mitleiderregende Schreiben wieder in die Schublade und fühlte mich schon ein wenig entmutigt, weil meine Nachforschung nichts ergeben hatte, was mir für meine Strategie mit Emilia von Nutzen sein konnte, als ich bemerkte, daß im Staub unter dem Bett, als wäre er dort hastig versteckt worden, ein weiterer Brief lag. Ich hob ihn vorsichtig auf, wobei ich mir die genaue Position auf dem staubigen Boden einzuprägen versuchte, und begann ihn zu lesen...

Nun habe ich es also!

Peter Claire war der Geliebte einer irischen Gräfin. Seit kurzem verwitwet, wünscht sie eindeutig, daß er zu ihr zurückkehrt.

Ich griff nach einem Federkiel und zog unten aus einem Stapel ein Notenblatt heraus. Dieses drehte ich um und übertrug nun auf die leere Rückseite sorgfältig gewisse Sätze der Gräfin, nämlich: *Trägst Du noch den Ohrring, den ich Dir geschenkt habe?* und *Wo immer Du bist, Peter Claire, wisse, daß ich Dich leidenschaftlich geliebt habe!*, wobei ich im stillen dachte, wie gewöhnlich und öde doch oft die Sprache der Liebe klingt, und von Herzen glücklich war, daß Otto und ich keine solchen sentimentalen Worte gebrauchen, sondern statt dessen die köstlichsten Beleidigungen austauschen.

Doch meine Gedanken eilen weiter. Wenn ich es richtig beurteile, ist die Gräfin eine gesellschaftlich hochgestellte Frau, die der Graf angenehm reich zurückgelassen hat und die noch jung genug ist, um ein zweites Mal zu heiraten. Ein Mann wie Peter Claire, der sein Fortkommen und Ruhm im Auge hat, täte sehr gut daran, sich unter die Schirmherrschaft einer solchen Person zu stellen, um frei von allen finanziellen Sorgen zu sein und spielen und komponieren zu können, wo immer er will. (Er wird nicht lange in Dänemark bleiben. Das tun die englischen Musiker nie. Etwas ruft sie auf ihre flache und neblige Insel zurück.)

Ich komme also zu dem Schluß, daß er so handeln wird. Ich brauche überhaupt keine Geschichte zu erfinden. Denn zeigt dieser Brief, den ich jetzt in der Hand halte, nicht klar die Zukunft des Lautenisten? Emilia Tilsen ist bloß ein süßes Mädchen, dessen Aussehen ihn mit Zärtlichkeit erfüllt, das er jedoch, noch bevor das Jahr zu Ende ist, verlassen wird. Er wird zur Gräfin O'Fingal zurückkehren und sie zu seiner Frau machen.

Ich werde den richtigen Augenblick sehr sorgfältig auswählen und Emilia, wenn es angebracht erscheint, die Sätze zeigen, die ich vom Brief abgeschrieben habe, und ihr sagen, daß Peter Claires Schicksal nicht in Kopenhagen, sondern woanders liegt, in einem Ort, von dem ich noch nie gehört habe und der Cloyne heißt.

Die stille Seele

Wenn sich König Christian Sorgen macht wie jetzt, sieht er sie in seinen Träumen. Man könnte meinen, sie wüßte, welche Qualen und Demütigungen ihn Kirsten mit ihrem deutschen Geliebten erleiden läßt, und sei nun an seiner Seite, um ihn zu trösten. Womit trösten? Sie war fromm, sprach leise und hielt öfters mit Gott als mit ihm Zwiesprache. Sie liebte ihren Mops Joachim. Sie war groß, knochig, hellhäutig und machte auf ihrem Pferd eine sehr gute Figur. Sie gebar ihm sechs Kinder. Sie war seine erste Frau.

Sie hieß Anna Katharina von Brandenburg aus dem Hause der Hohenzollern. Er heiratete sie gleich nach der Krönung, als sie beide zwanzig Jahre alt waren. Der Titel, Königin von Dänemark, bereitete ihr stets Vergnügen und rief ein Lächeln bei ihr hervor, als flüstere ihr jemand, immer wenn er öffentlich ausgesprochen wurde, eine amüsante Geschichte ins Ohr.

Als sie heirateten, herrschte in Deutschland die Pest, so daß die Hochzeit von Christian und Anna Katharina in Jütland stattfand. Sie sollte ruhig und geordnet sein, doch am Morgen kam vom Skagerrak ein heftiger Sturm angefegt, so daß der Himmel nachtschwarz wurde und die Luft voller fliegender Wetterhähne, Ziegel und Regen war.

In der Dunkelheit des Palastes in Hadersleben lag auf der Haut der jungen Königin ein leuchtendweißer Schimmer. Obwohl auf ihr Gesicht nicht mehr Licht fiel als auf die anderen Gesichter, hob es sich deutlich von ihnen ab, und Christian fragte sich, ob er, wenn er sich in der stockdunklen Nacht bei zugezogenen Bettvorhängen zu ihr umdrehen würde, diesen leuchtenden Mondstein neben sich auf dem Kissen erblicken würde.

Die Hohenzollern flohen vor der Pest und strömten in ihren weiten Umhängen und hohen Hüten nach Jütland. Die Männer waren groß und rochen nach etwas Starkem und Beißendem wie Schießpulver. Sie waren stolz und laut und brüllten ihre Frauen an. Doch diese glichen dem Himmel, den der Lärm des Donners nicht rührt, oder der Sonne, die im Wasser glitzert, das vom Gewitter zurückgelassen worden ist. Und König Christian betete, daß Anna Katharina auch so sein, auch diese Gelassenheit haben würde.

In der Hochzeitsnacht lagen der junge König und die Königin müde vom stundenlangen Feiern nebeneinander im Bett und unterhielten sich bis in die frühen Morgenstunden, leicht berührten sich ihre Hände, ehe sie engumschlungen einschliefen.

Anna Katharina erzählte Christian, daß sie eine schamlose Schwäche für Perlen habe, in den Wäldern Deutschlands »eine schönere Stille herrsche als sonstwo auf Erden«, und ihr kleiner

Mops Anders heiße, sie ihn aber aus ihr selbst unerfindlichen Gründen Joachim nenne.

Christian sprach über sein Bauprogramm, seine Waffenlager, Befestigungen, Paläste und Kirchen, über seine Schiffe, die das Land über Wasser hielten, und über seinen Traum von einem großen Kanal von Rømø bis zur Ostsee.

Im Morgengrauen, als ihnen die Augen zugefallen waren und sie fast schon schliefen, sagte er: »Wir wissen, daß Körper auf die Erde fallen, kennen aber nicht die Natur dieser mit ›Schwere‹ bezeichneten Sache.« Und er sagte, er wolle bei seinen großen Bauvorhaben »dieser Schwere trotzen und die Städte Dänemarks in den Himmel wachsen lassen«, worauf die neue Königin erwiderte, daß sie dies für eine wunderbare Idee halte.

Als Christian im stockfinsteren Bett mit den zugezogenen Vorhängen aufwachte, wußte er erst nicht, wo er war und wer bei ihm war. Doch dann sah er Anna Katharinas weißes und stilles Gesicht, das aussah wie ein Ei, das unverschämterweise auf das Spitzenkissen gelegt worden war.

Und nun besucht er in seinen Träumen die Ziegeleien in Elsinore.

Er gibt Anweisungen, mehr Männer einzustellen und die Produktion zu verdreifachen, weil er weiß, daß seine Bauprojekte überall im Land in Rückstand geraten sind und seine halbfertigen Kirchen, Lager und Fabriken ohne Dächer den Elementen preisgegeben sind.

Und dann – als sei er plötzlich ein Hexer geworden, der durch den Sternenstaub saust und auf Bergspitzen oder auf den Decks riesiger Schiffe landet – ist er in Bredsted, wo die Deiche zu brechen beginnen. Er blickt aufs Meer, als wolle er dessen Ungestüm mit seinem messen. Als Wagenladungen mit Felsgestein eintreffen, ruft Christian den Lenkern, den armen Mauleseln, die sich abmühen, die Wagen über die beschädigten Wege zu ziehen, der von Meeresvögeln erfüllten Luft und den tosenden Wellen zu: »Wir werden zurückgewinnen, was uns das Meer genommen hat!«

Er hört jedoch selbst, daß seine Stimme erschöpft klingt. Seine Mandeln schmerzen. Er spürt seine Sterblichkeit in allen Knochen und weiß, daß die Aufgaben, die ihn erwarten, immer größer sind ... nur ein kleines bißchen größer, als er lösen kann ...

Er erwartet dann, aufzuwachen und einen weiteren Tag von dem vertrauten Gefühl, daß die Dinge wegtauchen oder dem Ruin anheimfallen, verfolgt zu werden, tut es aber nicht. Er fliegt noch einmal davon. Er findet sich in dem alten Kinderzimmer auf Frederiksborg wieder, wo Anna Katharina bei den beiden kleinen Prinzen Christian und Frederik sitzt und der Mops Anders/Joachim am Feuer schnüffelt und niest.

Anna Katharina hat das Kinderzimmer oft besucht. Ihre Liebe zu den Kindern kam und ging nicht wie Kirstens, glitt auch nie in Grausamkeit ab, sondern war etwas Unvergängliches. Sie dort zu beobachten, wie sie die Kinder auf den Knien hielt und ihnen im Kerzenschein leise Geschichten erzählte, hatte immer eine besänftigende Wirkung auf König Christian. Oft setzte er sich zu ihr, lauschte ihrer ruhigen Stimme und erkannte, daß *dies* eine andere Art war, die Welt anzusprechen, und daß selbst ein König noch etwas aus einer gewissen Ruhe lernen konnte.

Sie bat ihn, in Kopenhagen ein schönes Observatorium zu errichten. Sie sagte, sie habe von einem runden Turm geträumt, der im Innern eine Straße aus Ziegelsteinen hatte, die breit genug für einen Zweispänner war. Sie sei wie eine Spirale nach oben zu einer Plattform verlaufen, von der aus sie den Mond betrachten konnte.

»Warum willst du den Mond betrachten?« fragte er sie.

»Ich möchte alles betrachten, was Gott gemacht hat«, erwiderte sie. »Ich habe noch nie ein Dromedar oder einen Vulkan oder eine Palme oder einen Paradiesvogel gesehen. Sollte ich lange genug leben, würde ich mir diese Dinge auch gern anschauen.«

So ließ der König Zeichnungen für den Turm anfertigen, da ihm der ungestüme Gedanke der spiralförmigen Straße gefiel und er sich schon das Klappern und Rutschen der Hufe auf dem steilen Kopfsteinpflaster vorstellen konnte.

Doch die Architekten zerbrachen sich zu lange den Kopf darüber. Das Gewicht einer solchen Straße mit einer solchen Breite, sagten sie, würde für den Mittelpfosten immer zu groß sein. Er schickte sie wieder an ihre Zeichnungen. Das Wort »immer«, sagte er zu ihnen, ist nicht zulässig. Für alles auf der Welt gibt es eine Lösung, auch hierfür.

Doch die Jahre gingen ins Land. Entwürfe für Strebebögen kamen und gingen. Der Turmumfang wurde kleiner, dann wieder größer. Die dänischen Architekten wurden entlassen und holländische Konstrukteure bei doppelter Bezahlung eingestellt. Es gab verrücktes Niederlandegerede von »schmalen Kutschen« und »schmalen Pferden«. Doch jedesmal, selbst auf den eleganten holländischen Zeichenbrettern, stimmten die Berechnungen nicht, und König Christian mußte Anna Katharina sagen, daß es mit dem Turm noch nichts wurde.

»Wann?« fragte sie dann höflich. »Wann wird es was mit ihm, mein Lieber?«

Er wollte sie zufriedenstellen, weil sie ihn in aller Stille glücklich machte. Er rühmte überall ihre Vernunft und Gutherzigkeit. Manchmal schrieb er an ihren Vater, der nach Schießpulver roch, und an ihre Mutter, die ein Gesicht wie ein Vogel hatte, sentimentale Dankesbriefe, die er aber nicht abschickte. Am Ende konnte er aber Anna Katharina nicht ihren runden Turm geben. Sie starb im Jahre 1611 im Alter von siebenunddreißig Jahren, ohne je von ihrem Observatorium zum Mond geblickt zu haben oder in der Wüste ihrer Phantasie dem Dromedar begegnet zu sein.

Christian beweinte ihren Tod lange Zeit.

Es war ein Tod, der ganz allmählich zu kommen schien, ohne jeden Grund. Er begann mit einer Melancholie, die sich in ihren grauen Augen zeigte, die einen gequälten Ausdruck annahmen. Sie gab das Reiten und ihre Spaziergänge in den Wäldern von Frederiksborg auf. Dann wurde sie dünner und kleiner, als fließe alles Hohenzollernblut allmählich aus ihren Adern. Und sie wurde den Freuden und Kümmernissen ihrer Kinder gegenüber merkwürdig unaufmerksam.

Am Ende krümmte sie sich. Ihr ganzer Körper beugte sich zum Boden. Und als Christian dies sah und merkte, daß sie ihre Wirbelsäule nicht gerade- und ihren Kopf nicht hochhalten konnte, so sehr sie sich auch bemühte, wußte er, daß es die »Schwere« der Erde war, die noch niemand richtig verstanden hatte, die ihren Rücken herunterzog.

Der alte Mops Anders/Joachim, der jetzt pfeifend atmete, schlecht roch und zu immer heftigeren Niesanfällen neigte, die ihn selbst im Schlaf störten, hielt an Anna Katharinas Bett Wache und verließ sie nicht. Im Tod war ihr Gesicht nicht weißer als an ihrem Hochzeitstag, sondern nur so bleich und leuchtend, wie es immer gewesen war, als habe ihm der Mond als Ausgleich für das Observatorium, das nie erbaut worden war, auf Dauer etwas von sich selbst verliehen.

Auf Elsinore

Die Königinwitwe Sofie betrachtet in einem silbernen Spiegel ihr Gesicht. Dessen Haut verhärtet sich. Sie hat jetzt Furchen und Muster – Muster, die sie selbst nie entworfen hätte und zu denen sie nie gefragt wurde. Sie legt sich ein wenig Schminke auf die Wangen und weißen Puder auf die Nase, und ihre dünnen Lippen bewegen sich still, verfluchen die Zeit, den arroganten Architekten ihres veränderten Aussehens.

Sie war schon schlechter Laune, bevor sie in den Spiegel schaute. Christian hatte sie zum Mittagessen besucht, und der Geruch der gebratenen Ente und des gedünsteten Kohls hatte in ihr Erinnerungen an die verhängnisvolle Gier König Frederiks erweckt, die sie allzufrüh zur Witwe gemacht und ihr die Königinkrone weggeschnappt hatte. Entsetzt schweigend hatte sie ihren Sohn beobachtet, wie er mit den Zähnen das Fleisch von der Brust und den Keulen der Ente riß.

Und dann hatte sich aus seinem Mund ein Sturzbach von Gejammer ergossen. Er erzählte ihr, daß in der Numedal-Mine eine gewaltige Explosion stattgefunden habe, bei der die Ingenieure, die Leute, die er »Genies der Mine« nannte, sowie Hunderte von Bergleuten getötet und andere zu Krüppeln gemacht worden waren und durch die der Silberabbau auf unbestimmte Zeit zum Stillstand gekommen sei.

»Der *Isfoss*«, sagte König Christian, »ist eine Begräbnisstätte, und das Erz ist noch immer im Berg eingeschlossen. Das Ende von Dänemarks Leid war schon in Sicht, und nun hört es doch nicht auf. Und was soll ich mit den Leuten vom *Isfoss* machen? Ich habe mit ihnen auf die Zukunft angestoßen! Ich habe ihnen gesagt, sie würden einen Anteil am Silber bekommen, und nun haben sie nichts – viel weniger als zuvor!«

Königin Sofie saß ganz still da und aß ihr Stückchen Flunder mit den delikaten Meerfenchelkräutern. Sie sagte nichts zu den

Todesfällen im Numedal, auch nichts zu dem ausstehenden Silber, sondern wartete, wie jemand, der von einem merkwürdigen Zauber befallen ist, bis ihr Sohn auf den Grund seines Besuchs zu sprechen kam. Sie wußte, daß er gekommen war, um sie um ihr Gold zu bitten.

Als dann die Bitte ausgesprochen war, spürte Königin Sofie eine seltsame Erleichterung, wie ein Schauspieler, wenn er endlich auf der Bühne steht und ihm der Text des Stückes problemlos einfällt. Ja, es war so, als habe sie sich seit langer, langer Zeit auf diesen Augenblick vorbereitet, so daß sie jetzt eine fehlerfreie Vorstellung bieten konnte.

Sie hob die Platte mit den Flundergräten hoch und hielt sie ihm hin. »Mein Lieber«, sagte sie ruhig, »davon lebe ich – von Fisch aus dem Sund. Die Gewässer von Elsinore halten mich am Leben. Doch was das Gold betrifft: ich habe keins.«

Christian blickte auf die Gräten, fast, als hoffe er, dort welches zu finden, ein Funkeln des Erzes zwischen dem grünen Meerfenchel. Er sah jetzt ein wenig verwirrt aus und wollte gerade etwas sagen, als die Königin die Platte hinstellte und fortfuhr. »Ganz aufrichtig«, sagte sie, »ich würde dir ja gern helfen! Es gibt da ein paar Silbersachen – Spiegel, Kerzenhalter und einen Samowar, den dein Vater vom Zaren ganz Rußlands geschenkt bekommen hat –, diese kannst du gern haben, wenn sie dir fürs erste aus deiner mißlichen Lage helfen. Ich lasse sie von den Dienern nach Rosenborg bringen. Doch was einen Schatz betrifft: Würde ich Fisch essen, wenn ich eine reiche Frau wäre? Natürlich habe ich ein paar Schmuckstücke, doch das waren Geschenke deines Vaters, und ich würde es nicht für richtig halten, wenn du sie mir wegnimmst.«

»Ich spreche nicht von Schmuck...« sagte Christian.

»Nein, das habe ich auch nicht geglaubt. Du nimmst an, daß es auf Kronborg ein verstecktes Lager von Reichtümern gibt. Ich nehme an, daß Kirsten diese Geschichte in die Welt gesetzt hat, doch nichts ist weiter von der Wahrheit entfernt. Ich habe nur das, was mir als Königinwitwe zugedacht war, als dein Vater starb, und ich muß allein mit dieser kleinen Rente meinen Lebensunterhalt aufbessern. Zum Glück bin ich nicht eine Person mit teuren Vorlieben und Bedürfnissen...«

»Mutter«, unterbrach sie Christian verärgert, »ich habe gehört, daß du ganz allein Dänemark vor dem Ruin retten könntest, wenn du nur wolltest.«

»Dänemark vor dem Ruin retten!« Aus Königin Sofies Kehle entrang sich eine eisige Lachsalve, und sie streckte ihre dünnen Arme aus. »Wenn es da ›Ruin‹ gibt, mein lieber Sohn, dann kommt er von innen – von der Angewohnheit, zu raffen und auszugeben –, eine Krankheit unserer Zeit. Der Adel soll sich mal um seine eigene Rücksichtslosigkeit und der Bürger um seine kleinliche Gier kümmern! Das Land soll sich mal seines fetten Bauches schämen! Warum gibst du keinen Erlaß gegen den Luxus heraus? Du solltest den oberen Klassen ins Gewissen reden, nicht mir, denn ich habe nichts.«

Kaum war Christian gegangen, nahm Königinwitwe Sofie eine Lampe und ging in den Keller hinunter. Im Haus war es frühherbstlich kühl, und die Luft im dunklen Lager ihres Geldes war so kalt, daß sie ihren eigenen Atem sehen konnte, als sie den Deckel von einem randvoll mit Gold gefüllten Faß hob und die Münzen durch die Hände gleiten ließ.

In ihrem Gold lagen alle Leidenschaften ihrer Vergangenheit und aller Trost für ihre Zukunft. Die stille Steigerung seines Wertes war das einzige auf der Welt, was sie noch erregen konnte. Sie würde ihren Schatz mit ihrem Leben verteidigen.

Doch als sie jetzt so mit der Lampe dastand und ihren eigenen geisterhaften Schatten an der Wand sah, wußte sie plötzlich, daß das Gold nicht gut genug vor der Welt versteckt war. Bis zu diesem Tag hatte sie es für vollkommen sicher gehalten, doch das war es nicht. Denn wenn Christian wollte, konnte er Männer herschicken, um das Schloß zu durchsuchen. Diese würden dann mit Pickeln und Äxten die Schlösser der Kellertür aufbrechen, und dann würden die Fässer und Barrenstapel ans unerbittliche Tageslicht gebracht. Sie würde zwar versuchen, sie zu bewahren und zu verteidigen, doch man würde ihr sagen, sie seien im Auftrag des Königs beschlagnahmt. Von diesem Augenblick an würde ihr Leben nur noch aus Herzeleid und Schrecken bestehen.

So liegt sie nun mit ihrer Schminke und ihrem Puder auf ihrem Tagesbett und träumt von einer tief ins Granitfundament Kronborgs gegrabenen Grube. Sie selbst würde, eingehüllt von der langen dänischen Nacht, ihr Gold dort versenken, Barren für Barren, Sack für Sack. Mit eigenen Händen würde sie Erde darüberschaufeln und dann den Befehl erteilen, die Grube aufzufüllen und wie ein Grab abzudecken. Mit der Zeit würden dann Gras und Unkraut (und sogar Bäume) in der Erde wachsen, und niemand außer ihr würde wissen, wo die Grube war und was sie enthielt.

Könnte irgend etwas, irgendein Ort sicherer sein als eine Grube im steinigen Boden? »Nur das Meer!« lautet da die Antwort. »Nur ein Begräbnis auf dem Meeresboden, zu tief für die Netze der Fischer und die Kiele der Kriegsschiffe.« Doch was nützt ein Versteck, das sie selbst nicht erreichen kann? Sie stellt sich vor, wie sie in die Tiefe des Sunds hinabtaucht, von einem Schwarm Flundern angestupst, ohne Luft und ohne Licht, um eine Tasche Münzen heraufzuholen, und zittert vor Entsetzen. Doch sogar das, wenn es für einen Menschen im Bereich des Möglichen läge, würde sie lieber tun, als sich den Schatz ihres Lebens rauben zu lassen. Und so fällt sie mit entschlossenem Gesicht in einen angstvollen Schlaf.

Am folgenden Tag erteilt sie die Aufträge zum Ausheben der Grube. Sie soll außerhalb der Schloßzinnen sein, im Schatten eines Ulmen- und Eichenwäldchens.

Sie spricht nicht von einer Grube, gibt aber die Anweisung, daß es eine tiefe Ausgrabung sein muß. Sie gibt vor, sie sei für das Fundament eines Sommerhäuschens, für eine Laube, um dort an ihrem Lebensabend zu sitzen und zu stricken – so wie einst heimlich mit ihrer Zofe auf der kleinen Insel bei Frederiksborg – und, wenn sie Lust dazu hat, zu beobachten, wie die Sonne auf- und untergeht, und sich langsam auf ihre Begegnung mit Gott vorzubereiten.

Ihre Handwerker sagen ihr, daß man für ein schlichtes Sommerhaus kein tiefes Fundament benötigt, sondern es einfach auf den Boden setzen kann. Königin Sofie sieht sie einen Augenblick lang bestürzt an, erklärt dann aber rasch mit fester Stimme: »Meine Laube muß tief in die Erde reichen, dorthin, wo wir, wenn unsere Zeit gekommen ist, alle liegen werden.« Und sie nicken und fragen sie, wie tief es denn sein soll, und Königin Sofie antwortet, so tief, daß Männer oder Frauen aufrecht darin stehen können, »damit ich den Eindruck habe, sie trügen die Laube auf ihren Köpfen«.

Die Arbeit wird in Angriff genommen und schon bald beendet sein. Doch kaum hat sie begonnen, bekommt die Königin Alpträume, weil in ihr Zweifel an der Grube aufsteigen. Denn wie kann eine Grube außerhalb der Zinnen bewacht werden? Sie kann auf einem leeren Platz keine Wache aufstellen, ohne Argwohn zu erwecken. Und in der Nacht könnten die Wachen mit Fackeln kommen und unter dem Gras herumwühlen... und unter den Bürgern und Bauern von Elsinore kämen Gerüchte auf, daß das Gold der Königin unter freiem Himmel liege und sich jeder daran bedienen könne. Eines Tages würde sie dann einen Sack Münzen holen wollen und graben und graben und nichts vorfinden außer schwarzer Erde und Würmern.

Die Unmöglichkeit, einen wahren Hafen für ihr Gold zu finden, quält sie sehr. Menschenaugen sehen alles. Alles und nichts. Dänemarks Elend beruht bestimmt auf der Blindheit und dem nachlassenden Willen der Bürger. Ihre eigenen unmittelbaren Bedürfnisse und Wünsche versetzen sie in eine Trance der Unentschlossenheit.

Königin Sofie stützt den Kopf in die Hände und spürt ihre Schädelknochen. Die Schlüssel ihrer Schatzkammer fühlen sich auf der gerunzelten Haut ihrer Brüste hart und kalt an, so hart und kalt wie ihre unnachgiebige Entschlossenheit.

Der Kuß

Auf Rosenborg steht hinter dem Gemüsegarten das Vogelhaus des Königs. Es ist groß, luftig und aus Eisen. Goldene Fasane ergehen sich darin, als wollten sie es mit ihren nachgezogenen Schwanzfedern immer wieder von neuem ausmessen. Hoch über ihnen fliegen Dompfaffen, Goldammern, Stare und Papageie, und auf seinem kunstvollen Dach flattert ein Schwarm weißer Tauben.

Emilia hat schließlich zugestimmt, hier, im spitzenartigen Schatten des Vogelhauses, Peter Claire zu treffen. Und so wartet er nun und beobachtet die Vögel, halb jedoch in die Richtung gewandt, aus der Emilia kommen wird. Es war warm am Nachmittag, doch jetzt um fünf Uhr liegt jene schwache, glitzrige Kühle in der Luft, die den Herbst ankündigt und den Herzen der Menschen von Ende und Abschied spricht.

Peter Claire ist von der Gewißheit erfüllt, daß bei seinem heimlichen Werben um Emilia Tilsen keine Zeit mehr verloren werden darf. Er weiß jetzt, daß er nicht nach Dänemark gekommen ist, um Laute zu spielen, ja nicht einmal, um die Rolle des königlichen Engels zu übernehmen. Er ist nach Dänemark gekommen, um seinen eigenen Wert zu entdecken, um zu begreifen, wozu er fähig ist. Und Emilia ist der Spiegel, in dem er seine eigene Qualität erkannt hat.

Das Blau wird aus dem Himmel gebleicht, die kreisenden Tauben heben sich makellos weiß von seiner aufstrebenden Weiße ab, und Peter Claire fühlt sich von der fedrigen Schönheit dieser Formen und Farben bewegt.

Emilia hat auf diese Einladung – diese Aufforderung – gewartet.

Bei ihren Spaziergängen und Promenaden mit Kirsten hat sie sich zwar deren Warnungen vor der Perfidie gutaussehender Männer unterworfen, aber dennoch versucht, einen flüchtigen Blick auf den Lautenisten zu werfen, und jedesmal, wenn sie ihn sah, erwachten in ihr genau die Gefühle der Erregung und Sehnsucht, von denen sie einst glaubte, daß es sie in ihrem Leben niemals geben würde.

Sie gehorchte Kirsten und versuchte, nicht mehr an Peter Claire zu denken, ja redete sich sogar ein, er sei schon nach England zurückgekehrt und sie werde ihn nie wiedersehen. Doch er weigerte sich zu gehen. Und sie hatte gewußt, daß es, bevor der Sommer zu Ende gehen würde, noch einmal ein Gespräch zwischen ihnen geben mußte, ein Gespräch, in dem etwas Wichtiges gesagt werden würde. Die weißen Bänder sind beredt gewesen, und es ist kaum ein Tag vergangen, an dem sie Emilia nicht in der Hand gehalten oder an ihr Gesicht gepreßt hat. Doch Bänder können nicht alles sagen. Emilia hat angefangen, sich nach den Worten und der Berührung des Mannes zu sehnen.

Als sie nun auf den Wegen des Obstgartens mit seinen Buchsbaumhecken und seinem Obst- und Erdgeruch zum Vogelhaus geht, ist sie von der Kühnheit, die sie in ihrer eigenen Natur entdeckt, und von der Geschwindigkeit, mit der sie der Liebe entgegeneilt, kaum noch überrascht. Alles, was sanft, gehorsam und zurückhaltend an ihr war, scheint dafür ausgelöscht zu sein: Die Emilia, die zu Peter Claire unterwegs ist, ist die Emilia, die ihrem Vater den Gehorsam verweigerte und ihr Herz gegenüber Magdalena nicht erweichen lassen wollte. Es ist die Emilia, die Hals über Kopf auf gefrorenen Flüssen Schlittschuh lief. Es ist die Emilia (auch wenn sie das nicht weiß), die Marcus in seinem verwirrten Kopf sieht, die Emilia, die Boten über den Himmel zu ihm schickt.

Sie hat sich die weißen Bänder in ihr braunes Haar gesteckt. Kirsten schläft und wird erst aufwachen, wenn die Dunkelheit die Essenszeit und Tröstungen des Abends ankündigt. Emilia hofft, daß sich ihr Leben in dieser kurzen Zeitspanne verändern wird.

Als sie dort ankommt, wo die Tauben kreisen, sich auf das Vogelhaus setzen und von oben das Geschehen betrachten, gibt es keinen Augenblick der Höflichkeit oder Ritterlichkeit, des Zögerns oder einer plötzlichen Unentschlossenheit, weil die Zeit dafür vorbei ist. Peter Claire und Emilia Tilsen – die in ihren getrennten Zimmern den ganzen Sommer über geträumt haben – treffen sich nun schließlich als Liebende, und als sie spürt, wie er den Arm um ihre Taille legt und sie an sich zieht, weiß sie, daß er sie küssen und sie sich nicht wehren wird.

Seine Lippen sind trocken und so heiß wie die glänzende Haut seines Gesichts. Und als sie die ihren berühren, fällt sie in den Kuß wie in einen Schlaf, aus dem sie am liebsten nicht mehr aufwachen, sondern nur noch immer tiefer in dessen Ruhe fallen würde. Der Lautenist versteht, daß es das ist, was sie will, nicht einen zärtlichen Kuß, nicht eine liebe Zärtlichkeit, sondern einen alles verzehrenden Kuß, der das Ende all dessen, was gewesen ist, und den Beginn all dessen, was noch kommen wird, kennzeichnet.

Als sie sich von ihm löst und ihm ins Gesicht blickt, fallen ihm die Worte ganz leicht, so leicht, als wären sie schon halb geäußert und hätten nur noch der Wärme ihres Körpers an seinem bedurft, um herauszukommen. Er bittet Emilia, seine Frau zu werden. Er sagt, sie sei die Frau, nach der er gesucht habe, und er könne sich keine Zukunft vorstellen, in der sie keine Rolle spiele. Seine Erklärung ist von einer solchen Leidenschaft, daß sie diese wie ein

Magnet wieder zu ihm hinzieht, zu dem wonnigen Schlaf des Kusses, und erst danach, als der Atem und das Licht wiederkehren, sagt sie ohne zu zögern: »Ja!«

Dann stehen sie einfach voreinander, sehen sich an und fragen sich, ob sie sich jetzt wie Adam und Eva fühlen, als diese sich im Paradies wähnten und wußten, daß Mann und Frau unter allen Wundern, die Gott erschaffen hatte, die herausragendsten waren. Sie spüren nicht den kühlen Schauder des Herbstes in der Luft. Nur entfernt sind sie sich des leuchtenden Himmels und der weißen Tauben bewußt. Einer der goldenen Fasane stößt einen gereizten heiseren Schrei aus (als meine er, daß er in seiner Pracht der Gegenstand ihres Entzückens sein sollte), doch sie beachten ihn nicht. Sie sehen sich jetzt allem, wonach sie sich den ganzen Sommer über gesehnt haben, von Angesicht zu Angesicht gegenüber und verhalten sich ganz still, als befänden sie sich in einer Trance und könnten für immer so dastehen.

Der Wagen des Fischhändlers

In der Nacht nach dem Treffen Peter Claires mit Emilia träumt König Christian vom Tod Bror Brorsons.

Dieser Traum, den er jedes Jahr drei- oder viermal hat, erfüllt ihn immer mit einem derartigen Entsetzen, daß er fast nicht mehr atmen kann. Er muß dann aufstehen, die Lampen anzünden und das Fenster öffnen, um die Nachtluft hereinzulassen, und nach einer Weile beginnen die Gefühle der Furcht und des Widerwillens zu verschwinden.

Nicht jedoch in dieser Nacht.

Christian sitzt unbeweglich im Schein einer Kerze. Ein Fenster ist offen, und er lauscht auf Geräusche aus dem dunklen Park – von einem Nachtvogel oder Windhauch, der die Bäume bewegt –, um ihn zur Normalität und zum gesunden Verstand zurückzubringen. Es ist jedoch still in der Nacht. Es ist fast so, als gäbe es keine Nacht, keinen Park, keine Bäume und keinen Himmel, der langsam heller wird, sondern nur die Andeutung einer absoluten Dunkelheit, die von der Zeit Besitz ergreift und ihn immer tiefer in sich hineinzieht.

Er wünschte, er wäre noch ein Knabe. Er wünschte, er würde mit Bror durch die Wälder von Frederiksborg reiten. Er wünschte, er würde nicht gerade in dieser Zeit leben.

Es vergeht eine Stunde. Noch immer erfüllt ihn das Bild des sterbenden Bror mit Entsetzen. Er überlegt, ob er nach Peter Claire schicken und sehen soll, ob ihn Musik trösten kann, doch in dieser Nacht ist es nicht Musik, was er will. Er will Kirsten. Er möchte so wie früher bei ihr liegen und ihr Lachen hören, wenn er sie seine Maus nennt. Er will, daß sie nett zu ihm ist, ihn auf den Kopf küßt und ihm sagt, daß sie ihn liebt.

Er steht auf. Er weiß, daß sie ihn nicht liebt. Er weiß, daß das Kind, das sie unter dem Herzen trägt, das ihres deutschen Geliebten ist. Diese Dinge ruhen in seinem Herzen, warten darauf, es zu übermannen, warten auf den Augenblick, in dem es sagt: »Genug!« Dennoch sind jetzt, als der Sommer in den Herbst übergeht, das Kind des Grafen in ihrem Leib heranwächst und die Aussicht auf einen neuen Winter sich vor ihnen allen auftut, seine alten Sehnsüchte nach ihr stets bei ihm, als habe sein Körper noch nicht verstanden, was sein Kopf versteht. Und in dieser Nacht will er sie, nicht bloß als Geliebte, sondern wie ein Kind seine Mutter, um ihn zu beruhigen, seine Alpträume zu vertreiben und ihm zu sagen, daß alles gut werden wird. Er fühlt, daß nichts und niemand sonst ihm Trost spenden kann.

Mit den langsamen Bewegungen eines alten Mannes nimmt er eine Lampe und macht sich auf den Weg zu Kirstens Gemächern. In dem kleinen Raum vor ihrem Schlafzimmer bleibt er stehen, weil er sieht, daß quer vor ihre Tür ein Bett gestellt worden ist, auf dem die junge Frau Emilia schläft. Erstaunt blickt er darauf und auf das schlafende Mädchen. Warum ist das Bett vor die Tür geschoben worden?

In der Hand die Lampe, steht er still da. Emilia wacht auf und beginnt beim Anblick seiner riesigen Gestalt, die sich über ihr abzeichnet, erschreckt zu keuchen. Dann hört Christian Kirsten nach ihr rufen, und Emilia stellt sich vor der Tür auf das Bett und versperrt ihm den Weg.

»Sir...« stammelt sie.

Er sagt noch immer nichts. Ein Teil von ihm scheint nach wie vor in dem Traum von Bror befangen zu sein und ist nicht in der

Lage – wegen dem, was er sah, als Bror Brorson sein Leben verlor –, etwas zu sagen.

Kirsten ruft wieder, und Emilia, deren Füße noch in den Betttüchern verheddert sind, macht einen unbeholfenen Knicks vor ihm, öffnet die Tür zu Kirstens Kammer und tritt ein. Sie schließt die Tür hinter sich. Christian hört seine Frau mit erhobener Stimme sprechen, und nun weiß er, warum das Bett an dieser Stelle steht. Emilia ist angewiesen worden, ihm den Weg zu Kirsten zu versperren.

Er stellt die Lampe ab, bückt sich und hebt Emilias Bett mit einer einzigen kräftigen Handbewegung beiseite. Dann öffnet sich die Tür, und Emilia steht in ihrem Nachthemd da und murmelt nervös etwas von der »Zartheit« und dem »melancholischen Zustand« ihrer Herrin. Der König erklärt ihr, er wolle nichts mehr hören, und will sich an ihr vorbeischieben. Da sagt sie mit einem Ausdruck des Entsetzens im Gesicht: »Ihr dürft nicht hinein, Sir! Mir ist befohlen worden zu sagen, daß niemand hineindarf.«

Er sieht sie fassungslos an. Sie ist auf eine schlichte Art, die ihn an Anna Katharina erinnert, schön, und er will sie nicht verletzen. Doch nun kommt ihm der Gedanke, daß *dieser* Augenblick in *dieser* Nacht, in der die Bilder von Brors Tod wie eine Wunde in seinem Hirn sind, *der allerletzte Augenblick* ist, in dem er Kirsten noch verzeihen kann.

Etwas von dieser Entschlossenheit und Gefühlsintensität überträgt sich auf Emilia. Sie blickt ihm ins gequälte Gesicht, in seine Augen, die Kriege, Piraterie, Ertrinken und den Tod von Kindern und lieben Freunden gesehen haben. »Sir«, fleht sie, »ich bitte Euch...«

»Nein!« sagt Christian.

Und nun geht er an Emilia vorbei in Kirstens Schlafzimmer, schließt die Tür hinter sich und dreht den Schlüssel um.

Kirsten sieht entsetzt aus, als sei er gekommen, um sie zu töten.

Sie schreit und zerrt die Bettücher über ihren schwangeren Bauch. Ihr krauses Haar ist wild zerzaust, ihr Gesicht weiß, und ihr Mund steht weit offen.

Christian versucht sie zu beruhigen. Er nennt sie seine »geliebte

Maus«, doch sie scheint das nicht zu hören. Er greift nach ihrer Hand und küßt sie, doch sie reißt sie zurück. Ihre Schreie flauen ab und gehen in Betteln über. »Schlag mich nicht...« fleht sie. »Bitte...« Ihr steht Schweiß auf der Stirn. Sie sagt, sie werde schreien, bis die Palastwachen angerannt kommen, bis alle auf Rosenborg wach sind, doch er versucht noch immer, sie zu beruhigen, wischt ihr die Feuchtigkeit aus dem Gesicht und streicht ihr Haar glatt. »Ich bin dein Mann«, sagt er. »Und du mußt mich heute nacht trösten.«

»Nein!« schreit sie. »Ich wecke die Konditoren auf! Ich wecke die Stallburschen auf! Ich wecke ganz Dänemark auf!«

»Pst!« sagt er. »Beherrsch dich, Kirsten! Ich bin gekommen, um dich zu lieben, das ist alles.«

Doch nun scheint sich ihr Entsetzen in etwas anderes zu verwandeln, in einen so wilden Zorn, daß ihr die haselnußbraunen Augen aus dem Gesicht treten wie giftige Blasen. »Du weißt, daß es zwischen uns keine Liebe gibt!« schreit sie gellend. »Warum beharrst du darauf? Warum läßt du mich nicht in Frieden?«

»Weil ich es nicht kann«, antwortet Christian. »Weil ich eine Frau haben muß, die eine Frau ist, und wenn du mich nicht in dein Bett läßt...«

»Drohst du mir? Wie kannst du es wagen, dich mir aufzuzwingen, wenn ich mich nicht wohl fühle! Du bist derjenige, der sich und seine Wünsche beherrschen sollte! Habe ich in den fünfzehn Jahren nicht genug darunter gelitten?«

Er hat sie in ihrem Zorn immer schön gefunden, und sogar jetzt, als ihn das, was sie sagt, beleidigt und verletzt, sehnt er sich danach, sie einfach zu nehmen, ihr die Schenkel zu spreizen und zu zeigen, daß er für immer und ewig stärker als sie sein wird und seine Bedürfnisse als Mann für immer und ewig ihre Befriedigung in ihrem Körper finden werden.

Er versucht ihr die Bettücher zu entreißen. Mit der anderen Hand forscht er unter ihnen, findet ihr Bein und schiebt seine Finger langsam nach oben. Er merkt, daß bei diesem Kampf mit ihr schon die Träume von Bror verblassen und der Trost, den er suchte, sich bereits einzustellen beginnt.

Er flüstert ihren Namen: »Kirsten... Mäuschen...«

Und dann schlägt sie ihn. Sie schlägt ihn mit der geballten Faust auf den Kopf, direkt über dem Ohr. Er starrt sie an. Während sie ihn auf den Schädel schlägt, findet in ihrem Gesicht eine Verwandlung statt, die er sich nie hätte vorstellen können. Ihr steht der Mund offen, ihre Wangen sind zu fett, ihr Atem stinkt nach Käse, ihre Stirn ist zu hoch, zu weiß und zu vollgestopft mit ihrer Bosheit.

König Christian weicht zurück. Er läßt ihr Bein los und ist sich dabei darüber im klaren, daß seine Hand nie wieder den Weg zu diesem intimen Ort finden wird, der ihn so viele Jahre gequält hat. Sie ist häßlich und verräterisch, ihr Körper trägt ein deutsches Kind, und er kann sie nicht mehr ertragen.

Er zieht sie grob auf die Füße. Sie kreischt nach Emilia, die mit ihren kleinen Fäusten gegen die Zimmertür hämmert. »Kirsten«, sagt er, »pack deine Sachen! Du gehst! Du verläßt Kopenhagen, und ich schwöre bei den Seelen meiner Kinder, daß ich dich nie wieder zurückkehren lasse!«

Da ist sie plötzlich still. Naß und dümmlich hängen ihr die Mundwinkel herunter. Er weiß, daß sie eine Sekunde lang erwägt, ihn anzuflehen, erwägt, die Frau zu werden, die sie von einem Augenblick zum anderen sein kann – eine sanfte und verführerische, die ihn um den Finger wickelt und mit ihren honigsüßen Worten benebelt –, doch dann entscheidet sie sich dagegen. Stolz wendet sie den Kopf zur Seite. Sie begreift, daß die Zeit für Spiele und Strategien vorbei ist. Alles, was zwischen ihnen gewesen ist, ist vorüber. Es ist der endgültige Tod ihrer toten Liebe, und ihr bleibt nichts weiter zu tun, als ihre wenigen wertvollen Habseligkeiten zu nehmen und zu gehen.

König Christian weckt die Diener und begibt sich mit ihnen in den Hof hinunter. Als er gerade die Stallburschen und Kutscher wecken will, um zwei Kutschen bereitzustellen, eine für Kirsten und eine für ihre Frauen, sieht er in einer Ecke des Hofs einen großen Planwagen stehen, einen von der Art, wie ihn Händler und Bauern für den Transport von Waren und Arbeiter auf dem Feld verwenden.

»Was für ein Wagen ist das?« fragt er, und man sagt ihm, er gehöre dem Fischhändler, einem gewissen Herrn Skalling, der öfters bei einem der Zimmermädchen die Nacht verbringe. Und Christian stellt sich diesen Mann, der genauso für seinen Spaß nach Rosenborg kommt wie Graf Otto Ludwig von Salm schamlos in Kirstens Bett kam, nackt mit dem Mädchen vor und fühlt seinen Zorn und Abscheu stärker werden.

Er erteilt den Befehl, den Fischwagen zu beschlagnahmen und nach »vier nicht zusammenpassenden Kleppern« zu suchen, um ihn zu ziehen. Kirsten soll in Schande, in einem nach Fisch riechenden Wagen fortgeschickt werden. Und das wird dann sein letzter Anblick von ihr sein, wie der Wagen fortgezogen wird, über die Steinplatten schwankt und rattert und es langsam hell wird über der demütigenden Fahrt.

Sich ankleidend, taumeln die Stallburschen auf das Kopfsteinpflaster. Pferde werden herausgeführt und getränkt, und als der Tumult stärker wird, gehen in den Räumen über den Ställen Lampen an und tauchen Köpfe in den Fenstern auf.

Einer der Zuschauer ist Peter Claire. Er sieht den König umringt von Dienern, die Lampen umklammern, mitten im Hof stehen und brüllen, man solle die vier Pferde von »viererlei Farbe« vor den Wagen spannen. Er hört die Wut in der Stimme des Königs und weiß, daß etwas Unerwartetes und Schreckliches im Gange ist. Er kleidet sich rasch an und kommt in den Hof, als gerade die Pferde zu den Deichseln eines klapprigen Gefährts geführt werden: ein Brauner, ein Schecke, ein Kastanienbrauner und ein Grauschimmel. Die Geschirre rasseln und klirren, und die Hufe stampfen auf den Boden und schlagen Funken aus den Steinen.

Der König erscheint gewaltig und wirft einen breiten Schatten, als sich die Lampen bewegen. Peter Claire geht nicht zu ihm hin, sondern fragt einen dünnen Mann, was los sei.

»Das ist mein Wagen!« sagt dieser. »Der König hat meinen Wagen beschlagnahmt!«

»Warum?« fragt Peter Claire.

Der Mann ist klein und knochig und hat ein vom Wetter und von Sorgen ausgemergeltes Gesicht. »Für seine Frau«, erwidert er, »er schickt seine Frau in meinem Fischwagen zur Hölle!«

Peter Claire folgt dem Wagen auf seinem Weg zum Haupteingang des Palastes. Er bleibt in seinem Schatten, da er es nicht wagt, zum König zu gehen, und ihm klar ist, daß nichts, was er sagen könnte, das Geschehen beeinflussen würde. Doch er hat auch keinen Zweifel daran, daß Kirsten Emilia mitnehmen wird.

Ihm rasen wilde Pläne von Entführung und Rettung durch den Kopf. Er weiß aber, daß er nichts tun kann. In dieser seltsamen Nacht ist jeder und alles dem Plan des Königs unterworfen, und nichts kann verhindern, was geschehen wird. Er betritt den Palast jedoch ungesehen durch einen Seiteneingang und ruft, als er sich Kirstens Gemächern nähert und hört, wie sie ihre Frauen ankreischt, nach Emilia.

Es erscheint jedoch Kirsten. Sie trägt einen schwarzen Umhang, ihr Gesicht hat im ersten, durch Rosenborgs Fenster tretenden Licht eine gespenstische Blässe, und sie hält eine Seidenpeitsche in der Hand, mit der sie auf die Wand schlägt. »Lautenist!« schreit sie. »Geht und hurt mit Eurer irischen Dirne! Emilia gehört mir, und sie ist alles, was ich jetzt noch habe, und kein Mann wird sie mir je wegnehmen!«

Den Anordnungen, der Waffe und der Boshaftigkeit in der Stimme der wilden Frau zum Trotz ruft er noch einmal nach Emilia, und für einen Augenblick ist sie da: Sie hat Sachen von Kirsten über dem Arm und blickt ihn im Halbdunkel an, sagt aber nichts. Dann schlägt ihn Kirsten mit der Peitsche über den Arm. »Verschwindet!« brüllt sie. »Kehrt nach Irland zurück, denn Ihr werdet Emilia niemals wiedersehen!« Der Peitschenhieb brennt, Peter Claire hält sich den Arm, und einen Augenblick lang bleibt ihm die Luft weg. Als er wieder aufschaut, ist Emilia nicht mehr da.

Kurz nach fünf Uhr an diesem kühlen Septembermorgen fährt der Wagen des Fischhändlers mit Kirsten und Emilia und den Besitztümern, die sie in der ihnen eingeräumten Zeit zusammenraffen konnten, zu den Toren Rosenborgs hinaus.

Alle anderen Frauen werden zurückgelassen und stehen nun zitternd zusammengedrängt an den Toren und beobachten, wie der Wagen die Einfahrt hinunterschwankt und dann ihren Blicken entschwindet. Als er schon weg ist, rühren sie sich immer noch nicht und sehen sich nur zerstreut an. Nicht weit von ihnen entfernt wartet Peter Claire kläglich auf den neuen Tag.

Doch der König schenkt ihnen allen keinerlei Beachtung und

verweilt auch nicht länger. In ihm steigt nun ein Gefühl der Erschöpfung auf, eine sein ganzes Wesen umfassende Müdigkeit, wie er sie noch nie erlebt hat. Er geht direkt in sein Schlafzimmer, schließt die Fenster und fällt noch in den Kleidern in einen tiefen, völlig traumlosen Schlaf.

Zweiter Teil
Frederiksborg und Jütland
1629-1630

Martin Møller im Tal des Isfoss

Nicht daß der Wasserfall gefroren bliebe. (Seit April fließt der Strom wieder, und mit dem weißen Wasser stürzt über die glasige Lippe das Treibgut des Sommers – Pollen und Staub, Eintagsfliegen und Samen. Und nun schwimmen die ersten Herbstblätter auf der Wasseroberfläche.) Doch niemand scheint das Tosen des Wasserfalls zu *hören*.

Sie stehen nördlich davon, dort, wo die Gräber für die Männer ausgehoben worden sind, die von irgendwoher gekommen waren, die nichts hatten, keine Papiere, keine Frauen und keinen nennenswerten Besitz, und deren Körper nicht zurückgebracht werden konnten, weil niemand wußte, woher sie stammten. Es waren arme Männer, die Gerüchte gehört hatten, daß es in der Silbermine Arbeit gebe. Sie waren durch Schnee und Eis gelaufen und von den Ingenieuren angeheuert worden. Als sie bei der Explosion umkamen, wurden die Teile von ihnen, die man finden konnte, hier am *Isfoss* begraben, im Gestein, das sie getötet hatte. Der Sargmacher hatte Holzkreuze zusammengenagelt und um die Steine eingepflanzt, und in diese waren die Namen eingeritzt, unter denen man sie kannte: *Hier liegt Hans, der am zweiten Tag im August 1629 in der Mine Seiner Majestät starb. Hier liegt Mikkel. Hier liegt Niels...*

Man sieht hauptsächlich Frauen am Berg, die auf den eingestürzten Fels und die Tunnelöffnungen blicken, wo die Überbleibsel der Toten schließlich ans Tageslicht gebracht worden waren. Und was diese hören, ist die tödliche Stille um sie herum, die Stille der Verschwundenen. Es sind die Witwen und Mütter der Männer vom Numedal. Sie stehen regungslos in ihrer schwarzen Kleidung da und denken an den Tag, an dem der König kam und ihnen erzählte, daß sie an dem zu erwartenden Reichtum teilhaben würden, und daran, wie diese Träume vom Wohlstand dann in ihrer Phantasie Gestalt annahmen und sie ihre Männer und Söhne drängten, die Arbeit, der sie gerade nachgingen, aufzugeben, um Bergleute zu werden.

Visionen von Silber hatten die Dunkelheit ihrer niedrigen Hütten erhellt. Bei den Mahlzeiten unterhielten sie sich über Silber. Und wenn die Männer nach der Arbeit nach Hause kamen, untersuchten die Frauen ihre Hände auf Spuren von Silberstaub. Und es gibt wohl kaum jemanden, der nicht ein mit Silber geädertes Felsstück besitzt, das in einem Stiefel oder sogar verborgen im Körper eines Mannes, um wie versteinerter Stuhl in einen Nachttopf entleert zu werden, herausgeschmuggelt worden war.

Die Frauen hielten diese Bruchstücke in den flachen Händen.

»Das?« hatten sie gefragt. »Das bißchen Stein?«

»Ja«, hatte die Antwort gelautet. »Und ich könnte dafür, daß ich es mitgenommen habe, ins Gefängnis kommen. Halte es also versteckt und sprich nie davon, solange die Silbermine nicht abgebaut ist und alle Ingenieure weg sind.«

Die Mine wurde jedoch nicht abgebaut. Das ist einer der Gründe dafür, daß die Witwen und trauernden Töchter dort stehen und auf sie starren. In der Stille, die nur von den Schreien der Adler unterbrochen wird, die manchmal gemessen über ihnen kreisen, blicken sie auf das, was nicht zu sehen ist, auf das Geheimnis des Berges. Wenn es wieder Winter wird, wird Schnee die Stelle zudecken, wo die Männer hineingingen und nicht mehr lebend herauskamen. Und der Schnee wird zu einem Gletscher gefrieren, und keiner der wenigen Reisenden, die des Weges kommen, wird je erfahren, welcher Reichtum sich unter der weißen Decke verbirgt.

Doch die Frauen wissen es. Sie sind es, die dafür bezahlt haben. Sie wissen, wofür die Männer gestorben sind. Und sie wollen, daß alles wiederkehrt: der Lärm und die Pracht der Mine. Sie wollen, daß es noch einmal lebendig wird, so, wie es war, mit den Rufen der Ingenieure und Warnpfiffen vor jeder Sprengung, mit dem Gehämmere und Gequietsche der hundert Pickel am Werk, den Liedern am Abend, den Humpen mit Bier in den rauhen Händen ihres Mannsvolks, der kräftigen Gestalt des Königs mitten unter ihnen und sogar bei ihnen zu Hause am Kamin, wenn er von Dänemark und Norwegen, vom großen Königreich und künftigen Wohlstand erzählte.

Sie stehen da und lauschen auf eine Musik aus der Erde, die niemand außer ihnen hören kann. Es war die Musik der Mine. Es war die Musik der Hoffnung. Sie hatten sie fünf Monate lang gehört, und dann kam die Explosion, bei der es keine Vorwarnung gegeben hatte. Sie wünschen sich sehnsüchtig, die Musik wieder zu hören, wissen aber, daß es vergeblich ist.

Der Lutheranerpfarrer, der die Witwen und Kinder der Minenarbeiter besucht, ist so dünn und klein, daß man ihm den Spitznamen *Rotte*, »kleine Ratte«, gegeben hat. Er heißt Martin Møller. Er muß in seiner Holzkanzel auf einer Fußbank stehen, um auf seine Gemeinde blicken zu können. Und seine Predigten bereiten ihm jede Woche Pein, weil er kein Mann ist, der gerne spricht, es sei denn lautlos mit Gott. Er wünscht sich oft, er müsse nicht predigen und trösten, sondern nur *denken*. Bei seinen Hausbesuchen ist er häufig so still, daß man ihn ganz vergißt.

Doch neuerdings, seit der Tragödie im Numedal, spricht Martin Møller sehr viel. Er begreift, daß hier ein schreckliches Unrecht geschehen ist, und anstatt sich in ein noch erbitterteres Schweigen zurückzuziehen, hat er die Rolle des Fürsprechers für die Hinterbliebenen und Leidenden übernommen.

Gott sagt ihm, daß es nicht *gerecht*, nicht *richtig* ist, daß der König die Mine stillegen und in Vergessenheit geraten läßt und nichts gegen den Kummer und die Armut dieser Menschen unternimmt. Die Dorfbewohner am *Isfoss* waren bereit gewesen, ihr Leben für König Christian in neue Bahnen zu lenken. Doch außer ein paar Dalern Bezahlung haben sie dafür keine Belohnung bekommen, trotz aller königlichen Phrasendrescherei über Reichtum und Wohlstand. Und wovon sollen die Witwen jetzt leben? fragt Martin Møller jeden, der ihm zuhört. Sie versuchen in der gefrorenen Erde Zwiebeln und Kohl anzubauen. Sie gehen in die Berge und sammeln Brennholz. Ihre Kinder stehlen und betteln. Sie haben nichts.

Und aus Kopenhagen kommt keine Nachricht, kein Gesandter. Jeden Morgen blickt Martin Møller aus dem Fenster seines Hauses und hofft, einen Fremden in einer Livree und Stiefeln aus spanischem Leder kommen zu sehen. Er hofft außerdem, in der Satteltasche des Fremden ein Stück Papier mit dem königlichen Siegel, dem schriftlichen Versprechen einer Entschädigung, zu entdecken oder, besser noch, einen schweren Wagen, der hinter ihm herholpert, mit Säcken voller Geld, Wolle und Tuch, Mehl und Wein, Öl und Zucker.

»Die kleine Ratte ist irregeführt«, meinen die Mütter und Witwen untereinander. »Niemand wird kommen! Dem König ist es egal, ob wir tot oder lebendig sind. Vielleicht wäre es etwas anderes, wenn wir in Dänemark selbst wären, doch Leid in Norwegen läßt ihn unberührt.«

Doch Møller will, daß man sich an diese Leute erinnert. Und wer soll Fürsprache für sie einlegen, wenn nicht er? Es ist, als habe er alle Worte und den ganzen Atem seiner kleinen Gestalt für diese Stunde aufgehoben. Er eilt mit seiner von der kühlen Herbstluft leicht geröteten Nase von Haushalt zu Haushalt und erzählt den Töchtern, Witwen und zerlumpten, heimatlosen Kindern, daß er selbst nach Rosenborg reisen würde, wenn sich dies als notwendig erwiese (und das trotz seiner Angst vor dem Meer), inzwischen aber nach einem Weg suche, dem König einen Brief zu schicken.

Und in diesem schüttet er sein Herz aus. Er beschreibt die Schrecknisse, deren Zeuge er am Eingang der Mine geworden ist, und das Elend und Leid danach. Er teilt dem König mit, daß man melancholisch wird, wenn man immer nur Zwiebelsuppe ißt, und daß Melancholie in kurzer Zeit zur Verzweiflung führt. *Wenn Ihr nicht gekommen wärt und uns Hoffnung gemacht hättet, Sir*, schreibt er, *dann hätten wir bestimmt weitergelebt wie bisher und nicht geklagt. Ihr seid aber gekommen! Ihr habt uns emporgehoben! Ihr habt uns Visionen von dem geschenkt, was sein könnte. Und daher müssen wir uns nun in unserer Erbärmlichkeit mit unserem Flehen an Euch wenden...*

Er bittet den König, ins Numedal zurückzukehren. Er beschreibt sich, wie er am Fenster steht und nach dem Mann mit den Stiefeln aus spanischem Leder Ausschau hält, der aber nie eintrifft. Er spricht davon, wie klein er hinter dem Fensterbrett ist. Er sagt, er sei ein Niemand, ein armer Pfarrer, ein einsamer Mann, eine Ratte. *Und dennoch...*, schreibt er, *wage ich es, meinen König direkt anzusprechen, wage ich zu hoffen, daß er mir sein Ohr leiht, und wage ich zu hoffen, daß er mein Gebet erhört.*

Die Wandlung Martin Møllers wird zum Gesprächsthema im

Tal, und seine Gottesdienste sind jetzt besser besucht als zuvor.
»Ratten können ganz schön mutig sein!« sagen manche lächelnd.
»Das sollte man nicht vergessen!«

Kirsten: Aus ihren privaten Papieren

Wir sind auf Boller, im Haus meiner Mutter.

Alles auf der Welt ist auszuhalten, nur nicht die Abwesenheit meines Geliebten. Otto ist nach Schweden verbannt worden, und in meinem Kopf ist bloß noch Raum für Pläne und Manöver, um ihn aus dem Exil wieder in mein Bett zu bringen, oder, wenn das nicht möglich ist, wie ich dann Dänemark für immer verlassen und zu ihm nach Stockholm gehen könnte. Diesen Machenschaften widme ich meine Tage und Nächte, meine Spaziergänge, meine Gebete und meine Träume. Wenn ich nähe, webe ich sie als Muster ein: die Blüten meiner Schlauheit.

Ich folgere so: König Gustav Adolph von Schweden, der größte Feind meines Mannes, würde es sich bestimmt etwas kosten lassen, Informationen über Angelegenheiten des dänischen Hofs zu bekommen, insbesondere aber Enthüllungen und Offenbarungen über die mutmaßlich schlechte Finanzlage des Landes. Und da ich ja weiß, daß sich Christian ständig mit dem verfluchten Thema Geld beschäftigt, bin ich mir sicher, daß sich in seinem Besitz private Papiere befinden, die diese Angelegenheit auf höchst interessante Weise betreffen und aus denen sein großer Feind nach Belieben Vorteil ziehen könnte – als Gegenleistung für Ottos Freilassung nach Jütland oder meine sichere Passage nach Schweden.

Leider habe ich noch keine Ahnung, wie ich diese Dokumente beschaffen soll.

Meine große Schwierigkeit ist die, daß ich niemandem trauen kann. Der dänische Hof ist ein Hexenkessel der Bosheit und Gehässigkeit, und ich weiß, daß alle, die dem König dienen, mich in ihrem tiefsten Innern am liebsten bei lebendigem Leibe kochen und aus meinen Knochen Kleister machen würden. Es ist möglich, daß sich nun sogar mein einstiger Bote James, der Tennispunktezähler, der früher alles tat, was ich ihn hieß, gegen mich gewandt hat, weil ich auf so demütigende Weise von Rosenborg vertrieben worden bin. Aus Angst, daß dies so sein könnte, wage ich es nicht, ihm zu schreiben. Ich könnte mir sogar vorstellen, daß allein schon der Name Kirsten in Kopenhagen ein verbotenes Wort geworden ist und daß sich die, die über mich sprechen wollen, neue Bezeichnungen für mich ausdenken müssen, wie »Die große Ehebrecherin« oder »Die Hure des Grafen vom Rhein« oder »Jene, die im Fischwagen geflüchtet ist«.

Die ganze Schadenfreude über meinen Weggang kümmert mich kein Jota. Was mich einstmals in Rage versetzen und zum Weinen bringen konnte, ruft in meinem Herzen nur noch eine hübsche Gleichgültigkeit hervor. Ich bin froh, nicht mehr im Palast, sondern in Jütland zu sein, wo es sehr still ist, niemand heftig und wütend lärmt und mich nachts nur der Wind in den Bäumen wach hält. Ich möchte behaupten, daß ich einigermaßen glücklich sein könnte, wenn ich nicht so einsam in meinem Bett wäre. Ich *muß* einfach einen Weg finden, um mit König Gustav über Otto zu verhandeln. Zu meiner Mutter habe ich gesagt: »Wenn mein Geliebter hierher zu mir kommen kann, dann brauchen wir dieses Haus – für uns und unser Kind. Du mußt dann in eine andere Unterkunft auf dem Anwesen umziehen.«

Es bringt sie auf, wenn ich zu ihr sage, daß ich ein Land- oder Bauernhaus für ihre Bedürfnisse und die ihrer Lieblingsfrau Vibeke für völlig ausreichend halte. »Kirsten«, erwidert sie dann, »Boller gehört mir, und du wirst mich nicht wegjagen!« Doch ich erwidere daraufhin, daß ich dem Gesetz nach noch die Gemahlin des Königs bin, was bedeutet, beinahe Königin, und daher tun und lassen kann, was ich will, und mir gehorcht werden muß. Sie gerät dann in Wut und erklärt mir, ich sei schon immer hartherzig gewesen, worauf ich nur erwidere, daß man als Frau in dieser Welt so sein muß, wenn man nicht zugrunde gehen will. Und darauf hat sie natürlich keine Antwort.

Meine Zimmer hier sind einigermaßen groß und hell, doch gibt es in ihnen für meinen Geschmack und meine innere Ausgeglichenheit bei weitem nicht genug Möbel oder Wertgegenstände. Daher habe ich dem König geschrieben und ihn – der mich wie eine gemeine Metze behandelt hat – gebeten, »mir ein paar Luxusgegenstände zu schicken, damit ich nicht immer so melancholischer Verfassung bin«. Ich habe dieses Briefchen mit »Deine liebe Maus« unterzeichnet, in der Hoffnung, daß allein dies ihn freundlich genug stimmt, um mir meinen Frisiertisch aus Ebenholz, meine beiden silbernen Spiegel, meinen französischen Walnußschrank, meine goldene holländische Uhr, meine Ölgemälde mit den Blumen, meine flämischen Tapisserien, meine Fächersammlung und meine bronzene Achillesstatue zu senden.

Ich habe ihn auch gebeten, mir Geld zukommen zu lassen, damit ich nicht »eine arme Maus in der Spülküche meiner Mutter« bin, und ihn angefleht – was mir in meinen einsamen Nächten, als der Wind seufzte und ein ferner Vogel im Glauben, es sei Frühling, seiner Brust einen Lockruf entweichen ließ, noch nachträglich einfiel –, mir meine Sklaven Samuel und Emmanuel nach Boller zu schicken. Ich habe erklärt, ich wolle sie hierhaben, »damit ich wenigstens nett bedient werde und den Kopf hochhalten kann, jetzt, da ich so tief gesunken bin«. Ich gestehe jedoch ein, daß ich sie bei mir auf Boller haben will, damit ich, wenn ich schon nicht zu meinem Otto in Schweden kann, wenigstens ein paar Liebesabenteuer mit meinen schwarzen Knaben erleben kann.

Ich finde nichts dabei. Mit meinem schon von Otto dicken Bauch gehe ich kein Risiko ein, ein Kind zu empfangen, das vielleicht die Farbe eines Walnußschranks hat. Kirsten kann nicht leben, wenn ihre Bedürfnisse nicht *sehr oft* befriedigt werden – so ist sie nun mal und kann das nicht ändern, und ich möchte behaupten, daß dies immer so sein wird. Und diese Knaben, die aus einer wilden, unzivilisierten Gegend kommen, wo Männer Äffinnen in Käfigen halten sollen und vor aller Augen mit ihnen kopulieren und wo magische Frauen als Schlangen in die Scham junger Mädchen gleiten, um ihnen zu zeigen, was Vergnügen ist, nun, ich glaube nicht, daß sich Samuel und Emmanuel weigern würden, die Beinahe-Königin von Dänemark zu beglücken. Ich würde vielmehr meinen, daß sie diese besondere Pflicht allen anderen vorziehen.

Emilia hat nach Jütland eine Henne mitgenommen!
Diese Henne, die Gerda heißt, war die Geißel unserer Reise. Sie machte sich ständig aus Emilias Armen frei, um im Fischwagen herumzuflattern, gackerte und bespritzte uns überall mit ihren

scheußlichen, grauen Exkrementen. »Emilia«, sagte ich schließlich, »ich bitte dich inständig, die Klappe dieses stinkenden Wagens zu öffnen und die Henne in die Nacht hinauszuwerfen!« Sie wollte aber nicht. Sie erzählte mir statt dessen, wie sie diese Gerda in ihrem Zimmer gesund gepflegt hatte – im Gedenken an ihre Mutter, die genau dies auch einmal gemacht hatte – und sie daher nicht »auf einer einsamen Straße, die sie nicht erkennen würde« aussetzen wolle.

»Meine Liebe«, sagte ich, »es ist eine *Henne*! Hennen erkennen nichts! Sie wissen nicht, ob sie in Odense oder Pommern sind! Sie wird Körner und Wasser finden, und das ist alles, was ein Huhn braucht.«

»Nein«, erwiderte diese sentimentale Emilia. »Gerda kennt mich, und sie stirbt, wenn ich mich nicht um sie kümmere.«

Hätte jemand anders als Emilia beschlossen, ein lebendes Huhn auf diese lange und schreckliche Reise nach Jütland mitzunehmen, dann hätte ich das Tier eigenhändig auf die Straße geworfen oder ihm den Hals umgedreht, es gerupft und am Wegesrand gebraten. Doch aus irgendeinem Grund kann ich Emilia nichts abschlagen. Also ertrug ich die Henne. Ich sah, wie ihr Emilia den Kopf streichelte, um sie zu beruhigen. Wenn wir anhielten, damit sich die Pferde ausruhen konnten, bekam sie Wasser. Und lange Zeit schlief sie in Emilias Röcke gewickelt, als wäre sie ein Kätzchen oder gar ein kleines Kind, das es sich auf dem Schoß seiner Mutter gemütlich macht.

Nun hat sie ein eigenes kleines Haus oder besser einen Verschlag im Hof. Doch wenn Emilia und ich spazierengehen, was wir oft tun (denn das ist alles, was man in Jütland tun *kann*: herumlaufen und sich anschauen, was die Natur zu bieten hat), begleitet uns Gerda. Sie läuft anmutig neben unseren Füßen her und weicht nie weit von Emilias Seite. Sie ist so zahm und domestiziert, daß ich behaupten möchte, sie ließe sich von Emilia auch an der Leine führen. Ich glaube, sie hat vergessen, *was sie ist*.

Wir sprechen nur selten über Peter Claire.

Das Notenblatt mit den Abschriften aus dem Brief der Gräfin an ihn habe ich mitgenommen, doch noch keinen Gebrauch davon gemacht. Sollte es Emilia jemals einfallen, *mich verlassen* und um des Lautenisten willen nach Rosenborg zurückkehren zu wollen, werde ich es ihr zeigen und ihr sagen, daß sie einer grausamen Täuschung unterliegt.

Doch ich zweifle, daß dieser Tag je kommen wird. Emilia fragt mich nicht, was ich gesagt habe, als ich ihn in der Nacht unserer Abreise anschrie. Ich denke aber, daß sie die Worte verstanden haben muß, doch sie schweigt sich darüber aus, und so antworte ich mit einem ebensolchen Schweigen.

Die Person, über die wir am meisten sprechen, ist ihr kleiner Bruder Marcus, der jetzt zum Greifen nahe bei uns ist und den wir Johann Tilsen wegnehmen und zu uns holen müssen. Auch für Marcus haben wir Pläne! Ich habe beschlossen, ihn als mein Kind aufzuziehen und ihn zum Spielkameraden und Freund meines Babys zu machen, wenn dieses auf der Welt ist, so daß er wie ein Bruder zu ihm sein wird. Und wenn Otto zu mir kommt und ich meine Mutter weggeschickt habe, werden mein Geliebter, ich, Emilia, Marcus und das Kind eine wunderbare Familie sein, die ich immer bei mir behalten werde, und dann bin ich endlich glücklich und zufrieden.

Die Grenze

Das letzte Stück ihrer Reise nach Boller, das sie im Morgengrauen zurücklegten, als die Sonne langsam durch den Frühnebel brach, hatte Kirsten und Emilia am Gut der Tilsens entlanggeführt.

Der Fischwagen war gegen eine wacklige schwarze Kutsche ausgetauscht worden, die muffig und ungewohnt roch wie ein vergessener Salon, in dem einst die Alten gelebt, Mäuse in die Falle gelockt und ihre letzten Sommer mit Lavendel versüßt hatten.

Von diesem Wagen aus hatte Emilia auf das Land ihres Vaters geblickt und es langsam vorbeigleiten sehen. Sie hatte Kirsten gegenüber die Bemerkung gemacht, daß es dermaßen seltsam, ja verblüffend sei, sich wieder in Jütland zu befinden – an ebendem Ort, den sie verlassen und für lange Zeit nicht wiederzusehen geglaubt hatte –, daß es ihr fast vorkäme, als würde sich die Zeit selbst über sie lustig machen.

Kirsten hatte gegähnt und gemeint: »Das ist die Hauptfreude

der Zeit, Emilia: Spott. Wenn du das vorher noch nicht gewußt hast, dann weißt du es jetzt.«

Entlang der einen Seite der Grenze erstreckte sich eine breite Reihe Buchen. Ihre Blätter durchliefen schon jene schwer faßbare Veränderung, die man fast nicht beschreiben kann und die doch plötzlich im Septemberlicht da ist und den kalten Winter ankündigt. Als Emilia auf diese Bäume blickte, zwischen denen sich der Nebel noch hielt, und die Augen nicht von ihnen lassen konnte, drängte sich ihr eine Erinnerung auf, die schon so lange vergraben war, daß selbst jetzt, als sie ihr wieder in den Sinn kam, ein Teil davon verschwommen blieb.

Sie ist mit ihrer Mutter Karen zusammen. Sie gehen unter den Buchen die Straße hinunter, und es ist zu Beginn des Herbstes, denn Karen trägt einen grauen Wollschal. Emilia ist noch klein, vielleicht fünf oder sechs Jahre alt.

Sie haben ein Ziel, das nicht allzuweit entfernt ist – den größten Baum. Als sie dort ankommen, kauert sich Karen hin und nimmt Emilias Hand, und dann schieben sie gemeinsam die frisch gefallenen Blätter beiseite, bis ihre Hände auf die weiche Erde darunter stoßen. Diese ist trocken, leicht und kratzig von alten Bucheckerschalen. Und an dieser Stelle liegt etwas begraben. Karen flüstert: »Da!«, und Emilia blickt hinunter. Was immer es ist, was dort hingelegt worden ist, schimmert plötzlich im kalten Sonnenlicht.

An mehr konnte sich Emilia nicht erinnern. Sie versuchte sich ganz scharf auf den Augenblick der Entdeckung zu konzentrieren, als könne sie den Gegenstand im Boden dadurch plötzlich erkennen. Sie sah Karen neben sich, hörte ihre Stimme und erinnerte sich sogar an den weichen grauen Schal. Doch als sie auf die Erde und die zur Seite geschobenen Blätter blickte, fiel ihr nicht ein, was dort gewesen war.

Emilia bekommt auf Boller ein Zimmer nach Osten – wo das Gut ihres Vaters liegt. Sie kann es zwar nicht sehen, doch hat es etwas Beängstigendes zu wissen, daß dort, wo der Park aufhört, die Obstplantagen der Tilsens beginnen. Emilia schaut immer wieder stundenlang zum Horizont und stellt sich die großen Bäume als Wachen vor, die sie vor Johanns und Magdalenas Augen verborgen halten. Sie hat das Gefühl, sie würde bei deren bloßen Anblick versteinern und könnte sich nicht rühren oder sprechen.

Doch Kirsten hat ihr gesagt, daß die Nachricht ihrer Anwesenheit auf Boller schon Ellen Marsvins Nachbarn erreicht haben wird. In Jütland verbreiten sich die Neuigkeiten entlang der sandigen Wege mit den Kesselflickern, Köhlern und Hufschmieden. »Und daher«, meinte Kirsten, »wird es das beste sein, deiner Familie einen Besuch abzustatten. Sie müssen mich empfangen! Sie würden es nicht wagen, es abzulehnen. Und du begleitest mich. So können wir herausfinden, was dort vor sich geht und wie es um Marcus bestellt ist.«

Marcus nach Boller zu holen, für ihn zu sorgen, seine Aufgaben zu überwachen und ihn Magdalenas Einfluß zu entziehen, ist ein schöner Traum, den Kirsten (die Kinder eigentlich nicht mag und wenig Verständnis für die von ihnen verursachte Unruhe aufbringt) um Emilias willen geträumt hat. Diese empfindet Kirsten gegenüber Dankbarkeit, um derentwillen aber auch Besorgnis. Die Angst um Marcus hat sie ständig gequält, seit sie von zu Hause fortgegangen ist. Es wäre für sie eine Freude und Erleichterung, ihren Bruder hier bei sich zu haben. Sie hält es jedoch für ein unmögliches Unterfangen, Marcus von seinem Vater und seinen Brüdern wegzuzaubern – für ein Unterfangen, das nur in Kirstens mit endlosen Plänen und Listigkeit vollgestopftem Kopf Realität besitzt.

Und da ist noch etwas anderes. Emilia weiß auch, daß sich ein Teil von ihr eine Zukunft weit weg von Jütland vorgestellt hat, eine Zukunft als Frau des Lautenisten. Und wie könnte Marcus Tilsen da hineinpassen? Wenn sie und Kirsten wirklich Marcus' »Mütter« werden, dann müssen sie es für immer bleiben. Ob einmal der Tag kommen wird, an dem sie sich zwischen Marcus und Peter Claire entscheiden muß?

Über das Thema Peter Claire bewahrt sie Schweigen, sogar sich selbst gegenüber.

Was die Wale betrifft

Im Hof von Rosenborg findet ein seltsames Schauspiel statt.

Der König hat angeordnet, daß ein großer Stein dorthin gebracht und an den abgestellten Brunnen gelehnt wird. Die Diener beklagen sich untereinander über die Stillegung des Brunnens. Die Frauen jammern, daß ihnen das Geräusch des fließenden und spritzenden Wassers fehlt, »das so fröhlich war und einem an dunklen Tagen richtig das Herz erfreuen konnte«. Ein Teil der Männer murrt, man könne nun »nirgendwo mehr pinkeln, wenn man spätnachts heimkehrt und das Bedürfnis dazu verspürt«, denn in den Eingängen bekomme man schmutzige Stiefel und ziehe Ungeziefer und Fliegen an. Und sie knurren, der König treffe nur noch schlechte Entscheidungen.

Der König hört nichts von all dem Meckern (oder aber, falls doch, steht ihm gleichgültig gegenüber). Er hat sich mit seinem holländischen Steinmetz beraten und einen Satz schöner Meißeln erstanden. Und nun kann man ihn vor dem Steinblock knien und mühsam Buchstaben und Zahlen in einer Kalligraphie einritzen sehen, die der, wenn er mit einem Federkiel auf Papier schreibt, in nichts nachsteht. Und alle Welt scheint zu wissen, was er schreibt: Er meißelt Kirstens Namen ein und das Datum, an dem er sie weggeschickt hat.

Er mag es nicht, wenn man ihm bei der Arbeit zusieht. Die Diener bringen ihm Limonade und ziehen sich wieder zurück. Doch er wird von Mansardenzimmern und halboffenen Türen aus beobachtet. Seine eigenen Kinder blicken aus dem Fenster und wünschten, er würde nicht auf dem Boden knien. Viele von ihnen sind alt genug, um zu wissen, daß Demütigungen verborgen und nicht öffentlich gemacht werden sollten und daß Traurigkeit am besten allein im Zimmer oder an einem wilden Ort zu ertragen ist, wo die Wolken die Erde mit Mustern verzieren und der Wind alle menschlichen Geräusche erstickt.

König Christian spricht mit niemandem und blickt nur selten einmal von seiner Arbeit auf. Bestimmt sieht er die Kinder an den Fenstern nicht. Es ist ganz so, als wäre er mit einem Kunstwerk beschäftigt und das Bearbeiten des Steins mit dem Meißel das einzige, was im Königreich seine Zeit verdient. Doch nach ein paar

Tagen läßt er Peter Claire holen und neben sich niederknien. Und dann teilt ihm der König mit, daß die Aufgabe beendet ist.

Gemeinsam blicken die beiden Männer auf den Stein.

»Das ist die Summe von allem!« sagt Christian. »Das ist das Ende!«

Peter Claire nickt. Er sagt nicht, daß es auch sein Ende ist, daß ihn der Verlust Emilias all seiner Pläne und Träume beraubt hat. Er sagt vielmehr, daß die Schrift im Stein so schön sei, daß es der König, wenn er nicht der König wäre, bestimmt als Beruf ausüben könnte, Gravuren auf Grabsteinen oder lateinische Sprüche über Anstaltsportalen anzubringen.

Zum erstenmal seit langem lächelt der König. »Ja«, meint er, »wenn ich nicht der König wäre!«

Dann legt er die Meißeln beiseite. Er klopft sich den Staub von den Händen, die von der Arbeit rauh und voller Blasen sind. Er sieht sich um, und sein Blick bleibt auf dem sonnenbeschienenen Kopfsteinpflaster und an einer grünlichen Stelle haften, wo das Wasser über den Rand des Brunnens gespritzt war. Er sieht verdutzt aus, als sehe er all dies zum erstenmal oder zumindest mit neuen Augen und versuche sich zu erinnern, was es einstmals bedeutete.

Christian bleibt länger als eine Woche im Bett. Er sieht an seinen Uhren, daß die Zeit verrinnt, nimmt es aber nicht wirklich wahr, weil ihm jede Minute ganz genauso wie die vorherige erscheint.

Kirsten erfüllt seine Seele. Da, wo einst Gott war, ist jetzt Kirsten.

Sie lacht und tanzt, zecht und kreischt, rollt auf einem Holzstapel herum, stampft mit den Füßen auf und brüllt, blutet das Bett voll. Sie ist eine weiße Brust, ein gewölbter Magen, ein blutroter Mund. Sie ist Vergangenheit und Gegenwart, Alleinsein und Fieber, Einsamkeit und Schlaf.

Dem König wird Essen gebracht. Er klagt, er brauche keins. Er nimmt Kirsten in sich auf und Kirsten ihn. »Und am Ende«, flüstert er laut, »gibt es nichts und niemanden mehr.«

Als er sein Leben wiederaufnimmt (allerdings nur ungeschickt und stolpernd wie ein Invalide) kehren seine Gedanken zu seinem

Geldmangel zurück. Ihm ist nochmals erzählt worden, daß man mit Walfängern ein großes Vermögen erwerben kann und Walkörper in so viele verschiedene Bedarfsgüter umgewandelt werden können, daß sie die Wirtschaft des Staates retten könnten.

Ihm fällt ein, daß in Kopenhagen drei Walfangschiffe im Bau waren, die Arbeit an ihnen aber nun verlangsamt oder ganz beendet worden ist, weil es am Geld für die Ausstattung und die Bezahlung der Schiffsbauer fehlt. Der König flucht, zieht an seiner langen Locke, geht zu seinem Nachtstuhl und versucht sich zu entleeren, als könne dies seine Herzensqual verringern.

Wie er so dasitzt, dem Weinen nahe durch den Schmerz seiner Anstrengungen, stellt er sich vor, wie die Wale von der Nordsee aus leise in den Gewässern des Skagerraks eintreffen und von den Schweden geschlachtet und zu schwedischer Seife und Kerzen, zu schwedischen Spazierstöcken und Korsetts verarbeitet werden. Und er verflucht diese herumstolzierenden Schweden in ihrem Walfischknochenstaat. Er schickt sie zur Hölle, wo sie bis in alle Ewigkeit schmoren sollen.

Als der Stuhl raus ist, beschließt er, die dänischen Walfänger fertigzustellen und auslaufen zu lassen, damit die Wale zu Dänemarks Rettung kommen, weil bald etwas geschehen, es Erleichterung geben muß, das Leben nicht mehr wie in diesem Jahr weitergehen kann...

König Christian geht in die Schatzkammer mit dem Tafelgold und -silber. Aus den Schränkchen und Vitrinen holt er große Mengen königlicher Geschenke heraus, die vom Krönungstag und seiner Hochzeit mit Anna Katharina von Brandenburg stammen. Er legt sie übereinander auf den Boden: silberne Suppenterrinen, Samoware, Abgußschalen und Fischplatten, goldene Pokale, Kelche, Tafelteller, Weinkühler und Krüge. Die Haufen schwanken und klirren. Platten, gegen die er aus Versehen gestoßen ist, kreisen auf dem Boden. Christian sieht in ihnen nicht mehr Gegenstände, die einen Nutzen oder eine Funktion haben, sondern nur noch eine Währung.

Diener, die den Lärm gehört haben und glauben, es seien Diebe im Schloß, kommen in die Schatzkammer gerannt. Einer von ihnen richtet eine Muskete auf den König, der einen Brokatumhang trägt und barfuß ist. Als der König das Gewehr über dem

Chaos des Silbers auf sich zeigen sieht, wirft er die Arme ausgebreitet in den Himmel, wie der Gott früherer Zeiten oder wie Moses auf dem Berg, und brüllt. Die Worte schießen wie Kanonenfeuer aus ihm heraus. Dänemark, bellt er, versinkt im Meer und er, sein König, geht mit unter, fällt so tief in ein stygisches Leiden, daß er das Gefühl hat, nie wieder ans Licht zu kommen. Und warum rettet ihn und ihr kostbares Land niemand? Warum wird er fortwährend verraten und im Stich gelassen? Was ist das für ein Klima der Verderbtheit im Staat, wenn die Frau des Königs mit einem deutschen Söldner Verrat begeht? Warum versteht niemand außer ihm, daß der Mensch in all seinem Handeln nicht mehr von Ehre, sondern nur noch von Gier und Gelüsten geleitet wird? Und wie oft muß er das alles noch sagen, damit man ihm auch nur zuhört?

Die Muskete wird gesenkt, und die Diener stehen mit offenem Mund da. Sie befürchten, von dieser Wortsalve getötet zu werden, daß ihre Herzen zu schlagen aufhören und sie diese Kammer vielleicht nicht mehr lebend verlassen.

»Hebt das Silber auf!« befiehlt der König. »Bringt es zur Münze und laßt alles einschmelzen! Daraus sollen Daler geprägt werden – so viele, wie man aus diesem Tafelgeschirr-Kontingent nur erzielen kann. Und ich mache mich selbst mit dem Geld zu den Schiffsbauern auf den Weg. Wenn jemand auch nur einen Teelöffel davon stiehlt, wird er erhängt!«

Danach geht König Christian in seine Gemächer und versucht zu berechnen, wieviel Geld aus dem Tafelsilber gewonnen werden und wie viele Wale es an die Küste Dänemarks bringen könnte. Über seinen komplizierten Rechenkolonnen ruft er diesen Tieren zu, die weder Fische noch Landtiere, sondern etwas anderes sind, etwas, das in der Kälte und Dunkelheit leben und dennoch Springbrunnen auf der Meeresoberfläche hervorrufen kann: »*Kommt zu mir! Rettet mein Königreich!*«

Doch dann ist da noch die Frage der Herstellung. Wissen denn die dänischen Handwerker, wie man aus Fischbein Korsette und Reifröcke anfertigt? Würden sie ordentliche oder bloß schludrige fabrizieren? Könnte man diese Kleidungsstücke in Paris und Amsterdam verkaufen, oder würden sich die Franzosen und Niederländer darüber lustig machen, so daß das Echo ihres Spotts und

Tratsches über ganz Europa schallen würde? *Ma chère, hast du schon den neuesten Witz gehört? Die Herzogin von Montreuil ist doch nicht verunstaltet! Sie trug nur ein dänisches Korsett!*

Diese Befürchtungen werden durch das Eintreffen eines Briefes unterbrochen. Der Bote sagt dem König, es sei ein Schreiben aus dem Numedal, und als dieser das hört, vergißt er die dortige Explosion und stellt sich vor, in dem Brief werde eine Ladung Silber angekündigt. Doch im nächsten Augenblick fallen ihm wieder die Toten der Mine und die unter unvorstellbaren Gesteinsmassen vergrabenen Flöze des Erzes ein.

Er beginnt zu lesen. Der Absender ist ein gewisser Martin Møller, ein Pfarrer, und das erfüllt den König zunächst mit Lustlosigkeit. Er will die Nachricht schon beiseite legen, als er bemerkt, daß Møllers Worte nicht schwach sind – wie Pfarrersworte so oft –, sondern von derselben leidenschaftlichen Verzweiflung erfüllt sind, die er selbst verspürt.

Wenn Ihr nicht gekommen wärt und uns Hoffnung gemacht hättet, Sir, schreibt er, *dann hätten wir bestimmt weitergelebt wie bisher und nicht geklagt. Ihr seid aber gekommen! Ihr habt uns emporgehoben! Ihr habt uns Visionen von dem geschenkt, was sein könnte…*

Der König liest den letzten Satz still noch einmal, weil er ihm plötzlich auf unerklärliche Weise Trost spendet.

Visionen.
Visionen von dem, was sein könnte.

Die aus der Luft gegriffenen Gedanken von Marcus Tilsen, fünf Jahre alt

Magdalena sagt Baby Ulla ist ein Stück Himmel der zu uns heruntergekommen ist weil wir gut sind.

Mein Vater sagt nun hast du eine neue Schwester Marcus und du mußt nett zu ihr sein und sie liebhaben und ich sage warum hat Baby Ulla Magdalena nicht getötet als es aus ihr rauskam und er schlägt mir über die Augen. Ich sage ich habe das rote Ding im Wasser gesehen das aus Magdalena herausgekommen ist und es ist tot und die Fische haben es gefressen und mein Vater sagt in dir steckt Böses Marcus und wir holen einen heiligen Mann um das Böse aus dir herauszuholen und wenn man es nicht herausbekommt dann müssen wir dich weit weg schicken.

Ich wollte daß der heilige Mann kommt und ein Bote ist und mir etwas von Emilia bringt aber er war alt und dünn. Er sagte nun wirst du im Wasser des Sees noch einmal getauft Marcus und der Teufel aus dir vertrieben und mein Vater sagt wir sind jenseits der Verzweiflung mit diesem Knaben.

Jenseits der Verzweiflung ist kein Dorf. Es ist was Ingmar eine Wildnis nennt er lernt über Wildnis und sagt da sind Tiere die du noch nie gesehen hast.

Ich sage zu dem alten dünnen Mann wenn du mich zum See bringst dann töte ich das Baby Ulla und lasse es von den Fischen auffressen doch mein Vater schlägt mich und ich falle hin. Otto weine ich. Otto meine Katze.

Es ist eiskalt im See als das Wasser über mich kommt.

Nun sagen sie Marcus wir warten und beten daß alles Böse von dir weg ist und wenn wir sicher sind daß es weg ist nun dann bist du in dieser Familie wieder willkommen aber wir sind noch nicht sicher und deshalb mußt du weggeschlossen werden damit du dem Baby Ulla nichts tust.

Das Geschirr wird mir angelegt und ich liege in meinem Bett und es wird Nacht. Ich bin in einer Wildnis und weiß jetzt was in einer Wildnis ist es sind große Tiere da die Büffel heißen und ich habe sie auf einem Bild gesehen. Ich sage Büffel kommt sofort her tut was ich euch sage und sie sind warm und atmen wie Kühe atmen und ich flüstere ihnen gute Nacht zu.

Und wenn ich unten bin und mein Harnisch ab ist und das Baby Ulla dort in der Wiege liegt und Wilhelm sagt wir beobachten dich alle Marcus dann bin ich noch bei diesen Büffeln in meiner Wildnis obwohl es schon Morgen ist. Ich zähle sie.

Brief an Peter Claire von Gräfin O'Fingal

*Mein lieber Peter,
ich weiß nicht, ob Dich mein Brief erreicht hat.*

Oft wundere ich mich, daß überhaupt einmal ein Brief – etwas so wenig Substantielles – sein Ziel erreicht, wenn ich bedenke, welchen Weg er zurücklegen muß und welchem Wetter seine Überbringer ausgesetzt sein können.

Als mir Johnnie O'Fingal einmal das traurige Schauspiel von Romeo und Julia *vorlas und mir klar wurde, daß alles verloren war, weil der Brief von Bruder Lorenzo an Romeo verlorenging, machte ich Johnnie gegenüber die Bemerkung, daß wir doch immer und ewig nach Wegen suchen, um mit denen vereinigt zu werden, die wir über die unermeßliche Weite des Raums und der Zeit hinweg lieben, daß diese Wege aber unsicher sind und Wind und Wogen bestimmt viele verlorene Dinge herumtragen, die dann nie wieder aufgefunden werden.*

Ich möchte Dir jetzt von einer Reise berichten, die ich nach Weihnachten antreten werde.

Du wirst Dich sicher noch daran erinnern, daß mein Vater als Papierhändler versucht, seine Waren nicht nur in Italien, sondern auch in anderen Ländern abzusetzen. Nun ist er darauf aufmerksam geworden, daß sich möglicherweise ein Vermögen verdienen ließe, wenn er in den nördlichen Ländern mit ihrem reichen Bestand an Tannen – dem besten Baum für die Herstellung guten Papiers – eine Mühle errichtet. Der Gedanke, daß sich Francesco Pontis Papier von da aus in Richtung Westen – vielleicht bis Island – und in Richtung Osten bis zu den russischen Ländern verbreiten könnte, macht meinen Vater ausgesprochen glücklich.

Er will nun im neuen Jahr nach Dänemark reisen. Als ich hörte, daß er nach Kopenhagen gehen will, um dort die Erlaubnis des Königs zur Errichtung seiner Mühle einzuholen, fragte ich ihn, ob ich ihn begleiten könne, um ihm bei seinen Verhandlungen zu helfen, weil er ja, wie Du sicher noch weißt, außer Italienisch kaum eine Sprache beherrscht. Und er ist überglücklich, daß ich dies tun will, und hat zu mir gesagt: »Francesca, du bist dann meine rechte Hand, und wir werden zusammen schauen, was es in diesem großen Königreich Dänemark gibt, und auf dieser Reise wirst du alles

Leid der vergangenen Jahre abschütteln und deine Lebensfreude zurückgewinnen.«

Ich habe ihm nicht gesagt, daß Du in Kopenhagen bist. Ja, ich sage es nicht einmal mir, weil es ja sein kann, daß Du gar nicht mehr dort, sondern inzwischen an einem anderen Hof bist – in Paris oder Wien. Nur in der Stille der Nacht auf Cloyne bitte ich Gott, daß ich Dich noch einmal sehen, spielen hören und – kaum wage ich es auszusprechen – in meinen Armen halten darf.

Ich komme allein mit. Meine liebe Freundin Lady Liscarroll nimmt meine Kinder auf und wird ihnen eine gute Mutter sein. Sie ist eine sehr gütige und freundliche Frau, und ich mache mir keine Sorgen, daß meine Maria und ihre Schwestern und Brüder nicht gut versorgt sein werden. Und weil das Haus von Lord Liscarroll so prächtig ist und es dort viele Kinder, Spielzeug und Ponys gibt, ja sogar einen Falkner, der meinen Söhnen den Umgang mit diesen Vögeln beibringen kann, und einen Tanzmeister für die Mädchen, sagen sie zu mir: »Oh, du mußt unbedingt fahren, Mama, denn diese Reise wird dir guttun!«

Ich weiß natürlich, daß sie schon vom Tanzen und Reiten und der Falkenjagd träumen und sich in Wirklichkeit nicht allzu viele Gedanken um meine Melancholie machen, finde ihre Sorge um mich aber dennoch sehr süß und liebevoll und sage ihnen, daß ich in all den Stunden, die ich von ihnen weg bin, immer an sie denken werde.

Und das werde ich auch. Nur wenn ich wieder bei Dir wäre, würde die ganze Welt einschließlich ihnen (wie sie auf ihren Ponys dahingaloppieren und den Falken zurufen!) aus meinen Gedanken verschwinden, weil dann bloß noch Raum für Dich darin bliebe.

Mein lieber Peter, ich weiß nicht, ob Dich dieser Brief erreichen oder irgendwo verlorengehen wird. Solltest Du ihn aber erhalten, dann verzeih mir bitte meine Kühnheit und meine fehlenden Skrupel.

Von Deiner Dich liebenden Freundin
Francesca, Gräfin O'Fingal

Ein Spaziergang im Herbst

Der Weg liegt in der Sonne. Untergehakt schlendern ihn Pfarrer James Claire und seine Tochter Charlotte entlang. Sie sind ihn schon so oft entlanggegangen, daß sie fast jeden Stein kennen, wissen, wo die Jakobskrautbüschel wachsen und wie die abgefallenen Blätter auf dem Boden liegen.

Sie unternehmen diesen Spaziergang in der Hoffnung, daß die Angst, die sie beide empfinden, ein wenig beschwichtigt wird – von dem schönen Tag und der angenehmen Beschäftigung des Wanderns –, und sie bei ihrer Rückkehr im Pfarrhaus Anne Claire, die im Wohnzimmer sitzt und näht, sagen können, daß in ihnen ein neues Gefühl erwacht ist und sie nun doch glauben, daß alles wieder gut wird.

Was ihnen auf der Seele liegt (besonders stark Charlotte, aber auch ihrem Vater), ist das, was sich im Leben von Charlottes Verlobtem Mr. George Middleton ereignet hat.

George Middleton war immer ein imposanter Mann gewesen, in den letzten beiden Monaten hatte er aber viel von seiner Kraft eingebüßt. Er war auch immer ein lautstarker Mann gewesen, doch auch dieses Lärmende hatte nachgelassen.

Anfangs sorgte sich Charlotte, ihr künftiger Mann könne von einer ihr unerklärlichen Melancholie befallen sein. Doch inzwischen weiß sie, daß dies nicht der Fall ist. George Middleton ist krank.

Er war sehr tapfer und versuchte, seine Schmerzen zu beherrschen, doch schließlich gab er Charlotte gegenüber zu, daß er eine so heftige Pein in den Eingeweiden verspüre, daß er das Gefühl habe, ohnmächtig davon zu werden. Pfarrer Claire ist auch noch in ein weiteres Leiden eingeweiht, das der arme Mr. Middleton seiner künftigen Frau gegenüber nicht erwähnen wollte: Ihn plagt ein fast ständiges Bedürfnis zu pissen. Er kann keine Stunde im Bett liegen, ohne wieder aufstehen zu müssen. Er kann nicht mehr weggehen, aus Angst, der Raum, in dem er sich befindet, könne zu weit von einem Toilettenstuhl entfernt sein.

So war er zu Hause in Norfolk geblieben und hatte seiner »lieben Daisy« Briefe geschrieben, in denen er ihr jeden Morgen und jeden Nachmittag erzählte, wie sehr er sie liebt und schätzt und wie stark er sich nach der Hochzeit sehnt. Doch der Augenblick dafür ist noch nicht gekommen, kann noch nicht kommen, weil George Middleton krank ist und in diesem Zustand nicht heiraten kann.

An diesem schönen Herbsttag haben sie von ihm die Nachricht erhalten, daß der Arzt in seiner Blase einen Stein diagnostiziert hat. *Dieser Stein, schreibt er, kann so groß wie ein Apfel sein, und was kann ein ganzer Apfel in mir schon anderes tun, als nach Belieben herumrollen und mir auf diese Art Qualen zufügen. Verschwinde! sage ich zu ihm. Du elender Apfel, brich auseinander, lös dich auf, wandre durch mich hindurch und gib mich frei!*

Er ist aber noch nicht auseinandergebrochen und hat sich auch nicht aufgelöst; George Middletons Leben wird durch ihn zur Qual. Und nun, allein mit seinem Schmerz, in Erwartung des Eingriffs, der ihn töten oder erleichtern wird, wird ihm klar, daß es das Leben, das er mit Charlotte Claire geplant hat, vielleicht niemals geben wird. Selbst in seinen Tagträumen, in denen er die Zimmer seines Hauses in Norfolk neu einrichtet, um ihren Bedürfnissen und Wünschen gerecht zu werden, weiß er, daß es vielleicht nie zu diesen Veränderungen im Haus kommen wird oder, falls doch, sie diese womöglich nie sehen wird, nie ihre Freunde in das kleine nach Süden, zum Rosengarten gehende Zimmer einladen wird, nie den Namen *Mrs. George Middleton* auf einer Visitenkarte gedruckt sehen oder ihr Haar im gemeinsamen Schlafzimmer im sanften Kerzenlicht lösen wird.

Und auch Charlotte und ihrem Vater ist klar: George Middleton stirbt vielleicht. Wie viele Menschen wohl eine solche Operation überleben? Sie wissen es nicht.

Pfarrer Claire wünschte, er wäre Arzt und könnte die Operation selbst durchführen, so daß das Leben George Middletons in seinen sicheren Händen liegen und er durch die reine Kraft von James Claires Willen am Sterben gehindert würde. Doch wie die Dinge nun liegen, kann er nur beten. Als er jetzt mit Charlotte den vertrauten Weg entlanggeht, kommt ihm der wunderliche Gedanke, daß die große Wolke am Himmel dieses schönen Herbstmorgens letztlich doch nicht die Sonne verdecken wird. »Charlotte«, sagt er, »ich habe plötzlich das sichere Gefühl, daß George nicht von dir genommen wird.«

Charlotte schwieg. Welcher liebende Vater würde nicht in seinem Eifer, es allen recht zu machen, Hoffnung als Gewißheit anbieten? Sie drückt seinen Arm fester, als wolle sie sagen: »Sollte er sterben, dann habe ich zumindest einen sicheren Platz, wenigstens stehe ich unter deinem Schutz. Und dafür bin ich dir dankbar.«

Nach einer Weile, als sie den Teil des Weges erreichen, wo es beim Gehen durch das herabgefallene Laub der Kastanienbäume raschelt, sagt James Claire: »Ich habe darüber nachgedacht, welch merkwürdige Wege unsere Gedanken doch im Hinblick auf alles, was uns teuer ist, gehen. Oft ist es doch so, daß uns etwas, was uns zunächst Kummer bereitete, noch tiefer ins Elend stürzt, wenn es sich umkehrt, so daß der erste ›Kummer‹ nun gar nicht mehr als solcher erscheint, sondern als etwas anderes, was mehr dem Glück ähnelt.«

Charlotte lächelt. Es ist in der Kirchengemeinde von St. Benedict the Healer wohlbekannt, daß sich Pfarrer Claire manchmal in einer seltsam gewundenen Sprache verheddert. »Was meinst du damit genau, Vater?« fragt sie.

»Nun«, erwidert er, »als ich hörte, daß du George heiraten würdest, da hielt ich es für meine größte Sorge, daß du die Familie verlassen wirst und ich, wenn ich von der Kanzel blicke, dein liebes Gesicht nicht mehr zu mir aufschauen sehe. Doch nun merke ich, daß dies, verglichen mit der Möglichkeit, der wir nun gegenüberstehen, nämlich daß du George *nicht* heiratest, überhaupt keine Sorge war. Denn jetzt würde ich, wenn du Georges Frau bist und mit ihm in Norfolk lebst und alles gut ist, auf die Gemeinde schauen und denken, daß ich meine liebe Charlotte nicht bei mir habe, weil sie bei ihrem Mann und in ihrem eigenen Haus ist, und daß ich mir das wünsche und nichts als Glück empfinden und keinen Kummer haben sollte.«

Charlotte lacht. Als sie an den Zehenspitzen etwas Hartes fühlt, bleiben sie stehen. Sie bückt sich und hebt die erste Kastanie in ihrer grünen Schale auf, das »Baummobiliar«, das sie als Kind so liebte und immer mit Öl polierte.

Auf dem Rückweg, als beide Appetit auf das Mittagessen verspüren, wendet sich James' und Charlottes Gespräch Peter Claire zu.

In der Gemeinde St. Benedict ist jetzt ein lebhafter Mann namens Lionel Neve Chormeister. Peter hatte auf das Stellenangebot seines Vaters liebevoll reagiert und ihm Schmeichelhaftes über die Qualität der Musik in dieser Kirche geschrieben, *doch bitte versteh*, hieß es weiter, *daß mich meine Anstellung hier in Dänemark noch für lange Zeit daran hindert, nach England zurückzukehren. Der König hat mir großes Vertrauen und seine Gunst erwiesen, und ich muß bei ihm bleiben, um meine zahlreichen Aufgaben zu erfüllen, und darf ihn nicht verlassen.*

»Er hatte recht, es abzulehnen«, meint James Claire. »Es war falsch von mir, ihn darum zu bitten. Was ist eine Kirche auf dem Lande schon, verglichen mit einem Königlichen Orchester?«

»Das ist es nicht, Vater!« erwidert Charlotte. »Peter hat vielmehr noch nicht gefunden, wonach er sucht. Vielleicht ist es die Musik in ihm, vielleicht auch etwas anderes. Ich glaube jedoch, er weiß, daß er es hier nicht finden würde.«

Pfarrer Claire nickt. Er hat den Blick seines Sohnes vor Augen, als sehe dieser aufs Meer hinaus, nicht auf das graue Meer Englands, sondern auf ein weitentferntes blaues, dem etwas Unendliches anhaftet, ein Meer, das kein Schiff je so durchqueren kann, daß wieder Land in Sicht kommt.

Lionel Neve hingegen ist ein Mensch, der mit dem täglichen Einerlei vollkommen zufrieden zu sein scheint. Er schießt mit seinem schwarzen, mitten auf seiner Glatze wild hochstehenden Haarbüschel wie ein aufgescheuchter Kiebitz herum. Wenn er von Musik spricht, kommt er manchmal vor Begeisterung und Freude so in Fahrt, daß sich bei ihm ein wenig Speichel am Lippenrand zeigt. Er dirigiert so schwungvoll, daß es ihn oft in kleinen Sprüngen vom Boden hebt.

»Lionel war der Richtige!« sagt James Claire.

»Ja«, antwortet Charlotte, »Lionel war der Richtige. Wofür Peter der Richtige ist und was für ihn richtig ist, weiß man noch nicht.«

Sie sind jetzt am Tor des Pfarrgartens angekommen, öffnen es und laufen über die Wiese. Charlotte sagt, daß sie das Stück »Baummobiliar«, das sie mitgenommen hat, polieren und nicht stumpf werden lassen wird, so daß es wie ein Licht ist, das für George Middleton brennt. Sie fügt noch hinzu, daß sie wisse, wie dumm das ist, doch das sei ihr egal.

La petizione

Im Sommer spielte das Königliche Orchester meist im Garten oder Sommerhaus von Rosenborg. Wenn die Tage kürzer werden, kehrt der König ins *Vinterstue* zurück und die Musiker in den Keller.

König Christian hat Peter Claire erklärt, warum er darauf bestehen muß, daß sie dort bleiben. Ihm ist klar, daß es dort kalt und nicht sonderlich hell ist und daß sie sich vielleicht vergessen wähnen, »doch genau das war immer meine Absicht«, sagt er, »*daß man euch vergißt. Daß ihr unsichtbar seid!* Und wenn dann Prinzen und Botschafter Rosenborg besuchen und im *Vinterstue* sitzen, und Musik kommt ihnen zu Ohren, und sie wissen nicht, woher, dann finde ich bestätigt, wie einzigartig auf der Welt dieses Arrangement ist. Weil sich die Leute wundern! Sie blicken sich um und fragen sich, wie es möglich ist, daß eine Pavane von den leeren Wänden ins Zimmer schallt. Dann sehe ich, wie sie von diesem Augenblick an eine hohe Meinung vom dänischen Erfindungsreichtum und somit auch von Dänemark selbst haben. Denn es ist genau das, wonach sich die Menschen in einer lärmenden Welt sehnen.«

»Wonach sehnen sie sich, Sir?«

»Danach, von einem Gefühl des Staunens erfüllt zu sein! Sehnt Ihr Euch nicht auch danach, Mr. Claire?«

Dieser erwidert, er habe dieses Sehnen in sich noch nicht genau bestimmt, vermute aber, daß es vorhanden sei.

»Natürlich ist es vorhanden!« sagt König Christian. »Doch wann seid Ihr zuletzt über etwas gestolpert, das es befriedigt hat?«

Der Lautenist sieht dem König in die Augen, die aus Schlafmangel verschwollen und rot und deutlich von Sorge und Kummer gezeichnet sind. Er würde dem König sehr gern offenbaren, daß er in der Person Emilia Tilsens eine Antwort auf seine Sehnsüchte findet, daß sie ihn staunen läßt und er durch sie eine Vision des Mannes, der er sein möchte, bekommen hat. Doch Peter Claire würde es grausam finden, dem König gegenüber gerade zum jetzigen Zeitpunkt etwas über Liebe zu erzählen. Es ist so unmöglich, weil Emilia genauso eng mit Kirsten verbunden ist wie er mit Christian.

»Ich glaube«, sagt er vorsichtig, »daß ich, wenn unser Orchester in vollkommener Harmonie spielt, manchmal ein paar Augenblicke ... etwas verspüre ...«
»Staunen?«
»Faszination.«
»Könnte das ein und dasselbe sein?«
»Fast. Ich verfalle dann in eine derart intensive Betrachtung des Klangs – der nur einer zu sein scheint, in Wirklichkeit aber die Summe all unserer Beiträge ist –, daß ich dadurch einen anderen Bereich meines Ichs erfahre.«
»In dem Ihr Hoffnung oder etwas Ähnliches verspürt?«
»Ja. In dem ich nicht mehr dieser übliche Abglanz meines Ichs bin, das herumläuft, ißt, schläft und müßig ist, sondern *vollkommen ich selbst*.«
Bei dieser letzten Bemerkung beginnt König Christian mit seiner langen Locke zu spielen, weil er nun erkennt, wie weit er sich in seiner sinnlosen Toleranz von Kirstens Schlechtigkeit von dem Mann entfernt hat, der einst in seinen Träumen Kriegsschiffe entwarf, Dänemarks Küste vor dem Meer rettete und die Vagabunden unter dem prächtigen Dach des Børnehus versammelte und an Spinnrädern und Webstühlen arbeiten ließ. »Aha!« seufzt er. »Das ist also der Trick: den Weg – sei es nun vor- oder rückwärts – zu dem zu finden, wonach wir uns sehnen.«

Wenn Peter Claire dem König gegenüber auch Lobreden auf harmonische Klänge angestimmt hat, so sind die jüngsten Proben im Keller doch von Disharmonien geprägt gewesen.
Jens Ingemann mußte immer wieder auf seinen Notenständer klopfen: »Signor Rugieri, was soll Eure plötzliche Vorliebe fürs Fortissimo? Herr Krenze, Ihr laßt aus Eurem *Mund* häßliche Töne entweichen und von Eurem Instrument kommen auch keine schönen! Mr. Claire, Ihr *hinkt nach*! Könnt Ihr nicht mehr den Takt halten?«
Man könnte meinen, die Musiker seien erschöpft. Wenn sie sich am Morgen versammeln, sprechen sie kaum noch miteinander. Sie gähnen. Sie blicken aus ihrem düsteren Gefängnis. Daran, daß keine Sonne mehr durch das gitterartige Mauerwerk scheint, erkennen sie, daß der lange Winter zum Greifen nahe ist.

Eines Nachmittags dann, als sie fast vier Stunden lang für den König gespielt haben, das Licht allmählich schwächer wird und die Kerzen angezündet sind, so daß Wachs auf die Notenblätter tröpfelt, legen Rugieri und Martinelli, als sich die Falltür über ihnen endlich geschlossen hat, ihre Bögen beiseite, und Rugieri steht auf und wirft dabei seinen Stuhl um. »Meine Herren!« sagt er. »Martinelli und ich sind *in conferenza* gewesen. Wir sind der Meinung, daß es unzumutbar ist, einen weiteren Winter unter diesen Bedingungen auszuhalten. Wir sterben alle vor Kälte. An Schwindsucht. An *sofferenza*!«

Martinelli fährt sich mit den Fingern heftig durchs schwarze, lockige Haar, als wolle er eine solche *sofferenza*, die schon auf dem Weg in seinen Kopf war, herausschütteln. »Wir fragen, was wir denn getan haben«, sagt er, »wir, die wir zu den besten Musikern Europas zählen, daß wir es verdienen, in diesen Kerker gesteckt zu werden. Wenn Ihr es uns sagen könnt, Herr Ingemann, dann sagt es uns, *per favore* sagt es uns, *per favore* klärt uns auf...«

Jens Ingemann starrt auf die beiden Italiener. Er war ihnen gegenüber schon immer mißtrauisch, da er einen solchen Ausbruch bei Männern, die ihre Leidenschaft nicht nur der Musik widmen, sondern sich erlauben, diese auf flüchtige Gefühle zu verschwenden, immer befürchtete. Er antwortet ihnen nicht, sondern sieht sie nur an. Dann läßt er einen eiskalten Blick über die Spieler wandern, so daß alle seinem frostigen Griff ausgesetzt sind. In diesem Augenblick holt Rugieri hinter seinen Notenblättern ein Stück Pergament hervor und hält es hoch. »*Una petizione!*« verkündet er. »Wir haben sie gestern abend verfaßt. Wir bitten den König, unsere Situation zu überdenken. Wir bitten ihn, sich vorzustellen, wie sehr wir hier unten leiden, mit den kalten Steinen und Hühnern...«

»Setzt Euch, Signor Rugieri!« wirft Ingemann ein und versetzt seinem Notenständer einen Schlag mit der Hand.

»Nein!« sagt Rugieri. »Nein, Musikmeister! Wir sind nicht die einzigen, die zu sagen wagen, daß wir schlecht behandelt werden. Wir wissen, daß Herr Krenze und Monsieur Pasquier auf unserer Seite sind und unsere Bittschrift unterschreiben werden. Und wenn alle signieren...«

»Keiner von euch wird signieren!« ruft Ingemann. »Es wird keine Bittschrift geben.«

Martinelli gibt nun ein Geräusch von sich, das ein Zwischending zwischen einem Seufzer und einem Aufschrei ist. Dann ruft er in einem Schwall von Italienisch, daß er im Keller noch verrückt wird, in seinem Land nur gemeine Verbrecher und völlig Verrückte an derartigen Orten untergebracht sind und die Musik, wenn er sie auch sehr schön findet, nicht genügend Ausgleich bietet. Außerdem sei er kein Weinfaß und weigere sich, in einem solchen Gewölbe alt zu werden.

Krenze feixt. In die Stille nach Rugieris Ausbruch, dessen Worte nicht alle verstanden haben, sagt der deutsche Violaspieler, daß ihm, wenn er ein Weinfaß wäre, wenigstens Wertschätzung entgegengebracht würde, da der König Wein nicht nur mehr schätze als Musik, sondern auch mehr als fast alles andere im Königreich. Ingemann schnauzt ihn an, er müsse Seiner Majestät wohl von dieser Bemerkung Mitteilung machen. Pasquier, der noch ganz erschöpft vom Erlernen des Dänischen ist und sich nun weigert, sich auch noch auf Italienisch einzulassen, will wissen, was Martinelli gesagt hat. Rugieri tippt auf seine *petizione* und brüllt, daß König Christian ein Mann ist, der Leid kennt und so auch Verständnis für ihres haben wird. Peter Claire kümmert sich nicht um die kalte Wut, die er in Ingemanns Brust aufsteigen sieht, und schlägt vor, die Bittschrift laut vorzulesen.

Die *petizione* ist in dänisch verfaßt und nicht ganz fehlerfrei. Obwohl Jens Ingemann so tut, als höre er nicht zu, beginnt Rugieri sie vorzulesen:

An Seine Majestät, den König

Wir, die Unterzeichneten, Seine getreuen Klangmacher, bitten Ihn sehr, sich unsere Gedanken anzuhören, die wie folgt sind:
wir sind traurig, in einem derartigen Keller sein zu müssen
wir leiden so sehr an der Kälte
unsere Finger sind abgestorben...

»Was für ein pathetischer, fehlerstrotzender Unsinn ist denn das?« wirft hier Ingemann ein.

Es herrscht einen Augenblick Schweigen, bevor Rugieri, den Blick von Jens Ingemann abwendend, fortfährt:

*Und wir flehen Eure Majestät an
sie möge unser Gebet erhören
in dieser unserer* petizione
und uns an einen anderen Platz verlegen ...

»Genug!« schreit da Ingemann. »Noch nie im Leben habe ich mit solchen Faulpelzen und Idioten zu tun gehabt! Woraus seid ihr denn? Aus Zucker? Bei eurer Verdrießlichkeit, euren kleinlichen Beschwerden und Klagen wird mir doch gleich die Milch sauer! Was für einen üblen Geruch doch euer Mangel an Entschlossenheit hinterläßt!«

»Ach nein!« antwortet Krenze. »Nun also die Moral. Und auch noch die ganze Zeit der Versuch, poetisch zu sein ...«

Doch Ingemann schenkt ihm keine Beachtung und fährt fort. »Wißt ihr nicht«, sagt er, »daß mir Woche für Woche Musiker aus aller Welt Briefe schreiben und um einen Platz in diesem Orchester bitten? Seid ihr euch denn nicht darüber im klaren, daß ihr im Handumdrehen, in der Zeit, die es braucht, um die Nordsee zu überqueren, ersetzt werden könnt? Dann werdet ihr also ersetzt! Keiner von euch versteht die *Gründe* für unseren Aufenthalt unter den Prunksälen, weil ihr alle keine intelligenten oder sensiblen Männer seid und euch diese daher gar nicht vorstellen könnt. Und das ist es, was ich dem König mitteilen werde: daß seine Musiker überhaupt nichts begreifen. Und dann werdet ihr weggeschickt!«

Jens Ingemann grapscht sich seine Notenblätter und marschiert zum Keller hinaus. Hinter ihm herrscht Schweigen, das nur vom Geräusch seiner wütenden Schritte auf der engen Treppe zu den oberen Räumen unterbrochen wird.

In der Nacht schickt König Christian nach Peter Claire. »Lautenist«, sagt er müde, »wie ich höre, gibt es eine Meuterei.«

Er scheint nicht alarmiert zu sein, nicht einmal besorgt, sondern nur schläfrig. Es ist, als spiele diese Meuterei der Musiker verglichen mit seinem Herzeleid keine allzu große Rolle. Violaspieler und Lautenisten kann man ersetzen, Kirsten nicht.

Peter Claire schweigt einen Augenblick und wägt dann seine Worte sorgfältig ab: »Musikmeister Ingemann hat einmal zu mir gesagt, daß die Kälte im Keller den Italienern mehr ausmacht als den anderen, weil ihr Blut nicht daran gewöhnt ist. Vielleicht habt Ihr dafür ein wenig Verständnis? Es geht nur darum, Sir. Sie befürchten, krank zu werden, wenn es Winter wird...«

König Christian ist mit Silberwiegen beschäftigt, genau wie in jener Nacht von Peter Claires Ankunft auf Rosenborg. Die Waagen selbst sind sehr schön, und König Christian besitzt drei Sätze von Gewichten in Mark, Lod und Quintal. Das kleinste Gewicht, sagt er, kann sogar so wenig wie ein Gramm messen. Christian handhabt die Geräte trotz seiner großen, von der Jagd rauhen Hände mit überraschendem Feingefühl. »Und was ist mit Euch?« fragt er nun. »Habt Ihr Eure heilige Vertrauensstellung bei mir vergessen? Engel sollten nicht meutern!«

Peter Claire erwidert, daß er diese nicht vergessen habe und ihm die Kälte im Keller nichts ausmache. Er sehe bloß, wie die anderen im Orchester zu leiden begännen.

Das Gesicht des Königs ist ausdruckslos. Diese Ausdruckslosigkeit besagt: Das Wort *leiden* ist zu stark, um die übliche Kühle in den Gewölben zu beschreiben. Der König leidet, die Armen im Land leiden, Dänemarks Ruf leidet unter seinem Abstieg in Schulden und Armut! Doch was diese nörglerischen Musiker beschreiben, ist lediglich *Unbehagen*, und sie sollten nicht so tun, als ob es anders sei.

Dann legt er aber die Gewichte beiseite und sagt: »Monsieur Descartes sagt uns, wie Ihr mir einst in Erinnerung gerufen habt, daß wir, wenn wir nicht mehr weiterwissen, versuchen sollten, komplizierte Aussagen auf einfache zurückzuführen und uns dann wieder Stufe um Stufe vom Einfachen zum Komplizierten hochzuarbeiten. Glaubt Ihr noch an diese Methode, Mr. Claire?«

»Ja, ich denke schon.«

»Doch wie sollen wir das anwenden, wenn es um *Gefühle* geht? Beim Bau eines Walfängers könnte ich so vorgehen. Von Schiffen verstehe ich etwas. Doch die Liebe ist mir unbegreiflich. Denn in der Liebe gibt es nichts, was man *mit Sicherheit wissen* kann.«

»Stellt Euch die Liebe als Walfänger vor«, erwidert Peter Claire. »Um ihn stabil zu bauen, würdet Ihr mit einem stabilen Rumpf beginnen. Fragt Euch nun, ob der Rumpf Eurer Liebe stark war.«

Der König sieht den Lautenspieler aufmerksam an. Ihm fällt wieder ein, wie er Kirsten Munk zum erstenmal in einem rostfarbenen Kleid in einer Kirchenbank sah. Er lächelt flüchtig, als er erwidert: »Nein. Ich glaubte einmal, der ›Rumpf‹ wäre stark. Doch nun glaube ich, daß er auf einer Phantasie, einer Einbildung beruhte.«

»Auch die Phantasie kann den Entwurf eines prachtvollen Schiffes hervorbringen ...«

Das Lächeln kehrt zurück und verschwindet wieder. Es verschwindet und kehrt zurück. »Das stimmt! Doch danach müssen mathematische Berechnungen einsetzen. Dann muß das Wissen um künftiges Gewicht und zu erwartende Belastungen dazukommen, so daß das Schiff *der Phantasie* auf dem Meer bleibt und nicht untergeht.«

»Und in Liebesangelegenheiten sind *das künftige Gewicht und die zu erwartenden Belastungen* anfangs unbekannt?«

»So ist es. Sie sind unbekannt – in allen Fällen.«

»Doch schließlich kennt man sie. Dann kann man neue Berechnungen anstellen und das Schiff, falls erforderlich, anpassen.«

»Oder verschrotten. Oder versenken.«

»Ja. Wenn man feststellt, daß der ursprüngliche Entwurf von Grund auf falsch ist.«

»Ja. Wenn er am Ende von Grund auf falsch ist ...«

»Und so ist man, wenn man dies entdeckt, doch noch *vom Unwissen zum Wissen* gelangt.«

Der König schweigt einen Augenblick. Dann steht er auf und sieht aus dem Fenster, wo ein abnehmender Mond dünn und kalt am Himmel steht. Er blickt diesen lange an, dann dreht er sich um und meint: »Sagt Jens Ingemann und den Musikern, daß die Meuterei keine Bedeutung mehr hat. Das Orchester wird in diesem Winter nicht im Keller sein, weil ich mich entschlossen habe, nach Frederiksborg zurückzukehren. Dort gibt es keine magische Musik und wird es auch nie eine geben.

All dies«, und dabei deutet der König auf seine Umgebung – das Zimmer, seine Porträts und Andenken an Kirsten, den in der Dunkelheit unsichtbaren Garten – »ist aus einer Laune, einer Schwärmerei heraus entstanden, und ich weigere mich, weiterhin darin zu verweilen.«

Der Besuch

Vibeke Kruse nimmt allmählich ab.

Dieser Fettabbau an ihrer Taille und ihrem Bauch sowie ihren Oberschenkeln und Armen scheint seit Kirstens und Emilias Eintreffen auf Boller auf ganz wundersame Art stattzufinden. Und als sie erst einmal ein paar Pfund verloren hat, ermutigt sie dies, endlich die Opfer zu bringen, zu denen sie Ellen Marsvin gedrängt hatte: auf die Torten, Obstkuchen und Puddinge zu verzichten, die sie so köstlich findet, und darauf, neben ihrem Bett kleine Körbchen mit gezuckerten Pflaumen und in Pfirsichweinbrand getauchten Rosinen anzuhäufen, um ihren quälenden Hunger mitten in der Nacht zu stillen.

Sie kann sich nun wieder erlauben, von den herrlichen Kleidern zu träumen, die sie nie tragen konnte, die aber jetzt in Fru Marsvins Ankleideraum auf sie warten. Sie begibt sich oft auf Zehenspitzen dorthin, nimmt die Umhüllungen ab und sieht sie sich an. Mit den Fingern folgt sie dem Verlauf der Stickereien und streicht sie über die Samtschleifenbüschel. Sie wünschte, die Kleider wären in ihrem eigenen Zimmer untergebracht, so daß sie sich, wenn sie in den frühen Morgenstunden ein heftiges Verlangen nach Süßem befällt, den honigsüßen Satin eines Puffärmels oder die lockere Obstsahne einer Spitzenstulpe an die Zunge halten könnte.

Doch Vibeke tröstet sich mit der Gewißheit, daß es nun nicht mehr lange dauern wird, bis sie endlich diese Wunder anziehen kann. Und danach wird noch etwas anderes geschehen – das weiß sie im tiefsten Innern ihres Herzens. Ellen Marsvin hat über dieses andere kein Wort verloren, doch Vibeke weiß, daß es bevorsteht. Es gibt da einen *Plan*.

Als die Tage vergehen, die Blätter fallen und Vibeke Kruse das Gefühl hat, der strahlende Herbst spiegle sich in ihrem Gesicht und ihren lebhaften Augen wider, hat Emilia Tilsen im seltsamen Gegensatz dazu den Eindruck, unaufhaltsam in eine tiefe Düsternis zu sinken.

Wenn sie in den Spiegel blickt, sieht sie ein Gesicht, das sie fast nicht mehr wiedererkennt. Es ist nicht das, welches sie auf Rosenborg sah, ihre Lippen sind nicht die, die einst von Peter Claire geküßt wurden, und ihre Augen nicht die, in die er schaute. Sie verflucht das Schicksal, das sie wieder nach Jütland gebracht hat. Sie ist mittlerweile zu der Überzeugung gelangt, daß sie in dieser Gegend nur glücklich sein konnte, solange Karen am Leben war. Nun lastet selbst der Himmel auf ihr, der Duft der Wälder, das Geräusch des Winds...

Sie hat noch keinen Brief aus Kopenhagen erhalten.

Um sich zu trösten, versucht sich Emilia vorzustellen, wie lange wohl ein Brief bis zu diesem entlegenen Ort brauchen würde. Sie hat einen langsamen, müden Gaul oder Maulesel und eine aufgeweichte Posttasche vor Augen. Sie versucht sich einzureden, daß es leicht Wochen – oder sogar Monate – dauern kann, bis sie eine Nachricht aus Rosenborg in der Hand hält. Und wenn sie von Kirsten mit einem spöttischen Lächeln auf den Lippen gefragt wird: »Was ist mit dem englischen Lautenisten, Emilia? Was für Lieder schickt er dir?« antwortet sie schlicht, daß es noch keine Lieder gibt.

»*Noch* keine?« fragt Kirsten. »Was bedeutet dieses *Noch*, meine liebe Emilia? Lastet auf diesem *Noch* nicht ein Erwartungsdruck, den es eigentlich nicht tragen kann?«

»Nein«, sagt Emilia. »Das glaube ich nicht.«

Denn sie glaubt, daß etwas eintreffen wird. So wie Vibeke Kruse weiß, daß das Leben noch ein paar Wunder für sie bereithält, so *weiß* Emilia Tilsen, daß das, was seinen Anfang im Keller von Rosenborg nahm, als die Hühner im Staub herumscharrten, und im Freien bei den herumflatternden Vögeln am Vogelhaus weiterging, nicht einfach so verklingen kann. Es ist bloß so, sagt sie sich, daß es Zeiten im Leben gibt, in denen Geduld der einzige Seelenbegleiter sein muß. Wenn sie manchmal, wenn sie im Bett liegt und auf die Rufe der weißen Eulen in den Wäldern lauscht, in Gedanken Briefe an Peter Claire aufsetzt, weiß sie, daß sie diese nicht schreiben oder aber, falls doch, nicht abschicken wird. Sie wird warten. Das ist alles. Sie wird darauf warten, daß Peter Claire seine Versprechen hält.

Inzwischen kündet ihr Kirsten an, daß es nun an der Zeit ist, Johann und Magdalena einen Besuch abzustatten.

»Wir melden uns kurz vorher an – einen Tag in etwa –, denn das gebietet die Höflichkeit«, meint Kirsten. »Aber nicht so lange vorher, daß sie in ihrem Haushalt etwas verändern oder vor uns verbergen können. Bald schon, Emilia, bist du wieder mit Marcus vereint, und dann spielen wir zusammen mit seinem Kätzchen Otto.«

Es ist kalt an dem von Kirsten ausgewählten Tag.

Der Himmel ist grau verhangen, als sie und Emilia sich in Ellen Marsvins bester Kutsche, das Geschirr der Pferde frisch poliert und glänzend, auf den Weg machen. Als Geschenke haben sie für Magdalena eine Kirschmarmelade in einem häßlichen flämischen Topf dabei sowie einen Knäuel scharlachroter Wolle für Marcus' Katze.

Emilia ist schwarz gekleidet. Am Hals trägt sie ihr Medaillon mit Karens Bild. Auf der Stirn sieht man ein paar feine, von Unruhe und Kummer hervorgerufene Linien, die in Kirsten liebevolle Zärtlichkeit erwecken. Im Wagen greift Kirsten (die in ihrem grüngoldenen Brokatkleid und mit ihrem Bauch, der so riesig wie eine Glocke ist, groß und prächtig aussieht) nach einer der winzigen Hände Emilias und drückt sie sich an die gepuderte Wange. »Wir bezwingen sie, Emilia!« sagt sie. »Ich bin noch die Frau des Königs. Sie müssen alles tun, was ich von ihnen verlange.«

Und so fährt die Kutsche an den Obstfeldern vorbei, wo die Früchte schon gepflückt und weggebracht worden sind und das Laub braun und rot wird, immer weiter, bis zur Einfahrt der Tilsens. Emilia schweigt. Und sie hört auch nichts. Überall Schweigen, das Schweigen verlorener Jahre, die keinen Laut zurückgelassen haben.

Als sie hineingehen, hält sich Emilia hinter Kirsten, in ihrem Schatten, fast so, als glaube sie, so unbemerkt hineinschlüpfen und nur beobachten und zuhören zu können, als müsse sie so nicht sprechen, nicht den eiskalten Kuß ihres Vaters auf der Wange spüren, nicht den Geruch von Magdalenas Körper einatmen und auch nicht den nach saurer Milch des Säuglings.

Es ist wie immer dunkel in der Eingangshalle, und so sieht sie Emilia im vertrauten Halbdunkel in einer Reihe dastehen: Johann und Magdalena, dann Ingmar und Wilhelm, Boris und Matti und daneben in der Wiege das Baby Ulla.

Ihr Blick schweift über die Reihe. Ihre Brüder scheinen alle gewachsen zu sein, und Ingmar ist jetzt größer als sein Vater. Doch wo ist Marcus? Emilia blickt zur eichenen Wandbank, hinter der er sich früher oft versteckte, wenn Fremde ins Haus kamen. Sie überlegt, ob er dort sein könnte. Sie möchte ihm gern zurufen, daß sie nun endlich da ist und es sicher sei, herauszukommen. Doch sie weiß, daß sie sich bei diesem so schwierigen Besuch unter Kontrolle halten muß und ihre Gefühle weder durch ihren Gesichtsausdruck noch durch Worte verraten darf. »Du mußt dich neutral verhalten, Emilia!« hatte Kirsten gesagt. »Verstehst du, was ich damit meine?«

Emilia versteht es. Kirsten meint, daß sie ihr gestatten muß, ihre eigene, seit langem ausgereifte Klinge der Diplomatie zu wetzen, und daß sich Emilia so verhalten soll, als liege keine Spur von List in der Luft und finde – weder ausgesprochen noch unausgesprochen – keinerlei Geschäft statt. Kirsten hat ihr versprochen, daß Marcus, wenn sie nach diesem Nachmittag zu ihrem Wagen zurückkehren, dabeisein wird. Er und das Kätzchen Otto. Er und sein aufziehbarer Vogel. Und sein Pony wird mit seinen Zaumglöckchen, die in der Abenddämmerung läuten, hinter ihnen hertrotten...

Doch jetzt gibt es nur diese geschlossene Reihe der Tilsens, die sich vor Kirsten verbeugen und vor ihr knicksen. Johann lächelt, die Brüder erröten. Magdalena macht einen so tiefen Knicks, daß sie sich fast in ihren roten Röcken verheddert und Johann sie am Ellbogen festhalten und ihr wieder aufhelfen muß. Kirsten schreitet die Reihe ab, und zwar so aufrecht und unnahbar, daß es Emilia vorkommt, als wirke sie in diesem kalten Zimmer majestätischer denn je auf Rosenborg oder Boller. Ohne den König und ohne ihre Mutter macht sie einen königlichen und wunderbaren Eindruck, ist sie eine anbetungswürdige Frau. Und Emilia sieht die Ehrfurcht ihrer Familie, sieht, wie alle Augen Kirsten folgen, als diese vom einen zum anderen geht, und wie Magdalena die Luft wegbleibt...

Dann dreht sich Kirsten rasch um. »Im Wagen«, sagt sie, »haben wir ein paar kleine Geschenke für euch, doch hier ist das Geschenk, das ihr, wie ich weiß, am meisten schätzen werdet: Ich habe Emilia mitgebracht!«

Und so müssen sie nun von ihr Kenntnis nehmen. Emilia ist sich darüber im klaren, daß auch sie am liebsten so tun würden, als sei sie gar nicht da – dieser Geist Karens, den sie so gern lossein wollen. Doch vor Kirsten müssen sie liebenswürdig zu ihr sein. Johann drückt sie ungeschickt an sich und berührt mit seinen Lippen, die durch die Aufregung über Kirstens Anwesenheit ganz trocken sind, leicht ihre Wangen. »Gut siehst du aus, Emilia!« sagt er. Das ist allerdings alles. Sonst fällt ihm nichts ein, was er zu der Tochter sagen könnte, die er nicht mehr in seinem Leben haben will und die bis vor kurzem auch so weit entfernt war, daß er glauben konnte, sie würde nie zurückkehren.

»Danke, Vater!« erwidert Emilia. Sie blickt ihn einen Augenblick an. Sein Haar ist etwas schütterer geworden, und sie sieht, daß seine Hände zittern.

Sie geht weiter zu Magdalena. Gegen ihren Willen wird sie von ihrer stechend riechenden Stiefmutter umarmt. Sie keucht ein paar Sekunden, weil ihr wieder einfällt, daß Magdalenas Geruch immer etwas an sich hatte, was bei ihr Übelkeit auslöste, etwas, dem sie entkommen wollte. Auch Magdalena macht ihr ein Kompliment wegen ihres Aussehens, und Emilia gratuliert Magdalena mit kaum hörbarer Stimme zu Ullas Geburt.

Dann geht sie zu Ingmar, der sich vor ihr verbeugt, als wäre sie eine Fremde, und ihr die Hand küßt. Die anderen Brüder folgen seinem Beispiel, verbeugen sich und küssen ihr die Hand, als hätten sie die Vorstellung, Emilia sei nicht wirklich ihre Schwester, sondern eine hochgeborene Hofdame Kirstens, der sie für einen Tag die Treue geloben.

Kirsten sieht sich das alles an und ruft dann: »Oh, meine Lieben, ihr braucht eure Freude nicht so zurückzuhalten! Benehmt euch doch Emilia gegenüber so, als wäre ich gar nicht da. Warum umfangt ihr sie nicht? Herr Tilsen, warum nehmt Ihr sie nicht in die Arme?«

Sie wartet gerade so lange, daß sie das aufkeimende Unbehagen in Johanns Augen sieht, gerade so lange, daß sie in Magdalenas Gesicht eine plötzliche Verwirrung erkennen kann, und sagt dann rasch, bevor sich jemand rührt: »Oh, aber sicher! Es ist eure natürliche Bescheidenheit und steht euch wohl an. Ich hätte euch mit einer solchen Bemerkung nicht in Verlegenheit bringen dürfen!

Der König hat immer gesagt, ich sei zu unüberlegt mit meinen Äußerungen. Wie recht er hatte! Ihr werdet Emilia umarmen, wenn ihr es für richtig haltet!«

Kirsten sieht – völlig richtig – die Erleichterung in Johanns Augen und Magdalenas Lächeln und hastet weiter, während sie gefangen in der Halle stehen, zögernd und unsicher, ob von ihnen vielleicht doch noch eine Geste Emilia gegenüber erwartet wird. »Jetzt fällt mir aber etwas Merkwürdiges auf«, sagt Kirsten und läßt den Blick über die Reihe der Tilsens schweifen. »Sagt mir, habe ich falsch gezählt – ich war nämlich im Rechnen nie so gut, wie ich es gern gewesen wäre –, oder fehlt jemand von euch?«

Niemand rührt sich oder sagt etwas. Kirsten faßt Matti in die dunklen Locken und fragt ihn: »Haben wir dir das Kätzchen geschickt? Bist du der jüngste der Knaben oder... aber nein, jetzt erinnere ich mich, er ist ja erst fünf Jahre alt, der jüngste. Stimmt das, Emilia?«

»Marcus«, sagt Emilia.

»Ja, so hieß er«, meint Kirsten. Ihr furchtbares Lächeln verleiht ihren Gesichtszügen plötzlich eine beunruhigende Schönheit. »Also, wo ist Marcus? Ich muß natürlich mit euch allen bekannt werden.«

Magdalena sieht Johann an. Die jüngeren Knaben blicken auf ihre frisch geputzten Schuhe.

»Madam...« setzt Johann an.

»Vielleicht ist er ja mit seinem Pony ausgeritten oder spielt mit dem Kätzchen? Hat er es denn, wie er sollte, auf den Namen Otto getauft?«

»Ja«, stammelt Johann, »das Kätzchen heißt Otto. Doch wir mußten Marcus...«

»Marcus macht seine Aufgaben nicht«, meint Boris.

»Nur für kurze Zeit, während...« erklärt Magdalena.

»Ach du meine Güte!« meint Kirsten. »Jetzt bin ich noch verwirrter als zuvor. Heraus damit! Wir haben Otto ein kleines Wollknäuel mitgebracht, nicht wahr, Emilia?«

Emilia nickt. Sie weiß, daß man ihr gleich etwas sagen wird, was sie lieber nicht hören würde.

Es ist Magdalena, die es dann ausspricht. »Leider«, sagt sie, »ist es uns nicht gelungen, obwohl wir als liebe Familie nichts unversucht gelassen haben, ihn ... in die Welt einzuordnen. Er wird von Herrn Haas betreut. Wir glauben, daß er durch harte Arbeit und eifriges Lernen geheilt wird.«

»Wovon geheilt?« fragt Kirsten.

»Von seiner Boshaftigkeit«, erwidert Magdalena.

Daraufhin herrscht Schweigen. Kirsten sieht Emilia an, deren flehend auf sie gerichtetes Gesicht die Farbe eines Mondsteins hat.

»Oh, es tut mir leid, dies zu hören«, sagt Kirsten, deren schönes Lächeln verschwunden ist. »Ich weiß aus eigener Erfahrung, daß Kinder manchmal zum Träumen neigen, wenn sie es nicht sollten, doch Boshaftigkeit – Marcus ist doch bestimmt nicht böse! Und wer ist Herr Haas? Ich möchte doch sehr hoffen, daß er ein netter Mensch ist!«

»O ja«, meint Johann hastig.

»Ein Schulmeister, wie? Könnte er zum Unterrichten nicht herkommen ...?«

Wieder wechseln Johann und Magdalena Blicke miteinander. Und nun spürt Emilia, wie das Kirsten gegebene Neutralitätsversprechen in die Brüche geht und sie es nicht halten kann. Es ist aber auch gar nicht mehr nötig, weil den Dingen, denen sie abhelfen wollten, jetzt nicht abgeholfen werden kann, vielleicht nie mehr. Sie wirft sich die Hände vors Gesicht und ruft: »Vater, was hast du mit Marcus gemacht?«

»Du hast es ja gehört, Emilia, meine Liebe«, sagt Kirsten rasch, »Marcus ist bei einem gewissen Herrn Haas. Doch man muß uns natürlich sagen, was für eine Art Mann er ist.«

Johann tritt näher an Kirsten heran, als seien seine Worte nur für sie und nicht für Emilia bestimmt. Er muß jedoch mit ansehen, wie Kirsten Emilia den Arm um die Schultern legt und sie an sich zieht wie eine Mutter ihr liebes Kind.

»Er ist in Århus ...« sagt Johann.

»Es ist einzig und allein zu seinem Besten ...« meint Magdalena.

»Er hat seine Aufgaben nicht gemacht ...« wiederholt Boris.

»Ja, aber seht doch!« meint Kirsten. »Emilia ist den Tränen nahe! Ihr wollt mir doch hoffentlich nicht sagen, daß es in Århus, in diesem Haus des Herrn Haas, etwas gibt, was sie unglücklich macht?«

In diesem Augenblick fällt ein einzelner Lichtstreifen auf den Tisch im Nebenzimmer, der für das üppige Mittagessen, das Magdalena zubereitet hat, gedeckt ist. Und Magdalena sieht hinüber und weiß plötzlich, daß Kirsten nicht dafür bleiben wird. »Marcus«, erklärt sie kalt, »ist in eine Besserungsanstalt geschickt worden. Er kommt zurück, wenn er gelernt hat, zwischen Gut und Böse zu unterscheiden. Es weiß jedoch niemand von uns, wie lange das dauern wird.«

Tarnung erscheint ratsam

Anfang November fegt kalter Regen von der Norwegensee nach Dänemark.

Um den Kopf einen Schal gewickelt, läuft Königinwitwe Sofie in den Regen hinaus und blickt in die Grube, die für ihren Schatz gegraben worden ist.

Sie sieht nicht mehr gut. Sie bemerkt, daß sich ein Tier in der hintersten Ecke der Grube verstecken will, und murmelt vor sich hin: »Was für ein Tier das wohl sein mag?« Doch es bewegt sich nicht, und daher kann sie es nicht sagen. Sie überlegt, daß es so ist, wenn eine Frau alt wird: Sie sieht nicht mehr deutlich, was direkt vor ihren Augen geschieht. Und die Leute in ihrer Umgebung können das ausnutzen. Sie können lügen. Sie können behaupten, eine Schlange sei ein Stückchen Rinde oder ein Stückchen Rinde eine Schlange. Sie können so tun, als sei alles in Sicherheit und an seinem Platz, während in Wirklichkeit alles nach und nach weggezaubert worden ist.

Doch Königin Sofie kann zumindest sehen, daß die Grube verloren, ja sogar lächerlich wirkt. Es kommt ihr plötzlich lachhaft vor, daß sie je überlegt hat, ihren Schatz hierherzubringen und in dieses schlammige Loch im Boden zu legen, wie eine Idee, wie sie vielleicht ein Bauer haben mochte. Als sie weggeht (wobei sie sich den Schal über dem Kinn zusammenhält, ganz so, wie es wohl eine Bäuerin tun würde), fragt sie sich, ob sie wohl allmählich schwachsinnig wird. »Doch wie«, murmelt sie, »kann jemand, der schwachsinnig ist, seinen eigenen Niedergang *erkennen*? Ist diese Fähigkeit, den Gedanken zu fassen, daß man vielleicht langsam schwachsinnig wird, nicht schon der Beweis, daß nichts dergleichen geschieht?«

Sie wettert gegen diesen Wirrwarr. Sie wettert gegen den kühlen Regen, der kein Erbarmen zeigt.

Später am Tag, als sie sich ausgeruht hat, geht Königin Sofie noch einmal – zum zehnten- oder zwanzigstenmal in dieser Woche – in den Keller hinunter.

Sie hat eine neue Idee. Diese ist aus der Erkenntnis erwachsen, daß eine Königin leicht für eine Leibeigene gehalten werden kann, bloß weil sie einen Schal trägt und sich diesen übers Kinn zieht. Sie hat begriffen, *wie leicht man etwas tarnen kann.* Und genau das, hat sie nun entschieden, ist hier erforderlich. Ihr Gold bleibt im Keller, wird aber *getarnt.* Kleine Einfälle – von wunderbarer Einfachheit – lenken die Aufmerksamkeit ab von dem, was ist, auf das, *was scheinbar ist.* Sollte ihr Sohn dann Männer schicken, um Kronborg nach ihrem versteckten Schatz zu durchsuchen, gehen diese in die Gewölbe hinunter und sind diesem so nah wie sie, als sie jetzt mit der Lampe in der Tür steht, sehen ihn aber nicht. Sie werden berichten, daß nichts da ist, nur ein paar Fässer Wein.

Sie lächelt. Sie hat gehört, daß Rosenborgs Tafelsilber eingeschmolzen worden ist. Was außer der Krone selbst kann noch eingeschmolzen werden? Doch der König hängt an seinem Traum von den Walfängern und behauptet, die Tiere würden aus dem Meer kommen, in dem Dänemark schwimmt, und es retten. Wenn Christian die königlichen Geschenke von dreißig Jahren opfert, einschließlich derer, die er bei seiner Hochzeit mit Anna Katharina erhalten hat, dann opfert er *alles* und hat keinerlei Skrupel, seiner Mutter auch das wegzunehmen, was sie noch zu ihrem Trost besitzt.

Doch das wird nun nicht geschehen. Wenn sich die Königin auch Sorgen gemacht hat, daß sie allmählich schwachsinnig wird, so stellt sie jetzt wenigstens fest, daß sie noch Ideen hat. Und mit diesen wird sie ihr gehortetes Gold bewahren.

Am nächsten Tag geht sie zusammen mit einem Zimmermann und einem Maurer in das Gewölbe hinunter. Sie drückt beiden einen goldenen Daler in die Hand und schiebt dann den Riegel vor, so daß sie alle drei eingeschlossen sind.

Sie hält die Lampe hoch, so daß ihr gefurchtes Gesicht in der Dunkelheit gespenstisch wirkt, und sagt den Männern, daß sie ihnen gleich gewisse Anordnungen erteilen wird, die diese buchstabengetreu ausführen müssen, ohne irgendwelche Fragen zu stellen. »Und wenn ihr«, flüstert sie, »irgendeinem Mann, irgendeiner Frau, irgendeinem Kind oder überhaupt einem Sterblichen auf dieser Erde mündlich oder schriftlich etwas von diesen Anordnungen erzählt – und ihr könnt sicher sein, daß ich es erfahre, weil mir in Dänemark alles, was der Wind herumträgt, schließlich zu Ohren kommt –, dann brennen eure Häuser ab, müssen eure Familien auf der Straße betteln gehen und werdet ihr hier in der Dunkelheit für den Rest eures Lebens eingesperrt.«

Die Männer stehen mit offenem Mund da und umklammern ihre Goldstücke. Angst und Aufregung ergreifen von ihnen Besitz, und sie beten, daß von ihnen kein Verbrechen an Gott oder einem Menschen erwartet wird.

»Schwört«, sagt Sofie, »daß ihr alles tut, was ich von euch verlange.«

»Wir schwören es«, antworten der Maurer und der Zimmermann.

Sie verspricht ihnen noch mehr Gold. Sie sollen noch am gleichen Abend mit der Arbeit beginnen und erst wieder aufhören, wenn sie ihre Aufgabe erfüllt haben.

Kirsten: Aus ihren privaten Papieren

In diesem miserablen November, an dem der Tag, an dem mein und Ottos Kind auf die Welt kommen wird, nicht mehr weit entfernt ist, befinde ich mich in einem schrecklichen Dilemma.

Es wundert mich, daß ich es als Dilemma betrachten kann. Würde ich in meinem eigenen Interesse handeln und nur dieses im Auge haben, dann gäbe es überhaupt kein Dilemma, sondern vielmehr und einzig und allein ein günstiges Geschick und Glück, woraus ich sofort den großen Vorteil ziehen würde, den ich darin erspähe. Daß mir überhaupt die Idee kommt, daß es sich um ein verflixtes Dilemma handelt, läßt wohl vermuten, daß in mir gewisse Veränderungen stattgefunden haben, die ich bis zu diesem

Augenblick nicht bemerkt hatte, nämlich daß ich menschenfreundlicher geworden bin.

Die mißliche Lage ist wie folgt:

– Ich habe endlich erkannt, wie ich mir am Hof einen Verbündeten sichern kann, der mir bei meinen Verhandlungen mit dem Feind meines Mannes, König Gustav von Schweden, behilflich sein kann.

– Ich habe auch erkannt, daß ich von diesem Verbündeten keinen Gebrauch machen kann, ohne Emilia zu verletzen.

Was soll ich tun?

Die Zwangslage ist durch das Eintreffen eines Briefes verschärft worden.

Dieser war an Emilia adressiert, und da der Bote aus Hillerød kam und der König jetzt in Frederiksborg ist, wußte ich, daß er von dem englischen Lautenisten sein mußte.

Mit einem scharfen Silbermesser von Otto hob ich das Siegel, wobei ich sehr darauf achtete, es nicht auseinanderzubrechen, und begann den Brief zu lesen. Es war Nacht, und alle auf Boller waren still und in ihren Betten (einschließlich der dicken Vibeke, die Tag und Nacht zu merkwürdigen Zeiten im Haus herumwandert, als suche sie wie ein Schwein nach Trüffeln).

Das Licht meiner Kerze tauchte das Papier in ein sanftes, honigfarbenes Licht und verlieh den Wörtern eine schwarze Intensität, so daß es mir schien, als wären diese, wenn ich sie mit der Zunge ablecken würde, wunderbar süß.

Denn dieser Brief enthielt einen Liebeserguß, wie ich ihn früher einmal, vor langer Zeit, gelesen hatte, als ich siebzehn war und der König mir mit allen Mitteln den Hof machte und mir Tag und Nacht Briefchen schickte, die mich wegen ihrer starken Sehnsucht erst zum Lachen, dann zum Weinen und dann zum Erwidern der Sehnsucht brachten. Denn solche Gefühle haben in einer bitterkalten Welt ganz gewiß Seltenheit, so wie eine bestimmte Spezies Vögel, die sich nur in Bananenbäumen oder in der eisigen Luft über den Wolken versteckt und selten zu sehen ist. Und so lauschen wir und hören ihr Lied, und erst danach – wenn alles, was sie gesungen haben, verschwunden und verloren ist – wünschen wir, wir hätten es nicht getan, weil wir es nun so sehr vermissen.

Der Lautenist erklärt, daß er seit Emilias Weggang vom Hof nicht mehr schläft, und sagt:

Nachts begebe ich mich in einen Traum von Dir, der kein richtiger Traum ist, sondern mehr ein Wachtraum von allem, wonach ich mich sehne und was ich mir in meinem Herzen und mit meinem Verstand vorstellen kann. Und in dieser Träumerei, meine bezaubernde Emilia, bist Du meine Frau, und ich bin Dein Mann, und wir gehen einer gemeinsamen Zukunft entgegen, und alles, was wir nehmen, und alles, was wir geben, macht uns in den Augen des anderen noch holder, so daß uns die Welt, die immer voller Grausamkeit und Kampf, voller Eitelkeit und Verfall ist, auch herrliche und schöne Wunder zeigt...

Nur sehr Hartherzige (zu denen ich mich früher vielleicht auch zählen mußte) würden in diesen Gefühlen nicht eine gewisse Grazie entdecken. Und wenn ich diesen dann die Erinnerung an das hübsche Gesicht und prächtig blonde Haar, in dessen Besitz der Schreiber zufällig ist, hinzufüge, dann verstehe ich schon, daß Emilia ein sehr großes Glück winkt und daß es eine abscheuliche Tat ist, ihr dieses vorzuenthalten.

Doch hier tritt nun mein Dilemma auf. Denn habe ich nicht eine Waffe auf das Herz des Lautenisten gerichtet? Ich bin mir sicher, daß niemand außer ihm und mir etwas von diesem Brief weiß, und er wünscht natürlich, daß dieser Emilia erreicht, für die er ja bestimmt ist, und nicht in meinem Kleiderschrank verborgen bleibt. Also schließe ich: Würde er nicht alles tun, worum ich ihn bitte, damit dieser Brief (und weitere, die er vielleicht noch schickt) sein Ziel erreicht? Und ist er nicht, weil ihn der König so sehr bewundert und ihm vertraut, genau der richtige Mann für die Verwirklichung meiner Pläne im Hinblick auf Otto?

Alles, was ich tun muß, taucht mit perfekter Einfachheit vor meinen Augen auf. Ich muß Peter Claire einen Brief schreiben. In diesem teile ich ihm mit, daß ich seine Liebe zu Emilia nicht billigen kann und auch nicht bereit bin, zuzulassen, daß sie eine Nachricht von ihm erreicht. Ich werde sagen, daß sie meine Frau ist und mir so lange dienen muß, wie ich es von ihr verlange, und niemals heiraten darf – denn das ist ihr Los –, und daß er sie vergessen muß.

Wenn er sich schon überlegt, wie er mich bewegen kann, meine strenge Entscheidung zurückzunehmen, komme ich zum eigentlichen Anlaß meines Briefes. Ich frage ihn, ob er mir heimlich gewisse Papiere aus dem privaten Sekretär des Königs beschaffen und schikken kann, die dessen Berechnungen im Zusammenhang mit den Finanzen des Landes enthalten und in ihrer Verzweiflung allen einen traurigen Staat enthüllen. Und dann verspreche ich, daß ich seinen Brief nach Eingang dieser Papiere, wenn ich diese als zufriedenstellend und völlig richtig befunden habe, Emilia geben werde.

Das ist wahrhaftig ein ausgezeichneter Plan. Denn wenn ich diese Papiere erst einmal in Händen halte, rückt der Tag, an dem mir mein rheinischer Graf wiedergegeben oder mir erlaubt wird, nach Schweden zu gehen, um dort mit ihm zu leben, bestimmt näher. Denn was würde König Gustav für derartiges Wissen zahlen? Ich irre mich bestimmt nicht, wenn ich antworte, daß er meine sichere Überfahrt nach Schweden für einen niedrigen Preis halten würde. Und so wird meine Zukunft wieder strahlen. Wenn ich am Morgen aufwache, finde ich meinen Otto neben mir und streiche ihm übers blonde Haar, so daß er in den Tag hineintänzelt...

Doch was, wenn der Lautenist halsstarrig ist und nicht tut, worum ich ihn bitte? Was, wenn seine Treue zum König stärker ist als seine Liebe zu Emilia, so daß beide Lieben verloren sind und sie nichts hat und ich nichts habe und wir beide dazu verdammt sind, zusammen in Einsamkeit auf Boller beim Kartenspiel alt zu werden?

Wie kann man Emilia dann trösten?
Und wie finde ich Ruhe oder Trost?

O mein Gott, wie bin ich müde, und es ist so spät! So spät in dieser Winternacht. Und die Jahre vergehen und vergehen und können nicht verlangsamt oder angehalten werden.

Der Regen hat aufgehört.
Im Park von Boller steht ein großer Baum, dessen Blätter im Spätherbst purpurfarben sind und wie kostbare Steine in der Sonne leuchten.

Und wenn ich die Schönheit dieses Baumes trotz des Winters sehe, dann kehrt meine eigene Liebe zum Leben zurück. Und ich weiß, daß ich meine verbleibenden Jahre nicht allein vergeuden kann, sondern zu meinem Geliebten muß. Es gibt keine andere Zukunft für mich.

Daher denke ich mir eine gute List aus. Ich schreibe dem Lautenisten wie geplant, aber ohne Reue oder Schuld dabei zu empfinden. Denn was mir erst wie ein Verrat an Emilia erschien, ist bei näherer Überlegung nichts dergleichen. Im Gegenteil, ich erweise ihr einen großen Dienst, wenn ich ihren Geliebten auf diese Art prüfe, und sie wird mir früher oder später dankbar dafür sein.

Denn wenn Peter Claire sie wirklich liebt, nun, dann wird er sich nichts dabei denken, aus den Papieren des Königs ein paar Seiten mit Berechnungen herauszunehmen, die Seine Majestät vielleicht niemals vermissen wird. Er wird einfach den richtigen Zeitpunkt abwarten und dann tun, worum ich ihn gebeten habe.

Sicher, wenn er ein ehrenhafter Mann ist, dann bereitet ihm die Tat vielleicht ein paar Stunden Pein, doch was ist diese Pein schon verglichen mit der, die mit dem Verlust des geliebten Menschen einhergeht, für den es auf der ganzen Welt keinen Ersatz gibt? Sie ist nichts. Sie ist wie der Schnee, der erst in großen Haufen und in den Tälern liegt und dann an einem einzigen Tag verschwindet.

Und so beginne ich zu schreiben:

Mein lieber Mr. Claire,
ich möchte Euch hiermit mitteilen, daß mir Euer an Miss Tilsen gerichteter Brief von seinem Überbringer aus Hillerød in die Hände gelegt worden ist. Ohne jemandem schaden oder den Worten eines anderen hinterherspionieren zu wollen, sondern nur in der Annahme, daß jede Nachricht vom Hof an mich, die Frau des Königs, gerichtet sein muß, öffnete ich den Brief und begann ihn zu lesen ...

Die Vision

König Christians Gemächer auf Schloß Frederiksborg gehen nach Norden.

Als der Winter kommt und er auf den über den See fallenden Schatten des großen Gebäudes blickt (der auch, allerdings unsichtbar für ihn, seinen eigenen enthält) und die Kälte in den Mauern spürt, die erst im Sommer wieder von der Sonne vertrieben wird, fragt er sich: Warum ist das Schloß so entworfen worden?

Er hat es selbst entworfen. Er hatte eine Vision gehabt, wie es sein könnte.

Er hatte auf den alten, von seinem Vater König Frederik erbauten Palast geschaut, auf das Wasser, das durch Kanäle und Stauseen von so weit her wie Allerød geflossen kam, um den See zu füllen, auf die vielen Meilen dichten Wald, der alles umgibt, und auf das Land, das sich über sechsundzwanzig Pfarrbezirke erstreckt, und gesehen, daß er hier in Hillerød ein Universum zu seinen eigenen Ehren errichten konnte.

Christian, der größer und kräftiger war als sein Vater, auch klüger als dieser, sehnte sich schon seit der Zeit der Rakete nach gewaltigen Dingen, die den Himmel herausforderten und von weitem gesehen werden konnten. Und das war es, wovon er hier geträumt hatte: *von einem Zeugnis des Gewaltigen.* Auf den großen Türmen seines neuen Palastes sah er Wetterhähne, die hoch und weit entfernt waren und sich auf goldenen Flügeln drehten.

Ihm fällt nun wieder ein, wie ihn seine Träume von Frederiksborg beschäftigten. Er hatte damals in einer einzigen Nacht begriffen, daß die Architektur nach Ordnung und Einheit streben und ganz allmählich wie ein Musikstück über die miteinander verbundenen Inseln ansteigen mußte zum Höhepunkt der Konstruktion. Er hatte den holländischen Architekten Hans Steenwinckel im Morgengrauen geweckt und ihm einen Haufen Zeichnungen gezeigt. »Hans«, hatte er gesagt, »wir müssen respektieren, was uns das Land sagt. Die logische Achse, die logische *Sequenz* der Gebäude ist Richtung Norden, und deshalb muß dort der Höhepunkt liegen. Dort muß der König wohnen. Dahinter darf nichts mehr sein, nur das Licht auf dem Wasser, das Diminuendo und dann Stille...«

Im Frederikssund entluden die Schiffe Steine aus Elsinore, Kalk aus Mariager, Holz, Kalkstein und Marmor aus Gotland und Norwegen.

König Christian ging immer wieder zum Hafen hinunter und blickte von oben auf die Kais mit den tausend Wagen und Waggons, die bereitstanden, um die einzelnen Teile seiner Vision zu der Stelle zu bringen, wo sich diese vom Boden erheben würde.

Eines Nachmittags fuhr er vom Frederikssund auf der Ladefläche eines Wagens mit, der Kupferplatten geladen hatte. Er legte sich auf das Metall, das noch glänzte und vom Wetter unverändert war, blickte zum Himmel hinauf und sah vor sich, wie es auf die Platten regnete, die Sonne auf sie schien und Schnee auf sie fiel. Er stellte sich vor, wie die blaugrüne Farbe des Kupfers im Innern nur darauf wartete, mit ihrer eigenen Alchimie zu beginnen.

So war ihm die Idee zu dem gekommen, was Kirsten so an Frederiksborg geliebt hatte: seine wilde Farbenvielfalt. Er hatte zu Hans Steenwinkel gesagt: »Ein Schloß ist nicht Bestandteil der Natur. Es muß nicht ausdrücken, was schon da ist, sondern *was ich in meinem Kopf sehe.*«

Der Holländer hatte gelächelt und gefragt: »Und was *seht* Ihr da, Sir?«

Er sah da ein Rot, aber kein Ziegelrot, sondern ein tieferes, mehr ein Scharlach- oder Purpurrot. Er wollte zwar die Portale und Nischen mit Statuen geschmückt haben, sah aber nicht, daß diese weiß blieben. »Sie werden aus dem Stein herausgearbeitet, Hans«, meinte er, »doch das ist erst der Beginn ihres Lebens.«

Und so bekam Frederiksborg, als es in seiner ganzen Großartigkeit entstand, auf allen Oberflächen ein zusätzliches Strahlen. Die Wände waren rot wie Klatschmohn oder cremigweiß wie Lilien; goldene Monogramme sprenkelten wie Pollen die Eingänge, Fenster und Bögen. Und was die Statuen anging: Botschafter aus Italien, Frankreich und Spanien erklärten, sie hätten noch nie zuvor derart phantastische Figurengruppen gesehen, und der englische Botschafter (der an die grauen Steingänge von Whitehall gewöhnt war) gab im privaten Kreis zu, so geblendet von ihnen zu sein, daß er jedesmal die Hand vor die Augen legen mußte, wenn er an ihnen vorbeiging.

Denn jede einzelne Statue war ein Juwel. Wenn die Sonne um

die Ecke kam und auf das Lapislazuliblau, Smaragdgrün, Topasgelb und Rubinrot schien, ging ein blendendes Strahlen von ihnen aus – so wie es König Christian geplant hatte – und zeugte von etwas Pompösem und Kühnem im dänischen Charakter, das vorher noch nie ausreichend wahrgenommen worden war. Niemand konnte genau sagen, was dieses »Etwas« ausdrückte, bis ein scharfsinniger französischer Botschafter schließlich erklärte: »Was von den Lippen – ja, sogar von den vergoldeten Ärschen – dieser Skulpturen ausgeht, ist ein unflätiges Lachen.«

Der König steigt in ein Boot, rudert auf den See hinaus und blickt zurück, um seine Vision zu begutachten.

Bis zur Fertigstellung hatte es Jahre gedauert. Hans Steenwinkel starb und wurde von seinem Sohn Hans dem Jüngeren ersetzt, der streitsüchtig und eitel war. Das klatschmohnrote Backsteinmauerwerk muß noch immer ständig neu gestrichen werden, um gegen den Neid der Winter anzugehen, die es lieber wieder zu seinem ursprünglichen Zustand verblassen lassen würden.

Christian läßt das Boot ziellos auf den kleinen Wellen tanzen. Sein Blick ruht auf dem großen Schloß. Es ist auch jetzt noch gewaltig. Auch jetzt noch ist sein Spiegelbild im Wasser atemberaubend. Und noch immer berührt ihn sein nördliches Crescendo. Etwas jedoch hat sich geändert seit jenen fernen Tagen seiner Träume und Pläne: Er weiß nicht mehr, *wofür* Frederiksborg erbaut wurde.

Er ruft sich ins Gedächtnis zurück, daß es eine Vision innerhalb einer anderen Vision gewesen war – von Dänemark, das seinen alten, mit Gold gekrönten Kopf hochhält. Doch wie steht es jetzt mit diesem Ideal?

Er fühlt sich seekrank. Er spürt in dem Wind, der den See aufwühlt, einen Todeshauch.

An jenem Abend, als ein Unwetter aus dem Norden den Regen an sein Fenster wirft, arbeitet der König bis spät in die Nacht hinein und versucht Ordnung in seine Gedanken zu bringen, indem er seit langem fällige Briefe beantwortet.

Darunter ist auch der Brief von Martin Møller, in dem dieser König Christian bittet, die Leute aus dem Tal des *Isfoss* noch vor dem Winter zu retten. Und Christian stößt wieder auf den Satz

Ihr habt uns Visionen von dem geschenkt, was sein könnte und fühlt sich von neuem davon bewegt. Er gibt sich einer Betrachtung darüber hin, daß ihn die Werke der Menschen, trotz seines Wissens darum, welch trauriges Ende sie schließlich nehmen können, immer noch mit einer hartnäckigen, unvernünftigen Freude erfüllen. Es ist, als wären die Männer noch Knaben, die sich eine schöne Kalligraphie aneignen, oder als wären sie das Wild im Wald, das die Hufe hochwirft, wenn es den Frühling riecht. Er lächelt über das, was Møller geschrieben hat, greift dann rasch nach einem Federkiel und schreibt (in seiner noch immer erlesenen Handschrift):

Lieber Herr Møller,
oh, könnte ich nur zu dem Tag zurückkehren, an dem ich meine Maus Kirsten kennenlernte!
Oh, könnte ich meinem Herzen jene erste Vision von Frederiksborg zurückbringen!
Herr Møller, alles Leben ist ein Sichauflösen auf die Katastrophe hin. Darin, daß wir diese unvermeidliche Katastrophe akzeptieren, liegt unsere einzige Chance, sie zu überleben und uns aus dem großen nördlichen Schatten all dessen, was wir nicht erreichen konnten, in das klare Wasser jenseits davon zu begeben. Und so noch einmal beginnen. Und noch einmal…

Der König weiß, daß dieser Brief nicht fertig ist, doch diese ersten wenigen Sätze scheinen ihn schon erschöpft zu haben, als habe dieses »Noch-einmal-Beginnen« Gestalt und Form angenommen und sei ein Berg geworden, den er nicht erklimmen, oder ein Gletscher, den er nicht überqueren kann.

Fru Mutters Bett

Der Geist der Meuterei unter den Musikern ist abgeflaut.
Auf Frederiksborg sind sie besser untergebracht, und zwar in Gebäuden mit Schieferdächern im Mitteltrakt, wo jedem von ihnen zwei Räume zugewiesen worden sind anstatt des einen kläglichen Zimmers über den Ställen von Rosenborg.

Sie spielen hauptsächlich in der Kirche, hoch oben auf der Empore, wo das Winterlicht durch die hohen, verzierten Fenster strömt. Dort sind sie um die schöne Orgel versammelt, die für den König im Jahre 1616 von seinem Schwager Esaias Compenius von Braunschweig gebaut worden ist. Und ihnen kommt es so vor, als legitimiere sie diese Orgel, als seien sie endlich an einem Ort, wo der Musik öffentlich Reverenz erwiesen wird. Die Demütigungen des Kellers geraten langsam in Vergessenheit, und da die Akustik in der Kirche so gut ist, bezaubert sie wieder einmal ihr eigener Klang.

Jens Ingemann, der schon viele Winter auf Frederiksborg verbracht hat, die große Halle voller tanzender Menschen erlebt und Galliarden für zwei französische Könige dirigiert hat, gefällt das Gefühl des Sichabhebens, das ihm die Empore gibt. Da man ihn hier mehr sieht als auf Rosenborg, kommt er jetzt mit einer eleganten neuen Kambrikjacke und einem ordentlichen Schnitt seines weißen Haars zu den Darbietungen. Wenn er auch noch ein strenges Auge auf Rugieri und Martinelli hat und mißtrauisch auf Krenze blickt, so ist seine Gereiztheit im ganzen gesehen doch nicht mehr so ausgeprägt. Wie seine Musiker merkt er, daß das Spiel seines kleinen Orchesters hier eine schmerzliche Süße hat, für die jeder Zuhörer empfänglich ist.

Es ist nicht gerade eine Saison für Unterhaltungen. Der König ist dafür nicht in der richtigen Stimmung. Er zitiert die Musiker jedoch sehr oft noch spät in der Nacht zu sich, und dann spielen sie für ihn allein in dem Zimmer, wo er gerade sitzen und ihnen zuhören möchte. Und er gratuliert ihnen dann. Er sagt, sie würden es, wenn er sich nicht irre, zu immer größerer Vollkommenheit bringen.

Peter Claire schreibt an seinen Vater, um ihm von der Pracht Frederiksborgs und der erlesenen Akustik in der Kapelle zu erzählen (*Ich wünschte, Du könntest es hören, Vater, denn ich weiß, daß Du darüber staunen würdest!*) und nach George Middletons Gesundheitszustand zu fragen. Emilia ewähnt er nicht, sondern fügt am Ende des Briefes nur hinzu: *Die Frau des Königs ist nach Jütland gegangen, und man wird ihrer hier in diesem Winter nicht ansichtig werden.*

Er hat von Emilia keine Antwort auf seinen leidenschaftlichen Brief bekommen.

Er hofft jeden Tag aufs neue, daß noch eine eintrifft, und wird immer wieder enttäuscht. Er will aber einfach nicht glauben, daß sich Emilias Gefühle jetzt, da sie nicht mehr bei ihm ist, auf so schreckliche Art verändert haben. Er hatte in Emilia Tilsen einen Menschen gesehen, der sich von dem Weg, den sie für richtig hielt, nicht abbringen lassen würde. Er hatte unter ihrer freundlichen Schale Zielstrebigkeit und eine wilde Entschlossenheit wahrgenommen. Ihr Verhalten im Hinblick auf die Henne – wie sie diese aus dem Keller holte und in ihrem Zimmer gesund pflegte – hatte ihn darin bestätigt. Und wenn ihr Herz wirklich sprach, dann würde sie es doch nicht verraten? Etwas anderes kann er sich nicht vorstellen. Er weiß, daß er sich nicht irrt.

Es herrscht aber immer noch Schweigen.

Inzwischen ist noch ein weiterer Brief eingetroffen – von Gräfin O'Fingal.

Als Peter Claire liest, daß Francesca und ihr Vater Kopenhagen einen Besuch abstatten wollen, greift er sich gedankenverloren ans linke Ohr, als erwarte er dort noch das Schmuckstück vorzufinden, das die Gräfin von den Zigeunern erhalten und ihm als Liebespfand gegeben hatte. Als ihm dann einfällt, daß er den Ohrring abgenommen und Charlotte geschickt hat, fühlt er sich erleichtert. Wenn seine Liebesaffäre mit Francesca auch zu einer Zeit stattfand, als er Emilia noch nicht kannte, empfindet er deswegen doch so etwas wie Schuld, als sei es ein Verrat gewesen, und zwar ein teurer, der ihm am Ende seine ganzen Pläne durchkreuzen könnte.

Er erkennt aber auch, daß sich in diese Gewissensbisse eine verführerische Erinnerung an die Gräfin mischt – an ihren großen, geschmeidigen Körper, ihr wildes Haar, ihr Lachen, das sie dem Wind entgegenschleuderte, an die Freuden, die sie ihm gewährte. Alldem ist er etwas von sich schuldig. Er hat das Gefühl, ihr verpflichtet zu sein, und meint, daß dies immer so gesehen und anerkannt werden muß. Wenn ihn sein Herz auch woandershin geführt hat, so darf er doch nicht, beschließt er, vor einem Treffen mit Francesca davonlaufen. Vielmehr muß er sich ihr gegenüber so ehrenhaft wie möglich verhalten.

Und so fängt er eines Nachts, als er mit dem König allein ist und im fast dunklen königlichen Schlafgemach Laute spielt, von der Papierherstellung und Francesco Ponti an.

»Ich kann mir italienisches Papier nicht leisten!« meint der König.

»Warum, Sir? Ich habe Signor Pontis Papier gesehen und würde sagen, daß es das beste Europas ist.«

»Ich kann mir überhaupt nichts leisten: kein Papier und keine neuen Papiermühlen. Ich kann es mir sogar kaum leisten, Euren italienischen Herrn zum Abendessen einzuladen.«

Peter Claire lächelt, und der König sieht in diesem Lächeln eine Art Widerlegung. Er steht vom Bett auf und geht zu seinem Arbeitszimmer nebenan, von wo er mit einem Stapel Dokumenten zurückkommt, die er Peter Claire auf den Schoß wirft. »Lest!« sagt er. »Darin steht alles: was ich schulde, was ich verloren habe, wovon ich träume und nicht haben kann. Noch nie zuvor ist ein König durch Armut so gedemütigt worden wie ich. Und woher soll Hilfe kommen?«

Peter Claire blickt auf die Papiere, die die Handschrift des Königs tragen, und sieht viele Spalten Zahlen. Neben jeder steht der Name einer Fabrik und das Produkt, das sie herstellt: Seide, Leinen, Zwirn, Knöpfe, Spitze, Holz, Farbe, Politur, Lack, Elfenbein, Wolle, Blei, Schiefer, Zinn, Hanf, Teer... und so fort. Es ist alles aufgeführt, was ein Land braucht, um in der Welt des Handels zu gedeihen. Die Liste endet mit einem kunstvollen Minuszeichen vor einer so kolossalen Summe von Dalern, daß Peter Claire darauf starrt und sich fragt, ob diese wirklich mit den Zahlen darüber im Zusammenhang steht oder nicht vielmehr durch einen merkwürdigen Zufall auf das Blatt gekommen ist – aus einem anderen mathematischen Bereich, in dem das Kunststück vollbracht wird, aus unerfindlichen Gründen von dem einen zum anderen Dokument zu fliegen.

Der König nimmt die Ungläubigkeit des Lautenisten wahr und meint: »Seht Ihr? Und nun wollt Ihr noch italienisches Papier hinzufügen!«

Peter Claire blickt auf. Er will gerade etwas sagen, als der König meint: »In den ehemaligen Gemächern meiner Mutter, die wir *Fru Mutters Sal* nannten, steht ein Silberbett. Es war ihr Hochzeitsbett, als sie den König, meinen Vater, heiratete. Und nun lasse ich dieses kostbare Stück abholen, einschmelzen und Münzen daraus machen. Ich muß das Bett beschlagnahmen und zerstören, in dem ich gezeugt wurde! Seht Ihr nun, zu welchen verzweifelten Maßnahmen ich greifen muß? Vor den Kriegen gegen die Liga gab es in meiner Schatzkammer mehr Daler, als Dänemark je hätte ausgeben können, und nun ist dort *nichts*!«

Die beiden Männer schweigen eine Weile, Peter Claire in Gedanken noch mit den Dokumenten beschäftigt. Unter seinen widersprüchlichen Überlegungen ist auch die, daß der König demnächst vielleicht versuchen wird, Geld einzusparen, indem er sein Orchester hinauswirft.

Als Peter Claire schließlich entlassen wird und zu Bett geht, kann er nicht einschlafen. Er setzt sich wieder auf und zündet eine Kerze an. Die Gedanken schlängeln ihm durch den Kopf wie bunte Adern im Marmor. Er stellt sich vor, wie er eine Reise nach Jütland unternimmt und Emilia in einer Lindenallee auf ihn zu läuft. Er stellt sich vor, wie ein Tannenwald abgeholzt wird und sich eine riesige Papiermühle aus dem sandigen Boden erhebt. Er stellt sich vor, wie Francesca am Strand von Cloyne spazierengeht. Und er stellt sich vor, wie Emilia auf halbem Wege der Allee umkehrt und ihm davonläuft, ohne sich noch einmal umzusehen.

Die Fahrt nach Århus

Der erste Frost ist gekommen.

Als Kirsten in die Kutsche steigt, sagt sie zu Emilia: »Diese Luft ist tödlich.«

Der Kutscher legt ihnen Felle über den Schoß, und sie machen sich von Boller aus in Richtung Norden auf den Weg. Eine gelbe Sonne spült den Nebel weg und bringt das saubere, glitzernde Weiß der Wälder und Felder zum Vorschein.

Sie sind heimlich zu Herrn Haas' Haus, der Besserungsanstalt, unterwegs, um nach Marcus Ausschau zu halten. Sonst redet und plaudert Kirsten gern während der Fahrt, um die Langeweile und das Unbehagen in Schach zu halten (»Denn was ist Reisen anderes als eine Qual für die Knochen und den Magen?«), an diesem kalten Morgen aber schweigt sie, achtet auf die Schönheit der Landschaft, durch die sie fahren, ist sich aber auch darüber im klaren, wie gemein diese Dezemberkälte ist, was sie nun wiederum an alles Unerfreuliche in ihrem Leben erinnert, während es doch eigentlich vergoldet sein sollte.

Otto ist noch in Schweden, und ihre Pläne zur Wiedervereinigung mit ihm entwickeln sich nicht wie gewünscht. Auf ihren Brief an Peter Claire – der Frederiksborg doch jetzt bestimmt erreicht hat? – hat sie keine Antwort erhalten. Der Gedanke, daß der Lautenist diesen dem König gezeigt haben könnte, bereitet ihr so viel Entsetzen, daß sie gar nicht daran zu denken wagt.

Sie traut sich auch nicht, Otto zu schreiben. Bei der Übersendung einiger (aber nicht aller) der von ihr erbetenen Möbel aus Rosenborg hat sie der König gewarnt: *Du gehst aller Dinge verlustig und wirst ins Gefängnis geworfen, wenn Du dem Grafen Otto Ludwig eine Nachricht zukommen läßt. Du hast Dich so zu verhalten, als gäbe es ihn gar nicht auf der Welt. Und Du hast Dich so zu verhalten, solange Dein Leben andauert.*

Und ihr Leben dauert an. Das ist alles, was es tut: andauern! Und wenn sie daran denkt, wie herrlich es ihr einst erschien, keimt heftige Wut in ihr auf, die sie zu ersticken droht. Dann heult sie und klammert sich an Emilia.

Sie weiß, daß es schrecklich klingt, wenn sie so heult, und Emilia erschrickt, kann es aber nicht unterdrücken, und sie fragt sich, ob sie allmählich den Verstand verliert. »Ich bin verrückt!« jammert sie. »Emilia, ich bin verrückt!«

Doch heute ist sie ruhig, in Gedanken verloren über den Frost und den Winter, der ihr angst macht.

Die Kutsche holpert dahin, die Pferde schnauben und keuchen, die Hände des Kutschers sind taub, die Räder drehen und drehen sich, und die ganze Landschaft steht, wie Kirsten es empfindet, ihrem Vorbeifahren stumm und gleichgültig gegenüber.

Emilia hat den sorgenvollen Gedanken, daß alles verlorengeht: Leute, Orte, die Dinge, an denen sie hing; und daß alles, was noch nicht weg ist, auch bald verschwinden wird, so wie die Straße, auf der sie fahren, unter dem Schnee. Wenn sie Marcus heute nicht finden, wo wird er dann weiterleben? In der Erinnerung. In irgendeiner erhofften Zukunft. Doch wo ist er *jetzt*?

Und ihr Geliebter? Denn so denkt sie an Peter Claire, als wäre sie seine Geliebte oder Braut und hätte alles erfahren, was Liebe bedeuten kann. Er ist auf Frederiksborg – jedenfalls nimmt sie das an –, doch für sie ist er an einem leeren Ort wie einem Loch im Himmel. Und da keine Nachricht von ihm eintrifft, kann sie ihn nicht mehr herbeirufen. Seine Gesichtszüge, so engelsgleich sie auch sind, verlieren ihre Konturen.

Sie spricht nicht über ihn – und Kirsten auch nicht. Manchmal fühlt sie sich versucht zu fragen: »Das, was Ihr in der Nacht gesagt habt, als wir im Wagen des Fischhändlers fortfuhren! Das über die ›irische Hure‹! Sagt mir, was Ihr damit gemeint habt und was Ihr wißt!« Doch sie fragt nicht, aus Angst, es könnte – mit der Antwort, die erfolgen würde – etwas Endgültiges gesagt werden. Aus Kirstens Schweigen über dieses Thema liest Emilia schon ein solches Ende heraus, will es sich aber nicht bestätigen lassen.

Als die Kutsche nun auf Århus zufährt, fällt ihr das Geheiß ihrer Mutter wieder ein: *Zeig Mut, Emilia!* Sie ist sich darüber im klaren, daß sie sich beim Besuch im Haus ihres Vaters in Angst versetzen lassen hat. Nur für Kirsten scheint sie noch Mut aufbringen zu können, denn sie hat begriffen, daß Kirstens Probleme so tief und anhaltend sind wie ihre eigenen und sie sich ohne Kirsten tatsächlich in einer leeren Welt befinden würde. Kirstens Wille, denkt sie manchmal bewundernd, hält sie beide am Leben. Sollte eines Tages alles in Ordnung kommen, dann hätte es Kirsten zuwege gebracht. Dann hätte sie alle verschwundenen Menschen, ganz gleich, wo sie sich versteckt hielten, wieder herbeigezaubert.

Als sie einige Meilen zurückgelegt haben, verschwindet die Sonne hinter einer grauen Wolkendecke, und Kirsten und Emilia sehen, daß der Reif auf den Feldern nicht mehr da ist und es leise zu regnen beginnt.

Kirsten taucht aus ihrem Schweigen auf und sagt: »Nun, meine liebe Emilia, ich hoffe, du hast unseren Plan deutlich im Kopf. Wenn wir in die Stadt kommen, bleiben wir im Wagen und lassen uns nicht blicken, und unser Kutscher Mikkel macht sich zu Fuß auf den Weg, um sich nach Herrn Haas und seinem abscheulichen Haus zu erkundigen.

Wenn Mikkel das Haus gefunden hat, geht er unter dem Vorwand hinein, eine Nachricht für Marcus von seinem Vater zu haben. Erst dann, wenn Mikkel zur Kutsche zurückkommt und uns sagt, daß Marcus *wirklich dort* ist, tauchen wir auf und zeigen uns. Denn wer kann schon sagen, welche Lügen Magdalena über uns verbreitet hat? Vielleicht hat sie ja gesagt, daß wir Hexen sind, die Kinder wegzaubern und sie aus den Wolken zu Tode stürzen lassen!«

Emilia nickt. »Magdalena ist die Hexe«, erwidert sie.

»Ganz recht! Und deshalb ist sie teuflisch listig und einfallsreich. Denn konnte sie nicht, als sie uns sagte, wo Marcus hingebracht worden ist, voraussehen, daß wir eines Tages dorthin gehen und versuchen würden, ihn rauszuholen? Wir können sicher sein, daß sie ihr Bestes getan hat, um uns daran zu hindern. Wir wissen zwar nicht, was, sondern können nur erraten, daß sie etwas getan hat. Wir müssen sie also überlisten.«

Emilia nickt wieder, und nun sehen sie, daß die Kutsche den Stadtrand erreicht hat. Auf den Dächern und Schornsteinen der Häuser hocken im Regen Seemöwen.

»Oh«, sagt Kirsten, »sieh doch diese geduldigen Vögel, denen die Nässe nichts ausmacht. Sie bringen mich auf den Gedanken, daß diese Reise wenigstens einen Vorteil hatte: Wir mußten in der Kutsche nicht mit deinem Huhn fertig werden!«

Die beiden Frauen lächeln, und dann sieht Emilia, wie sich Kirstens Gesicht plötzlich und ohne Vorwarnung verzerrt, sie die Felle umklammert und zu sprechen versucht, es aber nicht kann. Emilia hält sie und bittet sie, ihr zu sagen, was los ist. Gleichzeitig ruft sie dem Kutscher zu, er solle anhalten. Emilia hört ihn die Pferde zügeln, spürt die Kutsche auf der nassen Straße rutschen und schlittern, und dann bekommt Kirsten wieder Luft und schreit keuchend: »Das Kind, Emilia! Das Kind!« In dem Moment merkt Emilia, wie sich warme Flüssigkeit über ihre Schuhe ergießt, und betet, es möge Wasser und nicht Blut sein. Ein paar der Felle gleiten hinunter und wickeln sich um ihre Füße, und Kirsten tritt vor Entsetzen und Schmerzen so um sich, daß Emilia sie nur mit Mühe stillhalten kann.

»Keine Angst...« hört sie sich sagen. »Keine Angst...«
Schließlich hält die Kutsche, und Mikkels vor Kälte gerötetes und vom Regen nasses Gesicht taucht in der Tür auf. Er blickt entsetzt auf die sich vor Schmerz krümmende Kirsten und das stellenweise leicht blutige Wasser, das sich jetzt über den Boden der Kutsche ausbreitet. Wie angefroren, sowohl von der Kälte der Fahrt als auch von dem Anblick, steht Mikkel da.
Zeig Mut, Emilia.
»Mikkel«, sagt sie möglichst ruhig. »Geht in eins dieser Häuser, auf denen die Möwen hocken, und sagt dort, daß die Frau des Königs ein Bett und eine Hebamme braucht!«
Mikkel rührt sich nicht. Der Regen tropft ihm in die Augen, und er wischt ihn nicht weg.
Zeig Mut, Emilia.
»Mikkel«, wiederholt sie. »Geht jetzt sofort! Bittet darum, daß ein Bett gerichtet und eine Hebamme gerufen wird!«
Endlich geht er. Er geht, ohne ein Wort zu sagen, hält sich nur den Rücken, der ihm weh zu tun scheint. Als er an der Tür eines der Häuschen ankommt, nimmt er den Hut vom Kopf und schüttelt den Regen ab.

Der Raum ist niedrig und dunkel und nur von einem rauchigen Feuer erhellt.
Das Bett, auf dem Kirsten liegt, ist eigentlich gar keins, sondern eine Konstruktion aus zusammengebundenen Heuballen, über die ein Leintuch gelegt worden ist. Als Kopfkissen hat sie ein mit Stroh gefülltes Polster. »Immer wenn ich den Hals bewege«, flüstert Kirsten Emilia zu, »höre ich es knirschen. Könntest du einmal nachsehen, meine Liebe, ob da nicht eine Maus, Fledermaus oder sonst etwas an meinem Haar nagt?«
Emilia beruhigt sie und glättet das klumpige Kissen so gut es geht. Als der Schmerz erneut einsetzt, umklammert Kirsten Emilias Hand, und ihr Gesicht verzerrt sich wie in der Kutsche. Doch zwischen den Wehen wird sie wieder sie selbst, also unerschrocken, fast munter, als kehre jetzt, da sie mit dem Baby niederkommt, ihr Optimismus zurück.
Kirsten setzt sich auf und schaut sich im Zimmer um. In einem Topf auf dem Feuer siedet Wasser. Die Bäuerin, der das Häuschen

gehört, ist damit beschäftigt, ein weißes Tuch in Streifen zu reißen, und fuhrwerkt mit ein paar Winterwurzeln für einen Teeaufguß herum. Kirsten entschuldigt sich bei der Frau mehrmals dafür, daß sie ihre morgendlichen Verrichtungen unterbricht, und versichert ihr, sie habe alle ihre Kinder »im Handumdrehen geboren, so daß ich Euch nicht sehr lange Umstände machen werde«.

Die Frau ist alt und hat milchige Augen. »Das Kind des Königs!« meint sie. »Meine Dame, ich hätte mir nicht träumen lassen, daß das Kind des Königs an einem solchen Ort zur Welt...«

Kirsten lächelt sie an. Sie weiß, daß genau das der Grund dafür ist, daß sie keine Angst hat. Sie hat keine Angst, weil es eben nicht das Kind des Königs ist, sondern das ihres Geliebten, ihm ähnlich sehen und rasch geboren werden wird, mit der Flut des Begehrens. Ja, sie ist ganz aufgeregt und voller Ungeduld, es zu sehen, und spricht mit ihm, während sie schwitzt und sich abmüht: »Komm, mein kleiner Otto! Schwimm aus mir heraus! Schwimm in meine Arme!«

Ihr wird der Wurzeltee gebracht, der sie bis zu den Fußspitzen zu wärmen scheint. »Emilia!« ruft sie. »Dieser Tee ist ein richtiges Wunder! Schreib dir das Rezept auf, dann machen wir ihn auch auf Boller!«

Kirstens Haar löst sich auf dem Strohpolster auf, befreit sich aus den Nadeln und Klemmen, bis es wie wirrer Goldfaden um ihr Gesicht gebauscht ist. Emilia sieht sie an und ist wieder einmal von ihrer Großartigkeit beeindruckt. Sie beschließt, künftig mehr Mut und Durchhaltevermögen zu zeigen. Karen und Kirsten – zwei so unterschiedliche Frauen –, aus deren Worten und Beispiel sie viel gelernt hat. Sie wird sie nicht verraten.

Nun versucht Kirsten, sie wegen Marcus zu beruhigen, sagt ihr, daß sie nicht vergeblich gefahren sind und wiederkommen werden, »nichts, was dir lieb und teuer ist, ist vergessen worden, und Marcus muß es nur ein bißchen länger aushalten, das ist alles, nur ein bißchen länger...«.

In diesem Augenblick trifft die Hebamme ein. Sie ist füllig und hat rosige Wangen, ihr Kragen und ihre Manschetten sind gestärkt und vom Regen nur ein wenig feucht. Sie knickst vor Kirsten und geht dann ohne viel Federlesens zum unteren Ende des Heuballenbetts, packt Kirstens Knöchel und spreizt ihr die Beine. Sie beugt sich hinunter, und ihr Kopf verschwindet unter Kirstens Röcken, wo sie einen kurzen Blick auf den Geburtsausgang wirft, dann ihre Hand voll hineinsteckt, so daß Kirsten aufschreit, sowohl vor Schmerz als auch vor Sehnsucht, ihren Geliebten noch einmal an dieser Stelle zu empfangen.

Die Hebamme mißt mit ihren geübten Fingern aus, wie sehr der Muttermund schon geöffnet ist. Sie stellt fest, daß er weit offen ist und kann spüren, wie der Kopf des Kindes darauf drückt, bereit, geboren zu werden. Sie kommt wieder unter den Röcken hervor und schiebt sie hoch, und Kirstens nackte Beine treten und stoßen, als der Schmerz wieder einsetzt.

Die Bäuerin bringt die Lappen und eine Schüssel Wasser. Sie legt sie neben die Ballen vom Grasschnitt des heißen Sommers des Jahres 1627, ihrem einzigen Bett. Und dann umfassen sie sich alle, sie, die Hebamme, Kirsten und Emilia. Sie bilden so etwas wie ein Menschenboot, und dieses Boot bewegt sich und schaukelt nun zum Gesang der Hebamme. Es ist ein rhythmisches Lied wie ein Lied vom Meer, das sie immer singt, wenn sie weiß, daß das Kind und seine Mutter in ihrem Bemühen eins sind und der Augenblick heranrückt und leicht sein wird.

Das Kind ist ein Mädchen.

Es wird im tiefstehenden Winterlicht gewaschen und untersucht. Dann wird es in die Lappen gewickelt und Kirsten an die Brust gelegt.

»Emilia«, fragt sie. »Welcher Name ist wohl schön genug?«

Das Schiff Anna-Frederika

Die *Anna-Frederika* war ein Frachtschiff, das unter der Herrschaft Frederiks II. gebaut worden war.

Es hatte nie gehalten, was sein hübscher Name versprochen hatte. Es war schwer und klobig, ein Schiff, das niemand je wirklich mochte. Es wäre vielleicht längst nicht mehr eingesetzt, sondern abgewrackt worden, wenn König Christian nicht so sehr an Geldmangel gelitten hätte. Daher wurden die Lecks gestopft und ausgebessert und die abgenutzten und verwaschenen Decks abgekratzt und neu lackiert. So pflügte es weiterhin durch den Kattegat und in die Ostsee, transportierte Wolle und Hanf nach Finnland und kehrte mit Kupfer und Blei zurück.

Das Schiff hatte Anfang November den Horsens-Fjord mit einer Ladung Schafshäute, Seile und Bindfäden in Richtung Finnland verlassen, doch waren auch Briefe und Pakete für Kopenhagen an Bord, wo es für die erste Etappe seiner Fahrt durch die Ostsee neu versorgt werden sollte.

Bein Auslaufen der *Anna-Frederika* blies ein mäßiger Westwind. Dieser drehte jedoch, so daß nun ein rauher Sturm aus dem Norden an den Segeln riß. Diese waren stabil, gefertigt von Männern, die von König Frederiks Erlaß gegen Schludrigkeit gehört und ihn beachtet hatten. Das Segelleinen blähte sich auf und spannte sich beim Versuch, den Wind abzuhalten, doch dann wurde das Schiff nach den Worten des Kapitäns zu »einer alten, betrunkenen Dame, die in ihre Röcke furzt«.

Als er den Befehl zum Herablassen des Marssegels erteilte, sah er, daß die Wanten des Hauptsegels ausgefranst und morsch waren. Er fluchte leise vor sich hin und brüllte, man solle es reffen, bevor sein großes Gewicht den Hauptmast entwurzele und auf das Deck krachen lasse. »Wenn wir zum Samsøer Meer kommen«, fauchte er seinen Bootsmann an, »webt Ihr und Eure Männer etwas neue Stärke in diese Seile, und zwar schnell, damit wir weiterfahren können!«

Das Schiff machte volle Fahrt, schob das Wasser beiseite und versuchte auf den Wellen zu reiten. Es war jedoch, als ob der alte, unbeholfene Körper der *Anna-Frederika* von so vielen Schmerzen geplagt wurde, daß er sich wünschte, vom Meer von allen weiteren Mühen erlöst zu werden, als warte er nur auf eine ferne, alles überragende Welle, die über ihm zusammenbrach und ihn in die ruhige, schweigsame Tiefe hinabführte, wo die Wale aus König Christians Phantasie in der Dunkelheit lauerten.

Der Kapitän verfluchte sein Schiff. Er versuchte die Ohren vor seinem Stöhnen und Ächzen zu verschließen. Er wollte nicht sterben. In seiner Wut schickte er den Bootsmann in den Laderaum hinunter, um »Seile von der öden Ladung, für die wir alle unser unbedarftes Leben riskieren« zu mausen.

Die Dunkelheit der Ladekammer, die Kälte dort unten und das angestammte Gefühl der Mannschaft, daß es sich um einen menschenunwürdigen Platz handelte: all dies beeindruckte den Bootsmann stärker denn je, als er mit der Lampe in der Hand hinunterkletterte.

Als er jedoch nach den Seilballen suchte, wurde er einer anderen Sache gewahr, einer, die er nicht erwartet hatte: Die Ladung hier unten stank. Der Gestank war so ekelhaft, so erstickend und schrecklich, daß der Mann stehenbleiben und sich an einem Pfosten festhalten mußte, weil er von einer plötzlichen Übelkeit ergriffen wurde. Ihm floß Schweiß übers Gesicht und zwischen den Schulterblättern am Körper hinunter. Er versuchte, den Brechreiz in den Griff zu bekommen, was ihm aber nicht gelang. Er übergab sich, sein Körper zuckte krampfartig, und die Lampe glitt ihm aus der Hand und fiel auf den Boden.

Er wischte sich das Gesicht mit dem Ärmel ab. Dann spuckte er in einen geteerten Abfluß, wo sich abgestandenes Meereswasser von wohl hundert Fahrten angesammelt hatte. Er stand still da, hielt sich an einem Holzbalken fest und versuchte sich zu fangen. Er wußte, daß er sich im schwachen Licht des noch nicht ganz zur Neige gegangenen Tages im Laderaum bewegen konnte, um nach dem Seil und der Ursache des Gestanks Ausschau zu halten, fühlte sich aber so schwach, daß er kaum den Arm heben oder aufrecht stehenbleiben konnte.

Er zitterte. Er zwang sich dazu, sich langsam vorwärts zu tasten. Bei jedem Schritt erwartete er, auf Leichen zu stoßen. Das Schiff schlingerte und trudelte noch immer, und es erschien dem Bootsmann, als er so herumstolperte und verzweifelt nach Luft rang, als laure hier unten in der *Anna-Frederika* die Hölle und beanspruche ihn für sich und als würde nichts in seinem Leben je wieder schön sein.

Er versuchte dieses Gefühl zu bannen, indem er an Sommermorgen vor der Insel Gotland dachte, an Lindenduft in Vinderup, dem Dorf seiner Kindheit, und an seine kleine Tochter, die nach bügelwarmem Leinen roch. Er wußte aber, daß sein Verstand nicht mehr erfaßte, was war oder sein könnte, daß sich seine Schritte in einem bedeutungslosen Tanz drehten, seine Tochter an einen Ort verschwunden war, den er nicht erreichen konnte, und das Licht am Himmel erloschen war. Er fiel auf einen Haufen Schafshäute und spürte, wie er in ihrem Gestank versank und ertrank.

Erst als der Nordwind abflaute und sich die vertrauten Umrisse Samsøs am Horizont abzeichneten, sah sich der Kapitän nach dem Bootsmann um und stellte fest, daß die Türen zum Laderaum noch offenstanden.

Beim Nachlassen des Sturms drang der Geruch nun auch nach oben ans Deck, und einige der Schiffsmannschaft standen am Eingang zum Laderaum, hielten sich die Nasen zu und blickten bestürzt hinunter.

Zwei Matrosen erhielten den Befehl, den Bootsmann hochzuholen.

Er war nicht tot, doch seine Haut hatte die Farbe von Schweineschmalz, und sein Puls war so schwach, daß er kaum noch auffindbar war. Er versuchte zu sprechen, doch sein Kiefer war starr. Mit seiner Kleidung und seinem Haar wurde der Gestank des Laderaums hinauf aufs Deck getragen.

Sie legten ihn in seine Koje. Der Kapitän blickte mit einem Taschentuch vor Mund und Nase auf ihn, verfluchte den Sturm, verfluchte den König, weil er ihm kein seetüchtiges Schiff gegeben hatte, und verfluchte das Schicksal, das eine unbekannte, ekelhafte Sache an Bord seines gräßlichen Kahns gebracht hatte.

Der Bootsmann starb noch in der Nacht. Der Laderaum wurde verriegelt und mit einem Vorhängeschloß versehen und eine am Deck befestigte Plane darübergezogen. Die zerrissenen Wanten wurden mit Tau- und Seilresten geflickt. Mit Mühe und Not erreichte die *Anna-Frederika* Kopenhagen.

Am nächsten Tag starben auch die beiden Matrosen, die den Bootsmann aus dem Laderaum geholt hatten, und der Kapitän ordnete an, alle drei Leichen bei der Insel Hessel ins Meer zu werfen.

Es war ihm aber nun klar, daß er und die *Anna-Frederika* dem Untergang geweiht waren. Wie erwartet wurde das Schiff vor Kopenhagen in Quarantäne geschickt. Wer diese überleben sollte, würde an Land gehen dürfen, doch die *Anna-Frederika* und ihre Fracht würden auf dem Meer verbrannt werden.

An den folgenden Tagen, an denen der Kapitän seinen Körper und die der anderen Offiziere und Matrosen auf Krankheitszeichen hin beobachtete, wanderten seine rastlosen und sorgenvollen Gedanken manchmal zu dem Sack mit Briefen, der im Laderaum bei den infizierten Häuten lag, und zu den Personen, die diese nun nie erhalten würden, und er fragte sich, ob es darunter wohl ein Schreiben gab, in dem Worte standen, die nicht flüchtig und leer waren, sondern vielmehr von entscheidender Bedeutung im Leben eines Menschen.

Er dachte über die Launenhaftigkeit des Glücks nach, das so unsichtbar wie der Wind war und, wie dieser, nicht einer Ordnung unterworfen werden konnte, nicht einmal durch ein Gebet. In dieser Hinsicht, dachte er, *sind alle Menschen Seeleute wie wir.* Doch diese Beobachtung brachte ihm keinerlei Trost.

Was der Kapitän der *Anna-Frederika* nicht wußte, nicht wissen konnte, war, daß unter den Briefen, die dazu bestimmt waren, verbrannt zu werden, der lange Kirsten Munks an Peter Claire war, in dem sie versuchte, den englischen Lautenisten zu erpressen, damit er für sie spionierte. Er würde nun sein Ziel nicht erreichen, sondern im alles verzehrenden Feuer verbrennen.

Der harte Boden

Ungewöhnlich mutig lieferte sich George Middleton dem Messer und der Zange aus, mit denen der Chirurg aus seiner Blase einen so schweren Stein hervorholte, daß man hätte meinen können, ein Kristall aus der Erde habe den Weg in ihn hineingefunden. Der Arzt selbst machte eine Bemerkung über Middletons stoische Gelassenheit, während seine Qual am größten war, und nach der Operation war Middleton so sehr er selbst, daß er dem Chirurgen überschwenglich dafür dankte, daß er ihm das Leben gerettet hatte.

Dann lag er in seinem Schlafzimmer auf Cookham Hall und fragte sich, ob sein Leben nun gerettet war oder nicht.

Die anhaltenden Schmerzen in seinem Magen und seinen unteren Körperteilen, wo sich das Messer zwischen dem After und dem Hodensack den Weg geschnitten hatte, waren so heftig und sein Fieber so launisch, daß er sich nicht vorstellen konnte, jemals wieder aufstehen zu können. Und es war wirklich so, daß der Mann, der er gewesen war – der jeden Tag im Park und auf dem Gutshof ausritt und ein Tänzchen wagte, wenn auf Cookham Gäste und Musiker waren –, keine Ähnlichkeit mit dem zu haben schien, der er jetzt war, und es erschien ihm unmöglich, die beiden zur Deckung zu bringen. Ein Teil von ihm war der Überzeugung, er würde sterben.

Er sehnte sich danach, Charlotte zu sehen. Er sehnte sich danach, in eine Stunde die zärtlichen Worte eines ganzen Lebens zu zwängen. Es würde dabei keine Rolle spielen, wenn diese nicht elegant und nicht sehr vernünftig wären. Es würde nicht einmal eine Rolle spielen, wenn sie, nachdem sie ihren Weg durch den Nebel und die Feuchtigkeit seines Fiebers gefunden hatten, in einem peinlichen Wirrwarr herauskämen. Wichtig war nur, daß sie gesagt wurden und Charlotte sie hörte und sich an sie erinnern könnte, wenn er dahingegangen war.

Er schickte eine Kutsche nach Harwich, und Charlotte und ihre Mutter Anne kamen in der kalten Dezembernacht auf Cookham Hall an.

Als seine »liebe Daisy« in das Zimmer kam und an seinem Bett stand und seine Hand hielt, stieß George Middleton einen Juchzer aus. Und dieser Juchzer, der sein großes Staunen beim Anblick seiner Verlobten ausdrückte, löste bei Charlotte einen solchen Tränenschwall aus, daß sowohl der Ärmel seines Nachthemds als auch das Leintuch, mit dem er zugedeckt war, von ihren Tränen rasch schlapp und warm wurden, als sie den Kopf in Middletons Armbeuge legte.

»Daisy...« sagte Middleton.

Doch sie konnte nicht sprechen. Ihr Herz sagte ihr, daß es Dinge im Leben gab, die unerträglich waren. Sie wußte, daß sie es nicht ertragen könnte, wenn George von ihr genommen würde.

»Daisy!« wiederholte Middleton und strich ihr übers Haar. »Sei tapfer, mein lieber kleiner Liebling.«

»Ich kann nicht«, weinte sie. »Ich kann mich nicht erinnern, was Tapferkeit ist und wie man sie erlangt.«

George Middleton mußte lächeln. Er wußte, daß einer der Gründe, weshalb er weiterleben wollte, sein ständiger Wunsch war, derartige Äußerungen zu hören. Es war, als amüsiere Charlotte einen Teil von ihm, der noch nie amüsiert worden war. »Sieh nur, mein liebes Mädchen, was du angerichtet hast! Ich lache! Ich möchte behaupten, daß meine Schmerzen schon nachgelassen haben, seit du vor nur wenigen Sekunden hereingekommen bist.«

Sie küßte ganz leicht seinen Kopf, sein Gesicht, sein Ohr und dann auch seinen schwarzen Schnurrbart. Dann blickte sie ihn an. Sie konnte sehen, welche Schmerzen er hatte, und wußte, daß er gelogen hatte, als er sagte, sie würden nachlassen. Selbst im sanften Lampenschein sah er noch blaß aus, während er vorher immer rosig und gesund gewirkt hatte, und seine Augen, auf denen die Lider so schwer lasteten, als würde er ihr im nächsten Augenblick entgleiten, glänzten wie Murmeln. »George«, sagte sie, »ich verlasse dich nicht wieder! Ich bleibe hier sitzen, bis du wieder gesund bist, und es macht mir nichts aus, wenn ich hier festwachse.«

Er ließ es aber nicht zu, daß sie an seinem Bett wachte. Er sagte: »Meine Taube, wenn du das tust, kommen wir beide zu der Überzeugung, daß der Tod nebenan ist.«

Nachdem er ihr in seinen ureigensten Worten, denen seines ungestümen Herzens und seiner Vorliebe für Possen, gesagt hatte, daß sie das liebste, süßeste und wunderbarste Wesen sei, das er je gekannt habe und je kennenlernen würde, gab er ihr eine Aufgabe. Er bat sie, tags darauf in seinen Park und seinen Garten zu gehen und ihm danach zu erzählen, was sie dort gesehen habe und wie es ihr erschienen sei, wie die Lichtverhältnisse am Himmel gewesen seien und welche Winterschatten über dem Land gelegen hätten. Er fügte hinzu, daß er sehr gern daliegen und sie sich in den Gärten von Cookham vorstellen würde – »wo du bald die echte Herrin sein und bestimmen wirst, welche Blumen ausgesät und wie viele Reihen Erbsen angepflanzt werden sollen« –, und sollte sie etwas im Park oder Garten finden, das ihr besonders gefiele oder das sie besonders lustig fände, dann bäte er sie, es mitzubringen, damit er darin den Duft des nahenden Frühlings wahrnehmen könne.

Charlotte hatte keine besondere Lust, allein draußen in der Kälte herumzuspazieren, während George in seinem Zimmer lag. Sie hatte sich zwar sehr oft vorgestellt, wie sie in dieser grünen

Landschaft mit dem weiten Himmel und dem tiefen, von den Eichenwäldern dunklen Horizont herumwanderte, doch immer mit George zusammen. In ihren Träumereien hatte sie sogar zu George *gehört*, war sie Mrs. George Middleton gewesen und konnte nirgendwo anders als an seiner Seite sein.

Sie erklärte sich aber bereit zu gehen. Sie wollte ihre Mutter bitten, sie zu begleiten, und sie würden dann Georges Pferd Soldier, die Schweineställe und Hundehütten besuchen und an den Wäldern entlanggehen, wo für das Wild immer Winternahrung ausgelegt wurde.

Als sie sich in Wollumhänge gewickelt auf den Weg machten, bemerkte Anne Claire, die Kälte des Dezembers sei »in Norfolk unerbittlich«. Charlotte erwiderte nichts darauf, sondern stellte nur still bei sich fest, wie hart der Boden unter ihren kleinen braunen Stiefeln war und daß sich kein Lüftchen regte.

Als sie an der Koppel ankamen, wo die Pferde noch mit Wolldecken auf den Rücken weideten, rief sie nach Soldier. Er war ein großes Pferd, so schwarz wie die dunklen Löcher unter den Bäumen im Wald, mit hohem Widerrist und hochmütigem Blick, und wurde wegen seiner Kraft und seines harten Mauls, das nicht zu merken schien, wenn an der Gebißstange gezogen wurde, von niemandem außer George Middleton gern geritten. »Vielleicht kannst du«, sagte Anne freundlich, »wenn du mit George verheiratet bist, darauf bestehen, daß er ein anderes Pferd reitet...«

Charlotte streichelte die Pferdenase. »Falls ich je mit ihm verheiratet sein werde!« sagte sie traurig. »Ich glaube, ich werde dann nur darauf bestehen – still für mich –, daß mich George immer liebt.«

Sie entdeckte im Gras die Feder eines Eichelhähers und hob sie auf. Sie überlegte, ob es ihm wohl Freude bereiten würde, wenn sie ihm diese mitbrächte. Doch die Feder war bloß hübsch, machte ihr aber keine Freude und war auch nicht lustig, und so ließ sie sie wieder fallen.

Sie sahen die Schweine, die sich im Stall aneinanderdrängten, um sich zu wärmen. Charlotte dachte, ein Schweineschwanz sei vielleicht etwas so Heiteres, daß es einen Mann nach einer Operation zum Lachen brächte, und sie überlegte, ob sie darum bitten könnte, eine der Säue an eine Leine zu legen, so daß sie das Tier die gebohnerten Stufen hinauf und den Flur entlang zu Georges Schlafzimmer bringen könnte. Doch fand sie, daß die Schweine zu fett waren, ihr Leben zu kurz und ihr Benehmen zu schlecht, als daß sie George zum jetzigen Zeitpunkt trösten könnten. Außerdem sollte er sie nicht für ganz verrückt halten, bloß für ein bißchen einzigartig. Er sollte in ihr gerade soviel Unerwartetes antreffen, daß es sie unersetzlich machte.

Sie hatte keine Ahnung, wonach sie eigentlich suchte. Sie wußte, daß im Gebüsch ein im Winter blühender Kirschbaum stand, der im Dezember Knospen trieb. Vielleicht sollte sie einen Zweig dieses Baums auf Georges Tagesdecke legen? Doch als sie bei ihm ankam, sah er grau aus. Er hatte zwar winzige Knospen, doch waren diese noch geschlossen. Es war nichts Unterhaltsames daran.

Dann kamen sie zum Küchengarten, der hinter niedrigen Buchsbaumhecken angelegt war, und Charlotte sah Reihen von ausgegrabenem Stangensellerie, herausgezogene und zum Trocknen ausgelegte Zwiebeln, heruntergefallene und zu einem Mulch entfärbte Äpfel und Porree, der aussah wie kleine grüne Springbrunnen.

Als sie an einem Kohlbeet vorbeikamen, blieb Anne stehen und sagte: »Ich wußte gar nicht, daß George dies hier auf Cookham anbaut.«

»Was? Kohlköpfe? Die wachsen doch in jedem Garten, Mutter!«

»Nein«, erwiderte Anne. Sie blieb stehen und schlug die äußeren Blätter des Kohlkopfes zurück, und Charlotte sah nun, daß in seinem Innern nicht, wie erwartet, Kohlkopfblätter ineinandergriffen, sondern daß dort ein solides, cremefarbenes Gebilde war, das aussah wie ein dicker, fest zusammengebundener Strauß Gänseblümchen.

Sie blickte auf das seltsame Gemüse. Sie hatte immer den Trick der Natur geliebt, ein Ding in einem anderen zu verstecken, so daß man es sich gar nicht vorstellen konnte, solange man es nicht sah, wie beispielsweise eine polierte Kastanie in einer Schale.

»Stammt aus Frankreich«, erklärte Anne. »Sie nennen ihn dort *choux-fleurs*: Blumenkohl. Wie ich höre, ist er sehr delikat und gut.«

Das war es dann, was Charlotte George Middleton mitbrachte.

Er schlief, doch sie weckte ihn und legte ihm den Blumenkohl auf die Brust, wo er wie ein Babykopf hin und her schaukelte.

»Mama sagt...«, meinte Charlotte, »ich solle dir eine Suppe daraus kochen, doch mir gefällt er so besser.«

George Middleton setzte sich auf. Es kam ihm so vor, als habe sein Schmerz, wenn er sich nicht sehr irrt, seit dem Schlaf ein wenig nachgelassen, und ihm war ganz leicht ums Herz.

Er hielt sich den Blumenkohl an die Nase und lächelte Charlotte an. »Daisy«, sagte er, »dieses Ding hat aber einen teuflischen Geruch!« Und sie brachen beide in Lachen aus.

Zwei Briefe

Als sich Peter Claire schließlich hinsetzt, um Francesca O'Fingals Brief zu beantworten, wird ihm bewußt, daß seit seiner Abreise aus Irland ein Jahr vergangen ist. Er versucht sich die Veränderungen auf Cloyne vorzustellen: den leisen Wandel im Aussehen der Kinder, die Besuche am Grab ihres Vaters, Francescas Übernahme aller Pflichten auf dem Anwesen, ihr Tragen von Trauerkleidung, ihre Erkenntnis, daß ihr das Leben einen irritierenden Streich gespielt hat und sie einer unsicheren Zukunft entgegensieht.

Er möchte ihr sagen, daß er daran keinen Anteil haben kann, zögert aber, als er zum Federkiel greift. Er kann nicht etwas schreiben, was eigentlich ein Vorwurf ist, eine Herabsetzung ihrer Gefühle, weil er für Francesca – für ihren Wagemut und ihre Schönheit – nichts als Bewunderung empfindet. So hofft er, als er mit dem Brief beginnt, im weiteren Verlauf eine Formulierung zu finden, die ihr sagt – ohne daß er es ausdrücklich erklärt –, daß ihre Liebesaffäre vorbei ist.

Meine liebe Francesca,
Du kannst Dir nicht vorstellen, wie sehr mich die Mitteilung überrascht hat, daß Du mit Deinem Vater nach Dänemark kommen willst. Es ist geradeso, als könne ich mir Euer Transportmittel hierher nicht vorstellen, so lebhaft habe ich Euch in Irland vor Augen – oder auch in dem eleganten Bologna meiner Phantasie.

Laßt mich Euch ein wenig auf die Reise vorbereiten! Da jetzt wieder Winter ist, herrscht hier eine starke Kälte, die heftiger ist als alles, was ich je in Harwich oder auf Cloyne erlebt habe. Du und Signore Ponti sollet diese nicht zu leicht nehmen und in Pelze und Wollsachen gehüllt kommen. Ihr müßt wissen, daß es eine Kälte ist, an der man sterben kann.

Der König überwintert auf Schloß Frederiksborg (ein paar Meilen von Kopenhagen entfernt, in Hillerød), und ich werde versuchen zu erreichen, daß Ihr dort untergebracht werdet, da es ein riesiges Schloß mit unzähligen Zimmern ist. Es ist in der Tat so gewaltig, daß ich manchmal denke, wenn ich darin unterwegs bin, daß in den Mansarden unter den Kupferdächern vielleicht Menschenseelen wohnen, von denen ich gar nichts weiß...

Hier hält er inne. Die Erwähnung dieser kleinen, hohen Zimmer hat in ihm das Bild von Emilias Kammer auf Rosenborg mit ihrem am Schrank hängenden grauen Kleid und dem auf der Tagesdecke sitzenden gesprenkelten Huhn heraufbeschworen. Bei dieser Träumerei wallt in ihm eine solche Woge der Zärtlichkeit für sie auf, ein solches Sehnen, die Arme um sie zu legen, der stolze Versorger für graue Kleider, gackernde Hühner oder woran sonst ihr Herz hängt zu werden, daß er den Federkiel aus der Hand legt und mit leerem Blick auf die Wand sieht.

Es ist Nacht, er hört den Wind seufzen und spürt seine neue Einsamkeit, die ihm Emilias Schweigen auferlegt, ihre Abwesenheit, die kein Ende zu nehmen scheint. Es ist eine langsame Folter. Sein Spiel leidet darunter, und Jens Ingemann zankt nun zu Recht mit ihm wegen mangelnder Konzentration und nicht mit den Italienern. Jeden einzelnen Tag, wieder und wieder, betet er darum, daß seine Einsamkeit ein Ende nimmt. Er hat sich unzählige Male vorgestellt, wie der Postbote ihm Worte von Emilia bringt, die ihm in der kurzen Zeit, die er zum Lesen braucht, alle Last von der Seele nehmen.

Wie ist es möglich, fragt er sich, daß das menschliche Herz einer so absoluten Zuneigung verfallen und so schnell glücklich gemacht oder ins Elend gestürzt werden kann? Trauert das Rebhuhn um seinen verlorenen Gefährten? Empfindet ein Wolf, der vom Rudel ausgeschlossen wird, einen ähnlichen Kummer wie ein Mensch?

Peter Claire legt seinen Brief an Francesca beiseite und setzt zu schreiben an:

Oh, Emilia, Dein Schweigen ist gar nicht gut! Da kann ich mich noch so sehr bemühen, etwas Angenehmes darin zu entdecken: Es gelingt mir nicht. Es ruft in mir lediglich Disharmonie und Durcheinander hervor, so daß ich jetzt, in dieser Nacht, einen solchen Aufruhr in mir verspüre, daß ich mich fast frage, ob ich den Verstand verliere.

Ich flehe Dich an, mir zu schreiben! Es muß kein langer Brief sein. Sag mir bloß, daß ich Dich weiter als meine Liebste betrachten darf. Sag mir bloß, daß wir beide alles daransetzen werden, um im großen Schatten, den die Trennung des Königs von seiner Frau wirft, einen Weg zu finden, um eine gemeinsame Zukunft zustande zu bringen. Denn Du bist doch sicher nicht für immer bei Kirsten und ich nicht für immer beim König? Doch wie kann ich überhaupt auf eine solche Zukunft hoffen, wenn meine Briefe unbeantwortet bleiben?

Er beendet keinen der beiden Briefe. Ausdruckslos blickt er auf die Anfänge, die nebeneinander vor ihm liegen. Und dann geht er schlafen. Er hat derart wilde und wirre Träume, daß er sich am Morgen das Gesicht wäscht und so schnell wie möglich aus seinem Zimmer flieht, weil ihm der Gedanke an diese unerträglich ist.

Später am Tag, als es wieder dunkel wird und weitere Stunden ohne Nachricht von Emilia vergangen sind, unterschreibt er die wenigen Zeilen, die er an sie geschrieben hat, und versiegelt seinen Brief so, wie er ist. Er weiß, daß er bockig und knabenhaft ist, doch es ist ihm egal, und er drückt das Siegel mit einer Inbrunst ins heiße Wachs, die Zorn sehr nahe kommt.

Er legt den Brief zur Seite und greift nach einer Weile wieder zum Federkiel.

Francesca [schreibt er], ich muß Dich und Deinen Vater noch vor etwas anderem als der Kälte warnen, und zwar vor den Schwierigkeiten, in die der König in diesem Jahr, in dem ich bei ihm bin, geraten ist. Seine Frau ist nicht mehr hier, was allein es ihm schon sehr schwer ums Herz macht. Dazu kommt jedoch noch ein weiterer Jammer, und zwar der Geldmangel des Königs. Als ich ihm von Eurem Besuch erzählte und die großen Tugenden des in der Ponti-Fabrik in Bologna hergestellten Pergaments und Velins rühmte, machte er mir klar, daß es ihm unmöglich ist, Papier aus Italien zu kaufen, und ich bin sicher, daß ihm auch die Daler fehlen, um eine Papiermühle zu errichten, in der Signor Ponti die Fabrikation des schönen Papiers aus dänischen Tannen überwachen könnte.

Hieraus ersiehst Du, daß Eure beabsichtigte Reise hierher vergebens sein könnte und Dein Vater vielleicht mit leeren Händen nach Bologna zurückkehrt und Ihr so die ganzen Ausgaben umsonst haben werdet.

Natürlich würde ich mich freuen, Dich hier auf Frederiksborg zu sehen, möchte jedoch keinesfalls, daß Du Deine Kinder zurückläßt und Dein Vater seine Arbeit für eine Reise im Stich läßt, die Euch nicht bringt, was sich Euer Herz ersehnt.

Voller Zuneigung von Deinem Freund
Peter Claire

Diesen zweiten Brief liest Peter Claire mehrere Male, bevor er ihn verschließt. Ihm fällt auf, wie geschmeidig Worte sein können und daß sie manchmal in sich andere enthalten, die nirgendwo geschrieben stehen und dem Auge für immer unsichtbar bleiben, aber dennoch existieren.

Kirsten: Aus ihren privaten Papieren

Mein Baby ist auf den Namen Dorothea getauft worden.

Ihr Kopf ist von einer blonden Daune bedeckt, sie hat strahlende Augen, und ich werde nie vergessen, daß ich, als ich mit ihr niederkam, mitten in den Wehen eine Art Ekstase erlebte, wie noch nie zuvor mit meinen anderen Kindern. Bei denen erfuhr ich nur ungemilderten Schmerz, und auch seitdem hat mir jedes einzelne von ihnen viele Unannehmlichkeiten bereitet.

Ich versuche nun, Dorothea zu lieben. Ich bete jeden Tag darum, daß ich sie nicht lästig finde. Ich stelle jedoch fest, daß es *in der*

Natur von Babys liegt, alle um sich herum zu quälen. Sie sind schlimmer als Emilias Henne Gerda. Sie machen einen höllischen Lärm. Ihr Gestank ist fast unerträglich, denn sie spucken ständig Perlenfäden von Erbrochenem aus oder drücken, bis ihnen die Augen aus dem Kopf treten, ländliche Exkremente hervor. Sie reden reinen Unsinn. Beim geringsten Anlaß weinen oder schreien sie. Sie haben keine Zähne und keinen Verstand. Kurzum, es gibt wenig an ihnen, was in mir irgendein Gefühl der Liebe hervorrufen könnte, und es ist nun mal so, daß meine Zuneigung zu Dorothea einzig und allein auf der Tatsache beruht, daß sie Ottos Kind und daher ein Andenken an meinen Geliebten ist.

Da es mir unerträglich ist, ein Kind zu stillen, habe ich eine Amme eingestellt. Wenn Dorothea gefüttert und sauber ist und nicht spuckt, wiege ich sie schon mal in meinen Armen oder laufe mit ihr herum, damit man *sieht*, daß ich sie liebe. Meine Mutter hat zu mir gesagt: »Nun, Kirsten, ich hätte nie geglaubt, daß du jemals einem Baby von dir so viel Zuneigung entgegenbringen würdest«, worauf ich erwidert habe: »Nun, Mutter, wenn es mir an Zuneigung zu meinen Kindern fehlte, dann liegt das bestimmt an deinem Beispiel!«

Wenn sie so etwas hört, wird sie ganz giftig und murmelt lauter Anschuldigungen gegen mich und Beleidigungen über meinen Charakter. Doch ich erwidere, daß mich alles, was sie mir an den Kopf schleudern kann, völlig unberührt läßt. »Ich bin es *gewöhnt*«, erinnere ich sie, »*Beschimpfungen ausgesetzt zu sein*. Niemand am Hof ist je so brüskiert und verleumdet worden wie ich – und zwar häufig offen und mitten ins Gesicht –, so daß alles, was du gegen mich ans Licht zerren kannst, nur wie ein Floh ist, der einen Elefanten in die Haut stechen will, und mir überhaupt nichts ausmacht.«

Daraufhin ist sie still und schleicht sich davon.

In mir jedoch erwächst immer stärker der Wunsch, sie aus dem Haus zu werfen und mit Vibeke in die Wälder zu schicken, damit sie von den Wölfen gefressen werden.

Noch andere Dinge verschwören sich gegen mich, um mir Verdruß zu bereiten. Ja es gibt, als die Weihnachtszeit heranrückt, so elendiglich vieles, was dazu angetan ist, mich aufzubringen und zu erschrecken, daß ich feststellen muß, daß es kaum eine Stunde gibt, in der ich in Frieden mit der Welt und mir selbst lebe.

Zunächst einmal, und das ist das Schlimmste, habe ich keine Nachricht von dem englischen Lautenisten erhalten.

Ich warte Tag für Tag auf eine Antwort auf meinen Vorschlag, doch er geruht nicht, mir eine zu schicken. Entweder ist er Emilias schon überdrüssig, so daß es ihm egal ist, ob sie sein Brief erreicht oder nicht, oder aber er verachtet mich und weigert sich, bei meinem Plan mitzumachen, und hat den Brief dem König gezeigt, womit er mich in eine äußerst ernste und schreckliche Gefahr bringt.

Verflucht sei er! Verflucht sei seine Laute! Möge sein blondes Haar mit den letzten Winterblättern ausfallen und er seine ganze Schönheit verlieren!

Ich wage es nicht, ihm noch einmal zu schreiben, da jetzt, falls er meinen Brief dem König gezeigt hat, noch die Möglichkeit besteht, daß Seine Majestät aus Zuneigung zu mir und im Andenken an seine »herzallerliebste Maus« dieses eine unkluge Schreiben beiseite legt oder verbrennt und nichts gegen mich unternimmt. Wenn ich aber noch einmal um Dokumente bitte, mit denen ich mit König Gustav verhandeln kann, und dieser zweite Brief wird dem König auch vorgelegt, so daß dieser weiß, daß ich gegen ihn intrigiere, um zu meinem Geliebten zu kommen, nun, dann schickt er, glaube ich, Soldaten, um mich festzunehmen. Dann müßte ich meine verbleibenden Jahre in einem Verlies verbringen oder würde als Hexe oder Spionin verbrannt.

Was kann ich tun?

Immer wenn mir klar wird, daß ich keine Mittel habe (jedenfalls keine, die ich erkenne), um wieder mit Otto vereint zu werden, raufe ich mir die Haare und grabe mir die Nägel ins Fleisch, als wolle ich mich zerfetzen und ihm dann jedes Stück einzeln schicken. Nur Emilia, die mich dann zu halten und beruhigen versucht, hindert mich daran, mir die Nägel auszureißen und die Wangen zu zerfurchen, und ich wüßte nicht, wie viele Verletzungen ich mittlerweile davongetragen hätte, wenn sie nicht wäre. In meinen Träumen bin ich tot und liege in einem kalten Grab in Finnland. Schnee und Eis bedecken es, bis man es nicht mehr sieht. Und die Jahreszeiten lösen einander ab, und Sommer wie Winter kommt niemand in seine Nähe.

Um meine Angst zu beschwichtigen, habe ich gestern beschlossen, dem König zu schreiben.

Wenn seine Antwort liebenswürdig ist, dann weiß ich, daß ich mich sicher fühlen kann und keine Soldaten geschickt werden, um mich abzuholen. Ist sie nicht freundlich oder erhalte ich gar keine, dann muß ich mir überlegen, ob ich nicht mit Emilia fliehen und ein Versteck aufsuchen soll, wo mich niemand findet.

Ich habe meinem Mann von Dorotheas Geburt berichtet – »Dein süßes Kind« – und ihn gefragt, welche weiteren Namen er ihr gern geben möchte. Ich habe behauptet, sie hätte dunkle Haare. Ich habe ihm geschrieben, sie schreie wie »eine liebe Taube« und werde ihm immer ähnlicher.

Unter all diese Lügen habe ich die Bitte gemischt, mir etwas Geld für Dorotheas Betreuung zu schicken (vielleicht hilft mir das ja, eine Vereinbarung mit König Gustav zu treffen?) sowie, worum ich früher schon einmal gebeten hatte, meine beiden Sklaven Samuel und Emmanuel.

Meine einzige Hoffnung, bei Verstand zu bleiben, liegt nun darin, etwas Spaß mit diesen schwarzen Knaben zu haben. Ich bin nach Dorotheas Geburt noch immer schrecklich fett und finde das widerwärtig, und die Pfunde weigern sich hartnäckig, mich zu verlassen, sondern sitzen fest auf meiner Taille und meinem Bauch, so daß mein ganzes, einst schönes Fleisch nun langsam in Falten zur Erde fällt. Doch was das angeht, denke ich, daß es Sklaven nicht zusteht, Kritik am Körper ihrer Herrin zu üben oder so etwas wie Herabhängen überhaupt zu bemerken. Sie müssen tun, was ich von ihnen verlange, und damit hat sich's. Ich hätte etwas Vergnügen mit ihnen, und vielleicht geht ja dann alles ein bißchen besser.

Für den Fall, daß doch nicht alles bessergeht und ich des Verrats angeklagt oder beschuldigt und für den Rest meiner Tage ins Gefängnis geworfen werde, habe ich vom Apotheker meiner Mutter – zu einem entsetzlich hohen Preis – ein Fläschchen Gift gekauft.

Es ist ein weißes Pulver.

Ich zeige es Emilia und sage ihr, daß es meine Todesphiole ist.

Sie blickt darauf, dann sieht sie mich an, dann wieder auf das Fläschchen. »Madam«, sagt sie »werden wir sterben?«

Ich streiche ihr übers Haar. »Emilia«, sage ich, »ich bin nicht die Kleopatra der Statue, die von ihren ganzen Frauen verlangt hat, sich die Natter an die Brust zu legen. Sollte ich dies hier je verwenden, dann allein. Also sei nicht so dumm, etwas anderes zu glauben.«

Und dann sehe ich eine einsame Träne aus Emilias Auge tropfen. Ich weiß, daß sie diese nicht nur beim Gedanken an meinen Tod weint, sondern auch, weil sie sich von Peter Claire verraten fühlt, und einen Augenblick lang bereue ich, seinen Brief gestohlen zu haben, denn ich sehe, daß sie leidet. Sie wird ganz dünn, und ihr Haar, das früher glänzte, ist jetzt stumpf, und ihre Wangen sind blaß.

Ich kann ihr den Brief aber nicht geben. Ja, sollte noch einer eintreffen, dann muß ich auch diesen abfangen. Mir tut es leid, daß sie einen solchen Schmerz empfindet, doch ich bin mir sicher, daß ihr Kummer nichts im Vergleich zu meinem ist. Ich kann wirklich nicht anders handeln, als ich es geplant habe, und darf mich keinen sentimentalen Gefühlen hingeben, denn Emilia ist mein allereinziger Trost, und wenn sie mich verläßt, weiß ich nicht, was ich tun soll.

»Emilia«, sage ich, »du mußt deinen Musiker vergessen, und ich erkläre dir auch, warum.« Und dann gehe ich in mein Boudoir und hole endlich die Sätze, die ich von dem in Peter Claires Zimmer gefundenen Brief abgeschrieben habe. Ich gebe ihr das Blatt, und sie liest es.

Sie rührt sich nicht und blickt nicht auf, sondern steht einfach nur da und liest, als sei das Papier viele tausend Wörter lang und sie komme nicht zum Ende, sondern müsse immer weiter- und immer weiterlesen, bis das Licht am Fenster verschwindet und die Eulen zu rufen beginnen. Daher nehme ich es ihr wieder aus der Hand; sie steht immer noch da, als stehe sie unter einem Bann und könne sich nicht mehr bewegen.

Ich lasse das Papier fallen und versuche, die Arme um sie zu legen und sie zu trösten, wie sie mich immer tröstet, doch sie ist ganz steif und starr in meiner Umarmung, und dann wendet sie sich wortlos von mir ab und geht die Treppe hinauf.

Ich lasse eine kleine Weile verstreichen.

Dann gehe ich zu ihrem Zimmer und klopfe an, als sei sie meine Herrin und ich ihre Frau.

Sie ruft, ich solle hereinkommen, und ich sehe sie mit dem Huhn Gerda auf dem Schoß am Fenster sitzen. Sie streichelt das Tier, und das einzige Geräusch im Zimmer ist dessen Lärm, ein leises Murmeln, das ein wenig Ähnlichkeit mit dem Schnurren einer Katze hat.

»Emilia«, sage ich. »Alle Männer sind Lügner. Ich kenne nicht einen – einschließlich Otto, der mir auch mehr versprochen hat, als er mir je geben konnte –, der nicht perfide ist. Denk nur an die Art und Weise, wie dich dein Vater behandelt hat, und an die Grausamkeiten, die mir der König zugefügt hat! Und deshalb leben wir jetzt ganz ohne sie! Wir bleiben, was wir sind: ein Frauenhaushalt. Kein Mann soll je wieder über unsere Schwelle kommen. Und ich möchte behaupten, daß wir dann glücklicher denn je sein werden.«

Sie antwortet nicht.

Ich schenke ihr ein Gläschen Fruchtlikör ein, doch sie schiebt es zur Seite.

Ich warte schweigend, und das Huhn macht weiter seine Geräusche, während Emilia mit ihren kleinen Händen seine Nacken- und Rückenfedern streichelt. Ich denke, daß ich noch nie ohne zu sprechen in einem Zimmer gesessen und einem Huhn zugehört habe, und ich muß mir die Hand vor den Mund halten, um nicht in Lachen auszubrechen.

Schließlich sagt Emilia: »Ich werde versuchen, alles zu vergessen. Nur Marcus nicht. Wann fahren wir noch einmal nach Århus?«

Ich trinke den Fruchtlikör selbst. Beim Gedanken an eine weitere kalte Fahrt in einer Kutsche wird mir ganz übel. Ich gieße mir noch etwas Fruchtlikör ein und nehme ihn auch zu mir. Dann verspreche ich Emilia, daß wir noch vor Weihnachten nach Århus fahren, um uns auf die Suche nach Herrn Haas zu machen. »Und wir holen Marcus heraus«, sage ich, »und dann ist er der einzige Mann in unserem Haushalt.«

Bei all diesen traurigen Dingen bereitet mir wenigstens eine Sache etwas Vergnügen. Die Frau meiner Mutter, Vibeke, meine frühere Frau für den Körper, erscheint seit neuestem bei Tisch und zu anderen Zeiten prächtig geschmückt und in teuren Kleidern, als sei sie die Königin von Dänemark.

Diese Kleider sitzen sehr eng, weil sie in Wirklichkeit so dick wie ich ist und ihre Gefräßigkeit nur alle sieben Wochen unter Kontrolle halten kann. Ich sehe jedoch, daß sie glaubt, nun wegen all der Rüschen, Schleifen, steifen Unterröcke und Samteinsätze eine Frau von exquisiter Schönheit zu sein. Sie scheint zu denken, die Kleider hätten ihr bäurisches Gesicht verwandelt. Das löst in mir Heiterkeit aus und läßt mich für einen Augenblick – wenn ich so beobachte, wie Vibeke wie die Zarin ganz Rußlands herumstolziert – meine vielen Sorgen und Befürchtungen vergessen.

»Vibeke«, sage ich einmal beim Abendessen zu ihr, als sie am Tisch in Goldstickerei schimmert, »wie hast du nur deine außergewöhnlichen neuen Kreationen herbeigezaubert?«

Sie blickt hastig auf meine Mutter.

»Vibeke hatte nur sehr wenige Kleider«, meint diese. »Und so ließ ich ein paar neue anfertigen.« Doch dann sieht sie weg, als schäme sie sich eines heimlichen Plans, den ich nicht aufdecken soll.

»Wie großzügig von dir!« rufe ich aus. »Da sie dich sehr viel gekostet haben müssen, ist es bloß eine Schande, daß sie mindestens eine Größe zu klein sind.«

Sie und Vibeke bekommen einen gequälten Gesichtsausdruck, und beim Anblick dieses kleinen, erkennbaren Leidens, das sie zu verbergen trachten, aber nicht können, wird es mir unerwartet froh ums Herz, was mehrere Stunden lang anhält.

Was ist Wirklichkeit?

Mit den Silber- und Golddalern, die aus dem geschmolzenen Tafelsilber und -gold geprägt worden sind, konnte König Christian die Fertigstellung und Ausstattung von drei Walfängern bezahlen. Er sagt sich, das Blatt werde sich für Dänemark wenden, wenn die Riesen der Tiefe gefunden werden.

Nachdem er seine Münzen wieder und wieder gezählt hat, schickt er dem Prediger Martin Møller im Tal des *Isfoss* etwas Geld und teilt ihm mit: *... eine neue Gruppe von Spezialisten, die bessere Kenntnisse haben als diejenigen, die uns letztesmal begleiteten, wird nächstes Jahr eintreffen und die Mine wieder öffnen, so daß das Silber endlich herausgeholt wird.*

Diesmal will der König sein Vertrauen in russische Ingenieure setzen. Er glaubt, jene Dänen, die er einst Genies der Mine nannte, verloren ihr Leben, *weil ihr Genie für die Aufgabe nicht ausreichte.* Nun sagt ihm sein Kanzler, nur in Rußland »begreift man das Geheimnis des Silbers«. Man begreife es dort, weil Generationen von Zaren es so gewollt haben, so daß die Russen Kuppeln, Türme und ganze Räume aus Silber besitzen. Sie haben Kleider und Mäntel aus Silberfäden gesponnen. Sie leben in einem versilberten Universum. Gleich nach Gott schenken sie ihr Vertrauen dem Silber.

So sind schon jetzt Männer auf dem Landweg in Schlitten und Schneeschuhen vom Tausende von Meilen entfernten Gebirge des Sajan unterwegs, um im Frühjahr in Dänemark einzutreffen. Wenn der Wasserfall vom *Isfoss* dann wieder zu fließen beginnt, werden sie ins Numedal gebracht und die Mine mit ihrem Wissen zu neuem Leben erwecken.

Der König schreibt an Martin Møller:

Es muß jetzt nur noch das Sprachproblem gelöst werden. Wenn Ihr selbst, aus Loyalität zu Euren Leuten und mir, dem König, eine Möglichkeit findet, die russische Sprache zu erlernen, dann könnt Ihr, wenn diese Männer eintreffen – und nicht von eisigen Winden zum Himmel getragen oder bei lebendigem Leibe in einem Schneetreiben begraben werden –, nun, dann könnt Ihr dolmetschen, was sie sagen, und den Bergleuten, die man im Umkreis anheuern kann, Anweisungen erteilen. Meine ewige Dankbarkeit wäre Euch gewiß.

Wenn König Christian jetzt auch ein paar Daler fest verschlossen in seiner Schatzkammer hält und seine Wal- und neue Silberstrategie langsam Gestalt annimmt, so überlegt er doch, daß er noch mehr Geld braucht, und er wird den Gedanken nicht los, daß auf Kronborg, unter den Prachtsälen seiner Mutter, ein so gewaltiger

Schatz verborgen ist, daß er, wenn er nur an ihn herankäme, auf einen Schlag vom Joch der Armut erlöst wäre.

Früh am Morgen, bevor es ganz hell ist, trifft der König auf Kronborg ein.

Königin Sofie, deren Gesicht sich noch nicht wieder gefaßt hat, um nach einer unruhigen Nacht dem Tag entgegenzusehen, sitzt neben einem silbernen Samowar und trinkt Tee. Ihre grauen Haarflechten haben weder Spannkraft noch Glanz und wirken fast so, als wüchsen sie ihr nicht aus dem Kopf, sondern seien mittels Nadeln an diesem befestigt. Christian überlegt, daß sie alt und einsam ist und in Ruhe gelassen werden sollte, und ein paar Augenblicke lang ist er unsicher.

Dann gähnt er, als sei er so müde wie sie und habe die Reise nur widerwillig gemacht, und meint: »Mutter, ich bin hier, weil es an der Zeit ist, daß ein jeder von uns Opfer für Dänemark bringt. Daher ist jetzt auch der Augenblick gekommen, dich von deinem Schatz zu befreien, den du wirklich nicht mehr brauchst.«

Sie nippt an ihrem Tee. Ihr Gesicht verrät nichts. Ihre Hände zittern nicht, als sie die Tasse hochhält. »Das Gerücht von meinem ›Schatz‹«, sagt sie, »hat deine Frau erfunden und in die Welt gesetzt. Ich habe nichts. Ich lebe vom Fisch aus dem Sund. Es überrascht mich, daß du nicht mehr Talent dafür hast, Kirstens Verleumdungen zu erkennen, denn du bist ihnen doch sehr oft selbst zum Opfer gefallen.«

Wenn es dem König auch lieber wäre, wenn Kirsten nicht erwähnt würde, wenn ihr Name und ihr Benehmen bei allen stillschweigend in Vergessenheit geriete, so gelingt es ihm doch, den kleinen Anfall von Qual, den diese Bemerkung hervorruft, zu unterdrücken und ruhig zu sagen: »Ich weiß, daß es auf Kronborg Gold gibt. Wenn du mir zeigst, wo du es aufbewahrst, nehme ich nur, was nötig ist – für meine Walfänger, meine neue Expedition zur Silbermine und für meine unfertigen Gebäude in Kopenhagen –, und lasse dir genug für dein weiteres Leben.«

Königin Sofie möchte gern sagen, daß »genug« niemand außer ihr selbst ermessen kann. »Genug« wird als etwas Endliches angesehen, ist es aber nicht. »Genug« ist ein Berg, dessen Gipfel niemals erklommen werden kann.

Doch sie bewahrt Schweigen. Sie faßt an den Samowar, um festzustellen, ob er noch warm ist, und sagt dann: »Ich habe wohl Möbel und Bilder. Und Wandteppiche. Bist du darauf aus, diese zu stehlen?«

»Nein«, seufzt Christian.

»Was dann? Löffel? Fächer? Meinen Schmuck?«

König Christian steht auf. »Ich habe Männer mitgebracht«, sagt er. »Wir durchsuchen deine Gewölbe.«

»Aha, die Gewölbe«, antwortet Königin Sofie. »Du willst mir meinen Wein wegnehmen?«

Es ist dunkel in den Gewölben. Diese Dunkelheit ist beabsichtigt.

Die Männer halten ihre Fackeln hoch, und der König geht langsam umher, untersucht die Weinfässer auf ihren Böcken, von denen es sehr viele gibt. Er bleibt aufs Geratewohl stehen und läßt erst den einen, dann den anderen Hahn aufdrehen, um zu sehen, ob wirklich Wein herausfließt, und so tritt der Geruch des Weins allmählich in Wettstreit mit dem der Feuchtigkeit und des Teers.

Er bleibt wieder stehen, nimmt selbst eine Fackel in die Hand, als könne nur er persönlich das beleuchten, was seiner Meinung nach dasein muß. Er blickt auf den Boden. Dieser hat eine dicke Staub- und Rußschicht, so daß die Steine schwarz aussehen. Er sucht nach einer Falltür im Boden – so wie er sie auf Rosenborg im *Vinterstue* hat –, die noch tiefer in den Stein hineinführt, auf dem Kronborg errichtet ist, doch im ganzen Keller ist nichts zu entdecken.

Er setzt sich auf ein Weinfaß. Zum erstenmal fragt er sich, ob die Geschichte vom Schatz der Königinwitwe nicht wirklich einfach eine weitere der Unwahrheiten war, mit denen es Kirsten beliebte, ihn zu verspotten. Er schickt seine Männer weg, um den Rest des Schlosses zu durchsuchen, bezweifelt aber, daß sie den Schatz in einem Schlafzimmer oder Schrank versteckt finden werden, und weist sie an, keine allzu große Unordnung in den Räumen zu machen.

Er schweigt, das Fackellicht wärmt ihn, er blickt sich um und ist sich seines eigenen Schattens an der Wand bewußt. Er hat das in der Tiefe liegende Gold hundertmal vor sich gesehen – seinen Glanz, seinen wunderbaren Anblick, seine Solidität. Doch es ist nichts da: nur der Staub der Jahre und ein Weinvorrat, der schon zu lange in den alten Fässern lagert.

Als ihn die Kutsche nach Frederiksborg zurückbringt, denkt er darüber nach, wie die Lügen seiner Frau und seiner Mutter all die Jahre miteinander im Wettstreit lagen, um ihn zu verwirren und zu umgarnen, so daß er bei sehr vielen Angelegenheiten nicht mehr weiß, was Wirklichkeit und was Illusion ist.

Die stehengebliebene Uhr

Am Heiligabend sagt Kirsten zu Emilia: »Ich glaube, ich stelle für Sankt Nikolaus einen Schuh vor die Tür, damit er ihn füllen kann. Erwachsene haben Geschenke viel nötiger als Kinder, und ich weiß wirklich nicht, warum das nicht mehr anerkannt wird. Ich bitte den Heiligen, mir Otto zu bringen.«

Die beiden Frauen lachen darüber, und dann verkündet Kirsten, daß sie sich ins Bett zurückziehen will, um den Nachmittag mit Dösen und Träumen zu verbringen, und Emilia bleibt allein zurück.

Es ist ein grauer und kalter Tag. Emilia zieht sich einen Mantel an und fragt Ellen, ob sie ein Pferd für einen Ausritt im Park nehmen dürfe. Ellen und Vibeke spielen Karten, und Ellen blickt kaum auf, als sie erwidert: »Nimm den Grauschimmel! Die anderen sind zu kräftig für dich. Du bist dran, Vibeke!«

Emilias Stimmung hebt sich schon, als sie das Pferd besteigt. Sie spornt den Grauschimmel zu einem hübschen Trab an und spürt, wie ihr das Blut in die Wangen steigt. Sie stellt sich den Tag vor, an dem sie für immer von Boller wegreiten wird, weit weg von den Obstgärten der Tilsens. Und am Ende ihrer Reise wartet ihr Geliebter auf sie...

Denn trotz Peter Claires Schweigen, trotz ihres Wissens um seine frühere Liaison mit der Gräfin O'Fingal hält etwas in Emilia hartnäckig an dem Glauben fest, daß er sie liebt. Seine Liebe hat sie einfach noch nicht erreicht, das ist alles. Und zwar hat sie sie nicht erreicht, weil sie irgendwie *anderswo eingesperrt* ist. Sie kann nicht unbedingt sagen, wo dieses »Anderswo« sein könnte. In letzter Zeit stellt sie sich vor, es sei der Keller von Rosenborg, der jetzt, weil der König nach Frederiksborg gezogen ist, verwaist ist, aber in seiner Dunkelheit Worte und Gedanken verbirgt, die eines Tages wieder geäußert werden. Nach und nach wird der Keller in ihrer Phantasie immer weniger ein Keller und immer mehr eine Kammer im Herzen des Lautenisten.

Sie weiß, daß all dies wunderlich und kapriziös ist. Sie weiß, daß es zu der Seite ihrer Natur gehört, die sie mit Marcus teilt – zu ihrer Neigung zum Träumen und Erfinden – und der ihr Vater mit Mißtrauen und Furcht gegenübersteht. Zum hundertstenmal in ihrem kurzen Leben wünscht sich Emilia, ihre Mutter wäre bei ihr. Mit Karens Hilfe würde sie wissen, was sie glauben, ignorieren oder vergessen sollte.

Emilia reitet mit dem Grauschimmel in den Wald, der entlang der Grenze zu Johann Tilsens Land verläuft.

Sie zügelt das Pony und steigt ab. Dann führt sie es unter den Buchen und Eichen weiter, bis sie zu dem Zaun kommt, der die beiden Anwesen trennt. Sie muß nicht überlegen, denn sie weiß genau, wo sie ist. Sie bindet das Pferd an den Zaun und klettert hinüber.

Es ist, als haben sie die Gedanken an Karen hierhergeführt, ja, als sei Karen bei ihr und beschütze sie oder mache sie unsichtbar, so daß sie von Johann, Ingmar oder Magdalena, wenn diese vorbeigeritten kämen, nicht gesehen würde.

Emilia geht zum Fuß des Baums, wo ihr Karen vor langer Zeit einmal einen im Boden vergrabenen Gegenstand gezeigt hatte. Sie findet einen Feuerstein, den sie als kleine Schaufel verwenden kann, kniet nieder und beginnt zwischen den heruntergefallenen Blättern und Bucheckerschalen zu graben, tief in die nach früheren Jahreszeiten duftende, torfige Erde, bis ihre Hände etwas Festes und Hartes berühren.

Nun gräbt sie vorsichtiger und langsamer weiter. Am Rande nimmt sie wahr, daß es durch die Überdachung der kahlen Äste über ihr leicht zu schneien beginnt, beachtet es aber nicht weiter. Ihre Knie werden feucht. Am Zaun zum Boller-Anwesen schreien Fasane, und Saatkrähen krächzen und kreisen über ihren Stangen. Das Gefühl, daß Karen sie beschützt und jetzt über das, was sie tut, lächelt, ist so stark, daß sie fast erwartet, ihre in die Welt zurückgekehrte Mutter zu sehen, wenn sie den Kopf hebt.

Emilia holt den Gegenstand heraus, der etwa die Größe und das Gewicht eines Ziegelsteins hat. Wie eine Haut klebt die feuchte Erde um ihn herum. Sie muß sie mit den Nägeln abkratzen. Und dann sieht sie Zahl um Zahl ein Zifferblatt auftauchen: ein Gehäuse aus einst glänzendem Messing, römische Ziffern aus schwarzem Email auf weißem Grund. Und sie erinnert sich...

Sie ist vier oder fünf Jahre alt. Karen gräbt das Loch am Fuße des Baums. Sie spricht über die Zeit. Sie sagt, Emilia sei noch zu klein, um es zu verstehen. Und dann nimmt sie die Uhr und dreht an den Zeigern. Sie zeigt Emilia, wo sie stehen, und erklärt: »Das ist die Zeit, die sie immer anzeigen wird.«

Die Uhr kommt in das Loch, und Emilia und Karen schaufeln mit den Händen Erde darüber, dann Blätter und Schalen, und sie wird unsichtbar...

Emilia blickt auf die Uhr. Sie steht auf zehn Minuten nach sieben. *Das ist die Zeit, die sie immer anzeigen wird.* Doch was bedeutet sie? Was geschah um zehn Minuten nach sieben, daß es für Karen so wichtig war, daß sie eine wertvolle Uhr im Buchenwald vergrub?

Emilia säubert das Zifferblatt weiter mit welken Blättern, um das Glas ein wenig zum Glänzen zu bringen. Und erst jetzt, als sie merkt, daß ihr bei ihrer Aufgabe ein bißchen unerwartete Feuchtigkeit zu Hilfe kommt, fällt ihr auf, daß es heftiger schneit und der Waldboden allmählich von einer dünnen weißen Decke überzogen wird.

Sie steht auf. Sie schwankt zwischen zwei Möglichkeiten: die Uhr mitzunehmen und zusammen mit ihren wenigen anderen Besitztümern aufzuheben oder sie in die Erde zurückzulegen. Sie kann sich nicht entschließen, und es ist, als wolle sie der nun stärker fallende Schnee warnen, daß sie sich beeilen, die Uhr entweder zurücklegen oder mitnehmen müsse. Auf jeden Fall aber müßte sie sich auf dem Boller-Anwesen auf der anderen Seite des Zauns in Sicherheit bringen, ihr Pony nehmen und zurückreiten, bevor die Dunkelheit hereinbricht und sie im Schnee und schwächer werdenden Licht nicht mehr zurückfindet.

In diesen rasch vorbeieilenden Augenblicken der Unentschlossenheit hört sie ein Geräusch hinter sich. Zunächst dreht sie sich nicht um, weil es so schwach ist, *fast überhaupt nicht da*, so daß sie es zwar einerseits bemerkt, andererseits aber auch nicht, weil sie so mit der Uhr und deren Bedeutung beschäftigt ist, daß die Geräusche des Waldes keine Unmittelbarkeit für sie haben.

Es ist ein Flüstern.

Sie hat keine Schritte, kein Rascheln von Laub und kein Knacken von Zweigen gehört.

Emilia dreht sich um. Die Uhr hält sie an die Brust gedrückt. Was ihr wie Ticken vorkommt, ist ihr eigenes Herz.

Jemand flüstert ihren Namen. *Emilia*.

Doch sie ist allein mit den großen Bäumen, dem Schnee und dem zaudernden Licht. Nichts bewegt sich.

In einiger Entfernung hört sie den Grauschimmel wiehern. Doch sie bleibt noch einen Augenblick, versucht das Dunkel des Waldes mit Blicken zu durchdringen, hält die Uhr umklammert, die sie mitnehmen wird, ja, jetzt bestimmt, weil es etwas ist, worum sie sich kümmern, was sie festhalten kann. Es ist die Uhr ihrer Mutter, jedoch für sie bestimmt, weil sonst niemand wußte, daß sie hier...

Emilia.

Und dann bewegt sich etwas. Hinter einem der prächtigen Buchenstämme kriecht eine dünne Gestalt hervor. Sie läuft auf sie zu. Sie ist so klein und leicht, daß sie völlig geräuschlos und ohne auf dem Boden Spuren zu hinterlassen zu ihr zu kommen scheint. Es ist Marcus.

Emilia setzt Marcus auf das Pferd und wickelt ihn in ihren Umhang. Mit dem Steigbügelriemen befestigt sie die Uhr am Sattel, und dann reiten sie sehr langsam – um sich und die Uhr vor einem Sturz zu bewahren – nach Boller zurück. Es schneit noch immer, und der Park liegt jetzt schon unter einer dicken weißen Decke.

Emilia spricht mit Marcus, sagt ihm, er sei nun in Sicherheit, was immer er erlitten habe, sei vorbei, er müsse nicht wieder zu Herrn Haas in Århus oder eine andere Besserungsanstalt, er komme jetzt nach Boller, um Kirsten, die kleine Dorothea und das gesprenkelte Huhn Gerda kennenzulernen...

Doch Marcus antwortet nicht. Er sagt mit seiner kleinen Flüsterstimme Emilias Namen, immer und immer wieder, aber das ist alles. Er klammert sich an die Mähne des Pferdes.

Als es dunkler wird, blickt sich Emilia ab und zu um, halb in der Erwartung, in den rasch zunehmenden Schatten ihren sie verfolgenden Vater zu sehen. Einmal glaubt sie ihn zu hören – sein großes Pferd, den Schlag seiner Peitsche, seinen flatternden Umhang, seinen Atem in der kalten Luft – und treibt den Grauschimmel zum Galopp an. Doch dann verschwinden die Geräusche wieder, und nur noch die Schreie der Saatkrähen und das dumpfe Dröhnen der Pferdehufe sind zu hören. »Es ist wunderschön auf Boller«, flüstert sie. »Im Garten sind Teiche mit bunten Fischen, und in der Speisekammer sind zweihundert Töpfe Marmelade.«

Als sie ankommen, liegt Kirsten noch im Bett, bittet Emilia aber herein. Mit belegter Stimme, als habe sie getrunken, sagt sie, sie habe mit der magischen Feder eines deutschen Hexenmeisters gespielt. »Stell dir vor«, meint sie, »daß man sein ganzes Vergnügen jetzt von einer Feder bekommen muß!«

Emilia führt Marcus an der Hand zu Kirsten hinüber. Diese sieht ihn mit großen Augen über ihrem bestickten Bettuch mit den daraufgehäuften Fellen an. »Er ist ein Gespenst, Emilia!« sagt sie. »Sie haben ein Gespenst aus ihm gemacht.«

Marcus hat wie Emilia ein herzförmiges, blasses Gesicht, doch es ist so dünn wie das eines Almosenempfängers. Seine grauen Augen wandern durchs Zimmer, zu Kirsten, dann wieder von ihr weg, zu ihren Bettvorhängen, zu ihrer an einem Schrank aufgehängten Kleidung und dem in ihrem Kamin brennenden Feuer.

»Marcus«, erklärt Emilia freundlich, »das ist die Frau des Königs, Lady Kirsten. Machst du eine Verbeugung vor ihr?«

Emilia spürt, daß er am ganzen Körper zittert. Er hält ihre Hand fester.

»Nun«, sagt Kirsten, die mit der schwarzen Feder noch immer ihre vollen Lippen liebkost, »wir sind jetzt nicht am Hof! Gott sei Dank! Nur Narren verbeugen sich. Doch wo ist deine Katze, Marcus? Wo ist Otto?«

Bei dem Wort »Otto« blickt sich Marcus um, als könne der Kater im Zimmer sein. Als er ihn nicht findet, schüttelt er den Kopf.

»Ist der arme Knabe von Århus weggelaufen?« fragt Kirsten Emilia. »Wie hat er denn den weiten Weg zurückgelegt?«
»Ich weiß es nicht«, erwidert Emilia. »Ob er gar nicht dort war?«
»Gar nicht dort? Oh, mein Gott, Emilia, hast du dir schon mal überlegt, wie zum Teufel wir mit ihren unzähligen Täuschungsmanövern fertig werden sollen?«
Kirsten steigt nun in ihren Unterröcken und mit ihren nackten Beinen aus dem zerwühlten Bett und beginnt ihr wildes Haar zu bürsten. »Darüber hast du dir nicht genügend Gedanken gemacht!« meint sie ärgerlich. »Doch zu deinem Glück beginnt jetzt mein Verstand wieder zu arbeiten. Zunächst einmal brauchen wir die Mitarbeit von meiner Mutter und Vibeke und den anderen dämlichen Bediensteten. Sie müssen uns unterstützen – in allem, was ich in die Wege leite –, wenn nicht dein Vater kommen und uns den Knaben wegschnappen soll.«
»Ich nehme an, daß er es versuchen wird«, meint Emilia. »Es sei denn...«
»Es sei denn was?«
»Es sei denn, er hält es für einen Segen: auch das letzte meiner Mutter weg...«
»Ich glaube, darauf sollten wir uns nicht verlassen. Nun denn! Du mußt genau das tun, was ich dir sage, Emilia. Marcus schläft auf einer Liege in deinem Zimmer, und wenn du ihn auf Boller behalten willst, darfst du das arme kleine Gespenst nicht aus den Augen lassen!«

Marcus sieht zu, als die Matratze und Kissen auf die Liege gelegt werden. Dann setzt er sich auf den Boden und zieht seine Schuhe aus. Seine kleinen Füße sind rot und schmutzig. Er zieht noch sein braunes Wams aus, geht zum Bett und klettert hinein.
»Marcus«, sagt Emilia, »es ist jetzt keine Schlafenszeit. Nachher bekommst du noch ein Abendessen.«
Doch er hört nicht hin. Er legt sich in sein kleines Bett und starrt zur Decke. »*Emilia*«, flüstert er wieder, »*Emilia!*«

Die Gedanken von Marcus Tilsen, fünf Jahre alt, am Heiligabend

Magdalena hat gesagt wenn du gut bist kommen die Engel und füllen deine Schuhe mit goldenen Knöpfen wenn du schläfst aber wenn du wach bist und sie siehst dann fliegen sie sofort weg und dann ist am Morgen nichts da nur deine leeren Schuhe und was für ein Jammer ist das dann.

Ich bin in den Wald gegangen um zu sehen ob die Engel dort warten und ihre Flügel unter den Bäumen trocknen und warten um zu mir zu fliegen ich versteckte mich zwischen den Bäumen und rief Engel bist du da aber nicht laut damit es mein Vater nicht hört.

Mein Vater sagt immer Marcus deine Angewohnheit von zu Hause wegzulaufen und wir wissen nicht wohin oder wann ist sehr böse und eines Tages gehst du verloren und wir wissen nicht wie wir dich finden sollen und was soll dann aus dir werden.

Er weiß nicht daß es im Wald Stimmen gibt sie sind überall in den Blättern und im Wind.

Ich sagte wo sind die Engel mit ihren nassen Flügeln und die Stimmen sagten warte und verstecke dich und sei mucksmäuschenstill Marcus leg deine Arme um den Stamm einer Buche und beweg dich nicht und dann siehst du sie und ich sagte kommen sie in der Nacht und füllen meine Schuhe mit Goldknöpfen und die Stimmen sagten sie wissen es nicht.

Der Schnee begann zu fallen einmal habe ich meinen Vater gefragt wo er aufbewahrt wird wenn er nicht fällt und er hat gesagt du siehst die Welt nicht richtig Marcus trotz meiner Mühe dir etwas beizubringen und das macht mich sehr zornig.

Der Engel trug einen grauen Umhang und grub in der Erde und dann drehte er sich zu mir um und die Stimmen sagten das ist kein Engel das ist Emilia sie hat dir Boten von weit her geschickt um dich zu finden doch sie sind nie angekommen doch nun hat sie dich gefunden und du kannst zu ihr hinrennen und sie bringt dich dann fort von Magdalena der Hexe und du kommst nicht mehr zurück du kommst nie wieder zurück nie wieder zurück.

Meine Katze Otto ist dortgeblieben.

Ich bin im Bett in Emilias Zimmer und meine Schuhe stehen draußen vor der Tür für die Engel und Emilia sitzt neben mir und flüstert wo sind deine ganzen Wörter hingegangen Marcus sind sie in den Himmel gegangen direkt in den schwarzen Himmel über den Schneewolken oder hast du sie im Wald gelassen wie sollen wir sie nur wiederfinden und ich hebe die Arme und berühre ihre Haare und sie singt mir ein Lied über den Schnee vor.

Draußen im Gang kommen die Engel an ich kann sie hören sie sind nicht so leise wie sie sein sollten sie lachen als sie meine Schuhe füllen und ihre Flügel streifen die Wände.

Magdalenas Weihnachtsgeschenk

Johann Tilsen und seine Söhne suchten bis Mitternacht in der Dunkelheit nach Marcus. Als die Suchmannschaft zum Haus zurückkehrte, schenkte Magdalena ihnen allen heißen Holunderblütenwein zum Aufwärmen ein und sagte: »Ihr werdet Marcus nicht finden, wenn er nicht gefunden werden will. Warum also macht ihr euch so sinnlos kaputt?«

Johann nickte. Er hatte vorausgesehen, daß Marcus verschwinden würde. Es war nur eine Frage der Zeit gewesen. Denn Marcus war unruhig wie der Wind und wurde von diesem wie Saatgut herumgetragen. Er hatte gewußt, daß er eines Tages überall, wo sich Marcus immer versteckte, nachschauen und ihn nicht finden würde. Und vielleicht fand man ihn ja auch überhaupt nicht mehr, denn das war es, was er zu wollen schien: sich aus jedermanns Reichweite zu begeben.

Dennoch kündete Johann an, daß die Suche am nächsten Morgen, sobald es hell wurde, weitergehen würde, und zwar diesmal zu Pferde und nicht nur in den Wäldern, Obstgärten, am See und auf der Insel in dessen Mitte, sondern auch auf Boller. »Wir wissen ja«, sagte er, »daß Marcus irgendwie, auf unvorhersehbare Art, davon gehört haben könnte, daß Emilia auf Boller ist.«

Sie legten sich schlafen. Trotz seiner Müdigkeit verspürte Johann Tilsen das heftige Verlangen, seine Frau zu lieben, bevor er sich vom Schlaf übermannen ließ.

Am Heiligabend nun erhebt sich die Sonne flach über der Landschaft und entlockt dieser ein Strahlen, wie es alle seit langem nicht gesehen zu haben glauben. In dieser Helligkeit, sagt sich Johann Tilsen, kann nichts verborgen bleiben. Er stellt sich vor, wie sich die schwarzgekleideten Kirchgänger von dem strahlendweißen Hintergrund abheben und die Fasane aussehen, als hätten sie ein geschmeidiges neues Federkleid. Und er versucht sich vorzustellen, wie Marcus durch den Pulverschnee auf ihn zu kommt. Doch das Bild ist nicht fest; es kommt und geht und kehrt nach einer Weile nicht wieder zurück.

Johann, Ingmar, Wilhelm, Boris und Matti machen sich gegen neun Uhr auf den Weg. Magdalena lassen sie zurück, um das Braten der Gans zu überwachen. Magdalena fühlt sich in der Küche in ihrem Element, scheucht ihre Mägde wegen der Brotkrumen, getrockneten Aprikosen, Gewürznelken, Kastanien und des Schweinebratenfetts herum, knetet mit ihren kräftigen Händen die Füllung und sagt sich, daß vielleicht heute, am Heiligabend 1629, eine Ära zu Ende geht und eine neue beginnt.

Es war nicht schwierig gewesen, die tote Frau Karen zu verdrängen. Johann zu verführen war so leicht gewesen wie das Ködern einer Fliege mit Sirup. Und sie hegte keinen Zweifel daran, daß sie die Herrschaft über die vier älteren Knaben besaß. Magdalena schwang das Zepter im Haushalt, und ihr eigenes Kind gedieh bei ihrer reichlichen Milch. Die meiste Zeit glaubte sie an eine sichere und angenehme Zukunft.

Doch ab und zu sah sie mit Unbehagen, daß noch ein Rest von Karens Macht geblieben war. Manchmal merkte sie es an Johanns Augen, dann fand sie ein Kleidungsstück seiner ersten Frau, das aufgehoben und nicht weggeworfen worden war, und wieder ein andermal war es ein Liedfetzen, an den sich einer der Knaben erinnerte. Und all dies haßte Magdalena mit einer solchen Inbrunst, daß sie in Sekundenschnelle in zügellose Wut geraten konnte.

Am häufigsten geschah dies, wenn sie mit Marcus zusammen war. Seit langem schon wollte sie ihn loswerden. Das Gerücht, daß in Århus eine Besserungsanstalt nach dem Muster des Königlichen Børnehus in Kopenhagen eingerichtet worden sei, hatte sie auf die Idee gebracht, das Kind dorthin zu bringen und es an jenem Ort, wo sie es nicht mehr sehen konnte, seinem geisterhaften

Leben zu überlassen. Ihr kam es wie Verrat vor, daß Johann es nicht erlaubte, ein Verrat, der nur dadurch ein wenig abgemildert wurde, daß sie Karens Tochter gegenüber behaupten konnte, ihr Bruder sei dort – weil er gebessert werden müßte, weil er sich weigerte, glücklich zu sein, weil er in ein Schweigen verfiel, das niemand mehr durchbrechen zu können schien.

An dem Tag, an dem Kirsten und Emilia zu Besuch waren, hatte Johann Marcus aus Angst, dieser würde Emilia bitten, ihn mitzunehmen, im Keller versteckt.

»Soll sie ihn doch mitnehmen!« hatte Magdalena gemeint. »Soll er doch hingehen, wo er will!« Doch Johann wollte nicht nachgeben. Auch er, das sah Magdalena ganz deutlich, wurde von diesem Kind heimgesucht, dessen Geburt Karens Tod verursacht hatte.

Und nun war Marcus auf wundersame Weise verschwunden. Er war zu einem Ort seiner eigenen Wahl gegangen, wo man ihn vielleicht niemals wiederfinden würde.

Magdalena singt, als sie die schwere Füllung aus Kastanien und Aprikosen in die Gans stopft. Sie tätschelt deren feuchte und picklige Haut, die nun gebraten wird, bis sie saftig, bernsteinfarben und knusprig ist, und ißt ein eingelegtes Ei.

Als die gefüllte Gans gerade in ein Bratgeschirr gelegt wird, betritt Ingmar die Küche.

Er erzählt Magdalena, er habe sein Pferd, weil es gelahmt habe, langsam nach Hause geführt, während Johann und seine Brüder zum See weitergeritten seien. Bis jetzt habe es keinerlei Anzeichen von Marcus gegeben.

Ingmar steht auf der anderen Seite des Holztisches, als sich Magdalena über die Gans beugt, noch immer an ihr herumklopft, die Keulen und Flügel zurechtschiebt und sie dann mit Salz einreibt. Er bewegt sich nicht. Er starrt.

»Was für eine schöne, große Gans!« meint Magdalena bei ihrer Arbeit.

Sie weiß, daß Ingmar nicht auf den Vogel starrt, an dem sich alle ergötzen werden, sondern auf ihre Brüste, die schwer von der Milch sind und zu dick für das Kleid, das sie trägt.

Sie nimmt eine weitere Handvoll Salz. Sie beugt sich noch weiter zu Ingmar hinüber, und ihre geröteten Hände arbeiten noch kräftiger, so daß ihre Brüste hin- und herschaukeln. Und sie braucht den Blick nicht zu Ingmar zu heben, um zu wissen, was er will, und zu dem Schluß zu kommen, daß sie genau das auch will. Sie hatte es auch damals gewollt, als sie sich von ihrem Onkel in einem der Schweineställe lieben ließ und wenig später begriff, daß sich der Sohn danach sehnte, auch dorthin zu gelangen, wo der Vater gewesen war. Und dann hatte sie mit beiden gespielt, hatte sie in Versuchung geführt, angelogen, gescholten, war in ihre und aus ihrer Nähe getanzt.

Macht.

Der ältere Mann in Unwissenheit gehalten, sein Appetit angeregt durch sein Gefühl der Sünde. Der jüngere Mann in einem Zustand des Begehrens und Wartens gehalten, seine Sehnsucht genährt vom Wissen darüber, was sein Vater tat.

Macht, für die es, wenn man sie erst einmal kannte, nichts Vergleichbares gab, nur deren wiederholte Ausübung. Macht, die sie nun auch in dieser Familie ausüben kann. Magdalena weiß, daß es für sie nichts Vollkommeneres auf Erden gibt.

Sie bewegt sich ganz langsam, verweilt noch ein wenig in der Küche, erteilt den Mägden ein paar weitere Aufträge, hebt erst die äußeren Blätter der Rotkohlköpfe hoch, die ihr zum Prüfen hingehalten werden, berührt dann deren saftige Herzen, probiert das Bratfett in der weißen Schüssel und hält Ingmar den Finger zum Ablecken hin ...

Dann nimmt sie die Schürze ab und geht schweigend die Treppe hinauf, auf Zehenspitzen, um die schlafende Ulla nicht zu wecken, und Ingmar folgt ihr. Oben im Haus, fern der Geschäftigkeit der Küche, ist es still und abgeschieden, Sonnenstrahlen fallen durchs Fenster, ein wunderbar verzauberter Ort.

Magdalena wählt die Wäschekammer, den Ort, wo ihr auch Johann Tilsen den Rock hochgehoben und sie ohne viel Federlesens und ohne Entschuldigung genommen hatte, sich das Recht angemaßt hatte, als ihr Arbeitsherr mit ihr Unzucht zu treiben.

Er hatte geglaubt, er könne dies tun und sie dann vergessen. Er hatte nicht gewußt, welche Macht sie besaß. Und er hatte nicht gewußt, wie klug sie davon Gebrauch machen würde.

Als sie nun Ingmar ebenso ungeduldig, ebenso begehrlich sieht, kostet sie jede Sekunde davon aus, zerzaust ihm beim Abschließen der Tür die dunklen Locken, lehnt sich an die Wäscheregale, an einen Stapel gewaschene und gebügelte Bettücher, schnürt langsam das Mieder ihres Kleides auf und hebt eine Brust heraus, deren Warze hart und feucht ist.

Magdalena weiß, daß ihre Milch zu fließen beginnt, sobald Ingmar Tilsen wie das Baby zu saugen beginnt, und er diese dann trinken wird. Sie wird ihn säugen – ihren Stiefsohn –, und dieser Augenblick, wenn die Ereignisse zusammenprallen und der Siebzehnjährige aus der Brust der Frau trinkt, die ihn in seinen Träumen verfolgt, wird ihn für immer zu ihrem Sklaven machen.

Sein Mund hängt an ihrer Brustwarze. Magdalena umfaßt seinen Kopf. Er beginnt sogleich zu weinen, wie ein kummervolles Kind, das endlich von der Mutter getröstet wird. Seine heißen Tränen fließen reichlich, seine Arme legen sich um ihren Körper, ziehen ihn an sich, halten ihn, als wolle er ihn nie wieder loslassen.

Dann legt sie ihm den Mund ans Ohr und flüstert ihm genau jene Worte zu – schmutzige wie Pottasche –, die einst ihren Vetter in einen lang anhaltenden Wahnsinn getrieben hatten, in dem ihn Gedanken an Vatermord fast ständig begleiteten.

Magdalena lächelt die ganze Zeit. Es ist Weihnachten, und eine neue Ära beginnt. Sie beginnt jetzt...

Als dann später der schöne Tag zu Ende geht, ist die Familie um den Tisch versammelt. Die gebratene Gans wird hereingebracht und vor sie hingestellt.

Johann und Magdalena sitzen sich an den Schmalseiten der Tafel gegenüber, Ingmar hat den Platz neben seiner Stiefmutter eingenommen. Er ißt heißhungrig. Sein Appetit scheint unstillbar zu sein. Magdalena beobachtet ihn und kann nicht verhindern, daß sie ständig lächelt.

Johann erzählt ihr, wie er mit den anderen Knaben nach Boller geritten ist, kühn in die Einfahrt hinein, um dann festzustellen, daß niemand im Haus ist und die Fensterläden geschlossen sind. Sie klopften an, doch niemand öffnete.

»Ist es nicht seltsam«, meint Johann, »daß kein Dienstbote erschien?«

»Dann sind Ellen Marsvin und Kirsten bestimmt nicht da!« meint Magdalena.

»Doch Fru Marsvin würde das Haus doch nicht unbeaufsichtigt lassen!«

»Vielleicht war es das ja gar nicht. Vielleicht waren die Dienstboten bloß vom Weihnachtswein betrunken. Und deswegen haben sie alle Läden geschlossen. Habt ihr Lachen, Musik oder Schnarchen gehört?«

»Nein«, antwortet Johann ärgerlich, »das haben wir nicht.«

»Vielleicht hat der König eingelenkt und seine Frau und ihr ganzes Gefolge nach Kopenhagen zurückgeholt?«

Johann schüttelt den Kopf. Etwas in Magdalenas Stimme mutet ihn an wie Necken, ihm ist aber nicht klar, warum. »Ganz Dänemark weiß«, sagt er, »daß diese Trennung endgültig ist.«

Eine Weile essen sie schweigend, und der Duft der dampfenden Gans und des Aprikosenmuses erfüllt den Raum und zieht in die Halle hinaus. Der kleine Kater Otto erscheint in der Tür, setzt sich und wartet darauf, daß ihm ein Bissen zugeworfen wird. Matti und Boris blicken auf die Katze. »Kann ich Otto haben«, fragt Boris, »wenn Marcus nicht zurückkommt?«

Johann Tilsen sieht Boris liebevoll an. »Solange wir nicht wissen, wohin Marcus gegangen ist«, sagt er, »kann nichts entschieden werden.«

»Er ist in seine Welt gegangen«, meint Boris.

»Was meinst du damit?« fragt Johann.

»Es gibt da eine Welt, in die er immer geht. Er hat mir davon erzählt, bevor er zu sprechen aufgehört hat. Dort gibt es Büffel und einen Messerschleifer.«

Kirsten: Aus ihren privaten Papieren

Wir haben Weihnachten im Dunkeln verbracht.

Ich ließ alle Türen und Läden schließen und alle Vorhänge zuziehen, um jeden, der uns besuchen wollte, glauben zu lassen, wir seien nach Arabien gegangen oder im Sargassosee ertrunken.

Meine Mutter murrte und protestierte, doch ich bekam einen Wutanfall und sagte zu ihr, sie würde einsam und allein sterben, wenn sie nicht mehr Rücksicht auf andere Leute nimmt, statt im Sumpf des eigenen kleinen Universums auszuharren, und daß dies der einzige Weg sei, Marcus vor einer gemeinen Entführung zu bewahren.

Sie gab zurück, daß Boller *ihr* Haus sei und meine Ankunft eine förmliche *Invasion* heraufbeschworen habe, ähnlich jener der kaiserlichen Soldaten in Jütland während der Kriege, worauf ich erwiderte: »Na gut, dann verhalte ich mich eben wie dein Feind! Aber unterschätze nicht, was dich diese neue Feindschaft kosten wird!« Und sie griff sogleich nach einem Maßstab aus Messing und kam in der Absicht, mich zu schlagen, mit diesem auf mich zu. Ich war jedoch behende und wich ihm aus, so daß sie einen Eichentisch traf und der Stab so krumm wurde, daß er fast auseinanderbrach. Sie sah ungeheuer dumm aus, wie sie so mit dem verbogenen Stab in der Hand dastand, und ich lachte sie laut aus, konnte aber in ihren Augen sehen, daß sie mich am liebsten tot sähe. Diese Beobachtung verursachte mir etwas Unbehagen, weil sie ja meine Mutter ist und mich lieben sollte, es aber nicht tut und es auch niemals tun wird.

Ich hatte jedoch meinen Willen, und Boller wurde verriegelt und die Läden geschlossen.

Mir sind Dunkelheit und Kerzenlicht lieber als das normale Tageslicht. Es ist dann, als sei die gesamte ränkeschmiedende Welt in den schwarzen Himmel gefahren und bereite mir keine Probleme mehr. Selbst den Wind hört man kaum noch. Die Feuer brennen heller. Im sanften Schein der Lampen sehe ich jünger aus. Ich halte Dorothea auf dem Schoß und sehe – im Licht der Kerzen, die in meinem Zimmer Wache stehen und sich in der ruhigen Luft nicht bewegen – das Gesicht meines Geliebten. Und ich denke mir ein Gebet aus (an diesem Tag, an dem Christus geboren wurde), in dem ich um die Vergebung meiner Sünden und die Rückgabe des Vaters meines Kindes bitte.

Am Weihnachtsmorgen sagte ich zu Emilia: »Ich öffne jetzt die Tür und sehe einmal nach, ob mir die Engel etwas in die Schuhe gelegt haben!«, und sie lachte mich aus. Doch was entdecke ich dann in meinen Schuhen? Zwei bemalte Eier. Und ich weiß, daß sie Emilias Henne Gerda gelegt und sie selbst sie gekocht und verziert hat. Und ich möchte sagen, daß ich diese Eier mehr liebe als alles Gold, und daß ich sie aufheben werde, bis sie faul sind, da in ihnen Emilias ganze Zuneigung zu mir liegt.

Ich zeige sie Ellen, meiner Mutter. »Wann hast du mir letztesmal so ein Geschenk gemacht?« frage ich sie, doch sie weigert sich, die Eier anzusehen. Sie ist eine böse Frau und hartherzig wie das Meer, und ich wundere mich nur, daß ich ein Herz im Leib habe, denn ich glaube, sie hat keins.

Und nun hat sie – seit ihrem mißlungenen Versuch, mit dem Maßstab auf mich einzuschlagen –, wie von mir vorausgesehen, einen Plan ausgeheckt, der sehr verschlagen und auch selbstgefällig ist. (Mein Gott, wie hasse ich doch die Pläne von anderen, die immer den unverkennbaren Ruch der Grausamkeit in sich tragen!) Ellen sagt mir nichts weiter darüber, als daß sie und Vibeke im neuen Jahr nach Kopenhagen fahren werden.

»Ach?« frage ich. »Wofür? Um den König zu besuchen?« Sie antwortet mir aber nicht. Sie spitzt nur den Mund, so daß er wie die Blütenblätter einer alten, verwelkten Blume aussieht.

Dieses häßliche Spitzen des Mundes meiner Mutter deutet natürlich darauf hin, daß sie und Vibeke etwas Gemeines gegen mich im Schilde führen. Ob sie den König dazu bewegen wollen, mich von Boller zu vertreiben? Doch ich glaube nicht, daß ihnen das gelingen wird, weil der König noch nicht von seiner Liebe zu mir kuriert ist und nicht möchte, daß seine liebe Maus in die Kälte hinausgesetzt wird. Um jedoch ganz sicherzugehen, habe ich ihm heimlich geschrieben, um ihn vor der Boshaftigkeit meiner Mutter zu warnen. Ich habe ihm gesagt, daß ich auf Boller glücklich bin und wiederholt, daß das Kind von ihm ist und in der kalten Luft Jütlands zu einem kräftigen Kind heranwächst und wir zwei und Emilia nicht von hier weggeschickt werden sollten.

Gleichzeitig habe ich den gefährlichen Schritt unternommen, noch einmal an den englischen Lautenisten zu schreiben.

Kurz vor Weihnachten, ein paar Tage bevor Emilia den Knaben Marcus fand, traf wieder ein Brief von Peter Claire an sie ein, und auch diesmal konnte ich ihn abfangen.

Ich muß schon sagen, daß der Lautenspieler dümmer und weicher ist, als ich zunächst angenommen hatte. Diese Weichheit kann bedeuten, daß er zu feige ist, meine Anweisungen im Hinblick auf die Finanzpapiere des Königs auszuführen, wodurch alle meine Pläne durchkreuzt wären. Doch ich sehne mich so sehr nach Otto, meinem geliebten Hengst und wunderbaren deutschen Mann, daß ich beschlossen habe, alles zu versuchen, um wieder mit ihm zusammenzukommen.

Der Brief des Lautenisten an Emilia ist voller Seufzer. Ich kann diese in der Stille meines Zimmers hören. So stelle ich mir England vor: voll von derartigen Klagelauten.

Peter Claire fragt Emilia, warum sie auf seinen ersten Brief nicht antwortet, und bittet sie, zu sagen, daß sie ihn noch liebt, weil er ohne ihre Liebe möglicherweise »den Verstand verliert«. Alle Liebenden übertreiben, und Peter Claire macht da keine Ausnahme. Sehr zu meinem Verdruß tut er so, als seien er und Emilia unschuldige Opfer des Schicksals und gefangen in dem, was er den »großen Schatten« nennt, »den die Trennung des Königs von seiner Frau wirft«, womit er andeutet, daß sie, wenn es mich nicht gäbe, vollkommen glücklich und frei wie die Lerchen sein könnten. Diese Entstellung der Ereignisse hilft mir, mein Herz beim Verstecken des Briefes zu verhärten. Denn ich sage mir, daß ich Emilia vor einem Mann bewahre, der vielleicht etwas dumm und sentimental ist und ganz und gar nicht so, wie sie glaubt, und überhaupt, wie kann sie wünschen, in England mit seinem übertriebenen Wetter zu leben? Es ist viel besser für sie, wenn sie hier bei mir bleibt oder mit mir nach Schweden geht und dem Haus angehört, das ich mit dem Grafen Otto Ludwig von Salm einrichten werde. Vielleicht hat der Graf ja einen hübschen Cousin, den sie heiraten könnte? Und auf diese Weise würden sie und ich nie mehr getrennt werden.

Und so verfasse ich nun eine kurze Mitteilung an Mr. Claire, in der ich ihn an meine frühere Aufforderung erinnere, mir »wichtige Papiere über die Finanzen des Königs zu beschaffen, damit ich mir ein Bild davon machen kann, wie meine Zukunft aussehen wird«. Ich schreibe ihm, daß ich ihm, wenn mir diese rasch zugeschickt werden, seine Unhöflichkeit, meinen ersten Brief einfach zu ignorieren, nachsehen würde. Außerdem würde ich – wenn es soweit ist – jene für Emilia bestimmten »Worte und Seufzer« weitergeben. Sollte ich aber von ihm nichts erhalten, nun, dann wird keiner seiner Briefe je unter Emilias Augen kommen.

In derartigen Angelegenheiten ist es am besten, kurz und bündig zu sein. Ein neues Jahr, das Jahr 1630, ist in Sicht, und dann bin ich schon wieder älter. Ich muß diese Karte ausspielen, weil mir nichts anderes einfällt. Jedoch sehe ich, als ich dem Boten meinen Brief gebe und dieser ihn in die Tasche steckt, daß meine Hand zittert.

Die Angelegenheit mit Emilias Bruder Marcus hat eine ärgerliche Wendung genommen.

Als sie am Heiligabend mit ihm heimgeritten kam und wir gemeinsam ihren Vater und alle ihre Brüder überlisteten, indem wir den Eindruck erweckten, nicht auf Boller zu sein, nun, da war ich überglücklich und sagte zu Emilia: »Nachdem wir Marcus gefunden und deinen Vater zum Narren gehalten haben, wird alles gut, und du wirst sehen, was für ein wunderbares Leben wir führen werden!«

Doch dieses »wunderbare Leben« ist noch nicht gekommen. Ich weiß nicht, was ich mir im Hinblick auf dieses Kind vorgestellt hatte, glaube aber nicht, daß ich voraussah, was für eine große Plage es für mich werden würde. Tatsächlich habe ich mich schon fast gefragt, ob ich Marcus bei uns im Haus behalten kann, so seltsam und irritierend finde ich ihn.

Zunächst einmal weigert er sich zu sprechen. Wir wissen noch nicht, ob er nun in die Besserungsanstalt geschickt worden war oder nicht, und ob er von dort weggelaufen ist oder überhaupt nicht in Århus war. Wenn ich ihn – sehr geduldig – danach frage, blickt er mich bloß verwirrt und mit dümmlich offenstehendem Mund an, und dann dreht er sich unvermittelt um, rennt weg und versteckt sich an den ungewöhnlichsten Plätzen, so daß wir ihn oft stundenlang nicht finden können.

Ich habe zu Emilia gesagt, daß wir ihn von seiner Angewohnheit, sich immer zu verstecken, kurieren müssen, doch sie erklärte mir, er habe sich immer vor seiner Stiefmutter Magdalena versteckt und werde sich weiter so verhalten, bis er ganz sicher sein könne, daß sie nicht da ist. Er ist so klein, daß er sich in einer Schublade verstecken könnte. Gestern hielt er sich in einem leeren Brennholzkorb verborgen. Ich habe noch niemanden gekannt, der so gespenstisch ist.

Und er klammert sich an Emilia. Er kann es fast nicht ertragen, nicht bei ihr zu sein. Ich bereue inzwischen, zu ihr gesagt zu haben, sie solle Marcus nicht aus den Augen lassen, denn sie nimmt ihn nun ständig auf den Schoß und wiegt ihn wie ein Baby. »Emilia, meine Liebe«, habe ich zu ihr gesagt, »ruf einen Diener, damit Marcus in der Küche oder im Spülraum beschäftigt wird und wir nicht immer beim Kartenspielen unterbrochen werden.« Doch wenn sie das tun will, weigert sich Marcus zu gehen, bricht in Tränen aus und ruft: »Emilia! Emilia!« Und unser Spiel ist ganz verdorben.

All dies ist für mich eine harte Geduldsprobe. Ich habe Kinder noch nie gemocht. Sie sind barbarische Affen. Sie geben sich keine Mühe, die Regeln zu erlernen, nach denen die Menschen zu leben versuchen.

Sosehr ich auch die jetzige Dunkelheit auf Boller liebe, würde ich doch am liebsten die Türen und Fensterläden wieder öffnen und wäre ernsthaft versucht, Marcus seinem Vater Johann Tilsen, wenn dieser ihn bei uns suchen würde, ZURÜCKZUGEBEN. Ich kann es nämlich nicht ertragen, Emilia in eine kleine Mutter verwandelt zu sehen, während sie vorher nur an *mein* Wohlbefinden und *mein* Glück dachte. Die Stunden, die wir gemeinsam im Garten von Rosenborg verbracht und Aquarelle gemalt haben, und zwar ohne die jetzigen Ablenkungen, sind mir noch in glücklicher Erinnerung.

Doch was kann ich im Hinblick auf Marcus tun, nach allem, was ich Emilia versprochen habe? Ich habe ihr gesagt, wir würden eine glückliche Familie sein. Ich habe ihr gesagt, ich würde mich um den Knaben kümmern, »ihn als mein Kind aufziehen«. Und ich habe gesagt, er würde endlich glücklich werden. Es gibt jedoch keine Anzeichen dafür, daß er glücklich ist. Nachts weint er im Bett, und Emilia muß immer wieder aufstehen, um ihn zu trösten. Sie hat schon dunkle Ringe unter den grauen Augen, weil sie dermaßen ihres Schlafes beraubt ist. Er sagt zwar ein paar Worte mehr als am Anfang (eins davon ist »Otto«), ist aber, was seine Sprache und sein Benehmen angeht, der Normalität nicht nähergekommen. Er ißt nur ganz wenig. Er hat Angst vor mir und gibt mir nicht die Hand. Nachts macht er ins Bett. Und muß – was am schlimmsten ist – von Dorothea ferngehalten werden, weil jeder deutlich sehen kann, daß ein bitterer Haß in seinen Augen liegt, wenn er sie ansieht. Ich behaupte, daß er sie am liebsten mit einem

Feuereisen totschlagen, ihre Wiege mit den Füßen die Treppe hinunterstoßen oder ihre Zudecke in Brand setzen würde.

Ich habe Emilia gesagt, daß für Marcus ein Kindermädchen eingestellt und ihm ein Zimmer gegeben werden muß, das von meinem weiter entfernt ist. Doch sie hängt so an diesem kleinen Gespenst, daß sie wegen meiner Strenge weint und mich bittet, Geduld zu haben. »Emilia, meine Liebe«, erkläre ich dann, »sprich mir nicht von Geduld, denn du weißt nur zu gut, daß ich keine habe.«

Die Gestalt in der Landschaft

In den Straßen Kopenhagens wird der Beginn des neuen Jahres, des *neuen Jahrzehnts,* mit unverhohlenem Prunk gefeiert.

Einiges davon ist inszeniert – musikalische Kapriolen, Kunststückchen von Tieren, Bodenakrobatik und Stelzenlaufen –, manches entsteht aber auch einfach aus der Begeisterung der Menschen beim *Gedanken ans Neue,* was in ihnen die Begeisterung für Spirituosen erweckt.

In diesem Rauschzustand werden sie zu Clowns, Magiern und Akrobaten. Sie beschmieren sich die Gesichter mit Mehl und Schlamm. Sie zaubern aus Jungfrauen Huren und aus alten Mädchen Dirnen. Sie versuchen auf den Rücken ihrer geduldigen Wagenpferde zu tanzen und setzen sich in den Kopf, sie können auf die hohen Türme der Stadt klettern und fliegen.

Und wenn der Neujahrskarneval vorüber ist – oder vielmehr, wenn er sich erschöpft hat, denn ein paar Halsstarrige wollen kein Ende des wilden Feierns zulassen –, sind die Straßen stark in Mitleidenschaft gezogen. Die Kranken werden heimgeschleppt und die Toten abtransportiert. Zerbrochene Dachziegel und Schornsteinköpfe bleiben zurück und verstopfen die ohnehin schon stinkenden von Unrat überfließenden Gossen. Und die Bürger blicken aus ihren Fenstern auf die Stadt und in den Wintertag, kauern in ihren Zimmern und fragen sich, warum sie in dieser Zeit leben, was Gott vor ihnen verbirgt und was Er ihnen wohl noch eines Tages offenbaren wird.

Auch ihr König blickt auf diesen Wirrwarr. Er schaut nach innen und außen. Und an beiden Orten findet er Elend.

Er sehnt sich nach Dingen, die er nicht beim Namen nennen kann. Sehr oft übersetzt er diese Sehnsucht in den Wunsch nach Essen und Trinken. Er verlangt von seinen Küchenchefs neue, noch perfektere Zubereitungen für den wilden Eber, den er in den Wäldern von Frederiksborg erlegt. Er trinkt, bis er nicht mehr sprechen und stehen kann und ins Bett getragen werden muß. Seine Diener merken, daß er Mundgeruch hat und seine Gaumen bluten. Sein Darm gleicht einem mit feuchtem Pulver gefüllten Faß; es bereiten sich dort Explosionen vor, die nicht zum Auslösen kommen und ihn manchmal wie einen Knaben heulen lassen.

In mancher Hinsicht gleicht er den Akrobaten unter den Bürgern – sprungbereit auf einem galoppierenden Pferd oder hohen Giebel, zwischen Himmel und Erde zögernd, zwischen gegnerischen Staaten und Glauben in heftigem Widerstreit. So ist er im einen Augenblick euphorisch und optimistisch und kritzelt auf ein Blatt immer neue, ausgefallene Ideen zur Rettung seines Landes, im anderen versinkt er in eine so tiefe Düsternis, daß er darum betet, umzufallen und zu sterben.

In diesen Zeiten erkennt er mit Unbehagen, daß sein Leben jetzt so ins Physische und Weltliche verwickelt ist, daß er in seiner Seele nicht mehr das Göttliche wahrnehmen kann. Er murmelt Gebete und weiß doch, daß sie vergeblich sind. Gott ist woanders und hört nichts. König Christian verläßt sich immer mehr darauf, daß ihn sein Engel beschützt und seine Traurigkeit mit traurigen Liedern beschwichtigt.

Während dieser Neujahrszeit trifft eine Gruppe von Handelsleuten aus Hamburg in Frederiksborg ein.

Sie gehören zu den reichsten Männern Deutschlands. Sie halten zusammen einen Anteil am Reichtum ihres Landes, der ihren rechtmäßigen Anteil so weit übersteigt, daß niemand begreifen kann, wie so wenige ein derartiges Vermögen ansammeln können.

König Christian versucht nicht einmal, es zu begreifen. Es tut bei seinen Plänen nichts zur Sache. Er hat die Händler aus Hamburg nach Frederiksborg eingeladen und unterbreitet ihnen nun einen Vorschlag: sie sollen die Rolle von Pfandleihern übernehmen. Als sie sich in der großen Halle, wo Jens Ingemann und sein Orchester Auszüge aus *Die Schlacht vor Pavia* von Matthias Werrecore spielen, versammelt haben, teilt Christian ihnen mit, daß es sich bei dem Pfandgegenstand um Island handelt.

Die Ankündigung des Königs ruft keinerlei Überraschung oder Unruhe hervor. Diese dezent gekleideten Makler haben es darin, Unerwartetes ohne Gemütsregung aufzunehmen, zur Meisterschaft gebracht; es ist ein wesentlicher Teil ihrer Befähigung. Sie tauschen nicht einmal Blicke aus.

»Island?« fragt der eine. »Mit allen Rechten und Konzessionen zum Mineralabbau?«

»Mit welchem Anteil an den Küstengewässern?« fragt der nächste.

»Für welchen Zeitraum?« fragt der dritte.

König Christian greift nach einem Blatt Papier, das er in Deutsch vorbereitet hat, und läßt es den Handelsleuten vorlesen. Sie sitzen ganz still und schweigend auf ihren Stühlen und hören zu. In dem Papier wird die Summe von einer Million Dalern gefordert. Dafür bekommt die Gruppe »*das Land mit seinen Hügeln und Bergen, seinen Gletschern und Tälern, seinen Flüssen und Seen und einem Meeresgürtel von zwölf Meilen um es herum für die Dauer von zehn Jahren oder bis der König von Dänemark das Pfand einlöst und den Betrag mit allen Zinsen, die bis zu jenem fernen Tag angefallen sind, zurückgibt*«.

Die Händler stehen gleichzeitig auf, verbeugen sich vor dem König und bitten darum, sich zurückziehen zu dürfen, um sich über »diesen interessanten Vorschlag« zu unterhalten. Der König nickt. Die Männer gehen hintereinander ins Vorzimmer, und Christian sagt den Musikern, sie sollen zu spielen aufhören.

Peter Claire blickt auf. Außer den verklingenden Schritten der Makler ist nichts mehr zu hören. Niemand rührt sich. Der König sitzt regungslos auf seinem vergoldeten Thron mit den beiden silbernen Löwen zu seinen Füßen, die ihn anzuflehen scheinen, sie vor dem Schmelzofen zu verschonen. Jens Ingemann legt seinen Taktstock hin. Peter Claire sieht ernste Gesichter. Nur der deutsche Violaspieler Krenze lacht leise in sich hinein.

Obwohl König Christian dann mitgeteilt wird, daß sein Vertrag zur Verpfändung Islands nicht detailliert genug sei und nach deutschem Recht neu abgefaßt werden müsse, ist er nunmehr sicher, daß der Handel abgeschlossen werden und er bald im Besitz der geforderten Million Daler sein wird.

Zunächst ist er in Hochstimmung und erstaunt über seinen Wagemut. Warum nur ist er nicht schon früher darauf gekommen? Mit dieser großen Geldsumme kann nun die neue Expedition ins Numedal finanziert werden, können mehr Walfänger bestellt, weitere Fabriken gegründet, dem Børnehus höhere Almosen gezahlt, zusätzliche Straßen und Befestigungen innerhalb und außerhalb der Städte repariert und eine größere Anzahl Handelsmissionen in die Neue Welt geschickt werden. Kurzum, der Wiederaufbau Dänemarks kann beginnen. Es wird kein Jahr dauern, und er regiert wie früher eine reiche Nation.

Er träumt von dieser Zukunft, in der die Körper der Adligen von Walfischknochen eingehüllt sind, die Straßen Kopenhagens ordentlich und sauber sind und das Silber vom *Isfoss* endlich eintrifft. Und dann lösen sich diese Träume ohne Vorwarnung auf und machen einer neuen Einsicht Platz: Er hat sich Island, wohin er nie den Fuß gesetzt hat, als nahezu leere Landschaft vorgestellt, und darin hat er sich natürlich geirrt. Im Hamburger Dokument werden *Islands Menschen* nicht erwähnt, die es aber bestimmt auch in beträchtlicher Anzahl gibt, genauso wie im Tal des Numedal. Was wird aus ihnen, wenn ihr Land in die Hände der Makler fällt? Wie wird sich alles verändern?

Er macht sich daran, eine neue Klausel aufzusetzen, die noch in den Vertrag aufgenommen werden soll und darauf abzielt, die Häuser und Wohnungen der Isländer, ihre Besitztümer, ihre gerade flügge werdenden Unternehmungen, ihre Verteidigungsanlagen auf See und Fischereiflotten zu schützen. Es ist jedoch fast unmöglich, dies in Worte zu fassen, wenn er nicht die Daler in Gefahr bringen will. Schon bald merkt der König, daß sich seine Gedanken wieder verdunkeln, als falle ein Schatten auf das Papier, auf dem er schreibt.

Er legt den Federkiel aus der Hand und läßt Wein kommen. Er trinkt, bis er in seinem Lehnstuhl einschläft. Das Papier fällt auf den Boden.

König Christian träumt von Island mit einem schwarzen Himmel über einem strahlendweißen Gletscher und Wölfen, die von den Bergen der Umgebung heulen.

Er trägt Schneeschuhe.

Seine Mission ist es, weiterzustapfen, bis er den Gletscher überquert und die Berge erreicht hat. Der Wind heult in seinem Kopf, und seine Schneeschuhe beginnen entzweizubrechen und sich aufzulösen.

Und dann sieht er vor sich eine Gestalt, klein auf der weißen Fläche, allein wie er, die auf ihn zukommt. Und der Anblick dieser Gestalt tröstet ihn und gibt ihm ein Gefühl der Sicherheit. Sie werden sich begegnen und grüßen. Der Fremde wird ihm sagen, wie er seine Schneeschuhe reparieren kann. Er wird mit ihm das Schnapsfläschchen teilen, das er gegen die Kälte in seiner Manteltasche hat...

Er geht weiter.

Immer weiter.

Allmählich fällt Dunkelheit auf den Schnee, und die Gestalt ist fast nicht mehr zu sehen.

Der König beginnt nun, dem Fremden, der inzwischen in seiner Nähe sein müßte, zuzurufen, erhält aber keine Antwort. Und in diesem Augenblick begreift er, wer es ist.

Es ist Bror Brorson.

Bror Brorson ist in Lutter nicht gestorben. Alles, was Christian dort gesehen und nicht wieder vergessen hat, wird nun von der unabänderlichen Tatsache widerlegt, daß Bror lebt und auf Island unter einem schwarzen Himmel herumläuft und gleich neben ihm auftauchen wird und sich die beiden Männer umarmen werden.

Der König läuft schneller. Er versucht zu rennen, obwohl sich seine Schneeschuhe weiter auflösen und Holzsplitter in die Schneekruste stechen und ihn stolpern und fast hinfallen lassen. »Bror!« ruft er lauter. »Bror!«

Es ist jedoch dunkel, zu dunkel, um etwas zu sehen. Und nun erkennt der König, daß es ganz anders ist: Bror Brorson ist nicht auf ihn zugelaufen, *er ist von ihm weggelaufen.* Und er läuft schneller, lief immer schon schneller und wird es auch stets tun, weil Bror ein starker, sportlicher Mann ist, weil seine Schneeschuhe nicht auseinanderbrechen...

Selbst wenn Christian die ganze Nacht liefe, würde Bror stets vor ihm und unerreichbar sein.

Der König wacht auf und läßt Peter Claire holen.

Er erzählt ihm seinen Traum und davon, daß er vor dem Aufwachen gehört habe, wie Bror zu ihm sagte: »Wenn etwas stirbt, was uns teuer ist, stirbt es noch ein zweites Mal.«

»Was bedeutet das?« fragt er den Lautenisten. »Sagt mir, was das bedeutet!«

Peter Claire antwortet, er wisse es nicht, es könne sich auf die Erinnerung beziehen oder zu bedenken geben, daß jemand, der auf der Suche nach Liebe ist, immer die gleichen Fehler begeht und daher auch die gleichen Verluste erleidet.

Der König nickt und blickt auf. »Ich bin der Liebe überdrüssig«, meint er.

Er verändert die Position seines schweren Körpers auf dem Stuhl und greift nach dem Becher, wobei er den Wein so hastig trinkt, als sei sein Durst unstillbar.

Peter Claire fragt den König, ob er ihm etwas vorspielen soll, doch dieser geht nicht darauf ein und sagt leise: »Ich habe jedes Gefühl für das Göttliche der Dinge verloren. Als ich noch jung war, spürte ich es noch überall – sogar in meiner eigenen Handschrift. Nun ist es nirgends mehr.«

Die Diener haben das Feuer mit Kohlestaub abgedeckt, es ist warm, fast heiß im Zimmer. Dem König treten Schweißperlen auf die Stirn, die er sich mit dem Ärmel abwischt. Peter Claire sagt nichts, versucht sich nur darüber klarzuwerden, was er spielen wird, wenn dies von ihm verlangt wird.

»Wir hatten Euren Mr. Dowland hier am Hof«, fährt der König nach einer Weile fort. »Er war ein Mann, der von seiner Bedeutung derart überzeugt war, daß sie ihn niederdrückte und ins Elend führte. Er hat sich hier nur Feinde gemacht. Doch seine Musik war erhaben, nicht wahr?«

»Ja«, erwidert Peter Claire.

»Manchmal habe ich mich mit ihm spät in der Nacht unterhalten, so wie jetzt mit Euch. Ich versuchte den Punkt zu entdecken, an dem er seine eigene Bedeutung hinter den Noten, die er in seinem Kopf hörte, zurücktreten ließ.«

»Und habt Ihr ihn entdeckt?«

»Nein. Aber muß es diese Preisgabe nicht gegeben haben, weil seine Musik sonst nicht einen solchen Grad der Vollkommenheit erreicht hätte?«

»Ja. Es muß sie gegeben haben.«

»Ich konnte es aber nicht herausfinden. Ich konnte es nicht *sehen*. Dowland war immerzu rachsüchtig, eifersüchtig und aufgeblasen. Nur einmal hat er etwas zu mir gesagt, was mir eine andere Seite seines Wesens zeigte, und das fällt mir jetzt wieder ein. Er meinte, der Mensch gebe Tage und Nächte und Jahre seines Lebens an die Frage hin: Wie erreiche ich das Göttliche? Dabei wüßten doch alle Musiker instinktiv die Antwort: Ihre Musik bringt sie zum Göttlichen – denn darin liegt ihr einziger Sinn. Ihr einziger Sinn! Was sagt Ihr dazu, Mr. Claire?«

Peter Claire blickt ins Feuer. Er möchte antworten, er habe in jüngster Zeit das Gefühl gehabt, aus der Verwirrung herauszukommen und in einen transzendenten Zustand des Glücks, der etwas Göttliches in sich trägt, zu treten. Sein Weg dahin sei aber nicht seine Musik gewesen. Sein Weg sei seine Liebe zu Emilia Tilsen.

Doch der König hat schon gesagt, daß er nicht über Liebe sprechen will, und so kann der Lautenist nur vager antworten, als es der König gern hätte: »William Shakespeare hat gesagt, ein Mensch, der keine Musik in sich verspürt und bei schönen Klängen nicht bewegt wird, sei des Verrats fähig.«

»Hat er das gesagt?« fragt der König rasch. »Nun, das ist wirklich aufschlußreich! Wißt Ihr, meine Frau kann Musik nämlich nicht ausstehen. Sie hört keine Melodie. Sie kann nicht ... doch nun sind wir schlagartig wieder bei dem Thema, über das ich nicht mehr sprechen will. So zerstört sich der Verstand eines Menschen selbst – indem sich die Gedanken immer wieder um das drehen, was ihm Schmerz bereitet. Ich denke, das meinte der arme Bror: daß Kirsten für mich tot ist, weil ich nie wieder bei ihr liegen und sie nie wieder lieben werde, diesen Tod aber auf eine Art, die ich nicht voraussehen kann, ein zweites Mal erleiden muß.«

Der König trinkt den restlichen Wein und ruft nach mehr. Dann verlangt er von Peter Claire, ihm »ein Stück von diesem Rätsel Dowland« vorzuspielen.

Als die Musik ausklingt, blickt der König seinen Engel aufmerksam an. »Ihr habt doch hoffentlich Euer Versprechen nicht vergessen?« fragt er.

»Nein, Euer Majestät«, erwidert Peter Claire.

»Und das müßt Ihr leider auch halten, bis Ihr entlassen werdet!« meint der König, als er aufsteht und unsicher zu seinem Bett geht. »Und ich werde Euch nicht entlassen. Es kommt nicht in Frage, daß Ihr weggeht oder nach England zurückkehrt. Wir beide, Ihr und ich, sind allein auf dem Gletscher unter dem schwarzen Himmel, und da gibt es kein Entrinnen. Wenn Ihr es versucht, kommen die Wölfe, die ich gehört habe, von den Bergen herunter und verschlingen Euch.«

Das Fest auf Cookham

Unter allen Grafschaften Englands ist Norfolk, die östliche Region, mit ihren Wäldern und Sümpfen, langsam dahinfließenden Flüssen, ihrem Ackerland und dem endlosen sumpfigen Flachland, das nur von Wassermolchen, Ottern und Wasservögeln bevölkert ist – für die es ein unveränderliches Paradies ist –, bestimmt eine der stillsten im Lande.

Doch am Silvesterabend vor dem Jahr 1630 herrscht hier, ähnlich einem auf einem stillen Ozean schaukelnden Boot, ein Tumult, der stärker und intensiver ist als alles seit jener Zeit, als Königin Elizabeth von hundert Höflingen begleitet angereist gekommen war und es Schauspielaufführungen, große Essen und Tanz bis in die frühen Morgenstunden gegeben hatte. Mr. George Middleton feiert auf Cookham ein Fest.

Es ist kalt in dieser Nacht, und am wolkenlosen, sternenübersäten Himmel steht ein großer bleicher Mond. Doch nun steigt von Zimmer zu Zimmer des großen Hauses, ausgehend von der Küche, wo sich der Bratspieß dreht, hinauf zu den Dielen und Empfangsräumen, wo die Feuer mit Apfelbaumholz unterhalten und die Kerzen angezündet werden, dann noch weiter hinauf zu den Schlafräumen, wo die Logiergäste Schüsseln mit warmem Wasser gebracht bekommen und sich im Lampenlicht zu waschen und anzukleiden beginnen, Wärme und Lachen auf. Die

Festlichkeiten nehmen ihren Anfang. Die Kutschen nähern sich auf den schlammigen Wegen nur langsam. Die Hunde in der Halle schnuppern und spüren, daß etwas Ungewohntes geschieht. Es wird die Feier, an die sich alle in diesem Winkel Englands stets erinnern werden.

Als George Middleton in einem weinroten Rock (mit mehr Spitze am Hals und an den Handgelenken, als er früher für angemessen gehalten hätte) die Treppe hinuntergeht, sein Haus so prächtig wie noch nie zuvor sieht und hört, wie die Musiker ihre Instrumente im großen Salon stimmen, wird er plötzlich von einem so vollkommenen Glücksgefühl ergriffen, daß er auf der obersten Stufe stehenbleiben und sich am Geländer festhalten muß. Er ist ein einfacher Mann und stammt von einfachen Leuten ab. Derart überwältigende Gefühle ist er nicht gewöhnt. Er fragt sich, ob er wohl gleich umfallen oder die Szene vor ihm sogar verschwinden wird und er feststellen muß, daß er einem grandiosen Traum zum Opfer gefallen ist.

Im diesem Augenblick tritt ein Bediensteter auf ihn zu und fragt ihn, ob er die Güte habe, die Temperaturen der Weine zu prüfen und den Punsch, der bei der Ankunft der Gäste kredenzt werden soll, zu kosten. George Middleton sieht den Dienstboten wohl etwas merkwürdig an – wie jemanden, der eigentlich gar nicht da ist –, denn dieser fragt ihn besorgt: »Stimmt etwas nicht, Sir?«

»Doch!« antwortet Middleton. »Im Gegenteil! Alles in Ordnung!«

Als er mit dem Dienstboten die Weine probieren geht, die letzten großen Kerzen im silbernen Kandelaber im Speisezimmer angezündet werden und das komplizierte Geschäft des Plattenwärmens unten in der Küche seinen Anfang nimmt, beginnen die Musiker eine lebhafte Courante zu spielen, deren Klänge den Weg in das Zimmer finden, in dem sich Charlotte Claire, unterstützt von einem der Dienstmädchen von Cookham, ein paar teure, goldene Bänder ins Haar windet.

Die Frauen unterbrechen ihr Tun und lauschen. Es ist, als lasse diese Musik Charlotte endlich begreifen, daß die dunklen Tage vorüber sind und ein anderes Leben auf sie wartet. Daß sie mit ihrem Verlobten in Gesellschaft seiner Freunde tanzen, im Mittelpunkt der Aufmerksamkeit aller stehen und George im Saal herumtollen sehen wird, als wäre er nie dem Tod nahe gewesen, habe nie irgendwelche Qualen erlitten, läßt in ihr ein solches Glücksgefühl aufsteigen, daß sie fast in Tränen ausbricht.

Doch was soll man, überlegt sie, als ihr das letzte Band ins dunkle Haar geflochten wird, vom Leben halten, wenn es so widersprüchlich ist? Sie hatte sich schon fast an den Gedanken gewöhnt, daß George Middleton sterben und sie ihre restlichen Tage in Trauer um das, was hätte sein können, im Haus ihrer Eltern verbringen würde. Und nun muß sie sich wieder auf eine Zukunft einstellen, in der es im Frühjahr eine Hochzeit geben, sie die Herrin von Cookham und irgendwann in den vor ihnen liegenden Jahren die Mutter von Georges Kindern sein wird.

Charlotte Claire sieht sich im Spiegel an. Sie war stets unzufrieden gewesen, weil sie nicht die Schönheit ihres Bruders besaß. Doch an diesem Abend, am Abend von George Middletons Fest, findet sie sich schön. Als ihr Kleid geschnürt und ihr eine einfache Perlenkette um den Hals gelegt wird, befällt sie plötzlich das dringende Verlangen, jetzt, in dieser Minute, bei George zu sein, damit der Abend beginnen kann und nicht ein Augenblick davon ausgelassen oder verschwendet wird. Denn angenommen, es wäre nun doch der letzte Abend in ihrem oder Georges Leben? Wenn es am Ende doch keine weitere Zukunft nach dieser einen wunderbaren Nacht geben würde?

Sie beeilt sich jetzt, steckt ihre Füße in die weißen Satinschuhe, greift rasch nach dem Fächer und schickt sich an – nachdem sie verstohlen noch einen letzten Blick in den Spiegel geworfen hat –, zur Musik und dem Wunderbaren, das sie erwartet, hinunterzugehen.

Die Halle ist mit Stechpalmen- und Eibengirlanden geschmückt, und Charlottes Kleid aus Satin und Samt (die Art Kleid, wie es die Tochter eines Landpfarrers vielleicht nur ein- oder zweimal im Leben trägt) ist wie ein Echo auf die rotgrünen Zweige, die in den Wäldern von Cookham abgeschnitten worden sind. Die kräftigen Farben schmeicheln ihrer weißen Haut und sind vorteilhaft für ihr dunkles Haar.

Einen Augenblick ist sie versucht, sich ihren Eltern zu zeigen, die im Zimmer nebenan ihren gewohnten einfachen Staat anlegen, unterläßt es jedoch, weil sie jetzt an Georges Seite sein muß, um sich der Wärme seiner Hand zu vergewissern, seine Stimme und sein Lachen zu hören... Sie will sicherstellen, daß er da ist.

Er kommt gerade in die Halle zurück, als sie die Treppe herunterkommt. Er bleibt stehen, und einer der Hunde trottet zu ihm hin. Er krault ihm den Nacken und blickt hinauf.

Obwohl Charlotte Claire eine Frau ist, der Eitelkeit fast fremd ist, kostet sie nun dieses erlesene Hinunterschreiten unter Georges bewundernden Blicken wie noch keinen Augenblick zuvor in ihrem Leben aus, und bei jedem Schritt scheint sie sich ihrer eigenen Vollkommenheit bewußter zu werden. Sie kann nur erraten, was George Middleton empfindet, und ihre Mutmaßungen, falls man die Wahrheit überhaupt völlig richtig ausdrücken kann, bleiben in Wirklichkeit weit hinter der Realität zurück.

Denn George Middleton weiß, daß er sich an diesen Augenblick, als Charlotte die Treppe von Cookham heruntergeschritten kommt, ganz gleich, was noch vor ihnen liegen mag, bis an sein Lebensende erinnern wird. »Daisy...« murmelt er. »Oh, Daisy...«

Er streckt ihr die Hand hin, und sie nimmt sie, und er drückt Charlotte an sich und wirbelt sie herum wie ein kleines Mädchen, küßt sie auf den Hals, die Wange und das Ohrläppchen. »Wie schön du bist!« bricht es aus ihm heraus. Dann hält er sie auf Armeslänge von sich gestreckt, wie ein Gemälde, das ihn entzückt. »Kein Kleid könnte dir besser stehen! Kein einziges! Dieses Kleid hat zweiundzwanzig Jahre auf dich gewartet.«

Charlotte lächelt und blickt nun ihrerseits, immer noch seine Hand haltend, anerkennend auf den burgunderfarbenen Rock ihres Verlobten und die kühnen Spitzenverzierungen.

George Middleton fängt an zu lachen. »Daisy«, sagt er, »ich sehe es dir an, daß du ein wenig erstaunt bist.«

»Ja«, antwortet Charlotte, »aber nur, weil ich an den Alltags-George gewöhnt bin...«

»Sag mal ganz ehrlich: Sehe ich aus, als ob ich in einen weißen Pudding gefallen bin?«

»Nein!« antwortet Charlotte. »Nicht im geringsten, mein Lieber. Ich hätte gesagt, in einen ganz besonders schönen weißen Pudding!«

Sie kreischen vor Vergnügen und umarmen sich, wie Kinder manchmal ihre Spielsachen umarmen: mit grenzenloser Hingabe.

Stunde für Stunde warten die Kutschen draußen unter den Sternen, die Pferde stampfen, und selbst die Tiere des Waldes kommen an dessen Rand gekrochen, um zu sehen, was die sonst so ruhige Nacht auf Cookham stört.

Es wird Mitternacht. Man prostet sich zu, auf das neue Jahr, auf den phänomenalen Erfolg der Operation, wodurch George das Leben gerettet worden ist, auf das Können des Chirurgen, auf die Stärke der Middletons, auf die Güte Gottes, ein wertvolles Menschenleben gerettet zu haben, und schließlich auf die Zukunft von George und Charlotte und auf die Hochzeit im Frühjahr, die nicht früh genug sein kann.

Und dann spielt wieder die Musik, noch mehr Wein, Pudding, Leckereien und gezuckerte Pflaumen werden auf die Tische gestellt, und die Gäste lockern ihre Korsetts, füllen ihre Gläser und Teller nach, wischen sich über die Stirn und bitten ihre Partner zu noch einem Tänzchen.

Das Personal informiert die in der Küche versammelten Kutscher, die dort Pasteten essen und Bier trinken, daß »es keinerlei Anzeichen gibt, daß irgend jemand gehen will«, und so wird das Feiern da unten lauter, fröhlicher und flirtender. In der Speisekammer werden improvisierte Tänzchen aufgeführt. Der Biervorrat nimmt ab. Die Reste des Lammbratens und Spanferkels werden verspeist. Eine ganze Ladung der süßen, mit Dörrobst und Sirup gefüllten Törtchen, die für die Tische oben bestimmt war, wird plötzlich vermißt.

George Middleton weiß von all dem nichts, würde es aber ohne Ausnahme billigen, weil es in dieser Nacht nichts gibt, was er nicht billigen würde. Er ist sogar den Nachbarn wohlgesonnen, die er nicht besonders gut leiden kann. Als er sie so sieht, wie sie tanzen oder versuchen, sich bei einem Menuett graziös zu verneigen, verzeiht er ihnen von Herzen ihre sinnlosen und irritierenden Angewohnheiten, ihre übliche Streitlust und ihre früheren Versuche, ihn mit ihren häßlichen Töchtern zu verkuppeln. Ja, er findet sogar, daß er sie *liebt*. Er liebt sogar ihre *Töchter*. Er geht mit Charlotte von Tisch zu Tisch, und sie ergreifen die ihnen entgegengestreckten Hände mit unverhohlener Zuneigung. »Daisy«, meint George, »durch dich kann ich die Welt anbeten!«

Umfangen von dieser Woge des Lichts, sind der Pfarrer James

Claire und seine Frau Anne, die nur wenige Leute kennen, sich aber zufrieden mit allen unterhalten, die gerade neben ihnen sitzen, bei dieser Gesellschaft so glücklich wie die anderen. Es ist, als zeige ihnen diese prachtvolle Feier (die dennoch eine der beruhigend einfachen und englischen Art ist) in jedem Augenblick ein Stück mehr von der Person und dem Charakter ihres künftigen Schwiegersohnes. Sie sehen, daß George Middleton Güte und Grazie besitzt. Sie begreifen, daß er gerne lacht. Wenn sie je Zweifel an seiner Großzügigkeit hatten, dann jetzt nicht mehr. Und was sonst ist der ganze Abend, wenn nicht ein Ausdruck von Georges Liebe zu Charlotte? James und Anne Claire wissen nun, da sie diese Liebe vor sich ausgebreitet sehen, daß ihr zweites Kind, das ihnen als nicht so wunderbar erschien wie das erste, jetzt zur ihm gemäßen Zeit auch auf der Schwelle zu einer herrlichen Ära steht.

Doch George Middleton hat den unvergeßlichsten Augenblick des Abends bis zum Schluß aufgehoben.

Gegen ein Uhr, als der Mond hinter den großen Zedern liegt und der Frost die Furchen der Kutschen auf den schlammigen Wegen härtet, fährt ein bemalter Karren in die Einfahrt. Aus diesem klettern fünf Männer in den buntbestickten Kleidungsstücken und ausgefallenen Hüten der Zigeuner.

Sie gehen nicht ins Haus, sondern stellen, scheinbar unbeeindruckt von der Kälte, einen einzigen Notenständer auf die steinerne Terrasse, die sich auf der Südseite der Cookham-Halle anschließt.

Der Lärm und das Tanzen im Haus ist noch sehr laut. Die Zigeuner warten mit ihren Saiteninstrumenten in der Hand still und unbemerkt, außer von einem oder zwei Kutschern, die herauskamen, um Decken auf ihre Pferde zu legen.

Während einer Pause taucht George Middleton auf, schüttelt den Zigeunermusikern die Hand, überreicht ihnen eine Börse mit dreißig Shilling und eine Flasche Pflaumenschnaps und geht wieder zum Fest zurück. Es wird dabei fast nicht gesprochen, da alles schon vorher geregelt worden ist. Als George zur Hitze und Wärme des Wohnzimmers zurückkehrt, setzt er sich einfach neben Pfarrer Claire und beginnt mit diesem ein Gespräch über Peter und ihre gemeinsame Hoffnung, daß Charlottes Bruder zur Hochzeit im April heim nach England kommt.

Nur ganz allmählich werden sich die Gäste dann eines neuen Klangs bewußt, eines Klangs, der von draußen aus der Dunkelheit in die Räume strömt. Langsam flauen die Gespräche ab, heben sich die Köpfe und werden die Ohren angestrengt, um festzustellen, woher er kommt. Alle schweigen nun und hören dem Spiel der Zigeuner zu, und eine andere Stimmung greift um sich, eine des Staunens und Sichsehnens. Sie wischen sich die Gesichter ab, rücken sich die Kleidung zurecht und merken, daß ihre Körper müde sind und sie sich kaum noch rühren können. Sie wollen jetzt nur noch, daß diese andere Art Musik, die ihre Herzen nach all dem Lachen und Feiern höher schlagen läßt, nicht aufhört. Sie haben fast das Gefühl, nicht mehr auf einer Gesellschaft zu sein, sondern woanders, jenseits von Zeit und Raum, wo sie sich schon immer hingesehnt haben, aber bis jetzt noch nie gewesen sind.

Charlotte, die neben ihrer Mutter sitzt und einen kühlenden Becher Limonade trinkt, gibt Anne einen zärtlichen Kuß auf die Wange, steht dann leise auf und geht zu George hinüber. Dieser nimmt ihre Hand, und dann gehen sie beide ohne ein Wort zu sagen in die Halle und dann in die Nacht hinaus.

Sie stehen an der Eingangstür, die Wärme und das Licht im Rükken und vor sich die Terrasse und der Garten, weiß vom Frost, aber jetzt fast dunkel, weil der Mond hinter den Bäumen und Hecken versinkt und dann ganz verschwindet. Sie atmen die eiskalte Nachtluft tief ein. Sie blicken auf eine Welt magischer Stille, und die Schönheit der alten Roma-Weisen, die Meere und Reiche überquert haben, um zu diesem stillen Winkel Englands zu gelangen, aber noch immer den Geist des Orients in sich tragen, erfüllt ihre Herzen.

Die Geschichte einer Hinrichtung

Peter Claire betrachtet im Spiegel sein Gesicht.

Er versucht zu sehen, was andere sehen, seine Gesichtszüge objektiv wahrzunehmen. Das Licht, das auf sie fällt, ist kalt und hart.

Seine blauen, unverwandt blickenden Augen gleichen denen eines Kartographen, der angestrengt versucht, sich die Ebenen und Flüsse, Wüsten und Städte vorzustellen, wie sie wirklich sind und seiner Karte zugrunde liegen, und feststellt, daß dies viel schwieriger ist, als er geglaubt hatte.

Wo liegt die Wahrheit über ihn selbst?

Wenn König Christian in ihm einen Engel zu sehen beliebt, ist es dann, weil in ihm – in seiner Natur, die furchtsam und von einem alles umhüllenden Pessimismus bedrängt ist – etwas im wesentlichen Tugendsames vorhanden ist? Kann der König – mit seinen vielen Lebensjahren und seiner langen Erfahrung mit guten und bösen Taten der Menschen – in seine Seele blicken? Peter Claire bewegt den Kopf und sieht sich sein linkes Auge und seinen an diesem Januarmorgen glänzendblassen Wangenknochen an. Wenn sich Emilia Tilsen an sein Gesicht erinnert, was sieht sie dann? Die Züge eines eitlen Verführers? Die Erinnerung, daß er einst glaubte, sie allein würde ihm seine beste Natur enthüllen, bringt ihn jetzt in Verlegenheit. Denn was sonst sagt sie ihm durch ihr Schweigen, als daß sie ihn nicht lieben kann? Und wenn sie ihn nicht lieben kann – sie, die sogar Kirsten gegenüber loyal ist und sich um ein gesprenkeltes Huhn sorgen kann –, nun, dann ist er es nicht wert, geliebt zu werden.

Peter Claire legt den Spiegel aus der Hand und blickt auf seine an einen Stuhl gelehnte Laute. Bevor er Emilia kennenlernte, fühlte er sich am glücklichsten, am besten im Einklang mit sich und der Welt, wenn er spielte. Doch Musik ist Entrücktheit. Was glaubt ein Lautenspieler auszudrücken? Er bemüht sich um Genauigkeit, ist jedoch überzeugt, daß durch diese hindurch etwas von seinem Herzen gehört werden kann.

Wie irregeführt ist er darin? John Dowland hatte ein schwarzes Herz. Er wurde als größter Musiker Englands angesehen, doch seine Seele war, wie man hört, von Bitterkeit und Ekel erfüllt.

Peter Claire setzt sich auf einen Stuhl und blickt auf die Wand. Zum erstenmal in seinem Leben möchte er lieber sterben als auch nur eine Woche weiterleben. Er lauscht auf den Wind draußen in den Bäumen, als hoffe er in dem Seufzen die verstohlene Ankunft eines Henkers wahrzunehmen.

Sie ist blaß von den langen Tagen und Nächten des Reisens. Sie ist größer, als er sie in Erinnerung hatte.

Francesca und ihr Vater blicken ihn forschend an, als sie ihm nacheinander die Hand reichen, als wollten sie gleich seine Gedanken lesen.

Ihre Augen ruhen auf ihm, als er die Diener anweist, den Reisenden aus Irland ihre Zimmer auf Frederiksborg zu zeigen. Dann erklärt er ihnen hastig, daß der König in diesem kalten Winter bei schlechter Gesundheit sei und seine versprochenen Audienzen oft nicht gewähren könne. »Er wird Euch sehen«, sagt er, »dessen bin ich mir sicher, doch Ihr müßt Euch vielleicht ein paar Tage gedulden.«

»Natürlich gedulden wir uns!« erwidert Francesca. »Und ich glaube wirklich, daß jede Verzögerung etwas Gutes haben kann. Wir haben dann Zeit, uns an die Lebensumstände hier zu gewöhnen. Ist es nicht so, Vater?«

»So ist es!« bestätigt Ponti. »So ist es!«

»Und hinzu kommt«, fährt Francesca fort, »daß Mr. Claire, wenn der König krank ist, vielleicht nicht so stark im Orchester beansprucht wird und so mehr Zeit mit uns ...«

»Nun ...« setzt Peter Claire an.

»Auch das ist so!« meint Ponti.

Sie folgen den Dienern vom kalten Sonnenlicht im Freien in die Palastgänge. Peter Claire möchte erklären, daß König Christian seine Musiker oft mehr braucht, wenn er krank ist, als wenn es ihm gutgeht, findet aber nicht die richtigen Worte dafür, weil er weiß, daß Francesca nur voller Verachtung für sie sein wird, weil sie in ihnen sieht, was sie sind – seine Entschuldigung, sie zu vernachlässigen, allen Umgang mit ihr zu vermeiden, der ihn daran erinnern könnte, was er einst gefühlt hat. In diesem Augenblick begreift Peter Claire, daß ihm Francesca O'Fingal tiefer ins Herz sehen kann als sonst jemand, einschließlich er selbst.

Das wird durch alles, was er sieht, bestätigt. Ihre Augen sprühen Feuer. Sie reicht ihm eine ihrer Schachteln, um sie die Treppe hinaufzutragen. Sie verhält sich wie eine Mutter, die gemerkt hat, daß ihr Lieblingssohn sie anlügt, und ihn so lange ihren Zorn spüren läßt, bis er die Wahrheit sagt. Und Peter Claire bleibt nur, ihr mit der Schachtel in der Hand zu folgen. Er fühlt sich klein und schwach. Wie er sie so vorausgehen sieht mit ihrem festen Schritt, ihren fliegenden Röcken, ihrem dunklen, sich aus den Flechten lösendem Haar, weiß er, daß ein Teil von ihm wieder – in diesen wenigen Augenblicken – genau dem verfällt, wovor er sich so fürchtete: Francescas Macht über ihn.

Als sie oben an der Treppe ankommen, nicht weit von dem Zimmer entfernt, das Emilia bewohnte und in dem er das Huhn und das graue Kleid antraf, wagt er es, Francescas Blick zu begegnen. Sie lächelt, und es ist ein triumphierendes Lächeln, das besagt: Es ist nicht vorbei, Peter Claire! Männer mögen ja meinen, ihr Tun habe keine Konsequenzen, doch das ist nicht so.

Der König, der von Magenschmerzen geplagt wird, bleibt in seinem Zimmer und empfängt niemanden, so daß Francesca und ihr Vater mit Peter Claire und dem restlichen Orchester zu Abend essen.

Jens Ingemann ist umgänglich, preist gegenüber den italienischen Gästen »das große Gefühl für Musik in der italienischen Seele« und lächelt Martinelli und Rugieri zu. Peter Claire merkt, daß alle Männer im Raum von Francescas Schönheit angetan sind. Jeder weiß, daß sie Witwe ist. Sie fragen sich, ob sie vielleicht hier bei ihnen bleibt. Niemand ahnt, daß Peter Claire ihr Geliebter war.

Das Gespräch beginnt in Englisch, wirbelt ins Italienische, was Pasquier beunruhigt, der es mit Französisch versucht, worauf Francesca holprig, über ihre eigenen Fehler lachend, antworten kann. Sogar Krenze, der so oft Distanz zur Geselligkeit des Orchesters wahrt, bemüht sich, mit diesen wechselnden Sprachen zurechtzukommen, um nicht ausgeschlossen zu werden.

Peter Claire, der etwas von Francesca entfernt sitzt, beobachtet, wie sie diese internationalen Schmeicheleien akzeptiert, als wären sie die übliche Alltagswährung. Sie ist liebenswürdig und witzig. Wenn sie sich ein Lächeln erlaubt, ist es mehr heiter als flirtend. Im Kerzenschein sieht sie in ihrem dunkelblauen Kleid aus, als habe ihre Schönheit einen Augenblick der Vollkommenheit erreicht. Und sie scheint das zu wissen. Wie lange, sagen ihre Blicke und Gesten in seine Richtung, kannst du widerstehen?

Er wendet sich von ihr ab und unterhält sich mit Ponti über Dänemark und dessen große Wälder, die, wie es heißt, in Jütland schneller emporwachsen als sonstwo auf der Welt.

»Sagt mir«, fragt Ponti, »wie kann ich meine Konzession vom König bekommen? Was soll meine *strategia* sein?«

»Geld«, erwidert Peter Claire.

»Geld?«

»Das ist alles – abgesehen von der Trennung von seiner Frau –, was den König beschäftigt. Ihr müßt ihm für das Waldland und die Herstellungserlaubnis soviel bieten, wie Ihr Euch leisten könnt, Signore Ponti. Natürlich bekommt Ihr das Geld im Laufe der Zeit zurück. Und dann müßt Ihr ihm klarmachen, daß Eure Ware niemals schludrig sein wird.«

»Was ist ›schludrig‹?«

»Fehlerhaft, minderwertig, unvollkommen. Ihr müßt garantieren, daß Euer Papier die gleiche Qualität haben wird wie das, welches Ihr in Bologna herstellt.«

»Das kann ich! Soll ich Seiner Majestät gegenüber das Wort ›schludrig‹ erwähnen?«

»Ja. Versichert ihm, daß Ihr seine Besorgnis deswegen kennt. Und gebt ihm ein Muster Eures Velums. König Christian beherrscht eine hervorragende Kalligraphie, und es bereitet ihm Vergnügen, auf gutem Papier zu schreiben.«

Ponti lächelt und nickt. »Noch etwas muß ich wissen«, fährt er fort. »Welchen Transportproblemen sehe ich mich gegenüber, wenn meine Papiermühle in Jütland errichtet wird?«

Peter Claire antwortet, er sei noch nie in Jütland gewesen. Er sagt nicht, daß er es sich tausendmal vorgestellt hat, diese weite, menschenleere Landschaft, wo sich Emilias Fußabdrücke im Schnee abzeichnen. Er erklärt, daß es drei Jahre lang von den katholischen Soldaten des Habsburger Kaisers besetzt gewesen sei und berichtet wird, daß diese für ihre Pferde und Kanonen Straßen gebaut haben. »Die Soldaten haben das Land inzwischen verlassen«, schließt er, »doch die Straßen sind bestimmt noch da. Und es gibt in Jütland viele große, vom Adel gebaute Häuser, wie zum Beispiel Schloß Boller. Und die dänischen Adligen möchten über alles, was in der Welt geschieht, unterrichtet sein, Signor Ponti, damit sie nicht durch ein Mißgeschick davon ausgeschlossen werden. Daher würden sie sich nicht von den Wegen der Neuigkeiten und Informationen abschneiden lassen.«

Vater und Tochter ziehen sich zurück, als die Kirchturmuhr Mitternacht schlägt.

Als Francesca das Zimmer verläßt, dreht sie sich um und wirft Peter Claire einen Blick der Art zu, die er von ihren Abenden auf Cloyne kennt. Die einzige Möglichkeit, sich gegen ihre Einladung zu wehren, ist es, auf den Boden zu schauen, so zu tun, als habe er nichts gesehen und nichts verstanden.

Als dann die Musiker anfangen, sich über die Schönheit und Intelligenz der italienischen Gräfin aus Irland zu unterhalten, steht er auf und geht in die kalte Nacht hinaus.

Auf dem Kopfsteinpflaster liegt eine dünne Schneeschicht, doch die Nacht ist klar, und so verläßt er Frederiksborg und läuft in Richtung Kopenhagen. Er nimmt aber eigentlich gar nicht wahr, wohin er geht, möchte nur laufen, um Abstand zum Abend zu gewinnen, der gerade zu Ende gegangen ist.

Er hat Kopfschmerzen. Er kann sich selbst nicht leiden, fühlt sich von seinem schwachen Schatten auf dem Schnee irritiert, als sei dieser ein allzu beharrlicher Begleiter. Er möchte auf diesen treten – ihn auslöschen. Er weiß, daß er im Hinblick auf Francesca O'Fingal die gleiche Feigheit zeigt wie manchmal als Knabe, wenn er lieber wegrannte, als der Enttäuschung seines Vaters ihm gegenüber ins Auge zu sehen. Er versteckte sich dann immer in den Sanddünen. Er stellte sich diese als Universum vor, in dem ein Knabe für immer leben könnte, ohne je gefunden zu werden.

Als er jetzt durch die Nacht stapft, stellt er sich vor, in die Neue Welt zu fliehen, in Kopenhagen einfach ein Schiff zu nehmen, die erste Etappe seiner Reise ins Numedal nachzuvollziehen, um dann zu erleben, wie sich das Schiff im Skagerrak mit den vorherrschenden Winden nach Westen wendet und dann südlich unterhalb Islands in den Atlantischen Ozean sticht. Er kann sich kein Bild von der Neuen Welt machen, nur von seiner endlosen Reise dorthin. Daran kann er ermessen, daß er überhaupt nicht geneigt ist, irgendwo anzukommen.

Er weiß nicht, wie lange er so gelaufen ist, als ihn plötzliche Müdigkeit überfällt, so daß er stehenbleibt, zum Himmel mit seinen Sternen blickt, die zwar Seeleute über das Meer führen können, aber ansonsten eiskalte Körper am schwarzen Himmel sind, die keinen Trost spenden können.

Da bemerkt er, daß nur ein Stück weiter eines jener kleinen Gasthäuser an der Straße liegt, die nie zu schließen scheinen und in denen sich die Männer in dieser bewegten Zeit treffen, um ihre Armut zu vergessen oder ihre Dämone in Schach zu halten. Er rennt nun fast hin und betet, es möge zu dieser späten Stunde noch jemand dasein und ein Feuer und eine Holzbank geben, auf die er seinen Kopf legen kann.

Es ist ein niedriges Haus aus Erde und Baumstämmen mit einem Strohdach. Als Peter Claire eintritt, riecht er Pfeifenrauch und Apfelbaumholz und sieht den Wirt in seiner Schürze im Gespräch mit einem anderen Mann. Zwischen den beiden steht ein Krug Wein auf dem Tisch.

Sie drehen sich um. Sie haben weder eine Kutsche noch einen Wagen noch ein Pferd gehört. Die Nacht hat den Gast aus dem Nichts herbeigezaubert, und die Trinker sehen bestürzt aus.

Peter Claire entschuldigt sich wegen der späten Stunde, bittet um Ale und darum, sich »einen Augenblick oder auch zwei am Feuer ausruhen« zu dürfen, und der Wirt steht auf und stellt ihm einen Stuhl hin.

Der andere Mann, der schon reichlich Wein getrunken hat, versucht ihn sogleich in ein Gespräch zu verwickeln. »Ihr habt es nicht gesehen, wie, Sir?« fragt er.

Er ist schon älter und hat ein faltiges, geschwärztes Gesicht, das aussieht, als habe es Sandstürmen und Eislawinen getrotzt.

»Was gesehen, mein Freund?« fragt Peter Claire.

»Heute in Kopenhagen. Bei Gammeltorv. Die Hinrichtung.«

Der Wirt, der das Ale einschenkt, blickt zum Tisch hinüber und sagt: »So eine wird es nicht wieder geben, das sagen alle!«

Peter Claire hält seine kalten Hände über die Reste des Feuers. »Wer ist denn hingerichtet worden?« fragt er.

»Ein junges Mädchen«, erwidert der Weintrinker. »Sie starb auch, jawohl, sie war dazu verurteilt worden, doch es war ein langes Sterben.« Er schüttelt den Kopf, trinkt noch einen Schluck Wein und wischt sich mit dem Handrücken über den Mund. Der Wirt bringt Peter Claire seinen Krug Ale, und dieser setzt ihn sich sogleich an die Lippen. Er weiß nicht, wie weit er gelaufen ist, doch als es ihm jetzt allmählich wieder warm wird, verspürt er plötzlich einen heftigen Durst.

»Wißt Ihr, wer Herr Bomholt ist?« fragt der Wirt.

»Nein!« antwortet Peter Claire.

»Einer der Henker des Königs.« Zu dem anderen Mann gewandt sagt er: »Erzähl du's! Es ist deine Geschichte.«

Der Fremde streicht sich mit der schmutzigen Hand übers Gesicht und blickt dann Peter Claire mit einem beunruhigenden Lächeln an. »Bomholt war früher gut mit der Axt«, sagt er. »Einer der Besten. Doch wie Ihr wißt, werden die Henker pro Kopf bezahlt: soviel fürs Hängen, soviel fürs Kopfabschlagen, soviel fürs Auspeitschen, soviel fürs Brechen...«

»Fürs Brechen?«

»Der Knochen. Wie beim Hähnchenessen, schnapp, schnapp! Eßt Ihr Hähnchen, Sir?«

Peter Claire nickt. Er leert seinen Bierkrug.

»Nun, Bomholt ist gierig, wißt Ihr. Möchte seinen Sack voller Skillings, wie jede andere arme lebende Seele heutzutage in Dänemark auch. Träumt von Geld und noch mehr Geld, und so übernimmt er sich und verletzt sich eine Sehne im Arm. Hatte den Morgen mit Auspeitschen von Huren verbracht. Es sollen acht gewesen sein. Achtmal Seuchenfleisch an einem Morgen! Deshalb tut ihm der Arm weh. Er ist aber gierig, sagte ich ja schon. Will seine Hinrichtung, nicht wahr? Will seine Börse für das Enthaupten, sein hübsches Enthaupten!«

Das Lachen des Mannes geht in Husten über. Er spuckt in den Sägestaub. »Nun zu dem«, fährt er fort, »was ich gesehen habe. Ich stand in der ersten Reihe der Zuschauer. Das Mädchen wird gebracht. Sie soll wegen ihrer Lüsternheit sterben, hat es siebenmal mit ihrem Schwager getrieben! Legt den Kopf also auf den Block. Und alle warten, während der Priester noch ein Gebet spricht. Und dann tritt Bomholt mit der Axt vor. Er versucht, sie sehr hoch zu heben, um sie sauber runterzubringen, beim erstenmal. Aber er kann sie fast überhaupt nicht hochheben! Er läßt sie fallen und sie schneidet ein, doch nicht tief. Also versucht er es noch einmal, bekommt die Axt aber auch diesmal nicht hoch genug, und so geht es weiter, Schlag für Schlag, Schnitt für Schnitt, fünf- oder sechsmal, aber das Mädchen ist immer noch nicht tot. Und dann, mein Freund? Wißt Ihr, was dann passiert ist?«

Peter Claire schüttelt den Kopf.

»Bomholt rennt weg. Er läßt die Axt fallen. Und das Mädchen schreit gottserbärmlich. Und die Zuschauer werden ohnmächtig...«

Peter Claire schaut benommen auf den Mann und das verqualmte Zimmer. »Was dann?« fragt er schwach.

»Ich habe es vollbracht!« sagt der Mann stolz. »Ein Schlag! Sauber und sicher! Und habe für meine Mühe eine Börse mit Geld bekommen.« Er schlägt sich aufs Knie. »Des einen Leid ist des andern Freud, wie, Sir? Das wußten wir doch schon immer! Nicht wahr?«

Zum Papier

Als Peter Claire König Christian um eine Audienz für den Papierhersteller aus Bologna bittet, findet dessen müder Kopf eine plötzliche, unerwartete Zuflucht in einer Vision untadliger Kalligraphie, in der die Buchstaben in perfekter Symmetrie ausgerichtet sind. »Ja«, sagt er. »Schickt ihn zu mir!«

Der König, der in einem Stuhl am Feuer seines Schlafzimmers sitzt, stellt fest, daß er unter dem Lederumhang sein Nachthemd trägt. Er kann sich nicht daran erinnern, wann er zuletzt etwas gegessen hat oder woran er gerade dachte, als der Lautenist hereinkam, oder ob Musik gespielt worden war oder nicht. Er blickt an seinen Beinen hinunter und sieht, daß sie nackt und die Venen geschwollen sind, als wänden sich Würmer direkt unter der Haut. Er bittet Peter Claire zu warten, ihm ein paar Felle zum Zudecken zu bringen und ihm die Haare zu kämmen.

»Was habe ich gerade gemacht?« fragt er, als der Kamm ihm über die Kopfhaut kratzt.

»Wann, Euer Majestät?«

»Gerade eben! Bevor Ihr den Papierhersteller erwähnt habt!«

Peter Claire erwidert, er habe einer Pavane für Soloflöte von Ferrabosco zugehört, und erklärt, das Stück erinnere ihn an eine Reise nach Spanien, wo das Abendlicht jadefarben war und die Frauen nach Gewürznelken rochen.

Christian lächelt. »Ich habe den Verstand verloren«, meint er.

Als Francesco Ponti hereinkommt, findet der König, daß ihn doch noch eine tröstliche Normalität umgibt. Er bittet ihn, Platz zu nehmen.

Signor Ponti verneigt sich tief und dreht sich dann um. Nun sieht der König eine weitere Person vor sich, eine dunkelhaarige Frau, die ihm als Pontis Tochter vorgestellt wird. »Bitte verzeiht mir, Sir«, sagt Ponti, »doch ich habe kein Dänisch, und mein Englisch ist nicht genau. Meine Tochter Francesca dolmetscht für uns.«

König Christian blickt auf Francesca, die einen Knicks vor ihm macht. Ihr Gesicht würde er als »schön« bezeichnen, und ihre Augen sind von großer Intensität. Er atmet die Luft seines Zimmers ein, da er meint, diese Frau müsse, wie die Schönheiten von Santander, nach Gewürznelken oder einem anderen nachhaltigen Aromastoff riechen. Ihre Anwesenheit erinnert ihn daran, daß die Welt von einer Vielfalt ist, die er sich zu vergessen erlaubt hatte. Er ist bereits zu lange in seiner Festung eingeschlossen. Und diese Gefangenschaft hat seinen Verstand in Mitleidenschaft gezogen.

Ponti hat einen großen Kasten mitgebracht, dem er jetzt eine Sammlung Ledermappen entnimmt.

»Mein Vater würde Euch gern ein paar seiner Papiermuster zeigen, Euer Majestät«, sagt Francesca, die nervös ist, was man aber ihrer kräftigen Stimme nicht anmerkt. »Die Ponti-Manufaktur ist im ganzen Land für die Qualität ihres Papiers und Pergaments berühmt. Sie hat sich von Anfang an der Herstellung schludriger Ware widersetzt.«

Der König nickt enthusiastisch. »Gut!« meint er.

Ponti legt eine der Mappen auf einen niedrigen Tisch neben dem Stuhl des Königs. Sie enthält vier Blätter eines sauberen, cremefarbenen Papiers von bewundernswerter Glätte. König Christian beugt sich vor, um sie zu begutachten, und reibt die Ecke eines Blatts zwischen Daumen und Zeigefinger. Das Papier fühlt sich gut an.

»Mein Vater hat dieses Muster *Carta Ponti Numero Due* genannt. Es ist nicht das beste, verkauft sich aber gut.«

»Ja«, meint der König. »Mir gefällt seine Reinheit.«

»Es ist ein sehr saugfähiges Papier.«

»Saugfähig?«

»Für die Tinte. Ein Kunde meines Vaters, ein Kartograph, hat einmal gesagt, seine Feder sei ins *Numero Due* verliebt, nicht wahr, Papa?«

»Ja«, antwortet Ponti lächelnd.

Der Gedanke an den verliebten Kartenfederkiel amüsiert den König. Er stellt sich vor, wie der Kartograph arbeitet und arbeitet und kaum einmal zum Schlummern oder Essen innehält und seine Flüsse und Deltas immer noch gestochener und seine Zeichnungen von Schiffen und kleinen Wellen immer noch kunstvoller und phantastischer werden. »Das ist es, was wir in Dänemark brauchen!« sagt er. »Männer, die ihre Arbeit wieder *lieben*.«

König Christian bekommt eine große Auswahl Muster vorgelegt. Er streicht mit den Händen darüber. Er hält sie sich vors Gesicht und riecht daran. Und er stellt fest, daß Signor Ponti flink wie ein Magier ist: Er zaubert mehr hervorragende Mappen aus dem Kasten, als man darin vermutet hätte, und läßt sie mit einer graziösen Handbewegung aufschnappen. Und Christian merkt, daß ihm dies Freude bereitet, ähnlich einer neuen Vorstellung, für die die Aufführenden gut geprobt haben. Ja, als der Kasten schließlich leer ist und er die verschiedenen Papierarten geprüft hat, wird ihm bewußt, daß sein Kopf und Körper eine ganze halbe Stunde lang Frieden gefunden hatten.

Er läßt Wein für seine Gäste und Karten von Jütland kommen, die er vor Ponti und Francesca aufrollt. »Wälder!« verkündet er, wobei er merkt, als er mit der Hand über die Karte streicht, von welch grober Qualität das dänische Pergament ist, aber dennoch die leuchtenden Farben bewundert, die der Künstler verwendet hat. »Und viele davon gehören mir! Es sind königliche Ländereien, die der Adel nicht anrühren kann.«

Die Italiener schauen fasziniert auf die winzigen smaragdgrünen Bäume, mit denen der Kartograph fast das halbe Land bedeckt hat, und auf die große Anzahl Seen und Flüsse, die sich wie eine verhedderte Aquamarin-Halskette durch die vielen Morgen leuchtendgrünen Waldlands schlängeln.

»Geht nach Jütland!« meint der König. »Wie Ihr seht, gibt es in dieser Gegend viel Holz und Wasser. Ich gebe Euch einen Landvermesser mit. Sagt mir dann, wenn Ihr zurückkommt, ob das *Carta Ponti Numero Due* und *Numero Uno* aus dänischen Bäumen hergestellt werden kann. Ich bin nur an Papier dieser Qualität interessiert – an einem Papier, in das sich meine Kalligraphie vernarren kann. Wenn Ihr das fabrizieren könnt, gebe ich Euch die Konzession für Eure Mühle, und wir legen dann fest, wieviel vom Profit Euch und wieviel mir gehört.«

Signor Ponti strahlt. Er sieht das Ponti-Wasserzeichen schon auf dänischen Staatsdokumenten, Almanachen und Notenblättern, auf Handzetteln und Architektenzeichnungen, auf den Vorsatzblättern gelehrter Bücher, auf Liebesbriefen und Testamenten. Er gibt sich schon dem köstlichen Gedanken hin, das Wort »Ponti« sei ein Synonym für gutes Papier geworden, so daß die Dänen eines Tages sagen würden: »Reicht mir ein Blatt Ponti, Sir!« oder: »Der unglücklich Liebende zerknüllte das Blatt Ponti und warf es ins Feuer.«

Auch der König lächelt. Er hat jetzt einen klaren Kopf. Es ist geradeso, als habe er schon begonnen, auf den sauberen Blättern Papier eine Zukunft niederzuschreiben, in der es plötzlich und unerwartet kein Herzeleid und keine Armut mehr gibt.

Kammern des Trostes

Königinwitwe Sofie ist in ihrem Keller.

Wie immer hat sie die schwere Tür hinter sich verschlossen und geht nun mit nur einer Kerze langsam an den Weinfässern entlang, um zu sehen, ob sie sich noch erinnern kann, was in jedem einzelnen versteckt ist.

Geduldig hatte sie ihre Münzen sortiert: die goldenen Daler und Penningar, die silbernen Daler und Skillings. Dann hatte sie diese in kleinen Mengen in Schweinslederbeutel gesteckt, zugebunden und mit Wachs versiegelt. Danach hatte sie die Beutel für einen Tag und eine Nacht in Wasserbecken gelegt, um sicherzustellen, daß sie nicht undicht waren. Wenn ja, wurden sie wieder geöffnet und neu versiegelt. Daraufhin hatte sie einen Beutel nach dem anderen in den Fässern verstaut.

Und dann war der geniale Augenblick gekommen. Die Fässer wurden mit Wein gefüllt.

Königin Sofie wagte es, ihre Münzen in weichen Säcken im Wein liegenzulassen, weil sie wußte, daß der Wert des Geldes erhalten bleiben würde, auch wenn die Häute im Laufe der Zeit verrotteten und die Münzen anliefen. Im übrigen konnte sie leicht feststellen, ob und in welchem Maße sich die Häute zersetzten oder winzige Partikel des kostbaren Metalls durchsickerten, indem sie etwas Wein abgoß und daran roch. Königin Sofie hatte eine so feine Nase, daß sie Untreue des verstorbenen Königs an einem winzigen Hauch erkennen konnte. Er hatte einen aromatischen Bart gehabt. Dessen Nähe hatte der Königin immer mehr Geheimnisse preisgegeben, als Frederik II. es sich hätte vorstellen können.

Jetzt stellt Königin Sofie ihre Kerze hin. Sie hat einen kleinen Becher mitgebracht und bückt sich nun zum ersten Faß, dreht am Hahn und läßt ein paar Tropfen Wein auslaufen. Dann taucht sie ihre Nase direkt ins Gefäß und atmet das Bouquet des Weins ein, wobei sich ihre Nasenlöcher links und rechts aufblähen. Wein kann sich nicht verstellen. Entweder hat er einen Stich oder aber nicht, und das kann sie ebensogut beurteilen wie ein Burgunderkenner.

Sein Bouquet ist das des Waldes und Sommerobstes. Auch in ihm liegt der Duft der verlorenen Vergangenheit, als die Männer bei Staatsbanketten und religiösen Feiern voller Sehnsucht auf ihr goldenes Haar blickten. Und all diese erinnerten Düfte sind rein und von nichts anderem besudelt.

Die Königin schüttet den Wein weg und geht zum nächsten Faß, läßt etwas Wein auslaufen und riecht daran. Auf diese Art prüft sie fünf Fässer, und in keinem gibt es auch nur einen leisen Hinweis auf ein Umschlagen des Weins. Aus dem letzten Faß gießt sie sich den Becher bis zum Rand voll und trinkt ihn aus. Ihr Wagnis ist gelungen. Die Beutel liegen im nassen Dunkel und sind sicher und unbeschädigt.

Königin Sofie nimmt die Kerze wieder in die Hand.

Sie geht hinter die Fässer und holt eine Eisenstange von der Wand. Dann stellt sie die Kerze auf den geteerten, staubigen Boden zurück und beginnt nun, den Teer an einer Stelle sorgfältig wegzukratzen, als sei sie eine Bauersfrau mit einer Hacke und der Kellerboden ein Stück Land, wo kostbare Sämlinge wachsen.

Bei ihrer Arbeit hört sie ein Rascheln im Keller und hofft, daß es Mäuse und nicht Ratten sind, die sich hier für den Winter eingenistet haben. Doch an diesem Tag macht ihr nichts angst. Sie hat sich durch Wagemut und Findigkeit ihren künftigen Seelenfrieden gesichert, und die Erregung, die sie verspürt, als nach ein paar Minuten Hacken mit der Stange herrlicher Goldglanz zutage tritt, steht der ihrer einstigen Liebhaber, wenn sie ihr flachsblondes Haar berührten, in nichts nach.

Teer und Staub bedecken nicht nur die Goldbarren, sondern dienen auch als Mörtel, um sie zusammenzuhalten. Früher bestand der Boden aus Ziegelsteinen, jetzt aus Goldbarren. Als König Christian in Königin Sofies Gewölben nach dem Schatz suchte, von dem er wußte, daß er da war, stand er direkt darauf.

Die Königin gräbt einen Goldbarren aus, säubert ihn mit ein paar Lappen, verbirgt ihn unter ihren Röcken, flitzt mit ihm zu ihrer Schlafkammer hinauf und verschließt die Tür hinter sich. Dann legt sie sich mit dem Barren auf dem Magen ins Bett und streichelt ihn.

Dieses Streicheln ihres Golds ist für Königin Sofie so beruhigend, daß sie sogleich in einen Schlaf mit lebhaften Träumen fällt. Stimmen, die sie kennt, von denen sie aber nicht sagen kann, zu wem sie gehören, fragen sie, was sie mit ihrem Barren kaufen oder erlangen will, und sie erwidert, daß sie sich das Glück dafür kaufen möchte, jedoch dessen genaue Form und Gestalt nicht kenne. »Kann es sein«, fragen die alten Stimmen beharrlich, »daß dessen genaue Form und Gestalt der Barren selbst ist?«

Sie wacht auf, blickt auf ihren goldenen Stein und begreift – wie in Wahrheit schon seit geraumer Zeit –, daß es niemals wieder etwas geben wird, was ihr mehr Zufriedenheit bringt als das, was hier und jetzt schwer auf ihrem alternden Körper liegt. Die Zeiten sind vorbei, in denen sie Gold gegen etwas Wunderbareres, als es selbst ist, eintauschen konnte.

Zur gleichen Zeit sitzt Vibeke Kruse in ihrem Zimmer auf Boller am französischen Schreibpult, beißt sich wie ein kleines Kind auf die Lippen und müht sich mit Schönschriftübungen ab, die sich Ellen Marsvin für sie ausgedacht hat.

Sie hatte sich schon immer ihrer Schrift geschämt, besonders, daß man ihre U nicht von ihren N unterscheiden konnte und es ihr nicht gelang, ihre G und Y hübsch zu schreiben. Vor kurzem war sie nun von Ellen wegen dieser Schwäche gescholten worden, und diese hatte streng von ihr verlangt, etwas dagegen zu tun.

Daher schreibt sie nun Zeilen mit N, ineinanderverschlungenen G und U, die sie an auftrennende Stricksachen erinnern. Es ist eine öde und schwierige Arbeit für sie, doch sie hält durch, weil jeden Augenblick Ellen Marsvin hereinkommen wird, um sich anzusehen, was sie zuwege gebracht hat.

Vibeke hat auch Schmerzen im Mund. Sie würde sich gern darüber beklagen, tut es aber nicht, ebensowenig wie sie sich über die Schönschriftübungen beklagt. Denn beides gehört zu Ellens großem Plan für sie. Und dieser Plan kann nur gelingen, wenn Stillschweigen darüber bewahrt wird.

Vibeke legt den Federkiel hin und tastet mit dem Zeigefinger vorsichtig ihr Zahnfleisch ab. Was der Finger dort findet – die Ursache der wunden Stelle, die sie fast zum Weinen bringt –, sind ein paar neue Zähne.

Sie sind aus poliertem Elfenbein. Sie liegen in ihrem Kiefer, wo ihre eigenen Zähne verfault und ausgefallen sind, und sind mit Silberdraht an den danebenliegenden Backenzähnen befestigt. Der Zahnbildner hat sich Vibekes Mundschmuck von Ellen teuer bezahlen lassen, und so will Fru Marsvin keine Klagen darüber hören, wie unangenehm er ist und welche Probleme er bei den Mahlzeiten bereitet. Ja, Ellen hat Vibeke sogar angefahren, daß die Unannehmlichkeit nur gut ist, wenn sie dazu führt, daß sie sich vor dem Essen fürchtet. Möge sie nicht essen! Möge sie endlich schlank werden! Denn erst, wenn sie sich in ihren teuren neuen Kleidern mit Grazie bewegen kann, ihre Schrift besser geworden ist und ihre Zähne beim Lächeln keine Lücken mehr aufzeigen, kann der Plan endlich ausgeführt werden.

Ellen Marsvin kommt in Vibekes Zimmer und schließt die Tür hinter sich.

Sie geht zum Schreibpult hinüber, stellt sich hinter Vibeke und blickt auf deren Werk, das noch immer von so hoffnungsloser Naivität ist, als lerne Vibeke das Alphabet zum erstenmal schreiben.

»Sieh doch!« sagt Ellen ungeduldig. »Die Köpfe deiner G sind alle verschieden groß, sollten aber doch einheitlich sein. Schreib noch eine Zeile!«

Vibeke taucht die Feder in die Tinte und fängt so schnell und gehorsam von vorn an, daß mehrere N in der Zeile darüber verwischt werden.

Ellen sieht auf Vibekes rechtem kleinen Finger schwarze Flecken. Und obwohl ihre Anstrengungen etwas Irritierendes an sich haben, empfindet Ellen Marsvin beim Anblick des tintenbefleckten Fingers Vibeke gegenüber doch eine Zärtlichkeit, der sie nur dadurch Ausdruck verleihen kann, daß sie ihr eine Hand freundlich aufs Haar legt. »Es wird schon, Vibeke!« sagt sie sanft. »Wenn es Frühling wird...«

»Das hoffe ich auch!« antwortet Vibeke, wobei sie in ihren G innehält und sich Ellen zuwendet.

»Wir brauchen einfach noch etwas Zeit. Das ist alles! Wie geht es heute mit deinen Zähnen?«

Vibeke möchte antworten, daß der Silberdraht so fest sitzt, daß sie befürchtet, er könne in die glänzende Oberfläche ihrer eigenen gesunden Zähne einschneiden, und daß ihr Kiefer an den Stellen, wo die Elfenbeinzähne liegen, rot und wund ist. Sie sagt jedoch nur, daß sie sich langsam an die neuen Skulpturen in ihrem Mund gewöhne und Nelkenöl den Schmerz lindere.

»Verlier nicht den Mut!« meint Ellen, als sich Vibeke wieder ans Schreiben macht. »Alles wird mit der Zeit gut, und wenn es gut ist, dann ist es gleich sehr gut.«

Ellen Marsvin, der die netten – fast poetischen – Windungen dieses letzten Satzes gefallen, blickt sich mit einem zufriedenen Lächeln in Vibekes Zimmer um. Es enthält innerhalb seiner vier Wände alle geheimen »Zutaten« ihres Plans. Und in diesem liegt die stille Erwartung einer sehr tröstlichen Zukunft.

Johann Tilsens Entdeckung

Als die Januarkälte stärker wird und sich auf dem Brunnen eine Eisschicht bildet, setzt Johann Tilsen seine Suche nach Marcus fort.

Er reitet allein aus. Er wickelt sich einen Schal um Nase und Mund, um die eiskalte Luft durch das Tuch zu filtern, doch sein so gefangener Atem kondensiert zu Wasser, dieses wird zu Eis, und die Haut seines Gesichts fängt zu brennen an.

Er hat schreckliche Angst, Marcus' Leichnam zu finden. Er gesteht sich ein, daß er *in der Hoffnung sucht, nichts zu finden.*

Er ist für den Schnee, der mehrere Zentimeter tief gefallen ist, fast dankbar, weil so der Leichnam gefroren und sogar noch ausreichend bedeckt sein würde, um bis zum Frühling verborgen zu bleiben. Dennoch gräbt Johann Tilsen an den Stellen, wo Schnee angeweht und aufgehäuft ist, mit einem Spaten und den Händen, wobei er die ganze Zeit betet, daß unter den Verwehungen nur die herabgefallenen Blätter und der Erdboden sind.

Bei seinem mühseligen Unterfangen versucht er sich immer wieder, wenn die Qual der Suche und der Schmerz der Kälte fast unerträglich werden, mit dem Gedanken zu trösten, Marcus habe irgendwie »die andere Welt« gefunden, von der er immer sprach, daß es diese irgendwo gibt – nicht nur in der wirren Phantasie des Kindes.

Doch Johann Tilsen ist ein vernünftiger Mann. Er weiß, daß es auf dieser Seite des Todes keine »andere Welt« gibt. Seine Vorstellungen von Marcus auf einer sonnenbeschienenen Ebene oder Prärie sind reine Illusion. An einem dieser eiskalten Morgen wird er ihn finden.

Eine einsame, gebeugte Gestalt in der weißen Landschaft, blickt Johann Tilsen auf sein Leben und entdeckt in ihm Zeichen, die er nicht deuten kann. Bis zu diesem Winter, bis zu Marcus' Verschwinden, hatte er immer geglaubt, sein Schicksal in der Hand zu haben, weil er stolz von sich behauptete, den Menschen in die Herzen sehen zu können. Doch nun spürt er – ohne den Grund dafür benennen zu können –, daß er diese Fähigkeit verloren hat. Unter seinem eigenen Dach, in der dicken Luft des Salons und der erotischen Dunkelheit seines Schlafzimmers, hat sich etwas verändert oder verschoben, ein Etwas, das er nicht genau beschreiben kann, das aber trotzdem vorhanden ist.

Es hat etwas mit Magdalena zu tun. Johann Tilsen blickt seine Frau an – wenn er sie liebt und wenn sie schläft – und versucht zu erkennen, was sich verändert hat. Doch es entzieht sich ihm. Sie verhält sich nicht anders als sonst. Sie ist ihm gegenüber liebevoll und immer um sein Wohlergehen besorgt. Es ist nach wie vor leicht, sie zu erfreuen. Und im Bett macht sie auch weiterhin, worum er sie bittet, ganz gleich, was seine Phantasie heraufbeschwört.

Und doch ist sie verändert.

Wie ist es möglich, daß man eine Veränderung bemerkt, die in keiner bestimmten Sache liegt und nicht definiert werden kann?

»Magdalena«, flüstert er eines Nachts, als er, sein Glied noch in ihr, merkt, daß sie einschlafen will, »was verbirgst du vor mir?«

Sie rührt sich nicht. Nach einer Weile erwidert sie: »Du bist mein Mann, Johann. Du siehst alles, was ich bin.«

»Ich *sehe*, was du bist«, antwortet er, »doch ich *weiß* nicht, was du bist. Und das beginnt mich allmählich zu quälen.«

Am Bett flackert noch eine Kerze. Magdalena setzt sich auf, wodurch sie ihren Körper von Johanns trennt, und bläst sie aus.

Nun liegen sie im Dunkeln, und sie streckt die Hand aus und greift nach seiner. »Johann«, sagt sie, »wenn dich etwas quält, dann hängt das nicht mit mir zusammen. Deine Suche nach Marcus setzt dir zu.«

Johann schweigt. An dem, was Magdalena gesagt hat, ist etwas Wahres. Die Stunden, die er allein unter dem grauen Himmel verbracht hat, haben ihn sicher geschwächt, am Körper und am Geist. »Ja«, sagt er, »doch das ist es nicht. Etwas ist in diesem Haus geschehen. Ich spüre es.«

Sie hören den Schrei eines Nachtvogels. Magdalena antwortet nicht, so daß Johanns letzte Äußerung und dieser Schrei einen Augenblick lang in der Dunkelheit zu schweben scheinen, um dann plötzlich wie ein Echo zu ersterben.

»Magdalena...«

»Pst, mein Lieber«, sagt sie, »nichts ist geschehen! Schlaf den Schlaf der Gerechten!«

Als Johann am nächsten Morgen aufwacht, glaubt er zu wissen, wo er Marcus finden kann. Ein Traum hat es ihm offenbart. Und es war ja so offensichtlich. Er hatte den Platz die ganze Zeit vor Augen gehabt, aber nicht gesehen.

Er sagt Magdalena nichts davon. Gleich nachdem er seinen Kaffee getrunken hat, als sich die Knaben für den Unterricht vorbereiten und Magdalena den Küchenmägden ihre Anweisungen erteilt, verläßt er das Haus.

Er nimmt einen Eispickel mit, den er sich über die Schulter hängt. Nachdem er seinem Pferd Futter und Wasser gegeben hat, holt er aus dem Stall eine Decke, die Marcus' kastanienbraunes Pony manchmal trägt, und befestigt sie am Sattel. Er reitet Richtung Osten, über die Erdbeerfelder hinweg zu den Sommerweiden, einer tiefen, weißen Sonne entgegen, die mühsam versucht, über die Skelette der Eichen und Buchen an der Boller-Grenze aufzusteigen.

Als er die erste Weide erreicht, steigt er ab, bindet das Pferd an und macht sich mit der Decke und dem Werkzeug auf den Weg.

Und nun steht er da und blickt auf den Wassertrog. Zart, wie eine ferne Glocke, hört er Marcus' Stimme: »*Meine Mutter kann mich von der Wolke sehen, wo sie liegt, und wenn es auf das Wasser im Pferdetrog regnet, dann ist das ihr Rufen nach mir eben an diesem kleinen Ort...*« Und er hört sich noch schelten: »*Ich weiß nicht, was ich mit dir machen soll, Marcus. Ich bin verzweifelt...*«

Voller Angst und Schrecken im Herzen kratzt Johann Tilsen den neuen Schnee von dem dicken Eis auf dem Trog.

Das Eis ist undurchsichtig. Es hat sich zu einem soliden Weiß verdichtet. Man kann nicht sehen, was darunterliegt.

Johann zittert vor Kälte. Er nimmt den Pickel in die Hand.

Doch dann hält er inne. Was wollte er eigentlich mit dem Pickel? Willkürlich auf die Eisoberfläche einhacken? Der Trog ist tief, doch der kleine Körper wäre geschwommen. Johann streicht mit bloßen Händen übers Eis. Die Oberfläche ist vollkommen glatt, als sei es eine saubere, kalte Steinplatte. Obwohl seine Hände brennen, läßt er sie dort, als wolle er jemanden segnen. Er empfindet Scham.

Er steigt wieder aufs Pferd. Er will zum Haus zurückkehren und zarteres Werkzeug besorgen – feine Meißeln und Hämmer –, und mit diesen wird er dann Marcus' Körper freilegen, ohne ihm Schaden zuzufügen. Er wird ihn liebevoll herausholen und in die Decke hüllen, die noch nach dem kastanienbraunen Pony riecht, und ihn nach Hause tragen.

Die Sommerweiden sind weit vom Haus entfernt, so daß Johann Tilsens Füße und Hände ganz taub sind, als er zurückkommt. Er beschließt daher, sich erst ein paar Minuten am Feuer aufzuwärmen, bevor er sich wieder auf den Weg macht.

Er geht ins Wohnzimmer und setzt sich.

Schaden.

Das Wort verspottet ihn. Seine eigenen Heucheleien erfüllen ihn mit Abscheu. Marcus Tilsen war schon vor langer Zeit Schaden zugefügt worden – durch die Gleichgültigkeit seines eigenen Vaters. Nichts und niemandem sonst ist daran die Schuld zu geben.

Johann blickt ins Feuer. Als er gerade wieder aufstehen und nach den Meißeln suchen will, hört er ein Geräusch wie Weinen. Er hebt den Kopf. Es kommt aus dem Raum über ihm, aus dem Zimmer, in dem er und Magdalena schlafen. Er weiß jedoch, daß es nicht Magdalena ist. So weint Magdalena nicht.

Johann Tilsen steht leise auf und geht ebenso leise die Treppe hinauf. Später wird er sich noch oft fragen, warum er so leise gegangen ist, wie ein Dieb auf Zehenspitzen, und er weiß dann keine andere Antwort darauf als die, daß *er wußte, daß er es tun mußte.*

Als er sich seinem Schlafzimmer nähert, stellt er fest, daß das Weinen sehr laut ist, ein hemmungsloses, fast unkontrolliertes Jammern. »Magdalena...« stöhnt die Stimme. »Magdalena...«

Es ist Ingmar.

Johann Tilsen öffnet die Tür und geht ins Zimmer. Magdalena liegt ausgestreckt auf dem Bett. Ihr weißer Unterrock ist bis zur Taille hochgeschoben und ihr Mieder steht offen. Ingmar Tilsen liegt nackt bis aufs Hemd zwischen ihren Beinen und weint in seinem Delirium, an sie geklammert wie ein Ertrinkender, den dunklen Kopf auf ihren milchigen Brüsten.

Das Licht schwindet schon am Himmel, als Johann zum Wassertrog zurückkehrt, und der Vogel, den er auch in der Nacht gehört hat, ruft nun wieder, diesmal hartnäckiger, als warte er ungeduldig auf die Dunkelheit.

Die Luft ist so kalt, daß Johann jeder Atemzug Schmerzen bereitet. Doch er arbeitet ununterbrochen, scheint die kalte Dämmerung fast zu vergessen, nur auf die Aufgabe konzentriert, das Eis wegzuhacken, Stück für Stück, wie ein Bildhauer, der weiß, daß der Marmorblock die menschliche Gestalt verbirgt, die er sich vorgestellt hat.

Die Eisscherben springen weg und fliegen durch die Luft. Das Geräusch der Meißel schallt durch die Stille des Nachmittags. Das Pferd niest und stampft.

Stück für Stück schlägt Johann Tilsen das Rechteck aus Eis im Trog ab. Er findet darin Eicheln und Blätter. Er erinnert sich noch gut, wie Marcus auf diese schwimmenden Dinge blickte, sie mit einem Stock anstieß, ihnen mehr Aufmerksamkeit schenkte als Johanns Worten: »*Das Wasser ist nicht für dich, Marcus, es ist für die Pferde. Komm weg...*«

Auch als es schon dunkel und das Eis nicht mehr tiefer als eine Männerhand breit ist, arbeitet Johann Tilsen weiter. Erst als sein Meißel auf den Steinboden des Trogs schlägt, hört er auf, sinkt auf die Knie und ruht sich aus.

Der gefallene Engel

In seiner neuen, seltsam optimistischen Stimmung, die offenbar auf das Eintreffen des Papierfabrikanten aus Bologna zurückgeht, hat König Christian Peter Claire mit Signore Ponti und seiner Tochter nach Kopenhagen geschickt, um ihnen dort die Gebäude zu zeigen, auf die er am stolzesten ist: die Børsen mit ihrem gedrehten Turm, der die Locke des Königs zum Vorbild hatte und Stände für vierzig Händler besitzt, die alte Schmiede, aus der die Holmens Kirke für die Matrosen und Werftarbeiter Bremerholms wurde, und seinen geliebten Palast Rosenborg, die Blume seiner Liebe zu Kirsten.

Die Symmetrie dieser Gebäude, ihr untadeliges Mauerwerk und die Zartheit ihrer Türme beeindrucken Francesco Ponti tief. Dem Italiener fällt jedoch, wie er sagt, eine *contraddizione* zwischen der ungepflegten und unglücklichen Erscheinung des Königs und der Schmuckheit und dem Optimismus seiner Architektur auf. Er fragt Peter Claire: »Was ist das für ein Mann?«

Sie haben Rosenborg verlassen und sind in einem der Gebäude, die eine Schutzmauer um den Tøjhushavn, den Tiefwasserhafen, bilden, wo die *Tre Kroner* jetzt vor Anker liegt. Sie blicken auf das große Schiff hinunter, das neben mehreren kleineren festgemacht hat, und Peter Claire erinnert sich an die Reise ins Numedal und die Musik, die sie auf dem Achterdeck unter den Sternen gespielt haben. Er deutet auf die *Tre Kroner*. »In gewisser Hinsicht«, sagt er, »ähnelt König Christian diesem Schiff.«

»Dem großen?«

»Ja. Es ist das größte der Flotte, und man wird auf den Meeren kein stabileres antreffen. Ich bin mit ihm gesegelt und weiß, wie gewaltig die Kraft seiner Segel und wie solide es gebaut ist. Doch seht Ihr die bunten Farben und die kunstvolle Goldarbeit? Des Königs Sehnsucht nach den goldenen Dingen der Welt verdeckt manchmal die darunterliegende Stärke.«

»Nach den ›goldenen Dingen‹?« fragt Ponti. »Was ist das?«

»Luxus«, meint Francesca.

»Nicht nur das«, sagt Peter Claire. »Ich halte ihn für einen Träumer.«

Nach kurzem Schweigen blickt Francesca Peter Claire an und sagt: »Ein König sollte träumen. Wer nicht träumt, tut auch nichts.«

»Dem stimme ich zu«, erwidert Peter Claire ruhig. »Aber natürlich sind nicht alle Träume des Königs verwirklicht worden – und werden es auch nicht –, und das macht ihn niedergeschlagen.«

Darauf sagt Francesca nichts. Ihr Blick von oben auf den Tøjhushavn, die schwankenden Maste unter sich, hat etwas Seltsames an sich, was sie hypnotisiert. Es ist, als seien sie selbst gar nicht mit der Welt verankert, sondern balancierten auf den Schiffen, seien aber dennoch sicher wie die Vögel, da sie ihre Kraft zu fliegen retten würde, wenn sie fallen sollten.

Während sich Signor Ponti mit dem Landvermesser Seiner Majestät berät, bittet Francesca Peter Claire, mit ihr durch die Wälder von Frederiksborg zu reiten. Sie sagt ihm, sie sei zu lange in geschlossenen Räumen – Kabinen auf Schiffen, rüttelnden Kutschen und hohen, lichtlosen Zimmern – gewesen und sehne sich nun danach, »eine Luft einzuatmen, die wie die auf Cloyne, nämlich kalt und schön ist«.

Er fühlt sich hin und her gerissen bei dieser Bitte, so wie er seit

Francescas Eintreffen zwischen dem Wunsch hin und her gerissen ist, sie in die Arme zu nehmen oder zu versuchen, die richtigen Worte zu finden, um ihr von Emilia zu erzählen.

Und er weiß, daß die Gräfin sein Zögern bemerkt hat, vielleicht nicht den Grund dafür kennt, aber beobachtet hat, wie er sich auf sie zu- und wieder von ihr wegbewegt, Luft holt, um zu sprechen, und dann doch schweigt, ihren Blick sucht, und plötzlich wegsieht. Sie hat ihn schon mehrmals gebeten, mit ihr zu sprechen.

»Natürlich müssen wir uns unterhalten«, hat er gesagt. »Du mußt aber verstehen, daß ich über meine Zeit nicht frei verfügen kann, Francesca, wir haben lange Musikproben, und Seine Majestät ruft mich oft zu sich, zu jeder Tag- und Nachtzeit, um ihm allein vorzuspielen.«

»Warum allein?« hat sie gefragt und gesehen, wie er bei seiner Antwort errötet ist.

»Der König hat einen Spitznamen für mich. Er nennt mich seinen ›Engel‹...«

»Seinen Engel!«

»Du kannst ruhig lachen. Nur zu! Der deutsche Violaspieler Krenze findet das gleichfalls ausgesprochen lustig, ebenso wie die anderen. Und *das ist es* natürlich auch. Ich kann mir aber nicht erlauben, es nur lustig zu finden. Ich habe dem König ein Versprechen gegeben und habe nun keine andere Wahl, als es zu halten.«

»Was für ein Versprechen?«

»Das kann ich dir nicht sagen.«

»Und warum hast du ›keine andere Wahl‹?«

»Weil ich geschworen habe...«

»Und wenn du etwas geschworen hast, dann gilt dein Wort? Was hat du auf Cloyne geschworen, Peter Claire?«

»Was habe ich geschworen, Francesca?«

»Als wir die Eulenrufe hörten! Du hast zu mir gesagt, du würdest kommen, wenn ich dich rufe.«

Peter Claire sieht sie an. Er kann sich nicht erinnern, genau das gesagt zu haben, wohl aber daran, etwas dergleichen gefühlt zu haben, daß er ihr – der ersten Frau, für die er eine unwiderstehliche Leidenschaft empfand – immer erlauben würde, einen Teil von ihm zu beanspruchen. Daher muß er noch einmal von ihr wegschauen, so tun, als sei er von etwas vor dem Fenster abgelenkt worden oder ihm sei eine Besorgung eingefallen, die er zu erledigen vergessen hatte. Er weiß, daß er sich ihr gegenüber in jeder Hinsicht feige verhält. Er wünschte, die Zeit würde vergehen und sie wieder weg sein.

Er erklärt sich dann doch zu dem Ritt bereit.
Er tut es, weil ihm der Gedanke gefällt, durch die Wälder von Frederiksborg zu galoppieren – bis an seine Grenzen und darüber hinaus –, als renne er vor seinem Leben weg. Wenn er schon nicht in die Neue Welt fliehen kann, wie er es sich in jener Nacht, als er die Geschichte von der Hinrichtung hörte, erträumt hatte, dann kann er wenigstens reiten, bis er erschöpft ist, und darin eine Art Vergessen finden.
Er wählt starke Pferde aus, wobei er sich keine Gedanken darüber macht, ob Francesca mit ihrem feurigen Roß zurechtkommen wird, da er sie in seiner Phantasie schon weit hinter sich gelassen hat und allein in seinem Waldstück ist. Und er reitet weiter, bis er weiß, daß er sich nicht mehr auskennt. Und in dem Gefühl, den Weg verloren zu haben, liegt eine Art Verzückung.

Francesca trägt einen Reitumhang und einen Hut aus schwarzem Samt.
Unter dem dunklen Himmel sieht ihr Gesicht blaß aus, ihre Augen wirken groß und ihre Lippen dunkel. Sie bittet den Stallburschen, ihren Umhang hinter ihr auszubreiten, und Peter Claire sieht, mit welcher Sorgfalt dieser seiner Aufgabe nachkommt, als hätten seine Hände noch nie zuvor Samt berührt und als hätte er noch nie ein Pferd für eine so schöne Frau wie die Gräfin O'Fingal gesattelt.
In dieser Schönheit – die sie durch das Zurechtziehen ihres Umhangs und dadurch, daß sie groß, aufrecht und unerschrocken auf dem Pferd sitzt, noch herausstellt – sieht Peter Claire einen beabsichtigten Vorwurf ihm gegenüber. Sie fragt ihn damit, wie er nur so kleinlich sein kann, ihr zu widerstehen. Es erinnert ihn daran, daß Verzückung sehr oft über Skrupel triumphiert, und dies so sein wird, solange die Welt besteht.
Sie reiten schnell, ganz so, wie es sich Peter Claire vorgestellt hatte, nur daß Francesca Schritt mit ihm hält. Als er zu ihr hin-

überblickt, sieht er, daß sie fast lacht, und als er sich jetzt an ihr Lachen erinnert, ist es so wirkungsvoll wie Musik.

So zügelt er als erster sein Pferd, um langsamer, zuerst im Handgalopp und dann im Trab weiterzureiten. Francesca galoppiert auf eine vor ihnen liegende Lichtung zu. Sie bleibt nicht stehen, reitet nicht einmal langsamer, sondern ruft ihm nur zu, er solle nachkommen. Es ist offensichtlich, daß sie von dem schnellen Reiten begeistert ist und das waghalsige Tempo beibehalten will.

So wird aus dem Galopp nun eine Art Jagd, bei der Peter Claire seine Peitsche gebrauchen muß. Er hat den Eindruck, Francesca sei in ihrem sich im Wind bauschenden Umhang entschlossen, ihm davonzureiten. Einen Augenblick lang, als sich der Weg nach Norden wendet, überlegt er, ob er sie reiten lassen und an dieser Stelle verweilen soll, bis sie zurückkommt. Doch sein Stolz zwingt ihn, ihr zu folgen, Stolz und eine Art aufsteigender Begeisterung sowie eine plötzliche, unstillbare Neugier, als führe ihn die Gräfin zu einem Ziel, das nur sie finden kann.

Sein Pferd beginnt zu schwitzen, doch Peter Claire weiß, daß es nicht strauchelt, wenn es ermüdet. Der König nimmt diese Araber für seine Turniere. Es sind Abkömmlinge jener, mit denen er einst mit Bror Brorson durch die Wälder ritt. Sie sind nervös und stark wie Tänzer, mit kraftvollen Herzen und zarten Füßen. Sie lassen sich reiten, bis sie umfallen.

Die Wälder, in denen Christian so gern seiner wilden Eberjagd nachgeht, dehnen sich um Frederiksborg herum meilenweit aus. Die Wege führen immer weiter. Man kann den ganzen Tag lang reiten, ohne an ihr Ende zu kommen. Daher ist Peter Claire klar, daß es an diesem Wintermorgen keine – noch keine – Begnadigung geben wird. Jetzt zählt nur der Augenblick, das Spiel mit der Zeit, die nun eine wahnsinnige, traumähnliche Beschleunigung erfährt: die Sporen, die Peitsche, das jagende Blut, die Verfolgung.

Dann endlich, als er um eine große Kurve kommt, sieht er, daß die Gräfin ihr Pferd gezügelt hat und abgestiegen ist und nun ihren Umhang abnimmt und auf den Boden legt. Triumphierend steht sie da und wartet auf ihn.

Er beugt sich über den Hals seines Pferdes und atmet tief ein. Und wie es Francesca wohl vorausgesehen hat, kann er die Augen nicht von ihr wenden. Sie zieht eine Nadel aus ihrem Haar, und es fällt lose herunter. So hatte sie es auf Cloyne getragen, als sie hinter Giuliettas Reifen den Strand entlanggerannt waren.

Lachend sagt sie: »Habe ich dir schon erzählt, daß ich einen Verehrer habe? Er heißt Sir Lawrence de Vere. Und habe ich dir schon erzählt, daß er sehr reich ist und ich daran denke, ihn zu heiraten?«

Vielleicht ist es das Lachen oder aber die Erwähnung eines anderen Mannes, jedenfalls weiß Peter Claire in diesem Augenblick, daß er den Kampf, Francesca zu widerstehen, verloren hat. Er wird jetzt zu seiner Geliebten gehen, und sie wird wieder seine Geliebte sein, und sein Verlangen nach ihr wird alles und jeden sonst aus seinen Gedanken verdrängen.

Als er sie küßt, weiß er, daß der Kuß eine Art Unterwerfung ist. Peter Claire unterwirft sich nicht nur dem Willen Francescas, die ihm in der Jagd überlegen ist, sondern auch der Vergangenheit. Es ist, als habe es die Zeit zwischen seiner Abreise von Cloyne und diesem Augenblick in seinem zweiten dänischen Winter nicht gegeben oder aber, wenn doch, nichts Wichtiges enthalten.

Als sie am frühen Nachmittag zurückgekehrt sind, ihre Pferde den Stallburschen übergeben und sich höflich-förmlich voneinander verabschiedet haben, geht Peter Claire in sein Zimmer, deckt das Feuer mit Kohlenstaub ab und legt sich angekleidet aufs Bett.

Er schließt die Augen und schläft in wenigen Minuten ein, wird aber gleich wieder von einem Klopfen an der Tür geweckt.

Er kann sich kaum rühren.

Er ruft dem Besucher zu, er solle eintreten. Ein schwarzgekleideter Diener kommt herein, reicht ihm einen Brief und zieht sich wieder zurück.

Peter Claire sieht erstaunt auf den Brief. Für einen Augenblick bleibt ihm das Herz stehen, weil er sich fragt, ob er von Emilia Tilsen ist, doch dann sieht er, daß die Schrift von einer Kultiviertheit ist, die ihre sicher nicht besitzt, und auf dem Brief ein kunstvolles Siegel ist, das in seiner Größe kaum dem des Königs nachsteht.

Er ist so müde, daß er es fast nicht schafft, die Lampe anzuzünden. Wie noch nie zuvor in seinem Leben sehnt er sich nach einem tiefen, traumlosen Schlaf. Er ist schon nahe daran, den Brief beiseite zu legen und später zu lesen, wenn er wieder einen klaren Kopf hat und seit den Ereignissen am Morgen etwas Zeit vergangen ist.

Doch dann findet er die Zunderbüchse und Anzündkerze und hält sie an den Docht. Briefe sind wie ein Feueralarm. Der Verstand weiß, daß gehandelt werden muß ...

Lieber Mr. Claire [liest er],
was für eine Art Mann seid Ihr?
Wessen Briefe beantwortet Ihr überhaupt, wenn Ihr eine so Bedeutende Mitteilung von der Gemahlin des Königs mißachtet?
Laßt mich also noch einmal daran erinnern, wie Ihr Euch und Eure Ziele in Gefahr bringt, wenn Ihr mir nicht unverzüglich antwortet und sagt, daß Ihr den Auftrag, den ich Euch erteilt habe, ausführen werdet. Ich will Euch alles noch einmal erklären:
Eure Briefe an Emilia Tilsen, meine Frau, wird sie nie erhalten. Auch wenn Ihr ihr jeden einzelnen Tag schreibt, werden Eure Nachrichten abgefangen, ebenso wie alle Eure früheren, so charmant und leidenschaftlich sie auch sind, abgefangen worden sind und nun in einer Eisenkiste vermodern, nicht das Tageslicht sehen und kein Gehör finden. Emilia wird nie davon erfahren, es sei denn, sie findet sie eines Tages, wenn ich tot bin und sie eine alte Schachtel ist, so daß sie dann erkennen muß, wie ihr Leben hätte sein können, wenn Ihr Euch nicht als so falsch und voller Stolz erwiesen hättet ...

Der Abgesandte des Königs

Der Lutheranerpfarrer *Rotte* Møller steht am Fenster.

Sein kleines Haus liegt auf einem Hügel an einer schmalen, steilen Straße, die er morgens, wenn er bei seinem Frühstück, bestehend aus einer Schüssel Brot mit Milch vom Mutterschaf, sitzt und diese allmählich aus der Dunkelheit auftaucht, nicht aus den Augen läßt.

Dieser Blick auf die Straße ist ein so ritueller Bestandteil von Rotte Møllers Tag geworden, daß er oft über Minuten hinweg vergißt, was er eigentlich zu sehen hofft. Seine strahlenden, lebhaften

Augen betrachten das, was schon da ist: die spärlichen, vom Frost versteinerten Bäume, die Furchen im Schnee und Eis von den Wagen und Karren, einen einsamen Vogel, der in der Stille kreist. Diese Dinge treten in sein Bewußtsein und bleiben dort so, wie sie sind, ohne daß etwas dazukommt.

Es gab einmal eine Zeit, da sah Møller immer wieder einen Mann in der Landschaft, der in einem Brokatumhang und Stiefeln aus spanischem Leder ins Dorf des *Isfoss* geritten kam. Doch nun kann er sich nicht einmal mehr daran erinnern, sich diese Person jemals vorgestellt zu haben. Er beobachtet die Straße und die Bäume und den Januarhimmel, und das ist alles. Seine Gedanken wandern woandershin – zu einer belanglosen Aufgabe, die seine Aufmerksamkeit verlangt, oder den Worten einer halbfertigen Predigt. Der Mann in den Lederstiefeln ist verblaßt, verschwunden.

Und so ist *Rotte* Møller erstaunt – ja fast entgeistert –, als er genau so eine Person, rotgekleidet und auf dem Kopf einen großen Federhut, auf einem kastanienbraunen Pferd heranreiten sieht.

Møller tritt näher ans Fenster. Er wischt die von seinem Atem beschlagene Scheibe ab, und alle seine früheren Hoffnungen für die Leute vom *Isfoss* tauchen wieder in seinem Kopf auf: daß der König mit allem, was für das nochmalige Öffnen der Silbermine nötig ist, zurückkommt und das Dorf zu neuem Leben erwacht, daß um Mitternacht gesungen und Schweine auf dem Feuer gebraten werden …

Hinter dem Mann mit dem großen Hut tauchen zwei Wagen auf. Die Pferde mühen sich auf dem vereisten Hügel ab und rutschen aus, die Wagen schlingern. Doch sie kommen voran. Und Møller, der neuerdings eine Diät aus Möhren, Rüben und Zwiebeln macht, die nur manchmal mit Kaninchenfleisch oder einer gebratenen Misteldrossel angereichert ist, stellt sich vor, daß die Wagen bis zum Rand voll sind mit Räucherschinken und lebenden Gänsen, dicken, in Eis gepackten Butterquadern, portugiesischen Zitronen, getrocknetem Flunder, Gläsern mit Kakao und Zimt sowie Säcken mit Nüssen und Getreide.

Møller zieht seinen schwarzen Mantel und seine abgewetzten schwarzen Schuhe an und geht auf die Straße hinaus. Er hebt die Arme zu einem freudigen Gruß, und der Mann auf dem Pferd zieht den Hut, um diesen zu erwidern.

»Willkommen«, sagt Møller. »Willkommen, Sir!«

Der Mann hält sich zwar gerade, taumelt aber, als er vom Pferd steigt, und fällt fast auf die Knie. Er sagt, es sei eine lange Reise gewesen, und manchmal sei es ihm so vorgekommen, als würde sie nie enden. Und Møller antwortet, daß es ihnen, den Dorfbewohnern vom *Isfoss,* auch so vorgekommen wäre, als würde das Warten nie aufhören.

Der Mann streicht sich über den Bart, um ein paar Eiskristalle daraus zu entfernen, und sagt: »Das Herz des Königs ist so groß wie sein Königreich. Bloß seine Geldbörse ist klein.«

Die Wagen werden in der Dorfmitte abgestellt.

Die Bewohner kommen einer nach dem anderen heraus – Männer, Frauen und Kinder –, schauen und spekulieren über den Inhalt. Sie stellen sich nicht nur einen Lebensmittelvorrat vor, der für den ganzen Winter reicht und dem Hunger, der sie selbst in ihren Träumen noch packt, ein Ende bereitet, sondern zaubern aus den Wagen auch all das hervor, wonach sie sich immer gesehnt haben: Leinenballen und Felldecken, Zinnplatten und grüne Glaskrüge, Fässer mit Wein vom Rhein und aus dem spanischen Alicante, Tintenfässer, Steinschloßpistolen, Mercator-Atlanten, Tabakbeutel, Lauten, Spitzendeckchen, Bälle und Kegel, Köcher voller Pfeile, Schlittschuhe, Affen, die auf dem Ende einer Kette tanzen...

Doch selten nur bekommen Menschen das, wonach sie sich sehnen. So gibt es natürlich keine grünen Glaskrüge, keinen Wein, keine Spitze, keine herumtollenden Affen. In Wirklichkeit steht der Abgesandte des Königs gerade an *Rotte* Møllers Feuer und erklärt diesem, wieviel von all dem, was der König ins Numedal schicken ließ, verlorengegangen ist.

»Es ist mir peinlich, Euch das zu sagen«, meint der Abgesandte, ein Herr Gade, »doch als wir unsere Reise antraten, hatten wir viel mehr geladen, als Eure Leute jetzt in den Wagen vorfinden.«

»Warum?« fragt Møller.

»Wir hatten über hundert lebende Hühnchen in Käfigen aus Korbmaterial in den Wagen. Eines Nachts schlich sich jedoch ein Fuchs herein und tötete dreißig von ihnen. Er fraß nur die Köpfe und Schlünde, weil das alles war, was sich das Biest durch das Flechtwerk ins Maul ziehen konnte. Wir packten die Körper in

Schnee, mußten sie dann aber wegwerfen, weil sie trotz der Kälte zu stinken begannen.«

»Diese Verschwendung...« meint Møller traurig.

»Und dann mußten wir, weil die Landüberquerungen so hart waren und die Reise viel länger dauerte, als wir es uns vorgestellt hatten, ein paar der für Euch bestimmten Daler und Skillings dazu verwenden, Hafer für die Pferde zu kaufen und von Schmieden die Hufe reparieren und Nieten in die Wagenräder hämmern zu lassen. Es ist wohl noch eine ordentliche Summe übrig, jedoch weniger, als der König hoffte, Euch bringen zu können...«

Møller nickt. »Und wie steht's mit Getreide?«

»Nun«, sagt Herr Gade, »auch hier: weil die Reise so lange dauerte, mußten wir einen Teil des Getreides an die übriggebliebenen Hühner verteilen, um sie für Euch am Leben zu erhalten. Wenn Ihr jemandem die Schuld dafür geben wollt, Herr Møller, dann gebt sie den Nordwinden oder Gott, der sie geschickt hat.«

»Ich bin Pfarrer«, erwidert Møller. »Gewöhnlich gebe ich Gott keine ›Schuld‹.«

»Nein«, meint Gade. »Nein. Natürlich nicht. Ich möchte nur betonen, daß die Einbußen *nicht unser Fehler* sind.«

Rotte Møller geht zum Fenster und blickt auf die vertraute Straße, die er so lange im Auge behalten hat. Bitter denkt er: Was sind schon ein paar Hühnchen, ein paar Säcke Getreide, ein paar Münzen als Gegenleistung für die Hoffnung, die erst entfacht und dann wieder ausgetreten worden ist, und für die verlorenen Menschenleben? Und nun wird auf der Straße vor Ende des Winters nichts mehr ankommen.

»Wir haben etwas Bier mit«, sagt Herr Gade, »und Stoff. Wollstoff von den Børnehus-Webstühlen. In einem zweckmäßigen Braun und recht warm.«

»Und Silbernadeln zum Nähen, nehme ich an?« erwidert Møller. Er dreht sich um, weil er sich das Unbehagen des Abgesandten bei seinem bissigen Scherz nicht entgehen lassen will.

Herr Gade blickt zu Boden, als wolle er sich seine Stiefel ansehen, deren Sohlen vom Druck seiner Füße auf die Steigbügel ganz dünn geworden sind. Er holt tief Luft, bevor er sagt: »Seine Majestät hat mir aufgetragen, Euch daran zu erinnern, daß er Ingenieure aus Rußland kommen läßt.«

Rotte Møller blickt den Abgesandten des Königs nun wieder an, dem er als Oberhaupt der Gemeinde vom *Isfoss* ein Bett für die Nacht, Essen, das er nicht besitzt, und Höflichkeit, nach der ihm nicht zumute ist, anbieten muß. Seiner kleinen Gestalt entringt sich ein Seufzer. Er hat so sehnsüchtig und lange auf Herrn Gades Ankunft gewartet, und nun wünscht er sich plötzlich, daß der Mann mit dem großen Hut und dem purpurnen Umhang wieder verschwindet.

Das Tuch, das Getreide, das Geld und die Hühner werden gezählt und auf alle Familien aufgeteilt. Da aber noch so häufiges Rechnen nicht zu dem Ergebnis führt, daß einer Familie ein ganzes Huhn zusteht, beschließen sie – nachdem der Abgesandte und die Wagenführer wieder abgereist sind und sich auf dem Rückweg zum Meer befinden –, alle Hühnchen auf einmal zu rupfen, auf einem großen Feuer unter den Sternen zu braten und ein Fest zu veranstalten.

In zehn Häusern werden Tische aufgestellt, wo das Getreide gemahlen und das Brot gebacken werden soll.

Der Duft der bratenden Hühnchen lockt alle nach draußen. Die Dorfbewohner wärmen sich am Feuer, trinken das vom König geschickte Bier und reden wieder einmal von der Zukunft, die ihnen der König bereiten wird.

Diese Zukunft wird zwar nicht genauso wie die Vergangenheit sein, als die Mine noch in Betrieb war und die Männer an ihren Körpern von Silberadern durchzogene Steinstücke verbargen, aber immerhin dieser doch ähnlich sein. Schon stellen sich die Leute vom *Isfoss* die russischen Genies der Mine vor, die zu ihnen auf eleganten, von wolfsähnlichen Hunden gezogenen Schlitten unterwegs sind, Hunden mit weichen Schwänzen und gelben Augen, welche die Eiswüsten bei weitem schneller als der Frühling durchqueren können.

Der Schlüssel zur Dachkammer

Seit jenem langen Nachmittag, an dem Johann Tilsen im Wassertrog nach Marcus' Leichnam gesucht und ihn nicht gefunden, statt dessen aber seinen ältesten Sohn mit Magdalena im Bett entdeckt hatte, war das Leben im Tilsen-Haushalt einem ständigen Wandel unterworfen.

Ingmar ist weggeschickt worden. Johann Tilsen zahlt für ihn eine Lehre in Kopenhagen, bei einem Jugendfreund, der medizinische Instrumente herstellt. Der Junge erhielt jedoch kein Geld, und niemand kümmerte sich um eine Unterkunft in der Stadt für ihn. »Du hast dich selbst zum Waisen gemacht«, hatte Johann zu ihm gesagt. »Deshalb mußt du dich jetzt alleine durchbringen.«

Magdalena versuchte heimlich einzugreifen und drückte Ingmar eine Börse mit fünf Dalern in die Hand. Doch Johann hatte dies vorausgesehen und ließ seinen Sohn die Taschen leeren, bevor ihn der Wagen wegbrachte. Er warf die Börse mit Magdalenas Geld ins Feuer. »Das ist Hurengold«, sagte er, »und das sollst du nicht haben!«

Der Junge weinte, klagte und protestierte nicht. Sein Gesicht war eine weiße, angstvolle Maske. Als er in den abfahrbereiten Wagen stieg, blickte er weder seinen Vater noch Magdalena noch seine Brüder an, von denen zumindest Boris und Matti nicht verstanden, warum er wegging, während es Wilhelm nur allzugut verstand.

Magdalena konnte das Seufzen nicht unterdrücken, als sie es auf Ingmars weiche braune Locken schneien sah, während der Wagen die Einfahrt entlangruckelte und verschwand. Von allen Geliebten ihres Lebens, beginnend mit ihrem Onkel und ihrem Cousin, hatte sie Ingmar Tilsen vielleicht am meisten angerührt: die Art, wie er sich an sie klammerte und weinte, wie seine Lippen an ihrer Brust hingen und wie er bei den Mahlzeiten heimlich lächelte. Und der Gedanke, daß er in Kopenhagen frieren würde, dort keine Freunde und Küche haben würde, wohin er gehen und wo er Zucker und Butter von ihren Fingern lecken konnte, und Weihnachten nicht mit am Tisch sitzen würde, wenn die Gans hereingebracht wurde, brach ihr das Herz. »Er ist doch noch ein

Knabe!« sagte sie zu Johann. »Mit den Phantasien eines Knaben, das ist alles. Du bist zu streng gewesen.«

»Nein«, erwiderte Johann. »Ich bin nicht streng genug gewesen.«

Was Johann Tilsen selbst betraf, so zermarterte ihm so viel Verwirrendes und Widersprüchliches über das Thema Magdalena das Hirn, daß er sich fragte, ob er verrückt wurde.

Sein erster Gedanke war wohl gewesen, sie zu verstoßen und zu ihrer Familie zurückzuschicken, doch diesem folgte rasch der Wunsch, sie zwar als seine Frau zu behalten, aber unter einem neuen Regime. Er wollte sie auf so grausame Art leiden lassen, daß sie seelisch zerbrach, unter ständiger Angst vor ihm lebte und nur noch daran dachte, zu tun, was er sie hieß, Tag und Nacht, ganz gleich, was er ihr befahl.

Er verbrannte ihre Kleider. Er nahm ihr alle seine Geschenke wieder weg. Er vertrieb sie aus dem gemeinsamen Schlafzimmer in eine obere Kammer, wo es durchs Dach regnete und schneite. Er schlug sie, so daß ihr das Blut aus den Ohren drang. Seine Prügel ließen auf ihrem Hintern purpurfarbene Striemen zurück. Er glaubte, er könne auf diese Art weiter mit ihr zusammenleben, seinen verletzten Stolz retten und fortfahren.

Doch dann stellte er bestürzt fest, daß ihr Körper ihn noch erregte. Die Schläge, die er ihm zufügte, verstärkten seine Erregung sogar, so daß ihm die Macht und Herrschaft dabei allmählich wieder entglitten und auf sie übergingen. Denn wenn er erst einmal erregt war, konnte er ihr nicht mehr widerstehen, und wenn er erst einmal dort war, wohin er mußte, wurde seine Erregung nur noch *verstärkt*, wenn er daran dachte, wie sie Ingmar verführt hatte. So wurde das, wofür er sie bestrafte, allmählich zum Bestandteil seiner eigenen Ekstase.

Magdalena wußte genau, was vor sich ging. »Johann«, flüsterte sie dann, »was für ein Mann du doch bist! So potent wie dein Sohn...« Und wenn ihr Johann auch, als sie diese Worte anfangs äußerte, mit der Hand über den Mund schlug, so spürte sie doch, daß sie ihn erregten und sie daher, genauso, wie sie ihren Onkel mit den Taten ihres Cousins gequält hatte, ihre Herrschaft über Johann Tilsen wieder zur Geltung bringen konnte, wenn sie ihn daran erinnerte, daß sein eigener Sohn die jungen Mädchen auf dem Tilsen-Gut verschmäht hatte, um mit seiner Stiefmutter zu schlafen.

Wenn Tilsen sie ausgelaugt und erschöpft verließ, stieg in ihm Abscheu gegen sich selbst auf. Er ging dann gebeugt wie ein alter Mann die Treppe vom Speicher hinunter. Manchmal schloß er Magdalena auch in der Dachkammer ein und nahm den Schlüssel mit. Er wünschte dann, sie wäre tot. Immer öfter dachte er, daß Emilia recht gehabt hatte und Magdalena wirklich Hexenmacht besaß.

Wenn es dann noch hell war, sattelte er ein Pferd, ritt durch die Wälder und Felder und nahm seine Suche nach Marcus wieder auf. Der Gedanke, daß sein Leichnam irgendwo da draußen war, ohne gefunden worden zu sein, gefroren und von Aasfressern angenagt, verursachte ihm eine derartige Qual und ließ solche Gefühle der Einsamkeit und des Selbstvorwurfs in ihm aufsteigen, daß er oft blind durch die Gegend ritt, ohne weiter die Hecken und das Dickicht abzusuchen, sich einfach vom Pferd dahintragen ließ und kaum merkte, wenn die Dunkelheit hereinbrach. Zu solchen Zeiten sehnte sich ein Teil von ihm danach, nie wieder nach Hause zurückzukehren, sondern wie Marcus zu sterben und in eine andere Welt eigener Vorstellung einzutauchen.

Es war der Schlüssel zur Bodenkammer, der die nächste Phase im Tilsen-Haus einleitete.

Eines Tages, als Johann draußen nach Marcus suchte, ließ Magdalena Wilhelm zu sich ins Schlafzimmer kommen. Sie hatte Ulla bei sich, die sie gerade stillte, als der Knabe hereinkam.

»Wilhelm«, sagte Magdalena und schenkte ihm das strahlende Lächeln, von dem Ingmar immer in seinen Träumen heimgesucht worden war. »Hast du Angst, dein Vater könnte dich wie Ingmar von hier weg nach Kopenhagen schicken?«

»Nein«, erwiderte Wilhelm.

»Also nein.« Sie lächelte. »Du hast ganz recht, denn es wird nicht geschehen, weil es rein rechnerisch nicht sein kann. Wie viele Söhne kann ein Vater zu verlieren ertragen?«

Magdalena nahm Ulla von der Brust und legte sie neben sich auf die Decke. Langsam, Wilhelm dabei nicht aus den Augen lassend, nahm sie dann die große weiße Brust in die Hand und steckte sie ins Kleid zurück.

Sie gab Wilhelm den Schlüssel zu ihrer Dachkammer und fünf Skillings. Sie sagte ihm, er solle den Schlüssel zu dem Hufschmied im Dorf bringen, dort ein genaues Duplikat anfertigen lassen, zurückkommen und diesen Zweitschlüssel in einem seiner Stiefel verstecken und keiner lebenden Seele etwas davon erzählen. Dann bat sie ihn, neben ihr Platz zu nehmen, und streichelte ihm übers Haar, das nicht weich und lockig wie Ingmars war, sondern dick und elastisch wie das seines Vaters. »Was für hübsches Haar!« meinte sie. »Ich habe es schon immer bewundert.«

Wilhelm, der sechzehn Jahre alt war, ein Jahr jünger als Ingmar, dessen Vertrauter er war, da dieser ihm zu später Nachtstunde die Einzelheiten seiner Einweihung erzählt und sogar gesagt hatte, er solle auch zu Magdalena gehen, »denn das ist es, was ihr gefällt, daß es zwei oder drei von uns sind und sie uns alle zu ihren Sklaven macht«, nahm den Schlüssel. Er machte alles so, wie sie es ihm aufgetragen hatte. Er versteckte den vom Schmied gefertigten Schlüssel und wartete, bis Johann Magdalena das nächstemal in die Dachkammer sperrte und fortging.

Dann rief ihn Magdalena. Er holte den Schlüssel aus seinem Stiefel, schloß die Dachkammer auf und dann von innen wieder ab. Magdalena lag auf dem Bett, den Rock so weit hochgezogen, daß ein Stück ihrer weißen Schenkel über den roten Strümpfen zu sehen war. Sie streckte Wilhelm die Hand hin und sagte, er solle keine Angst haben.

Doch Magdalena ließ sich nun in ihrer unstillbaren Gier nach Macht im Haushalt mit Wilhelm auf so gefährliche Handlungen ein, daß selbst sie, wenn in der Tiefe der Nacht der Sturm ums einsame Tilsen-Haus fegte, sich davor zu fürchten begann, was Johann tun würde, wenn er diese Dinge (die nicht mehr so liebevoll wie mit Ingmar, sondern häßlich und wild waren) erfahren würde. Doch je schwindelerregender ihre Angst vor Johanns Zorn wurde, desto erfindungsreicher wurde sie in der Versklavung seines zweitältesten Sohnes.

Was Wilhelm anging, so begann er allmählich zu glauben, daß sein Leben dem Untergang geweiht war. An seinen verlorenen Bruder in Kopenhagen schrieb er: *Hilf mir, Ingmar, denn ich befinde mich in tödlicher Gefahr. Ich tue, was Du getan hast, und kann nicht aufhören damit. Ich möchte es, kann es aber nicht, und ich weiß, daß ich sterben und zur Hölle fahren werde, wenn ich nicht aus meiner Bedrängnis erlöst werde.*

Das Insektenzimmer

Auf Boller verkündet Kirsten Munk Ende Januar, daß sie es leid sei, im Dunkeln zu leben, der ständigen Schatten und des Tropfens der Kerzen überdrüssig sei. Sie läßt die Läden öffnen und die Vorhänge aufziehen. Zu Emilia sagt sie: »Wir können nicht länger so eingeschlossen leben. Wenn dein Vater kommt, müssen wir Marcus eben im Keller verstecken, und damit hat sich's. Und wir werden keine Skrupel haben, Herrn Tilsen anzulügen, denn er hat uns ja auch angelogen.«

Marcus schläft jetzt nicht mehr auf der Liege in Emilias Zimmer. Er hat »ausreichend von Kirstens Schlafzimmer entfernt« einen kleinen Raum erhalten, damit sie ihn in der Nacht nicht mehr weinen hören kann. Und dieser Raum ist einer der wenigen auf Boller, den Ellen Marsvin unverändert gelassen hat. Er ist so winzig, daß er fast wie ein Wandschrank ist, und hat vielleicht auch einmal zum Aufbewahren und Bügeln der Kleidung gedient. Seine Wände sind von oben bis unten mit seltsamen, schönen Bildern bedeckt. Niemand kann sich daran erinnern, wer der Künstler war und warum oder wann diese Wandmalereien in Auftrag gegeben wurden. Sie stellen eine heitere, phantastische Landschaft mit Blumen und Blättern dar, und inmitten des Laubes sieht man eine Vielzahl von Insekten, die wesentlich größer sind als in Wirklichkeit und überall herumkriechen, -flitzen und -flattern, so daß man beim Betreten des Zimmers fast das Summen der Bienen, das Surren der Wespen und Schwirren der Libellen *hört*.

Als Marcus Tilsen diese Tiere zum erstenmal zu Gesicht bekam, schien er auf der Stelle seinen Kummer darüber, daß sein Bett aus Emilias Zimmer entfernt worden war, zu vergessen, und er stieß kleine Freudenschreie aus. Er ging zu einer Wand und erforschte sie vorsichtig mit den Händen. Zuerst strich er über einen auf einem purpurnen Blatt kriechenden Käfer und zog die Umrisse seines blauschwarzen Körpers mit dem Zeigefinger nach, dann tastete er eine Motte ab, die mit geschlossenen Flügeln wie eine gesprenkelte Pfeilspitze auf einem Moosklumpen saß, und schließlich eine vor dem strahlenden Himmel fliegende Biene.

Emilia beobachtete ihn. Es war mit Marcus schon immer so gewesen, daß gewisse Phänomene seine Aufmerksamkeit so beanspruchten, daß er sich in ihnen zu *verlieren* schien, fast *selbst zu ihnen wurde* – das Wasser des Pferdetrogs, das Lied des aufziehbaren Vogels, die Possen seines Katers Otto –, und Emilia begriff sofort, daß dieses Zimmer für Marcus wie ein Königreich war, wo seine Gedanken auf einer ständig wiederkehrenden Entdeckungsreise Schleifen drehen und umherreisen würden.

Er ging von Tier zu Tier und begann leise murmelnd auf sie einzureden, in einem sanften Strom von Worten, die er anderen, von Emilia abgesehen, immer noch verweigerte, wenn sie mit ihm sprachen, die aber in ihm und nicht vergessen waren. »Käfer«, sagte er, »auf deinem roten Blatt blauer Körper leuchtendrotes Blatt im Wald Motte viel weicher aus Staub gemacht bleibt alle bei mir und hört auf mich und bleibt auch noch bei mir wenn es Nacht wird und Biene gelbe und schwarze bleib auch aber summe ganz leise wenn die Dame schläft...«

Er wollte sein Bett an die Wand gestellt haben, in Reichweite des Käfers, der Motte und der Biene und auch noch nah genug an der Libelle, damit er diese, wenn er sich auf seiner Liege auf die Zehenspitzen stellte, erreichen und berühren konnte. Das Gespräch, das Marcus mit den Insekten in dem Augenblick begonnen hatte, als er zum erstenmal ins Zimmer trat, ging fast ohne Unterlaß weiter. Er begann es sofort beim Aufwachen und flüsterte ihnen noch beim Einschlafen im Kerzenlicht zu. Er sagte ihnen, wohin sie fliegen, wo sie sich verstecken, wen sie stechen und wie sie den Himmel nach Boten absuchen sollten. Er bat sie, von der Wand herunter auf ihn zu hüpfen, so daß sie es in seiner Hand warm hatten oder sich ein Nest in seinem Haar bauen konnten. Er zählte sie: eins zwei drei vier fünf sechs sieben Spinnen eins zwei drei vier fünf sechs sieben acht neun zehn elf Marienkäfer, aber nur eine Ameise.

Eines späten Abends sagte Emilia zu Kirsten: »Ich bringe Marcus mit den gemalten Insekten Rechnen bei. Außerdem denken wir uns zusammen Geschichten über sie aus, damit er neue Wörter lernt und eine neue Vorstellung von der Welt bekommt, und dann machen wir von ihnen Kohlezeichnungen...«

Kirsten sah verärgert aus. »Emilia«, fuhr sie die junge Frau an, »du weißt, daß Marcus recht einfältig und zurückgeblieben ist. Bei solchen Kindern ist es besser, wenn man sie in ihrer eigenen Welt läßt, weil aus ihnen nie etwas wird.«

»Marcus ist einfältig«, antwortete Emilia, »weil außer mir noch niemand versucht hat, ihn zu verstehen. Doch warum soll er das sein Leben lang bleiben?«

»Weil es nun mal sein Zustand ist!«

»Aber kann sich dieser nicht ändern, wenn ich anfange, ihn zu unterrichten?«

»Das halte ich für unwahrscheinlich.«

»Trotzdem, ich muß es versuchen...«

»Darf ich dann mal fragen, wann du dich dieser Unterrichtsorgie hingeben willst? Wieviel Zeit bleibt dir denn neben der, die du mir als meine einzige Frau pflichtgemäß schuldest?«

Kirsten stolzierte jetzt im Zimmer umher, und vor Zorn schwollen ihr die Adern an bis hinunter zu ihren zarten Füßen.

Emilia kannte Kirsten inzwischen gut genug, um die Anzeichen dafür zu erkennen: das Aufblähen ihrer Nasenlöcher, der starke Glanz ihrer Augen und die merkwürdigen Gesten ihrer Hände, die sich geschmeidig wanden und schlängelten wie bei einem Akrobaten oder Tänzer. Sie blickte Kirsten ruhig und flehend an und erwiderte: »Ich unterrichte Marcus früh am Morgen, bevor Ihr aufwacht, oder an den langen Nachmittagen, wenn Ihr ruht.«

»Das ist alles gut und schön«, zeterte Kirsten, »aber vielleicht wache ich ja sehr früh auf, weil ich unter den Folterqualen eines entsetzlichen Alptraums leide, und dann brauche ich dich, um mich zu trösten, und dann rufe ich nach dir, und du bist nicht da! Ist das dann nicht eine Pflichtverletzung derjenigen gegenüber, der du soviel schuldest?«

»Ich verspreche«, sagte Emilia, »daß ich meine Pflichten Euch gegenüber nicht vernachlässigen werde. Ich schwöre, daß Ihr nicht einmal merken werdet, wenn ich nicht da bin...«

»Natürlich werde ich das merken! Warum sollte ich das denn nicht merken? Zugegeben, Emilia, du bist klein und manchmal fast wie ein Schatten, aber ich kann nicht behaupten, daß du je für mich unsichtbar gewesen wärst. Im Gegenteil, ich sehe dich nicht nur, sondern ich sehe auch in dich hinein. Vergiß das nie! Ich habe schon immer, von Anfang an, deine Gedanken gelesen. Und jetzt stelle ich fest, daß dir das kleine Gespenst von Bruder viel wichtiger ist als ich!«

Emilia wußte, daß sie zwar dagegen protestieren konnte, dies aber vergeblich sein würde, weil Kirsten beschlossen hatte, wütend zu sein, *weil sie das Bedürfnis hatte, wütend zu sein.* Daher mußte der Ärger aus ihr heraus und war durch nichts aufzuhalten. Die Dienerschaft konnte noch zwei Stockwerke unter ihnen hören, wie Emilia angeschrien wurde. Vibeke Kruse wurde von den tränenreichen Anschuldigungen Kirstens, daß sie vernachlässigt und verraten würde, aus ihren Träumereien von einem Pasteten-Eßwettstreit gerissen.

Emilia bemühte sich, sie friedlicher zu stimmen, doch die einzigen Worte, die Kirsten brauchte, waren die, die sie einforderte: »Sag, daß du Marcus nicht unterrichtest! Sag, daß du nicht ins Insektenzimmer gehst, um mit ihm zu malen! Auf Rosenborg hast du mit mir gemalt!«

Doch Emilia wollte ihren Plan nicht aufgeben. Daher begann Kirsten zu schluchzen und vorzugeben, sie bekäme keine Luft, weil sie so schrecklich von ihrem Elend gewürgt würde. Emilia sah sich gezwungen, zu ihr hinzugehen und zu versuchen, die Arme um sie zu legen. Doch sie wurde so grob zurückgestoßen, daß sie auf eine Truhe fiel.

»Komm mir nicht in die Nähe!« kreischte Kirsten. »Du bist wie alle anderen! Alle hassen und verachten mich und wollen mich ruiniert und tot sehen! O Mutter Gottes, wo ist Otto? Wo ist die einzige lebende Seele, die in ihrem Herzen Liebe für mich verspürt?«

»Ich liebe Euch!« sagte Emilia sanft.

»Aber nicht genug, denn sonst wärst du nicht auf die Idee gekommen, mich zu verlassen, um Bilder von Wespen zu malen und Geschichten von Schnecken oder was für schrecklichen Tieren immer, die dort über die Wände schleichen und krabbeln, zu erfinden!«

Emilia wartete.

Schließlich sagte Kirsten: »Ich bin mit einem Dämon in mir zur Welt gekommen. Ich bin selbst ein Insekt. Mein Stachel bringt mich noch um!«

Emilia steht um sechs Uhr auf, wenn es noch dunkel ist und die Feuer auf Boller noch nicht angezündet worden sind. Für den Fall, daß Kirsten aufwacht und nach ihr ruft, holt sie ein Dienstmädchen in ihr Zimmer, bevor sie sich mit einer Lampe in der Hand zu Marcus auf den Weg macht. Sie arbeitet mit ihm, bis der Morgen dämmert und es Zeit wird, mit den üblichen Tagesverrichtungen zu beginnen.

Er beklagt sich nie darüber, daß er so früh geweckt wird. Er scheint nicht einmal zu merken, daß es draußen noch dunkel ist. Mit seinem Maßstab berechnet er die Entfernung zwischen einem Schmetterling und dem Zweig, auf dem sich dieser niederlassen wird, oder zwischen einem Ohrwurm und der gelben Narzisse, in die dieser kriechen wird. Er zählt die Streifen der Wespe und Punkte der Marienkäfer, die Adern auf den Flügeln der Fliegen und die Beine des Tausendfüßlers. Er nennt die Farben der Blumen und die verschiedenen dafür gebräuchlichen Namen.

Er beginnt sie abzumalen, anfangs hilflos, anscheinend ohne zu begreifen, warum seine Kohle so oft etwas Unbeabsichtigtes zeichnet und warum etwas, was man in Gedanken vor sich sieht, noch lange nicht auf dem Papier erscheint.

Doch Emilia zeigt ihm, wie man vorgeht, ständig auf den Gegenstand blickt, ihn immer und immer wieder ansieht, so daß das Auge die Hand führt. Nach einer Weile bekommen seine Bilder eine unerwartete Schönheit, eine Libelle erscheint riesengroß und nah und die Welt, auf die sie zufliegt, ist viel kleiner und weiter weg, wodurch das Bild (so unbeabsichtigt dies auch ist) einen Eindruck von der Luft, der Bewegung und dem Raum vermittelt.

Marcus spricht bei seiner Arbeit. Er erzählt Emilia, daß er nachts hören kann, wie ihm die Wände zuflüstern, und daß er weiß, daß es die Sprache der Insekten ist und ein Knabe sie versteht, wenn er nur lange genug zuhört. Und wenn er sie versteht, »kommen die Insekten zu ihm und gehorchen ihm«.

»Wenn sie ›ihm gehorchen‹«, fragt Emilia, »welche Befehle erteilt er ihnen dann?«

»Sei gut! Das ist ein Befehl. Weck Lady Kirsten nicht auf! ein anderer. Und: Träum nicht!«
»›Träum nicht?‹ Wovon träumen die Insekten denn, Marcus?«
»Von einer Ebene sie träumen von der Ebene.«
»Welcher Ebene?«
»Von meiner Ebene die heißt Jenseits der Verzweiflung wo die Büffel sind.«

Marcus' Leben wird jetzt vom Unterricht, dem Zeichnen und den Stimmen, die er von der Wand hört, bestimmt. Er weint seiner Katze nicht mehr nach. Wenn er nachts aufwacht, spricht er mit den Insekten, bis er von deren Antwortgeflüster wieder in den Schlaf gelullt wird. Er träumt, er sei ein purpurrotes Blatt oder die Knospe einer Blüte. Die Bilder sind für ihn wirklicher als das, was er vor dem Fenster sieht, und er glaubt allmählich, er werde eines Tages in diese Welt der Insekten »hineingehen« und dort leben, so klein wie diese Tiere sein und unter einem Pilz Schutz vor dem Regen suchen.

Wenn er mit Kirsten oder Ellen und Vibeke zusammen ist, verfällt er wieder in sein übliches Schweigen, so daß alle drei Frauen darüber klagen, daß er weiterhin so merkwürdig ist, und nicht mehr versuchen, mit ihm zu sprechen. Sie sind mit ihm fast genauso streng wie einst Magdalena und fragen sich, wie lange sie ihn noch auf Boller ertragen können. Ihr gemeinsamer Widerwille gegen Marcus' unmögliche Art führt im Laufe der Monate sogar zu einem Nachlassen der früheren Feindseligkeit zwischen Kirsten und ihrer Mutter. Vibeke sagt einmal, während sie Lockenpapiere in ihren Haaren befestigt und wieder herausnimmt: »Ich verstehe nicht, warum ihr beide so feige seid. Wir sind nicht für Marcus Tilsen verantwortlich. Er sollte unverzüglich zu seinem Vater zurückgebracht werden.«

Kirsten weint. Sie blickt im Spiegel auf ihr Gesicht, das weiß und fett und gar nicht mehr schön ist. Sie weint stärker. Sie bürstet ihr Haar so heftig, daß sie mit der Bürste dicke Büschel ausreißt. *Auf die eine oder andere Art ist das Leben doch immer eine Qual.* Der Kern der Wut auf Emilia, die sie im Herzen trägt, beginnt anzuschwellen und sich zu verhärten.

Eines Februarmorgens zerbirst er dann. Das äußert sich auf eine Art, die selbst Kirsten nicht erwartet hätte.

Kirsten hat in ihrem Zimmer die Vorhänge zugezogen, um die bittere Kälte draußen zu halten. Sie bringt ihre Schlafkammer wieder in den Zustand der Abschottung, in dem es nur das von dem Feuer und den gelben Kerzen ausgehende Licht gibt. In diesen flackernden Schatten legt sie sich nackt ins Bett, um über die Trümmer ihres Lebens nachzudenken, in dem es keinen Spaß und keine Aufregung, keine Wildheit und keine Liebe mehr gibt.

Sie findet ihren magischen Federkiel und beginnt sich gerade zu trösten, indem sie damit ihre Lippen und Brustwarzen streichelt, als es klopft.

Im Geiste sieht sie ihren geliebten Grafen Otto Ludwig ins Zimmer treten, der sich fluchend und mit der Peitsche knallend die Kniehose aufknöpft.

Es ist jedoch Emilia, die hereinkommt, und sie sanft fragt, ob sie etwas benötigt.

Kirsten setzt sich im Bett auf. Sie hat feuchte Lippen, ihre Brustwarzen sehen im Kerzenschein steif und rosig aus, und sie wird gleich wieder von einer eiskalten Wut erfaßt. »Und wenn ich nun nichts brauche«, sagt sie, »wohin gehst du und was machst du dann heute nachmittag?«

»Also ...« beginnt Emilia.

»Du brauchst es mir nicht zu sagen«, meint Kirsten, »weil ich es weiß! Du gehst zu dem schrecklichen Insektenzimmer, um mit Marcus zusammenzusein!«

»Ja«, erwidert Emilia. »Aber nur, wenn Ihr nichts benötigt ...«

»Wir suchen einen Lehrer für ihn! Und du bleibst dann wieder bei mir und bist da, wenn ich dich brauche!«

Emilia schweigt. Sie trägt das graue Kleid, das ihr früher so gut gefiel, und zieht sich einen grauen Schal um die Schultern.

»Ich kann nicht schlafen«, jammert Kirsten, »weil ich solche Seelenpein erleide. Einstmals warst du eine echte Freundin, doch du hast mich verlassen. Mir fallen die Haare aus! Ich bin im Fegefeuer, und du stehst daneben und wendest den Blick ab.«

»Nein ...« sagt Emilia. »Ihr tut mir leid ...«

»Ich bin nicht daran interessiert, daß ich dir leid tue. Was habe ich davon? Dir hat auch das dumme Huhn ›leid‹ getan, und ich möchte behaupten, daß du mehr Zuneigung an es verschwendest als je an mich!«

In diesem Augenblick hören sie vor dem Zimmer eine Stimme. Es ist Marcus, der Emilia ruft – monoton wie immer: *Emilia, Emilia, Emilia…*

Kirsten Munk, die Gemahlin des Königs und Beinahe-Königin, springt in ihrer herrlichen Nacktheit, mit wildem Haar, Brustwarzen wie Beeren und ihrem feuerroten Busch aus dem Bett.

»Geh weg!« schreit sie Marcus gellend an. »Geh zu deinen widerwärtigen Insekten! Geh und sei der Wurm, der du bist! Emilia ist meine Frau, und sie hat keine Zeit mehr für dich!«

Sie knallt die Tür zu. Sie hören, daß Marcus zu weinen beginnt, und Emilia versucht, an Kirsten vorbeizukommen, um ihn zu trösten. Doch ihr ist der Weg versperrt.

Und in diesem Augenblick spürt Kirsten, wie ihre Wut zerplatzt und in sich zusammenfällt. Sie streckt die Arme aus und zieht Emilia an den Schultern an ihre nackte Brust. Sie umklammert sie und bedeckt ihr Gesicht mit Küssen. Unter einer Flut von Tränen, so daß ihrer beider Gesichter ganz naß werden, sagt sie zu Emilia, sie sei nie das gewesen, wofür sie bestimmt war. Kirsten wird von ihrem Schluchzen fast erstickt, so tief steigt es aus ihr herauf. Doch sie ist auch voller Worte. Sie weiß nicht, welche Worte, welche Zärtlichkeiten, welche Tränenströme im Anzug sind, fühlt sie aber in sich aufwallen und hinabstürzen, so wie ein Fluß von der Lippe eines Wasserfalls. Und sie weiß, daß sie sich seit Tagen und Wochen nach dieser Erlösung gesehnt hat.

Emilia versucht sich aus der Umarmung zu befreien, doch da Kirsten sehr stark ist, gelingt es ihr nicht. Sie muß die Küsse und den Schwall der Beschuldigungen ertragen, muß auch zuhören, ohne ihre Ohren verschließen zu können, als Kirsten jetzt stammelt, Emilia sei dazu bestimmt, sie über den Verlust des Grafen hinwegzutrösten. Sie sei dazu bestimmt, ihre Frau zu sein und ihr Frauenliebe zu erweisen. Sie sei dazu bestimmt, ihr nachts Lieder vorzusingen, über den Kopf zu streichen, sich zu ihr zu legen und sie in die Arme zu nehmen. Sie sei dazu bestimmt, ihr in der Dunkelheit Geheimnisse ins Ohr zu flüstern und böse Geschichten zu erzählen, die Frauen nicht kennen sollten. Sie sei dazu bestimmt, sie auf den Mund zu küssen. Sie sei dazu bestimmt, die Geheimnisse des magischen Federkiels und dessen Wirkung auf gewisse Körperteile zu erlernen. Sie sei dazu bestimmt, Freude, Lachen, herrliche Gefühle der Ekstase und Liebe zu bringen, aber alles, was sie gebracht habe, sei ihr eigener Winter, eine unbarmherzige Kälte, eine unerträgliche *Grauheit*, eine Aura des Todes!

Schließlich läßt Kirsten Emilia los und stößt sie so heftig von sich, daß sie ihren Schal verliert. Die beiden Frauen starren sich an. Es ist ein Starren, das beide, Kirsten und Emilia, in Erinnerung behalten werden, solange sie leben. In dem Starren liegt das Begreifen, daß etwas Unverzeihliches geschehen ist, etwas, das niemals hätte geschehen dürfen, aber auch nicht mehr rückgängig gemacht werden kann und alles verändert hat.

Später am Nachmittag fährt ein Kutsche mit Emilia und Marcus und ihren wenigen Habseligkeiten, unter anderem Marcus' Bildern und dem gesprenkelten Huhn Gerda, die Einfahrt hinunter und wendet sich an deren Ende nach links zum Tilsen-Anwesen. Niemand steht an der Tür, um ihnen nachzuwinken, und schon bald wird der Wagen von der Februardunkelheit verschluckt.

Über sein verlorenes Insekten-Königreich sagt Marcus: »Ich wurde allmählich so klein wie sie, Emilia, und hätte unter den Blättern gelebt.«

Als Emilia und Marcus am Haus der Tilsens ankommen, ist Johann gerade ausgeritten; Magdalena und Wilhelm sind allein in der Dachkammer.

Boris und Matti kommen aus dem Schulzimmer und starren erst Emilia und dann Marcus an, als seien sie Gespenster.

Emilia küßt Boris und Matti. Boris sagt zu Marcus: »Otto ist jetzt meine Katze.«

»Wo ist Vater?« fragt Emilia.

»Er glaubt, Marcus sei tot«, meint Matti. »Er sucht im Schnee nach ihm.«

»Und wo ist Magdalena?«

»In der Dachkammer. Manchmal muß sie Papa dort einsperren.«

Emilia sagt nichts dazu. Sie bringt Marcus aus der Kälte ins Wohnzimmer, wo sie sich alle ans Feuer setzen. Marcus blickt seine Brüder schweigend an, und diese ihn. Emilia bittet eines der Mädchen, heißen Tee zu bringen, dann wärmt sie Marcus' Hände an den Porzellantassen.

Nach einer Weile taucht Wilhelm auf. Als er Emilia und Marcus sieht, flucht er leise vor sich hin und rennt wieder die Treppe hinauf.

Als Johann Tilsen zurückkommt und sieht, daß Marcus lebt und im Wohnzimmer am Feuer sitzt, nimmt er seinen jüngsten Sohn in die Arme und fängt zu weinen an. Er hört nicht mehr auf damit, und schließlich können Boris und Matti es nicht länger ertragen und rennen aus dem Zimmer. Emilia geht langsam zu ihrem Vater hinüber und legt ihm freundlich eine Hand auf die Schulter.

Emilia liegt nun in ihrem alten Bett in ihrem alten Zimmer und hört das altvertraute Heulen des Winds.

Neben ihrem Bett steht die Uhr, die sie im Wald gefunden hat und die um zehn Minuten nach sieben stehengeblieben ist.

Sie weiß nicht, warum Magdalena in der Dachkammer eingeschlossen war.

Sie weiß nicht, warum Ingmar nach Kopenhagen geschickt worden ist.

Sie kann nicht voraussehen, in welche Welt Marcus jetzt eintreten wird.

Sie weiß nur, daß die Zeit selbst eine Schleife geflogen ist und sie an ebenden Platz zurückgeführt hat, von dem sie glaubte, ihn für immer verlassen zu haben. Die Zeit hat hier angehalten und läßt sie nicht mehr weg. Kirsten wird nicht in ihrer Kutsche vorbeikommen und sie bitten, nach Boller zurückzukehren. Emilias dumme Träume von dem englischen Musiker gehören alle der Vergangenheit an. Sie wird im Haus ihrer Kindheit alt werden, ohne ihre Mutter und ohne die Liebe ihres Vaters. Sie wird hier sterben, und einer ihrer Brüder wird sie im Schatten der Kirche begraben, und die Erdbeerpflanzen, die jedes Jahr weiterkriechen und sich ausdehnen und das Land verschlingen, sogar bis zur Kirchentür, werden eines Tages alles bedecken, was von ihr bleiben wird, einschließlich ihres Namens: *Emilia*.

Das Messen des Eises

Wenn in Christians Kindheit im tiefsten Winter der See von Frederiksborg zufror, schickte König Frederik immer den Tennispunktezähler aufs Eis, um dessen Tiefe zu messen. Dieser bohrte dann an fünf verschiedenen Stellen Löcher ins Eis, und Christian kann sich noch erinnern, wie er zuschaute, wenn der Mann den Maßstab in diese Löcher steckte, ihn wieder herauszog und blinzelnd daraufschaute, um festzustellen, wo das Eis aufhörte und das Wasser begann.

Das Eisvermessen hatte etwas Formelles an sich, was bei dem Knaben Christian immer eine starke Faszination und Aufregung hervorrief, als vermesse der Punktezähler die Zeit selbst und würde dann verkünden, wieviel noch verblieb und an welchem Tag er König werden würde.

Und wenn das Eis für fest genug erklärt wurde, begann das Schlittschuhlaufen. Alle, die im königlichen Haushalt arbeiteten, durften teilnehmen. Man konnte dann sehen, wie die Stallburschen Arm in Arm mit den Küchenmädchen übers Eis tanzten, die Fechtmeister blendende Drehungen und Sprünge vollführten, Königin Sofies goldene Zöpfe hinter ihr herwehten, Babys auf kleinen Schlitten gezogen wurden und Hunde versuchten, den Schlittschuhläufern zu folgen und in einem jaulenden Durcheinander übers Eis rutschten und sich kugelten.

Einige Winter waren so mild, daß der See überhaupt nicht zufror und alle Schlittschuhe bleiben mußten, wo sie waren, in Schubkästen und Schränken, mit ungeöltem Leder und unpolierten Kufen. Dann waren die Leute von Frederiksborg überzeugt: »Ein Winter ohne Schlittschuhlaufen ist kein richtiger Winter. Ein Winter ohne Schlittschuhlaufen macht phlegmatisch und läßt es zu früh Frühling werden.«

Und nun beobachtet der König von seinem Fenster aus, wie der Tennispunktezähler an diesem Wintermorgen im Februar 1630 aufs Eis hinausgeht, das sich seit einer Woche langsam gebildet hat, und die Löcher für seinen Maßstab zu bohren beginnt. Es ist ein herrlicher Tag, die Bäume sind dunkel und glitzrig, als die Sonne den Nachtfrost taut, und der Himmel ist von einem weichen, unschuldigen Blau. Es ist ein Tag, an dem alles so deutlich zu sehen ist, als sei die Welt neu erschaffen worden. Und der strahlende Glanz auf dem stillen, zugefrorenen See erweckt in König Christian die Sehnsucht, dort draußen zu sein, sich auf dem makellosen Weiß zu bewegen und zu drehen.

Seine Magenschmerzen sind vergessen. Und einen seltsamen Augenblick lang, als der Mann von einem Bohrloch zum anderen läuft, sieht der König Bror Brorson vor sich, in braunem Samt, ein Knabe von zwölf, der weit ausholend und sportlich Schlittschuh läuft, schneller als alle anderen, der nie müde wird, noch da ist und über den See fährt, immer wieder aufs neue, als die Sonne untergeht, als ihn die Dämmerung zu einem Schatten werden läßt und die Nacht ihn auslöscht ...

»Das Eis ist gut«, wird dem König berichtet, »es ist so dick wie vier Laibe Brot.«

Christian stößt einen Freudenschrei aus und ordnet an, alle mit Schlittschuhen zu versorgen, auch Signore Ponti, den Papierfabrikanten, und seine Tochter, die Gräfin. Während sich der König die wollene Mütze aufsetzt, die er immer trägt, um sein Gehör vor der Kälte zu schützen, macht im Schloß die Nachricht die Runde: »Das Schlittschuhlaufen kann beginnen!«

Der König zitiert Jens Ingemann herbei und sagt ihm, er solle darauf achten, daß sich die Musiker warm anziehen, da goldene Notenständer auf den See gebracht und in seiner Mitte aufgestellt werden. Beim Anblick der Notenständer fühlt sich der König wieder so zufrieden wie als Kind. Ihm gefällt es, wie sie aus dem gefrorenen Wasser herauszuwachsen scheinen, als habe dänisches Eis magische Eigenschaften und könne in seiner Tiefe an einem einzigen Februarmorgen Notenständer wie vergoldete junge Bäume herauskommen und sprießen lassen.

Signor Ponti blickt aufmerksam auf die Schlittschuhe an den Stiefeln, die man ihm gegeben hat, und schüttelt den Kopf. Zu Francesca sagt er: »Nein und nochmals nein! Ich soll mein ganzes Gewicht auf eine so schmale Kante legen? Ich bin Geschäftsmann und kein Narr!«

»Ach, Papa«, erwidert Francesca, die in den ersten Jahren ihrer Ehe mit Johnnie O'Fingal auf Cloynes Teichen Schlittschuh gelaufen ist, »du wirst überrascht sein, wie gut sie dich tragen. Du kannst dich ja am Anfang, bis du dich daran gewöhnt hast, an mir festhalten, und auf einmal bist du dann weg und gleitest davon.«

Doch Ponti ist nicht überzeugt. Er sagt, er wolle sich das erst einmal ansehen, und betet, daß seine Tochter nicht hinfällt und sich das Bein oder den Knöchel bricht. Er möchte nicht, daß sie humpelnd in ihre neue Zukunft startet.

Für Francesca ist die Aussicht, im Sonnenschein auf dem See Schlittschuh zu laufen, in Sichtweite ihres Geliebten, so daß sie seine Blicke auf sich spüren kann, so herrlich, daß sie es fast nicht erwarten kann, sich der Menschenmenge anzuschließen, die vom König angeführt zum See hinuntergeht. Sie legt ihren schwarzen Samtumhang an und setzt sich den Samthut auf. Als sie sich im Spiegel sieht, fragt sie sich, wie lange ihr ihre Schönheit noch erhalten bleiben wird.

Doch als sie am See ankommt, verdrängt sie diesen Gedanken. Sie ist eine Frau, die seit ihrem Leid mit O'Fingal entschlossen ist, glücklich zu sein. Es gibt jetzt nur den strahlenden Morgen, die Musik, die kaskadenartig in die Luft aufsteigt, das Schleifen der Schlittschuhkufen auf dem Eis, das ansteckende Lachen des Königs, die Schönheit Peter Claires und das Hochgefühl beim Laufen und Sichdrehen.

Peter Claire beobachtet beim Spielen, wie elegant die Dänen Schlittschuh laufen – als seien die Kufen Teil ihrer Füße. Sogar der Kanzler des Königs und die anderen älteren Angehörigen des Adels machen auf dem Eis einen wendigen Eindruck. Auch der König selbst, der jetzt so korpulent ist und allmählich etwas schwerfällig wird, wirkt plötzlich jünger und leichter.

Als die Musiker auf den zugefrorenen See gekommen waren, hatte Jens Ingemann ein zusammengefaltetes Stück Stoff aus der Tasche gezogen, es wie ein Zauberer mit einer Handbewegung in der Luft entfaltet und unter seine Füße gelegt, um nicht direkt auf dem glatten Eis zu stehen. Doch Peter Claire, Krenze, Rugieri und die übrigen müssen sehen, wie sie auf dem rutschigen Boden zurechtkommen; und man kann ihnen die Anspannung am Gesicht ablesen. Während sich die Schlittschuhläufer so sicher wie Tänzer bewegen, befinden sich die Musiker ständig in Gefahr, hinzufallen.

»Es sollte hier Stühle geben!« sagt Pasquier.

»Und Felle, damit unsere Füße warm bleiben!« fügt Rugieri hinzu.

Doch Jens Ingemann sagt nur spöttisch: »Stühle und Felle? Was seid ihr denn? Ein Haufen alter Tanten? Selbst der bockige Dowland verlangte nicht nach einem Stuhl auf dem Eis!«

So haben sie keine andere Wahl, als zu spielen, mit steifen Beinen zu versuchen, die Balance zu halten; und die Sonne steigt so hoch, wie sie es mitten im Winter vermag, und läßt alles dermaßen hell erstrahlen, daß es Peter Claire in den Augen weh tut. Er wünschte, er wäre nicht da. Er würde diesen allzu klaren Tag, an dem Francesca ihn umkreist, gern für einen anderen Ort eintauschen: den, an dem sich Emilia Tilsen befindet.

Doch wie soll er zu ihr gelangen? Er hat zwar die Papiere, die er für Kirsten entwenden soll, in der Hand gehalten und wäre vielleicht sogar in der Lage, die komplizierte Summe der Schulden aus dem Gedächtnis aufzuschreiben, weiß aber gleichzeitig, daß es ihm unmöglich ist, den König an seine Feinde zu verraten. Er blickt jetzt zu Seiner Majestät hinüber, die in ihrer einfachen Wollmütze ihre Runden dreht. Christians teigiges Gesicht ist zu einem Lächeln verzogen, und auf seinen Wangen erscheinen allmählich zwei leuchtende Farbflecken, wie zwei süße Pflaumen, die ein Bäcker liebevoll in den Teig gesteckt hat. Es geht nicht, sagt er sich. Es geht leider nicht.

Kirsten: Aus ihren privaten Papieren

Jetzt ist März, und der Schnee hat zu schmelzen begonnen.

Ich habe heute gesehen, daß es eine neue kleine, gelbe Blume gewagt hat, im alten, feuchten Gras ihr Köpfchen zu öffnen, doch ich weiß nicht, wie sie heißt. Bienen sollen den Honig ja aus Blumen herstellen, doch ich weigere mich, mir den Kopf darüber zu zerbrechen, wie sie das machen. Manche Leute, wie der König, mein Mann, stellen ständig Fragen über die Natur, zum Beispiel: »Welches ist die größte Entfernung, die ein Floh hüpfen kann?« oder: »Wie kommt es, daß Eulen im Dunkeln sehen können?« Aber ich erkenne keinen Vorteil darin, mich mit Wissen zu belasten, das mir nicht nützlich sein kann. Wenn mir jemand zeigen könnte, wie ich große Entfernungen überspringen oder sehen kann, wenn kein Licht am Himmel ist, nun, dann wäre ich dankbar, denn diese Gaben könnten mir nützlich sein. Doch bloßes Verstehen um seiner selbst willen erschöpft nur den Geist, und mir ist aufgefallen, daß die sogenannten Gelehrten in Dänemark die melancholischsten Menschen auf Erden zu sein scheinen, und diese Beobachtung veranlaßt mich zu glauben, daß alles nutzlose Wissen im Gehirn zu schwären scheint und so eine unvermeidliche Qual hervorbringen muß, aus der es kein Entrinnen gibt.

Doch erleide ich nicht genug Qualen?

Ich glaube nicht, daß ich schon einmal eine so schreckliche Jahreszeit wie diese erlebt habe.

Ich bemühe mich, alles aus meinen Gedanken zu verbannen, worüber ich nicht nachdenken will, beispielsweise Emilias Abreise, und mich einzig und allein darauf zu konzentrieren, mir eine Zukunft zu sichern, die angenehmer ist als diese wahnwitzige Gegenwart.

Von dem englischen Lautenisten habe ich keine Antwort erhalten. Ich bin überrascht, daß er so zaghaft ist. Ich schließe daraus, daß ihm Emilia nichts bedeutet. Ja, vielleicht hat er schon eine neue Geliebte gefunden und denkt nicht mehr daran, eine Person zu heiraten, die sich ein Huhn als Haustier hält und deren Herz diesem verrückten Kind, ihrem Bruder, gehört. Das würde ich ihm gar nicht mal übelnehmen. Das einzig Ärgerliche ist, daß ich demzufolge noch nicht im Besitz der Dokumente bin, mit denen ich Druck auf König Gustav von Schweden ausüben könnte, und nun nicht weiß, wie ich sie bekommen soll, es sei denn, ich mache mich selbst auf den Weg nach Frederiksborg und stehle sie. Wäre ich doch ein Floh und könnte ganz klein werden und im Nu dorthin hüpfen, oder eine Eule, die durch die Nacht fliegt und alles sieht, was es in einer schlafenden Welt zu sehen gibt!

Ich lebe jetzt schon so lange ohne meinen Geliebten, daß ich behaupte, es gibt Tage, an denen ich mich mit seiner Abwesenheit schon fast abgefunden habe. Aber zwischen meinen resignativen Anfällen wünsche ich mir immer wieder leidenschaftlich, ihn in meinen Armen zu halten. Ich brenne darauf, ihn zu berühren. Ich beiße ins Kissen und verstümmle den Federkiel des Zauberers. Das sind die Zeiten, in denen ich weiß, daß ich ein Mittel finden muß – egal wie hinterhältig –, um zu ihm nach Schweden zu gelangen.

Und so überlege ich, daß man in dieser Gesellschaft, die ein Sumpf aus Lügen und Heuchelei ist, manchmal am besten fährt, wenn man so tut, als besitze man ebendas, *was man nicht besitzt*. Denn bei den Menschen ist die Leichtgläubigkeit oft größer als der Argwohn. Es kann sein, daß ihnen verdächtig vorkommt, was wahr ist, und sie glauben, was falsch ist. Sie neigen dazu, *das zu sehen, was sie sehen wollen*.

Aus diesem Grund und weil ich in meiner kämpferischen Stimmung bin, setze ich mich an mein Schreibpult und verfasse einen kühnen Brief an den König von Schweden. Ich schreibe ihm, daß ich »gewisse Dokumente bezüglich der Finanzen Seiner Majestät König Christians« in Händen halte, die für ihn zweifellos von großem Wert sein dürften, daß es jedoch zu gefährlich sei, diese Papiere einem Briefboten zu übergeben, weil sie sonst Dieben in den Rachen fallen könnten. Und ich fahre folgendermaßen fort:

Wenn mir daher Eure Majestät eine sichere Überfahrt nach Schweden gewährt, wo ich jetzt, da ich in Dänemark so verunglimpft werde, gern leben und mein Dasein fristen möchte, dann bringe ich Euch diese geheimen Papiere und möchte behaupten, daß mir Seine Majestät noch für das, was diese Ihr offenbaren werden, dankbar sein wird.
Kirsten Munk, Gemahlin des Königs

Bei genauerem Nachdenken erfüllt mich dieser Brief mit mächtiger Freude, und ich weiß nicht, warum ich an diese Kriegslist nicht schon früher gedacht habe. Denn wenn ich erst einmal in Schweden bin, finde ich bestimmt einen Weg, um dort bei dem Grafen Otto Ludwig zu bleiben, auch wenn ich König Gustav letztlich keine geheimen Papiere zeigen kann. Ich behaupte dann einfach, sie seien im Sund verlorengegangen oder bei einem Feuer auf dem Schiff verbrannt oder aber mir bei meiner Reise aus Jütland gestohlen worden. Es ist egal, was ich sage. Denn ich weiß vieles über den König, meinen Mann, was das Ohr seines alten Feindes erfreuen wird. Und was ich nicht weiß, erfinde ich. Ich werde zu einer Biene, die nutzlose kleine Blumen in Honig verwandelt.

Ich bin nicht die einzige mit abstrusen Tricks und Komplotten.

Meine Mutter und Vibeke sind so bis oben hin voll von ihrem Plan, daß sie grinsend und lächelnd herumlaufen und sich heimlich Blicke zuwerfen, die mich so abgrundtief ärgern, daß ich schließlich schwach wurde und meine Mutter fragte: »Was für einen teuflischen Plan habt ihr bloß? Mir wäre es nämlich wirklich lieber, wenn ihr ihn ausführt, statt in diesem Haus wie dicke Füchse herumzuschleichen, die einen ganzen Gänsehof verschlungen haben!«

Aber sie sagen mir natürlich nichts. Ihr Geheimnis bereitet ihnen große Freude. Vielleicht befürchten sie auch, ich würde versuchen, ihren Plan zu durchkreuzen – was ich auch täte, wenn ich nur wüßte, was sie im Schilde führen.

Ich weiß nur, daß Vibeke lernen muß, mit ihren neuen Zähnen zurechtzukommen, damit sie beim Essen nicht klicken, klappern und in den Pudding fallen, und daß sie unter Ellens Aufsicht, die noch nie eine geduldige Lehrerin war, irgendwelchen Unterricht erhält. Und so bemerke ich, daß Vibeke oft mit roten Augen und nassem Taschentuch beim Abendessen erscheint und dann beim Essen schweigt oder nur kurze Antworten gibt, wenn meine Mutter sie anspricht. Dies bereitet mir durchaus Heiterkeit und Vergnügen, doch leider scheint Vibekes elendigliche Stimmung nie sehr lange anzuhalten; am nächsten Tag hat sie wieder ihr Lächeln im Gesicht, als sei es nie verschwunden gewesen.

Ihre Bemühungen, schlank zu werden, sind gescheitert. Sie ist so dick und gierig wie immer; ihre Fettwülste beulen ihre Kleider aus, die meine Mutter für sie anfertigen ließ, und über ihre silbernen und goldenen Halsketten fällt mehr als ein Doppelkinn. Doch darüber wird kein Wort verloren. Im Gegenteil, ich bemerke, daß Vibeke andere, neue Kleider trägt, die noch dazu mit Pelz besetzt und Ornamenten verziert sind, so daß sie meine Mutter sehr viel Geld gekostet haben müssen. »Es überrascht mich«, sage ich, »über welch grenzenlose Mittel du verfügst. Und wie einseitig du sie ausgibst. Du weißt, daß auch ich gern ein paar neue Kleider hätte, doch an mich denkst du ja nie und bietest mir nie etwas an.«

Doch diese Worte verfehlen ihre Wirkung. Sie erklärt mir, ich sei mein »Leben lang verzogen« worden, habe meinen Anteil vergeudet und mir alles, was ich einst hatte, durch die Finger rinnen lassen. Daß es stimmt, macht es nicht weniger verletzend für mich. So etwas sollten Mütter nicht zu ihren Töchtern sagen, sondern vielmehr danach trachten, ihnen in schweren Stunden beizustehen. Ich erkläre Ellen, sie sei eine böse, unnatürliche Frau, und der Tag werde kommen, an dem ich sie hinauswerfe, so wie ich Emilia hinausgeworfen habe, weil ich es nicht ertragen kann, Leute in meiner Nähe zu haben, die *mich nicht lieben*. Doch sie lächelt nur ihr Fuchslächeln. »Keine Angst, Kirsten!« sagt sie. »Vibeke und ich fahren bald nach Kopenhagen, und dann bist du ganz allein.«

Diese Erkenntnis, daß mir die äußerste Einsamkeit bevorsteht, ruft in mir grausame Traurigkeit hervor.

Ich bin ein Mensch, der es nicht ertragen kann, allein zu sein. Ich möchte behaupten, daß ich schon bei meiner Geburt lauthals nach Geselligkeit und Lachen verlangt habe.

Was soll ich tun, wenn mir König Gustav die Einreise nach Schweden verweigert?

Ich glaube, dann bringe ich mich um. Ich habe mein Töpfchen mit dem weißen Gift, gebe aber zu, daß ich bei dem Gedanken, es zu nehmen, zu zittern anfange, weil ich nicht weiß, was danach geschieht, auch nicht, ob es absolut tödlich ist oder ob ich es vielleicht wieder erbreche und unter Qualen auf dem Boden liege, nur um dann doch ins Leben zurückgerufen zu werden. Das Risiko könnte groß sein. Wahrscheinlich muß ich zu einem der melancholischen Gelehrten gehen und ihn, dessen Hirn vollgestopft mit Wissen ist, nach Mitteln fragen, die entdeckt worden sind, um sich das Leben sicher und ohne die Unannehmlichkeit des Schmerzes und Leidens zu nehmen. Ich weiß nicht recht, wie dies vor sich gehen kann. Es sei denn, ich schieße mir mit der Muskete in den Mund. Aber sind denn meine Arme lang genug, um diese hochzuhalten und auf mich zu richten, ohne mir unabsichtlich ein Bein wegzusprengen oder ein gewaltiges Loch in die Wand zu schlagen? Und deshalb geht mir durch den Kopf, daß uns der Tod zwar als einfache Sache erscheint, er dies aber vielleicht gar nicht ist, besonders für diejenigen, die ihn sich wünschen, weil dem menschlichen Herzen oft gerade das, was es sich wünscht und wonach es sich sehnt, vorenthalten wird.

Und so leide ich an Anfällen von Elend und Kummer wie noch nie zuvor in meinen einunddreißig Jahren.

Auch bei meinem Baby Dorothea finde ich keinen Trost. Sie ähnelt dem Grafen zwar, was Teint, Haar- und Augenfarbe angeht, doch in keiner sonstigen Hinsicht. Sie ist einfach wie alle anderen Babys auch, und das heißt: häßlich und übelriechend, sie schielt, wimmert und furzt, ist unbequem, zornig und erbärmlich. Wenn ich vor ihrer Geburt behauptet habe, ich würde sie lieben und hegen, dann hatte ich wohl vorübergehend vergessen, wie Babys sind und daß mich alle dermaßen irritieren, daß ich sie liebend gern in einen Fischtopf stecken und auf dem Herd kochen würde, um ihr zartes Fleisch zum Abendessen zu verspeisen.

Früher fand ich Trost bei Emilia – im Gespräch mit ihr, in ihrer Liebenswürdigkeit und unseren kleinen gemeinsamen Unternehmungen –, doch sie ist weg.

Als mein Blick gestern abend auf die beiden bemalten Eier fiel, die sie mir zu Weihnachten geschenkt hat, wollte ich sie zusammen mit dem Abfallpapier, den verbrauchten Federkielen und der kalten Asche wegwerfen. Doch dann spürte ich ein Würgen im Hals, und sentimentale Tränen traten mir in die Augen. Daher legte ich sie nur in die Schublade zwischen unsere alten Blumenbilder, die wir an den Sommerabenden auf Rosenborg gemalt haben und die ich aufgehoben habe, wenn ich auch nicht weiß, warum.

Natürlich ist mir klar, daß die Eier inzwischen faul sind, doch ist ihre Verwesung noch unter ihrem hübschen, gemalten Äußeren versteckt. Deshalb würde ich gern jemandem sagen, wie sehr der Zustand der Eier doch dem so vieler Leute gleicht, die vielleicht ein hübsches Gesicht haben, wie auch ich einmal, im Innern aber ganz verdorben sind.

Doch es gibt niemanden auf Boller, dem gegenüber ich eine solche Bemerkung machen könnte. Weder im Kopf meiner Mutter noch in Vibekes befindet sich auch nur ein Körnchen philosophische Neugier.

Über Bettücher und Gräben

Wenn der Winter fast vorbei ist und die Reiher zum Frederiksborger See zurückkehren, wenn der Frühling sein Kommen zwar schon mit ein oder zwei frostunempfindlichen Boten ankündigt, aber noch nicht ganz da ist, reitet König Christian gern in sein Königreich hinaus, um zu sehen, was dort vor sich geht.

Er verläßt dann die im Besitz der Krone befindlichen Landesteile (wo die Leibeigenschaft verboten ist und die Bauern in Geld oder Naturalien für ihre Arbeit entlohnt werden) und fährt zu den großen Acker- und Waldgebieten, die noch in den Händen des Adels sind und wo die Gutsbesitzer nach Belieben schalten und walten und ihre Arbeitskräfte nach Lust und Laune entlohnen, so daß es den Männern und Frauen auf dem einen Anwesen gutgeht und sie im Warmen sind, während sie auf einem angrenzenden vielleicht hungern müssen und nichts haben.

König Christian hätte gern ein allgemeingültiges Gesetz gegen die *Vornedskab* – die Leibeigenschaft in Dänemark – erlassen, doch er hat keine absolute Macht wie der König von England: Alle Gesetze müssen erst von der *Rigsråd* ratifiziert werden. Und in der *Rigsråd* sitzen die adligen Grundbesitzer, denen immer, wenn sie einen solchen Gesetzesentwurf vor sich haben, einfällt, welch große Menge Daler oder Getreide oder Schafe oder Schweine sie opfern müßten, um Menschen, die zum Schuften und Leiden geboren und daher sanftmütig sind, ungewohnte Annehmlichkeiten zu verschaffen, die sie vielleicht nur anspruchsvoll und rebellisch machen. Und so bleibt es bei der *Vornedskab*, und der König kann nichts weiter tun, als diese jährlichen Reisen zu unternehmen, um zu sehen, wie grausam der Winter gewesen ist, und um Skillings auf den schmelzenden Schnee zu streuen.

Er nimmt nur zwei oder drei Personen als Begleitung mit und übernachtet in kleinen Gasthöfen oder in den Häusern der Geistlichkeit. Diese Unterkünfte mit den niedrigen Decken, in denen es nach den Holzbalken riecht und so merkwürdig dunkel ist, erinnern ihn daran, wie er mit seinen Eltern durchs Königreich gereist ist und in den Werkstätten der Zimmerleute, Graveure und Buchbinder vorbeigeschaut hat. Seinen Begleitern gegenüber bemerkt er dann: »Könige sollten herumreisen und naseweis sein. Sie sollten so neugierig wie die Ratten sein, sonst erfahren sie nichts.«

Dieses Jahr wird er von drei Männern begleitet; einer davon ist Peter Claire.

Das Wetter ist schön. »Manchmal vermag die Sonne«, erklärt der König eines Morgens, »den Dingen, die uns Kummer bereiten, vorübergehend Schönheit zu verleihen.«

Er zeigt auf ein Häuschen, dessen feuchtes Rieddach in der Morgensonne silbrig glänzt. »Drinnen wird ein Estrichboden sein«, sagt Christian, »das Feuer ist ausgegangen, und jeder Tag erscheint denen, die dort wohnen, wie eine Ewigkeit.«

»Sollen wir hineingehen, Sir?« fragt Peter Claire.

»Ja! Gehen wir hinein! Setzen wir in ihrem Leben einen Markstein!«

Niemand läßt sich an dem kleinen Fenster blicken, als sie zu dem Häuschen gehen, doch an der Straßenbiegung sehen sie eine Holzkiste, auf der ein paar Gegenstände mit einem Schild »Zu verkaufen« ausgelegt sind. Es handelt sich um einen zerbrochenen Topf, ein Rad, einen schäbigen Besen, einen primitiven Steinstößel und eine Garnrolle.

König Christian steigt ab und nimmt das Rad in die Hand, an dem eine Speiche fehlt, und sieht es lange an. Nun hat das arme Dänemark, denkt er, also nichts Komplettes mehr, womit es handeln kann. Man lebt hier jetzt von einem Scherbenhaufen. »Und wer«, überlegt er laut, »kommt hier schon mal vorbei, um einen Besen oder ein bißchen Garn zu kaufen?«

Im Häuschen wohnt ein Mann mit seiner Katze. Auf dem kleinen, ihm vom Großgrundbesitzer überlassenen Stück Land hat er Rüben angepflanzt, »weil Rüben platzsparend, Schulter an Schulter, unter dem Frost wachsen und man alle Teile davon essen kann«. Dann sagt er lächelnd: »Die Katze gehört meiner Frau, die im Gefängnis ist. Früher war es eine getigerte Katze, doch vom vielen Rübenessen ist sie ganz weiß geworden.« Er lacht, und das Lachen geht in Husten über, und er spuckt in die Asche des Feuers.

Der König setzt sich auf den einzigen Stuhl, einen Schaukelstuhl. Peter Claire und die anderen Herren bleiben stehen und blinzeln im Licht der tiefstehenden Sonne, das jeden Augenblick ins Stocken zu geraten scheint, als versinke die Sonne, statt zum Mittag hin aufzusteigen. Der Bauer entschuldigt sich beim König, daß er ihm nur Wasser aus der Regentonne anbieten könne. Der König erwidert, Wasser sei das Element, in dem Dänemark schwimme und das ihm Hoffnung gebe, und der Mann lacht noch einmal, fast außer sich vor Vergnügen, hustet und spuckt dann wieder und schüttelt den Kopf, als sei das Gesagte der beste Witz, den er je gehört hat.

König Christian nippt am eiskalten Regenwasser, das ihm in einem Holzbecher gereicht worden ist. Er blickt auf die Handgelenke und Hände des Bauern, die leichenblaß aus den Ärmeln einer Strickjacke hervorragen, die so voller Löcher ist, als würden noch immer Mäuse durch die Wolle huschen. »Nun erzählt mir mal«, meint der König, »wie es kommt, daß Eure Frau im Gefängnis ist!«

Der Mann deutet auf sein Bett, das ein Haufen Stroh ist, nicht mehr und nicht weniger, und wieder wallt dieses hartnäckige Lachen in ihm auf und durchzuckt seine Lunge. »Bettücher!« lacht er schallend. »Sie hat in Herrn Kjædegaards Wäscherei Bettücher gestohlen! Nun, nicht zum Tauschen, Sir, nicht für Gewinn, sondern nur, weil sie wissen wollte, was für ein Gefühl es ist, darin zu schlafen!« Der König nickt ernst, als der Häusler jetzt heftig zu husten und zu würgen beginnt.

Christian zupft Peter Claire am Ärmel und sagt ihm, er solle etwas »Leises und Ruhiges für diesen leidenden Mann« spielen. Dieser nimmt seine übliche gebeugte Haltung über der Laute ein und beginnt mit einer langsamen Pavane. Der Bauer, in dessen Leben es außer dem Singen der Vögel noch keine Musik gegeben hat, blickt ihn ehrfurchtsvoll an, die Arme vor der Brust verschränkt, als befürchte er, ihm könne das Herz durch den Brustkorb entweichen.

Als die Musik aufhört, steht der König auf, und der Bauer, dessen Lunge von der Pavane beruhigt worden ist, kniet nieder und küßt die ausgestreckte Hand des Königs in dem schönen Glacélederhandschuh.

»Verkauft Ihr mir die Sachen, die Ihr auf der Kiste ausgelegt habt?« fragt König Christian.

Auf dem Gesicht des Mannes erscheint wieder ein Lächeln, das in Gelächter überzugehen droht. »Wozu könnte denn Eure Majestät ein altes Rad oder ein Stück Garn brauchen?«

»Nun, überlegen wir mal! Das Rad vielleicht, um mich an das Schicksal zu erinnern? Die Schnur, um meine Größe und meinen Umfang zu messen und um zu sehen, ob ich in meinem Königreich größer geworden bin oder zu schrumpfen begonnen habe?«

»Haha! Das ist eine hübsche Geschichte, Sir! Wie gewunden Ihr Euch ausdrückt!«

»Ihr glaubt mir nicht?«

»Ich glaube Euch, Euer Majestät! Doch nur, weil ich weiß, wieviel Wunderliches es gibt. Meine Frau wollte die Bettücher zurückgeben, nachdem sie darin geschlafen hat, doch die Richter vom *Herredag* glaubten ihr das nicht. Sie hätten es ihr ruhig glauben sollen, denn dann wäre sie jetzt nicht im Gefängnis und ihre Katze nicht so verlassen.«

Nun lächelt der König. »Wie heißt sie?« fragt er.

»Frederika Manders. Sie hat ihr Leben lang auf Stroh geschlafen, ohne sich zu beklagen, und nun schläft sie immer noch auf Stroh in ihrem Verlies in Kopenhagen, aber ob sie sich beklagt oder nicht, kann ich nicht sagen, auch nicht, ob sie überhaupt noch lebt. Das kann ich auch nicht sagen.«

Der König drückt Manders eine Geldbörse in die Hand. Er verkündet, seine Frau Frederika werde begnadigt und hierher zu ihrem Stückchen Rübenland zurückgeschickt, wenn sie überhaupt noch lebt. Bevor Manders noch seinen Dank stammeln kann, geht die königliche Gesellschaft in den strahlenden Märzmorgen hinaus, und der Bauer beobachtet grinsend, wie die Männer das Rad, den Besen ohne Stiel, den zerbrochenen Topf, den Steinmeißel und das Stück Schnur nehmen, alles in ihrer Kutsche verstauen und abfahren.

Am Abend, am Kamin eines Gasthofs, in dem leichter Pferdegeruch hängt, den der König angenehm findet, als alle außer ihm, Peter Claire und dem Wirt zu Bett gegangen sind, dreht und wendet Christian den Steinmeißel in seinen großen Händen und betrachtet ihn. Er trinkt seit fünf Stunden. »Der Stößel ist recht groß«, meint er. »Nicht so perfekt gerundet, wie ein Mahlstößel sein sollte. Vielleicht hat er als Knüppel gedient. Es sieht so aus, als habe

Manders seine Frau hiermit getötet und die Geschichte von den Bettüchern erfunden.«

Die Holzscheite im Feuer schwelen, fallen in sich zusammen und flammen wieder auf. Man hört das Ticken einer Uhr. Der Wirt wischt das auf den Tischen verschüttete Bier auf und beginnt das Sägemehl zusammenzukehren. Er würde gern pfeifen, weiß aber, daß er still sein muß, bis der König endlich schlafen gegangen ist.

»Wißt Ihr«, sagt König Christian zu Peter Claire, »ich habe mich oft mit dem Gedanken getragen, Kirstens Leben ein Ende zu bereiten. Ich konnte mir genau vorstellen, wie ich ihren Kopf in die Hände nehme und auf einen Stein schmettere...«

Peter Claire schweigt.

»Sie hat ihren Grafen in Werden kennengelernt«, fährt der König fort, »als wir noch Krieg führten. Ich wollte sie in der Schlacht in meiner Nähe haben, und so war sie in jener Nacht in Werden, als ich in einen Graben mit Dornensträuchern fiel und nicht mehr herauskam, weil ich mir den Fuß gebrochen hatte. Der Graben war so tief, daß man mich nicht sehen konnte, und so wurde ich erst spät am Abend herausgeholt.

Graf Otto Ludwig kämpfte auf meiner Seite. Unser Heer war auf deutsche Söldner angewiesen, die wir mit Gold und Silber bezahlen mußten. Er war einer davon – er kämpfte für Gold und nicht für Dänemarks Würde und Glauben.

An jenem Abend in Werden konnte ich wegen der Schmerzen in meinem Fuß nicht tanzen. Und so tanzte meine Frau mit dem Grafen. Und als ich sie mit diesem Mann tanzen sah, wußte ich, daß alles, was sie für mich gefühlt hatte, auf diesen überging – in dieser einen Nacht – und ich, der ich eine Stunde zuvor noch reich gewesen war, auf einmal arm war. Da kam mir zum erstenmal der Gedanke, sie zu töten, und vielleicht hätte ich es damals ja auch tun sollen, weil ich mir dann vier lange, qualvolle Jahre erspart hätte.«

Der König liegt jetzt halb auf einem Holzsofa, Peter Claire kauert nicht weit von seinen Knien entfernt auf einem Hocker. Der König rülpst, blickt ihn scharf an und fragt: »Muß Liebe immer in einem Graben enden? Was glaubt Ihr, Peter Claire?«

Vor Peter Claires Augen taucht Emilia Tilsens Gesicht auf. »Ich glaube«, erwidert er zerstreut, »daß sie sich ständig verändert.«

König Christian schaut Peter Claire noch immer unverwandt an, und dieser erwartet, nun nach seinen eigenen Gefühlen gefragt zu werden (vielleicht nach denen für die irische Gräfin, die seit neuestem alle am Hof bezaubert?), doch der König schwenkt um, trinkt noch mehr Wein und meint: »Diese Bettücher! Als sich Manders und seine Frau in diese legten, wandten sie sich da einander zu, oder waren sie beide einfach damit zufrieden, *zu erfahren, wie es sich anfühlt, zwischen den Bettüchern zu schlafen*?«

Peter Claire will gerade antworten, als ihm König Christian das Wort abschneidet. »Das werden wir natürlich nie erfahren!«

Der König schließt die Augen, als wolle er nicht über alles nachdenken, was man auf der Welt nicht erfahren kann. Dann öffnet er sie wieder und erzählt: »Kirsten hat mich gebeten, ihr die schwarzen Knaben zu schicken. Ich weiß, warum sie ihre Sklaven haben will. Ich durchschaue sie, blicke ihr ins Herz. Sie möchte wissen, wie es sich anfühlt, zwischen ihnen zu schlafen!«

Das brüllende Lachen des Königs klingt hohl und schreckt den Wirt aus seinen Sägemehlträumereien. Und dann rollt Seiner Majestät sich noch immer vor wilder Heiterkeit schüttelnder, riesiger Körper vom Sofa auf den Boden, so daß Wein verschüttet wird und ihm das Wams bespritzt. Der König bringt einen Spuckeklumpen hervor und zielt damit aufs Feuer.

Peter Claire und der Wirt helfen König Christian ins Bett, wo dieser sofort einschläft.

Der englische Lautenist geht in sein eigenes Zimmer, wo das harte Bett zu kurz für ihn ist, so daß er sich nicht richtig ausstrecken kann. Er liegt mit angezogenen Knien im Dunkeln und denkt, daß es für Emilia Tilsen genau die richtige Größe hätte.

Die Vorhölle

Während der König seine Reise nach Norden fortsetzt, machen sich Ellen Marsvin und Vibeke Kruse auf den langen Weg von Boller nach Frederiksborg.

In der ruckelnden Kutsche blickt Ellen auf Vibeke, die vor Übelkeit schon ganz bleich ist, und fragt sich, ob sich ihr Plan verwirklichen wird oder ob sich ihre gemeinsamen Hoffnungen nach all der Zeit und dem Geld, das sie für Frøken Kruses Kleider, Kalligraphieunterricht und Elfenbeinzähne ausgegeben hat, zerschlagen werden.

Doch Ellen Marsvin ist eine mutige Frau. Der Gedanke, der Plan könne scheitern und sie weiterhin auf ihre spärlichen Mittel angewiesen sein, erschreckt sie nicht so sehr, als daß er sie *neugierig* macht. Ganz gleich, welches Los ihr das Leben zuteilt, sie wird das Beste daraus machen. Ein Teil von ihr sehnt sich danach, sich wie Jesus Christus in der Wildnis zu befinden, nur Steine und Gestrüpp um sich, um dann durch den ihr eigenen Einfallsreichtum eine Möglichkeit zum Überleben zu finden – am liebsten genau die, an die außer ihr niemand gedacht hat. Sie würde es fertigbringen, aus Baumrinde Marmelade zu machen. Ihre Tochter, ihre Dienerschaft und ihre Freunde würden glauben, sie sei tot, doch das wäre sie nicht. Sie würde die Wildnis verlassen und ins Leben zurückkehren, als sei überhaupt nichts geschehen.

Es ist Vibeke, nicht Ellen, die Demütigungen und Mißlingen fürchtet. Und diese Angst macht samt den Magenproblemen jede einzelne Minute der Reise zur Qual. Sie blickt zu den weichen weißen Wolken hinauf. Am liebsten würde sie ihre Kleidung lockern, ihre Zähne herausnehmen und sich auf eine Wolke legen und erst wieder aufwachen, wenn ihre Zukunft hübsch geordnet vor ihr liegt. Sie ärgert sich über Ellen Marsvin, weil diese sie in einen Plan einbezogen hat, der zum Scheitern verurteilt ist und nur Kummer bereiten kann. Sie kann sich nicht erinnern, sich schon einmal so elend gefühlt zu haben.

»Halt aus, meine Liebe!« sagt Ellen, als sie in Horsens das Schiff besteigen. »Man kann ein Ziel nur erreichen, wenn man vorher ein bißchen gelitten hat.«

Doch es ist eine rauhe Überfahrt, und Vibeke sieht den Inhalt ihres Magens auf den schwarzen Wogen davonschwimmen und spürt ihre Haut alt werden wie die eines Leichnams. Sie stellt sich vor, auf dem kalten Meer zu sterben, in dieser salzigen Vorhölle, die den einen Teil Dänemarks vom anderen trennt, und hat das Gefühl, daß es immer so gewesen ist, daß sie sich immer irgendwo zwischen Abreise und Ziel befand. Sie hatte Kirsten nur in Erwartung einer besseren Anstellung gedient, die sie nie bekam. Sie hatte sich Ellens Regime nur unterworfen, weil sie glaubte, deren Plan würde alles lohnenswert machen, und nun weiß sie nicht, ob er ihr das Erhoffte bringen oder sie mit nichts zurücklassen wird. Und etwas in ihr, das nicht mit Blaubeerkuchen und Vanilleobstspeisen mit Sahne beschäftigt war, hoffte auf Liebe. Doch auch in dieser Hinsicht ist Ellen immer streng gewesen. »Vibeke«, hatte sie ernst zu ihr gesagt, »Liebe wird es nicht geben.«

Das Schiff treibt im Westwind schaukelnd weiter. Die Seevögel folgen: ein heiserer, ruheloser Chor, grauweiß vor dem Weiß des Himmels.

Dritter Teil
Stiller Frühling
1630

Das Begehren des Königs Charles I. von England

Er steht gern still da.

Er mag es, sich im Whitehall-Palast, wenn die Morgensonne allmählich die Glasscheibe erwärmt, an ein bestimmtes Fenster zu stellen, hinunterzublicken und die im Hof herumhastenden Menschen zu beobachten. Manchmal schaut dann jemand zu ihm herauf, weil es inzwischen bekannt ist, daß man so gelegentlich einen Blick auf den regungslosen, sich wie ein Schatten im hohen Fenster abzeichnenden König erhaschen kann.

Immer wieder wird im Palast darüber gesprochen:

»Hast du ihn gesehen?«

»Ja, einmal.«

»Was er wohl denkt?«

»Wie soll man es wissen?«

Erst mit Sieben lernte er laufen. Jetzt mit Dreißig hat er wohl eine anmutige Haltung, doch sein Gang läßt noch immer etwas von den Mühen und Demütigungen seiner Kindheit erahnen, eine Art Zögern, zwar nicht direkt ein Hinken, aber immerhin eine deutliche *Abneigung*, einen Fuß vor den anderen zu setzen.

Er steht regungslos und ohne zu sprechen am Fenster. Und die Höflinge hüten sich, ihn zu stören, wenn er sich so entschieden abgewandt hat. Sie wissen, daß diese Ruhe und Stille seine Seele tröstet. Denn ebenso, wie ihm das Gehen unangenehm bleibt, so fällt es ihm schon schwer, sich mit einfachen Worten auszudrücken. Nicht daß er im Kopf nicht weiß, was er sagen will, sondern er ist einfach nicht in der Lage, es zu äußern. Wenn er Selbstgespräche führt, redet er vollkommen klar und wortgewandt, auch in Gesprächen mit Gott, den er sich als engen Verwandten vorstellt, der in alle seine Schrullen und Gewohnheiten eingeweiht ist. Es ist für ihn jedoch mühsam, das Wort an seine Untertanen zu richten. Manchmal stottert er dann sogar.

Was die Gedanken, Ziele, Bemühungen und sogar die Genialität des einfachen Mannes angeht, so zieht es König Charles I. von England vor, deren *Früchte* vorgelegt zu bekommen – die abschließende mathematische Gleichung, das Sonett, dessen Rhythmus gleichmäßig wie der Puls ist, das Porträt, das bis zum letzten Tüpfelchen fertig und komplett ist, die Musikdarbietung ganz ohne Steckenbleiben und falsche Töne –, ohne etwas von den vorausgehenden Anstrengungen mitzubekommen. Bevor es einem Menschen gelingt, seine Visionen in der beabsichtigten Form darzustellen, liegen üblicherweise konfuse Bemühungen. Von diesen will der König nichts merken. Er kann nur das bewundern, was sich als Kunst niedergeschlagen hat und ihm als solche vorgelegt wird. Stillschweigend bestaunt er dann das, was er sieht oder hört. Seine Prunksäle sind voller Gemälde der Renaissance-Meister. Seine Liebe zu den Bildern Caravaggios grenzt an Anbetung. Manchmal deutet er auf eine phantastisch wiedergegebene ausgestreckte Hand oder das Licht auf einer Obstschale und fordert die anderen wortlos auf, vor dem Genie des Künstlers andächtig den Blick zu senken oder auf die Knie zu fallen.

In der wirbligen, bunten Welt der Straßen und Kais Londons, in der es fast nie Ruhe und Stille gibt, ist eine puritanische, kritische Druckschrift verteilt worden, in der es heißt: »*Der unvergleichliche König Charles gibt Millionen Pfund Sterling für eitlen Tand, alte, scheußliche Bilder und Büsten mit zerbrochenen Nasen aus.*« Doch die meisten Handzettel werden absichtlich oder aus Versehen fallen gelassen, in den Schlamm getreten oder vom Wind davongetragen und aufs Wasser geweht, so daß diesem zurückhaltenden, pingeligen Mann, der mit seiner eigenen Göttlichkeit allein ist, noch nichts davon zu Ohren gekommen ist.

Es muß allerdings auch gesagt werden, daß er diese Druckschrift, sollte sie ihn eines Tages doch erreichen, als völlig belanglos ansehen würde. Er ist der Meinung, daß ein Herrscher und seine Untertanen »etwas völlig Verschiedenes« sind, der eine für die vielen immer unbegreiflich bleiben wird. Er ist König, weil er von Gott dazu auserwählt worden ist, und niemand kann dies bestreiten, und niemand hat das Recht, sein Handeln zu kritisieren. Die Aktionen von Druckschriftverfassern kümmern ihn weniger – viel weniger – als das bißchen Staub, das er manchmal auf seinem Ankleidespiegel entdeckt. Er mag keinen Staub. Er versucht zu vermeiden, daß seine Finger mit ihm in Berührung kommen.

Sein Blick wandert an seiner langen Nase hinunter und bleibt auf dem Hof hängen, wo eine Linde gepflanzt worden ist und mehrere Personen mit ihren Besorgungen unterwegs sind. Er genießt diesen Augenblick. Er überlegt, ob er nicht eine Ode mit dem Titel »Ein Loblied aufs Fenster« verfassen sollte.

Der Mann, der eines Morgens im März 1630 darauf wartet, zu ihm vorgelassen zu werden, ist sein Botschafter in Dänemark, Sir Mark Langton Smythe.

Als sich König Charles schließlich umdreht und in die Welt zurückkehrt, in der von ihm verlangt wird, sich zu bewegen und zu sprechen, sieht er sich dem lächelnden und sich verbeugenden Botschafter Langton Smythe gegenüber. (Das Lächeln, die Verbeugung, das ständige Verziehen der Gesichtsmuskeln, das häufige Verbiegen der Wirbelsäule und umständliche Ausstrecken des Beins: das Los eines Untertanen ist vielleicht auch recht anstrengend, überlegt der König, falls solche Einsichten von ihm verlangt sein sollten – was nicht der Fall ist.)

Er setzt sich auf einen seiner vielen mit Brokat bezogenen Throne und bietet dem Botschafter einen Platz gegenüber an. Plötzlich fällt ihm ein, daß er diesen Mann, einen ehemaligen Günstling seiner Mutter, gut leiden kann, und er merkt, wie sich seine Kehle und Zunge entspannen, so daß er eine Frage stellen kann, bei der er überhaupt nicht stottert: »Wie geht es Unserem Onkel, dem König von Dänemark?«

Langton Smythe erwidert, König Christian sei nicht am Hof, sondern befinde sich auf seiner jährlichen Reise durch die Ländereien des Adels. Im übrigen warte er noch immer auf die Bezahlung der Hamburger Handelsleute für Island. König Charles (der sich Island als Glaswüste vorstellt, auf die wie Staub ständig Schnee fällt) nickt ernst und überlegt laut: »Ist Island denn soviel wert, daß damit die hohen Schulden Unseres Onkels bezahlt werden können?«

Der Botschafter Langton Smythe schüttelt den Kopf und sagt, er bezweifle, daß dieses Geld je in König Christians Schatzkammer ankommen werde. Dann informiert er den König von England darüber, daß er aus Kopenhagen zurückgekehrt sei, um hier um ein kleines Darlehen zu bitten. »Vielleicht hunderttausend Pfund Sterling?« schlägt er vor. »Damit Euer Onkel eine kleine Verschnaufpause erhält, Sir. Damit er anfangen kann, alles wieder in Ordnung zu bringen.«

Langton Smythe weiß, welch große Bedeutung in König Charles' Wortschatz der Begriff »Ordnung« hat und daß dieser sogar fast eine magische Wirkung haben kann, wenn er sorgfältig in einen Satz eingebaut wird. Doch nun sieht er, wie der König seine langen weißen Hände nachdenklich vor dem Gesicht zusammenlegt, und ist sich nicht im klaren, was diese Geste bedeutet.

Er wagt es nicht, noch etwas zu sagen, und so herrscht Schweigen im Raum. Nur das Knacken und Speien des Feuers ist zu hören.

Dieses Warten auf ein Wort oder die Meinung Seiner Majestät ist ein Phänomen, das alle, die mit ihm zu tun haben, nur allzugut kennen. Man weiß, daß es junge Höflinge gibt, die heimlich üben, lange Zeit stillzusitzen, ohne zu gähnen, zu zappeln, zu niesen oder auch nur das kleinste Anzeichen von Ungeduld. Sie finden es aber alle unangenehm. »Seine Hunde laufen frei herum«, hat der junge Lord Wetlock-Blundall einmal ärgerlich bemerkt, »doch wir müssen uns in Sphinxe verwandeln!«

Auch jetzt dauert es drei oder vier Minuten, ehe der König auf Langton Smythes Frage antwortet. In dieser Zeit legt ein Wagen eine Meile zurück, schießt und lädt ein Musketier fünfundzwanzigmal, seift eine Wäscherin mehrere Hemdkragen ein und verändert der Mond seine Stellung am Himmel um ein Bruchstück. Doch der Botschafter macht natürlich keinen beunruhigten Eindruck. Er wartet einfach, und dieses Warten macht seine ganze Existenz aus.

Schließlich sagt der König: »Wir haben Mitgefühl. Das ist so, weil Wir dem König von Dänemark wohlgesinnt sind. Wir sind aber diesmal nicht geneigt, ein Geschenk zu machen, ohne um eine Gegenleistung zu bitten. Was, glaubt Ihr wohl, könnte Uns Unser Onkel anbieten?«

Diese Frage kommt für Langton Smythe unerwartet. Nun ist er es, der den Raum in Schweigen hüllt, während er hastig nach einer Antwort sucht. Aus einem ihm selbst unerfindlichen Grund wandern seine Gedanken zu dem längst vergangenen Sommer und dem Konzert im Garten von Rosenborg, zur Schönheit der dort gespielten Musik und zum Stolz König Christians auf sein Orchester. Und so klammert er sich daran. »Vielleicht...«, stammelt er, »vielleicht würde Euch Euer Onkel den einen oder anderen seiner Musiker borgen... oder vielleicht sogar *schenken*.«

»Seine Musiker? Sind sie denn berühmt?«

»Ja, Sir. Ihr Spiel ist von einzigartiger Vollkommenheit, wie auch Euer Majestät sofort feststellen würden.«

König Charles sieht den Botschafter kühl an. »Eine solche Vollkommenheit kann aber nur vom ganzen *Ensemble* erzielt werden! Wollt Ihr damit sagen, daß mir Unser Onkel alle geben würde?«

Einen Augenblick lang sieht Langton Smythe hilflos aus. »Nein...« wagt er schließlich zu äußern. »Das glaube ich nicht, Sir. Es gibt da aber einen, einen Lautenspieler, einen Engländer, der einen sehr reinen Soloklang erzeugt... und er...«

»Ein englischer Lautenspieler? Aber er ist doch hoffentlich nicht mit Dowland verwandt?«

»Nein, Euer Majestät. Er heißt Mr. Claire.«

Bei dem Wort »Claire« tritt ein seltsames Phänomen auf: Das Gesicht des Königs verzieht sich zu einem Lächeln. So wie »Caravaggio« (was ihn an Karawanen und Reisen unter südlicher Sonne denken läßt) für den größten Meister des Lichts perfekt paßt, so ist »Claire« (weil es an Klarheit, Helligkeit und Mondschein denken läßt) für einen Lautenspieler bewundernswert richtig. »Sehr gut«, sagt er. »Das interessiert Uns. Geht nach Dänemark zurück und bittet Unseren Onkel, Uns Mr. Claire zu schicken! Oder sollen Wir ihm selbst schreiben?«

Der Botschafter Langton Smythe fühlt sich plötzlich unbehaglich auf seinem Stuhl. Es wird ihm bewußt, daß er vielleicht etwas Dummes vorgeschlagen hat, etwas Heikles, das nie hätte erwähnt werden dürfen und zu einem Riß in der Freundschaft der beiden Könige führen könnte. Und bei einem derartigen Streit würde man ganz bestimmt ihm die Schuld geben; und wenn man ihm die Schuld gab, würde er seines Amtes enthoben und seines jährlichen Gehalts, seines Hauses und seiner Zuteilung an rotem Bordeaux beraubt.

Er spürt, wie ihm beim Gedanken an diese Katastrophen Gesicht und Hals ganz heiß und rot werden. Er würde das Gesagte gern wieder ungesagt machen. Doch es ist zu spät. König Charles hat sich erhoben – und damit die Audienz beendet – und geht schon wieder durchs Zimmer, um seine Lieblingsstellung am Fenster einzunehmen. Er teilt dem Botschafter mit, er werde König Christian selbst schreiben und »um die Versetzung Mr. Claires für eine so hübsche Geldsumme bitten, wie es Unsere Börse erlaubt«, und wünscht ihm dann einen guten Tag.

Aus Gräfin O'Fingals Tagebuch, La Dolorosa

Wir sind in einem Waldland.

Ich wußte nicht, daß so viele Bäume über so viele undurchdringliche Meilen hinweg so dicht nebeneinander wachsen können. Und der Duft der Tannen, als der Schnee auf ihnen schmilzt, und ihre Dunkelheit und die noch größere darunter lassen mich in ihnen ein außergewöhnliches Phänomen sehen, wie ich es noch nie zuvor wahrgenommen habe.

Ich habe zu meinem Vater gesagt, ich sei sicher, daß die Luft in diesen Wäldern die lieblichste sei, die man einatmen könne, doch die Luft interessiert ihn nicht. Wenn er auf diese dunklen Wälder blickt, sieht er das schönste Papier, das er je hergestellt hat. Er denkt nur an seine neue Mühle, die vielleicht die rentabelste ganz Europas werden wird, und an sein *Ponti Numero Uno,* das man möglicherweise schon bald ausschließlich in den Salons zwischen Kopenhagen und London, zwischen Paris und Rom und so weiter verwenden wird.

Das Gelände, auf dem die Ponti-Papiermühle entstehen soll, ist ein so ausgezeichneter Platz, daß es fast schade ist, daß die Fabrik dort Wirklichkeit werden und nicht eine Vision meines Vaters bleiben soll. Denn ich weiß nur zu gut, daß die Vision einer Sache dieser selbst meist überlegen ist, weil in ihr das Neue mühelos auf das bereits Vorhandene gelegt und der ganze unschöne Zwischenzustand der Verwirklichung zweckmäßigerweise vernachlässigt wird.

Das Gelände grenzt an einen eilig von Nord nach Süd dahinziehenden Fluß, und die gefällten Bäume sollen von der Strömung zur Mühle getragen werden. Ich habe meinen Vater gefragt, wie sie im Winter schwimmen sollen, wenn der Fluß vielleicht zugefroren ist, doch das hatte er schon bedacht. Er erwiderte, die Bäume würden alle im Sommer gefällt und die Stämme in Scheunen gelagert, bis sie von den Ponti-Maschinen zu Brei vermahlen und als Blätter unvergleichlichen Papiers wiedererstehen würden. Er spricht darüber, als ginge all dies völlig lautlos und leicht vonstatten, als würden die Tannenstämme aus freien Stücken in den Fluß gleiten und sich wieder erheben, wie Soldaten, die tief und fest in ihrem Scheunenquartier schlafen, bis sie geweckt werden, um zum Ruhm des Namens *Ponti* aufzustehen.

Doch meinem lieben Papa gegenüber sage ich nichts dergleichen. Wir stehen am Flußufer, wo kleine Schneeflecken wie auf wunderbare Weise geteilte Kristalle im Gras liegen, und ich kann am anderen Ufer einen Reiher sehen, der uns beobachtet. Als diesen auch mein Vater bemerkt, meint er plötzlich: »Der Lautenspieler ist sehr charmant, Francesca, doch träume nicht davon, ihn zu heiraten! Heirate Sir Lawrence de Vere, dann seid ihr, du und die Kinder, für immer im Warmen und in Sicherheit!« Der Reiher fliegt mit einem Fisch im gelben Schnabel davon.

Wir haben uns in einem einfachen Gasthof einquartiert, wo der Wind durch die Wände pfeift und die Betten feucht sind.

Ich kann an diesem kalten und melancholischen Ort nicht schlafen und denke an meine Kinder, die so weit weg in Irland bei Lady Liscarroll und deren Falken sind. Und dann wandern meine Gedanken zu Johnnie O'Fingal in seinem Grab und wie traurig und merkwürdig doch sein Leiden war, schlimmer als das, was einem guten Menschen zugemutet werden sollte. Und die Angst vor all dem Unwägbaren im Leben breitet sich in mir aus wie ein Fieber in der Dunkelheit.

Meine Gedanken kehren zu dem zurück, was mein Vater am Flußufer zu mir gesagt hat, und ich muß gestehen, daß ich mich an diesem kalten, traurigen Ort nach einer gewissen Sicherheit sehne, nach einer Zukunft, die mir nicht entrissen wird.

Mir kommt Sir Lawrence de Vere mit seinen Feldern und Wäldern in Ballyclough und seiner schönen Sammlung holländischer Uhren in den Sinn. Er sieht mit Neunundvierzig noch gut aus, riecht ein wenig nach Pfeffer, seine Hände sind kräftig und warm, und ich weiß, daß er sich danach sehnt, mein Beschützer zu sein. Ich gestehe, daß ich ihn noch nicht liebe, aber Liebe kann doch sicher manchmal *in der Zukunft* entstehen?

Ich verlasse mein feuchtes Bett, zünde eine Lampe an und nehme ein Musterblatt *Numero Uno*. Darauf schreibe ich sorgfältig, aber rasch, damit ich nicht in Versuchung gerate, meine Meinung zu ändern, den folgenden Brief:

*An Sir Lawrence de Vere,
Ballyclough in Südirland*

*Mein lieber Sir Lawrence,
ich schreibe Euch aus dem nördlichen Teil Dänemarks, der Jütland heißt.*

Ich bin von Wäldern umgeben. Das ganze Ausmaß dieser Wälder kann ich nicht ermessen, doch sie reichen von Horizont zu Horizont, und die Sonne hat am Morgen Schwierigkeiten, sich über die Baumkronen zu erheben, und scheint am Nachmittag einzig und allein daran zu denken, wieder in ihnen zu versinken, als seien die Wälder und nicht der Himmel ihr bevorzugter Aufenthaltsort oder aber ein Käfig, in dem sie glaubt, für immer leben zu müssen.

In einer solchen Gegend kann sich ein Mensch leicht verlaufen und sein Leben lang herumirren, ohne je gefunden zu werden. Und es ist dieser Gedanke, daß ich selbst für immer von diesen dunklen Hainen umschlossen sein könnte, wenn ich nicht dem für mich bestimmten Pfad folge, der mich jetzt veranlaßt, Euch zu schreiben.

Ihr habt mir damit, daß Ihr mich gebeten habt, Eure Frau zu werden, die höchste Ehre erwiesen. Daß ich um ein wenig Zeit bat, um mir meine Antwort zu überlegen, werdet Ihr bestimmt nicht für schlechtes Benehmen halten und daraus auch in keiner Weise Befürchtungen ablesen, daß ich Euch nicht lieben oder glücklich machen könnte. Ich bat um Zeit, um Euren Antrag in süßer Heimlichkeit auf meinen Reisen in Dänemark auszukosten, um mit ihm bei Tagesanbruch aufzuwachen und mich daran festzuhalten, wenn meine Kerze ausgeblasen ist und ich allein im Dunkeln liege.

Und so ist es gewesen. Euer Antrag war auf meiner Reise die ganze Zeit mein liebster Begleiter. Würde er jetzt zurückgezogen, sähe ich mich wahrhaftig wieder in jenen Zustand einsamen

Unglücklichseins versetzt, den das menschliche Herz so schwer ertragen kann. Und daher bitte ich Euch, mein lieber Sir Lawrence, zieht ihn nicht zurück! Wiederholt ihn vielmehr noch einmal, damit ich jede hübsche Silbe davon ein zweites Mal hören kann, und dann werdet Ihr meine Antwort bekommen, und diese wird ja lauten.
Von Eurer Euch bewundernden Freundin
Francesca O'Fingal

Nach dem Schreiben des Briefs überfiel mich eine wunderbare Mattigkeit, und ich fiel trotz des Sturmgeheuls in einen so tiefen Schlaf, daß ich erst spät wieder daraus erwachte. Ich träumte von Irland. Ich träumte von den rosa Muscheln, die wie Babyzehen aussehen und an den Stränden von Cloyne zu finden sind.

Bilder aus der Neuen Welt

Kaum ist Ulla entwöhnt, da merkt Magdalena Tilsen, daß sie wieder ein Kind erwartet. Sie weiß nicht, ob Johann oder sein Sohn Wilhelm der Vater ist.

Ihr ist klar, daß sie den Gipfel ihrer Waghalsigkeit erreicht hat. Seit Emilia und Marcus ins Haus zurückgekehrt sind, kann sie Wilhelm nicht mehr in die Dachkammer oder zu einem anderen Ort im Haus kommen lassen, nicht einmal in die Wäschekammer. Doch als sie ihm das sagt, erklärt er, er werde sie umbringen, wenn er nicht weiterhin Unzucht mit ihr treiben könne. Er besitzt ein Messer, und das werde er ihr in die Brust stoßen.

Er findet eine alte Scheune hinter den Obstfeldern, wo nichts mehr eingelagert ist, niemand hinkommt und die Ratten unter den Mauern quietschen. Dort ist es weder bequem noch warm, aber dunkel und verschwiegen. Es riecht nach Erde und den Ausscheidungen der Ratten, und was sich dort mit Magdalena abspielt, ist für Wilhelm aufregender als alles, was er je kennengelernt hat und noch kennenzulernen glaubt. Doch danach fühlt er sich elend, als Opfer eines äußeren Ereignisses, in dem sein Wille keine Rolle gespielt hat. Und es läßt sich nicht leugnen, daß er dünn wird. Das fällt sogar Johann auf, und er achtet nun darauf, daß Wilhelms Teller bei den Mahlzeiten vollgeladen wird.

Was Magdalena angeht, so behält sie erst einmal für sich, daß sie schwanger ist, weil sie sich vor Wilhelms Reaktion darauf fürchtet. Johann sperrt sie nicht mehr in der Speicherkammer ein und ist jetzt netter zu ihr als in der ersten Zeit nach Ingmars Abreise. Sie spürt jedoch, daß sich etwas anderes abspielt: Johanns Leidenschaft für sie läßt in einer Weise nach, daß es nicht bloß eine Periode des Nachlassens zu sein scheint, auf die, wie früher, eine des Wiederauflebens folgt, sondern vielmehr ein endgültiges und dauerhaftes Abkühlen.

Die Zeichen sind eindeutig. Früher konnte sie ihren Mann mit einem bloßen Wort oder Blick oder Rascheln des Rocks anlocken, doch nun sieht sie, wie er sich *von diesen Ouvertüren abwendet*. Sein Wunsch nach Alleinsein und Abgrenzung – schon immer in seiner Natur – scheint von Tag zu Tag stärker zu werden. Und wenn er nicht mit einer einsamen Aufgabe beschäftigt ist, wo findet man ihn dann, wenn nicht bei Emilia und Marcus? Karens Geist ist zurückgekehrt. Mit Wilhelm trotzt Magdalena Karen. Doch Magdalena begreift, daß ihre Vormachtstellung in diesem Haushalt ihren Höhepunkt überschritten hat und im Sinken begriffen ist.

Wenn in der Nacht Johann neben ihr schnarcht, fragt sie sich, ob sie noch eine letzte Karte ausspielen und sich von ihrem Mann mit Wilhelm überraschen lassen soll – um ihm die letzte rasende Qual zuzufügen, die ihn (da er voraussehen kann, daß seine beiden nächsten Söhne Boris und Matti eines Tages den gleichen Weg wie ihre Brüder gehen werden) für immer in ihren Bann schlagen wird. Doch etwas hält sie zurück. Wenn sie das tut, ist es, als öffne sie die Tür eines Käfigs, ohne zu wissen, was in ihm ist, welche giftigen Schlangen, Geier mit schweren Flügeln und bösartigen Klauen oder Skorpione. Und so verhält sie sich still. Mindestens einmal in der Woche geht sie zu der rattenverseuchten Scheune. Sie backt weiterhin Kuchen, wobei sie sich von Boris und Matti helfen und die Finger ablecken läßt, wie immer schon. Sie betet, daß Marcus krank wird und stirbt. Und sie horcht auf die Veränderungen ihres Körpers, der ihr ungeborenes Kind zu nähren beginnt.

Marcus schläft in Emilias Zimmer.

Zu ihrer Überraschung scheint der Knabe seltsam froh darüber zu sein, seinen Vater zu sehen. Er fängt an, mit ihm in der Sprache zu reden, die er sich selbst ausgedacht hat, einer Sprache mit verschiedenen Stimmen, als beobachte er nicht nur die Dinge, über die er spricht, sondern sei *zu ihnen geworden*. Manchmal ist er der Regen.

Emilia erklärt Johann: »Marcus sieht die Welt von innen. Er kann sich vorstellen, wie es ist, eine Fliege, ein Vogel oder eine Feder zu *sein*. Deshalb kann er sich auch nicht lange konzentrieren. Er geht von der Sache aus, die er gerade sein will, und fängt daher immer wieder von neuem an.«

Wenn das Johann auch nicht logisch erscheint, so entschließt er sich doch, Emilias Rat zu folgen und Marcus nicht durch Worte oder mathematische Berechnungen auf dem Papier zu unterrichten, sondern durch Bilder.

Johann hat in seiner Bibliothek einen dicken Band, den ein dänischer Zoologe namens Jacob Falster verfaßt hat. Dieser war durch Amerika gereist und hatte dort die Tiere und ihre Behausungen auf Bildern und Stichen festgehalten. Das Buch hat den Titel *Bilder aus der Neuen Welt*. Nun legt sich Johann den schweren Band aufs Knie, zieht Marcus zu sich heran, und in einer neuen Zufriedenheit blättern die beiden die Seiten um und unterhalten sich über das, was sie sehen:

»Der Beutelwolf. Siehst du sein glänzendes Auge, Marcus?«

Marcus nickt.

»Er lebt in den Bergen, die Appalachen heißen.«

»Was ist das?«

»Berge?« Johann hebt beide Hände. »Land. Felsiges Land, das ansteigt, viel höher als Hügel, wo nichts wächst und das ganze Jahr über Schnee fällt.«

»Kalter Wolf ich friere in diesen Bergen.«

»Nein, das tust du nicht. Denn du hast ja den dicken Pelzmantel, nicht wahr? Dein Pelz hält dich warm.«

Marcus kuschelt sich in den Arm seines Vaters. Er streicht mit dem Finger über das Bild des Wolfs und blättert dann um.

»Grashüpfer!« meint er.

»Nein«, erwidert Johann. »Eine Heuschrecke. Sie sieht so ählich wie ein Grashüpfer aus, ist aber viel gefräßiger. Die amerikanischen Heuschrecken reisen in Schwärmen, Hunderte und Tausende davon in einer großen, grünen Wolke. Und dann kommen sie vielleicht herunter, wo ein Bauer Getreide oder Bohnen angebaut hat. Und was, denkst du wohl, passiert dann?«

»Hüpfen und hüpfen in den Bohnen...«

»Ja! Und was noch?«

»Machen zuviel Lärm in den Bohnen.«

»Ja! Zuviel Lärm! Aber noch etwas Schlimmeres. Denk daran, wie gefräßig die Heuschrecke ist! Glaubst du nicht, daß sie sich freut, in einem Bohnenfeld gelandet zu sein?«

»Die Bohnen aufessen sie alle aufessen eins zwei drei vier fünf sechs sieben?«

»Ja! Und der arme Bauer...«

»Oh, weinen!«

»Ja, weinen! Alle Bohnen weg!«

Marcus hält sich die Hände vors Gesicht. Johann fährt hastig fort. Auf der nächsten Seite ist ein Salamander abgebildet. Als Johann erzählt, daß es eine Eidechse ist, die im Feuer leben kann, wird Marcus ganz still, und Johann, der ihn im Arm hält, kann spüren, daß sein Körper mehrere Minuten lang wärmer ist.

Das amerikanische Buch beschäftigt Marcus sehr. Er möchte es jeden Tag sehen. Mit Emilia fertigt er dann, so wie im Insektenzimmer auf Boller, eigene Zeichnungen von den Tieren an, die er am liebsten mag – vom Borstenwurm, von der Schlupfwespe und Gespenstheuschrecke und vom Skorpion. Der Stachel des Skorpions scheint ihn ganz besonders zu faszinieren. Er malt diesen als Pfeil, der durch die Luft fliegt, manchmal auch als Stern. Daß man ihm gesagt hat, es gebe keine Skorpione in Dänemark, hindert ihn nicht daran, nach ihnen zu suchen. Wenn er und Emilia auf den Wiesen spazierengehen, um zu sehen, wie der Frühling einkehrt, hält Marcus ständig nach Steinen Ausschau, um sie umzudrehen, weil er davon überzeugt ist, darunter Skorpione zu finden. Er ruft den unsichtbaren Skorpionen zu: »Kommt her zu mir und seid ganz still in meiner Hand. Ich bringe euch dann hin.«

»Wohin?« fragt Emilia.

»Auf Magdalenas Auge«, erwidert er.

Das Nahen des Frühlings erinnert Emilia daran, daß die Zeit, wenn ihr Leben zum Ausgangsort zurückgekehrt ist, heimlich fortschreitet.

Sie stellt sich vor, wie die Gärten von Rosenborg aus dem langen Winter auftauchen, und weiß, wie schnell der Sommer nach dem Frühling kommen kann, so daß es bald Tage wie jene, die sie mit Kirsten dort verbracht hat, geben könnte, an denen am Vogelhaus andere Liebende auf die herumflatternden Vögel blicken und Küsse von einer Art austauschen, die man nicht so schnell wieder vergißt.

Sie sagt sich, daß sie, wenn sie nicht unerträglich leiden will, versuchen muß, sich einzubilden, ihre Zeit auf Rosenborg habe es nie gegeben. Sie muß so tun, als sei sie nur ein Traum gewesen. Denn was unterscheidet etwas Vergangenes angesichts der Realität der Gegenwart schon von einer Illusion oder Phantasie? Es war einmal, *ist aber nicht mehr*, außer in der Erinnerung. Sollte die Erinnerung trügen, ist es dann nicht so, als wäre es überhaupt nicht gewesen? Darum bemüht sich Emilia nun – daß ihre Erinnerung verblaßt, daß alles, was mit Peter Claire zu tun hatte, trüb und dunkel wird.

Ihr Vater ist höflich zu ihr, manchmal sogar liebevoll, so wie damals, bevor Karen starb. Daher bringt sie eines Nachmittags, als Marcus draußen mit Boris und Matti herumreitet und sich Magdalena und Wilhelm nicht blicken lassen, ihre Uhr zu Johann.

Sie achtet darauf, daß diese immer sauber und poliert ist. Deshalb sieht sie aus wie eine einwandfrei funktionierende Uhr, außer daß die Zeiger auf zehn Minuten nach sieben stehengeblieben sind. *Das ist die Zeit, die sie immer anzeigen wird.* Johann blickt auf die Uhr, lächelt und nickt. Emilia wartet. Dann fragt sie zögernd: »Was ist um zehn Minuten nach sieben geschehen?«

»Da bist du geboren worden!« erwidert er.

Dann war es also *ich*, denkt sie nun, die im Wald begraben wurde. Nicht weil mich meine Mutter loswerden wollte, sondern vielmehr, weil sie mich für immer bei sich haben wollte. Sie wollte nicht, daß mich die Zeit ihr wegnimmt.

Und so fängt Emilia an, sich auf eine gewisse Weise mit ihrem Los abzufinden. Sie träumt nachts nicht mehr von Peter Claire oder von einer Zukunft, in der es ihn gibt. Statt dessen träumt sie wieder von Karen, und ihre Träume kommen ihr so wirklich vor, daß sie, wenn sie aufwacht, fast glaubt, wieder ein Kind zu sein und ihre merkwürdigen kleinen Lieder zu singen, während ihre Mutter lächelt und ihr sanft die Hand aufs Haar legt.

Woraus ist der Himmel, den ich seh'?
Manchmal ist er tanzender Schnee.

Kirsten: Aus ihren privaten Papieren

Ich bin allein.

In den Küchen und Korridoren von Boller gehen die Bediensteten hastig ihren Beschäftigungen nach, doch sie sind wie Mäuse, die man nicht *sehen* kann. Man stößt nur auf Dinge, die sie gemacht oder nicht gemacht haben, und schließt daraus, daß eine fröhliche Truppe heimlich am Werk war. Selbst diejenigen, die ich sehe, weil sie mich bei Tisch bedienen oder von mir mit einem sinnlosen Botengang beauftragt werden, verhalten sich mir gegenüber wie Gespenster, als hätte ich eine Krankheit, die sich allein dadurch, daß sie in meine Nähe kommen, auf sie übertragen könnte, und fliehen wieder so schnell sie können.

Und so befinde ich mich nun in einem Haus voller Schatten und kann nur mit den Möbeln sprechen. Doch sogar diese scheinen sich wie die ganze Welt der unbelebten Dinge gegen mich verschworen zu haben, machen sich über mein Elend lustig und ärgern mich. Die Böden präsentieren sich sehr rutschig, so daß ich nun schon zweimal am Eingang zum Speisezimmer der Länge nach hingefallen bin, und die Feuer schicken Rauch in alle Räume, so daß ich würgen muß und nichts sehen kann. Doch die schlimmsten und gemeinsten Dinge sind die Spiegel an der Wand. Immer wenn ich an einem vorbeikomme, bringt er es zuwege, mich zu entstellen, so daß ich mich nicht so erblicke, wie ich weiß, daß ich bin – Beinahe-Königin und Geliebte des Grafen Otto Ludwig von Salm –, sondern eine mißmutige und plumpe Gestalt, die ich überhaupt nicht erkenne. Und gestern hat der Spiegel meiner Frisierkommode einen derart bösartigen Verrat ausgeheckt, daß ich mich gezwungen sah, ihn mit meiner kleinen Achilles-Bronzestatue zu zerschmettern. Er zeigte mir ein Haar, das aus meinem Kinn sproß! Es war schwarz. Ich möchte behaupten, daß ich nicht entsetzter gewesen wäre, wenn ich eine Schlange auf mir gesehen hätte, als beim Anblick dieses üblen Haars, das mir aus dem Gesicht wuchs. Ich schrie nach einem Mädchen, und diese riß es mir dann mit einer Metallzange an der Wurzel aus. Doch wenn nun eine ganze Plage davon zu sprießen beginnen sollte, wie man es manchmal bei alten verhutzelten Tanten sieht, die dem Tod nahe sind? Ich muß schon sagen, daß es mich martert, was jetzt mit meinem Körper geschieht. Wäre ich nie schön gewesen, dann wäre der Verlust meiner Schönheit gar kein Verlust und würde ich deren Schwinden nicht so betrauern. Doch meine Schönheit war etwas, was niemand übersehen konnte. Ich habe damit einen König berückt. Im Garten von Rosenborg hat er mich einstmals den Blumen gezeigt.

Und nun habe ich von König Christian einen Brief erhalten, in dem steht, daß er sich von mir scheiden lassen will.

Er teilt mir mit, daß ihn nur seine frühere Liebe zu mir davon abhält, mich wegen Verrats vors Gericht zu bringen, und daß es in Dänemark viele gibt, die meinen, ich sollte wegen meiner Missetaten auf ein Rad gebunden werden.

Er zählt sie mir in seiner immer noch wunderbaren Handschrift auf (für den Fall, daß ich sie schlichtweg vergessen hätte!), und das Lesen dieser Liste, als sei es eine Aufstellung schmutziger Kleidungsstücke, die zur Wäscherin geschickt werden, bereitet mir derartiges Unbehagen, daß dadurch ein starkes Schamgefühl ausgelöst wird. Ich habe nie verstanden, warum meine Natur so zum Bösen neigt. Und das werde ich auch nie begreifen. Meine Mutter ist zwar eine Intrigantin, doch mein Vater war ein ehrlicher Mann. Warum konnte ich nicht wie er werden und trotzdem Erfolg auf der Welt haben und nicht alles, was ich besitze, verlieren und mit völlig leeren Händen, außer einem Katalog meiner Verstöße, dastehen?

Und dies sind sie nun:

daß ich den König, meinen Mann, betrogen habe, indem ich mit dem Grafen Otto Ludwig Unzucht getrieben habe;

daß ich in Werden aphrodisierende Kuchen gebacken habe, um den Grafen in mein Bett zu locken;

daß ich dem Grafen Otto des Königs Gold und bestes Leinen gegeben habe;

daß ich Schmuck gestohlen habe, welcher der ersten Frau des Königs gehört hatte, um an Geld für diverse Geschenke für meinen Liebhaber zu kommen;

daß ich mich des Lebens erfreute, als der König krank war;

daß ich einstmals tanzte, als der König vor Magenschmerzen zusammengebrochen war;

daß ich sehr oft gegenüber dem König blasphemisch war und mich auf dem Holzstapel in der Halle von Rosenborg herumwälzte und Obszönitäten von mir gab;

daß ich jedermann im Hinblick auf die Vaterschaft meines Kindes Dorothea anlog;

daß ich meine anderen Kinder grausam behandelte und sie an den Haaren durchs Kinderzimmer zog;

daß ich den König durch meine Lüsternheit und Intrigen in eine große Melancholie versetzte, die das Leben Seiner Majestät bedrohte.

Und nichts davon kann ich leugnen.

Tatsächlich könnte ich sogar noch einiges hinzufügen, was der König ausgelassen hat. Doch ich möchte behaupten, daß ich nicht allein für diese Verbrechen verantwortlich gemacht werden kann. Das Leben selbst bringt uns zu Verstößen, weil es so schrecklich bitter, häßlich und traurig ist. Um am Leben zu bleiben, sind wir gezwungen zu intrigieren. Um etwas Freude zu haben, müssen wir wie die Elstern aus dem kläglichen Vorrat stehlen. Gäbe es reichlicher davon und wäre Gott gütiger, als Er es zu sein scheint, nun, ich glaube, dann wäre ich eine gute Frau gewesen und würde in all meinen Spiegeln ein Engelsgesicht sehen. Doch selbst Gott hat man gegen mich aufgebracht. Der König schreibt, der Name Kirsten Munk sei jetzt von allen öffentlichen Gebeten im Reich ausgeschlossen.

Während ich einst ungeduldig auf den Briefboten wartete, bete ich nun, daß er nicht nach Boller kommt, sondern ungesehen vorbeigeht und all seine Worte woandershin bringt, um andere Herzen und nicht meins zu treffen. Ich erhalte nämlich neuerdings nur noch Briefe, die mir Zorn und Enttäuschung bringen.

Heute, sehr schnell auf den Fersen des Briefes meines Mannes, trifft ein weiterer von König Gustav von Schweden ein. Und dieses Dokument ist wie ein Gefängnis, das sich beim Lesen um mich herum aufbaut. Mir wird darin mitgeteilt, daß ich Boller nicht verlassen kann, um zu meinem Geliebten nach Schweden zu kommen, ganz gleich, welche Papiere ich auftreiben oder welch geheime Informationen über die Angelegenheiten des Königs ich seinem alten Feind anbieten kann.

Ich wundere mich über die Feigheit König Gustavs. Wäre nicht sein Siegel auf dem Brief, würde ich glauben, er sei von jemand anders geschrieben worden. Denn welche Unannehmlichkeiten würde ihm denn meine Anwesenheit in seinem Königreich verursachen, verglichen mit den großen Vorteilen, die ich ihm angeboten habe? Doch er weist mich entschieden zurück: *Ich kann den König von Dänemark nicht derart vor den Kopf stoßen, daß ich Euch auf irgendeine Art eine sichere Einreise nach Schweden gewähre.*

Oh, welche Heuchelei! Er (der den König von Dänemark bestimmt schon tausendmal vor den Kopf gestoßen hat, indem er sich über den Sundzoll beklagt und bittere Kämpfe und Kriege gegen dessen Land geführt hat) behauptet, er müsse in dieser Angelegenheit eine weiße Weste behalten, doch ich sage, daß sie nicht weiß, sondern gelb ist, und ich spucke auf ihn. Wäre ich die absolute und nicht nur die Beinahe-Königin, würde ich alles, was mir verblieben ist, verkaufen, um dafür Schiffe und Soldaten zu beschaffen und einen neuen Krieg gegen das Königreich Schweden anzuzetteln. Ich würde danach trachten, Gustavus Adolphus alles wegzunehmen, was er besitzt – so wie Gott Seinem Diener Hiob alles wegnahm –, damit er erfährt, was es bedeutet, verachtet zu werden und nichts zu haben, kein Vergnügen, eingesperrt in einem einsamen Haus mit speienden Feuern und Spiegeln, die höhnisch lachend zerbrechen.

Mir gehen die Listigkeiten aus. Das Leben ist eine Niete, eine Null, ein Minus.

Ich setze mich an meinen Sekretär und bitte den König, mir, die er einstmals seine Maus nannte, als letzte Gunst meine schwarzen Knaben zu schicken. Denn die kennen sich mit der Magie aus, dessen bin ich mir sicher. Sie sind die Kinder von Zauberern. Und das ist alles, was mir einfällt: daß ich durch das gefährliche Studium des Entzückens in der Welt wiederauferstehen könnte.

Das meerblaue Boudoir

Als Datum für Charlotte Claires Hochzeit mit Mr. George Middleton ist der 3. Mai festgelegt worden.

Schon jetzt arbeiten die Näherinnen am Brautkleid und den Umhängen, Kleidern, steifen Unterröcken und der Unterwäsche, die auf der von Charlotte und ihrer Mutter angefertigten Liste stehen. George hat ihrer Aufstellung noch »eine schwarze Trauerrobe« hinzugefügt und sich auch nicht von Charlottes Protest davon abbringen lassen, daß es nicht wahrscheinlich sei, daß jemand, den sie kennen, gerade jetzt sterben würde. »Daisy«, meinte er und nahm dabei ihre Hand, »dein ›gerade jetzt‹ ist keine feste Einheit. Es handelt sich nicht um die Sonnenuhr, meine Liebste, sondern um den sich bewegenden, von der Sonne geworfenen Schatten.«

Sie geht oft nach Cookham, wo die Kälte des Winters noch im Morgenfrost und in den die friedliche Norfolk-Nacht störenden Stürmen hängt. Sie wird es nicht müde, mit George durch Haus und Garten, die Nebengebäude und den Park zu laufen. Wenn sie über die schöne Anordnung dieser Gebäude und die unvorstellbare, diese umschließende Grünfläche nachdenkt, kommt es ihr so vor, als werde sie die Erbin ganz Englands.

Ein großes Zimmer in der oberen Etage von Cookham Hall mit Blick nach Westen auf die dazugehörigen Wälder ist zu »Charlottes Boudoir« ernannt worden. Sie und George hatten zwar anfangs über diese Bezeichnung gelacht (»Bedeutet das nicht Schmollzimmer, George? Worüber sollte ich denn zu schmollen haben?«), doch im stillen ist Charlotte entzückt davon. Es fällt ihr nicht schwer, sich vorzustellen, wie sie darin mit *Mrs. G. Middleton* unterzeichnete Briefe schreibt, ihre Tanzschritte übt, elegante Abendeinladungen plant, ihre Freunde oder ihre Mutter mit Tee und

Kuchen bewirtet oder einfach nur dasitzt, ins Feuer blickt und von all den Tagen und Nächten träumt, die noch vor ihr liegen.

Sie hat den Malern gesagt, sie sollen das Boudoir blau streichen. Sie möchte das Blau der Luft und des Meeres, ein Blau, das weder dunkel noch blaß und hübsch empfänglich fürs Licht ist. Und nun macht dieses Blau Fortschritte, und Charlotte steht im Zimmer, blickt darauf und stellt mitten in der Begeisterung über ihre Wahl fest, daß es sie plötzlich an ihren Bruder erinnert, an seine strahlenden Augen, die sie so lange nicht gesehen hat. Und sie spürt, wie ihr Glück ins Wanken gerät.

Zufrieden mit ihrem eigenen Los, hatte Charlotte nicht allzuoft an ihn gedacht, doch nun gerät sie seinetwegen in eine unerklärliche Panik. Ihm droht etwas Verheerendes, Schreckliches, dessen ist sie sich plötzlich ganz sicher. Sie kann sich nicht bewegen. Sie umklammert die Spitzenborte an ihrem Hals. Sie weiß, warum die schwarze Trauerrobe bestellt worden ist: wegen Peter.

Als die beiden Maler sehen, wie blaß sie geworden ist, legen sie die Pinsel aus der Hand und gehen zu ihr. Da der Raum bis auf die Leitern leer ist, helfen sie ihr, sich auf die unterste Stufe von einer zu setzen, während eiligst nach Mr. Middleton gesucht wird.

Dieser rennt den ganzen Weg von den Ställen und platzt keuchend herein. Er kniet neben ihr nieder und greift nach ihrer Hand. »Daisy, mein Liebes, was ist los? Oh, mein kleiner Liebling, wie blaß du bist! Charlotte, sag etwas...«

»Oh, George, etwas hat...«

»Ist es das Blau? Ist es dir doch zuwider? Du brauchst es mir nur zu sagen, dann wird es sofort geändert...«

»Nein, nicht direkt das Blau, sondern mehr das, was mir einfiel, als ich über das Blau nachdachte...«

Die Maler wischen mit Lappen die Farbe an ihren Händen ab und lassen George und Charlotte allein. Er legt die Arme um sie und drückt sie fest an sich, als sie ihm nun erzählt, daß sie soeben ganz sicher wußte: Ihr Bruder ist in Gefahr.

Wenn der bewundernswerte George Middleton einen Fehler hat, dann vielleicht den, daß es ihm an Neugier fehlt und er daher geistigen Dingen gegenüber, die er nicht versteht, nicht sehr tolerant ist. Die Vorstellung, seine Verlobte könnte etwas »wissen«, was hundert Meilen entfernt geschieht oder vielleicht überhaupt noch nicht geschehen ist, kommt ihm so unwahrscheinlich vor, daß er es schon fast ärgerlich findet, und so ruft er aus, ohne eigentlich schroff sein zu wollen: »Dummes Zeug, Daisy!«

Und dieses »dummes Zeug« (was Middleton eigentlich gar nicht unbedingt sagen wollte, was ihm aber nun mal herausrutschte) läßt Charlotte in Tränen ausbrechen. Wie schrecklich ist es doch, denkt sie, in einer Welt zu leben, in der sie Tragödien und Katastrophen vor sich sehen kann, ja deren Heranrücken sogar in ihrem Körper *spüren* kann, so daß dieser kalt und starr wird, doch bei dem Mann, den sie liebt, keinen Glauben findet. Sie entzieht sich der Wärme von Georges Armen und taumelt zum Fenster, wo sie den Kopf an die Scheibe legt und auch in der Parklandschaft nur Trostloses sieht.

George Middleton, der noch neben der Malerleiter kniet, ist ratlos. Er kann seine Daisy nicht am Fenster weinen lassen, doch was soll er sagen, damit er sie zwar einerseits davon überzeugt, daß sie sich mit ihrer Vorahnung täuscht, ihr aber andererseits gleichzeitig den Trost zuteil werden läßt, den sie braucht? Es ist schon sehr unangenehm, denkt er, wenn sich jemand ins Reich der Phantasie begibt. Es stört die Atmosphäre. Es macht Dinge kompliziert, die nicht kompliziert sein sollten. Und er hofft aufrichtig, daß Charlotte es nicht allzuoft tut, wenn sie erst verheiratet sind.

Aber er ist nun mal ein netter und praktischer Mann. So richtet er sich auf und geht rasch zu Charlotte hinüber, durch deren Weinen sich die Scheibe beschlagen hat. Sanft legt er ihr eine Hand auf die Schulter. »Mit meinem ›dummen Zeug‹ war ich zu voreilig«, sagt er. »Aber ich habe ... Zweifel, wenn es um Vorahnungen geht, das ist alles. Doch hör mir nun mal zu, Charlotte! Laß uns jetzt zusammen in mein Arbeitszimmer gehen und an deinen Bruder in Dänemark einen Brief schreiben, in dem wir ihn bitten, zu unserer Hochzeit zu kommen. Komm, meine Herzallerliebste! Bald schon werden wir seine Antwort haben.«

Charlotte dreht sich nicht gleich um, sondern weint noch weiter, weil sie weiß, daß ihre Angst sehr tief sitzt und ihr nur genommen werden kann, wenn ihr Bruder gesund und munter in England eintrifft. Sie kann durch noch so viele Briefe nicht beschwichtigt werden. Und wenn George auch meint, ihre Angst sei fehlgeleitet, so wird sie dadurch nicht kleiner.

Dennoch haben Georges Nähe, sein Geruch nach Tabak und seine kräftige Gestalt wie immer einen fast magischen Einfluß auf sie. Sie kann sich nicht *nicht* umdrehen, um sich auf die Wange küssen und die Tränen von seiner großen, roten Hand wegwischen zu lassen.

Und so klammert sie sich an ihn und merkt, wie die Eiseskälte ihren Körper verläßt. Trotzdem murmelt sie noch: »Armer Peter! Mein armer Peter...«

»Pst, Daisy. Alles wird wieder gut!«

»Oh, bete darum!« sagt sie. »Ich könnte es nämlich nicht ertragen, und Mama auch nicht!«

»Dein lieber Papa auch nicht! Es ist aber nicht so. Es ist nichts passiert.«

Er hat nicht recht. Charlotte weiß, daß er nicht recht hat. Doch sie sagt nichts mehr. Sie läßt sich von George auf die salzigen Lippen küssen, und dann gehen sie zusammen in sein Arbeitszimmer, dessen Wände ganz gewiß nicht blau, sondern hübsch mit dunkelbraunem Leder gepolstert sind. Und es riecht nach Pfeifenrauch, Papier und Tinte. Es riecht nach Mann und all seinen vernünftigen, ruhigen und gemächlichen Geschäften.

Charlotte nimmt auf einem Eichenstuhl Platz. Ernst schaut sie zu, wie George einen weißen Federkiel zu spitzen beginnt. »Schreib du ihm, George«, sagt sie, »ich kann es nicht. Bitte ihn – als deinen künftigen Schwager – dringlich, nach Hause zu kommen. Schreib ihm, er müsse es um meinetwillen tun.«

Die Erinnerung an eine Prophezeiung

König Christian versucht zu beten.

Er kniet in seinem Kirchenstuhl in der Kapelle von Frederiksborg, den er wie einen Schmuckkasten dekorieren ließ: mit einer Balustrade und einer Decke aus Ebenholz, mit Silber- und Elfenbeinornamenten und auf Kupferplatten aufgezogenen biblischen Gemälden an den Seitenwänden. Diesen Glanz hat er in seiner Zwiesprache mit Gott immer für hilfreich gehalten, weil sich sein Blick leichter in der Betrachtung schöner Dinge als schlichter, unbedeutender verliert und so sein Geist »ins Gebet entlassen« ist, wie er oft behauptet hat.

Aus diesem Grund – mehr noch als wegen seiner allgegenwärtigen Besorgnis, ein Sakrileg zu begehen – hat er seinen eigenen Kirchenstuhl geplündert, um ihn zu Dalern zu machen. Er hat die ganze Kirche nicht angerührt, weil er, wenn er den Kopf hebt und sich umschaut, die volle Pracht wiederentdecken will, die er sich einst vorgestellt hat, und sein Auge nach Lust und Laune darüberschweifen lassen möchte. Die Dinge außerhalb seines juwelengeschmückten Kirchenstuhls sind für seine Konzentration ebenso wichtig wie die innerhalb.

Christian bittet im Gebet um den Schutz Gottes, weil ihm in den letzten Tagen die Worte einer alten Prophezeiung, jener Tycho Brahes bei seiner Geburt, wieder eingefallen sind, die noch zu dem Unbehagen beitragen, das ihn anfallsweise immer wieder befällt.

Es war vorausgesagt worden, das Leben des Königs werde im Alter von dreiundfünfzig Jahren, also in dem Lebensjahr, das jetzt gerade begonnen hat, in Gefahr geraten. Es war vorausgesagt worden, er werde, wenn es zu Ende gehe, vielleicht nicht mehr am Leben sein, so daß sich die Leiden, die Dänemark schon während seiner Regentschaft ertragen mußte, noch um ein Tausendfaches vergrößern würden. Und nun fragt sich der König, ob Prophezeiungen, die auf Anzeichen beruhen, die man in den Sternen und Konstellationen des Himmels selbst erblickt, überhaupt durch menschliches Bestreben umgewandelt werden können. Aber nicht nur das: Kann denn Gott, der Schöpfer der Welt, das ändern, was im Universum in Silberschauern herumfliegt und vielleicht die Währung des Teufels ist?

Christian findet keine Antwort darauf. Er ruft sich ins Gedächtnis zurück, daß man gewisse Dinge – ganz gleich, wie sklavisch der Mensch auch versuchen mag, sie nach den Kartesianischen Prinzipien zu analysieren, wie sehr er sich auch darum bemühen mag, sie zu zergliedern und neu zu ordnen – einfach nicht wissen kann.

Als der König dann von der Kapelle zu seinen Gemächern unterwegs ist, wird es dunkel, und er denkt über das vergebliche Bemühen der Märztage nach, eine neue Jahreszeit anzukünden, da die Nacht noch so rasch über den Nachmittag hereinzubrechen scheint.

Während König Christian langsam einen Becher Glühwein trinkt, wird ihm mitgeteilt, daß Ellen Marsvin, Kirstens Mutter, in Frederiksborg ist und um eine Audienz bittet. Er muß lächeln. »Sagt ihr«, erklärt er, »daß niemand für Kirsten vermitteln kann. Denn ich habe sie nicht nur von hier fortgeschickt, sondern es gelingt mir auch allmählich, sie aus meinem Herzen zu verbannen.«

Später ändert er jedoch seine Meinung und läßt Ellen holen. So ehrgeizig und stolz sie auch ist, hat er sie doch immer bewundert, und ihr einstmals schönes Gesicht, das trotz der Spuren, die ihr weltliches Streben auf ihm hinterlassen hat, noch eine zarte Heiterkeit besitzt, berührt ihn mehr, als es sollte – als sei sie eine lange verloren gewesene Schwester, die er immer gemocht hat.

Und so sitzen sie nun wie alte Freunde am Feuer und trinken den gewürzten Wein. Weder der Name Kirsten noch die peinlichen Silben des Wortes »Scheidung« kommen ihnen über die Lippen. Sie sprechen über Geld und das Opfern Islands, über die Ingenieure aus Rußland, die ihre lange Reise ins Numedal sicher bald beendet haben werden, über den dortigen Pfarrer und seine Briefe, in denen er der fehlenden Hoffnung im Tal des *Isfoss* nachtrauert.

Und so wendet sich das Gespräch der Zukunft zu und wie man diese sehen muß, wenn sie – die einst unendlich erschien – nun wahrscheinlich nur noch von kurzer Dauer sein wird. Ellen sagt zu König Christian, sie werde »bis zum letzten Seufzer, bis zum allerletzten Blick auf irgend etwas Schönes« darum kämpfen, am Leben zu bleiben und an dem festzuhalten, was sie besitzt. Die Leidenschaftlichkeit, mit der sie das vorbringt, amüsiert ihn, weil er nichts anderes von ihr erwartet hätte. Er erzählt ihr, daß seine eigene Zukunft, wenn Tycho Brahes Prophezeiung eintrifft, »an einem dünnen Faden hängt« und das offene Grab schon für ihn bereitsteht.

Christian ist dazu übergegangen, das Wasser vom Brunnen von Tisvilde zu trinken, weil er hofft, damit die Schmerzen in seinem Magen und seinen Eingeweiden zum Abklingen zu bringen. Auf

Wagen werden große Fässer davon zum Palast gebracht und dort hinter Schloß und Riegel gehalten, damit nicht gepanscht und das Heilwasser nicht durch gewöhnliches ersetzt wird.

Der König versucht sich vorzustellen, wie der »Tisvilder Nektar« langsam durch seinen Körper rinnt und die Ursachen seiner Qual herausschwemmt. Als er einige Tage lang nicht von plötzlichen Übelkeiten heimgesucht worden ist, erklärt er, dieses Wasser werde ihn gesund machen. »Vielleicht«, fügt er hinzu, »hat Tycho Brahe den Aufruhr in meinem Darm vorausgesehen und wußte, daß dies zum Tod führen könnte. Doch mit der Tisvilder Magie werde ich ihn nun bezwingen.«

Fünfmal am Tag wird ihm ein Becher davon gebracht, der letzte vor dem Schlafengehen. Er genießt die Reinheit des Wassers auf der Zunge und verkündet, er werde keinen Wein und kein starkes Ale mehr trinken, sondern nur noch dieses Brunnenwasser, bis seine Verdauung wieder in Ordnung ist. Und in diesem fanatischen Einhalten einer Routine, die nichts Vergnügliches enthält, erkennt er eine Wahrheit über sich selbst: Er will nicht sterben. Seine Aufgabe als König von Dänemark ist noch nicht erfüllt; er will seinen Posten nicht verlassen.

Als er es sich eines Abends gerade im Bett gemütlich macht und darauf wartet, daß ihm sein Wasser gebracht wird, kommt eine junge Frau in sein Schlafgemach.

Sie ist mollig, hat eine rosige Haut und Grübchen in den Wangen. An den Grübchen merkt er, daß er sie irgendwoher kennt, kann sich aber nicht an ihren Namen erinnern.

Sie macht vor ihm einen Knicks und stellt ihm mit ihrem Grübchenlächeln seinen Becher Wasser hin. Dabei kommt sie König Christian so nah, daß er ihren Duft einfangen kann, der ihn an Damaszenerpflaumen erinnert und ihn einstmals, als er nicht in Kirstens Bett gelassen wurde, daran denken ließ, diesem schlichten Mädchen einen Besuch abzustatten und es in die Arme zu nehmen.

Und dann fällt es ihm wieder ein: Sie war eine von Kirstens Frauen. Man nannte sie »Frau für den Körper«.

Sie will gerade gehen, als sie der König zurückruft. Er sagt, er könne sich seit neuestem nur noch an die Hälfte dessen erinnern, woran er sich erinnern sollte, und ihr Name gehöre zu dem Verlorenen.

»Frøken Kruse«, sagt sie. »Vibeke.«

Daß Leute aus dem Leben verschwinden und dann eines Tages neu entdeckt werden, entweder sie selbst oder andere, die ihnen sehr ähnlich sind und ihre *Geister oder geistiger Ersatz* sind, ist etwas, dessen sich König Christian immer bewußt war. Und weil ihm dieses Ersetzen oder Wiedererscheinen immer wie ein Wunder erschien, mißt er ihm große Bedeutung bei. Er neigt dazu, zu glauben, daß diese Menschen von Gott geschickt sind und im Hinblick auf ihn eine besondere Aufgabe erfüllen sollen.

Dieses Gefühl hat er nun, als er Vibeke Kruse in seinem Zimmer stehen sieht, ihren Pflaumenduft einatmet und sich an ihre dicken Brüste erinnert, von denen er seltsamerweise einmal dachte, sie seien so weich wie Federn, daß es so sein würde, als halte er zwei weiße Tauben in den Händen und höre deren Herzen schlagen.

Er bittet Vibeke, an seinem Bett Platz zu nehmen. Er fragt sie, woher sie komme, und erwartet eine phantastische Antwort wie »Von einer Espe« oder »Aus dem Schnee des Montblanc« oder »Vom Himmel«. Doch sie antwortet schlicht, daß sie jetzt für Ellen Marsvin arbeite und diese begleitet habe, »damit wir Seiner Majestät hier, auf unserem Weg nach Kopenhagen, unsere Aufwartung machen können«.

Seltsamerweise kommt es dem König nicht in den Sinn, daß Vibeke, wenn sie für Ellen arbeitet, im Boller-Haushalt sein muß, wo sich Kirsten noch immer aufhält. Ja er denkt überhaupt nicht an Kirsten, sondern ist völlig von Vibekes Anwesenheit eingenommen, so sehr, daß er vergißt, das Wasser zu trinken, vergißt, daß es schon spät ist, alles vergißt, außer dem Wunsch, sie bei sich zu behalten.

Er blickt auf ihre vollen Lippen, ihr gemütliches Kinn, ihre breiten Hüften, ihr alltägliches braunes Haar und ihre Hände, die aussehen wie die einer Bäuerin, und sagt plötzlich: »Ich bin der Heuchelei überdrüssig.«

Seiltänzer

Eines schönen Morgens hört Peter Claire das Geräusch schwerer Räder auf dem Kopfsteinpflaster im Hof und noch andere ungewohnte Laute, wie das Spielen auf einer kleinen Schalmei und das Bimmeln eines Tamburins. Er blickt aus dem Fenster und sieht unten Männer auf Pferden sowie zwischen den Planwagen herumlaufende Frauen und Kinder. Die Palastbewohner kommen heraus, begrüßen sie wie alte Freunde und drücken ihnen Essen und Krüge mit Ale in die Hand. Und dann wird der Ruf laut und wie ein Echo über den Hof und in den Palast getragen, wo er entlang der Korridore widerhallt und von Kammer zu Kammer dringt: »Die Seiltänzer sind da!«

Sie sind sofort von einer Menschenmenge umgeben – als habe man seit Monaten auf diesen Augenblick gewartet, als habe an diesem Märzmorgen niemand auf Frederiksborg etwas anderes zu tun, als im Kreis herumzustehen, auf die Neuankömmlinge zu blicken und auf das Wunderbare zu warten, das sie zum besten geben werden.

Und schon findet etwas Magisches statt. Die Kinder haben im Kreis mit Turnen, Bodenakrobatik und Bockspringen begonnen, schnell und mühelos, mit sich biegenden und wieder streckenden Gliedern, als seien es junge Weidenäste. Während sie herumspringen und -wirbeln, werden Holzpfosten und -latten, Seilrollen, Körbe mit Messingscharnieren und Haken ausgeladen, und ein riesiger Apparat erhebt sich wie der Doppelmast eines Schiffes im großen Hof zwischen der Kapelle und dem Prinzenflügel.

Der König selbst taucht auf und sieht sich alles an. An seiner Seite ist Vibeke Kruse, deren Hand er fest umschlossen hält. Auf ihrem Gesicht liegt ein breites Lächeln, das ihre neuen, in der Sonne glänzenden Elfenbeinzähne sehen läßt. Nicht weit von Vibeke entfernt beobachtet Ellen Marsvin dies alles schweigend und nickt zufrieden.

Als wieder ein Wagen in den Hof fährt, aus dem ein schwarzer Bär klettert, der an einer Kette herumgeführt wird, geht Peter Claire hinunter, um sich den Zuschauern zuzugesellen. Nun strömen viele Händler zu den Palasttoren herein, die den Schaustellern mit ihren Körben voller Kuchen und Käse, Bottichen mit Austern und Wellhornschnecken, ihrem Metallschmuck und ihren Bauchläden mit Schnürsenkeln und Messern den ganzen Weg von Kopenhagen gefolgt sind. »Nun kann man alle«, sagt Krenze dicht neben Peter Claire, »nach Ramsch wühlen und zum Frühstück Austern essen sehen! Ich frage Euch, wie soll man die Menschheit ertragen?«

Da Peter Claire nicht antwortet, fährt Krenze fort: »Ich würde gern erleben, daß der Bär den kleinen Mann an der Kette herumführt. *Das* wäre eine Vorstellung, die ich mir nicht entgehen lassen würde.«

Peter Claire wendet sich dem deutschen Violaspieler zu. Er hat schon einen Tadel wegen Krenzes ständigem Zynismus auf den Lippen, äußert ihn dann aber nicht, weil er erkennt, daß ihm der Blick auf die Szene auch keine Freude bereitet, ihn die radschlagenden Kinder und der Bär mit den traurigen Augen gleichgültig lassen und ihm selbst der große Apparat, der mittels Seilen und Rollen hochgezogen wird, Unbehagen bereitet.

Daher sagt er ruhig: »Sobald die Tänzer auf dem Seil balancieren, wünschen sich die Leute nichts sehnlicher, als daß sie herunterfallen.«

Krenze sieht ihn zustimmend, aber auch ein wenig überrascht an. »Ihr lernt!« erwidert er. »Jedenfalls scheint Ihr endlich mehr zu begreifen, als es Engeln zusteht.«

Peter Claire schweigt. Doch da er sich nun mal inmitten dieser merkwürdigen, lärmenden Szene mit Krenze unterhält, möchte er diesem ernsten, unnachgiebigen Mann noch etwas anderes sagen, was ihn in Abständen immer wieder befällt und ihm allmählich angst macht. »Krenze...« setzt er an, doch der Deutsche, der so dünn und agil wie ein Aal ist, ist nicht mehr an seiner Seite. Peter Claire hält nach ihm Ausschau, sieht ihn aber nicht. Er ist von der Menge der Händler und Zuschauer verschluckt worden.

Peter Claires Blick fällt auf den König, der Vibekes Hand hält. Er erkennt in ihr eine von Kirstens Frauen und überlegt einen Augenblick, ob er ihr wohl – wenn sie nach Boller zurückkehrt – einen Brief für Emilia mitgeben könnte. Doch dann erscheint ihm der Gedanke doch nicht so gut, und er verwirft ihn wieder. Denn was könnte er Emilia jetzt sagen? Daß sein Glaube an sie schon immer schwach war? Daß er sich, weil er sich ihrer Liebe nicht sicher fühlte, ohne Protest ins Bett seiner früheren Geliebten locken ließ?

Er läuft nun in der Menge herum, vielleicht auf der Suche nach Krenze, vielleicht auch einfach auf der Suche nach *irgend etwas*, was seinen trübsinnigen Eindruck von der Szene ändern könnte. Er merkt, daß es in der Sonne fast schon warm ist. Ein Mädchen in Rot hält ihm einen Teller mit Leckereien hin, doch er geht weiter. Ihm fallen die weißen Bänder ein, die Charlotte bekommen sollte und die er dann am Vogelhaus in Emilias Haar geflochten sah.

Nun kommt ein neuer Klang auf: Zwei Knaben in ausgefransten und zerlumpten Uniformen beginnen auf kleinen Trommeln, die sie um den Hals hängen haben, mit einem eintönigen »Rättetät, Rättetät«, um den Leuten kundzutun, daß die Maste aufgezogen sind, das Seil zwischen ihnen gespannt ist und nun der Zeitpunkt naht, an dem der erste Tänzer in den leeren Raum hinaustreten wird.

Alle starren nach oben.

Die Silhouetten der Tänzer heben sich vom grünen Kupfer der steilen Dächer ab. Ihre in weichen Schuhen steckenden Füße sind nicht wie die anderer Menschen, sondern mehr Hände in Handschuhen, die sich festhalten und anklammern können. Sie sind so wendig auf dem Seil, *daß man dieses fast vergißt* und die Zuschauer den Eindruck haben, daß die Tänzer ihre Pirouetten in der Luft drehen.

Doch Peter Claire kann nur daran denken, daß sie sich ständig im Augenblick vor dem Absturz befinden. Und dieser geht nie vorbei, sondern wird immer wieder aufs neue wiederholt.

Unterhalb der Seiltänzer ist nichts, was ihren Fall dämpfen könnte: kein Netz, keine ausgelegten Matratzen, nicht einmal ein Haufen Stroh. Jetzt schlagen die kleinen Trommler einen schnellen Wirbel. Die Schalmeien schweigen. Die Tänzer springen sich gegenseitig auf die Schultern, und der Wind, der die Wetterhähne dreht, zerzaust ihnen das Haar.

Diese Tapferkeit verändert Peter Claires Stimmung ein wenig. Es ist, als mache der Wagemut der Seiltänzer seine eigene Trägheit zunichte, weil er ihn daran erinnert, zu welch unerwartetem Tun der Mensch fähig ist, *wenn er sich nur traut*. Der Anblick der Artisten gibt ihm Auftrieb, und er denkt nun wieder darüber nach, welche Hoffnung auf ein Glück mit Emilia – wenn es denn überhaupt eine gibt – ihm noch bleibt.

Er sagt sich gerade, daß es vielleicht einzig und allein von seinem eigenen Mut abhängt, als das, was er Krenze gegenüber erwähnen wollte, wieder eintritt: *Die Welt wird fast still.* Die Trommeln rasseln noch, die Menschen japsen und jubeln noch, der Wind seufzt noch um die steilen Dächer, doch all dies nimmt Peter Claire kaum mehr wahr. Es ist verschwunden, vielleicht zum Himmel emporgestiegen, und von einem Geräusch *innerhalb seines linken Ohrs* ersetzt worden, einem Geräusch wie beim Zerreißen von Lappen, und mit diesem inneren Lärm geht ein heftiger gemeiner Schmerz einher.

Der Lautenspieler hält sich den Kopf. Der Schmerz und das Geräusch des Zerreißens werden so stark, daß er am liebsten schreien würde – jemanden anflehen möchte, ihm zu helfen, dem ein Ende zu setzen. Doch es hört nicht auf. Es hält noch an, als die Seiltänzer heruntergeklettert kommen, ihre Verbeugungen machen und die Leute zu klatschen beginnen. Wild blickt er um sich. Er hält sich das Ohr mit der Hand zu (es ist das Ohr, in dem er einst den Schmuck der Gräfin trug) und muß an die Stille denken, in die Johnnie O'Fingal fiel. Er wird herumgeschubst, als die Menschen nach vorn drängen, um die Tänzer hochzuheben und auf den Schultern über den Hof zu tragen. Niemand schenkt ihm Beachtung. Der Bär wird fortgeführt.

Dann hört das Geräusch des Zerreißens auf, und auch der Schmerz läßt nach. Wie eine gesprungene Feder, die aus dem Boden schnellt, strömen die Geräusche des Hofs wieder auf den Lautenspieler ein. Sie überschwemmen seinen Kopf: die Vogeltöne der Pfeife und die Glockentöne des Tamburins, die Bravos der Menge, das Lachen der Tänzer und die vierfachen, monotonen Ausrufe der Straßenhändler: »Käse! Austern! Süßigkeiten! Messer!«

Plötzlich ist Krenze wieder neben ihm. Der Deutsche macht keine Bemerkung darüber, daß sich Peter Claire den Kopf hält. »Sie waren nicht schlecht!« sagt Krenze, während die Leute mit den Schaustellern mehrmals um die Masten ziehen. »Nicht schlecht! Sie wußten, was sie sich zutrauen konnten.«

Vibekes Erfindung

Während sich Vibeke Kruse an ihrem ersten Abend auf Frederiksborg langsam von der Reise erholte, packte sie sorgfältig ihre Garderobe mit den üppigen Kleidern aus und dachte bei sich, als sie die Falten glattstrich: Das Geheimnis eines erfolgreichen Lebens beruht darin, nicht vor seinem Tod zu sterben.

Sie gestand sich ein, daß sie in dem langen Widerstreit zwischen ihrer Liebe zu Süßigkeiten und ihrem Wunsch, schön zu sein, in ihrem Ringen mit der Kalligraphiefeder und dem bösartigen Silberdraht ihrer neuen Zähne sehr nahe daran gewesen war, der düsteren Einschätzung von sich selbst als einer Person ohne Wert zu erliegen, für die es nur eine einsame und trostlose Zukunft geben und die ebensogut jung sterben konnte. Doch sie hatte es geschafft weiterzukämpfen, und nun war sie endlich hier auf Frederiksborg, wo Ellen Marsvin schon mit dem König tratschte und das Fundament des Plans legte.

Vibeke wußte, daß dieser Plan, nämlich Ellens Überzeugung, daß die frühere Frau für den Körper diejenige war, die Kirstens Stelle in der Zuneigung des Königs einnehmen würde, sonderbar war, aber das waren viele andere Ideen auch (so jene von damals, Stricken verderbe Frauenseelen, oder die, ein Huhn könne einem Menschen gegenüber ebenso ergeben sein wie ein Hund, und doch hatte Vibeke beides erlebt). So sprach nicht mehr für die Annahme, daß sich der Plan niemals verwirklichen lassen würde, wie für die, daß es doch möglich war.

In dieser optimistischen Stimmung hatte sich Vibeke schlafen gelegt. Sie lauschte auf die Psalmen des Glockenspiels und hörte am See jemanden singen. Sie ließ eine Kerze brennen, um zu wissen, wenn sie in der Nacht aufwachte, daß sie festen Boden unter den Füßen hatte und nicht mehr auf dem aufgewühlten Meer herumgeschleudert wurde.

Als Vibeke ein paar Tage später mit dem König zusammentraf, merkte sie sofort, daß er sich an sie erinnerte und sie mochte. Und sie begriff (vielleicht, weil es zufällig ihre erste Aufgabe war, ihm seinen Becher Tisvilder Heilwasser zu bringen), daß er ein Mann war, der sich nach Freundlichkeit sehnte. Er brauchte jemanden, der sich um ihn kümmerte. Sein Krieg mit Kirsten hatte ihm fast das Leben gekostet. Nun wollte er nur noch davor gerettet werden, vorzeitig zu sterben.

Und so versuchte Vibeke, König Christian zu trösten, statt ihn zu verführen (sie sah nämlich, daß dies wirklich nicht nötig war, weil er schon zu dem Schluß gekommen war, daß sie angenehm im Bett sein würde). Sie strebte nicht mehr danach, schön zu sein. Es kümmerte sie nicht, wenn sich ihr Bauch wölbte, ihr Kinn wackelte, wenn sie zuviel aß oder ihre Zähne manchmal beim Essen herausnehmen mußte, weil sie merkte, daß all dies früher einmal für ihn wichtig gewesen sein mochte, es aber nicht mehr war. Wichtig für ihn waren ihre Gesellschaft und ihre Zuneigung. Vibeke Kruse würde sich um den König von Dänemark und seine Bedürfnisse kümmern – auch die, zu lachen und einmal allein zu sein –, und vielleicht würde sie dann eines Tages, wenn es ihr gelang, seine Lebensfreude wiederzuerwecken, ihre große Belohnung erhalten.

Sie machte es sich rasch zur Gewohnheit, ein wachsames Auge auf König Christians Leiden zu haben. Ihr fiel zum Beispiel auf, daß er beim Treppensteigen kurzatmig war und es ihm dabei manchmal sogar schwindlig wurde. Sie fragte sich nun, warum ein König das ertragen sollte, wenn sich doch bestimmt ein Weg finden ließe, ihn auf wunderbare Weise von den Prunksälen in sein Schlafgemach zu hieven. Sie erinnerte sich an die raffinierte Falltür zum Keller von Rosenborg und die Rohre und Kanäle, um die Orchestermusik ins *Vinterstue* zu leiten. Sie folgerte daraus, daß man, wenn es möglich war, Musik (die nichts Körperliches war) auf so geniale Weise zu verschicken, sich doch bestimmt auch etwas ausdenken könnte, um den Körper des Königs von dem einen Ort zum anderen zu bewegen.

Vibeke stand vor einem der mit Brokat bezogenen Throne des Königs und blickte darauf. Sie stellte sich vor, wie dieser, wenn es sich um einen Stein für einen Turmbau handeln würde, langsam mit Seilen und Rollen hochgezogen wurde. Sie sah, wie leicht er war – selbst wenn der König darauf saß –, verglichen mit einem großen Stein, und wie wenig Erfindungsreichtum notwendig sein würde, um sich etwas auszudenken, womit er hochgezogen und wieder abgesenkt werden konnte. Sie fertigte mit ihrer Kalligraphiefeder kleine Zeichnungen an, auf denen zu sehen war, wie an der Decke ein Rechteck ausgeschnitten war und der Thron dorthin hochgeschwungen wurde. Als sie die Skizzen so weit ausgearbeitet hatte, daß sie wußte, sie würden König Christian zumindest *amüsieren*, legte sie ihm die Zeichnungen vor.

Er sah sie sich sehr genau an – ebenso intensiv wie einst einen auf dem Boden ausgebreiteten Haufen Knöpfe und einzelne Blätter italienischen Pergaments, die ihm zur Prüfung vorgelegt worden waren. Dann nahm er Vibekes Hand und legte sie sich an die Wange. »Das hast du gut gemacht, meine Zuckerpflaume!« sagte er. »Das hast du sehr gut gemacht!«

Nachts, wenn der König neben ihr schlief, blickte Vibeke Kruse nun durch den Spalt in den Vorhängen zum Frühlingsmond.

Wie nie zuvor fiel ihr auf, wie wunderbar und herrlich der Mond schien. Sie wußte, daß sein Leuchten von der Sonne geliehen war, konnte es aber nicht begreifen, weil die Sonne doch vom Himmel verschwunden war. Sie führte dieses Nichtverstehen auf ihre Dummheit zurück, kam aber zu dem Schluß, daß sie irgendwann einmal gern den Mond deutlicher sehen würde, um so – mittels eines Teleskops – *über ihre eigenen Grenzen hinaus* zum Verständnis zu gelangen.

So kam sie auf die Idee, den König zu bitten, ein Observatorium zu bauen, von dem aus sie gemeinsam zum Mond und zu den Sternen blicken könnten. Sie stellte sich vor, wie sie beide im Sommer dort oben allein mit dem Himmel sein würden und wie herrlich das wäre.

Doch dann bemerkte sie einen Fehler in ihrem Plan. Ein Observatorium würde notwendigerweise ein sehr hohes Gebäude sein, und wie anders als über eine schreckliche Anzahl Stufen konnte man in den oberen Teil eines hohen Gebäudes gelangen? Diese könnten den Tod des Königs bedeuten. Und so würde alles künftige Glück – für sie und König Christian – vielleicht noch dieser ihrer Laune geopfert, zu verstehen, woher das Leuchten des Mondes kam. »Und das ist eine Dummheit«, sagte sich Vibeke, »es ist eine Dummheit, wie Kirsten sie sich ausdenken würde.«

Trotzdem blickte Vibeke immer wieder zum Mond, wie er zunahm und wieder abnahm und wieder zunahm. Er war für sie wie ein guter Bekannter von früher, der immer wieder aus der Dunkelheit auftauchte, weil er ihr noch etwas zu sagen hatte.

Der geschnitzte Stock

»Niemand weiß«, sagt Johann Tilsen zum Arzt, »wie die Striemen auf ihren Körper gekommen sind, weil sie sich weigert, es uns zu sagen.«

Magdalena liegt im Bett. Blut fließt aus ihr auf die weißen Tücher. Auf ihrem Unterleib sind rote Blutergüsse, die allmählich purpurfarben werden.

Der Arzt blickt von diesen auf und Johann an. Er sagt noch einmal: »Ich weiß, daß ein Mann manchmal ... in einem kurzen Verlust ... in einem Wutanfall, den er nicht beabsichtigt hat ...«

»Ich schwöre bei Gott, daß ich nicht Hand an sie gelegt habe!« erwidert Johann.

Dann spricht der Arzt so leise mit Magdalena, daß Johann nicht verstehen kann, was er sagt, und diese antwortet nicht, sondern schüttelt nur den Kopf. So deckt der Arzt sie zu und geht mit Johann aus dem Schlafzimmer, in dem es so stark nach ihr riecht, als lägen dort zehn oder hundert blutende Magdalenas.

Sie gehen die Treppe hinunter ins Wohnzimmer, und der Arzt stellt sich mit dem ernsten Gesicht eines Mannes, der gleich eine zornige Strafpredigt halten will, ans Feuer. »Es besteht kein Zweifel, daß ihr Körper Verletzungen aufweist«, meint er. »Wenn sie nicht geschlagen worden ist, dann fiel sie von ...«

»Sie *ist* nicht geschlagen worden!« erklärt Johann noch einmal. »Ich habe Euch geschworen, daß ich nicht Hand an meine Frau gelegt habe.«

»Nun«, sagt der Arzt, »was immer auch geschehen ist, sie wird eine Fehlgeburt erleiden.«

Johanns Hände zittern. Er fährt sich mit den Fingern durchs schüttere, graue Haar. »Was meint Ihr?« fragt er zerstreut.

Der Doktor sieht Johann Tilsen aufmerksam an. Er kennt ihn schon mehrere Jahre und hat ihn immer für einen guten Mann gehalten. »Sie wird das Kind verlieren«, wiederholt der Arzt und fügt hinzu, als er Johanns Verwirrung und Erschrecken sieht: »Vielleicht hat sie Euch nichts davon gesagt?«

»Nein«, antwortet Johann trostlos. »Sie hat es mir nicht gesagt.«

»Nun. Da haben wir es, Johann! Wer kann schon sagen, warum sie es Euch nicht gesagt hat? Jedenfalls bin ich sicher, daß sie das Kind verliert.«

Dann geht der Arzt, nachdem er angekündigt hat, daß er wiederkommt.

Johann Tilsen setzt sich hin. Er starrt ins Feuer. Marcus kommt mit seinem Kater Otto auf dem Arm zu ihm und legt ihn Johann wie ein Geschenk in den Schoß. Dann stellt er sich neben seinen Vater, faßt ihn an der Schulter und sagt nach einer Weile: »Stirbt Magdalena?«

Der Kater schnurrt leise. Die Flammen des Feuers sind hell.

»Ich weiß es nicht, Marcus«, erwidert Johann.

Nach einigen Stunden gibt Magdalenas Körper den winzigen Fötus her; der Arzt nimmt ihn, steckt ihn in einen Sack und vergräbt ihn im Boden.

Doch das Bluten hört nicht auf. Wieviel Blut ist bloß in ihr, fragt sich Johann, daß soviel herausfließen kann?

Magdalena flüstert ihm mit schwacher Stimme zu, was sie beschäftigt: Sie sagt zu Johann, Ingmar solle aus Kopenhagen zurückgeholt werden, er sei gestraft genug. Sie sagt außerdem, für Ulla müsse eine liebe Amme gefunden werden. Und sie bittet Johann, ihr zu verzeihen.

»Was soll ich dir verzeihen?« fragt Johann.

»Du weißt schon was«, erwidert sie und schließt die Augen, womit sie ihn wirkungsvoll daran hindert, noch etwas zu sagen.

Obwohl Emilia an Magdalenas Bett sitzt, sie sogar mit Brühe füttert und die Aufgabe übernimmt, die durchnäßten Lappen auszuspülen und auszutauschen, die ihr in dem Versuch, das Blut zu stillen, zwischen die Beine gepreßt worden sind, läßt sich keiner der Knaben blicken. Boris und Matti rechnen im Schulzimmer, bedecken schweigend Seite um Seite mit Zahlen, und Marcus liegt mit seinem Buch *Bilder aus der Neuen Welt* neben ihnen auf dem Boden und malt Gespenstheuschrecken, Falter und Maiskolben.

Als Johann sie dort antrifft, so gut und ruhig, so offensichtlich in ihre Arbeit vertieft, fragt sie Johann, ob sie wüßten, wo Wilhelm ist, doch sie verneinen es. Sein Zimmer ist leer, und er ist seit Mittag, als er das Essen mit den Worten verweigerte, er habe Schmerzen »irgendwo in mir; ich fühle mich nicht wohl« nicht mehr gesehen worden.

Johann macht sich auf die Suche und findet ihn schließlich auf einer Stufe vor den Ställen. Wilhelm blickt nicht auf, als sein Vater zu ihm kommt. Er konzentriert sich auf eine Aufgabe, und diese läßt er nicht aus den Augen. Er hat einen langen Stock aus dem für das Abstecken der Himbeerreihen bestimmten Haufen gezogen und schnitzt nun mit einem schweren Messer einfache Muster hinein. Er hat sich an einigen Stellen in die Finger geschnitten, so daß ein bißchen Blut auf das weiße Holz des Stocks sickert, dem Wilhelm allerdings keine Beachtung schenkt. Als Johann ihn anspricht, fährt er mit dem Schnitzen des harten Holzes fort. Er befingert die graubraunen Abschnitte, die er stehenlassen will, und dreht den Stab in den Händen, um zu sehen, ob die Muster rundum gleichmäßig sind.

»Was macht dein Unwohlsein?« fragt Johann. »Ist es vorbei?«

»Nein«, antwortet Wilhelm.

»Wäre es dann nicht besser, wenn du nicht hier draußen in der Kälte sitzen würdest?«

Wilhelm antwortet nicht. Er fährt einfach mit seiner Arbeit fort, als laufe er mit der Zeit um die Wette und müsse noch vor Sonnenuntergang damit fertig werden. Erst in diesem Augenblick kommen Johann Tilsen im Hinblick auf seinen zweiten Sohn gewisse Gedanken; er starrt ihn an, wie er mit seinem Messer und seinem Stock dasitzt, und überlegt, welche Konsequenzen es hat, wenn er ihm eine ganz bestimmte Frage stellt.

Es ist, als könne Wilhelm die Frage hören, bevor sie ausgesprochen ist, denn Johann sieht in seinem gesenkten Blick eine plötzliche Leere, so daß er weiß, daß Wilhelm nicht mehr wirklich auf den Stock in seinen Händen, ja nicht einmal auf den mit hellen und dunklen Spänen bestreuten Boden schaut, sondern nach innen, und sich die bevorstehenden Sekunden vorstellt, die ihrer beider Leben für immer verändern werden.

Sie sind wie festgefroren: Johann blickt auf Wilhelm und Wilhelm auf den Boden. Die Sekunden vergehen und werden zu einer Minute. Nach dieser sammeln sich weitere Sekunden an. Es ist ein stiller Tag, kein Windhauch bewegt die Bäume.

Dann dreht sich Johann ganz plötzlich um und geht. Über die Schulter sagt er ruhig zu Wilhelm: »Bleib nicht draußen in der Kälte, Wilhelm! Komm lieber ins Haus zurück!«

Erst als Johann ganz außer Sicht- und Hörweite ist, bittet Wilhelm den leeren Raum um sich herum um Verständnis. »Ich wollte sie nicht töten«, flüstert er. »Nur *einen bleibenden Eindruck hinterlassen* – damit sie sich immer an *mich* erinnert, mehr als an meinen Vater und mehr als an meinen Bruder. Sich an *mich*, Wilhelm, erinnert. Und sich sagt, ich war der eine, ich war der Beste.«

Sogar das Baby Ulla ist leise. Wäre an diesem Tag ein Besucher ins Haus gekommen, hätte er vielleicht gar nicht gemerkt, daß etwas Schreckliches seinen Lauf nahm.

Boris und Matti sind weiterhin mit Rechnen beschäftigt. Marcus unterhält sich mit dem Hirschkäfer, den er in einer mit Moos ausgelegten Schachtel hält. Der Kater Otto schläft am Feuer.

Doch im Zimmer mit dem erstickenden Geruch, wo sich der Arzt, Johann und Emilia aufhalten, geht Magdalenas Todeskampf seinem unvermeidlichen Ende entgegen. Sie ist kaum noch bei Bewußtsein. Als ihr der Doktor Blut aus dem Arm entnimmt, »um das Fließen aus dem Leib abzulenken und zum Stillstand zu bringen«, rührt sie sich kaum.

Johann hatte ihr eine Weile die Hand gehalten und gestreichelt oder ihr seine Hand behutsam auf die kalte Stirn gelegt, doch jetzt, als sich der Tag neigt und die Dunkelheit hereinbricht, zieht er sich ein wenig von ihr zurück und blickt sie nur an – so, als wäre sie schon tot und gäbe es in dem Schlafzimmer nur noch Erinnerungen an ihre purpurnen Kleider, an das ihn manchmal erregende Geräusch, wenn sie nachts in ihren Topf pinkelte, an ihre Beine, die seinen Körper an ihren nagelten, ihre schmutzigen Reden, ihr Lachen und ihren Stolz.

Und Emilia merkt an der Art, wie er sich diskret von ihr zurückzieht, daß Johann *wünscht*, daß Magdalena stirbt, daß er mit seinen achtundvierzig Jahren erschöpft ist und sich nun nach einem Leben sehnt, in dem er keine Rücksicht auf sie nehmen muß.

Magdalena sagt nichts mehr zu Johann. Ihr ganzes Leben lang war sie laut gewesen, doch nun gleitet sie fast stumm in den Tod. Als dann der Augenblick gekommen und wieder vergangen ist, der Arzt bezahlt und das Bettuch über Magdalenas dunkles Haar gezogen worden ist, gehen Johann und Emilia ohne ein Wort zu sagen ins Wohnzimmer hinunter, wo jetzt Wilhelm am Feuer kauert und dieses mit Kohlenstaub abdeckt.

Johann setzt sich in seinen Lehnstuhl, die Familie versammelt sich um ihn. Nur Wilhelm, der noch mit dem Feuer beschäftigt ist, bleibt ein wenig abseits, und Johann sieht, als er zu ihm hinüberschaut, daß er den geschnitzten Stock in drei gleiche Teile gehackt hat und diese nun ins Feuer wirft. Der Junge tut dies achtlos, als handle es sich einfach um ein Stück Brennholz und habe es die ganze Arbeit, aus dem Stock ein Schmuckstück zu machen, überhaupt nicht gegeben.

Ein königliches Dilemma

Es wird April.

In der Hoffnung auf Fliederduft geht König Christian in die Gärten hinaus, sieht jedoch, daß die Kälte die Knospen noch fest umklammert hält und er noch eine Weile auf Frühlingsdüfte warten muß.

Wenn ihn dies stört, wenn ihn der Gedanke an die unnatürliche Verzögerung in der Natur wieder einmal daran erinnert, daß sein gefährlichstes Jahr alles mögliche Unerwartete bringen könnte, so hält er sich doch nicht lange damit auf. Ja er hat sich sogar geschworen, sich über gar nichts mehr längere Zeit Sorgen zu machen, weil er seit Vibeke Kruses Rückkehr zum Palast eine Anhäufung angenehmer Gefühle in sich verspürt, die er nur mit einem Wort beschreiben kann: Glück.

Der König ist so lange nicht mehr dermaßen glücklich gewesen, daß er fast schon vergessen hat, wie man sich in diesem Zustand benimmt, ohne dumm zu wirken. Er gerät in Versuchung, auf alle anderen Vergnügen zu verzichten und Regierungsangelegenheiten von sich zu schieben, um seine Zeit damit zu verbringen, Vibekes Kleider auf- und zuzuschnüren, sie an den Füßen zu kitzeln, um sie zum Lachen zu bringen, Töpfe mit Sahne kommen zu lassen, um sie damit zu füttern, sie seine schmerzenden Schultern massieren zu lassen und seinen Bauch mit dem Tisvilder Heilwasser langsam von den Schmerzen zu befreien.

Doch Christian möchte nicht nur nicht dumm wirken, sondern auch nie wieder ein Sklave der Liebe sein. So rationiert er seine Zeit mit Vibeke, besucht sie manchmal nicht, wenn er dies gern täte, und gibt sich damit zufrieden, ihr gelegentlich ein kleines Geschenk ohne besonderen Wert zu machen, um Vibeke nicht wie Kirsten zu verziehen.

Vibekes Freude über diese Dinge, mal eine Satinschleife, mal ein Spitzentaschentuch oder eine kleine Perlmuttdose, berührt ihn zutiefst. Er empfindet es nun als schrecklich, mit jemandem zusammengelebt zu haben (wie so lange Zeit mit Kirsten), die nur mit Geschenken zufriedenzustellen war, die *zuviel* gekostet hatten, für die das Opfer – entweder in Geld oder Ehre – stets zu groß war. Und so verhärtet er sein Herz noch mehr gegen Kirsten, strengt die Scheidung an und beschließt, obwohl es noch nicht warm geworden ist, nach Rosenborg zurückzukehren, so daß Vibeke Kruse Kirsten dort, in dem Palast, den er für sie erbaut und immer eng mit ihrem Namen in Verbindung gebracht hat, als seine Frau ersetzen kann.

Er zitiert Jens Ingemann zu sich und sagt zu ihm, er solle das Orchester auf die Rückkehr nach Kopenhagen vorbereiten.

Ingemann verbeugt sich, nickt und fragt dann ruhig: »Müssen wir wieder in den Keller, Sir?«

»Natürlich müßt ihr in den Keller!« fährt ihn der König an. »Wie sonst kann man die magische Musik erzielen?«

»Ja! Es gibt keinen anderen Weg...«

»Und ich möchte einen Frühling und einen Sommer voller Lieder. Fangt schon mal an, lebhafte und fröhliche Stücke einzuüben, Herr Ingemann! Keine traurigen Weisen mehr! Pasquier soll aus Frankreich die neuesten Tänze kommen lassen!«

»Ja, Sir!«

Ingemann wird allmählich alt, überlegt der König. Ob er von

der Feuchtigkeit und Kälte im Keller Rheuma oder einen Katarrh bekommt? Doch da kann man nichts machen. Die verborgene Musik am dänischen Hof löst bei allen, die Rosenborg besuchen, Verwunderung aus, und diese ist etwas Flüchtiges. Ingemann will gerade gehen, als der König ihn zurückruft und meint: »Noch etwas, Musikmeister! Wenn ich mich nicht täusche, ist mit Peter Claire etwas nicht in Ordnung. Er hat Augenblicke der Entrücktheit. Woran mag das wohl liegen?«

Jens Ingemann erwidert, er könne es nicht sagen, die englischen Musiker seien für ihn schon immer unergründlich gewesen, und dieser sei da keine Ausnahme.

Der König will gerade Peter Claire zu sich rufen, als ihm ein Brief seines Neffen König Charles I. von England überreicht wird.

Wenn dieses Schreiben auch höflich und herzlich ist, so ist es doch auch ein quälendes Dokument. Darin wird König Christian die beachtliche Summe von einhunderttausend Pfund angeboten, *um Eurer Majestät bei Eurer anhaltenden Armut seit den Kriegen zu helfen*, allerdings unter einer Bedingung: König Charles verlangt *die Rückkehr nach England, als immerwährende Leihgabe oder Verpfändung an uns, von Eurem ausgezeichneten Lautenspieler namens Claire*. Dieser Wunsch wird ohne jede Erklärung oder Umschweife vorgetragen. Es heißt einfach, das Geld werde nach Dänemark geschickt, *sobald ich Claires hier in Whitehall ansichtig geworden bin*, und er freue sich, den *süßen Soloklang* zu hören, den dieser auf der Laute hervorrufen soll.

König Christian schickt sofort nach seinem englischen Botschafter, Sir Mark Langton Smythe. »Botschafter«, fragt er diesen, »wie ist Seine Majestät auf diese Idee gekommen? Habt Ihr sie ihm in den Kopf gesetzt, als Ihr in London wart?«

Der Botschafter erwidert, er habe nur *so nebenbei* von den süßen Tönen des Lautenspielers erzählt, ohne diesem besondere Bedeutung beizumessen. Er sei dann »von der sofortigen Idee des Königs, ihn nach Whitehall zu holen« überrascht gewesen.

Der König seufzt. »Ihr müßt verstehen«, sagt er, »daß ich ihn nicht gehen lassen kann. Bei meiner Geburt ist prophezeit worden, daß dieses Jahr 1630 das gefährlichste meines Lebens wird. Möglicherweise überlebe ich es nicht. Ich glaube jedoch, daß ich jeden einzelnen, der mir zur Seite steht und mir durch die Tage hilft, bei mir behalten sollte. Und Peter Claire ist so jemand.«

Langton Smythe wirft dem König einen hochnäsigen Blick zu, den verdrossenen Blick des englischen Rationalisten, der nichts von Prophezeiungen und Aberglauben hält (oder jedenfalls so tut, als halte er nichts davon). »Darf ich bemerken«, meint er, »daß Euch ein großer Geldbetrag wahrscheinlich mehr Schutz bietet als ein einzelner Lautenspieler?«

König Christian denkt darüber nach, schaut zum Fenster hinaus, wo der Himmel grau verhangen ist und sich die Fliederknospen zu öffnen weigern, und sagt schließlich: »Mein Neffe Charles hat eine Französin geheiratet und neigt zu einem französierten Stil. Warum bieten wir ihm nicht Pasquier an?«

Der Botschafter schüttelt den Kopf. »Ich hatte den Eindruck, daß sein Herz an Claire hängt.«

»Dann befinde ich mich in einem Dilemma«, seufzt der König.

Später am Abend läßt er Peter Claire kommen und für sich und Vibeke auf der Laute spielen.

Vibeke lächelt die ganze Zeit und zeigt dabei ihre Elfenbeinzähne, und Peter Claire stellt fest, daß sie zwar eine nicht besonders schöne Frau ist, jedoch durch ihre Gegenwart Christians Ruhelosigkeit auf wundersame Weise dämpft.

Er setzt zu einem Liebeslied an – das erste, das er sich seit Kirstens Weggang zu spielen getraut. Er sieht, wie der König bei den sentimentalen Worten still nach Vibekes Hand greift.

Als sich Vibeke nach der Musik zurückzieht, will er sich verabschieden, doch der König bittet ihn, neben ihm Platz zu nehmen. Christian mustert Peter Claires Gesicht mit seiner üblichen Intensität und fragt: »Was ist los mit Euch, Mr. Claire? Sagt Ihr es mir?«

Peter Claire würde sich ja gern jemandem anvertrauen, jemandem die plötzliche und unerklärliche Stille und den reißenden Schmerz in seinem Ohr beschreiben, der ihn immer wieder ohne Vorwarnung befällt und das Gefühl gibt, nicht nur von einer glücklichen Zukunft, sondern von der ganzen Welt ausgeschlossen zu sein. Er kommt jedoch zu dem Schluß, daß er dies dem König unmöglich eingestehen kann. Denn welcher vernünftige Mensch würde schon einen Musiker im Dienst behalten, der vielleicht sein Gehör verliert? »Es ist nichts, Sir«, sagt er, »bloß ...«

»Bloß?«

»Ich werde manchmal von dem Gedanken heimgesucht ... mir kommt manchmal zu Bewußtsein ... daß ich gewisse Leute vernachlässigt habe, die ...«

»Ihr meint Eure Familie in England?«

»Ja! Aber nicht nur ...«

»Sie schreibt Euch Briefe, in denen sie Euch bittet, zur Hochzeit Eurer Schwester zurückzukehren, nicht wahr?«

»Ja!«

»Ich kann verstehen, daß Ihr gern nach England reisen würdet. Warum bittet Ihr Eure Schwester nicht, ihre Hochzeit zu verschieben, bis ...«

»Bis, Sir?«

»Bis ... ich sicher bin, daß ich Euch nicht mehr brauche.«

Nachdem Peter Claire gegangen ist, zieht sich der König in sein Schlafgemach zurück, wo Vibeke auf ihn wartet. Ihr Haar ist jetzt zu dicken Zöpfen geflochten, und sie reibt sich den Gaumen mit Nelkenöl ein.

Beim Auseinandergehen haben beide Männer überlegt, was bei dem Gespräch soeben alles hätte gesagt werden können, aber ungesagt blieb. Und das Wissen darüber, wieviel oft im Schweigen zwischen den Worten liegt, löst bei beiden Unbehagen und Verwunderung über die quälende Vielschichtigkeit von Gesprächen aus.

Alexander

Er kommt bei Einbruch der Dunkelheit dieselbe Straße hinauf wie seinerzeit Herr Gade, der Abgesandte des Königs, mit seiner mageren Ladung von Hühnern und Stoff.

Seine Augen sind gelbrot, entzündet von der bitteren Kälte, den Entbehrungen und all dem, was er auf seiner Reise durch Rußland gesehen hat. Er stinkt wie die Pest.

Diesmal ist es nicht *Rotte* Møller, der ihn zuerst sieht. Doch die Leute im Dorf, die ihn in zerrissenen Fellen und mit verbundenen Händen zu Gesicht bekommen, können sich sofort denken, wer er ist, und bringen ihn zu Møller. Denn für so jemanden, davon sind sie fest überzeugt, sind nicht sie, sondern *Rotte* Møller verantwortlich. Sie können nur abwarten, ob ihn Møller mit den wenigen Worten Russisch die er sich beibringen konnte, versteht.

Er heißt Alexander.

Møller deckt sein Feuer mit Kohlenstaub ab, läßt ihn daneben Platz nehmen und löst ihm die Verbände von den Händen, an denen drei Finger fehlen. Er reinigt sie und läßt den Arzt kommen, um ihn zu untersuchen. Eiter läuft Alexander aus den Augen und über die Wangen in seinen dicken Bart. Er spricht nur Russisch und jammert laut – wegen seiner schmerzenden Augen und erfrorenen Hände, wegen des Verlustes seiner Freunde und Ingenieurkollegen, die sich mit ihm vom Sajanischen Gebirge aus auf den Weg gemacht und nicht überlebt haben.

Die Leute vom *Isfoss* finden sich damit ab, daß sie abwarten müssen. Bleibt Alexander am Leben, oder stirbt er? Reicht das Wissen eines einzelnen Ingenieurs aus, um die Mine wiederzueröffnen? Wird dieses Wissen – zum Greifen nah – in ihm verschlossen bleiben, weil er es nicht erklären kann?

Møller, der sich um ihn kümmern muß und nachts von seinen Schreien geweckt wird, sagt zu den Leuten, er glaube, Alexander werde nicht wieder gesund. Sein Körper ist ausgelaugt. Auf eine Schieferplatte malt der Russe Bilder von Hunden, die im Schnee liegen, und von Männern, die den Hunden das Fleisch vom Körper hacken und es essen. Eines seiner wenigen Besitztümer ist ein silbernes Kreuz, das er sich vor dem Einschlafen auf die Lippen legt.

Der Pfarrer bittet die Leute, ihm alle Nahrung zu bringen, die sie erübrigen können, und den Vögeln im Wald Fallen zu stellen, damit er eine nahrhafte Sperlingssuppe kochen kann. Der Arzt mischt eine Quecksilberpaste für Alexanders Augen.

Seine Felle werden zum Waschen im Fluß abgeholt und wieder zusammengenäht. Møller wickelt ihn in sauberes Leinen und denkt dabei, auf wie seltsame Art der Russe mit seinem Körper, schmalen Gesicht und dunklen Bart doch dem Christus seiner Phantasie ähnelt. So beginnt er, inbrünstig zu beten, daß der Mann wieder gesund wird. Der Gedanke, es könne in seinem eigenen

Haus eine Art Wiederauferstehung stattfinden – als Ausgleich für alle im Namen der Silbermine gebrachten Opfer –, erfüllt *Rotte Møller* plötzlich mit hektischer Aufregung.

Im Laufe der Zeit wird Alexander kräftiger. Er kann in Møllers Zimmer nun schon zum Fenster gehen und auf die Straße blicken. Doch deren Anblick scheint ihn zu belasten, und der Pfarrer begreift allmählich, daß ihn nicht die Straße selbst quält, sondern die Tatsache, daß er seine Kameraden nicht auf ihr sieht. Die Tränen vermengen sich mit dem Eiter, der ihm noch immer aus den Augen sickert. Oft schlägt er sich auf den Kopf oder die Brust und babbelt wirr in einer Sprache, die für Møller hoffnungslos unverständlich ist. Und irgendwo in alldem scheint eine Frage verborgen zu liegen.

»Sagt mir«, bringt Møller schließlich in Russisch heraus, »sagt mir, was es ist!« Dann sinkt Alexander manchmal vor ihm auf die Knie und legt sogar den Kopf auf den Steinboden. Doch Møller versteht nur, daß der Russe unter seelischen Qualen leidet.

Eines Tages greift Alexander wieder zur Schiefertafel und malt ein neues Bild vom Fleischessen. Er zeigt es Møller. Der Pfarrer, der sich schon so lange darum bemüht, die Dorfbewohner vom *Isfoss* durch die Wiedereröffnung der Silbermine zu retten, starrt entsetzt darauf. Doch dann wird sein Blick sanft vor Mitleid, denn er hat nun begriffen – an diesem kalten Apriltag des Jahres 1630 –, daß er an die Grenzen seines Bemühens gestoßen ist. Er legt Alexander die Hand auf den Kopf.

Mit Hilfe des Doktors führt Møller den Russen behutsam zur Kirche, wo das einzig Schöne und Wertvolle ein Ölgemälde von der Kreuzigung auf der gewölbten Decke ist. Alexander, der jetzt nicht mehr weint und jammert, kniet darunter nieder, und Møller ruft Gott an, er möge »Seinem Diener Alexander verzeihen, zu welchen Mitteln er greifen mußte, um am Leben zu bleiben, und ihm Frieden gewähren«.

Bald darauf beruft Møller eine Versammlung aller Dorfbewohner vom *Isfoss* ein.

Er hält eine sehr ernste Rede. Er erinnert sie daran, wie zufrieden sie waren, bevor das Silber in ihren geliebten Bergen entdeckt wurde. Er sagt, er glaube nun, daß nach all dem, was Alexander erlitten hat, schon ein zu hoher Preis für die Fortführung der Mine bezahlt worden ist und nichts mehr im Hinblick darauf unternommen werden sollte. Er sagt, gewisse Träume und Sehnsüchte verursachten mehr Leid, als sie je heilen könnten. Er sagt außerdem, er sei jetzt der Meinung, man solle den Zugang zur Mine für immer versiegeln und dort »irgendeinen Baum pflanzen, der am Felsen haftet«, so daß bereits in der nächsten Generation, wenn man mal von den Gräbern absieht, niemand mehr wissen wird, daß dort jemals etwas entdeckt worden ist.

Als die Leute zu murren und klagen beginnen, was *Rotte* Møller nicht anders erwartet hatte, ruft er: »Überlegt doch mal, was die Mine überhaupt *ist*! Ihr werdet sagen, sie ist eine volle Vorratskammer, ein paar schöne Kleider, die Rückkehr des Königs, Gesellschaft, Festlichkeiten und Musik unter den Sternen. Doch seit wann ist sie das alles?«

Es erhebt sich Protestgeschrei. »Sie *war* all das!« beharren die Dorfbewohner vom *Isfoss.* »Es war die bedeutendste Zeit unseres Lebens. Und sie wird wiederkommen! Sie muß wiederkommen!«

»Genau das habe ich auch gedacht«, erwidert Møller ruhig. »Ich habe jeden Tag darauf gewartet, daß die Mine aufs neue geöffnet wird. Doch das war falsch von mir. Wir hatten alle unrecht.«

Die Menschen murren ärgerlich und fragen: »Was ist mit Alexander? Wenn er heute kräftig genug ist, um zur Kirche zu laufen, dann ist er morgen kräftig genug, um mit der Arbeit zu beginnen, und bis dahin ist es auch wärmer…«

»Nein«, erklärt Møller. »Ich sage euch, daß Alexander das Menschenmögliche getan hat und zu mehr nicht fähig ist.«

Die Leute rufen weiter, Alexander sei ihre letzte Hoffnung, und *Rotte* Møller habe kein Recht, sie ihrer Hoffnung zu berauben.

»Ich nehme mir das Recht!« antwortet Møller, noch immer ruhig und unbeeindruckt vom Geschrei. »Es ist grausam und eine Sünde, diesen Mann mit eurer Sehnsucht nach etwas, was er nicht übernehmen kann, zu belasten, und ich sage euch, wir werden diese Sünde nicht begehen.«

Daraufhin herrscht unbehagliches Schweigen, als die Dorfbewohner, die Møllers Unnachgiebigkeit spüren, über das, was er gesagt hat, nachdenken. Sie murren: »Wovon spricht die kleine Ratte eigentlich?« – »Wer hat *Rotte* ermächtigt, über das Schicksal der Mine zu entscheiden?«

Und dann rufen sie es ihm zu: »Mit welchem Recht vernichtet Ihr unseren Ehrgeiz? Ist es vom König verliehen? Ihr seid nur ein armer Pfarrer und um keinen Deut besser als wir!«

»Darin stimme ich euch zu«, antwortet Møller. »Ich bin ganz gewiß nicht besser als ihr. Ja ich habe sogar mehr Schuld als ihr. Ich war es ja, der dem König geschrieben hat. Vergeßt das nicht! Ohne mein Eingreifen würde die Mine im Herzen und in der Erinnerung eines jeden einzelnen schon langsam verblassen und allmählich alles wieder wie früher werden. Ich bitte euch um Entschuldigung, daß ich diese falsche Hoffnung genährt habe. Bitte verzeiht mir!«

Als die Versammlung zu Ende geht, ist keine Übereinstimmung erzielt und kein Beschluß gefaßt worden. Alle sind auf *Rotte* Møller wütend, der zu seinem Haus oben auf dem Hügel zurückkehrt. Er kann nicht sagen, wie sehr oder wie lange er darunter zu leiden haben wird, weil er das verficht, was er jetzt für richtig hält. Er weiß nur, daß er *sich in seinem Urteil nicht irrt*. Und als er Alexander sieht, zwar noch am Leben, aber doch mit seinem ganzen, in seiner eigenen Sprache eingeschlossenem Entsetzen und Bedauern und so jeder wahren Freundschaft und jedes wirklichen Verstehens beraubt, sagt er zu ihm, er werde nicht nachgeben. Der Ingenieur könne in seinem Haus um sein Leben kämpfen oder sich zum Sterben entschließen, ganz so, wie er es wolle. Jedenfalls werde auf Erden nichts mehr von ihm verlangt.

»Ein bißchen Gold, ein ganz kleines bißchen...«

Ellen Marsvin trifft die frühere Frau für den Körper bei einer häuslichen Tätigkeit an: Sie näht einen Riß im Nachthemd des Königs.

»Vibeke«, seufzt Ellen, »du mußt dir jetzt wirklich abgewöhnen, dich für eine *Serviteuse* zu halten. Laß diese niedrige Arbeit doch von einer Waschfrau verrichten! Du sollst die Begleiterin des Königs und nicht seine Dienerin sein!«

Vibeke nickt, legt das Hemd aber nicht beiseite, sondern breitet es nur auf dem Schoß aus und streichelt zärtlich das weiche Gewebe. »Es bereitet mir Vergnügen, das Hemd zu nähen«, sagt sie. »Also nähe ich es, und damit ist es erledigt.«

»Nein«, erwidert Ellen ernst. »Damit ist es nicht erledigt. Denn wenn du Nachthemden flickst und dergleichen niedere Hausarbeit verrichtest, dauert es nicht lange, bis der König in dir wieder nur eine bloße Frau sieht, und das war nicht Zweck und Ziel des Plans.«

Vibeke hält sich die Hand vor den Mund. »Fru Marsvin«, sagt sie, »bitte keine weiteren Anspielungen auf einen Plan! Denn wenn ich denke... wenn ich daran denke, daß... alles als bloßes *Komplott* angesehen werden könnte, dann schäme ich mich so...«

»Was um Himmels willen meinst du, Vibeke?« fragt Ellen. »Du weißt doch nur zu gut, daß es genau das, nämlich ein Komplott war. Und es hat bei Gott lange gebraucht, es auszuhecken und enorme Kosten verursacht – die Kleider, der Schreibunterricht und die Zähne –, und wir haben sogar, möchte ich sagen, beide darunter gelitten, und...«

»Ich weiß«, erwidert Vibeke, »würde es aber lieber nicht mehr wissen.«

»Wie merkwürdig du bist! Es hat sicher noch nie einen so wunderbar geschmiedeten und so herrlich verwirklichten Plan...«

»Bitte hört auf!« ruft Vibeke. »Bitte tut, worum ich Euch bitte, und erwähnt nie wieder etwas, was an Listigkeit und Berechnung denken läßt. Denn wenn es dies vielleicht auch am Anfang war, so wird es doch nicht so fortgeführt. Ich könnte es nicht ertragen, wenn der König unser Komplott aufdecken würde.«

Ellen geht näher an Vibeke heran und flüstert: »Es hängt von dir ab, ob er es aufdeckt oder nicht. Es hängt davon ab, wie gut du deine Rolle spielst, Vibeke!«

Bei dieser Bemerkung tropft eine Träne aus Vibekes runden blauen Augen und kullert die Wange hinunter. »Es ist keine *Rolle*«, sagt sie traurig. »Ich dachte, es würde eine sein, habe mich aber geirrt.« Sie hält sich das Hemd des Königs ans Gesicht. »Er ist so gut zu mir, und ich weiß, daß ich ihn glücklich mache, nach allem, was er mit Eurer Tochter durchgemacht hat. Und ich würde alles für ihn tun, alles auf der Welt...«

Ellen schweigt einen Augenblick und sieht, wie noch mehr Tränen Vibekes Wangen hinunterkullern und mit dem Nachthemd abgewischt werden. Dann fängt sie zu lachen an. »Nun, nun, also wirklich, Vibeke, ich weiß nicht recht, was ich da sagen soll!«
»Dann sagt nichts!« ruft Vibeke leidenschaftlich. »Es ist nicht nötig!«

Ellen lächelt noch in sich hinein, als sie sich von König Christian verabschiedet und ihrem Kutscher sagt, er solle sie nach Kronborg fahren.

Obwohl Königinwitwe Sofie Kirsten immer verabscheut hat, oder vielleicht auch, *weil* sie und Ellen Marsvin beide Kirsten verabscheuen und außerdem immer darin einer Meinung waren, daß der König *geführt* werden muß, wenn das Leben der Frauen erträglich sein soll, betrachtet sie die jüngere Frau immer noch als wichtige Verbündete. Daher geht die Königin, als diese ihr auf Kronborg angekündigt wird, zu ihr hinunter und begrüßt sie herzlich.

Der Samowar wird gebracht, und die schweren Vorhänge werden zugezogen, weil allmählich schon die Dunkelheit hereinbricht. Die beiden Frauen sitzen zusammen, lauschen auf das Prusten und Gurgeln des Samowars und amüsieren sich, indem sie Zitronen zu Halbmonden und Sternen schneiden und sie auf ihrem Tee schwimmen lassen.

Die Diener werden fortgeschickt, und Ellen erzählt von der wunderbaren Geschichte ihres Plans. Sie beginnt dabei ganz von vorn, mit dem Tag, an dem sie sich entschloß, Vibeke in ihren Haushalt auf Boller aufzunehmen, und endet mit dem, was sie gerade von Vibeke selbst zum Thema Hingabe gehört hat.

Königin Sofie hört aufmerksam zu, gratuliert Ellen ab und zu, so zum Beispiel, »daß sie die Bedeutung kleiner Dinge wie der Kalligraphie so gut begriffen« hat, gießt sich schließlich, als die Geschichte zu Ende ist, noch einmal Tee ein und sagt: »Nun werden sich die Dinge bei meinem Sohn endlich zum Besseren wenden, Fru Marsvin. Das spüre ich. Und ich werde in Frieden gelassen. Ich kann Euch nicht sagen, wie mich das beruhigt! Es war nämlich in letzter Zeit recht schwierig, weil der König Soldaten geschickt hat und auch selbst gekommen ist, um meine Gewölbe zu durchsuchen. Natürlich ist dort nichts! Irgend jemand hat jedoch einmal das Gerücht in die Welt gesetzt, ich häufe hier einen Schatz an...«

»Ach ja!« wirft Ellen ein. »Vermutlich war das meine Tochter! Doch sie konnte noch nie zwischen Wahrheit und Unwahrheit unterscheiden, nicht einmal sich selbst gegenüber.«

»Natürlich habe ich *ein bißchen* Gold, ein ganz kleines bißchen. Jede Frau sollte im Alter etwas haben... für Notfälle.«

»Da stimme ich zu!« erwidert Ellen. »Wie klug Ihr seid!«

»Ja, nicht wahr? Denn selbst als Mutter eines Königs, in dieser ruhelosen Zeit...«

»Ja, sicher! Ausgesprochen klug! Und Ihr dürft nichts hergeben!«

Dann stößt Ellen ein langen Seufzer aus, einen noch tieferen und traurigeren als der Samowar, und meint: »Wie Ihr wißt, Euer Hoheit, ist alles, was *ich* je besaß, auf Boller. Und nun hat mich meine Tochter aus meinem Heim vertrieben und meine Möbel und Bilder beschlagnahmt, so daß ich nun wirklich nicht weiß, was aus mir werden soll.«

Königin Sofie macht einen erschütterten Eindruck. »Ach, meine Liebe! Wie schrecklich! Wie nur konnte das geschehen?«

»Ich weiß es nicht. Ich glaube, daß sich alles im Kreis bewegt. Der König hat Kirsten rausgeworfen – aus gutem Grund. Wo soll sie hingehen, wenn nicht zu mir? Und weil sie noch die Frau des Königs ist, kann sie fast alles tun, was ihr gefällt – oder bildet sich das wenigstens ein. Und so habe ich kein Heim mehr. Sogar mein Keller mit der von eigener Hand hergestellten Marmelade ist beschlagnahmt...«

Königin Sofie sieht angesichts dieser Häufung schrecklicher Dinge ganz entgeistert aus. »Oh, meine Liebe!« ruft sie. »Oh, besonders die Marmelade! Fru Marsvin, wir werden sofort etwas unternehmen. Mir lag auf der Zunge zu sagen, daß ich ein paar Männer nach Boller schicke, um Eure Tochter rauszuwerfen, doch soeben fällt mir etwas Besseres ein. Warum laßt Ihr nicht einfach die Marmelade und ein paar der Euch am Herzen liegenden Sachen holen und wohnt künftig hier bei mir auf Kronborg? Ich lebe ganz einfach, esse Fisch vom Sund. Doch vielleicht stört Euch das ja nicht, denn ich gebe zu, daß ich oft einsam bin...«

Ellen Marsvin protestiert angesichts dieser zur Schau gestellten Großzügigkeit gerade soviel, daß sie die Königinwitwe davon überzeugt, daß sie ihrer Verbündeten tatsächlich den allergrößten Gefallen erweist, stimmt dann aber allem zu. Dann lehnen sich die beiden Frauen zufrieden zurück und lauschen auf die vom Wind getragenen, auf die Küste von Kronborg hereinbrechenden Wellen.

»Es dürfte Stürme geben«, sagt Königin Sofie nach einer Weile, »doch hier sind wir sicher. Von hier aus können wir alles im Auge behalten.«

Ellen Marsvin pflichtet ihr bei.

Drinnen und draußen

Nach dem Tod Magdalenas, als ihr Leichnam weggebracht und begraben ist, breitet sich im Haus der Tilsens Ruhe aus.

Es ist gerade so, denkt Johann, als haben wir alle eine seltsame Krankheit durchgemacht, eine fieberhafte Infektion, die uns aufgewühlt, ja fast umgebracht hat, und nun ist das Fieber abgeflaut, und wir befinden uns auf dem Weg der Besserung. Wir sind noch schwach (besonders Wilhelm und ich). Wir werden leicht müde. Wir reiten nicht so oft aus wie früher. Bei den Mahlzeiten sprechen wir leise. Doch wir wissen, daß das Fieber nicht wiederkommen wird und wir eines Tages ganz gesund sein werden.

Aus dem Wunsch heraus, Magdalenas *Geruch* zu beseitigen, im Schlafzimmer, in der Küche, in der letzten Ecke des Hauses, hat Johann einen Schrankkoffer mit all ihren Kleidern und sonstigem Besitz gepackt – mit ihren purpurnen Röcken, Schuhen, ihrem Kochbuch, ihren Kämmen und Bürsten und ihrer Unterwäsche – und alles mit einem Wagen zum Børnehus in Kopenhagen bringen lassen, damit es dort nach Belieben an die Armen verteilt wird. Er hat nichts zurückbehalten, außer ein paar Schmuckstücke, die Ulla bekommen soll, wenn sie älter ist. Diesen Broschen und Halsketten haftet schon nichts mehr von Magdalena an, als seien sie ihr bereits vor langer Zeit entrissen worden oder hätten ihr nie richtig gehört.

Ab und zu findet Johann etwas, was er übersehen hat – ein Taschentuch oder ein Band –, das wirft er dann einfach weg. Im Haus werden keine Kuchen mehr gebacken, und morgens trinken sie keine heiße Schokolade mehr. Die Laube am See ist abgerissen worden, Brett für Brett. Den zerbrochenen Aufziehvogel hat Marcus für sich beansprucht. Er läßt Käfer in dessen Käfig herumlaufen, für den Fall, daß der Vogel plötzlich lebendig wird und Hunger verspürt.

Es ist jetzt später April, doch das Wetter wird nicht schön. Statt dessen legt sich grauer Nebel über Ostjütland. Er hüllt das Haus der Tilsens ein, so daß man den Eindruck gewinnt, es sei von allem und jedem abgeschlossen.

Emilia blickt in den Nebel hinaus und ist irgendwie dankbar dafür. Sie will nämlich nicht mehr danach fragen, was in der weiten Welt geschieht. Am liebsten wäre es ihr, wenn es überhaupt keine weite Welt gäbe. Sie würde sich über das Gerücht freuen, das übrige Dänemark sei vom Meer weggespült worden.

Sie hat jetzt im Haus und auf dem Anwesen eine Rolle übernommen: Sie hilft ihrem Vater bei der Verwaltung. So sitzen sie zusammen am Wohnzimmertisch, schreiben Bestellungen und gleichen Konten aus. Sie sprechen weder von der Vergangenheit noch von der Zukunft – weder von Karen noch von Kirsten Munk, noch von Magdalena –, sondern nur von dem, was Tag für Tag und von Augenblick zu Augenblick geschieht. Die Idee, jemand aus einem anderen Teil von Emilias Leben könne den Weg durch den dicken grauen Nebel zu ihr finden, erscheint ihr inzwischen so unwahrscheinlich, daß sie nicht einmal mehr daran denken mag. Daß sie sich manchmal in ihren Träumen in der Sonne am Vogelhaus von Rosenborg befindet, liegt nur daran, sagt sie sich, daß die Vergangenheit sehr hartnäckig und gebieterisch sein kann und es nicht zuläßt, daß man sie bis ins letzte Detail vergißt.

Doch selbst diese Träume werden seltener. Und wenn sie morgens aufwacht und ihr einfällt, daß Magdalena nicht mehr lebt, Marcus beim Lernen Fortschritte macht, ihr Vater freundlich wie früher ist, Ingmar aus Kopenhagen zurückkehrt und sie im Haus so nützlich ist, wie es sich ihre Mutter gewünscht hätte, dann weiß sie, daß ein solches Leben durchaus erträglich ist.

Die Zufriedenheit wird vom ständigen Nebel, der das Land und den Himmel verschwinden läßt, noch verstärkt. Als ihre Henne Gerda in diesen weißen Schleier hinausläuft und nicht mehr gesehen wird, findet sie sich sogar mit dem Verlust des Tiers ohne allzu großes Bedauern ab.

Sich abzufinden, denkt sie, ist die härteste und wichtigste Lektion im Leben.

Johann Tilsen kommt nun zu dem Schluß, daß seine Tochter, die er so vernachlässigt hat, nicht den Rest ihres Lebens mit der Sorge um ihn und ihre Brüder verbringen soll. Es sollte ein Mann für sie gefunden und ihr eine eigene Zukunft zugestanden werden.

Kaum ist Johann dieser Gedanke gekommen, da weiß er auch schon, wer der richtige Mann für sie ist: ein Pastor namens Erik Hansen, ein höflicher, netter Mann mit langen Armen und Beinen und dünnem braunem Haar, das sich im Wind senkrecht stellt. Er ist jetzt vierzig und hat keine Kinder. Seine Frau war in ihrem achtundzwanzigsten Lebensjahr gestorben. Hansen hat zwar nie den Eindruck gemacht, als sei er auf der Suche nach einer zweiten Frau, doch Johann Tilsen glaubt sicher, daß er Emilias Freundlichkeit und stillen Schönheit nicht widerstehen können und sich in ihrem künftigen gemeinsamen Leben hingebungsvoll um sie kümmern wird.

Er sagt niemandem etwas davon. Er schreibt Hansen lediglich einen Brief, in dem er ihn bittet, das Tilsen-Haus zu segnen, denn »ich habe Grund dafür, anzunehmen, daß der Geist meiner toten Frau noch in irgendeiner Ecke lauern, wieder laut werden und uns alle hier daran hindern könnte, in Harmonie zusammenzuleben«. Er fügt noch hinzu, er sei, da Hansens Kirche etwas weiter entfernt liegt und »die Düsternis und der Dunst als Fluch überall um uns herum« sind, herzlich eingeladen, eine Nacht zu bleiben, »oder auch länger, wenn es Eure Zeit erlaubt«.

So kommt es, daß der Pastor Hansen eines Nachmittags, als Emilia gerade aus dem Wohnzimmerfenster blickt, wie ein Schatten auftaucht. Im einen Augenblick ist er noch nicht da, im nächsten vollkommen deutlich zu sehen und ganz nah, als sei er vom Himmel gefallen.

Emilia erschrickt sehr darüber, daß ein Fremder ohne jede Vorwarnung so plötzlich auftauchen kann, und rührt sich deshalb nicht von der Stelle, als er an der Tür klopft. Sie dreht sich nur um und hört, wie der Mann in der feuchten Luft hustet, und gleich darauf, wie das Dienstmädchen öffnet und ihn einläßt. Dann vernimmt sie seine verhaltene Stimme und seine vorsichtigen Schritte und betet, dieser Mann möge doch noch feststellen, daß er im falschen Haus ist, sein Pferd wieder besteigen und für immer verschwinden.

Er geht aber nicht wieder. Johann Tilsen bringt ihn ins Wohnzimmer, und nun sieht Emilia sein blasses Gesicht und seine kleinen Augen. Er verbeugt sich vor ihr, und Emilia muß sich nun erheben und ihn begrüßen.

Pastor Hansen. Herr Erik Hansen. Johann nennt seinen Namen mehr als einmal, offenbar um sicherzugehen, daß Emilia ihn aufnimmt. Der Fremde hält seinen Hut in den Händen, so daß er wie ein reuiger Sünder aussieht. Die Schnallen seiner Schuhe sind schlammbespritzt. Er riecht nach Leder und Pferd, und Emilia muß den Blick von ihm wenden, weil er zu dem gehört, was nicht hier im Haus sein sollte; er gehört zu dem, was ins Meer hinausgetragen und in die dunkle Tiefe darunter versunken sein sollte.

Seine Rituale sind sorgfältig und ordentlich. Mit seinem kleinen Mahagonikreuz geht er von Zimmer zu Zimmer. In jedem kniet er dann auf dem Boden nieder und betet leise, zuerst mit offenen, dann mit festgeschlossenen Augen, als habe er etwas im Raum erblickt, was er nicht noch einmal sehen will.

Erik Hansen ermuntert die ganze Familie, mit ihm herumzugehen, »um sich selbst zu überzeugen, daß es keine Stelle gibt, die ungesegnet geblieben ist«. Als er überall gewesen ist – sogar im Zimmer, das Emilia mit Marcus teilt und in dem jetzt dessen Insektenbilder die Wände bedecken –, nickt er Johann zu und erklärt: »Ich glaube nicht, daß es hier drinnen einen unruhigen Geist gibt, Herr Tilsen. So könnt ihr nun alle in Frieden leben.«

»Wo ist das?« flüstert Marcus Emilia zu.

»Nirgendwo«, antwortet Emilia. »Es ist nirgendwo.«

Pastor Hansen hört dies, wendet sich Emilia zu und lächelt. So sieht sie jetzt, daß er wenigstens ein freundliches und gelassenes Lächeln hat und man ihn daher wohl einen Tag und eine Nacht lang, oder wie lange er eben bei ihnen bleiben muß, ertragen könnte, wenn er sich nur den Körper abschrubben und etwas Sauberes anziehen würde, um nicht mehr nach seinem Pferd oder sonst etwas Lebendigem zu riechen. So platzt sie heraus: »Nun wollt Ihr Euch aber doch bestimmt ausruhen und waschen, Herr Hansen. Bitte laßt Euch von mir Euer Zimmer zeigen.«

Sie sieht, wie ihr Vater nickt und sie beifällig anblickt. Sie schwebt davon und die Treppe hinauf, und Erik Hansen folgt ihr. Und ganz so, wie es Johann Tilsen voraussah, kann Hansen nicht den Blick von ihr wenden. Sie erinnert ihn ein wenig an seine tote Frau, die sich anmutig und flink bewegte und deren Haare weder dunkel noch hell waren. Er begreift sofort, daß ihn Johann Tilsen deswegen eingeladen hat und nicht, weil Magdalenas Geist in den Dachsparren rumorte oder die Vorhänge aufbauschte. Er wollte ihm seine Tochter Emilia zeigen. Als Erik Hansen im Fenster sein Spiegelbild erblickt, lächelt er sich an. Er sieht, daß seine gramvolle Zeit endlich zu Ende geht.

Er bleibt.

Die Männer bewerkstelligen es irgendwie, daß der Pastor zu der Überzeugung kommt, daß er nichts Wichtigeres auf der Welt zu tun hat, als mehrere Tage Johann Tilsens Gast zu sein. Sie nehmen den Nebel als Vorwand. Sie sagen, die Straßen seien so tückisch und es käme zu Zusammenstößen, weil man im Nebel nichts hören und nichts sehen kann. »Also«, sagt Johann zu Emilia, »wird Pastor Hansen noch ein wenig länger unser Gast sein, und ich glaube, seine Anwesenheit in diesem Haus ist im Augenblick für alle günstig.«

Günstig. Emilia findet dieses Wort nichtssagend, ja fast grotesk. Sie weiß, wohin sie ihr Leben geführt hat: an den Ort, wo es begonnen hat. Nur Unmögliches kann dies ändern: die Offenbarung, daß Karen nicht gestorben ist, oder das Auftauchen eines Mannes mit einer Laute aus der weißen Landschaft. Sonst muß es ganz so bleiben, wie es jetzt ist, mit dem gleichen Grad Traurigkeit, mit nicht mehr und nicht weniger. Anzunehmen, etwas oder jemand sei für ihr Leben günstig, bedeutet nichts anderes, als anzunehmen, ein Vogel tue einem Baum etwas grundsätzlich Gutes, wenn er sich auf ihm niederläßt.

Sie begreift jedoch nur allzu schnell, was die Männer im Sinn haben, und ist nicht ärgerlich darüber, weil diese Dinge nun mal so vonstatten gehen. Es rührt sie sogar ein bißchen, daß ihr Vater ihr einen Mann suchen will und Herr Hansen vielleicht feststellt, daß sie ihm gefällt. Nur scheinen die Männer nicht zu begreifen, wie gänzlich unmöglich es ist. Sie sind wie unschuldige Babys, die nichts wissen. Sie muß über sie lächeln.

Sie blickt auf Hansen, seinen ausgreifenden Schritt, seine blasse Haut, die sich so straff über seine Stirn und weiter nach hinten über seinen Schädel bis dorthin spannt, wo sein spärliches Haar nur zögernd wächst, und sieht einen Fremden, der er auch immer bleiben wird, und die Distanz zwischen ihm und ihr, die niemals überbrückt werden kann. Als Fremder ist er noch zu tolerieren, doch bei dem schrecklichen Gedanken, er könne ihr plötzlich einen Heiratsantrag machen, wird ihr ganz elend. Das muß unter allen Umständen verhindert werden, beschließt sie.

Sie zieht Wilhelm ins Vertrauen. Sie sagt ihm allerdings nicht, daß sie einen Mann namens Peter Claire liebt, sondern vielmehr: »Wilhelm, ich möchte lieber gar nicht erst versuchen, einen Mann zu lieben. Würdest du das wohl Vater erklären?«

Wilhelm greift nach der Hand seiner Schwester. Sie hat nie etwas über ihn und Magdalena erfahren, so daß er für sie noch der *alte Wilhelm* ist, der Wilhelm, den sie als Knaben kannte und der sich keiner Täuschung und keines Verbrechens schuldig gemacht hat. Allein schon diese Tatsache macht Emilia für ihn so kostbar. »Vermutlich mußt du heiraten«, sagt er traurig. »Eines Tages...«

»Nein!« erwidert Emilia.

»Und wenn du nun deine Meinung änderst, Emilia? Dann war ich dein Fürsprecher und habe mich am Ende damit zum Narren gemacht.«

Emilia lächelt und sagt ruhig: »Ich ändere meine Meinung nicht.«

Doch trotz Wilhelms Bemühungen, der sich tapfer und hartnäckig für seine Schwester einsetzt, beschließen die Männer das genaue Gegenteil. Als Erik Hansen schließlich sein Pferd besteigt und in den Nebel hinausreitet, sagen sich er und Johann: »Alles unterliegt dem Wandel. Eines Tages wird Emilia Tilsen ihre Meinung ändern.«

Was bei Lutter geschah

Der Traum ist König Christian vertraut.

Er beginnt mit der Ankunft eines zerlumpten Mannes, den er nicht erkennt, aus dessen blauen Augen jedoch ein Stück Vergangenheit strahlt, wie ein einzelner Stein eines schönen Mosaiks, dessen Gesamtmuster (in das der Stein einst paßte) längst in Vergessenheit geraten ist.

Christian blickt in diese Augen, die in einem wettergegerbten und im Laufe der Zeit faltig gewordenen Gesicht stehen. Der Fremde sagt, er arbeite als Stallbursche. Er hat ein ausgefranstes Lederwams und eine Kniehose an. Seine Arme sind bloß, und er trägt schäbige Stiefel. Er hat langes, blondes Haar, das im Nacken von einem schmutzigen Band zusammengehalten wird. Er sagt, er sei gekommen, um seine Dienste im Heer Seiner Majestät anzubieten, und zwar in einem Reiterregiment, weil er Pferde so gut kenne wie seinen eigenen Namen.

»Und wie *lautet* dieser?«

Nach kurzem Zögern sagt der Fremde: »Bror. Bror Brorson.«

Bei diesen Worten steigt im König eine heftige Hitze auf, als würde alles, was in dreißig Jahren geschehen ist – alles Wunderbare und aller Kummer –, in ihm noch einmal aufwallen wie siedendes Öl oder kochendes Wasser in einem Kessel. Er kann sich nicht rühren und nicht sprechen, nur gaffen und nicken. Schließlich streckt er die Hand aus, die Bror nimmt und sich auf die Knie fallend an die Lippen preßt.

Das ist der Augenblick im Traum, in dem es dem König manchmal gelingt aufzuwachen, der Augenblick, in dem sein Heer noch in Thüringen lagert und bevor das andere geschieht, bevor das, was danach kam, ein zweites Mal passiert. In dieser kalten Frühlingsnacht, in seinem Zimmer auf Rosenborg, zu dem er mit Vibeke zurückgekehrt ist, wacht er nun auf, und ihm ist so schrecklich heiß, wie er sich im Traum gefühlt hat. Er weckt Vibeke, die ruhig neben ihm liegt, und flüstert: »Der Traum hat wieder angefangen. Er hat wieder angefangen...«

»Welcher Traum?« fragt Vibeke freundlich. Sie setzt sich auf und greift nach der Hand des Königs.

»Bror Brorson!« antwortet der König. »Mein Traum von Bror.«

Vibeke Kruse war nie eine besonders kultivierte Frau gewesen und wird es auch niemals sein. Ihre Weigerung, nach tiefer Weisheit zu streben – worüber sich Kirsten oft mokiert und lustig gemacht hat –, beruht auf ihrem unausgesprochenen Glauben, ihr überquellender Schatz einfacher Sprichwörter und Redensarten verleihe ihr ausreichend Weisheit. Kirsten hatte über ihre Sprüche oft gelacht, doch Vibeke hatte sich nicht darum gekümmert und sie weiterhin denjenigen angeboten, die Rat oder Trost suchten.

Sie merkt, daß jetzt so ein Augenblick gekommen ist, denn der König ist gequält und fiebrig. Er bittet sie, ihm über den Kopf zu streichen, aus dem sich seine lange Locke gelöst hat, so daß sich die feuchte Haarsträhne wie ein schwarzes Seil um seinen Hals windet. Vibeke nimmt sie dort vorsichtig weg und schiebt sie ihm sanft über die Schulter. Dann sagt sie: »Träume sind Schäume!«

König Christian schweigt. Nicht zum erstenmal geht ihm durch den Kopf, wie leichtfertig Frauen oft mit Worten umgehen, offenbar ohne zu begreifen, welche Folgen sie haben können. Diese Beobachtung macht schon bald etwas anderem Platz, etwas, was er später »ein Gefühl der Versuchung« oder »eine plötzliche Sehnsucht, mich von diesen Schrecken zu befreien« nennen wird.

Es war ihm nämlich nie möglich gewesen, über das zu sprechen, was geschah, nachdem Bror Brorson in seinen zerrissenen Sachen in Thüringen angekommen war und ihm die Hand geküßt hatte. Es war, als habe er nie den richtigen Zuhörer gehabt oder dieser habe seine eigentliche Aufgabe nicht verstanden, die darin lag, zu gewährleisten, daß das Erzählen der Geschichte den König nicht so schrecklich verletzte, daß er sich nie wieder davon erholen würde.

Er wußte, daß Kirsten (oder zumindest die Kirsten, die sie zum Zeitpunkt des Ereignisses geworden war) ihre Aufgabe dabei nicht begriffen hätte. Er hatte sich tatsächlich einmal gefragt, ob es vielleicht Peter Claire war, der »Engel«, der Bror ähnlich sah, dem er die Geschichte eines Tages erzählen würde. Vielleicht würde sich dann ja herausstellen, daß er ebendiese Pflicht und keine andere im Sinn gehabt hatte, als er von Peter Claire verlangte, auf ihn aufzupassen und ihn nicht zu verlassen. Doch irgendwie war der Tag – dieser Augenblick, der wie kein anderer sein würde – noch nie gekommen.

Nun sieht König Christian Vibeke an und spürt ihre Hand tröstend auf seiner Stirn. Es ist mitten in einer Aprilnacht und still wie im Grab. Der König hat das Gefühl, alles befinde sich in der Schwebe und Dänemark halte den Atem an und warte darauf, daß er zugibt, was er noch nie zugeben konnte, außer sich selbst gegenüber im tiefsten Winkel seiner Seele: daß er die Schuld an Bror Brorsons Tod trägt. Vor langer Zeit einmal hatten sich er und Bror, die einzigen Mitglieder der Gesellschaft der Ein-Wort-Signierer, geschworen, einander *immer und ewig* vor Akten der Grausamkeit zu bewahren. Als es dann soweit war, merkte Christian zu spät, daß er sein Versprechen gebrochen hatte.

Vibeke zündet eine Kerze an. »Dann ist Bror Brorson also«, sagt sie ruhig, »in dein Heer bei Thüringen eingetreten, bevor du in den Kampf gegen General Tilly nach Süden gezogen bist?«

Der König nickt. Es dauert einen Augenblick, bis er weitersprechen kann. Dann fährt er fort: »Ich erteilte den Befehl, ihm eine Rüstung zu geben. Ich sagte, er könne in seinen Lumpen nicht in einem Reiterregiment kämpfen.«

»Nein! Das würde ich auch meinen...«

»Er erwiderte, er brauche keine Rüstung. An meiner Seite würde ihn der Tod nicht ereilen, weil ich diesen schon in der Koldinghus-Schule abgewehrt hätte, so daß dieser in meinem Beisein bereits tot war. Außerdem meinte er, Gott sei auf unserer Seite und unser Krieg gegen die Katholische Liga ein gerechter, und wofür bräuchten die Gerechten Eisenhandschuhe, da Gott doch wohl seine Diener beschützen würde?

Ich konnte den Anblick Brors in seinem Wams mit den bloßen Armen und seinen Stiefeln, deren Absätze abgelaufen waren, aber nicht ertragen und erklärte: ›Bror, du kannst nicht mit mir kämpfen, wenn du keine Rüstung trägst!‹ Und so bekam er ein Brust- und Rückenstück, einen Helm und all den sonstigen hinderlichen Eisenschutz eines Reiters, außerdem zwei Reiterkanonen und ein Schwert.«

Hier hält der König inne, und Vibeke wischt ihm den Schweiß von der Stirn.

»Wenn wir nur so stark gewesen wären, wie ich geglaubt hatte!« jammert Christian. »Doch mein Verbündeter, Prinz Christian von Braunschweig, war schwächer, als er je eingestand. Er selbst war schon dem Tod geweiht durch einen großen Wurm, der an seinen Eingeweiden nagte, und Hunderte seiner Soldaten waren nicht einmal ordentlich bewaffnet, sondern mußten mit eisenbewehrten Stöcken kämpfen. Daher blieb er zurück, als wir vordrangen, und in Wahrheit sah sich mein Heer General Tilly fast allein gegenüber, Vibeke, fast allein!

Ich dachte, wir könnten einen Tagessieg davontragen, weil Tilly sich von General Wallenstein isoliert hatte. Doch irgendwie erfuhr Tilly, wie stark mein Heer war, und schickte einen Boten zu Wallensteins Nachhut mit dem Ersuchen, achttausend seiner Soldaten nach Norden umzudirigieren, um mir dort entgegenzutreten. Mir kam das nicht früh genug zu Ohren. Dann erteilte ich meinem Heer den Befehl, umzuschwenken und dorthin zu fliehen, wo von Braunschweig war. Trotzdem setzten Tillys Vorposten meiner Nachhut zu, und wir mußten bei unserer Flucht kämpfen. Ich wußte, wir mußten früher oder später umkehren und ihnen und jenen, die von Wallensteins Heer zu ihnen stießen, gegenübertreten, und es würde dann zu einem heftigen Kampf kommen.«

Wieder hält der König inne. Er blickt Vibeke ins Gesicht, das im Schein der Kerze weich aussieht, und dann in den dahinterliegenden dunklen Raum.

Er fährt fort: »Ich bezog vor dem Dorf Lutter Stellung. Für diese Gegend sprachen das hügelige Gelände und Wälder, wo ich meine Kanonen und Musketiere verstecken konnte.

Tilly rückte gegen mich vor. Es war am 27. August 1626, und ich kann wohl sagen, daß an diesem Tag das schlimmste Leid meines Lebens seinen Anfang nahm.«

Vibeke blickt auf die gleichmäßig brennende Kerze und wartet. Der Körper des Königs ist so heiß, daß ihr Nachthemd an der Stelle, wo er an ihrer Brust lehnt, ganz durchnäßt ist. Sie merkt, daß Christians Stimme trocken und kratzig wird, als habe er nicht genügend Speichel im Mund und nicht ausreichend Luft in der Lunge. Sie fragt sich, ob er die Geschichte hier beendet, ob er doch noch zu dem Entschluß kommt, nicht fortzufahren. »Ich weiß«, sagt sie freundlich, »daß es auf dänischer Seite bei Lutter große Verluste gab...«

»Dänemark selbst ging in Lutter verloren!« erwidert Christian.

»Alles, was es an Wohlstand und Ansehen gab. Denn wir bezahlten dort teuer, so teuer...«

»Und Bror Brorson war einer von denen, die bezahlen mußten?«

»Bror hätte nicht sterben dürfen! Unsere Fußtruppen waren zahlenmäßig weit unterlegen, und ich sah Hunderte der Pikeniere fallen. Doch Bror hätte am Leben bleiben sollen, denn die Kavallerie konnte sich in der Mitte und an der linken Flanke halten, und wir gruppierten uns neu, flickten die aufgerissenen Linien und hielten Tillys Angriff dreimal stand, und noch beim drittenmal rief ich den Soldaten zu, daß wir es schaffen, daß wir Tillys Reiterheer schlagen würden...

Doch beim dritten Angriff wurde mir mein Pferd weggeschossen. Du kannst dir nicht vorstellen, wie verwirrt und entsetzt ein Reiter ist, wenn er sich plötzlich auf dem Boden wiederfindet, wie hilflos und klein er sich da fühlt! Er weiß, daß er verloren ist, wenn ihm nicht durch Zufall ein anderes Pferd, ohne Reiter und wild übers Feld galoppierend, über den Weg läuft. Denn Schlachten werden durch Bewegung, durch den Angriff gewonnen, und ein gefallener Reiter kann sich in seiner schweren Rüstung nicht richtig bewegen und hat das Gefühl, im nächsten Augenblick zu Tode getrampelt zu werden.

Und so brüllte ich, daß mein Pferd weg sei ... und dann, was ich dann sah ... ein Reiter löste sich aus der Frontlinie, ritt zu mir zurück und stieg ab. Es herrschte solcher Kampfeslärm, daß ich anfangs nicht verstand, was er zu mir sagte, und so warf er mir die Zügel seines Pferdes in die Hände, und ich begriff, daß er wollte, daß ich sein Roß nahm.

Es war Bror. Ich sagte: ›Ich nehme dein Pferd nicht, Bror! Das tu ich nicht!‹ Doch er, selbst dann ... ich hatte schon gesehen, wie er war ... so dünn, daß er fast verhungert wirkte ... selbst dann, trotzdem, war er stark wie immer, und es kam mir fast so vor, als *hebe* er mich auf sein Pferd, und im nächsten Augenblick ergriff ich die Zügel, ganz so, als wäre es mein Pferd...«

»Bror Brorson hat damit, daß er dir sein Pferd gegeben hat, nicht mehr für seinen König getan, als jeder andere auch getan hätte«, meint Vibeke. Doch Christian läßt sich von diesen Worten nicht trösten.

Er schlägt sich mit der Faust aufs Herz. »Bevor ich davonritt, sagte ich noch zu Bror, er solle in den Wald gehen und von einem Toten eine Muskete nehmen. Doch als ich mich umschaute, war er nicht gegangen, sondern stand noch da, wo ich ihn zurückgelassen hatte, und sah mir nach. Ich wußte, was er fühlte ... wie hilflos er war und wie sehr er von der Rüstung, auf der ich bestanden hatte, eingeengt und daran gehindert war, zum Wäldchen zu rennen und sich dort in Sicherheit zu bringen. Dennoch blieb ich nicht – konnte ich nicht bleiben! Ich wußte, daß alles von der Kavallerie abhing, und mußte daher weiter, die Linie wieder zusammenfügen und meine Soldaten vorantreiben.

Die Linie konnte sich noch halten. Ich dachte, daß Bror aller Wahrscheinlichkeit nach mein Leben gerettet hatte und wir nun mit unserem Reiterheer den Tagessieg davontragen und im Siegestaumel nach Dänemark zurückreiten würden. Und dann würde ich Bror retten! Ich war dazu entschlossen, und es war ein herrlicher Gedanke! Ich würde all die Jahre, in denen ich ihn vernachlässigt hatte, wiedergutmachen und Bror nach Rosenborg bringen, wo er sich um die Pferde kümmern konnte, und anordnen, daß er gut untergebracht, versorgt und ihm der Respekt gezollt wurde, den er als Freund des Königs verdiente.

Doch als ich dann ins Tal kam, sah ich die neuen Soldaten, die Tilly in Reserve gehalten hatte. Mit ihnen hatte ich nicht gerechnet. Es war eine *Mauer* von Männern, unzählige, jedenfalls kam es mir so vor, eine Mauer, die wir Übriggebliebenen niemals durchbrechen konnten.

Als ihre Musketiere das Feuer eröffneten, gab ich den Befehl zum Rückzug ... Eine andere Taktik gab es nicht, weil ich ja sah, daß wir geschlagen waren.

Wir rissen unsere Pferde herum, wobei einige beim plötzlichen Umschwenken der Frontlinie herunterfielen, und ich verfluchte mich wegen meiner mangelnden Geschicklichkeit auf dem Feld und schalt mich, daß ich meine Soldaten in dieses schreckliche Durcheinander geführt hatte. Ich hatte vor Augen, daß man mir dies niemals vergessen würde, und ich verdiente auch keine Vergebung!

Wir ritten durch ein Tal voller toter Dänen zurück, und ich wußte, daß ich die Scham und Qual darüber immer im Gedächtnis behalten würde. Wir konnten aber nicht anhalten, um sie aufzuheben und mitzunehmen. Unsere Kanone war von Tillys Fußvolk erobert worden, und wir wurden auf der Flucht damit beschossen.

Wir ritten durch Lutter Richtung Norden. Es dauerte nicht lange, da hörte ich Tillys Heer singen und jubeln, und es brach mir das Herz. Ich ahnte ja, wie viele wir verloren hatten. Dieser Wahnsinn – ich hätte ja in Dänemark bleiben und überhaupt nicht an diesen Religionskriegen teilnehmen können – erfüllte mich mit einem solchen Entsetzen, als sei mir ein Schwert in die Brust gestoßen worden, und ich verspürte Eiseskälte am ganzen Körper.«

Wieder hält der König inne. Vibeke fühlt jetzt, wie sich das Fieber in seinem Körper ausbreitet. Er zittert und seine Haut fühlt sich klamm an. Sie versucht, die Decke hochzuziehen und ihn fester darin einzuwickeln.

Doch er schreckt auf und stößt die Decke weg. »Elender Krieg!« ruft er, die Hand an der Kehle, als würde er gewürgt. »Schlimmer als die Pest! Krieg ist schrecklicher als alles andere! Denn was Männer da tun ... was sie sich nie hätten vorstellen können ...

Ich ging nämlich mit anderen zusammen im Dunkeln zurück, um die Toten zu suchen und zurückzubringen. Und ich fand sie, im Mondlicht ... unter dem vollen Sommermond, die Toten und diejenigen, die ... Ich war darauf vorbereitet gewesen, auf unsere Toten zu stoßen, doch sie hatten, als wir auf unserem Rückzug an ihnen vorbeiritten, wie Schlafende ausgesehen, und ich hatte mir Seelen vorgestellt, die ihren Frieden gefunden hatten.

Doch im Dorf Lutter gab es keine einzige friedliche Seele. Keine einzige. Es war die reinste Hölle und Barbarei, wie ich es mir nie hätte vorstellen können. Wir hatten gewußt, daß Tillys Soldaten gesetzlos waren, daß sie Gräber öffneten, um nach Gold zu suchen, Kirchen plünderten und die Frauen der Bauern vergewaltigten ... aber hier in Lutter ...

Sie hatten ihm die Augen herausgenommen. Als wären es wertvolle Steine gewesen. Und er war ... er hatte nichts, woran er sich festhalten oder klammern konnte, keinen Boden, um darauf zu liegen. Er hing *in der Luft*, auf einen Stock gespießt, aber noch nicht tot, Vibeke, nicht tot, er hatte keinen Frieden gefunden! Er hielt die Arme ausgestreckt, die Arme ausgestreckt ... um sich irgendwo festzuhalten, doch da war nichts. Da war nichts und niemand. Nur Luft ...

Als ich ihn sah, rief ich: ›Bror Brorson!‹, nannte seinen Namen, wie schon damals in der Koldinghus-Schule, als ich an seinem Bett mit dem Tod kämpfte. Ich sagte ihn immer wieder und immer lauter: ›Bror Brorson! Bror Brorson!‹, als könne ihn das Aussprechen seines Namens ein zweites Mal retten. Bis ich begriff, daß er sich beim Herausschreien veränderte und ein anderes Wort wurde: *Rorb Rorson... Rorb...*

Und dann ließ ich mich auf die Schultern meiner Soldaten heben und nahm ihn in die Arme.«

Der König sagt nichts mehr. Die Geschichte ist erzählt. Sie ist vorbei.

Er lehnt sich gegen das Kissen zurück. Er ist sehr blaß und hat rund um die Augen bläuliche Stellen, die Vibeke liebevoll mit dem Daumen berührt.

Was Vertrauen angeht

Als es April wird, malt Charlotte Claire ein Bild von den bis zur Hochzeit verbleibenden Tagen. Jeden Tag stellt sie durch einen Gegenstand dar, der mit den Vorbereitungen, Mrs. George Middleton zu werden, im Zusammenhang steht: einen Satinschuh, eine Haarlocke, die mit der Schere abgeschnitten wird, ein Gebetbuch, ein Spitzenstrumpfband, ein Rezept für eine Obstspeise mit Sahne, ein Liliensträußchen und ein Messer. Als Anne Claire Charlotte fragt, warum das Bild vom Messer dabei ist, erwidert diese: »Es ist nicht bloß ein Messer, Mutter. Es ist eine Lanzette. Sie soll mich daran erinnern, daß George sterblich ist.«

»Wir sind alle sterblich, Charlotte!« antwortet Anne.

»Ich weiß«, erwidert Charlotte, »doch George ist *sterblicher*.«

Immer wenn ein Montag, Dienstag, Mittwoch, Donnerstag, Freitag, Samstag und Sonntag vergangen ist, streicht ihn Charlotte mit einer sauberen Linie durch. Und nun sind nur noch sechzehn Tage übrig. »Ich weiß«, sagt sie zu ihrem Vater, »daß es undankbar ist, sich Zeit wegzuwünschen. Wenn ich alt bin oder auch nur *ein bißchen* alt, werde ich sie mir bestimmt zurückwünschen. Ich kann es aber nicht ändern.«

George Middleton ist Charlottes Bild von den Tagen natürlich nicht gezeigt worden. Sie möchte zwar, daß er weiß, daß sie sich inständig auf ihre Hochzeit freut, doch nicht, *wie inständig*. Das braucht er nicht zu wissen. Es könnte ihn selbstgefällig oder eitel machen. Sie will das Bild vielleicht als Andenken aufheben, und wenn sie und George zusammen alt geworden sind, ihre Kinder erwachsen sind und ihre Enkel auf den Wiesen von Cookham herumtollen, kann sie es dort, wo sie es versteckt hat, wieder hervorkramen und ihm zeigen. Wird er dann nicht feucht glänzende Augen – ob vor Rührung oder Lachen spielt keine Rolle – bekommen?

Auch George Middleton freut sich auf die Hochzeit. Er erzählt seinen Hunden: »Bald haben wir Daisy hier!« und hat das Gefühl, daß es schon nach sehr kurzer Zeit so sein wird, als sei Daisy *schon immer* dagewesen. Und genauso sollte es sein – daß es vollkommen richtig ist, der Vergangenheit Veränderungen aufzuerlegen.

Nur etwas beunruhigt ihn. Auf Cookham ist ein Brief von Charlottes Bruder eingetroffen, und George Middleton weiß einfach nicht, was er darauf sagen oder tun soll.

Der Brief ist höflich und freundlich, jedoch ziemlich kurz:

… Gewisse Angelegenheiten hier in Dänemark hindern mich daran, rechtzeitig nach England zurückzukehren, um zu sehen, wie Ihr meine Schwester heiratet. Ich kann Euch nicht näher beschreiben, um welche es sich handelt, sondern muß Euch bitten, mir zu glauben, daß sie von großem Belang für meine eigene Zukunft sind. Würdet Ihr daher bitte Charlotte erklären, daß ich am dritten Tag im Mai zwar an Euch beide denken und sogar ein kleines Lied für Euch spielen werde, mich auch danach sehnen werde, zu hören, daß ich Onkel eines hübschen Cookham-Kindes geworden bin, aber an der Zeremonie selbst nicht teilnehmen kann?

Deutet nichts an, was ihr Sorgen bereiten könnte! Zeigt Ihr auch diesen Brief nicht, George, sondern schickt ihr nur meine liebevollen Gedanken, die sich wie Tauben auf sie niederlassen und ihr zugurren sollen: »Charlotte Middleton, du sollst glücklich und gesegnet sein!«

Euer Schwager in spe, der Euch herzlich zugetan ist,
Peter Claire

George Middleton liest den Brief mehrmals, als hoffe er, darin versteckte Anweisungen zu finden, die er zunächst übersehen hat. Er fragt sich, ob er begriffsstutzig ist, weil er sie nicht wahrgenommen hat. Denn er ist sich, da er Charlottes Vorahnungen im Hinblick auf Peter kennt, seiner Pflicht bewußt, es ihr sofort mitzuteilen, wenn es ihrem Bruder gutgeht. Doch wie soll er das machen, wenn er sie gleichzeitig mit der Nachricht beunruhigen muß, daß Peter nicht zur Hochzeit kommen wird? Wird sie außerdem nicht, wenn er sich weigert, ihr den Brief zu zeigen, zum einen glauben, daß etwas nicht stimmt, zum anderen, daß er, George, geheimnistuerisch und grausam ist? Ob er ihr vielleicht nur die kurzen Passagen des Briefs *vorlesen* könnte, die ihr keine Sorgen machen werden, wie zum Beispiel das Ende? Nein, das könnte er nicht, da sie mit diesen mageren Auskünften nicht zufrieden sein und einen Weg finden würde, ihm den Brief aus der Hand zu reißen. Seufzend faltet ihn George Middleton zusammen. Es ärgert ihn, daß ihn Peter in diese mißliche Lage gebracht hat. Es ist schön und gut, denkt er, derartige Anweisungen zu erteilen, doch sie auszuführen steht auf einem ganz anderen Blatt.

Er denkt viel darüber nach. Ihm geht Charlottes plötzlicher Schwächeanfall in ihrem blauen Boudoir nicht aus dem Kopf, als sie glaubte, ihr Bruder sei von irgendeiner Katastrophe heimgesucht worden.

George Middleton kramt aus seinem Wortschatz (der nicht so umfangreich wie der eines gebildeten Mannes, aber dennoch brauchbar ist) den Ausdruck »Vertrauen« heraus. Er wird sein Dilemma lösen, indem er Charlotte daran erinnert, daß gegenseitiges Vertrauen zu den Grundfesten einer guten Ehe gehört, und ihr sagt, daß sie ihm in dieser Angelegenheit ihres Bruders *vertrauen* muß und ihn nicht darum bitten darf, ihr mehr zu offenbaren, als er ihr mitteilen möchte.

Er übt die Sätze ein: »Daisy, Liebste, vertrau mir, wenn ich dir sage, daß Peter seine Gründe dafür hat, nicht zur Hochzeit ... Daisy, Herzallerliebste, vertrau mir, wenn ich sage, daß ich als Mann gewisse Dinge, die Peter angehen, besser verstehe als du ...« Er hofft, daß dies reicht und sie ihn nicht plagt, sondern die Angelegenheit auf sich beruhen läßt.

Es ist früher Abend an dem Tag, an dem Charlotte auf Cookham eingetroffen ist. George ist zu dem Schluß gekommen, daß die Angelegenheit noch vor dem Abendessen angeschnitten werden muß, und klopft daher an Charlottes Zimmer, wo sie mit den Mädchen Dora und Susan, die vor kurzem für die künftige Mrs. Middleton eingestellt worden sind, neue gestärkte Unterröcke und Mieder anprobiert, die diese für sie bestickt haben.

Er hatte angenommen, es wäre gerade eine Pause, während der die Mädchen Charlotte wieder in ihr Kleid hineinhelfen, doch statt dessen befindet sich George Middleton (als sei er in ein Bild getreten) in einem Raum, in dem Daisy mit losem, über den Rücken fallendem Haar steht. Ihre Arme und Beine sind bloß, sonst ist sie üppig mit weißem Leinen und Spitzenbändern geschmückt. Sie, Doran und Susan lachen – ob über ihn oder einen kleinen Scherz, kann er nicht sagen –, und Daisys Gesicht ist gerötet. Sie blickt ihn kühn an, fast als fordere sie ihn heraus, das Zimmer nicht wieder zu verlassen.

Er sagt ihr, er müsse ihr etwas Wichtiges mitteilen und komme später wieder.

»O nein!« ruft sie und greift nach einem Satinkleid, das sie sich zwar anzieht, aber nicht ganz herumwickelt, so daß ihre Brüste über dem Mieder noch zu sehen sind. »Ich hasse es, etwas Wichtiges aufzuschieben, George. So etwas muß sofort erzählt werden, sonst machen einen die Vermutungen und Spekulationen verrückt. Susan und Dora gehen hinaus, und du sagst es mir jetzt!«

Er hat das Gefühl, er sollte protestieren, tut es aber nicht. Die Mädchen ziehen sich mit anmutigen, kleinen Knicksen zurück, und Charlotte bittet George, auf einem zierlichen Stuhl, bei dessen Entwurf man nicht einen Mann seiner Größe vor Augen gehabt hatte, Platz zu nehmen. Er setzt sich auf die Stuhlkante. Im Zimmer riecht es nach Apfelholz und noch etwas anderem, was nicht mehr und nicht weniger als der Duft seiner zukünftigen Frau ist, der Duft, der ihn an Gänseblümchen erinnert.

»Nun?« fragt Charlotte. »Sag es mir, George!«

Er räuspert sich. Er versucht verzweifelt, sich an den genauen Wortlaut dessen zu erinnern, was er ihr erklären wollte, muß aber feststellen, daß er sich überhaupt nicht mehr daran erinnern kann. Doch das Wort »Vertrauen« steht noch im Raum, völlig zusammenhanglos, aber auf seinen Vorrang pochend. Er ist sich dunkel bewußt, daß es zu schwer für Charlottes leichte und neckische Stimmung ist, doch etwas anderes fällt ihm nicht ein. So fängt er an: »Ich habe mir überlegt, Daisy ... über gewisse Dinge nachgedacht ... und es ist mir klargeworden, wie wichtig es ist, daß wir ... wie unbedingt notwendig es ist, daß wir ...«

»Daß wir was, George?«

Charlotte sitzt dicht neben ihm.

Er sieht, daß ihre Waden und Füße vom Feuer rosa sind. Er möchte einen Fuß hochnehmen, ihn sich an die Lippen ziehen und mit der Zunge der zarten Linie ihres Spanns folgen. »Vertrauen ist das Wort, auf das ich gekommen bin. Womit ich sagen will, ich möchte dich fragen ... ich möchte, daß du ernsthaft glaubst ... daß ich niemals ... daß ich niemals etwas tun oder sagen werde, was nicht ehrlich ist oder was dir nicht ... dir ...«

»Was mir nicht am Herzen liegt?«

»Ja! Ich möchte, daß du mir vertraust, Daisy. Ohne Vertrauen kann es keine wahre Ehe geben.«

»Da bin ich ganz deiner Meinung. Doch ich *vertraue* dir ja. Ich weiß, daß du mich nie ...«

»Was?«

»Nie auf irgendeine Art ausnützen wirst.«

»Nein, das werde ich nicht.«

»Mich nicht verletzen wirst.«

»Bestimmt nicht. Nichts liegt mir ferner ...«

»Was willst du mir also erzählen?«

George Middleton ist so zerstreut, daß er fast Peter Claires Brief aus der Tasche gezogen hätte. Doch dann fällt ihm wieder ein, daß er das nicht darf, daß dies genau das ist, was er *nicht tun darf*. Aber er kann auch nicht, jetzt wo ihm Charlotte in ihrem Unterrock und Kleid so nah ist, das Thema der Abwesenheit ihres Bruders bei der Hochzeit anschneiden, weil er sich einfach nicht erinnern kann, wie er ihr das übermitteln wollte. Die Gedanken kreisen ihm wild durch den Kopf, sein Gesicht rötet sich, und er stammelt: »Es war ... es war nichts, Daisy. Ich hatte bloß die dumme Sehnsucht, dich ... zu sehen ... dir vor dem Abendessen zu sagen, daß ich dich liebe und du mir immer vertrauen kannst.«

Charlotte blickt George einen Augenblick aufmerksam an.

Dann steht sie auf, geht zu ihm hin, setzt sich auf seinen Schoß (womit sie, denkt er flüchtig, das Überleben des Stuhls ernsthaft in Gefahr bringt) und schlingt ihm die Arme um den Hals. »Was für ein wunderbarer Mann du doch bist!« sagt sie. »Wie unglaublich, daß ich dich heiraten werde!«

Dann kichert sie und beißt ihn ins Ohr. Der Stuhl kippt, und George verliert fast das Gleichgewicht, kann es aber gerade noch halten. Nun gibt er sich den Gefühlen hin, die ihn ablenken. Er küßt sie auf den Mund, und ihr Haar fällt ihm übers Gesicht.

Es sind noch dreizehn Tage bis zur Hochzeit – jeder von ihnen anders dargestellt auf Charlottes Bild. Doch man stelle sich einmal vor, denkt Charlotte jetzt, es würde irgend etwas passieren, so daß wir diese dreizehn Tage nicht hinter uns bringen und ich einen Kuß wie diesen nie wieder erlebe! Man stelle sich einmal vor, ich würde nie erfahren, wie es ist, ganz und gar in Georges Armen zu liegen! Und so faßt sie einen Entschluß, und als sie diesen George ins Ohr flüstert, verflüchtigen sich alle seine Gedanken an seine ursprüngliche Mission mit dem Brief, und er überlegt nur noch, wie er sich und Daisys Mieder und Unterrock schnell ausziehen kann und leise, wenn sie vor ihm dort auf dem Bett liegt, zur Tür gehen und diese abschließen kann.

Als sie am nächsten Tag auf dem Weg zum Küchengarten sind, um sich die diesjährigen *choux-fleurs* anzusehen, erzählt George Middleton Charlotte, daß Peter Claire nicht zur Hochzeit kommen wird.

Wenn es ihn überrascht, daß sie diese Nachricht ganz bereitwillig aufnimmt und ihn nicht drängt, ihr den Brief zu zeigen (von dem er behauptet, er habe ihn dummerweise verlegt), so liegt das daran, daß er nicht ganz genau weiß, was in ihr vor sich geht. Er ist ein Mann und kann nicht voll und ganz begreifen, was es für ein Mädchen wie Charlotte bedeutet, ihre Macht als Frau auszukosten und ihre lästige Jungfräulichkeit endlich verloren zu haben, so daß dieses Wunder – zunächst einmal – alles andere auslöschen muß.

Die beiden Schatten

Ein paar Tage bevor sich der Hof nach Rosenborg begibt und als sich die Musiker sogar auf ihre Rückkehr in den Keller vorbereiten, schickt König Christian nachts nach Peter Claire.

Der König ist mit Silberwiegen beschäftigt.

Er blickt auf, als der Lautenist ins Zimmer tritt, lächelt und bittet ihn ums Spielen der »*Lachrimae*, jene, die Ihr am Abend Eurer Ankunft gespielt habt«.

Als die Musik zu Ende ist, bittet König Christian Peter Claire, Platz zu nehmen, streckt eine Hand aus und legt sie ihm liebevoll an die Wange. Es herrscht Stille im Raum, die nur vom Ticken einer Uhr aus Ebenholz unterbrochen wird. Schließlich meint der König: »Nun, ich sagte Euch ja, es könnte einmal die Zeit kommen, daß ich Euch von Euren Banden befreien kann. Ich wußte nicht, wann das sein würde. Doch nun ist es soweit. Ihr seid frei, um zur Hochzeit Eurer Schwester nach England zu gehen.«

Peter Claire blickt auf und sieht, wie sich König Christians Gesicht zu einem Lächeln verzieht. Der König nimmt die Hand von der Wange des Lautenspielers und schlägt sich auf die Schenkel. »Ich verpfände Euch!« lacht er schallend. »Da könnt Ihr mal sehen, was aus mir geworden ist! Ich bin gezwungen, meinen Schutzengel zu verkaufen!«

Da Peter Claire nicht weiß, welche Antwort er darauf geben soll, wartet er, bis das Lachen des Königs verebbt ist. Er weiß, daß dieser nach solchen Ausbrüchen überschäumender Heiterkeit oft gleich wieder in Melancholie verfällt. Wie erwartet kommt eine andere Stimmung auf, als das Lachen versiegt: Der König blickt den Lautenspieler traurig an. »Glaubt bloß nicht, daß ich mich gern von Euch trenne! Doch ich weiß, daß es die Engländer immer zu ihrer kleinen Insel zurückzieht. Und nun ... da sich mein Schicksal gewendet hat ... weil mich Vibeke Kruse in den Stand versetzt hat, die Vergangenheit hinter mir zu lassen ... warum sollte ich Euch da behalten? Ich darf Euch nicht behalten, Peter Claire! Ich muß Euch gehen lassen!«

Peter Claire wartet noch ein paar Sekunden, bevor er sagt: »Wer soll Euch dann vorspielen, wenn Ihr nachts nicht schlafen könnt?«

»Ja! Wer wohl? Krenze? Pasquier? Sie werden mir nicht soviel

Trost spenden wie Ihr. Vielleicht sollte ich den alten Ingemann persönlich wecken?«

Peter Claire nickt. Dann erklärt der König: »Mein Neffe Charles zahlt einhunderttausend Pfund für Euch! Hättet Ihr je geglaubt, daß Ihr soviel wert seid?«

»Nein, Euer Majestät.«

»Nein! Doch stellt Euch vor, was aus Euch in Dänemark wird: Walfangschiffe, Deiche und Befestigungen, sich drehende Webstühle, Papiermühlen und Kontore. Was für eine ungewöhnliche Alchimie! Vielleicht werdet Ihr am Ende gar noch die Silbermine im Numedal? Wenn Euch also in England mal die Sehnsucht nach Dänemark packt, dann denkt daran, mein lieber Engel! Stellt Euch Silbererz in Euren Adern vor! Erinnert Euch an den *Isfoss* und unser Gezeche unter den Sternen! Malt Euch aus, wie Ihr weiterhin im ganzen Land eine wunderbare Veränderung bewirkt!«

Peter Claires Koffer ist gepackt. Als Geschenk für die anderen Mitglieder des Orchesters kauft er neue Kerzen, die strahlender und langsamer brennen, um ihnen während ihrer Stunden im Keller zu leuchten.

Als er sich vom König verabschiedet, wird ihm ein mit einem Samtband zugebundener Leinenbeutel in die Hand gedrückt. »Macht ihn auf und steckt Eure Hand hinein!« sagt Christian.

Er tut dies und fühlt viele kleine Gegenstände. Zunächst denkt er an Muscheln oder Münzen, doch es ist beides nicht.

»Knöpfe!« erklärt der König. »Ich habe sie selbst für Euch gesammelt. Laßt Eure Hand, wenn Ihr unruhig seid, hindurchgleiten, vielleicht beruhigt Euch das ja. Einige davon sind kostbar, andere sind nichts wert. Ihr könnt sie als Ganzes verkaufen, wenn Ihr wollt, doch rate ich davon ab. Denn als Ganzes werden sie etwas anderes, etwas, das größer ist als die Summe der Einzelteile, und so sollt Ihr mich in Erinnerung behalten, als *etwas mehr,* als ich Euch je erschienen bin.«

Peter Claires Kutsche wartet. König Christian umarmt ihn kurz und blickt ihm zum letztenmal in die Augen, die so blau wie die Sommerluft sind. »Ihr könnt sicher sein«, sagt der König, »daß mein hartnäckiger Glaube an Engel fortbestehen wird!«

Nun liegt ein Schiff mit dem Namen *Sankt Nicolai* wenige Stunden von Kopenhagen entfernt in einer Flaute im Kattegat.

Peter Claire und der Kapitän der *Sankt Nicolai* stehen nebeneinander auf dem Deck und betrachten den Himmel; sie lauschen und warten auf Wind.

»Ein merkwürdiges Meer«, meint der Kapitän, »schwarz wie bei einem Sturm, doch fast gänzlich still. Als Knabe wurde mir gesagt, es sei eine der Hauptaufgaben eines guten Seefahrers, das Licht zu verstehen. Doch ab und zu trifft man auf Verhältnisse, die nur schwer zu deuten sind.«

»Und dies sind solche?«

»Ja. Das bißchen Wind, das wir haben, kommt aus dem Norden, nur mit einer Spur Regen vermischt. Ich weiß aber nicht recht, wie sich dieser Nordwind weiterentwickeln wird.«

Es ist kalt. Da kein Land in Sicht ist, kommt es Peter Claire so vor, als hätten sie sich in eine andere Jahreszeit begeben, als wäre der Winter zurückgekehrt und könnte sich dieser stille Kattegat langsam in Eis verwandeln und jegliches Weiterkommen unmöglich machen. Das Schiff schaukelt sanft, die Segel hängen schlaff herunter wie seltsame Lebewesen der Luft, die plötzlich eingeschlafen sind, und die Gespräche der Mannschaft wirken laut ohne Wind.

Der Lautenspieler geht hinunter und legt sich auf seine Koje. Der Schmerz in seinem linken Ohr quält ihn mit seinem Kratzen und Reißen. Er ist verwundert darüber, wie Schmerz auf die Gedanken einhämmert, so daß das Gehirn unfähig zu sein scheint, länger als einen Augenblick an einer Idee festzuhalten, und sich so ständig in einem Aufruhr nichtabgeschlossener Dinge befindet.

Er schläft ein und träumt von England. Er trifft im Palast von Whitehall ein, um seine Stelle bei König Charles anzutreten. Man führt ihn zum König, dem es, wie er gehört hat, manchmal Probleme bereitet, das zu äußern, was er gern möchte. Peter Claire wartet höflich und wagt nicht, etwas zu sagen oder sich zu rühren. Der König sieht ihn an, blickt ihm so aufmerksam ins Gesicht wie König Christian an jenem Abend, als er auf Rosenborg eintraf. Dann merkt er, daß der König sich heftig zu sprechen bemüht oder *bereits spricht*. Was von beiden, kann er aber nicht sagen, weil er nichts hört. Der Monolog oder scheinbare Monolog geht weiter und weiter, und doch herrscht völliges Schweigen.

Das Schiff segelt nicht nach England. Die *Sankt Nicolai* nimmt Kurs auf Horsens in Jütland.

Peter Claire hat nur ein Bild vor Augen, und dorthin ist er unterwegs: zu Emilia Tilsen.

Sie steht nicht mit sonnenbeschienenem Gesicht am Vogelhaus, sondern im Keller am Hühnerkäfig. Sie blickt von den ausgemergelten, im Schmutz scharrenden Hühnern auf und schaut ihm entgegen. Ihr Haar, das weder dunkel noch hell ist, sieht im vorhandenen Schatten dunkler aus, und ihre Augen sagen: Peter Claire, was gedenkst du an der Welt zu ändern?

Er weiß es nicht. Doch er glaubt, er werde es auf der Stelle wissen, wenn es ihm nur gelingt, zu ihr zu gelangen. Wenn er sie jedoch verloren hat, wird er es wahrscheinlich nie erfahren. Er wird alt werden, ohne es je in Erfahrung gebracht zu haben.

Während er auf seiner Koje döst, beginnt der Nordwind die schlafenden Segel zu bewegen, und der Kapitän treibt die Mannschaft an, um die *Sankt Nicolai* in den Wind zu kriegen. Peter Claire, der spürt, wie das Schiff dreht, und hört, wie das Wasser gegen dessen Seiten schlägt und stößt, denkt darüber nach, wie seine Gedanken auf dem Meer ständig zwischen Erwartung und Furcht hin und her tanzen.

Es ist fast Nacht, als die *Sankt Nicolai* den Hafen von Horsens anläuft.

Da er plötzlich besorgt ist, er könne zu spät kommen – vielleicht nur einen Tag oder eine Stunde – und feststellen, daß Emilia weggegangen ist oder einen anderen Mann geheiratet hat, sagt er zum Kapitän, man solle ihm seinen Koffer nachschicken, da er sich direkt auf den Weg nach Boller machen wolle.

»Boller ist nicht weit von hier«, erwidert der Kapitän. »Doch warum wartet Ihr nicht bis zum Morgen? Dann können wir Euch ein Pferd besorgen.«

»Ich möchte lieber gleich gehen. Dann komme ich bei Sonnenaufgang an.«

Der Kapitän warnt ihn, daß die Straßen Jütlands nachts gefährlich sein können, und meint, er solle lieber noch auf dem Schiff schlafen. Doch diese Worte gehen unter, weil der Lautenspieler einen Taubheitsanfall hat und nur Lärm in seinem Kopf hört, als würde Stoff zerrissen. Peter Claire hält sich die Hand übers Ohr, kämpft mit dem Schmerz und nickt dem Kapitän zu, als nehme er Notiz von dem, was dieser sagt. Dann verabschiedet er sich und macht sich ohne weitere Förmlichkeiten auf den Weg durch die dunklen Straßen der kleinen Stadt.

Es ist beinahe Vollmond, der die Wolken, die der Wind über den Himmel rasen läßt, fast weiß färbt. Peter Claire versucht beim Laufen, den Schmerz in seinem Ohr zu besiegen, indem er ruhig das Lied summt, das er für Emilia begonnen, aber nie beendet hat. Nach einer Weile merkt er, daß der Schmerz nachläßt und die Melodie mit einer plötzlichen Hinzufügung daraus hervorgeht, einer Hinzufügung ohne Worte, die von unerwarteter Schönheit zu sein scheint.

Peter Claire weiß, daß er stehenbleiben und die Noten aufschreiben sollte, doch das will er nicht. Er friert nicht mehr. Er hat ein Schrittempo gefunden, das ihn nicht ermüdet. Er denkt über die vielen Meilen nach, die ihn so lange von Emilia getrennt haben, über diese Entfernung, die soviel größer als die tatsächliche war und nicht überwunden werden konnte, auch nicht durch Worte auf Papier. Doch nun, in dieser Mondnacht, wird sie bewältigt, Schritt für Schritt bezwungen, von seinem Schatten und seinem Willen. Er – der gekommen war, um seine Zukunft in Dänemark zu suchen – wagt nun fast zu glauben, daß sie in Reichweite ist und ihm bei Tagesanbruch offenbart werden wird. Ohne eigentlich zu merken, was er tut, nur von dem festen Wunsch beseelt, sich schneller in Richtung Sonnenaufgang zu bewegen, beginnt er zu rennen.

Später wird er denken, daß ihn, wenn er nur nicht gerannt, sondern ruhig weitergelaufen wäre, niemand hätte kommen hören. Er weiß nicht, was in ihn fuhr, daß er, obwohl noch die ganze Nacht vor ihm lag, wie ein Kind zu rennen begann. Doch es ist zweifellos der Lärm der eiligen Schritte, der die beiden Fremden auf die Straße treibt. Er sieht sie vor ihrem Haus, das niedrig ist und ein Strohdach hat. Sie stehen da und beobachten, wie er herankommt, und er verlangsamt seinen Schritt wieder.

In ihrer formlosen Kleidung, bei der es sich um Nachthemden oder Mäntel aus einem blassen Material handeln konnte, sehen sie gespensterhaft aus, doch ihre vom Mondlicht geworfenen Schatten sind lang und fallen über die Straße. Das ist alles, woran sich Peter Claire später noch erinnern wird, daß er weiterläuft, bis er sich auf fast gleicher Höhe mit den beiden Schatten befindet. Er kann sich nicht richtig an die Personen erinnern, jedenfalls nicht genug, um sagen zu können, ob es zwei Männer oder ein Mann und seine Frau waren, auch nicht, ob er oder sie etwas sagten. Er glaubt hinterher sicher, daß etwas gesagt worden sein muß, weiß aber zugleich, daß es ihm, was immer es auch gewesen sein mochte, vielleicht nie wieder einfallen wird. Es gibt bloß noch dies: sein Rennen, das plötzliche Auftauchen der Fremden und dann das langsame Verkürzen des Abstands zwischen ihm und den beiden über die Straße fallenden Schatten. Dann herrscht Stille.

Kirsten: Aus ihren privaten Papieren

In diesem eigentümlichen Frühling, der eigentlich gar kein Frühling ist, sondern eine bloße Verlängerung des Winters mit hier und da ein paar Blättern und Blumen, die in der bitterkalten Luft wie Mädchen zittern, bemerke ich auf Boller viel Kommen und Gehen.

Die Dinge geschehen nach und nach, auf unvorhersehbare Weise, so daß man darin unmöglich irgendein Muster oder eine Ordnung erkennen kann. Wenn ich aber durchs Haus gehe, sehe ich doch, daß sich darin innerhalb kurzer Zeit viel verändert hat, als wäre es ein bewegliches Beförderungsmittel wie ein Schiff, wo die ganze Zeit Passagiere und Fracht ein- und ausgeladen werden.

Zunächst einmal habe ich mein Baby Dorothea weggegeben.

Sollte mich jemand der Herzlosigkeit bezichtigen, dann werde ich mich heftig verteidigen, da ich das, was ich getan habe, wirklich für eine gute Tat halte, für die mich der Himmel belohnen wird. Wenn die Leute etwas anderes behaupten, dann zeigt das bloß, daß sie keine Ahnung haben.

Es kam so. Eine Freundin meiner Mutter, die glaubte, Ellen

würde hier noch wohnen, traf am letzten Dienstag mit ihrer Tochter ein. Diese heißt Christina Morgenson, und ich hatte sie ein- oder zweimal in meinem Leben gesehen.

Ich hatte nicht allzuviel Lust, diese Frauen hereinzubitten und mich der lästigen Aufgabe zu unterziehen, Konversation mit ihnen zu machen. Ich wollte schon vorschlagen, daß sie sich in einem nahe gelegenen Gasthof einquartieren, als ich – aus mir selbst unerfindlichen Gründen – meine Meinung änderte und eine phantastische Schau abzog. Ich hieß sie auf Boller willkommen, sagte: »Ach bitte, seid doch meine Gäste!« und »Oh, was für eine große Freude, euch hierzuhaben!« und so weiter. All dies war nichts als ein Lügengespinst, und ich weiß immer noch nicht, warum ich diese Unwahrheiten von mir gab, wenn man einmal davon absieht, daß ich manchmal schon bemerkt habe, daß sich die Stimme gelegentlich aus einer Laune heraus zu einer *Meuterei* gegen den Kopf entschließt und jede Menge rebellischer Worte von sich gibt, denen der Kopf nicht zugestimmt hat oder die er sogar meinte, ausdrücklich verboten zu haben.

So kam es, daß ich mir diese Leute aufgehalst habe, die ich nicht eingeladen hatte und die ich, wie mir plötzlich wieder einfiel, gar nicht leiden konnte, sondern vielmehr verabscheute und gehofft hatte, in meinem Leben niemals wiederzusehen. Was für ein Riesendummkopf du doch bist, Kirsten! schalt ich mich. Hast du den Verstand verloren, daß du für die arme Christina Morgenson und ihre unerträgliche Mutter eine solche Freundschaft bekundest? Ich hatte jetzt nur noch einen Gedanken, und zwar den, sie möglichst schnell wieder zur Abreise zu bewegen.

Am Abend ihrer Ankunft heckte ich dann einen schönen Plan aus. Christina Morgenson ist in meinem Alter und mit einem Kaufmann aus Hamburg verheiratet, hat aber in all den Jahren seit ihrer Eheschließung kein Kind zur Welt gebracht. Kurzum, sie ist unfruchtbar, und diese Unfruchtbarkeit ist für Christina wie eine Wunde, so daß sie, immer wenn das Gespräch auf Kinder kommt, den Eindruck erweckt, als habe sie starke Schmerzen und sich sogar die Herzgegend mit der Faust knetet. Und wegen dieses Knetens ihres Herzens tat sie mir (gutherzig, wie ich mit zunehmendem Alter werde) zunächst einmal leid, und dann entstand in mir fast augenblicklich mein Plan.

Ich ließ Dorothea (die jetzt keine Windeln mehr trägt, ein bißchen sitzt und versucht, ein paar Laute hervorzubringen und Bläschen herauszupusten) ins Speisezimmer holen, wo wir saßen. Ich nahm das Kind, das bei gewissen Lichtverhältnissen manchmal einigermaßen hübsch aussieht, in die Arme, stand auf, ging mit ihm zu Christina hinüber und legte es ihr mit den Worten auf die Serviette in ihrem Schoß: »Hier habt Ihr Dorothea! Sie hat zwei Väter, aber keine wirklich hingebungsvolle Mutter. Warum nehmt Ihr sie nicht, Christina, und nennt sie Euer eigen? Denn ich kann in diesem Haus einfach keinen Säugling ertragen, weil ich zu viele gehabt habe und ihrer überdrüssig bin. Es wird mich nicht allzusehr aufregen, wenn ich Dorothea niemals wiedersehe.«

Ich brauche ja wohl nicht zu erwähnen, wie sehr Christina und ihre Mutter dem Anschein nach protestierten: »O Erbarmen, aber so etwas könnten wir niemals tun!« und »O du lieber Himmel, aber was für ein Verbrechen würden wir begehen, wenn wir Euch Euer Kind rauben!« und so fort, lallala und trallala. Doch ich wußte, dies würde seinen Lauf nehmen und schließlich zu einem Ende kommen, denn Christinas Gesichtsausdruck war ganz verändert, als sie Dorothea in den Armen hielt, und das Kind streckte die Arme nach seiner neuen Mutter aus und blies ihr ein paar seiner berühmten Bläschen ins Gesicht.

Als sie zugestimmt hatten, sagte ich: »Ich denke bloß, daß es klug wäre, wenn Ihr Euch mit Dorothea bereits früh, bevor ich aufwache, auf den Weg macht, damit ich nicht in Versuchung gerate, meine Meinung zu ändern.«

So gab es, als ich am Mittwoch aufwachte, keinerlei Anzeichen meiner Gäste mehr. Dorothea war auch weg, und ich fühlte mich sehr erleichtert, als würde nun ein drohendes schreckliches Ereignis nicht mehr eintreffen.

Eine andere, weit weniger angenehme Abwanderung von Boller betrifft die vieler Möbel meiner Mutter.

Von der Königinwitwe auf Kronborg gesandt, kamen ein paar Männer mit Wagen, in die sie trotz meines Protests Tische und Stühle, Bilder, Kerzenhalter, Porzellan, Sessel, Bettwäsche und sogar Betten luden. Sie plünderten die Speisekammer und holten alle Marmeladentöpfe Ellens ab, so daß nicht einer übriggeblieben ist. Dieses kleinliche Wegnehmen der Marmelade (der einzigen süßen Sache, die meine Mutter je zuwege gebracht hat) ließ mich derart in Rage geraten, daß ich einem der Möbelträger mit den Fingernägeln das Gesicht zerkratzte. Daraufhin flohen sie mit ihren hochbeladenen Wagen, und ich stand in der Tür und verfluchte lautstark diese Männer und Ellen, die mir, abgesehen vom Leben selbst, nie etwas gegeben, sondern vielmehr immer nur danach getrachtet hatte, mir alles wegzunehmen, was ich besitze.

Ich lief durch die leeren Räume und dachte daran, daß ich den König, als ich noch auf Rosenborg war, um alles bitten konnte, woran ich mein Herz gehängt hatte, und es dann geschenkt bekam. Zu dieser wechselhaften Jahreszeit richtet er sich nun nach Vibekes Launen, und ich bin in Vergessenheit geraten. Ich war derart melancholisch, daß ich mir fast einredete, mit dem König immer glücklich gewesen zu sein, nie irgendwelchen Widerwillen gegen ihn empfunden und mich nie brennend, als wäre ich am Verdursten, nach meiner Freiheit gesehnt zu haben.

Ich setzte mich dann in Vibekes Zimmer, in dem jetzt nichts mehr ist außer einem Orientteppich und einer großen Eichentruhe, in der Vibeke immer ihr gestohlenes Essen versteckt hatte, auf den Boden. Ich blickte auf meine Hände (die, wie ich meine, noch immer weich, weiß und bewundernswert sind), sah Blut unter meinen Nägeln und dachte bei mir, daß es einem manchmal nicht einmal nutzt zu bluten.

Doch so wie die Wagen mit den Möbeln abfahren und Dorothea aus meinem Blickfeld verschwindet, gibt es hier auch außergewöhnliche Ankünfte...

Gestern sehe ich frühmorgens einen Wagen die Einfahrt heraufkommen und am Kutscher die königliche Livree. Ich stehe am Fenster, warte und beobachte, und schon bald erspähe ich zu meinem großen Erstaunen und Entzücken, wie meine beiden schwarzen Sklaven Samuel und Emmanuel aus dem Wagen steigen.

Ich gehe hinunter an die Tür, und der Kutscher überreicht mir Briefe vom König, die bestimmt Näheres über seine Scheidung von mir enthalten. Daher lege ich sie beiseite, um sofort zu Samuel und Emmanuel zu gehen, die trotz ihrer Schwärze ein wenig blaß von der Reise sind.

Ich führe sie ins Haus, jeden an einer Hand, schwarz auf weiß und weiß auf schwarz, und erzähle ihnen, wie sehr ich darauf gewartet habe, sie wieder bei mir zu haben, und wie hier auf Boller unsere Stunden mit magischen und geisterhaften Geschichten von ihrer Insel Tortuga erfüllt sein werden, und wie wir uns, wenn wir der Märchen überdrüssig sind, eigene Vergnügungen ausdenken werden, um uns die Zeit zu vertreiben.

Sie lächeln mich an. Mir fällt auf, daß sie ein wenig gewachsen sind, seit ich sie zuletzt gesehen habe, und nun nicht mehr wie Knaben, sondern wie wunderbare junge Männer wirken. Niemals hätte ich geglaubt, so etwas schönes je zu Gesicht zu bekommen. Und ich kann es nicht lassen, mich danach zu sehnen, sie zu berühren – ihre Gesichter und Ohren, ihr Haar, ihre Fingernägel, die wie Muscheln aussehen, und ihre goldgeschmückten Uniformen – als bestünden sie aus etwas anderem als bloßem Fleisch, was sich nie verändern oder sterben würde.

Aus einer Laune heraus führe ich sie nicht zu den Dienstbotenräumen, sondern in Vibekes früheres Zimmer, und sage ihnen, daß sie da – auf dem Orientteppich – schlafen und ihre wenigen Besitztümer in der Eichentruhe verstauen sollen. Und plötzlich gefällt mir die Leere des Raums. Ich stelle mir vor, wie ich an einem solchen Ort mit Samuel und Emmanuel ein Miniaturuniversum innerhalb des größeren schaffen und mich in dieser Miniaturwelt völlig verlieren werde.

Ich war so in den Anblick meiner Sklaven und dem Ausmalen aller möglichen Wildheiten mit ihnen vertieft, daß ich erst ein wenig später bemerkte, als mich der Kutscher darauf aufmerksam machte, daß sich im Wagen noch eine dritte Person befand.

Es stellte sich heraus, daß der Kutscher, als er durch das Dorf Høgel fuhr, auf einen Mann stieß, der vor ihnen auf der Straße lag. Er zügelte die Pferde, stieg ab und sah, daß es jemand war, den er kannte – »jemand«, sagte er, »der zum Orchester Seiner Majestät gehörte«.

Ich bekam bei diesen Worten vor Erwartung ganz große Augen, da ich wußte, daß es nur einen Musiker gab, der nach Jütland reisen würde, und es also Emilias früherer Geliebter Peter Claire sein mußte. Nun also sollte er mir wie ein Geschenk des Himmels ganz und gar in die Hände fallen! Ich konnte nicht verhindern, daß sich mein Gesicht zu einem kleinen Lächeln verzog, denn wenn etwas wirklich Unerwartetes geschieht, steigt in mir eine nicht unterdrückbare Erregung auf, als sei mir erzählt worden, ich bekäme mein ganzes Leben zurück.

»In welchem Zustand befindet sich dieser Mann?« fragte ich.

»Er lallt, Madam«, sagte der Kutscher, »und redet irre. Er hat nämlich einen Schlag auf den Nacken bekommen, und ihm ist alles weggenommen worden, auch sein Instrument. Wir haben ihn aufgehoben und zu Samuel und Emmanuel in die Kutsche gelegt, und sie sagen, sie hätten in ihrer Sprache mit ihm gesprochen und Geister aus den Wolken heraufbeschworen, um zu helfen, ihn gesund zu machen.«

Peter Claire.

In seinem blonden Haar klebt Blut. Er hält die blauen Augen geschlossen. Sein Körper, der kalt war, als er hereingebracht wurde, scheint sich nun zu einem heftigen Fieber zu erhitzen.

Es käme mir ungelegen, wenn er sterben würde, denn wer weiß, ob dann nicht manche sagen würden, ich hätte ihn getötet? Außerdem halte ich jetzt, da ich ihn hier habe, so ganz und gar als meinen Gefangenen, auch Emilias Schicksal in meinen Händen und kann tun, was immer mir beliebt, um Rache an ihr zu nehmen.

Ich gestehe, daß mich ihre Abwesenheit sehr belastet. Wenn ich allein am Feuer sitze, fällt mir wieder ein, was für eine angenehme Gesellschafterin sie für mich war, eine, die – so dachte ich – tun würde, was immer ich von ihr verlangte. Doch dann begriff ich, daß mich Emilia *nicht wirklich liebte*, und bei diesem Gedanken werde ich so wütend, daß ich mir vorstellen kann, ihren Kopf gegen die Wand zu schlagen. Und warum soll dieses Mädchen, das *Zuneigung für mich nur geheuchelt* und nicht wirklich empfunden hat, eine wunderbare Zukunft mit einem hübschen Mann bekommen, während ich alles verloren habe, was ich einstmals besaß, und meinen Geliebten vielleicht in meinem ganzen Leben nicht wiedersehe?

Ich ordne an, dem Lautenspieler Kompressen auf die Stirn zu legen und ihm ein bißchen Blut aus dem Arm zu lassen, um das Fieber zu senken. Es dauert nicht lange, und er kommt wieder zu

Bewußtsein. Er sieht mich erstaunt an und fragt sich, möchte ich behaupten, wie er hierhergekommen ist.

Dann hebt er den Kopf und blickt sich im Zimmer um, als wolle er sehen, ob seine Geliebte wie ein graues Huhn unter der Truhe oder hinter den Vorhängen lauert. Daher sage ich rundheraus: »Emilia ist nicht hier. Sie hat mich verlassen. Wir hatten nämlich einen heftigen Streit, und daher habe ich wirklich keine Ahnung, wohin sie gegangen ist.«

»Ich muß sie finden…« meint Mr. Claire schwach.

»Nun«, sage ich, »mir ist ein Gerücht zu Ohren gekommen, daß sie verheiratet worden und nach Deutschland gegangen ist. Doch in Jütland sind Gerüchte wie der Wind. Sie werden die Kamine hinunter und durch die Ritzen unserer Wände geflüstert. Wer kann daher schon sagen, ob es wahr ist oder nicht?«

Meine Worte scheinen im Ohr des Lautenspielers einen plötzlichen Schmerz hervorzurufen. Er bedeckt es mit der Hand und schreit auf. Weil ich fast in Versuchung gerate, Mitleid mit ihm zu empfinden, gehe ich rasch aus dem Zimmer und sage, ich werde ihm den Arzt schicken.

Um mich von meinen freundlichen Gefühlen zu heilen, hole ich die Briefe des Königs, weil ich weiß, daß sie mich in eine hübsche Wut versetzen werden. Und in dieser Hinsicht enttäuschen sie mich auch nicht. Ich ersehe nämlich aus ihnen, daß sich das Herz des Königs so grausam gegen mich verhärtet hat, daß nichts von seiner früheren Zuneigung (nicht einmal der Name »Mäuschen«) übriggeblieben zu sein scheint. Er hat mir zwar meine Sklaven geschickt, erklärt aber, daß dies das allerletzte sei, was er je für mich tun werde. Er wolle sich auch gegen meinen Willen von mir scheiden lassen, um Vibeke zu seiner neuen Frau zu machen.

Daß Vibeke Kruse mit ihrem fetten Arsch und ihren zwickenden Elfenbeinzähnen meinen Platz einnehmen und Beinahe-Königin von Dänemark werden soll, ist dermaßen beschämend, daß ich behaupten möchte, daß ich mich von dieser Mitteilung niemals wieder erholen werde. Ich hatte mir bei meiner Abreise vielmehr vorgestellt, der König werde sich nach mir verzehren und immer und ewig über den Verlust seiner einzigen Maus seufzen. Doch dem ist nicht so. Und daraus schließe ich, daß es auf dieser Welt nichts gibt, was absolut und aus sich heraus *von Dauer* ist.

Ich gehe in Vibekes früheres Zimmer, wo Samuel und Emmanuel auf mich warten, und sage ihnen, ich würde gern, wenn sie den Weg zu irgendeinem anderen Universum kennen, auf sanften Flügeln von schwärzester Färbung dorthin fliegen.

Der grüne Baldachin

Am 1. Mai taucht Pastor Erik Hansen wieder im Haus der Tilsens auf.

Er hatte seine Werbung um Emilia eigentlich erst im Spätsommer fortsetzen wollen, doch nun hat er sich in der kurzen Zeit daran gewöhnt, *an Emilia als seine künftige Frau zu denken*, so daß die Kluft zwischen dem, was ist, und dem, was sein sollte, unerträglich groß geworden ist. Enttäuscht darüber, daß ihm Gott seine erste Frau genommen hat (die er geliebt hatte), betet Hansen nun darum, nicht ein zweites Mal vom Glück ausgeschlossen zu werden.

Er vertraut Johann Tilsen an, daß er für Emilia keinerlei Aussteuer verlangen, sondern sie nehmen will, wie sie ist. Er sagt: »Ich weiß, daß ich kein schöner Mann bin. Ich weiß, daß Emilia vielleicht lieber einen Mann mit mehr Haaren auf dem Kopf hätte. Doch gerade meine Kahlheit kann sie als Beweis für meine Ehrlichkeit ansehen, denn könnte ich sie nicht, wenn ich wollte, mit einem Hut verdecken? Außerdem meine ich, daß sie, wenn sie mir ins Herz blicken könnte, dort Gefühle vorfinden würde, die man als schön bezeichnen könnte.«

Johann sieht Erik Hansen an. Dieser hat etwas rührend Einfaches – oder sogar Farbloses – an sich, als habe er immer in einer Gegend gelebt, in der er verborgen bleiben mußte. Seine kleinen Augen sind strahlend und unruhig und seine Gesten beredt. Seine Erscheinung entspricht in jeder Hinsicht dem, was er ist: ein Mann, der – jenseits der eintönigen Landschaft, in der er gelebt hat – eine Zukunft erblickt hat, die verlockender ist als alles, was er bisher gesehen hat.

»Emilia hat zu mir gesagt«, meint Johann, »daß sie im Augenblick nicht zu heiraten wünscht. Sie nennt mir aber keine Gründe dafür, so daß wir vielleicht annehmen dürfen, daß es keine gibt –

jedenfalls keine besonderen, die sie in Worte fassen kann – und ihr ›Wunsch‹ nicht mehr als ein unbestimmtes Gefühl ist.«

»Vielleicht hängt es auch mit ihrem Bedürfnis zusammen, Euch hier den Haushalt zu führen und sich um Marcus und Ulla zu kümmern...«

»Nein, ich glaube nicht, daß es das ist. Ich meine, daß diese Abneigung in ihrer Natur liegt, seit ihre Mutter gestorben ist, und ihr nie der Gedanke gekommen ist, dagegen anzukämpfen.«

Pastor Hansen preßt seine weißen Hände inbrünstig aneinander.

»Ich flehe Euch an, Johann«, sagt er, »bittet sie, jetzt dagegen anzukämpfen! Ich würde alles tun, was ein Mann nur tun kann, um sie glücklich zu machen. Sie bekäme ausreichend Dienerschaft, und ich würde sie nicht zu sehr mit Kirchenarbeit belasten. Sie hätte einen kleinen Salon, den von meiner Frau, ganz für sich allein. Der Salon wird gerade grün gestrichen, doch wenn Emilia diese Farbe nicht gefällt, nun, dann...«

»Ihr braucht nichts weiter zu sagen, Herr Hansen, denn ich bin ganz dafür!« erklärt Johann.

»Und Ihr sprecht mit ihr?«

»Warum sprecht Ihr nicht *selbst* mit ihr?«

»O nein! Das kann ich nicht. Ich bin zu nervös. Ich wüßte nicht, wann ich eine Pause einlegen oder aufhören sollte. Ich würde vielleicht eine Predigt halten...«

Emilia weiß, daß Erik Hansen wieder da ist. Sie sieht sein Pferd und hört seine Stimme. Ihr ist klar, daß es nicht lange dauern wird, bis sie zu ihrem Vater zitiert wird und die lästige Frage der Zuneigung des Pastors zu ihr noch einmal auf den Tisch kommt.

Sie findet das alles abstoßend und erschreckend und unerträglich. Sie wünschte, so etwas wie Heirat gäbe es nicht. Sie wünschte, sie wäre alt und grau und könnte in Ruhe gelassen werden.

Sie zieht den Mantel an und läuft zum Haus hinaus. Die Frühlingskälte hält zwar bei dem Nordwind noch immer an, doch die Obstfelder liegen in der Sonne, als Emilia jetzt über diese auf den Wald zueilt, wo die Buchen endlich ihr sattes Grün sprießen lassen.

Sie will sich im Wald verbergen. Sie möchte gern so klein und gespenstisch werden wie einst Marcus, so wesenlos, daß nie wieder ein Mann an ihre körperliche Existenz glaubt.

Sie geht zu dem Baum, wo sie die vergrabene Uhr gefunden hat, und setzt sich darunter. Dabei wickelt sie den Mantel so fest um sich, daß sie eine ganz unförmige Gestalt wird, und beginnt zu weinen. Sie weint ganz leise vor sich hin. Der Gesang der Vögel wird dadurch nicht gestört, und neben ihren Füßen scharrt eine Wühlmaus in den alten, trockenen Blättern.

Zeig Mut, Emilia!

Karens Stimme kehrt nun ganz deutlich zu ihr zurück, so echt und nah, als stehe diese plötzlich im Wald und sehe auf sie. Daher hebt Emilia den Blick, senkt ihn aber wieder, als sie die Sonne im Gesicht spürt, und läßt ihn auf dem Buchenbaldachin ruhen, der noch zart wie Spitze ist und dessen ganze Herrlichkeit noch bevorsteht. Und beim Betrachten der Bäume, der Himmelsmuster, die vom Frühling, von Wiederauferstehung und der Wiederkehr und dem Fortbestehen aller Dinge sprechen, begreift Emilia schließlich, was ihre Mutter ihr immer sagen wollte.

Karen hat nie von der Art Mut gesprochen, die man bei den täglichen Angelegenheiten benötigt. So drängt sie auch jetzt ihre Tochter nicht, Stärke angesichts eines für sie neuen Schicksals als Ehefrau Erik Hansens zu zeigen. Im Gegenteil, Karen allein hat verstanden, warum dies unmöglich ist und nicht zugelassen werden darf.

Daß Karen den rechten Augenblick abgewartet hat, nicht zu laut rief, sondern erst einmal sehen wollte, ob das, was auf Rosenborg seinen Anfang nahm, vielleicht in eine schöne Zukunft führte, ist ein weiterer Beweis für die Botschaft, die sie übermitteln wollte. Denn Karen ist die einzige, die völlig versteht, warum ein Leben ohne Liebe nicht lebenswert ist. Sie wird nicht zulassen, daß ihre Tochter ein solches Leben führt.

Karen sagt zu Emilia: »Zeig den Mut, zu mir zu gelangen, wo immer ich auch bin. Glaube daran, daß ich dasein werde, wenn du kommst, daß ich auf dich warte, seit ich dich verlassen habe.«

Karen ist jetzt so nah, daß Emilia zu weinen aufhört und ihr seltsam leicht ums Herz wird. Sie fühlt sich fast aufgeregt, froh und erleichtert, wie jemand, der sehr lange nach etwas gesucht und es schließlich im eigenen Obstgarten gefunden hat.

Zeig Mut, Emilia!
Warum hat sie das nicht früher begriffen? Jetzt ist es ihr so wunderbar klar, als stehe es überall im Wald geschrieben und als sei es im Muster der Buchenblätter vor dem Himmel eingegraben.

Sie wird nicht die Frau eines Pastors.

Sie wird nicht, bis sie alt ist, den Haushalt ihres Vaters führen und die Mutter von Magdalenas Kind sein.

Sie wird zu Karen gehen. Am Ende wird sie, und nicht die Uhr, unter dem grünen Baldachin der Buche liegen.

Und wird es schließlich nicht sogar einfach sein? Sie muß nur ein Fläschchen weißes Gift kaufen, so wie Kirsten bei ihrem Apotheker. Und dann wird es sein, als laufe sie ganz allein auf einem zugefrorenen Fluß Schlittschuh und treffe an der Biegung des Flusses auf ihre mit ausgestreckter Hand dastehende Mutter. Sie nimmt diese Hand, und dann gleiten sie davon, wie sie es immer getan haben, sie beide zusammen, Arm in Arm...

Als sie später wieder zu Hause ist, ruft ihr Vater sie zu sich.

»Emilia«, sagt Johann zu ihr, »ich habe über Herrn Hansens Heiratsantrag nachgedacht und halte ihn für gut. Du glaubst jetzt, daß du nicht heiraten möchtest, doch prüfe dein Herz ein bißchen genauer! Ich bin sicher, daß es darin eine Ecke gibt, in der du lieber...«

»Lieber was...?«

»Nachgeben würdest. Du widersetzt dich mir schon so lange, und ich glaube, daß du dessen müde bist.«

Emilia geht zu ihrem Vater, der jetzt älter aussieht als damals, als Magdalena ins Haus kam, und drückt ihm einen leichten Kuß auf die Wange. »Ich tue, was immer du von mir verlangst!« sagt sie.

Er umarmt sie, seine Älteste, die ihn noch immer an seine erste Frau erinnert, ja sogar wie diese riecht und das gleiche Lachen hat. »Gut!« sagt er. »Dann laß mich Herrn Hansen sagen, daß ihr noch im Sommer heiraten werdet. Eine Hochzeit im Juni wäre doch schön, nicht wahr?«

Eine Hochzeit im Juni. Sie sieht den Wald vor sich: Sie trägt ein hauchdünnes Gazekleid, liegt unter dem Baldachin, der jetzt von einem dunkleren, tieferen Grün ist, und ihr Leichnam, von den Bändern in ihrem Haar bis zu ihren weißen Satinschuhen, liegt im

Schatten. Ein paar durch die Tauben abgelöste Blätter schweben auf ihren Körper, als wären es von den Hochzeitsgästen gestreute Rosenblätter...

»Ich denke darüber nach«, antwortet Emilia. »Ich denke über eine Hochzeit im Juni nach.«

»Nun, denk nicht zu lange darüber nach! Herr Hansen ist ein ehrenwerter Mann, Emilia. Wenn du erst verheiratet bist, dann beginnt dein eigenes Leben!«

Wie seltsam, denkt Emilia hinterher, daß mein Vater das gesagt hat – daß mein Leben dann *beginnt*. Wie abwegig die Menschen doch oft in ihrem gedankenlosen Optimismus sind! Nur Karen sieht alles klar. Nur Karen versteht, daß etwas Begonnenes nirgendwohin führt, sondern zu seinem Ausgangspunkt zurückkehrt.

Das ist die Zeit, die sie immer anzeigen wird.

»Irgendwo hoch oben im Norden«

Peter Claire blickt trostlos ins Zimmer.

Da sein ganzer schmerzender und schwitzender Körper Ruhe braucht, ist er froh über das Bett mit der warmen Zudecke, in dem er liegt, und über das ständige Kommen und Gehen der Bediensteten, die ihm erfrischende und stärkende Getränke und Häppchen bringen, die er allerdings nicht essen kann. Er weiß, daß er inzwischen tot wäre, wenn man ihn auf der Straße liegengelassen hätte.

Er ist jedoch Kirstens Gefangener.

Sie hat ihm das gesagt und dabei gelacht. Da er zu schwach ist, um sich zu bewegen oder zu protestieren, ist er auf Gedeih und Verderb ihren Launen und Wünschen ausgesetzt, ganz gleich, welche das sein werden.

Sie besucht ihn jeden Tag, rauscht nach einem durchdringenden Gewürz riechend ins Zimmer und legt ihm ihre kühle, weiße Hand auf die Stirn. »Erstaunlich!« sagt sie über sein anhaltendes Fieber, »wenn man Euch um die Erde kreisen ließe, würdet Ihr wie ein Komet glühen, Mr. Claire!« Wenn sie wieder geht, schließt sie hinter sich ab.

Er träumt von Emilia. Hier auf Boller, an dem Ort, wo er sie zu finden glaubte, kehrt sie zu ihm zurück wie es Tote tun, beschränkt auf pathetische Gesten voller Traurigkeit oder Vorwurf, als ein nicht körperhaftes Wesen, das verblaßt und verschwindet, wenn es wieder hell wird. Der Gedanke, daß sie tatsächlich tot sein könnte, erfüllt ihn mit einem solchen Entsetzen, daß er sich die Hände vors Gesicht schlägt und zu beten beginnt: »Laß auf dieser Welt geschehen, was du willst, aber nicht dies!« Denn er ist noch immer auf dem Weg zu ihr. So jedenfalls empfindet er es in der Tiefe seines fiebernden Verstandes. Der Verlust seiner Laute, der Diebstahl seines Geldes und des Knopfbeutels vom König, die Schmerzen in seinem Körper, seine Einkerkerung auf Boller: All dies ist nur ein Zwischenspiel auf der Suche nach ihr. Er wird sich irgendwie so weit erholen, daß er sie wiederaufnehmen kann.

Doch wohin soll er sich wenden? Er erinnert sich, daß Emilias Vaterhaus in Jütland ist, und fragt Kirsten, wie weit es von Boller entfernt ist.

»Oh«, erwidert sie, »es ist irgendwo hoch oben im Norden. Ich weiß nicht genau, wo. Ich glaube aber sowieso nicht, daß sie dort ist, Mr. Claire. Ich sagte Euch ja schon, daß mir das Gerücht zu Ohren gekommen ist, daß sie geheiratet hat und nach Deutschland gegangen ist. Vielleicht ist sie inzwischen schon eine kleine Mutter! Sie hatte mal ein Huhn als Haustier, wißt Ihr!«

Er antwortet, er wisse dies nur allzugut und werde den Anblick der in ihrem Zimmer nistenden Gerda nie vergessen. Er würde gern zu Kirsten sagen: Warum habt Ihr meine Briefe vor ihr versteckt? Wie konntet Ihr nur so boshaft sein, die unschuldige Emilia in Eure Bestechungspläne einzubeziehen? Wißt Ihr nicht, wie selten Liebe ist, daß Ihr so darauf herumtrampeln konntet? Doch er schweigt. Kirsten gewährt ihm bei seiner augenblicklichen Schwäche Schutz, und es wäre jetzt nicht der richtige Zeitpunkt, in die Kälte hinausgeworfen zu werden.

Ein Arzt hat dem Lautenisten die Nackenwunde verbunden und ist mit seiner Nase ganz nah an sein Ohr herangegangen, das ihn jetzt fast ständig schmerzt und auf dem er fast gar nichts mehr hören kann. Der Doktor meint zu Peter Claire, er rieche etwas, was ihm gar nicht gefalle. »Sagt mir, was es ist!« verlangt Peter Claire, doch der Arzt antwortet, er wisse es nicht, werde jedoch versuchen, »es herauszuspülen, Sir, es einfach herauszuspülen«.

Der Arzt gießt heißes Nelkenöl ins Ohr. Es blubbert wie in einem Wasserkessel im Kopf des Lautenspielers, und er schreit auf, als es dunkel um ihn herum wird. Dann beruhigt es sich im Kessel zu einem erträglichen Simmern, und der Arzt sticht mit einem Schilfrohr ins Ohr und macht, als er dieses wieder herauszieht, eine Bemerkung über einen Eiterklumpen an dessen Ende. »Ihr habt eine üble Infektion, Sir!« sagt er triumphierend. »Dem Anschein nach eine sehr aggressive. Ich werde meine Bücher konsultieren, um herauszufinden, wie ich sie zum Aufgeben bewegen kann.«

Der Verlust des königlichen Knopfbeutels beginnt Peter Claire allmählich zu quälen. Es kommt ihm schrecklich vor, so lange an König Christians Seite gewesen zu sein und nun keinen einzigen Besitz zu haben, der ihn an diesen erinnert. Schon während der Reise auf der *Sankt Nicolai* hatte er immer wieder die Hand in den Beutel gesteckt und die Knöpfe durch die Finger gleiten lassen. Er empfand dies als seltsam tröstlich und lächelte vor Vergnügen, wenn er spürte, wie sich Wertvolles und Wertloses ineinander verloren und zu etwas Neuem wurden, dem man keinen Preis geben konnte. Er hatte beschlossen, nie ohne den Beutel zu reisen und sich von diesem Geschenk immer an den König erinnern zu lassen, der in ihm fälschlich einen Engel gesehen hatte und (trotz aller Rückschläge und Katastrophen) stets danach gestrebt hatte zu begreifen, in welcher Währung das menschliche Glück im Umlauf war.

Er denkt an die Sterne über dem Numedal, an die bis zum Tagesanbruch im Schlafgemach des Königs gespielten Lieder, die Konzerte im Sommerhaus, die nicht zu Ende erzählten Geschichten über Bror Brorson, das unmäßige Trinken und Feiern, das Silberwiegen, die Gespräche über Descartes' *cogito*, die Macht des Meeres, über Betrug und die Hartnäckigkeit der Hoffnung.

Ihm wird nun klar, daß es in seiner Zukunft, ganz gleich, was diese für ihn bereithält, nichts geben wird, was in irgendeiner Weise mit seiner Zeit beim König von Dänemark vergleichbar ist. Er überlegt, daß er, wenn es Emilia nicht gäbe, Kirsten bitten würde, ihn nach Kopenhagen zurückzuschicken, um dort zu versuchen, Seine Majestät zu überreden, einen anderen Musiker für das versprochene Geld an den englischen Hof zu entsenden. Würde man dann eine Laute für ihn auftreiben, ginge er freudig in den Keller hinunter, um dort in der Gewißheit zu spielen, daß der Mann, der oben zuhört, mit seinem traurigen Gesicht, seiner gestörten Verdauung und seinem brennenden Herzen, einer der wenigen auf Erden ist, der begriffen hat, wie wichtig Musik im menschlichen Leben ist.

Er kann aber nicht zurückkehren. Während das Reißen in seinem Ohr anhält und sein Körper so heiß ist, daß er merkt, wie er dadurch dünn wie ein Schilfrohr wird, versucht er, einen Plan zu schmieden. Doch was für einen Plan kann ein Mann ohne Geld und Besitz schon machen? Ihm würde es an Überzeugungskraft fehlen. Sicher, es war möglich, daß einer der Bediensteten wußte, wo sich Emilia aufhielt, doch wie sollte er an diese Auskunft herankommen? Und wie sollte er ohne Mantel über dem Rücken und ohne Pferd kreuz und quer durch Jütland oder sogar nach Deutschland reisen?

Schließlich fällt ihm sein Koffer ein. Der Kapitän der *Sankt Nicolai* hatte versprochen, diesen nach Boller zu schicken. Darin waren Kleidungsstücke und Bücher, ein paar silberne Stiefelschnallen, ein Frisierspiegel und Notenblätter – an die hundert kleine Dinge, mit denen er handeln könnte. So wartet er also während seiner Fieberträume geduldig auf seinen Koffer. Der Arzt legt ihm einen Hahnenfußwurzelwickel aufs Ohr, und er bildet sich ein, in der Nacht irgendwo im Haus wildes Geheul zu hören.

Die Tage vergehen. Jeden Morgen geht die Sonne am Fenster des Lautenspielers ein wenig früher auf, und auf dem Fenster ist sie jetzt fast schon warm. Der Wurzelumschlag senkt sein Fieber so weit, daß er im Zimmer herumlaufen kann.

Er schaut zum Fenster hinaus. Er sieht, daß die Buchen im Park dem Wind jetzt Zweige bieten, die schwer vom grünen Laub sind; dieser Anblick des Frühlings gibt ihm sein Zeitgefühl zurück: Die Zeit drängt ihn nach England, die Zeit nimmt ihm Emilia immer mehr weg...

Als ihn Kirsten besucht, fragt er nach seinem Koffer.

»Koffer?« fragt sie. »Was für ein Koffer?«

»Er sollte vom Schiff hergeschickt...«

»Ihr erwartet, daß dergleichen hier eintrifft? Habt Ihr nicht gelernt, daß es auf dieser Welt keine Ehrlichkeit gibt, Mr. Claire? Der Inhalt Eures wertvollen Koffers wird schon lange verteilt worden sein, gleich im Hafen, wo Ihr angelegt habt – oder man hat ihn aus unerfindlichen Gründen in die Türkei oder sogar zum Kaspischen Meer geschickt. Ich würde ihn an Eurer Stelle vergessen.«

Sie lacht, wie sie immer gelacht hat – laut und volltönend. Er schaut sie an, wie sie so an seinem Bett steht, die Augen sehr groß im weißen Gesicht, ihr üppiges Haar mit einem silbernen Kamm hochgesteckt. Er erinnert sich daran, wie der König einmal sagte: »Es ist zwecklos, Kirsten um etwas zu bitten. Sie käme der Bitte nur nach, wenn man etwas hat, was sie haben will.«

»Ich trauere dem Koffer nach«, sagt er. »Er enthält nämlich Dokumente, die für Euch interessant sein könnten.«

»Was für Dokumente?«

Er beobachtet sie. Er sieht, daß ihre Nase einen Augenblick lang zittert, wie bei einer Maus, die Käse riecht.

»Jene, die ich für Euch beschaffen sollte – über die Finanzen des Königs.«

Sie springt vom Bett zurück und zieht dabei den Kamm aus dem Haar, so daß es ihr über den Rücken fällt. Dann faßt sie es wieder mit den Händen zusammen. Als sie sich ihm erneut zuwendet, meint sie: »Die Zeit für einen solchen Austausch ist vorbei, Mr. Claire! Leider, doch es ist nun mal so. In Eurem Koffer ist nichts, was für mich von Wert ist – und außerdem glaube ich, daß Ihr lügt. Wäre etwas Erwähnenswertes in Eurem Besitz, hättet Ihr mir schon viel früher Appetit darauf gemacht.«

Sie schmettert die Tür hinter sich zu und schließt sie ab. Der Lautenspieler denkt darüber nach, wie oft doch diejenigen, die so unfehlbar Lügen bei anderen aufdecken, selbst Lügner sind, und fragt sich, welche Lügengebäude Kirsten um Emilia herum errichtet haben mag. Ihm ist klar, daß er von Boller weg muß, um dahinterzukommen, kann sich aber augenblicklich nicht recht vorstellen, wie er dies bewerkstelligen soll.

Unsicher steht er auf und geht noch einmal zum Fenster. Dort blickt er zum Himmel, der von einem so blassen Blau ist, daß man es kaum noch als solches bezeichnen kann, und auf die zarten, unruhig im Wind schwankenden Buchen. Er prüft, wie tief es hinter dem steinernen Fenstersims hinuntergeht, und stellt fest, daß es zu unbestimmt und steil ist, um auch nur im Traum daran zu denken.

Kirsten: Aus ihren privaten Papieren

Immer wieder geht mir das Wort SKLAVE durch den Kopf.

Es gibt in Dänemark Leute, die dagegen protestieren und es für eine Sünde halten, Eingeborene aus Afrika auf Baumwollplantagen von Tortuga arbeiten zu lassen oder sie an europäische Höfe zu verschiffen, damit wir uns mit ihnen schmücken. Ich finde das auch, denn warum sollten diese Menschen, nur weil sie hilflos sind, gegen ihren Willen gezwungen werden, ihre Heimat zu verlassen und Perücken aufzusetzen, oder aber mit einer Peitsche gegeißelt werden, um unter einer unbarmherzigen Sonne klebrige Baumwollbäusche zu pflücken? Würden sie nicht auch lieber in Frieden gelassen werden, um in einem Trompetenbaum zu sitzen, einen Affen zu streicheln, auf einer magischen Wurzel zu kauen oder einfach bloß zu *sein*, anstatt auf Gedeih und Verderb der Laune eines anderen ausgesetzt zu sein?

Doch dann überlege ich, daß damit, daß das Wort SKLAVE einzig und allein auf sie angewandt wird, eine Ungerechtigkeit gegenüber anderen Gruppen, Kategorien und Zusammenschlüssen von Menschen begangen wird. Denn der Zustand der Sklaverei ist in unserer Gesellschaft gewiß weit verbreitet, nur daß er da nicht Sklaverei genannt wird: Er wird als Pflicht bezeichnet. Und die Hauptgruppe derjenigen, die in einem Zustand der Unterjochung leben und ihren Fesseln dennoch hübsche Namen wie Treue und Hoffnung geben, stellen die Frauen dar. Denn sind wir nicht – als Arbeitstiere oder zum Vorzeigen oder einer Kombination von beidem – im Besitz unserer Väter und Ehemänner? Arbeiten wir nicht und gebären Kinder, ohne einen Lohn dafür zu bekommen, außer dem des wimmernden Babys selbst, was überhaupt keiner ist? Könnten wir nicht ebensogut in der Mittagshitze Baumwolle pflücken, statt mit für das

Brandeisen gespreizten Beinen auf dem Rücken zu liegen? Welchen Lohn hätten wir nicht schon allein für die Schrecken unserer Mühen und Schmerzen im Bett verdient, den wir aber nie bekommen?

Diese Gedanken, die mein Blut im Laufe meines Lebens schon mehr als einmal vor Wut in Wallung gebracht haben, sind mir jetzt sehr nützlich, da sie eindeutig mehr als ein Körnchen Wahrheit enthalten und so mein Gewissen bei all meinem Tun mit meinen schwarzen Knaben beruhigen. Ich schmücke sie noch mehr aus. Ich frage mich: »Ist der Diener (unterbezahlt und ohne jeglichen Luxus) nicht ein Sklave seines Herrn? Ist das Kleinkind (gequält von seinem Wickelholz) nicht ein Sklave seines Schmerzes und seiner Dummheit? Ist das Wagenpferd nicht ein Sklave der Peitsche? Ist der Körper nicht ein Sklave der Sterblichkeit? Ist der strahlende Tag nicht ein Sklave der hereinbrechenden Nacht?« In jedem einzelnen Fall lautet die Antwort ja. Ich sehe also, daß der Zustand der Sklaverei in der ganzen Welt vorherrscht und es kein Entrinnen zu geben scheint. Das tröstet mich sehr. Denn so tue ich – wenn man die Schlußfolgerung aus meiner These zieht – gewiß nichts Böses, wenn ich von meinen lieben Knaben Samuel und Emmanuel gewisse Dinge verlange, sondern werde nur von den großen Gezeiten des Brauchtums und Herkommens getragen, die schon immer die Erde überflutet haben und es noch tun werden, wenn ich tot und dahingegangen bin.

Was meine beiden Knaben betrifft, so bin bestimmt ich diejenige, die versklavt wird, und sie sind es, die frei werden, weil die ganze Kraft der Magie bei ihnen liegt.

Sie warten auf mich in ihrem Zimmer (wo früher immer die vielen Kleider von Vibeke hingen), das ich mit hundert Kissen ausgestattet habe, und tun sich an Obst, Leckereien und dicken Waldschnepfen aus dem Wald gütlich. Sie können verzaubern, indem sie ihre *lwa* oder Geister anrufen, und ich sage zu ihnen: »Oh, meine lieben Kinder, meine schönen Ebenholzknaben, meine hübschen jungen Hengste, tut, was ihr wollt! Tut, was immer euch beliebt mit einer Frau, die beinahe Königin war, denn ich kann euch wirklich und wahrhaftig sagen, daß ich aller Dinge auf dieser Welt überdrüssig bin.«

Ihnen treten vor Erregung die Augen schier aus dem Kopf, und aus ihren Kehlen kommen die seltsamsten Heullaute und -lieder.

Ihre Glieder werden so steif, daß sie mich damit hochheben können und ich meinen Körper darauf balancieren kann, auf ihren beiden Gliedern und sonst nichts, so daß Teile von mir mit der Erde verankert sind und andere zu schweben scheinen. So etwas habe ich noch nie zuvor erlebt, und ich gerate bei diesem Schweben in eine Ekstase – mehr noch als je mit Otto und seinen Seidenpeitschen. Ich weiß, daß ich damit wirklichem Fliegen so nahe wie nie wieder komme.

Ich könnte mich Tag und Nacht in diesem Zimmer aufhalten. Die Magie ist so stark, daß ich unserer Kunststücke niemals müde werde.

Es ist mir sehr unangenehm, meine Aufmerksamkeit den Dingen dieser Welt zuzuwenden – wie den Briefen des Königs, meinem Bedarf an Geld, Möbeln und Marmelade und dem Dilemma mit dem englischen Lautenspieler. Ich möchte behaupten, daß ich an nichts mehr interessiert bin, was ich früher einmal amüsant gefunden habe. Vor meiner Einführung in die Schwarze Kunst hätte es mir stundenlang Frohsinn und Freude bereitet, mit Emilias Möchtegernliebhaber, der mir mit seinen gebrochenen Flügeln auf so wunderbare Weise ins Nest gefallen ist, herumzuspielen. Aber ich kann jetzt wirklich und wahrhaftig nicht mit ihm belästigt werden. Denn was ist er anderes als ein Sklave seiner Liebe zu Emilia? Wie mitleiderregend ich das finde! Ich habe mir vorgenommen, ihm zu sagen, daß Emilia unfähig ist, jemanden außer ihrer toten Mutter zu lieben, doch schon das ist mir zuviel.

Daher fasse ich schließlich einen Entschluß. Ich lasse den Lautenspieler ziehen.

Soll er doch selbst herausfinden, wie sehr Liebe versklavt! Soll er doch selbst sehen, was es bedeutet, für alle Ewigkeit an einen anderen gebunden zu sein, ohne daß es ein Entrinnen gibt – es sei denn durch Täuschung und Lügen. Soll er doch entdecken, was die Ehe ist und daß sie ein an den Fuß geketteter Stein sein kann (einen Fuß, den man einst bewunderte, weil er sich in einem so sanften Bogen über den Satinschuh schwang, der nun aber am Knöchel dick wird und blutet, weil die Ketten scheuern und einschneiden), der einen im Laufe der Zeit immer tiefer hinunterzieht in die eiskalte Dunkelheit.

Der berühmte Koffer des Musikers trifft schließlich ein, doch ich mache mir nicht einmal die Mühe, ihn zu plündern, um zu sehen, was für Papiere er enthält. Ich erteile lediglich einem der Bediensteten den Auftrag, frische Kleidung und einen Mantel herauszunehmen, alles Mr. Claire zu überreichen und ihm zu sagen, er sei frei.

Dann befehle ich, ihm ein Pferd zu geben. (Allerdings gehe ich nicht so weit, ihm einen Wagen zur Verfügung zu stellen, so daß er möglichst viele Besitztümer auf den Widerrist seines Pferdes häufen und sich glücklich preisen muß.)

Er ist wirklich sehr dünn geworden, so daß seine Kleidung an ihm herumschlottert. Er hat einen Verband um den Kopf, um den Bausch auf seinem eiternden Ohr an Ort und Stelle zu halten. Ich gebe zu, daß er einen traurigen Anblick abgibt, so daß ich schließlich doch glaube, daß mich mein gutes Herz zu dem Entschluß brachte, Peter Claires Elend ein Ende zu bereiten und ihm den Weg zu dem zu weisen, was sein Herz begehrt, und nicht böse oder rachsüchtige Gefühle in mir beim Thema Ehe.

Er ist schon fast am Ende der Einfahrt, als ich die Eingangstür von Boller öffne und hinter seinem Pferd herrenne. Mein Haar löst sich aus der Nadel und wogt mir ums Gesicht, so daß ich fast blind im Wind laufe. Ich greife in die Zügel und bringe das Pferd zum Stehen. Als ich nach dem Laufen wieder Luft bekomme, sage ich: »Sie ist nicht weggegangen, Mr. Claire! Sie ist im Haus ihres Vaters. Reitet Richtung Osten durch die Wälder dort drüben, und Ihr werdet sie finden.«

Er sieht mich recht dumm an, als könne er mir nicht glauben. Ich kann ihm das nicht einmal übelnehmen, da ich ihm so viele Unwahrheiten erzählt habe. Daher lächle ich ihn an und füge hinzu: »Ich wollte eigentlich mit Euch weiterspielen – bis zum bitteren Ende. Doch nun ist mir einfach nicht mehr danach zumute. Also Gott mit Euch, Peter Claire, und sagt Emilia, daß ich die bemalten Eier trotz allem nicht weggeworfen habe!«

Die Stimme, die man nicht hören kann

Emilia besitzt jetzt ein Fläschchen Gift, das so weiß wie Schnee ist. Da sie nicht in der Lage war, dem Apotheker soviel zu zahlen, wie dieser verlangte, hat sie ihm statt dessen den einzigen wertvollen Gegenstand gegeben, den sie besaß: die stehengebliebene Uhr. Der Apotheker – so an das Arbeiten mit seinen Waagen und Gewichten gewöhnt – hielt die Uhr in den Händen, als könne man den Wert aller Dinge einzig und allein vom Gewicht ablesen. Dann zog er sie auf und schüttelte sie, und durch dieses Schütteln begann sie zu ticken und bewegten sich die Zeiger von zehn Minuten nach sieben weiter.

Alles bewegt sich weiter, immer weiter und weiter.

Der Frühsommer liegt jetzt in der Luft. Erik Hansen hat von Johann gehört, daß Emilia zugestimmt hat, seine Frau zu werden, und fragt nun ständig, wann das Hochzeitsdatum festgelegt wird. »Emilia legt es fest«, erwidert dann Johann, »sobald sie dazu bereit ist.«

Sobald sie dazu bereit ist. Während die Zeit verstrichen ist und sie Stunde um Stunde ihrem Schicksal nähergebracht hat, haben Emilias Träume von Karen bei Tag und Nacht zugenommen. Karen hat sich auf sie zubewegt, ist ihr immer näher gekommen, hat den Schatten und die Stille verlassen und Farbe, Gestalt und Stimme angenommen, so daß sie jetzt nicht mehr wie ein Gespenst erscheint, sondern genau so wie damals, als sie noch lebte und nachmittags auf ihrem Tagesbett lag und Emilias Liedern zuhörte.

Dort läßt sich Emilia jetzt nieder, auf dem Boden neben dem Tagesbett. Sie schließt die Augen. Sie bittet Karen um Mut. Sie hat nämlich Angst, wenn sie auf das Gift blickt. Sich vorzustellen, daß ihr eigenes Herz zu schlagen aufhört und die ganze Welt, die sie kennt, ohne sie weitergeht, ist immer noch ein erschreckender Gedanke. Daher flüstert sie Karen zu: »Du mußt mir helfen! Du bist diejenige, die mir sagen muß, wann der Tag und die Stunde gekommen ist...«

Eines Morgens ist Emilia mit Marcus allein im Schulzimmer. Johann und die älteren Jungen (auch Ingmar, der vor kurzem aus Kopenhagen zurückgekehrt ist) arbeiten draußen auf den Erdbeerfeldern. Marcus hat eine halbfertige Kohlezeichnung von einem gestreiften Luchs vor sich und sagt zu Emilia, daß er sich freut, weil das Tier auf dem Bild so echt aussieht. Er nennt den Luchs »Robinson James«, weil er weiß, daß dieser, wenn er auch hier auf dem Tisch des Schulzimmers liegt, in Wirklichkeit in Amerika lebt und deshalb einen englischen Namen haben könnte. »Robinson James«, erzählt er Emilia, »war schon in der Neuen Welt, bevor es jemand wußte.«

»Was wußte, Marcus?«

»Daß es die Neue Welt gibt.«

Marcus spricht jetzt die ganze Zeit, als wolle er die Jahre des Schweigens wettmachen. Ganz allmählich taucht er aus seiner beschränkten Welt auf, in der die Verzweiflung ein Dorf und Jenseits der Verzweiflung Wildnis war. Sein Geschirr ist nur noch eine Erinnerung, und selbst diese schwindet langsam – als habe es das Geschirr nie gegeben und seien die von ihm verursachten Geräusche, das Scheuern und Quietschen, von woanders oder etwas anderem gekommen. Ihn trennt jetzt von dem, was Johann »völlig normal« nennt, nur noch seine hartnäckig anhaltende Fähigkeit, das Gewisper und Gemurmel der Tiere auf den Feldern und in den Wäldern zu hören, das außer ihm niemand wahrnimmt. Wenn er den Kopf auf die Erde legt, füllt sich dieser mit Geräuschen. Er kann ihn nicht allzulange am Boden lassen, weil er merkt, daß er dann die Kontrolle über seine Gedanken verliert und sich vorstellt, zusammen mit einem Star auf dem Zweig einer Ulme zu sitzen oder mit einem Maulwurf in der krümeligen Erde zu graben oder sogar mit einer Biene über die Blüten der Weißen Johannisbeere zu kreisen. Es ist jedesmal schwierig, von dort zurückzukehren. Er fühlt sich dann so schwach und klein wie ein Glühwürmchen, das sich mit seinem winzigen Licht der Dunkelheit gegenübersieht.

Als Emilia auf Marcus' Bild mit dem gestreiften Luchs blickt, auf dessen Augen, die in Wirklichkeit gelb und glänzend wären, wird ihr plötzlich klar, daß dieser sie ungeduldig ansieht, daß die Welt ihr Zögern leid ist und die Zeit gekommen ist.

Sie nimmt Marcus' Hand und küßt sie. Sie würde ihm gern ein paar letzte Worte zuflüstern und überlegt gerade, welche das sein könnten, als sie hört, daß sich ein Pferd dem Haus nähert. Auch

Marcus hört es. Er klettert vom Stuhl an seinem Arbeitstisch und läuft zum Fenster. Er berichtet Emilia, daß ein Mann in den Hof reitet.

»Hoffentlich nicht Pastor Hansen!« sagt Emilia.

»Nein«, antwortet Marcus, »ein Verwundeter.«

Der Verwundete steigt vom Pferd und blickt sich um. Marcus sieht ihn zum Schulzimmerfenster heraufsehen und eine Hand zum Gruß heben; er winkt zurück.

Emilia hat sich nicht gerührt. Der Fremde – wer immer es auch sei – soll umkehren und davonreiten! Dann denkt sie: Wie hart doch mein Herz geworden ist, wie steinhart! Ein solches Herz muß zum Stillstand gebracht werden!

Doch dann hört sie ihren Namen rufen. Er wird wie ein Echo hereingetragen, von draußen, wo es eben noch still war.

»Emilia!«

Sie verhält sich ganz still. In ihrem Körper steigt so rasch und heftig Hitze auf, daß sie sich die Hände vors Gesicht hält, um ihre glühenden Wangen zu kühlen.

Marcus sagt: »Er ruft nach dir!«

Sie schweigt. Denn was gibt es da zu sagen, wenn sie sich doch weigert, die Hoffnung zurückkehren zu lassen? Sich ganz und gar weigert!

»Er ruft: Emilia, Emilia...«

Sie wird nicht aufschauen oder sich rühren oder sonst etwas tun, nur die Hände vors Gesicht halten. Nichts und niemand wird sie von ihren Zukunftsplänen abbringen! Nichts und niemand! *Zeig Mut, Emilia!*

Marcus sieht ihren Starrsinn, ihre Versteinerung. Er hört das Pferd schnauben, nimmt das Seufzen und die Verzweiflung im Ruf des Verwundeten wahr. Daher läuft er in die Sonne hinaus, um ihn hereinzuholen, und fragt in einem Ton, in dem vielleicht ein Arzt mit einem Patienten spricht: »Möchtet Ihr mein Bild von Robinson James, dem gestreiften Luchs, sehen?«

Der Mann antwortet: »Ein gestreifter Luchs mit einem englischen Namen?«

»Ja!« meint Marcus. »Weil er in der Neuen Welt ist.«

Der Mann erwidert: »Ich komme aus der Alten Welt, habe aber auch einen englischen Namen. Ich bin Peter Claire.«

Emilia ist allein im Zimmer und wartet. Sie streicht sich ihr Kleid nicht glatt, auch nicht ihr Haar. Sie bewegt sich immer noch, von einem Augenblick zum anderen, auf ihr einsames Bett im Wald zu und wird sich nicht davon abbringen lassen, nicht durch etwas, was vielleicht nur ein Echo ist oder rein zufällig etwas ähnlich ist, was, wie sie weiß, aus und vorbei ist.

Als sie dann den Mann in die Halle und zum Schulzimmer kommen hört, merkt sie, daß sie zittert, ein wenig zittert aus Furcht vor dem, was mit dem menschlichen Herzen unter gewissen Umständen geschieht, wenn es sich nicht mehr wehren kann und den Mut verliert ... Sie zittert nur sehr leicht, weil gleichzeitig heftig Hitze in ihr aufwallt, weil ihr Kopf und Körper plötzlich in Widerspruch stehen ...

Marcus führt ihn an der Hand herein – als kenne er ihn schon sein Leben lang. »Dort ist mein Luchs. Und hier ist Emilia.«

Erst jetzt blickt sie auf.

Er ist dünner im Gesicht und am Körper. Der Verband drückt ihm das volle blonde Haar nieder. Er trägt keine Laute.

»Mr. Claire«, flüstert sie schließlich. »Ihr seid am Kopf verletzt ...«

»Nein«, antwortet er. »Mein Ohr ist ein wenig in Mitleidenschaft gezogen, das ist alles. Nichts im Vergleich zu dem Schmerz, Euch zu verlieren. Nichts!«

Marcus sieht zu, wie der verwundete Engländer zu Emilia hinübergeht, die nun doch aufgestanden ist, und die Arme um sie legt. Er erwartet, daß sich seine Schwester ihm entzieht, so wie sie sich immer Herrn Hansen entzieht, wenn dieser versucht, sie zu umarmen, doch das tut sie nicht. Sie läßt sich gegen den verwundeten Mann fallen und legt ihm den Kopf an die Brust.

Marcus Tilsen ist dieser Mann lieber als Pastor Hansen, sogar sehr viel lieber, nicht nur, weil er groß und jünger als der Pastor ist, sondern auch, weil er jetzt in dem Mann eine Stimme hört, die ihm etwas zuflüstert (nur ihm, Marcus Tilsen), so wie ihm die Wühlmaus, der Käfer und der Schmetterling an Sommertagen zuflüstern, und es ist eine aufgeregte, zarte Stimme. Es geschieht zum erstenmal, daß er *aus dem Innern eines Menschen* angesprochen wird, und Marcus ist sich darüber im klaren, daß dies von Bedeutung sein muß.

Marcus rennt zu den Erdbeerfeldern. Die Tauben gurren in den Bäumen, und die Frösche quaken in den randvollen Wassergräben.

Als er seinen Vater findet, sagt er, ein neuer Ehemann für Emilia sei eingetroffen, ein verwundeter mit einem englischen Namen und einer Stimme, die man nicht hören kann – nicht einmal der Mann selbst –, nur er, Marcus, und er wisse, er könne mit ihr sprechen und sie antworten hören.

»Marcus«, sagt Johann, »wovon in aller Welt redest du? Das ergibt keinen Sinn, mein Knabe! Mal langsam! Sag mir noch mal, was geschehen ist!«

Doch Marcus findet keine anderen Worte als die bereits gesagten. Als einziger Zeuge von Peter Claires Ankunft hat er gesehen, wer dieser Fremde in Wirklichkeit ist: Emilias Mann. Es gibt keine andere Möglichkeit, und er kann es nicht anders erklären.

So bleibt Johann Tilsen nichts übrig, als seine anderen Söhne zu sich zu rufen und mit ihnen zurückzukehren, halb gehend, halb rennend, wie ein Suchtrupp bei der Verfolgung eines Diebs. Als sie ins Schulzimmer gepoltert kommen, sehen sie Emilia und Peter Claire Hand in Hand am Feuer stehen.

»Emilia?« setzt Johann an. »Was geht hier vor?«

Doch dann hält er inne und blickt auf seine Tochter. Er hat nämlich in diesem Augenblick den Eindruck, nicht Emilias Gesicht, sondern Karens zu sehen. Es ist Karens Gesicht, das zu ihm aufschaut, wie sie an ihrem Hochzeitstag zu ihm aufschaute.

Vielleicht sehen Ingmar, Wilhelm und die anderen Knaben auch diese plötzliche Ähnlichkeit mit Karen, denn alle sind ganz still, als stünden sie auf einmal unter einem Zauber, während Emilia und Peter Claire ihnen erklären, daß sie beide geglaubt hatten, ihre Liebe verloren zu haben, aber nun sei sie doch nicht verloren. Die letzten Strahlen der Nachmittagssonne fallen durchs Fenster auf Emilias Haar, so daß es mehr hell als dunkel wirkt.

In der Nacht weckt Marcus seine Schwester und sagt: »Die Stimme sitzt in Peter Claires Ohr in der Falle.«

Emilia stellt keine Fragen. Sie zündet eine Kerze an und geht mit Marcus zu dem Zimmer, in dem immer Erik Hansen untergebracht war, wenn er kam, um ihr den Hof zu machen, und in dem nun Peter Claire bei halbgeöffnetem Fenster in der Sommernacht liegt.

Sie knien am Bett nieder. Peter Claire greift nach Emilias Hand, und Marcus entfernt den Verband vom Kopf des Engländers.

Da das Ohr nun nicht mehr bedeckt ist, kann Marcus die Stimme viel deutlicher hören, und er denkt, daß es eine gequälte Stimme ist, von einem Tier, das in einer Falle sitzt, eine Stimme, wie sie ein Lebewesen haben würde, das ganz allein im Dunkeln mit einem Geschirr ans Bett gebunden ist.

Er legt sein Ohr auf Peter Claires und lauscht. Er hört jetzt ein reißendes Geräusch, als beiße das Tier an dem Geschirr herum, versuche, seine Zähne in die Ledergurte zu schlagen.

Er sieht, wie der verwundete Mann Emilias Hand fester umspannt, und Marcus begreift, daß keine Zeit zu verlieren ist. Er legt Peter Claire die Hände auf die Schultern, geht mit seinem Mund ganz nah ans Ohr heran und flüstert hinein.

Der Musiker fühlt zunächst nur den Atem des Knaben auf der Wange, doch dann hört er einen ganz leisen Ton, wortlos, schwächstes Pianissimo, der einen beinahe musikalischen Widerhall in seinen Kopf entsendet.

Die drei verhalten sich völlig still, die Köpfe zusammengesteckt, als tuschelten sie.

Nach einer kurzen Weile hält Marcus inne und lauscht wieder. Er ist blaß, selbst im warmen Kerzenlicht, und hat Schweißperlen auf der Oberlippe. »Tief...« murmelt er. »Verlaufen... Doch ich rufe weiter...«

Marcus gibt jetzt lautere Geräusche von sich. »Ich habe es gefunden!« sagt er schließlich. »Es hat mich gehört!«

Peter Claire hört jetzt einen Lärm ähnlich dem Rauschen eines Flusses, und mit dessen Strömung wird der glitschige, glänzende Körper eines Ohrwurms aus ihm heraus in Marcus' Mund getragen.

Marcus spürt, wie es auf seiner Zunge landet, dieses Wesen, das im Dunkeln eingeschlossen war und versuchte, sich den Weg hinauszufressen, dieses Wesen, das außer ihm niemand sehen und hören konnte. Er holt es ganz ruhig aus dem Mund und hält es den anderen auf der offenen Hand hin, damit sie auch einen Blick darauf werfen können.

Auf seinem Rückenpanzer ist Blut. Mit seinen zarten Antennen versucht sich der Ohrwurm zu orientieren. Emilia und Peter Clarie blicken erstaunt und verwundert darauf. Dann geht Marcus ans Fenster und streckt den Arm aus. »Ohrwurm«, sagt er, »geh in die Nacht hinaus!« Als er weggekrochen ist, dreht sich Marcus zum Lautenspieler um. »Eure Wunde wird jetzt verheilen«, meint er.

Peter Claire findet kaum Zeit, sich bei Marcus zu bedanken, weil sich dieser auf den harten Boden, da, wo er sich gerade befindet, legt und einschläft, wie ein Kind, das die Nacht damit verbracht hat, meilenweit unter dem Mond herumzulaufen.

Emilia nimmt eine Decke vom Bett und deckt ihn damit zu. Sie kann sich aber nicht überwinden, das Zimmer zu verlassen. Sie sagt sich, daß sie auf Marcus aufpassen muß, und der Lautenspieler stimmt ihr zu: Über Marcus Tilsen, der die seltsamsten Wunder bewirkt, muß bis zum Morgen gewacht werden.

So legen sich Peter Claire und Emilia nebeneinander aufs Bett und warten auf die Morgendämmerung. Er erzählt ihr, sie würden, wenn sie verheiratet sind, nach England reisen und in Harwich seinen Vater und seine Mutter besuchen, die sich nach seiner Rückkehr sehnen. Er sagt, dann würden an der Straße, die zur Kirche St. Benedict the Healer führt, die Kastanien blühen. »Wir müssen noch eine letzte Schiffsreise unternehmen, Emilia, doch ich weiß, daß wir ankommen.«

Der 3. Mai

Die Kastanienkerzen stehen in voller Blüte, als George Middleton jetzt in einer offenen Kutsche auf dem Weg zu seiner Hochzeit ist. Als er auf diese schweren, weißen Dolden und die grünen Handschuhe der Blätter blickt, denkt er, daß diese Bäume Jahr für Jahr in ihrer übertriebenen Schau eine Antwort von ihm zu erwarten schienen, er jedoch nie eine gefunden hatte. Doch jetzt endlich kennt er sie. Er sagt zu Colonel Robert Hetherington, seinem Trauzeugen, der mit ihm im Wagen fährt: »Nun, Hethers, die Antwort lautet ganz schlicht ja.«

Colonel Hetherington will schon nachfragen, worauf sich dieses hingeworfene »Ja« bezieht, entschließt sich dann aber, es nicht weiter zu beachten. Alle Männer sind an ihrem Hochzeitstag ein wenig merkwürdig, und George Middleton, der früher so verläßlich war und sich als Junggeselle von Cookham so richtig wohl fühlte, hat sich schon als rechter Liebesnarr erwiesen. So erzählt er nicht nur eine Geschichte, daß er dem Leben wiedergegeben worden ist, weil ihm seine Verlobte einen Kohlkopf auf den Magen gelegt hat, sondern nennt sie auch ›Daisy‹, obwohl sie doch Charlotte heißt, hat mehr Geld für das Streichen ihres Boudoirs ausgegeben als für die Erneuerung des Wildbestands in seinen Wäldern, hat gesagt, ihn könne niemand besser zum Lachen bringen als sie, und hat außerdem einmal um ihretwillen eine Gruppe diebischer Zigeuner zum Aufspielen bei seiner Abendgesellschaft bestellt. Eines Tages, denkt Hetherington, wird er wieder er selbst werden, doch im Augenblick ist er ganz schön verrückt.

Selbst wenn George Middleton wüßte, wie sehr sich Colonel Hetherington über ihn lustig macht, würde es ihn nicht allzusehr kümmern. Er würde bereitwillig einräumen, daß Liebende Narren sind und die Welt, die so rücksichtslos nach ihrem Vergnügen lechzt, sie gern verspottet und zusieht, wenn sie wie Ikarus aus den Wolken stürzen und eine ungraziöse Bauchlandung auf der Erde machen.

Wie alle, die sich verliebt wähnen, meint er, seine Liebe zu Charlotte würde ewig währen. Die Hochzeit, denkt er, ist nicht das Ende, sondern ein Beginn. Vor mir liegen noch einige tausend Nächte mit neckischen Spielereien mit Daisy, mehrere hundert Sommerpicknicks auf Cookham, wo man auf den grünen Wiesen erst ein paar elegante Kinderwagen herumfahren sehen und später dann Kinderstimmen durch die Luft von Norfolk rufen hören wird: Knaben, die hinter einem Ball oder Reifen herrennen, Mädchen, die ihre Unterröcke in Springseilen verheddern...

George Middleton sieht all dies so klar vor sich, als wäre es bereits geschehen. Als die Kutsche vor der Kirche von St. Benedict anhält und er seinen vielen auf ihn wartenden Freunden die Hand schüttelt, hat er auf seinem runden Gesicht ein so dümmliches Lächeln, daß einer aus der Gruppe, Sir Lawrence de Vere (der selbst vor kurzem eine verwitwete italienische Gräfin geheiratet hat, die nun ihr fünftes Kind erwartet), in Lachen ausbricht und meint: »Freut mich zu sehen, daß Ihr es komisch findet, Middleton, denn das ist es natürlich auch!«

Dann sieht er Charlotte in der dunklen Kirche, in deren Innern es kühl ist. Sie nimmt den Schleier vom Gesicht und wendet sich ihrem »lieben George« zu. Von ihrem Vater aufgefordert, die Hand seiner Braut zu ergreifen, packt George Middleton diese in dem Wunsch, sie an die Lippen zu pressen, auf fast grobe Weise. Dabei entschlüpft ihm ein Ton, wie ein Schrei, ein Ton, wie ihn noch niemand (nicht einmal er selbst) je von ihm gehört hat. Er sieht, wie sich Hetherington besorgt nach ihm umdreht und ihm selbst Charlotte, die nur selten über ein Wort oder einen Ausruf von ihm überrascht ist, einen entsetzten Blick zuwirft. Er denkt, nur Gott weiß genau, was das war, doch es fühlte sich an, als riefe mein Herz.

Als George und Charlotte die Hochzeit ein paar Wochen später Charlottes Bruder Peter und dessen Frau Emilia beschreiben, sagen sie beide, daß sie von der Zeremonie selbst wenig in Erinnerung behalten haben – nur dieses merkwürdige Geräusch von George, das man seitdem nie wieder gehört habe.

Sie erinnern sich aber noch daran, daß die Gäste, als sie in die Sonne dieses Maitags hinausliefen, Blütenblätter auf sie regnen ließen, und in diesem Augenblick ein Wind aufkam, so daß auch haufenweise Blüten von den Kastanienbäumen auf sie geweht wurden, die sich mit den weichen Kaskaden der geworfenen vermischten.

Einer ruft es dem anderen ins Gedächtnis zurück: »Weißt du noch, George... Erinnerst du dich, Daisy... war es nicht ein Gefühl, als liefen wir durch duftenden Schnee?«

Ein Brief König Christians IV. von Dänemark an König Charles I. von England

An meinen lieben Neffen!
Heute sind in einer spanischen Truhe die einhunderttausend Pfund in Gold eingetroffen, die mir Eure Majestät freundlicher-

weise im Gegenzug für meinen Lautenspieler geschickt hat. Seid der tiefen Dankbarkeit eines treuen Onkels versichert!

Ich muß zwar einräumen, daß ich noch keinen zufriedenstellenden Ersatz für den Lautenspieler gefunden habe und mir daher die von meinem Orchester erzeugten Harmonien nicht mehr so süß wie früher erscheinen, wünsche Euch aber dennoch viel Freude an ihm und bete, daß sein Spiel, sollte Eure Majestät einmal in Schwierigkeiten geraten, Eure Angst beschwichtigen oder Eure Sorgen vertreiben möge – wie es das manchmal bei mir getan hat.

Ich räume auch ein, daß ich Peter Claire sehr gern hatte, nicht nur wegen seines Spiels, sondern gleichfalls, weil er mich an meine Kindheit erinnerte, als ich noch daran glaubte, daß mir Engel meine Schuhe mit Gold füllen würden und mein Freund Bror Brorson mit mir durch die Wälder von Frederiksborg ritt.

Laßt mich aber gleich sagen, daß mir diese sehr ordentliche Geldsumme mehr Trost bringt, als Ihr Euch vorstellen könnt, so daß mir gleich wieder viele neue Ideen und Pläne durch den Kopf gehen, um Dänemark in seinem alten Glanz oder noch schöner neu erstehen zu lassen.

Ich will Euch jetzt meine liebste Idee beschreiben. Es ist mein Plan, hier in Kopenhagen ein großes Observatorium zu bauen.

Der Vorschlag stammt von meiner Frau Vibeke. Sie meinte: »Oh, warum baust du nicht einen Turm, der höher ist als alle anderen hier, und stellst ganz oben ein großes Teleskop auf, so daß wir zusammen hingehen können, um die unveränderliche Ordnung des Himmels zu betrachten, der Musik der Sterne zu lauschen und selbst zu entdecken, woher das Leuchten des Mondes stammt?«

Ich antwortete: »Natürlich sehnen wir uns nach all dem, wollen wir begreifen, was der Mond ist, und den einen Klang hören, dem keine Unreinheit innewohnt, den Klang des Universums selbst. Doch, Vibeke, stell dir einmal die vielen Stufen vor, die wir emporsteigen müßten, um an einem solchen Ort ganz nach oben zu gelangen! Für so viele Stufen bin ich zu alt und dick!«

Doch Vibeke erklärte, auch ihr seien Stufen ein Greuel, und sie denke überhaupt nicht an eine Treppe, sondern träume von einer sich spiralig nach oben windenden Straße, die nur so allmählich ansteigt, daß sie von den Pferden und Wagen bewältigt werden *kann. Auf der könnten wir dann bequem und ohne jede Anstrengung nach oben fahren.*

Da fiel mir ein, mein lieber Charles, daß mich meine erste Frau Anna Katharina einstmals um genau das gleiche bat, um diesen inneren Weg zum Himmel, und ich seinerzeit mit aller Macht versuchte, diesen erbauen zu lassen. Meine Zeichner brachten aber keinen Plan zustande, wie dieser sicher und auf Dauer angelegt werden könnte.

Doch die Zeit ist weitergegangen und mit dieser die Findigkeit und Geschicklichkeit der Menschen.

Heute haben mir meine Architekten (sehr einfallsreiche Dänen) mitgeteilt, daß es, wenn der Mittelpfeiler nur kräftig genug ist, keinen Grund dafür gibt, warum ein solches Meisterstück nicht gebaut werden und halten könnte. Daher habe ich neue Entwürfe anfertigen und neue Berechnungen anstellen lassen.

Wenn dieser Turm eines Tages fertig ist, dann werden, denke ich, Leute aus der ganzen Welt herbeieilen, um ihn sich anzusehen. Sie werden feststellen, daß wir hier in Dänemark Bauwerke errichten, an denen es nichts Schludriges und keine Schwachstellen gibt.

Als ich noch ein Kind war, hat der Astronom Tycho Brahe prophezeit, daß dieses Jahr, das Jahr 1630, ein gefährliches für mich werden und ich es vielleicht nicht überleben würde. Ich gebe auch zu, daß ich in manchen dunklen Nächten, wenn mich mein Verdauungssystem mit seinen alten Schmerzen plagt, fast das Gefühl habe, der Tod könnte sich ungesehen in mein Zimmer schleichen.

Diese Augenblicke sind jedoch selten. Vielmehr nistet sich bei mir allmählich der Gedanke ein, daß all das, was ich in den letzten Jahren durchgemacht habe, sowohl in den Kriegen als auch in den Schlachten mit meiner früheren Frau Kirsten, eine echte Bewährungsprobe für meine Kraft und meinen Willen war, und daß diese Zeit des Elends nun von einer der Freude abgelöst wird.

Die Geschichte lehrt uns, daß man derartigen Gefühlen eines guten Geschicks mit Argwohn begegnen sollte, weil sie bloße Zwischenspiele sind: kurze Augenblicke zwischen zwei Wintern, zwischen vergangenen und bevorstehenden Kriegen.

Doch Vibeke sagt mir, ich solle mich mit dieser Beobachtung nicht quälen, sondern lieber so handeln, als würde dieses Ende meiner Sorgen recht viele Jahreszeiten anhalten. Ich glaube, sie hat recht.

Ich weiß nicht, wie lange es dauern wird, bis mein Observatorium gebaut sein wird. Doch wenn es fertig ist, müßt Ihr uns hier besuchen, und dann fahren wir mit Vibeke und Eurer Königin zur Turmspitze hinauf und speisen dort unter freiem Himmel – wenn die Dämmerung die Farbe der Blaubeeren hat und der Vollmond wie ein hübscher, runder Sahnetopf aussieht.

Von Eurem Euch liebenden Onkel
Christian IV.
Rosenborg, September 1630

Kirsten: Aus ihren privaten Papieren

Letzte Nacht hatte ich einen Traum.

Ich stand in einer Kirchenbank. Ein Chor sang, doch ich schenkte der Musik nur wenig Beachtung. Alles, was ich mit jeder Pore und jedem Haar meines Wesens spürte und wahrnahm, war der Blick meines Geliebten Otto, der von der gegenüberliegenden Kirchenbank auf die helle Haut meines Halses und meine milchigweißen Brüste über der Spitze meines rostfarbenen Kleides fiel. Ich verspürte eine solche Verwunderung über meine Macht über diesen Mann, daß ich meinte, in Ohnmacht zu fallen.

Erst dann kam mir in dem Traum der Gedanke, der Mann sei nicht Otto, es sei nicht sein Blick. Es war der König. So wachte ich voller Entsetzen auf. Denn ich sah, daß ich die eine Liebe mit der anderen vermischt hatte, so daß sie nicht mehr voneinander unterschieden werden konnten.

Deshalb frage ich: Wo gibt es im ganzen Universum noch eine Wahrheit oder etwas absolut Sicheres, wenn zwei Gefühle, die in meinem Herzen in unerbittlichem Widerstreit liegen (das eine der Sehnsucht und das andere des Abscheus), miteinander verschmelzen und in meinem Traum ein und dasselbe werden können?

Kann es sein, daß die Zeit über uns eine solche Staffel von Wundern ausbreitet, daß sie einander in der Erinnerung ständig überholen? Oder ist es vielmehr so, daß das, was wir als »wunderbar« bezeichnet haben, nie dergleichen war, weder das erste Wunder noch das zweite noch irgend etwas, was danach kam, sondern daß wir in Wirklichkeit nur einen Abschnitt der Trostlosigkeit nach dem anderen durchlebten?

Ich kenne die Antwort darauf nicht. Es heißt, Musik müsse, um die menschliche Seele zu erreichen, auf aus der Erinnerung geborener Erwartung beruhen, daß gewisse Noten gewissen anderen folgen werden. So hören wir, wie das, was wir Melodie nennen, durch die Zeit fließt. Ist die Erinnerung falsch – wie es meine, glaube ich, bestimmt ist –, bleiben wir unser Leben lang der Musik gegenüber gleichgültig.

Ich bin der Musik gegenüber nicht nur gleichgültig, sondern *ich verabscheue sie.*

Wenn auf Rosenborg das Orchester unter uns spielte und der König unsere Prunksäle in einer Amtsangelegenheit verlassen mußte, ging ich sofort zur Falltür, aus der die monotonen Klänge der Saiten- und Flöteninstrumente über Kanäle und Leitungen zu uns aufstiegen, und stieß sie mit einem rachevollen Fußtritt zu.

Voller Genuß und Befriedigung stellte ich mir dann vor, wie durch den Luftzug, der durch das Zuschlagen der schweren Tür verursacht wurde, die Kerzen auf den Notenständern im Keller ausgingen, so daß die dummen Musiker schlagartig von Stille und Dunkelheit umgeben waren. Dann lächelte ich.

Ich erkenne aber auch, daß dieser Fehler oder diese Schwäche in meinem Gedächtnis auch der Grund dafür sein kann, daß ich mich ständig in einer sehr bedauernswerten Verwirrung befinde. Ich spüre, daß diese Verwirrung alle Dinge dieser Welt erfaßt, so daß alles, was meiner Seele einstmals feindselig gegenüberstand, nun mit dem, was sie geblendet hat, durcheinandergerät, so daß ich nicht weiß, wohin ich gehen oder wonach ich suchen soll oder welche Richtung mein Leben einschlägt.

Ich kann dann nichts anderes tun, als zu meinen Knaben Samuel und Emmanuel zu gehen. Sie sind Kinder der Geister und nicht durch irgendeine Erwartung an diese widerliche Welt gebunden.

Ich nehme ihre Hände in meine, schwarz auf weiß und weiß auf schwarz, und sage zu ihnen: »Gebt mir die Flügel der Engel und die Flügel der Dämonen! Hebt mich empor und laßt mich fliegen!«

Danksagung

Mein herzlicher Dank gilt den folgenden Personen:

Claus Egerod dafür, daß er mir vom Keller von Rosenborg erzählt hat; Else Sandvad McNaught für ihre sagenhafte Geduld bei meinen unaufhörlichen Fragen über das Leben König Christians IV.; Penelope Hoare dafür, daß sie mich nach Dänemark begleitet und dort Dinge entdeckt hat, die mir bestimmt entgangen wären; John Keegan dafür, daß er mir half, die Schlacht von Lutter zu verstehen; Vivien Green für ihren unerschütterlichen Glauben an das ganze wilde Unterfangen; schließlich Richard Holmes für seinen weisen Rat und seine nicht wankende, liebevolle Unterstützung und Eleanor Tremain für ihr schönes und mutiges Ich – als Tochter und Muse.

Inhalt

Erster Teil
Kopenhagen, 1629
7

Zweiter Teil
Frederiksborg und Jütland, 1629–1630
229

Dritter Teil
Stiller Frühling, 1630
403